Collection dirigée par
Henriette Joël et Isabelle Laffont

LUANSHYA GREER

RETOUR
À
BONNE ESPÉRANCE

roman

traduit de l'anglais par Éric Deschodt

ROBERT LAFFONT

Couverture : photo Telecip.

Titre original : SHADOWS IN THE WIND
© Luanshya Greer, 1992
Traduction française : Éditions Robert Laffont, S.A., Paris, 1993
ISBN 2-221-07038-0

En souvenir de ma mère et de mon père : Mavis Greer, qui a tant sacrifié pour permettre à ses enfants de réussir et, Bryce Greer, dont l'amour inconditionnel nous a tout appris.

Et tous les confins de la Terre ont vu le salut de notre Dieu.

Isaïe, LII, 10.

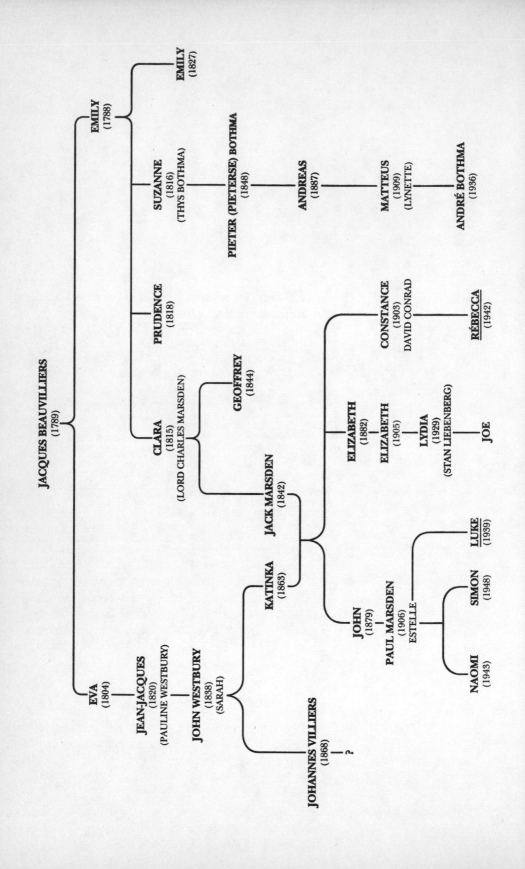

1.

La voiture oscillait dangereusement et le bébé criait. Les yeux à la hauteur de la coque brillante et agrippant la barre à bout de bras, la petite fille de sept ans et demi pressait le pas sur le sol inégal. Elle poussait son fardeau vers un sentier sinueux qui montait jusqu'au remblai de la voie de chemin de fer en lisière de la petite ville minière.

– Chhh !

Se hissant sur la pointe des pieds, elle tendit le cou jusqu'à appuyer le menton sur le dur rebord du landau.

– Ne t'en fais pas.

Un coup de pied du bébé lui projeta une couverture dans la figure et elle se laissa retomber sur les talons en crachant de la peluche.

– Tu ne regretteras pas que je t'aie retrouvé, proféra-t-elle, la tête baissée, fixant le sol dur et pierreux qui glissait sous les roues de la voiture.

Ses yeux noirs brillaient d'excitation et de peur. Des filets de sueur transformaient ses cheveux noirs en tire-bouchon. Sa jupe battait entre ses jambes comme pour l'arrêter, mais elle accélérait toujours.

Rébecca avait volé le bébé à la porte de l'épicerie Bernstein. Le soleil vespéral brasillait dans l'aride ciel africain et la petite ville sortait à peine de sa somnolence. Elle avait appuyé sa bicyclette à l'un des piliers qui soutenaient le toit de la véranda devant les magasins et c'était à ce moment-là qu'elle l'avait repérée. Une grande voiture d'enfant d'un noir étincelant garée à côté du pilier suivant. Rébecca n'avait jamais vu cette voiture et son cœur avait bondi dans sa poitrine lorsqu'elle en avait scruté l'intérieur. C'était sûrement le bébé que sa mère avait perdu.

Dans l'humide obscurité de la boutique, Rébecca s'était efforcée d'accommoder très vite sa vision. Bernstein vendait de tout. Fil et aiguilles, sucre en sacs de vingt livres et farine de maïs en sacs de cinquante... Elle sentait sous ses pieds nus et entre ses orteils le grattement des granulés échappés des sacs en cascades poudreuses avant de s'étaler sur le sol rouge et brillant.

– Tu viens de bonne heure, Rébecca...

La voix de Mme Bernstein lui parvint à travers l'obscurité et l'odeur de renfermé de la boutique ; elle servait une inconnue. Derrière elle, un calendrier pendait au mur. Sous le chiffre de l'année – 1949 – on voyait une dame en maillot de bain noir. Le père de Rébecca possédait une image de cette dame. Elle était pendue dans la salle des treuils de l'atelier Stork où il travaillait.

– Reste où tu es, Rébecca, je vais m'occuper de toi.

Un geste dissuasif de sa main potelée renforçait le commandement.

– Oui, madame Bernstein.

Rébecca battit en retraite et se boucha le nez. Mme Bernstein aspergeait son ample poitrine d'eau de Cologne 4711, comme si un monstre assoiffé de ce liquide y était tapi. L'ayant abreuvé de ce parfum, Mme Bernstein le bâillonnait d'un mouchoir brodé de pâquerettes bleues, glissé entre ses seins. Bien plus laid, pour Rébecca, que celui qu'elle avait brodé pour sa mère à Noël dernier et beaucoup plus malodorant.

Des chuchotis et des rires étouffés arrachèrent Rébecca à ses pensées. L'inconnue que servait Mme Bernstein s'était retournée ; elles parlaient d'elle. Elle suscitait depuis toujours les chuchotements hostiles et les rires étouffés des adultes.

– Ne me salis pas la boutique.

La voix de Mme Bernstein enleva Rébecca au dessin du monstre parfumé qu'elle traçait du pied dans la farine.

– Je reviendrai, avait-elle lancé par-dessus l'épaule et elle avait couru jusqu'à la voiture d'enfant, sûre que les femmes n'avaient rien remarqué, oublieuse des bonbons qu'elle était venue acheter.

Les pierres brûlantes entre les rails obligeaient Rébecca à lever les pieds très vite, tout en se battant avec la voiture. Devant elle s'élevait un vieux hangar en tôle ondulée, flanqué d'un wagon à l'abandon qui tenait le second rang parmi ses lieux favoris.

– Allez! pressa-t-elle les immenses roues avant de la voiture, en la poussant de l'épaule contre le rail étincelant. Ne pleure pas! cria-t-elle.

Levant tour à tour ses pieds à vif, elle les frottait contre ses mollets pour empêcher le sang d'y bouillir. Sa mère lui avait dit que c'était ce qui arriverait si elle continuait à marcher pieds nus.

Elle bondit, frappée d'horreur, quand la voiture bascula sur sa droite et qu'en jaillit un paquet blanc qui atterrit sur le sable de l'autre côté de la voie. Le silence qui suivit lui parut éternité. Elle ne bougeait pas. Ne sentait plus les galets brûlants faire grésiller la plante de ses pieds. Le bébé qui gisait dans la poussière était mort.

– Ouah!

Les poumons de la créature se vidèrent d'un seul cri et il reprit son souffle. Rébecca se précipita, le ramassa, époussetant sa robe de dentelle blanche, tandis que sa figure se convulsait de rage. Elle lui retira de la bouche une cuillerée de sable humide avec un doigt et s'arrêta, stupéfaite.

— Hé!

La bouche s'était resserrée sur son doigt. Les gencives nues, dures comme du bois lui suçaient le doigt et Rébecca, statufiée, le regardait faire. Il lui dévorait le doigt en soufflant des bulles par le nez. Rébecca avait vu des femmes africaines se laisser passivement téter leurs énormes seins noirs et elle était terrifiée. Il l'avalerait toute vive s'il cherchait un sein et elle tenta d'extraire son doigt de sa bouche avide, songeant à la nouvelle machine Bendix de sa mère, dont les trépidations étaient si puissantes qu'il avait fallu la fixer au plancher. La ville entière s'était déplacée pour assister à ses terrifiantes performances.

— As-tu un biberon? demanda-t-elle, retirant un peu de son doigt, mais le bébé, congestionné de fureur, raffermit sa prise. Écoute!

Rébecca fourragea d'un pied douloureux dans les draps poussiéreux de la voiture. La plante de ce pied rencontra un biberon. Le lait oscillait dedans, y laissant une ligne blanche, et une goutte tomba de la tétine.

Enfin à l'abri dans le wagon abandonné, Rébecca, tandis qu'il buvait, scruta la figure du bébé. Une vague de tendresse, montée du plus secret d'elle-même, baignait maintenant le précieux paquet qu'elle tenait entre ses bras, sans que l'effleurât la moindre idée de la panique qui avait éclaté chez Bernstein.

— Mon bébé!

L'étrangère que Mme Bernstein avait servie hurlait à l'emplacement vide de la voiture d'enfant.

— Les indigènes ont pris mon bébé!

Les cris lui sortaient des entrailles et fusaient dans la rue poussiéreuse.

— Ils vont le tuer! reprit-elle, l'esprit brouillé par le souvenir des atrocités que les Mau-Mau perpétraient au Kenya.

La tête de Mme Bernstein oscillait de droite à gauche sur son cou énorme. La rue déserte prit tout à coup un aspect menaçant. L'Anglaise à peine débarquée avait crié les terreurs que chacun gardait pour soi.

— Ne vous inquiétez pas, mentit Mme Bernstein, il n'arrivera rien.

Elle aussi avait lu dans le journal ce que faisaient les Mau-Mau au Kenya et elle tira de son sein son mouchoir brodé dont elle essuya les perles de sueur qui lui couvraient le front. Son épais maquillage s'était craquelé comme une peinture surchauffée et un fil rouge lui descendait des lèvres au menton.

— Il y a sûrement une explication, reprit-elle.

Elle renifla l'eau de Cologne dont son mouchoir était imprégné et se tamponna le tour des yeux, étalant son mascara en deux grandes taches bleues.

— C'est peut-être votre mari qui a emmené le bébé...

— Il est à la mine, murmura la pâle Anglaise entre deux flots de larmes. Pourquoi sommes-nous venus ici, dans ce pays de sauvages?

11

Et elle reprit de plus belle :

– Mon Dieu... mon bébé ! Aidez-moi, Seigneur !

Mme Bernstein entoura de ses bras la femme hystérique, ne sachant comment la consoler. Les nouveaux venus d'Angleterre imaginaient toujours les lieux grouillant de sauvages noirs, mais, elle le savait, la réalité était bien pire. Les Noirs étaient devenus malins. Certains portaient même des lunettes de soleil et ils avaient appris de l'homme blanc à être vraiment dangereux.

– Monsieur Mathieson ! appela-t-elle, agitant la main au-dessus de l'Anglaise prostrée contre elle. Venez ici !

Un grand escogriffe osseux, la figure tannée abritée d'un vieux feutre à large bord, s'arrêta net sur la bordure en pierre du trottoir et s'assura qu'aucune voiture ne l'empêcherait de traverser la rue déserte. Il avait bien vu la femme effondrée dans les bras de Mme Bernstein, mais il aurait bien aimé boire une deuxième bière. La fraîche véranda de l'hôtel était le seul endroit au monde où il aurait aimé se trouver.

– Que se passe-t-il, Mabel ? demanda-t-il avec un fort accent écossais. Tandis qu'il retirait son chapeau pour en examiner le pourtour intérieur imprégné de sueur. Qu'est-ce qui ne va pas ?

– Son bébé a disparu chuchota Mme Bernstein, indiquant de la tête l'emplacement où avait été garée la voiture d'enfant. Il était là et il a disparu.

– Son bébé a disparu ? dit-il mécaniquement, considérant l'endroit indiqué, sans la moindre idée de ce qui avait bien pu l'occuper.

Ce ne serait pas une mauvaise chose que la mine améliore un peu la chaussée, pensa-t-il. Quelques Noirs et un rouleau pourraient niveler le tout en deux jours.

– Où ? poursuivit-il.

– On l'a volé ! hurla la femme en se dégageant de Mme Bernstein. Les Noirs ! Ils l'ont volé !

– Les Noirs ?

M. Mathieson ne savait plus bien ce qu'il pourrait dire, aussi il se replanta son chapeau sur la tête.

– Hum...

La femme s'écarta soudain de Mme Bernstein et se précipita le long de la rue en criant hystériquement :

– Rendez-moi mon bébé ! Rendez-moi mon bébé !

M. Mathieson s'en détourna pour dévisager Mme Bernstein, se frappant le genou de son chapeau comme pour se réveiller.

– Ne croyez-vous pas, Mabel, que vous devriez la rattraper ?

Puis il se retourna vers l'étrangère qui s'était arrêtée au bout de la rue. Elle se tenait là immobile et silencieuse, sur le sable rouge de la route qui peu après disparaissait dans la brousse grésillante sous la chaleur.

– Et que lui dire ? dit Mabel Bernstein en le dévisageant, les sourcils arqués.

M. Mathieson soupira en hochant la tête. Que dire, en effet ? la femme revenait vers eux.

— Quand elle a laissé le bébé, y avait-il quelqu'un dans la rue, Mabel ? demanda-t-il, tâchant d'être intelligent.

— Personne, affirma-t-elle.

Mme Bernstein avait complètement oublié Rébecca Conrad. La bicyclette appuyée au pilier lui crevait les yeux, mais elle l'avait oubliée.

— Quelle heure est-il ? grommela l'homme, perdu entre sommeil et veille. Le garçon t'a laissé entrer ?

L'unique policier de la petite ville de la Roan Antelope Copper Mine tira sa chemise sur son gros ventre et la rentra dans son pantalon kaki bien trop court, qui lui tombait dangereusement sur les talons.

— J'avais bien dit à Isaac que je dormais. Il remonta son pantalon et retint son souffle en poussant dans leurs boutonnières ses deux derniers boutons de braguette. Il ne fait attention à rien, lâcha-t-il, reprenant sa respiration et fixant Mathieson d'un œil perçant. Et alors ?

M. Mathieson ne s'était jamais adressé à Wally Craine ès qualités, aussi les mots lui manquèrent-ils.

— Que veux-tu me dire, Jack ? dit Wally, se passant la main sur son crâne chauve et la ramenant sur son nez et sa bouche avec un reniflement.

— En ville, dit Mathieson, désignant de la tête la porte battante qui commandait l'entrée du petit bureau dont l'unique décoration était l'Union Jack. Mme Jenkins, qui vient d'arriver... Tu vois qui je veux dire ?

— Un Cafre l'a violée ? fit Wally Craine avec un bon rire, après lequel ses bajoues lui retombèrent sur le menton.

— Son bébé, dit platement Mathieson tandis que s'éloignait déjà le représentant de la loi. Son bébé a disparu, Wally, et elle est sûre que les nègres l'ont pris.

— Alors dis-lui que jamais un Noir ne toucherait un enfant. Dis-lui ça et vérifie qu'il n'est pas chez des voisins. Wally repoussa une nouvelle fois sa chemise dans son pantalon, tâchant en même temps d'y inclure une partie de sa bedaine. Elle a dû le leur confier et l'oublier aussi sec.

— Elle panique. Devant les efforts du policier, Mathieson se demandait comment on pouvait se laisser aller à ce point et rentra lui-même l'estomac. Elle est avec Mabel dans son magasin.

— Mabel Bernstein ?

— Elle t'attend.

Mathieson n'avait pas manqué l'étincelle qui venait de traverser le regard de Craine à la mention de Mabel Bernstein, la veuve joyeuse de la ville, et il sauta là-dessus.

— Elle te réclame, ajouta-t-il, ouvrant du pied la porte battante qui se rabattit immédiatement. Tu veux que je t'avance ?

— Merci, dit Mathieson avant de suivre Craine dans une vieille Dodge exténuée.

Il aurait le temps de passer par l'hôtel et de boire une autre bière dans la fraîcheur de la véranda.

13

Une longue file de négresses longeait lentement la voie ferrée vers le wagon abandonné. Rébecca se renfonça dans sa cachette et les observa avidement.

— Peut-être vivent-elles là-bas dans la brousse, dit-elle au bébé en se retournant pour considérer la fin de la voie. Maintenant on rentre, ajouta-t-elle en se levant avec le bébé toujours endormi. Ils seront bientôt là.

Son père rentrait de la mine à 3 heures et sa mère suivrait de peu, revenant de ses courses à Kitwe.

— Que va dire Granny Cat?

Rébecca souriait d'avance. Sa grand-mère serait enthousiasmée qu'elle ait retrouvé l'un des bébés que sa mère avait perdus.

— Mme Jenkins n'est pas restée longtemps dans le magasin.

Mabel Bernstein s'était remaquillée. Elle haussa les épaules et ses seins ronds et blancs firent signe à Wally Craine. Comme il aurait aimé prendre le mouchoir qui s'y trouvait niché!

— C'est ça, hein? Elle se tourna vers la femme en détresse assise devant une pile de cartons de lait. Elle a disparu en un clin d'œil. Le temps de claquer les doigts.

— Hum....

Wally Craine s'arracha à sa délicieuse contemplation pour considérer Mme Jenkins. Comme elle avait l'air anglaise! Un peu de soleil et quelques kilos ne lui feraient pas de mal, songea-t-il.

— En entrant, vous n'avez vu personne, madame?

— Jenkins, souffla Mabel.

La douleur qui battait dans sa tempe droite l'empêchant de parler, Mme Jenkins leva sur lui ses yeux gonflés et secoua la tête.

— Il était deux heures, je venais d'ouvrir. Wally Craine revint à Mabel Bernstein qui prit une grande inspiration pour gonfler ses seins. Il était deux heures pile.

Elle lui tendit une boîte de cigarettes. Il refusa de la tête. Elle l'ouvrit vivement, en prit une entre ses lèvres rouges.

— En ville, tout le monde dormait.

La cigarette était collée à sa lèvre inférieure et dansait comme elle parlait. Wally Craine, prestement, gratta une allumette. Et la tint basse, l'obligeant à se pencher pour l'atteindre tandis qu'il feignait de compter les marguerites du mouchoir.

— Merci.

Mabel Bernstein aspira longuement la fumée pour l'expirer en ronds parfaits au-dessus de sa tête chauve.

— C'est terrible, reprit-elle, examinant le cercle rouge qu'avait laissé son rouge à lèvres sur l'embout de sa cigarette, et elle essuya au coin de sa bouche une parcelle de tabac. Dieu merci, mes enfants sont grands et indépendants.

— Oui.

Wally Craine avait éprouvé une grande joie lorsque le dernier fils de la veuve avait déménagé à la mine dans les logements des célibataires.

— Bien, fit-il, revenant à Mme Jenkins et rentrant l'estomac car Mabel le regardait. La chaussée, disiez-vous...

Il s'avança jusqu'à la porte du magasin et considéra, sans s'y risquer, la fournaise extérieure.

— Vous êtes certaine que personne ne s'est occupé du bébé ? prononça-t-il, se demandant si Mabel accepterait de boire un verre dans la soirée au club de la mine. C'est la première fois que pareille chose se produit.

— Je ne vous crois pas ! L'Anglaise, furieuse, interrompit les pensées de Wally Craine. Mon bébé a disparu ici, dans cette ville à l'abandon, et vous restez là à dire des bêtises tandis que les Mau-Mau l'assassinent !

— Il n'y a pas de Mau-Mau ici, madame. La brusquerie de l'attaque avait démonté Wally Craine, qui se reprit pour défendre les Noirs. Je suis navré, madame, navré de ce qui est arrivé, mais, depuis que je suis ici, je n'ai jamais vu d'indigène...

— Mais où sommes-nous donc ? Mme Jenkins le fixait, stupéfaite et méprisante. Chez moi, la police aurait déjà fouillé la ville entière et retrouvé mon bébé !

— Désolé, madame. Wally Craine avait du mal à contenir sa colère. Comment comparer Scotland Yard et la police, réduite à un seul homme, d'une petite ville africaine ?

Il la prit par le bras, l'entraînant sur le seuil.

— J'aimerais bien, madame Jenkins, que vous me donniez d'autres détails.

— Lâchez-moi ! cria-t-elle, s'efforçant de dégager son bras, mais il tint bon. Vous entendez !

Wally Craine n'avait rien entendu. Il venait de remarquer la bicyclette appuyée au pilier et il savait à qui elle était.

— N'est-ce pas le vélo de la fille Conrad, Mabel ?

Mabel Bernstein s'arrêta net sur son seuil à la vue du vélo. Sa main aux ongles rouges monta vers sa figure. Ses yeux clignèrent de la fumée de sa cigarette, tandis qu'elle fixait la petite bicyclette noire.

— Elle est venue cet après-midi, murmura-t-elle dans le silence de plomb.

Elle le savait depuis toujours : l'enfant n'était pas comme tout le monde.

— On ne me permet pas d'aller là-dessous, mais j'y vais quand même, dit Rébecca au bébé endormi en longeant les maisons du chemin de fer. Il y a des serpents là-dessous.

Les maisons étaient bâties sur des piliers et l'obscurité ainsi ménagée avait souvent servi de refuge à Rébecca quand elle avait des ennuis.

— Ma mère ne veut pas que je parle aux gens qui les habitent parce

15

que ce sont des Afrikaners, ajouta-t-elle. Mais Mme Viljoen est gentille. Une fois, elle m'a donné un biscuit.

Elle jeta un coup d'œil à l'horizon d'arbres trapus et bas qui l'emprisonnait dans la brousse.

– Granny Cat est venue du pays des Afrikaners. Ma mère aussi. C'est très loin. Elle hissa le bébé sur son bras. Je crois que c'est une exploitation viticole. Son bras commençait à lui faire mal. Granny Cat dit qu'ils avaient des chevaux là-bas. Je n'en ai jamais vu.

Elle fit un écart sur sa droite devant la longue colonne de fourmis qui s'avançait sur le sentier battu.

– Si tu mets le pied sur une fourmi *matabele,* ça pue. Je parie que tu ne le savais pas.

Les longues herbes lui piquaient les jambes et s'accrochaient à son ourlet qu'elles défirent. Un long fil blanc commença de traîner derrière elle.

– Quant à celles-ci! Mon père dit qu'une armée de fourmis peut dévorer une personne toute vive! Elle inspira en sifflant entre ses dents. Parfois les Africains mangent des fourmis. Et des sauterelles. Je les ai vus.

Devant elle s'étendait une large rue crasseuse. C'était l'avenue Z où elle habitait, au numéro 123.

– Un, deux, trois, Z, dit-elle au bébé. C'est là que j'habite. Nous avons la plus grande...

Les mots soudain lui manquèrent et les jambes aussi. Elle observait une maison de briques, carrée, couverte de tôle ondulée. Flanquée d'une fourmilière énorme qui la dominait et la rapetissait. Un arbre invraisemblable poussait à son sommet. Mais Rébecca ne la regardait pas, bien qu'elle fût le centre de son monde. Deux voitures l'hypnotisaient. L'une était la Dodge du policier Wally Craine; l'autre la Morris Minor de Mme Bernstein. Elles étaient garées devant le 123 Z.

Katinka Marsden s'était découverte surveillée par le cuisinier Macaroni, dont la scrutait la noire figure émaciée. Sa chevelure crépue était d'un blanc pur et formait comme un halo à son visage sombre. Il lui parlait d'une voix très douce en lui touchant l'épaule. La vieille dame n'était pas pour lui une personne ordinaire. Elle avait quatre-vingt-six ans, vingt ans de plus que lui, et il avait pour elle le plus grand respect. Il n'aurait jamais, sauf obligation, interrompu sa sieste quotidienne sous la véranda.

– Bwana Craine est là, Mama.

– Quelle heure est-il? Katinka fixait la figure noire et les yeux les plus chaleureux qu'elle connût. Qu'est-ce qu'il veut, Baba?

– Bwana Craine dit qu'il veut vous parler.

Katinka tendit le cou vers la partie ouverte de la véranda. La vision d'un groupe de trois personnes qui attendaient dehors la troubla. Elle se frotta le cou qui s'était ankylosé pendant son sommeil.

– Ma fille est-elle rentrée? Katinka se sentait trop fatiguée pour parler à quiconque. Fatiguée et, obscurément, effrayée. Le bwana est-il rentré ?

— Il n'y a personne, Mama.

— Où est Rébecca ? Elle devrait être ici. Katinka leva les yeux pour lire l'heure à la montre qui pendait, à l'envers, à la veste blanche de Macaroni. Elle la lui avait donnée pour Noël et il la chérissait. Elle était rentrée de l'école quand je me suis endormie. Je l'ai vue.

— Rébecca est allée jouer, Mama. Macaroni jeta un coup d'œil aux Blancs qui attendaient. Ils s'impatientaient, à les entendre. Que dois-je leur dire ?

— C'est bon. Katinka s'efforça de se lever de son divan, mais regarda Macaroni avec un mouvement d'impuissance. Veux-tu m'aider, Baba, s'il te plaît ?

Il glissa doucement sous les bras ses fortes mains noires et la mit debout. Elle était légère comme une plume et ses os minuscules étaient fragiles. Il brossa sa robe là où il l'avait touchée, comme s'il eût voulu effacer toute trace de lui-même.

— Merci.

Elle prit la canne qu'il lui tendait, leva les yeux sur lui et lui lança un clin d'œil d'une étonnante jeunesse pour sa vieille figure.

— Es-tu bien sûr que ce n'est pas après toi que Bwana Craine en a ? N'aurais-tu pas fait quelque chose de mal, Baba ?

Il gloussa, haussant très haut les épaules et, d'une voix chaude et vibrante :

— Pas Macaroni, Mama.

Katinka s'avança jusqu'à la porte d'entrée, s'appuyant lourdement sur la tête de lion sculptée qui formait la poignée de sa canne, s'arrêta et observa un instant les visiteurs à travers la moustiquaire qui composait la moitié supérieure de la porte.

— Mabel ? Quelle surprise ! dit-elle avec un grand sourire devant Mabel Bernstein et la femme qui l'accompagnait et qu'elle n'avait jamais vue. Monsieur Craine..., ajouta-t-elle en saluant le policier d'un signe de tête.

Wally Craine baissa la tête et s'éclaircit la voix.

— Que puis-je pour vous ?

— Rébecca est-elle ici, madame Marsden ? Mabel Bernstein s'était avancée d'un pas, passant vivement la langue sur son rouge à lèvres. Elle a laissé sa bicyclette devant le magasin.

— Elle est si distraite, dit Katinka, toujours souriante, et se demandant pourquoi un policier se déplaçait pour une bicyclette oubliée. Quand elle rentrera, je l'enverrai la chercher.

— Elle n'est pas ici ?

Les sourcils épilés et dessinés au crayon de Mabel Bernstein se haussèrent en deux arcs parfaits, tandis qu'elle fixait Wally Craine.

— Ma fille non plus ni mon gendre, j'en ai bien peur, laissa tomber

Katinka dans un éloquent silence. Mais je transmettrai le message et Rébecca ira chercher sa bicyclette. Merci.

Et elle se détourna pour les quitter, la moustiquaire les séparant toujours.

— Madame Marsden, ce n'est pas tout, dit vivement Wally Craine en s'avançant vers la porte.

— Pardon ?

Katinka s'était retournée. La figure du policier appuyée à la moustiquaire était toute déformée.

— Il y a plus grave, malheureusement.

Il éleva la voix pour être sûr d'être entendu :

— Un bébé a disparu et...

— Un bébé a été enlevé devant le magasin et ces gens pensent qu'elle aurait pu l'avoir pris! explosa Mme Jenkins, se frayant place à côté de Wally Craine.

— Elle ?

Le regard de Katinka allait de l'un à l'autre. La tension blêmissait leurs visages figés derrière le fin réseau.

— Qui cherchez-vous ? Rébecca ou votre bébé ?

— Rébecca a volé mon bébé!

Mme Jenkins avait crié et un voile tomba dans l'esprit de Katinka. Les voix bourdonnaient à ses oreilles, mais elle n'écoutait pas. Elle pensait à sa très jeune petite-fille Rébecca, sentait toute la colère amassée contre elle et se désespérait. Elle recula d'un pas et porta la main à sa tempe comme pour découvrir un sens à ce qui arrivait.

— Cette enfant n'a jamais été normale.

La voix dure de Mme Bernstein arracha Katinka à sa confusion.

— Tout le monde sait bien qu'elle est bizarre et qu'on ne peut pas lui faire confiance!

— Comment osez-vous ?

Katinka tremblait de fureur. Elle se sentait vidée de toute force et sur le point de s'effondrer devant eux.

— Vous n'aviez qu'à vous en occuper, poursuivit Mabel Bernstein, comme si quelque digue en elle s'était rompue qui l'avait retenue jusque-là de s'exprimer. Je sais ce qu'en disent les maîtres d'école. La ville entière la connaît. Elle n'a pas d'amis et elle traîne toute la journée du côté du chemin de fer avec les indigènes à faire Dieu sait quoi! Elle se sent peut-être bien chez les nègres, mais pas nous. Chaque fois qu'il arrive quelque chose ici, nous savons bien d'où ça vient!

— Taisez-vous! cria Katinka, et le silence retomba sur l'éloquence de Mabel Bernstein.

Mais il était trop tard : de sa cachette au sommet de la fourmilière, Rébecca avait tout entendu.

Elle s'était précipitée dans le passage derrière les maisons. Contournant le garage de ses parents, elle était arrivée à la fourmilière et, le bébé serré contre elle, elle avait grimpé aussi haut qu'elle avait pu. Et plus haut encore, jusque dans l'arbre. A l'abri dans son perchoir parmi les branches au-dessus du monde, elle avait observé les trois adultes qui parlaient à Katinka. Rien ne lui avait échappé de leurs mots acérés et elle comprit ce qu'elle savait déjà. Les chuchotements des adultes quand elle passait. Les murmures qui la disaient bizarre. Voilà pourquoi elle n'avait pas d'amis.

Elle serra plus fort le bébé contre elle. Il produisit un bruit léger et aussitôt elle se sentit mieux. Elle n'était plus seule.

Le bruit d'une voiture montant l'avenue la tira de ses pensées. Les trois têtes des adultes se tournèrent vers sa mère qui descendit de son auto.

— Bonjour, Mabel, bonjour, Wally.

Sa mère souriait et salua l'étrangère de la tête :

— Madame Jenkins, n'est-ce pas ? Je voulais vous demander de prendre un verre avec nous ce soir. Je suis désolée de ne pas encore en avoir trouvé le temps.

— Madame Conrad, j'aimerais vous dire un mot.

Wally Craine s'avança et Rébecca se démancha le cou pour ne pas perdre de vue le crâne chauve à travers les branches. Ils lui apparurent soudain tous minuscules et elle se fit l'effet d'un oiseau sur le faîte d'un toit.

— Constance, je peux te dire un mot ?

Katinka appelait de l'intérieur de la maison et Rébecca surveilla la porte d'entrée. Constance s'avança, se retournant pour jeter à Wally Craine un regard interloqué. Le silence de Mabel Bernstein, ses lèvres rouges serrées la mettaient mal à l'aise et l'expression tendue de la nouvelle venue d'Angleterre la troublait.

— Nous ferions sans doute mieux de rentrer tous, dit-elle enfin aux visiteurs, tout en s'approchant de sa mère. Qu'est-ce qui se passe, maman ?

— Mets-les dehors ! chuchota Katinka.

— Mais...

— Allez, insista Katinka avant de disparaître dans la maison.

— Où vas-tu, maman ? fit Constance, la suivant vivement. Qu'est-ce qui se passe ?

— Pouvons-nous entrer ?

Avant que Constance ait pu répondre, Mabel Bernstein s'avança, suivie de Wally Craine et de Mme Jenkins.

— Oh ! fit-elle. Un peu de thé ? Macaroni, du thé, s'il te plaît ! lança-t-elle, confuse, vers la cuisine.

— Elle est là, Mama.

Katinka, exaspérée, regardait Macaroni rentrer dans la maison par la porte de derrière. Il était allé voir si Rébecca ne se cachait pas sur la fourmilière.

— Elle est là, répéta-t-il en s'avançant vers la vieille dame qui la suppliait du regard de répondre à une question qu'elle ne voulait pas poser.

Il hocha la tête. L'enfant était dans l'arbre et tenait un bébé. La petite fille, il le savait, dont la vie n'était qu'une suite de jours solitaires, marquée par des chocs analogues à celui dont il venait d'être le témoin, était en plein désarroi.

— Prends ton temps pour le thé, Baba, dit Katinka, lui posant la main sur le bras. Je vais la chercher.

— Vous n'allez pas grimper là-haut, Mama!

— Tu me crois incapable d'escalader une fourmilière?

Une lueur familière éclaira un instant les yeux de la vieille dame et elle sortit par la porte de derrière.

Versant le thé, Constance écoutait les accusations des trois personnages qui venaient de faire irruption chez elle et elle vibrait de rage. Elle avait élevé Rébecca très strictement. Lui avait inculqué la discipline la plus rigide et pourtant sa fille lui échappait. Ces gens qui avaient envahi sa maison le lui confirmaient: ils exprimaient ce qu'elle n'avait jamais osé formuler.

— Ce n'est pas parce que la bicyclette de Rébecca est devant le magasin qu'elle a volé votre bébé..., dit-elle, s'efforçant de sourire à Mme Jenkins.

Elle comprenait ce que celle-ci pouvait éprouver mais ne devait pas laisser soupçonner le moins du monde qu'elle pensait que sa fille pût être impliquée dans l'affaire.

— Avez-vous du sucre?

— Alors, Constance, où est Rébecca? dit Mme Bernstein, la fixant d'un air soucieux

Prenant sa tasse, elle la fit un peu déborder. Elle connaissait ces tasses qui venaient d'Angleterre. Elle les avait vendues l'année dernière à Constance. Elle avait remarqué que celle-ci n'achetait rien qui ne vînt d'Angleterre.

— Elle joue sans doute avec ses amies? ajouta-t-elle.

La perfidie de la question n'échappa point à Constance, mais elle sourit poliment à Mabel Bernstein, si lourdement maquillée, qui n'était jamais invitée à prendre le thé chez elle.

— Il est tout de même extraordinaire que la bicyclette de Rébecca devant votre magasin produise pareil bouleversement. Mais sans doute l'a-t-on vue avec le bébé?

Un silence prolongé suivit la question.

— Non, mais...

— Non? fit Constance avec indignation, fusillant Wally Craine d'un regard glacial. David sera très surpris de vous savoir mêlé à cette histoire, Wally...

Elle regarda sa montre.

— Il sera là dans un instant. Attendons-le.

Puis elle les fixa tour à tour avec mépris tout en leur tendant une assiette de biscuits et ajouta pour faire bonne mesure:

— Je doute que tout cela lui plaise beaucoup.

20

– Rébecca ?

Katinka scrutait la fourmilière qui la dominait, deux fois plus haute que la maison, agrippant par ses racines un arbre immense. Le volume informe de cette masse de terre évoquait une petite montagne. Dure comme pierre après des années de soleil brûlant, criblée de trous de serpents, c'était un monument étrange aux millions de fourmis qui l'avaient bâti pendant des siècles de leur salive et de leur travail. Elle n'avait jamais rien vu de pareil dans les aimables parages du cap de Bonne-Espérance et cette vivante monstruosité la troublait toujours.

– Rébecca ?

Elle avait entrevu la jupe de l'enfant très haut dans l'arbre et elle plaça ses mains en porte-voix pour appeler encore :

– Rébecca, c'est Granny Cat !

– Je ne descendrai pas. La petite voix tomba jusqu'à elle. Partez, Granny, partez, s'il vous plaît...

– Tu ne pleures pas, j'espère ?

Rébecca essuya de la main les larmes qui roulaient sur ses joues et renifla. Le bébé ouvrit la bouche pour crier et elle lui chuchota :

– S'il te plaît, tais-toi !

– Que tiens-tu donc là-haut, Rébecca ? Katinka s'abritait les yeux d'une main et scrutait le feuillage. C'est un bébé ?

Rébecca se mordit la lèvre et berça le bébé qui commençait à crier.

– C'est le bébé de maman ! lança-t-elle à sa grand-mère. C'est la sœur que maman m'a dit avoir perdue. C'est ma sœur !

Katinka ferma les yeux, se rappelant la dernière fois qu'il avait été question d'une sœur pour Rébecca. Constance avait dit à sa fille qu'elle était désolée. Elle avait voulu lui donner une petite sœur mais elle n'arrivait pas à garder les bébés.

– Mon Dieu, fit Katinka, refermant les yeux, donnez tout votre amour à cette petite fille...

La prière s'éleva sans bruit vers le ciel.

– Il est à moi !

– Oui.

– Quoi ?

La voix troublée de Rébecca rompit le silence qui avait suivi l'acquiescement de Katinka.

– J'ai dit oui, Rébecca.

Le bébé s'était calmé. Il fallait garder secrète la présence de Rébecca jusqu'au départ des intrus.

– Veux-tu que j'envoie Macaroni t'apporter un biscuit ? Si tu veux, on peut aussi préparer du lait pour le bébé.

Katinka fouillait toujours du regard l'arbre qui semblait toucher le ciel. Son cou lui faisait mal et la tension lui donnait le vertige.

– Je ne leur dirai pas que tu es là, Rébecca.

Elle se détourna de la fourmilière, après cette recommandation :

— Prends bien soin du bébé, n'est-ce pas ?

Puis elle regagna lentement la porte arrière de la maison, consciente que Rébecca ne perdait rien de ses gestes.

— Tout va bien, murmura Rébecca au bébé, lui caressant la figure après l'avoir déposé dans un creux de l'arbre pour reposer ses bras endoloris. Granny Cat va leur dire, tu vas voir.

Les quelques mètres jusqu'à la porte de la maison lui avaient paru interminable et Katinka était épuisée. Un poids invisible lui écrasait les épaules. Elle comprenait ce que Rébecca avait fait et pourquoi, mais elle se savait seule dans ce cas. Sa petite-fille était différente et personne ne la comprenait. Comme elle, elle était trop foncée pour le monde des Blancs. La porte s'ouvrit comme elle y arrivait et Macaroni apparut. Il la considéra sans rien dire, les yeux pleins de questions qu'il n'osa formuler.

— Je vais rester avec toi dans la cuisine jusqu'à leur départ, Baba, lui dit-elle en lui tapotant le bras.

— Oui, Mama.

La vieille dame protégeait sa petite-fille de la violence des Blancs installés dans le salon.

— Je vais vous faire du thé, Mama, dit-il, la conduisant à une chaise devant la table de la cuisine. L'eau est encore chaude.

Il posa devant elle une tasse et une soucoupe et pendit sa canne au dossier de la chaise tandis qu'elle s'asseyait.

Le père de Rébecca s'était rapidement débarrassé des intrus et Katinka essayait d'expliquer la situation à Constance.

— Non, Constance, ce n'est pas ce que je veux dire.

Katinka levait les yeux sur sa fille, debout dans la cuisine à côté de sa chaise.

— Que veux-tu dire, alors ? Que tu ne sais pas où est Rébecca ?

Constance jeta un regard à son mari. David retirait ses bottes sur le seuil. Macaroni s'en empara, heureux de ce prétexte pour quitter la pièce.

— Pour l'amour de Dieu, maman, où veux-tu en venir ? Protéger Rébecca ?

— Peut-être.

— De quoi ?

— De toi.

— De moi ?

Constance, stupéfaite, dévisageait sa mère.

— Tu as entendu Wally Craine ! Il est très possible qu'elle ait volé ce bébé. Tu sais ce que ça veut dire ?

— Constance !

David s'approcha des deux femmes et, d'une voix douce mais ferme :

— Il faut retrouver Rébecca, mère. Je ne crois pas plus que vous ce qu'ils disent, mais il faut la trouver.

— C'est vrai.

L'approbation de Katinka imposa une espèce d'attente. Macaroni, les bottes de David à la main, s'arrêta net sur le seuil et battit en retraite, craignant que le silence n'explosât.

— Que dis-tu ? fit Constance, se penchant vers sa mère par-dessus la table, et ajoutant, très calme : Qu'est-ce qui est vrai ?

— Rébecca a le bébé.

— Quoi ? hurla Constance.

Les tasses de porcelaine accrochées au mur en vibrèrent les unes contre les autres.

— Tu sais qu'elle a le bébé ? C'est bien ce que tu veux dire ? ajouta-t-elle.

— Il va très bien, Constance. Katinka se sentait de plomb, mais il lui fallait protéger sa petite-fille. C'est Rébecca qui m'inquiète.

— Tu me dis que ma fille a volé un bébé et... Mais qu'est-ce qui se passe ici ? Je sors une minute et le temps que je rentre...

— Oublie-toi un instant, Constance, jeta sa mère, dont la colère lui imposa silence. Ta fille a pris un bébé et elle a décidé qu'il était sa sœur. Elle a attendu une sœur des années, cherchant partout les bébés que tu lui as dit avoir perdus.

— Quels bébés ? De quoi parles-tu ?

— De ceux qui ne sont pas venus à terme mais que tu lui as dit avoir « perdus ».

Katinka planta son regard dans les yeux de sa fille et elle y vit de la peur. Peur qui la concernait elle-même autant que Rébecca.

— La vie entière de cette enfant est minée par le mensonge, Constance. Elle n'a rien fait que te croire.

— Alors elle a volé le bébé, fit Constance, abasourdie.

— Elle a cru ton mensonge, répéta Katinka.

— D'après toi, j'aurais dû lui dire que mes bébés étaient morts ? Tous morts avant de naître ?

— Tu aurais dû lui dire la vérité avant que quelqu'un d'autre s'en charge. Tu aurais dû lui faire confiance.

Un étourdissement la prenait, mais elle poursuivit :

— Constance, dit-elle, posant doucement sa main sur celle de sa fille, écoute-moi. Rébecca n'a pas conscience d'avoir mal fait. Elle n'est pas le monstre que prétendent les gens. Elle est très seule, voilà tout.

— Elle vole un bébé parce qu'elle est seule ? répliqua Constance, glaciale.

— Et mal aimée.

— Où est-elle ? Constance retira sa main, se redressa, toisant sa mère avec défi. Dis-moi où elle est.

— Et que feras-tu ? répondit Katinka, désolée. Que feras-tu ? Comment la consoleras-tu de ne pas être tout à fait blanche ?

Constance pivota brusquement et s'avança vers la porte. Le silence de sa mère l'avait renseignée.

— Je sais où elle est. Exactement où on lui interdit d'aller ! hurla-t-elle.

— David ? appela Katinka d'une voix douce qui ne cachait pas son désespoir.

David s'élança derrière sa femme, la rattrapa.

— Je vais la chercher, lui dit-il, la retenant sur le seuil. Assieds-toi.

— N'écoute pas maman, David. Elle la protège toujours. Chaque fois que se produit quelque chose comme ça...

— Je t'ai dit que j'allais la chercher. Attends ici, l'arrêta-t-il, la regardant avec assurance.

Lorsque David sortit, Macaroni leva les yeux. Il était accroupi dans le jardin à côté du robinet, ses longues jambes écartées et les orteils de ses pieds nus enfoncés dans l'herbe dure. L'eau tombait d'un brise-jet dans le grand pot qu'il tenait sous son embout. Elle débordait, éclaboussant le béton avant de serpenter vers le drain avec des éclats d'argent. Macaroni se déplia comme une corde et s'éloigna de la maison et de David vers le fond du jardin. Les deux petits pavillons dissimulés derrière une haie de manguiers étaient soudain des objectifs essentiels. Assise à la table de la cuisine, Katinka, il le savait, priait en silence pour sa petite-fille, et il leva la tête vers le ciel où les missionnaires lui avaient dit que se trouvait Dieu. Dieu qu'il adorait par-dessus tout.

— Grand Dieu, prononça-t-il, ajoutant sa prière à celle de Katinka, sa voix profonde de Noir emplissant ces mots de majesté, aie pitié.

Rébecca se tenait debout devant le tabouret sculpté en forme d'éléphant près du piano. La dure bordure de bois du siège lui entrait dans le creux des genoux et elle se frottait le mollet contre la défense qui le soutenait. Elle avait si mal aux bras qu'elle en aurait pleuré, mais elle se cramponnait au bébé hurlant.

Son père ne le lui avait pas retiré lorsqu'il l'avait trouvée dans l'arbre au sommet de la fourmilière. Il avait admiré le bébé. Il s'était demandé s'il ne criait pas parce qu'il avait besoin d'être changé. Lui avait dit combien souvent il avait changé ses couches à elle lorsqu'elle était bébé et comme elle pleurait quand il le faisait.

Lorsque Rébecca s'était laissé glisser sur le derrière du haut de la fourmilière, il ne lui avait pas pris le bébé.

— Peut-être devrais-je prendre le bébé pour le changer ? avait dit Constance avec un sourire tendu. Comme ça, il ne pleurerait pas quand tu le tiendrais.

Rébecca avait gardé les yeux baissés, serrant encore plus fort le bébé vociférant, rouge de fureur, et dont les couches souillées dégoulinaient sur sa robe.

— C'est ridicule ! avait éclaté Constance, se précipitant près de sa fille. Donne-moi cet enfant !

— Arrête ! avait lancé David, aussitôt près d'elles. Laisse-la, Constance.

— Tu as essayé, David, mais maintenant elle va lâcher ce bébé ! Donne-moi ce bébé avant que je ne te gifle !

Elle voulut l'empoigner, mais Rébecca se recula en criant :

— Il est à moi !

Une douleur sourde s'étendit du dos de Katinka à sa poitrine tandis qu'elle regardait sa fille essayer d'arracher le bébé à Rébecca.

— Rébecca ?

Elle se força à se lever et s'avança vers les combattantes. Tiraillé entre elles, le bébé hurlait de terreur et David s'éclipsa. Il savait quelle torture endurait sa fille, mais il ne la comprenait pas. Il avait pris des heures sur son sommeil, avant d'aller prendre son tour à la mine, à tâcher de convaincre sa petite fille que cela ne faisait rien si elle n'avait pas d'amis. Et tant pis si elle n'était comme personne, elle était unique. Mais le bébé que se disputaient sa femme et son enfant incarnait l'incompréhension qui les séparait tous.

— Rébecca, donne-moi le bébé à moi, dit Katinka qui les avait rejointes et avait ordonné d'un regard à Constance de lâcher prise. Tu veux bien ?

Rébecca pivota et lui tendit l'enfant. Elle vit battre le sang dans les artères de son cou gracile. Des mèches sombres y étaient collées, d'autres formaient devant sa figure une masse brillante, soyeuse et noire.

— Le dernier bébé que j'ai tenu, c'était toi, dit Katinka en se penchant vers sa petite-fille bouleversée. Je peux ? ajouta-t-elle, souriante, les yeux plongés dans les yeux sombres et humides qui la fixaient.

De minuscules taches de rousseur marquaient la base du nez de la petite fille et sa large bouche demeurait close, les lèvres serrées de défi.

— Il en fait un bruit, n'est-ce pas ? Ma parole ! gloussa Katinka comme le bébé inspirait très fort pour faire de nouveau éclater sa colère.

— Oui.

Le ton de Rébecca n'exprimait plus que la défaite, et surprit sa grand-mère qu'elle regardait avec circonspection. Incertaine de pouvoir lui faire confiance et le souhaitant malgré tout.

— Tu es sûre ? dit Katinka sans prendre le bébé.

— Oui, dit Rébecca, acquiesçant d'un signe de tête.

Les bras lui faisaient mal, la tête aussi, et tout son corps tremblait. Elle le savait, c'était la fin d'un rêve.

— Merci.

Sa grand-mère lui prit doucement le bébé et le posa à plat ventre sur son épaule en lui tapotant le dos.

— Qu'il est mouillé ! fit-elle, et elle l'emporta vers un fauteuil.

Les orteils crispés dans le tapis, Rébecca baissa les yeux. Les motifs rouges dansaient à travers ses larmes.

— Tu le sais bien que ce n'est pas ta sœur, n'est-ce pas, Rébecca ?

Constance, très calme, se tenait devant elle et Rébecca remarqua la poussière qui salissait le bout de ses souliers à hauts talons. Elle aurait aimé la serrer dans ses bras, demander pardon, être consolée. Elle ne pouvait pas.

— Nous n'insisterons pas là-dessus.

David s'était rapproché de sa femme et de sa fille, et les entoura de ses bras.

— Tu devrais aller te laver, Rébecca, et te changer. Nous pourrions peut-être aller quelque part... ça vous plairait ?

— Tu le sais bien, n'est-ce pas, que ce n'est pas ta sœur ? insista Constance, passant les doigts dans les cheveux noirs de sa fille. N'est-ce pas ?

Elle le savait. Elle l'avait toujours su sans vouloir l'admettre. Mais elle se surprit à hocher la tête, tandis qu'elle regardait sa mère en face.

— Je ne voulais pas les croire, dit-elle simplement.

— Qui ?

Constance sentit s'ouvrir en elle un amour sans fond pour sa fille. Amour toujours refoulé. Au cas où Rébecca aussi lui aurait, comme les autres, été enlevée.

— Qui t'a dit quoi, chérie ?

— A l'école.

Et soudain Rébecca se jeta contre sa mère et, enveloppée de la chaleur qu'elle avait tant espérée, elle murmura :

— Ils disent que tu n'avais que des bébés morts.

La voix s'étouffait dans les plis de la robe et Constance serrait sa fille très fort dans ses bras.

— Chuuut..., fit Katinka, et elle commença à chanter une berceuse au bébé dans ses bras.

Une berceuse de Malaisie qui venait de très loin dans son passé.

2.

Les brins d'herbe durs et courts s'enfonçaient dans les genoux de Rébecca. Elle frappait le sol d'une brindille sèche, concentrée sur un espace minuscule d'herbe foulée, couvercle secret d'un monde souterrain. Elle battait le sol de sa brindille selon le rythme hésitant des mouvements d'une sauterelle, prête à une retraite rapide. Le couvercle d'herbe s'effaça soudain et les deux pattes noires préhensiles et noires d'une énorme araignée piégeuse saisirent la brindille. L'entraînant sous son corps obèse pour l'exécution. Écartée d'un bond, Rébecca contemplait la scène, fascinée d'horreur. Se balançant d'un pied sur l'autre, elle frottait ses mains sales contre sa jupe. L'araignée furieuse se dépêtra de la brindille et rentra dans son trou, claquant sa trappe derrière elle. Tout près de là, une sauterelle surprise s'étirait de soulagement.

La haie du jardin du 123 Z était devenue le mur de la prison de Rébecca. Il y avait un an et demi qu'elle avait volé le bébé et elle avait neuf ans. Personne n'en avait plus parlé, mais l'événement avait changé sa vie. Sa seule échappée désormais était le chemin de l'école. L'univers de la voie ferrée, des maisons de bois sur piliers et de la vaste rue poussiéreuse lui était désormais interdit.

Le cirque était arrivé. Le cirque chatoyant qui venait de bien au-delà de son petit monde de chuchotements hypocrites. Bientôt, ils monteraient leur tente, les gens basanés à l'étrange accent et aux yeux sombres pleins de secrets qui passaient tous les deux ans. Déjà ils avaient jeté leur dévolu sur l'espace nu qui s'étendait entre le 123 Z et l'église. Espace qu'elle ne traversait plus qu'avec ses parents, le dimanche, pour aller à l'office et en revenir.

Elle s'assit par terre, puis s'étendit et allongea les jambes. Des herbes pointues lui piquaient la peau comme elle suivait des yeux deux nuages duveteux qui se poursuivaient dans le bleu sans limites du ciel. Elle entendit un lion rugir et imagina l'énorme chat arpentant la cage qui le retenait captif sur sa terre natale. Elle aurait aimé être assise tout près de là et assister tranquillement à l'agitation des préparatifs. Voir le beau trapéziste se balancer en l'air avant le saut périlleux qui le ferait retomber sur ses pieds à côté de sa partenaire. Cette partenaire avait toujours les jambes les plus longues qui fussent et Rébecca aurait bien aimé être à sa place, être partie prenante à la fête qui aurait lieu si loin d'elle.

Les mains jointes derrière la tête, elle poussa sur ses bras, le corps arqué au-dessus du sol, ramassant ses jambes petit à petit pour enfin les lancer au ciel.

— Hello! fit-elle, marchant dans l'herbe sur les mains, à l'image inversée de Macaroni. Je ne t'ai pas entendu venir, ajouta-t-elle à l'intention de la haute silhouette qui se tenait sur la tête dans le ciel.

— Votre grand-mère veut vous voir.

Rébecca pivota sur elle-même, lançant les pieds vers le sol pour se retrouver debout devant le jardinier.

— Tu as vu ce que j'ai fait, Macaroni? lui dit-elle en s'avançant avec lui vers la maison. Je sais faire aussi le saut périlleux.

Elle considérait ses pieds bien à plat à côté de ceux de Macaroni sur le dallage du chemin qui menait droit à la maison.

— Comme les clowns du cirque, ajouta-t-elle.

Elle avait les yeux brillants et cherchait à accrocher le regard de l'homme qui conservait ses distances. Distance immatérielle, jamais mesurée ni évoquée et cependant immuable. C'était la distance officielle entre les serviteurs noirs et leurs maîtres blancs.

— Pourquoi Granny Cat veut-elle me voir?

Par-dessus son épaule, Rébecca jeta un regard vers les hommes qui là-bas tiraient sur les cordes de la tente. Elle imaginait l'immense toile blanche monter comme un champignon. Bientôt, les drapeaux faseyeraient le long de leurs câbles avant de déployer leurs triangles colorés au sommet de la tente.

— Iras-tu au cirque, Macaroni?

— Non, mademoiselle Rébecca.

Macaroni secouait la tête avec une fermeté définitive.

— Non.

— Tu as peur d'y aller? demanda Rébecca avec un grand sourire. C'est bien ça, n'est-ce pas? Tu as peur?

Macaroni haussa ses minces épaules et gloussa. Il était plus facile de feindre d'avoir peur que de s'expliquer. Elle ne comprendrait pas qu'il voyait assez d'hommes blancs faire des choses bizarres lors de ses jours de congé.

— Que faisais-tu donc, Rébecca?

Katinka l'observait derrière la porte d'entrée à travers la moustiquaire.

— Il fait trop chaud dehors, n'est-ce pas?

— C'est vrai, Granny.

Rébecca franchit la porte qui se rabattit bruyamment sur le cirque. Elle savait pourquoi on l'avait appelée.

— Voulez-vous un verre de citronnade ? demanda-t-elle, prenant la main de sa grand-mère dans les siennes.

Il lui semblait tenir une toute petite aile d'oiseau, tandis qu'elle l'entraînait sur le sol ciré jusqu'au divan.

— Je vous en apporte tout de suite.

Rébecca adorait presser les énormes citrons jaunes qui rendaient les arbres magiques, si souvent que la cueillette en eût été faite. Elle glissait la main sous les aliments dans l'énorme glacière de l'office, écrasait la glace avec du sucre blanc et, lorsque la glace et le sucre s'empilaient au fond du verre, elle versait dessus le jus de citron pur. Elle aimait voir se former la buée sur la paroi du verre, puis les gouttes qui glissaient vers le fond comme si elles faisaient la course.

Lorsque sa grand-mère s'assit sur le divan, elle lui lâcha la main.

— Restez ici, je vais préparer la citronnade.

— Reste un peu avec moi.

Rébecca s'arrêta et se retourna. Sa grand-mère paraisssait rapetisser tous les jours. Elle avait dit à Rébecca que c'était elle qui grandissait, celle-ci ne pouvait pas le croire. Les gens se ratatinent peut-être avant de mourir pour mieux entrer dans leur tombe.

— Je voudrais que vous me parliez de Bonne-Espérance.

Rébecca adorait entendre sa grand-mère évoquer son enfance et elle sauta sur le divan à côté d'elle.

— Que veux-tu que je te raconte aujourd'hui ?

La mention par Rébecca de Bonne-Espérance l'avait ramenée loin en arrière. C'était là que s'était tissée sa vie, dans cette propriété que Jacques Beauvilliers, son arrière-grand-père, avait construite dans les vignes du Cap, cent cinquante ans plus tôt ; elle y avait aimé son mari et mis ses enfants au monde

Les courbes élégantes d'une allée sinueuse conduisaient à une énorme arcade blanche à travers les vignes qui cernaient la grande maison de style hollandais, abritée au pied des montagnes. Un perron de dalles rouges donnait accès à la lourde porte sculptée de l'entrée principale. De sombres volets encadraient les fenêtres, toujours prêts à se fermer pour opposer aux indiscrets leurs couvercle de bois. De larges planches de santal occupaient toute la longueur de l'énorme vestibule où tant de fêtes de famille avaient rassemblé les générations sous des lustres étincelants. A droite et à gauche, de massives portes de bois ouvraient sur des salons, des cuisines, des offices et des chambres qui s'étendaient sur deux ailes. Au fil des années, de nouvelles chambres avaient accueilli les nouveaux membres d'une famille toujours croissante. Une raide escalier de bois menait à une mansarde, minuscule chambre cachée sous les toits de la maison, blottie sous le chaume sombre, comme si elle eût dissimulé le cœur même de Bonne-Espérance. Ce n'étaient ni les vignes ni les bâtiments qui éveillaient les souvenirs de Katinka, c'était ce cœur palpitant. La terre que Jacques Beauvilliers avait défrichée il y avait si longtemps nourrissait encore les vignes de l'amour

29

qu'il y avait mis. « La mère immortelle », ainsi appelait-il la rouge terre africaine qui portait encore l'empreinte de ses pas. Les murs, la terre, jusqu'aux galets de la cour, étaient imprégnés des tragédies et des joies qu'avaient vécues tous les Beauvilliers qui s'étaient succédé là. Le souffle lourd de l'esclave Eva, accouchant de Jean-Jacques, son fils métis, y était captif. Les cris solitaires de ce fils de Jacques Beauvilliers retentissaient encore, comme les cris de haine de sa fille Clara.

Bonne-Espérance était toujours vivant. A travers le temps, la propriété avait survécu aux passions qui avaient déchiré une famille et un pays. Les morts y côtoyaient les vivants et tous rappelaient Katinka.

A mesure qu'elle se remémorait le vert profond des vignes et les montagnes pourpres où elle avait monté à cru son cheval Shasaan, la force lui revenait. Dans la carcasse tordue assise à côté d'une petite fille sous une véranda d'Afrique centrale vivait toujours la jeune fille ravissante que le seul contact de la main de Jack Marsden avait fait trembler.

– Parlez-moi de Bonne-Espérance!

La voix de Rébecca chassa Jack de son esprit et les rides innombrables de Katinka se concentrèrent autour de ses yeux tandis qu'elle souriait à la jeune fille qui vivait toujours au plus secret de son cœur.

– Tu veux que je te parle de Bonne-Espérance ?

– Parlez-moi de ceux qui y ont vécu.

Les longs cheveux blancs de Katinka étaient rassemblés sur sa tête en un chignon très serré et Rébecca espérait qu'elle allait lui permettre de les peigner pendant qu'elle l'écouterait.

– As-tu fait ton travail ? Tu sais comme ta mère serait contrariée si tu ne l'avais pas fait.

Elle savait parfaitement quelle serait la contrariété de Constance.

– Allez-y, dit-elle, attendant l'histoire qui allait lui faire oublier le cirque qu'on lui interdisait.

Le talent de sa grand-mère pour raconter des histoires émerveillait Rébecca. Elle avait l'impression d'être prise par la main et conduite dans un autre monde. Le monde de Bonne-Espérance, ses personnages extraordinaires et effrayants et son noir secret.

– Nous en étions à cette vieille dame, la méchante.

– Clara ?

Katinka considéra Rébecca qui appuyait pour mieux l'entendre la tête contre son épaule.

– J'ai dit que Clara était méchante ?

– Oui.

– Pourquoi ?

Katinka se demandait ce que la petite fille avait retenu de tout ce qu'elle lui avait raconté. Elle s'était appliquée à laisser de côté certains souvenirs. Ceux, surtout, de la méchanceté de Clara.

– Qu'ai-je dit qui ait pu te faire penser que Clara était méchante ?

– Vous m'avez dit qu'elle n'aimait pas ce garçon. Comment s'appelait-il ? C'était son frère, je crois, ou quelque chose comme ça.

Rébecca se redressa, fixant Katinka d'un regard aigu.

— Vous savez bien!

— Tu veux parler de Jean-Jacques?

— Oui.

— C'était mon grand-père. Comme mon mari Jack aurait été le tien. C'était le fils de Jacques Beauvilliers et le demi-frère de Clara.

— Qu'est-ce qu'un demi-frère?

— Aujourd'hui, je voudrais te parler d'autre chose.

— Vous ne voulez pas parler de Jean-Jacques?

— J'allais te parler de tante Emily, poursuivit vivement Katinka, s'efforçant de chasser les mauvais souvenirs. C'était la plus jeune des sœurs Beauvilliers. Il y avait Suzanne, Prudence et Emily. Elle était comme toi, je te l'ai dit. Tu t'en souviens?

Mais Katinka tout à coup se trouva transportée à Bonne-Espérance et il faisait nuit. Une nuit qu'elle essayait en vain d'oublier.

— Tante Emily était...

Katinka ne parvenait pas à la revoir en esprit. Elle ne voyait que des flammes. Des flammes qui montaient du toit de chaume de la maison blanche à pignon.

— J'aimerais peut-être bien quand même le verre de citronnade, dit-elle, s'arrachant aux flammes.

— Qu'est-ce qu'il y a? fit Rébecca en dévisageant sa grand-mère, dont elle avait senti la tension. Pourquoi ne voulez-vous pas me dire?

Katinka gardait les yeux fermés. Une larme glissa sous sa paupière, lentement descendit le réseau de ses rides, jusqu'à son menton.

— Je vais faire de la citronnade! dit Rébecca, essuyant cette larme du doigt et courant à la cuisine. Je vais mettre beaucoup de glace car, aujourd'hui, il fait très chaud, précisa-t-elle.

Katinka la regarda disparaître comme un elfe vers la cuisine. Rébecca avait beaucoup changé. Depuis le jour où elle avait volé le bébé et sa réclusion dans la maison et le jardin, elle s'était installée dans une bulle à la paroi de verre. Elle y était enfermée comme un oiseau en cage qui parfois lance des trilles pour s'assurer que le monde extérieur n'est pas vide. Ces essais de chant glaçaient Katinka. On avait reclus Rébecca pour la protéger de ce monde où elle était devenue point de mire. La petite ville en avait fait la cible de ses perversités secrètes. Peut-être était-il temps pour elle d'apprendre que ce monde extérieur, qu'elle souhaitait tellement connaître, était aussi hostile et violent que le sien.

— La guerre ne nous avait pas beaucoup touchés à Bonne-Espérance.

Katinka but une autre gorgée de la citronnade préparée par Rébecca et délogea d'entre ses dents du bout de la langue une particule de fruit qu'elle recueillit délicatement sur le bout d'un doigt. Sans un mot, Rébecca la fit passer de ce doigt sur l'un des siens.

— Quand la guerre finit, beaucoup de nos voisins boers qui étaient partis se battre regagnèrent leurs fermes.

— Oui ? fit Rébecca en essuyant son doigt sur sa robe. J'écoute, reprit-elle, dans son verre vide qui répercuta le son, puis elle tira la langue pour atteindre au fond le reste de sucre glacé. Mais sa langue était trop courte de la moitié du verre où elle s'agita sans espoir.

— C'étaient les Anglais qui faisaient la guerre aux Boers, n'est-ce pas ? Pas les Allemands ?

— Oui, répondit Katinka, se demandant si la dernière guerre contre l'Allemagne aurait de meilleurs résultats que celle des Boers.

Et elle reprit :

— Suzanne était devenue boer, tu sais ? Elle était la sœur d'Emily et de Prudence, mais elle avait épousé un Afrikaner nommé Thys.

— Et la sœur de Clara ! corrigea Rébecca, ayant remarqué que sa grand-mère, en citant les sœurs, avait omis Clara. La méchante, compléta-t-elle.

— Thys et Suzanne avaient été séparés je ne sais combien de fois. On aurait dit que leur amour ne pourrait jamais s'accomplir. Mais il s'accomplit ! Ça oui ! fit Katinka, souriante, se rappelant combien elle-même avait aimé Jack Marsden. Bien des années avant leur mariage, le père de Thys avait été pendu par les Anglais, Emily me dit un jour que Thys avait juré de tuer tous les Anglais qu'il verrait.

— Il l'a fait ? fit Rébecca, très impressionnée.

— Non.

Katinka n'avait pu réprimer un sourire. Elle s'était tout à coup rappelé la seule fois qu'elle avait vu Suzanne.

— Suzanne était très belle.

Katinka voyait encore les cheveux dorés de Suzanne tirés en arrière.

— Je me rappelle, quand j'étais petite, elle me disait de ne pas aller au soleil. Sans que je comprenne ce qu'elle voulait dire parce que je n'y allais pas, maman me l'interdisait.

— Pourquoi ?

— Le soleil est dangereux.

— Mais on dirait que vous y êtes beaucoup allée. Vous êtes comme moi et moi j'y vais.

Rébecca prit la main de Katinka et l'examina avec beaucoup d'attention.

Cette main était très brune, plus brune même que sa propre peau.

— Vous voyez bien.

— Veux-tu, oui ou non, que je te raconte une histoire ? dit Katinka, retirant sa main et l'enfonçant dans les plis de sa robe.

La seule chose qu'elle ne dirait jamais à sa petite-fille, c'était pourquoi elle avait quitté Bonne-Espérance pour retrouver sa famille en Rhodésie du Nord. La chose était liée à son teint.

— Les combats se sont étendus très au nord du Cap, tu sais, reprit Katinka pour les distraire, l'une et l'autre, de la couleur de leur peau. Il s'est passé des choses affreuses.

32

– Quoi ?

– Les Anglais ont brûlé les fermes des Boers. Ils voulaient empêcher les femmes boers de ravitailler leurs maris. C'était la guérilla : pour leur nourriture, les combattants dépendaient d'elles. Les Anglais ont même enfermé des femmes et des enfants dans des camps. Comme les camps de concentration qu'on a découverts en Allemagne. Des milliers de femmes et d'enfants sont morts de faim et de rougeole.

Katinka entendit soudain une voix afrikaner stridente. Un homme criait dans le noir tandis qu'elle se frayait un chemin dans la maison en feu pour sauver Matthew, son petit garçon. Pieter clamait vengeance pour la mort de sa mère. Katinka chassa vivement le cauchemar qui la hantait toujours.

– Tu te souviens de Suzanne, la sœur Beauvilliers qui aimait l'Afrikaner Thys ? Tu t'en souviens ?

– Vous venez de m'en parler.

Katinka prit une profonde inspiration et regarda sa petite-fille dans les yeux, en fouillant ses souvenirs.

– Suzanne était seule, Thys étant loin dans les terres et leur fils Pieter combattant avec les Boers...

Katinka reprit :

– Je ne pense pas que cette histoire te plaise.

– Si, plaida Rébecca, racontez-la-moi.

– On raconte...

Katinka s'arrêta, se rappelant la stupéfaction qu'avait soulevée cette histoire extraordinaire.

– Leur amour était si fort... Ils vivaient l'un pour l'autre et, si nombreuses qu'elles fussent, les séparations n'y faisaient rien. Leur amour était plus fort. On raconte que Suzanne avait envoyé un Noir de confiance chercher Thys dans les terres lorsque les Anglais étaient arrivés à leur ferme. Katinka porta une main à sa tempe pour s'aider à mieux tenir ses souvenirs en respect. C'est une histoire tellement étrange... Une histoire d'amour si extraordinaire.

Rébecca attendit sans rien dire.

– Alors, reprit Katinka, le regard perdu, Suzanne tira deux chaises devant la maison, s'assit sur l'une d'entre elles et regarda les soldats anglais réduire la demeure en cendres, avec leurs récoltes.

Katinka prit une grande inspiration, poursuivit :

– Elle avait été très malade et elle avait plus de soixante-dix ans. Voilà tout ce qu'ils trouvèrent à dire. Lorsque Thys revint, il trouva la maison brûlée et Suzanne morte sur sa chaise.

– Qu'est-ce qu'il a fait ? Il a tué tous les soldats ?

Un épais silence se fit sur ce mot. Rébecca contempla longuement sa grand-mère et enfin n'y put tenir.

– Qu'est-ce qui s'est passé ensuite ? la pressa-t-elle, imaginant Thys lancé à la poursuite des Anglais pour les tuer tous, comme il l'avait promis. Dites-moi ?

— Eh bien, Thys s'est assis à côté de Suzanne. La mort avait déjà tenté de les séparer, tu sais, et Suzanne était l'air même que Thys respirait. Alors il s'est assis sur une chaise à côté d'elle.

— Et ?

— Il est mort.

— Mais comment ? fit Rébecca, frustrée et incrédule. Comment ?

— Le Seigneur l'a rappelé à Lui.

— Dieu ?

— Oui.

— Mais comment ? On ne meurt pas comme ça ! Dieu Lui-même ne peut pas faire mourir quelqu'un comme ça !

— Il s'est arrêté de vivre. Katinka hocha la tête. Il ne pouvait pas vivre sans Suzanne, tu vois. Alors il s'est arrêté, tout simplement.

— Mais il n'était pas brûlé ! Il était loin de la ferme quand les soldats y ont mis le feu !

Katinka n'écoutait plus. Elle sentait les flammes qui la repoussaient. Elle était à la porte de la pièce où se trouvait Matthew, son petit garçon, à Bonne-Espérance. Elle l'entendait crier. Elle sentait John, son fils aîné, et sa fille Elizabeth accrochés à sa jupe pour l'empêcher d'aller plus loin. Elle entendait Pieter Bothma couvrir de ses clameurs le grondement des flammes : « Dieu maudisse la famille Beauvilliers ! »

Comme si Dieu l'avait entendu, une énorme poutre brasillante était tombée du toit devant elle, lui barrant le chemin de son fils.

— Je n'ai pas pu l'atteindre. Les flammes ! Les flammes partout !

Elle gémit. Rébecca, terrifiée, se recula. Sa grand-mère était ailleurs, en plein incendie, hors d'atteinte.

— Mon fils ! gémit-elle encore. Matthew !

— Granny Cat... Granny ! l'appela Rébecca, s'efforçant de retenir ses larmes.

— Il disait que nous avions tué son grand-père. Et son père et sa mère ! Il disait que nous avions tué sa famille dans les camps ! Sa femme et ses trois enfants !

L'expression de Katinka devant cette remontée du passé était l'horreur même.

— Arrêtez, Granny ! Rien n'est arrivé ! Nous sommes ensemble ! Tout va bien !

— Il y avait un couteau. Moi Titus, mon domestique, a surgi de la nuit sur Pieter Bothma et l'a poignardé.

Katinka avait les yeux fixés sur le plancher de la véranda. Comme si le corps de Pieter Bothma gisait à ses pieds.

— Moi Titus a tué Pieter Bothma ? Il a bien fait !

— Non, Rébecca, dit Katinka, sortie de son cauchemar. Ils l'ont pendu.

— Qui ? fit Rébecca. Moi Titus ?

Elle dévisageait Katinka, assise au bord de son siège.

– Pourquoi ? poursuivit-elle, les yeux pleins de larmes à la pensée de la pendaison de Moi Titus. Pourquoi l'ont-ils pendu ?

– Il était noir, répondit sa grand-mère d'un ton ferme, comme pour clore le sujet à jamais.

– Mais pourquoi ont-ils pendu Moi Titus ? s'obstina Rébecca, cherchant le regard de Katinka pour y trouver réponse. Il vous avait secourue ! Il vous avait sauvée de ce Pieter Bothma !

– Oui, fit Katinka, remuant les épaules en cercles pour apaiser sa tension. Voudrais-tu me peigner ? reprit-elle, changeant de sujet.

– Mais Moi Titus n'avait rien fait de mal, Granny Cat.

– Ça suffit, Rébecca, je croyais que tu aimais t'occuper de mes cheveux.

Elle retira une broche de sa coiffure et une longue mèche blanche roula paresseusement dans son dos.

– Je n'aurais pas dû te raconter ça. Ta mère sera furieuse contre moi.

– Est-ce qu'ils tueraient aussi Macaroni ?

– Rébecca ! Je t'en prie...

Malgré tous ses efforts pour s'accrocher au présent, Katinka était revenue à ses pensées. Elle revoyait ses voisins blancs traîner Moi Titus vers un arbre. Sa famille était là. Une jeune femme noire et deux petits garçons. Résignés, silencieux, tandis qu'on le coiffait d'une cagoule.

– Si Macaroni voulait protéger maman contre un Blanc, est-ce qu'ils le tueraient aussi ?

L'enfant prenait la défense d'un Noir depuis longtemps enfoui dans le passé de Katinka. On eût dit qu'elle savait partager les mêmes accointances avec un monde à part.

– Pourquoi ? reprit-elle.

– Tu ne peux pas comprendre, Rébecca. C'étaient des fermiers, nos voisins boers, qui sortaient d'une guerre.

Comment aurait-elle pu expliquer la haine qu'elle avait vue dans les yeux des Boers. Le lynchage d'un Noir dans une ferme anglaise était loin de l'exprimer tout entière. Un affreux malaise s'était répandu dans le pays à la fin de la guerre entre les Boers et les Anglais. Il avait infecté l'esprit des hommes et brisé le cou de Moi Titus.

– Ils l'ont pendu, voilà tout.

Katinka brossa de sa jupe des taches imaginaires et revint sans faiblesse au présent.

– Pourquoi ? Rébecca ne l'entendait pas de cette oreille. Dites-moi.

– Ça suffit, Rébecca !

– Pieter Bothma a tué votre fils et il voulait vous tuer !

– Tu as entendu, Rébecca ?

– Mais pourquoi ?

Katinka n'ouvrit plus la bouche. Rébecca la considéra un long moment sans rien dire. Lorsqu'elle parla, ce fut très doucement :

– Et vous disiez que Bonne-Espérance était superbe !

Et sans un mot de plus, elle se leva et quitta la pièce.

— Nous sortions d'une guerre terrible, Rébecca! lança Katinka comme elle disparaissait, les épaules raides et la tête haute. Voilà pourquoi il y a eu tout ce mal. Les hommes avaient été marqués par cette affreuse guerre. Reviens, Rébecca!

Rébecca ne revint pas. Elle avait entendu sa mère et son père parler dans leur chambre la nuit précédente. Ils avaient parlé de revenir à Bonne-Espérance et elle en avait été contente. Mais plus maintenant. Ils y retourneraient sans elle, venait-elle de décider.

— Les gens d'ici me feront devenir chèvre!

Katinka releva la tête. Constance rentrait à grand bruit de ses courses, chargée de deux grands sacs.

— Où est Rébecca?

— A l'intérieur.

Katinka regardait ses mains. Elles étaient foncées. L'âge lui avait assombri la peau et éclairé l'esprit.

— As-tu réfléchi, Constance?

Constance éluda la question de sa mère, laissa tomber les deux sacs de papier brun sur une chaise cannée à côté du divan et s'assit à côté d'elle.

— Sais-tu ce que Mme Harrison m'a sorti aujourd'hui — c'est l'une des maîtresses et Rébecca –, elle m'a dit que ce pourrait être une bonne idée de mettre Rébecca en pension.

Une bouffée de colère lui colora les joues, comme devant Mme Harrison.

— Comment a-t-elle osé? Elle insinuait que Rébecca aurait une mauvaise influence sur ses camarades. Des enfants de mineurs qui n'ont rien en tête que se ruer à la piscine sitôt sortis de classe!

Elle frotta une tache sur le divan.

— Quand Macaroni se décidera-t-il à laver ce tissu?

Constance savait parfaitement à quoi sa mère faisait allusion lorsqu'elle l'avait interrogée. Elle avait réfléchi.

— Nous n'irons pas à Bonne-Espérance, maman. C'est définitif.

— Et Rébecca? demanda Katinka, sentant peser sur elle le regard de sa fille.

— Il n'est pas bon pour cette enfant de vivre en prisonnière, ne serait-ce que vis-à-vis des autres. Tu l'as dit toi-même.

Se rappelant que ses cheveux étaient défaits, elle tenta sans succès de les recoiffer.

— Qu'est-ce qui ne va pas, maman?

Constance prit doucement dans ses mains les cheveux de sa mère et les lova en chignon au sommet de sa tête.

— L'épingle?

Elle prit l'épingle que Katinka lui tendait.

— C'est Rébecca? prononça-t-elle, l'épingle entre les dents, assurant le chignon de la main. Pourquoi cet air malheureux ? Tu n'es pas malade au moins ? Elle plaça l'épingle dans les cheveux. Tu n'es pas bien ?

— Je vais très bien, dit Katinka, tapotant le genou de sa fille. Je ne veux surtout pas voir de médecin.

Elle se leva et chercha sa canne des yeux. Constance la lui tendit.

— Je vais m'étendre un instant, dit-elle.

Elle pivota lentement pour quitter la pièce. Ce faisant, elle toucha les deux sacs bruns sur la chaise du bout de sa canne.

— Ce sont des robes ?

— Maman, je dois savoir si tu as quelque chose.

— D'Angleterre ?

— Elles viennent d'arriver, maman...

Constance prit la main de Katinka et la retint un instant.

— Tu n'as pas l'air bien. Qu'est-ce que tu as ?

— Relis cette lettre de Paul, Constance, répondit Katinka, souriante, en se dirigeant vers sa chambre. Ce n'est pas une occasion à dédaigner.

Constance regarda sa mère traverser lentement le salon et s'aperçut d'un seul coup à quel point elle avait vieilli en un an. Elle retira ses souliers et ouvrit son sac à main. La lettre y était. Dans son enveloppe. Elle l'en retira entre deux doigts et la tint ainsi un instant. Une écriture nette avait tracé sur l'enveloppe : « M. et Mme David Conrad, 123 Z Avenue, Roan Antelope Copper Mine, Rhodésie du Nord ». C'était l'écriture de son neveu, Paul Marsden, fils de John Marsden, frère aîné de Constance. John était le premier enfant de Katinka et il était de vingt-quatre ans plus âgé qu'elle. Elle était ce qu'au Cap on appelle un « laat lammetjie », un agneau tardif. Elle était née après la mort de Matthew dans un incendie dont personne ne parlait jamais.

La femme de John Marsden était morte à la naissance de Paul et Katinka l'avait élevé avec Constance comme s'il avait été son frère.

Jusqu'à certain jour de 1943.

C'était un lundi. Constance était allée enterrer John à Bonne-Espérance et elle avait rencontré là-bas, pour la première fois, Estelle, la femme de Paul.

— Je suis heureuse de vous connaître enfin.

Constance avait tendu la main à la jeune femme qui se tenait très droite sur sa chaise. La chaise de sa mère, se rappela Constance. Elle avait toujours été placée sous un portrait de Jacques Beauvilliers avec sa famille et il semblait qu'elle fût là de toute éternité, mais le tableau n'était plus là, non plus que les lourds rideaux de brocart qu'elle avait toujours connus. Des estampes modernes, que Constance détestait, les avaient remplacés.

La maison sentait la cire et le moindre objet était hommage à la propreté. La tendresse et les rires avaient disparu avec la poussière, et la maison qu'elle se rappelait si chaleureuse était froide. Sa mère, Katinka, était assise, l'air perdu, toute seule dans un coin.

— Je suis navrée que cela se fasse dans d'aussi tristes circonstances, dit encore Constance, se rappelant son frère John comme elle l'avait vu dans son cercueil.

Il lui avait semblé qu'il voulait lui dire quelque chose, qu'il tentait désespérément de l'avertir.

— Nous nous demandions si votre mère ne serait pas plus heureuse avec vous dans le Nord.

L'anglais d'Estelle était impeccable et Constance remarqua que Katinka, dans sa bouche, était « votre » mère.

— Pourquoi ? avait-elle répondu d'un ton de défi, déclenché par un sentiment d'injustice latente. Elle est heureuse à Bonne-Espérance, que je sache ? Au moins l'était-elle du vivant de mon frère. Bonne-Espérance est sa maison, après tout.

— Elle ne l'est pas.

L'expression d'Estelle était dure. Elle avait les cheveux noirs tirés en arrière.

— Les choses ont changé, ajouta-t-elle, et je crains qu'elle ne soit pas à sa place ici.

Constance savait combien les choses avaient changé dans son pays depuis le commencement de la guerre avec l'Allemagne. Une faction de sympathisants afrikaners nazis s'était opposée à Jan Smuts et à sa « guerre anglaise ». La guerre des Boers était encore une plaie ouverte.

— La politique a changé, voulez-vous dire ? reprit Constance, défiant Estelle.

Le nouveau gouvernement afrikaner était décidé à rompre tout lien avec les citoyens de couleur. Les Blancs se cramponnaient aux barreaux les plus élevés de la nouvelle échelle sociale en piétinant les doigts de ceux qui étaient en dessous. Ceux dont la couleur était indélébile, comme Katinka.

— Ma mère vous embarrasserait-elle ?

L'arrogance anglaise de Constance avait vrillé les nerfs à vif d'Estelle, aussi osa-t-elle lui répondre :

— Si vous souhaitez votre mère heureuse, je vous conseille de l'emmener.

Là-dessus Estelle avait quitté la pièce et elles ne s'étaient plus jamais adressé la parole.

Mais voilà que la lettre de Paul avait offert à Constance l'occasion de soustraire sa fille aux persécutions de la petite ville. Il leur demandait de reprendre en main la propriété, car Paul et Estelle allaient s'installer au Transvaal, mais elle ne pouvait pas dire oui ! Jamais elle n'exposerait sa mère à la proximité de tant d'affreux souvenirs et ne prendrait le risque qu'ils contaminent Rébecca.

— Quand vas-tu les essayer ?

La question de Rébecca surprit Constance au moment où elle entrait dans la chambre de sa mère.

— Je pourrai regarder ?

Rébecca adorait assister aux essayages des nouvelles robes de sa mère qui arrivaient tous les six mois d'Angleterre. Elle aimait l'odeur du tissu et surprendre dans les yeux de Constance le plaisir de sentir un vêtement qui lui prenait bien la taille et dont la jupe lui tombait à la perfection sur les mollets.

— Pourquoi seuls les Anglais savent-ils faire des robes convenables ?

— Mais tu me fais des robes ravissantes, dit Rébecca comme sa mère se considérait dans la psyché. Celle-ci était très jolie, poursuivit-elle en soulevant sa jupe. Tu te souviens, elle m'arrivait presque aux genoux.

— Tu n'es pas sortie, Rébecca, n'est-ce pas ?

— Non.

Rébecca se laissa tomber à plat dos sur le grand lit, écarta les oreillers, posa la tête entre eux, en tira les coins et s'en recouvrit la figure.

— Il fait noir là-dessous, dit-elle d'une voix étouffée.

— Et l'école ? Tu as bien travaillé, j'espère.

— Bien sûr.

Rébecca repoussa les oreillers de sa figure, en lança un au bout du lit et sauta dessus. Ses coudes s'enfoncèrent dans les plumes lorsqu'elle se prit le menton dans les mains.

— Je n'ai même parlé à personne. Comme tu me l'as dit.

Constance sentit son cœur chavirer. Quel enfant pourrait grandir dans le silence de toute une ville ? Sa mère avait peut-être raison.

— Est-ce qu'on t'a parlé ? demanda-t-elle avec prudence.

— Non.

Constance tira vivement sa robe par-dessus sa tête pour oublier la douleur soudaine qu'elle éprouvait pour son enfant.

— Ta bretelle est tordue.

Rébecca bondit du lit et redressa la bretelle du soutien-gorge. Le dos de Constance était tout blanc, doux comme le satin, sans aucune marque.

— Comment Granny est-elle si brune, elle qui ne s'est jamais exposée au soleil ?

— Les gens brunissent toujours en vieillissant.

Constance ne voulait pas aborder le sujet. Elle tira une autre robe, vert pâle, du paquet. Le tissu était brillant et collait à la main en produisant de petites étincelles.

— Tu aimes celle-ci ?

— Hum...

Rébecca ne regardait pas la robe, mais les jambes de sa mère. Les bas de nylon la fascinaient par leur brillance. Une petite échelle marquait le droit. Elle remarqua aussitôt :

— Tu as un bas filé.

— Non !

Constance se pencha en arrière et considéra le dégât.

— C'est le second cette semaine.

— Vas-tu en changer ?

Rébecca adorait voir sa mère dérouler le nylon sur sa jambe jusqu'à le tendre sans un pli. Puis elle poussait un petit bouton blanc au bas de sa jarretelle dans une boucle et le bouton prenait la couleur brune du nylon.

— Tu devrais.

— Personne ne vient ?

— Papa sera là bientôt.

Rébecca plongea sur le lit et laboura de ses pieds l'oreiller qu'elle avait jeté au milieu. Elle ne voulait pas regarder sa mère. Elle savait ce qui arrivait souvent lorsque son père rentrait faire la sieste après son travail. Constance tout à coup était fatiguée aussi et ils sautaient en cadence ensemble sur leur lit. Rébecca bondit sur le sol et rajusta le couvre-lit.

— Que se passerait-il si Macaroni tuait un Blanc ? demanda-t-elle.

— Quelle idée ! fit Constance en riant. Macaroni ne ferait pas de mal à une mouche, ajouta-t-elle en regardant la robe verte dans le miroir.

— Si quelqu'un voulait te tuer et qu'il essaie de l'arrêter ! S'il le tuait pour l'empêcher de te tuer ?

Constance se trouva mal à l'aise. Elle ne comprenait pas pourquoi Rébecca parlait de mort et se demandait si vraiment il n'y avait pas en sa fille quelque chose d'étrange, comme le disaient les gens.

— Je ne veux pas que tu passes ton temps au fond du jardin, Rébecca !

Ce n'était pas le fond du jardin que sa mère avait en tête, Rébecca le savait bien, mais la petite maison de Macaroni.

— Tu m'entends ?

— Pourquoi ?

— Parce que je te le demande.

Constance retira la robe verte.

— Fais ce que je te dis.

— Tu vas prendre celle-ci aussi ?

Rébecca avait décidé de ne pas discuter, espérant que sa mère n'irait pas plus loin.

— Tu es rentrée directement de l'école aujourd'hui, n'est-ce pas ?

Constance regardait Rébecca dans la glace tout en s'arrangeant les cheveux.

— Ce n'est pas juste de pendre un Noir parce qu'il a tué un Blanc, déclara Rébecca.

— Arrête ces histoires de pendaison, Rébecca, et va voir si Macaroni a repassé la chemise de ton père.

Constance se demandait s'il fallait repenser à Bonne-Espérance.

— Va, sois gentille.

Il n'était pas question pour elle de ramener sa mère dans un pays où la peur et l'avidité semées il y avait des générations avaient germé et fleuri en lois raciales.

— Va, Rébecca, demande à Macaroni la chemise de papa.

La petite fille obéit, imprimant à ses pieds un mouvement de torsion sur le tapis qui recouvrait le plancher ciré. Il se gondola et elle sauta vite dessus pour le remettre à plat, avant de partir en courant.

— La chemise du bwana est dans le tiroir, mademoiselle Rébecca. Dites-le à votre mère.

Macaroni épluchait des pommes de terre. Rébecca tira le ruban spiralé jusqu'à ce qu'il casse et lui saute dans les doigts. Puis elle le porta à sa bouche.

— Sale goût, dit-elle, et elle le jeta dans la boîte à ordures comme un serpent volant.

Elle manqua la boîte et Macaroni lui fit signe de ramasser l'épluchure.

— Que ferais-tu, Macaroni, si tu tuais un Blanc?

Elle le regardait par-dessus l'épaule, en décollant de son doigt le serpent de pomme de terre pour le pousser dans la boîte à ordures, qui était pleine de cosses de pois. Elles sentaient bon et elle en prit une pour la manger.

— Hi, hi!... fit Macaroni, et il désigna la demi-douzaine de cosses qu'il avait, comme toujours, mise de côté pour elle au bord de l'évier d'émail blanc. Celles-ci sont propres.

Macaroni ayant éludé sa question, Rébecca la posa autrement. La première cosse dépassait de sa bouche et y disparaissait lentement à mesure qu'elle la croquait. Elle le regarda droit dans les yeux.

— Si...

Il évita aussitôt son regard comme il le faisait toujours et elle colla son visage contre le sien.

— Si quelqu'un, si un Blanc, voulait tuer Mamie, qu'est-ce que tu ferais?

La figure de Macaroni demeura impassible. Elle aurait aussi bien pu n'avoir rien dit.

— Votre mère n'aime pas que vous restiez trop longtemps dans la cuisine, dit-il pour se débarrasser de la petite fille qui lui posait toujours d'étranges questions. Ou dans le passage derrière, ajouta-t-il, pointant son couteau à légumes pour renforcer son propos. Voulez-vous que je lui dise comment vous êtes rentrée de l'école aujourd'hui?

— Non.

Rébecca avala la partie amère de la cosse de pois et le regarda dans les yeux. Cette brève escapade par le passage interdit en rentrant de l'école était sa seule liberté.

— S'il te plaît, ne dis rien.

— Elle serait très contrariée.

— Tu ne lui diras rien?

Il fallut longtemps à Macaroni pour la calmer.

— Que se passerait-il si tu tuais un Blanc?

— J'irais en prison, répondit Macaroni, sachant que Rébecca ne laissait jamais les questions sans réponse.

— Tu ne serais pas pendu?

— J'irais en prison.

Devant la gravité de son expression, Macaroni tenta de la faire rire :
— A l'hôtel du Roi George.
Rébecca ne rit pas.
— Ce n'est pas l'hôtel du Roi George, c'est la prison où ils pendent les gens !
— On est nourri, logé, couché dans un bon lit. Pas de travail...
Macaroni balançait la tête de droite à gauche avec un grand sourire.
— Un hôtel..., redit-il.
— Un jour, il faudra bien que tu me dises.
Ayant entendu sa mère l'appeler de sa chambre, Rébecca gagna la porte de la cuisine et se pendit à la poignée, décollant du sol.
— Au Cap, ils te pendraient.
Elle se balança, entraînant la porte en avant, et sauta dans le mouvement avant qu'elle ne se ferme.

On était en novembre, le « mois des suicides ». Rébecca n'avait jamais compris la raison de cette appellation. Pour elle, c'était le mois le plus excitant de l'année, car tout le monde attendait la pluie. Elle leva les yeux vers les lourds nuages noirs, soudain zébrés d'un éclair en zigzag. Compta six avant qu'un lent roulement de tonnerre lui parvînt, aussi jugea-t-elle avoir tout le temps de rentrer à la maison par son chemin personnel. La pluie était à six kilomètres.

Le passage filait tout droit derrière les jardins de l'avenue Z qu'il séparait de l'avenue A. Rébecca lâcha les pédales et laissa filer sa bicyclette en roue libre sur le sable de la 5e Rue, surveillant la vieille école de brique par-dessus l'épaule. Une foule d'enfants bruyants qui ne lui parlaient jamais, à qui elle ne parlait pas non plus, en sortait loin derrière elle. Ils ne la verraient pas, décida-t-elle, et elle tourna à gauche, débouchant en trombe dans le passage, sans avoir remarqué la fille de quatorze ans avec des nattes bien raides cachée derrière un arbre tout proche.

D'une poussée du coude, Rébecca balança son cartable plus haut sur son dos. Un crayon s'en échappa qui roula sous une pierre. Ses initiales — R.O.C. — étaient gravées dessus. O pour Olivia, prénom qu'elle détestait.

Le passage était bondé d'Africains. Certains d'entre eux profitaient de la pause du déjeuner dans les maisons voisines où ils servaient. D'autres étaient les jardiniers de ces mêmes maisons. Les autres vaquaient au milieu du marché bariolé qui se tenait là entre des W.-C. publics et des cabines de douche. C'étaient contre ces Noirs que les parents de Rébecca la mettaient sans cesse en garde. On ne savait pas d'où ils venaient, ils n'avaient aucune instruction et, pour cette raison, on ne pouvait pas s'y fier.

Rébecca était mieux informée. C'étaient des hommes d'affaires, très instruits de l'économie du passage. Ils y apportaient les marchandises que les travailleurs n'avaient pas le temps d'aller acheter dans les boutiques. Ils transportaient là de grands paniers de fruits et d'énormes sacs de farine et de sucre. Ou ils puisaient à la louche de quoi remplir pour leurs clients des poches de papier journal. Ils avaient aussi des oiseaux. Des oiseaux vivants qu'ils attrapaient et vendaient très cher. Un shilling et six pence. Plus d'argent de poche que Rébecca n'en recevait en deux mois.

— Je peux regarder ?

Rébecca s'était arrêtée en dérapage devant un homme très grand et très noir, assis par terre, un panier de fruits entre les genoux. Il était torse nu et portait un pantalon kaki. Tout en discutant avec force gestes du prix du sucre avec une femme, il tenait dans sa main un petit oiseau qui piaillait d'épouvante et dont l'une des ailes pendait bizarrement. Les yeux de l'oiseau paraissaient rivés à Rébecca dans une supplication muette. Son sang ne fit qu'un tour.

— Montre-le-moi.

Elle tendit la main en souriant. Espérant que ce sourire traduisait son intention d'acheter l'oiseau pour son dîner. Son père saurait lui réparer l'aile, après quoi il le relâcherait.

— Je peux le voir, dit-elle encore tandis que se faisait entendre un nouveau roulement de tonnerre lointain.

— *Aikona,* fit le Noir en secouant la tête, serrant l'oiseau contre sa poitrine.

Rébecca se demanda s'il entendait seulement ses cris et risqua un nouveau sourire.

Comme menacé par ce sourire, l'homme répéta sa négation.

— *Aikona!*

Rébecca laissa tomber sa bicyclette dont la poignée de caoutchouc s'enfonça dans la poussière et s'approcha de l'homme, souriant toujours, les yeux fixés sur l'oiseau, le cœur battant à se rompre.

— *Meena,* dit-elle, se désignant elle-même, dans la langue chicabunga, qui se parlait dans les cuisines hors de chez elle puisque Macaroni parlait anglais. *Meena Foonna.*

Le nègre secoua la tête et se tourna vers un congénère, à qui il cria quelque chose à toute vitesse en chibemba, auquel Rébecca ne comprit rien.

— Hé, Ladiwell! s'exclama Rébecca, reconnaissant l'homme que son père faisait travailler au jardin quand il n'était pas ivre. Ladiwell! reprit-elle, et elle s'avança vers l'odeur de bière.

L'homme était assis sur les talons devant un grand seau de bois rempli de bière africaine mousseuse. Rébecca sut l'avoir coincé lorsqu'il repoussa le seau derrière lui, s'assit dessus avec l'air innocent et une boîte de conserve vide à la main.

— Dis à cet homme que je veux voir son oiseau, lui dit Rébecca en montrant l'individu. Le regarder, c'est tout.

— Hi, hi!... fit Ladiwell, secouant la tête.

La bière cachée sous son postérieur, et une boîte étiquetée « Demi-pêches Clingstone » à la main, il croyait ne rien risquer.

— *Hamba!* fit-il en agitant la main pour chasser Rébecca. *Hamba!*

— *Wenna hamba!* répliqua Rébecca en le toisant.

Elle n'avait pas remarqué la fille aux nattes qui ne la quittait pas des yeux au bout du passage sanitaire.

— *Wenna hamba!* répéta-t-elle, lui enjoignant de s'en aller lui-même, et elle poussa du pied le seau dessous lui en ajoutant : Je le dirai au bwana.

— *Aikona!*

Ladiwell bondit de son seau et le poussa aux pieds d'un voisin.

— Ce n'est pas la bière de Ladiwell! *Aikona!*

— Je la sens d'ici, le défia Rébecca. Pourquoi ne veut-il pas me laisser voir l'oiseau? enchaîna-t-elle. C'est bizarre. Personne ne l'achètera car il irait très mal en arrivant chez ceux qui le feraient et, s'ils le mangeaient, ils mourraient.

Elle n'avait cure d'être comprise par les Noirs et, pour les ennuyer, elle ajouta avec un énorme geste qui les incluait tous :

— Et après vous irez tous à l'hôtel du Roi George! Tous! *Wenna hamba* hôtel du Roi George, dit-elle ensuite en se tournant vers le marchand détenteur de l'oiseau et en le fusillant du regard.

Il ne répondit pas mais la regardait dans les yeux, ce qui la troubla. Jamais un Noir ne l'avait regardée de la sorte.

— Hi, hi!...

Ladiwell lança un coup de pied dans les côtes de l'homme et l'apostropha en chibemba.

Rébecca pensa qu'il avait ordonné à celui-ci de lui donner l'oiseau, mais son regard, d'évidence, avait aussi gêné Ladiwell. Sans rien dire, il repoussa Ladiwell et se dirigea vers les toilettes proches. Un écoulement de liquide puant traversait le sol de béton en un petit ruisseau qui décrivait un demi-cercle avant de disparaître sous la clôture du 117, avenue Z.

Comme un éclair traversait le ciel, elle cria : « *Schalla!* » et attrapa l'homme par le bras avant qu'il ne disparaisse dans les toilettes.

Elle n'avait toujours pas vu la fille aux nattes au bout du passage. Elle n'avait pas vu son air dégoûté lorsqu'elle s'était dirigée vers des toilettes avec un Noir et ne la vit pas non plus quand elle retourna en courant, ses nattes volant derrière elle, raconter à sa mère ce que faisait la fille bizarre, Rébecca Conrad. Elle avait ramassé le crayon gravé à ses initiales pour prouver ses dires.

L'homme se retourna brusquement sur Rébecca, mais fut surpris quand l'éclair souligna la blancheur de la main sur son bras. Relâchant sa prise sur l'oiseau toujours piaillant, il s'écarta pour lui échapper. Vive comme la poudre, Rébecca ramassa l'oiseau et courut à sa bicyclette qu'elle redressa d'un seul mouvement et tira derrière elle, vers le jardin du 123 Z. Les Africains la poursuivaient de cris ambigus, mélanges d'exaltation et de stupeur. Ils se prenaient la figure dans les mains et roulaient des yeux énormes, lançant des avertissements en anglais et en chibemba. Le commerçant noir voulut la rattraper et Ladiwell s'accrocha à son pantalon, sans pouvoir le retenir.

Rébecca porta sa bicyclette par-dessus le fossé qui séparait le passage du jardin de ses parents, le Noir à ses trousses. Se glissa avec son vélo par un trou de la haie, le laissa enfin tomber par terre et le monde entier fut illuminé et ébranlé par un coup de tonnerre.

Elle courut à la maison, l'oiseau serré contre elle. Son père dormait certainement avant son service à la mine, mais il fallait qu'elle le réveille. Les choses allaient trop mal. Le grand Noir qui l'avait dévisagée était derrière la haie. Il tâchait de s'y frayer un passage en lui lançant des insultes qui couvraient le vacarme de l'orage.

— Réveille-toi!

Rébecca voulut redresser l'aile de l'oiseau, mais il piailla et lui mordit le doigt, et elle cria une seconde fois tandis qu'on tapait à la porte de derrière :

— Papa, réveille-toi! le supplia-t-elle en le secouant, terrorisée.

David Conrad s'éveilla, l'oiseau contre la figure et le tonnerre faisant vibrer le châssis de la moustiquaire.

— Quelle heure est-il ? dit-il, cherchant des yeux la pendule, certain que l'heure de se lever n'était pas encore venue. Qu'est-ce que tu fais avec cet oiseau, Rébecca? Qu'est-ce que c'est que ce tapage?

— Ils allaient le tuer!

— Qui ? .

Il tâchait de se figurer ce qui pouvait bien se passer, tandis que les cris du Noir retentissaient à ses oreilles.

— Où l'as-tu trouvé ?

— J'ai trouvé cet oiseau. Il est blessé.

Entendant le Noir se rapprocher, elle pivota vers la fenêtre. Il était de l'autre côté, séparé d'elle et de son père par la seule moustiquaire, et il vociférait.

— Qu'est-ce que c'est ça ?

David Conrad sortit de son lit, résigné à ne plus dormir.

— Qu'est-ce que tu veux? demanda-t-il à travers la moustiquaire, et l'Africain lui répliqua violemment en chibemba, tout en repoussant Macaroni qui tentait de le faire sortir.

— Dis-lui que j'arrive, Macaroni.

David comprenait le chibemba et savait ce que l'homme voulait. Il se tourna tristement vers sa fille.

— Tu es allée dans le passage, Rébecca ?

— Non, je...

— Rébecca!

Il comprenait tout. Prit doucement l'oiseau.

Elle suivit son père qui avait passé une robe de chambre et marchait vers la porte avec l'oiseau.

— Ne le lui rends pas, s'il te plaît! Il le tuerait!

— Reste ici!

David sortit sans un regard pour elle. Elle courut à la chambre pour observer ce qui allait se passer à travers la moustiquaire. Le Noir était

45

furieux. Il repoussait Macaroni et exigeait un dédommagement. La vue de son père, l'oiseau en main, ne le calma pas. L'immense avocatier sous lequel il se tenait frémit sous une soudaine bourrasque. Ses branches craquaient, menaçant de les écraser, mais ils ne bougeaient pas. Son père parlait au Noir dans sa langue, mais celui-ci hurlait toujours. Ensemble ils examinèrent l'oiseau. Son père semblait le soupeser, puis il tendit un shilling au Noir. Celui-ci le repoussa, mais son père conserva tout son calme. Il ajouta un shilling. L'Africain les happa et tourna les talons, mais, en s'éloignant, il criait toujours avec tant de colère que Rébecca tremblait comme s'il la touchait. Elle ne comprenait pas ce qu'il disait, mais elle n'avait jamais vu d'homme aussi en colère. N'avait jamais vu à quel point une petite fille blanche pouvait blesser un homme noir.

Assise dans la cuisine, Rébecca était fascinée par le spectacle de son père fixant, en guise d'attelle, un fragment d'allumette à l'aile blessée de l'oiseau maintenant calmé, blotti dans les mains de David Conrad. Comme il était tranquille dans ses mains et comme son père l'avait été face au Noir exaspéré! Elle l'adorait. Il arrangeait toujours tout.

— L'homme est parti? demanda Katinka, de la porte de la cuisine. Elle faisait la sieste quand elle avait entendu la dispute dans le jardin.

— L'homme est parti?

— Tout va bien, fit David d'une voix unie, levant les yeux sur sa belle-mère. Quand Constance va-t-elle rentrer?

— Elle est à la bibliothèque. Elle devrait déjà être là, répondit Katinka.

Rébecca espéra que l'absence de sa mère se prolongerait encore un peu. Peut-être était-elle plongée dans un livre. Cela lui arrivait souvent, même dans ses livres de classe à elle. Elle posait une question et se perdait soudain dans le livre lui-même, se perdait pour de bon. Elle essaya de se représenter Constance dans la minuscule bibliothèque où l'on accédait par le seul escalier de la ville. La bibliothèque dépendait du club de la mine. Elle faisait des vœux pour que sa mère soit emportée dans quelque lecture. Il ne faudrait plus longtemps à son père pour en finir avec l'oiseau, alors elle le mettrait dans une boîte, l'emporterait dans sa chambre et sa mère ne saurait rien.

— Rébecca!

C'était Constance et elle avait sa voix des mauvais jours. Elle s'approchait de la cuisine.

— Rébecca!

— Nous sommes dans la cuisine, signala David.

Macaroni décida de ne pas y entrer. Arrivé à la porte de derrière, il tourna les talons et rentra chez lui. Le ton de sa patronne pour appeler Rébecca lui avait suffi.

— Tu es allée dans le passage sanitaire! lança Constance, vibrante de colère, à peine arrivée à la porte de la chambre.

Cette véhémence était anormale, pensa Rébecca qui se rapprocha vivement de son père et se campa près de lui et de l'oiseau.

— J'ai ramassé cet oiseau. Il était blessé et il n'était pas dans le passage, se défendit-elle, tâchant de calmer sa mère.

— Ne mens pas!

Constance était près d'elle, agrippait le col de sa robe et attirait son visage contre le sien.

— Ce n'est pas ton crayon, par hasard?

Elle lui fourrait son crayon sous le nez. Les initiales la persuadèrent d'arrêter de mentir.

— Si.

Elle aurait voulu effacer les lettres, surtout le O. d'Olivia.

— Va dans ta chambre, Rébecca! fit David.

Il s'était levé sans lâcher l'oiseau, qui était encore calme, ses yeux jaunes allant de l'une à l'autre avec une expression entendue.

— Rébecca! reprit-il toujours sans colère.

— Mais je...

— File! lâcha-t-il avec un geste de la main.

Rébecca sortit, accablée de culpabilité.

— Elle était dans cet ignoble passage avec un Africain, David! Imagine ce que j'ai ressenti quand Mme Bekker m'a fait signe de m'arrêter devant chez elle. « Savez-vous ce que votre fille fait en ce moment, madame Conrad? J'en doute. » Bien sûr, c'est une honte! Et dans le passage sanitaire! Sais-tu ce qu'ils pensent tous maintenant, David? Le sais-tu? Sais-tu ce qu'ils disent de notre fille?

Prendre conscience qu'une prison même ne pouvait préserver sa fille avait été un choc pour Constance et la colère qui l'avait entraînée s'achevait en confusion.

— Pourquoi fait-elle des choses comme ça? Comment l'élevons-nous? Que faire maintenant?

Constance se laissa tomber sur une chaise et David se détourna. Il savait ce qu'ils allaient faire. Il caressa d'un doigt la tête de l'oiseau qui ferma un œil.

— Nous en parlerons demain.

— Non, maintenant! jeta Constance d'un ton suppliant. Ça ne peut pas durer comme ça. Pourquoi traîne-t-elle comme ça avec des Africains dans les passages sanitaires? Ce n'est pas normal, David!

— Elle voulait secourir cet oiseau, répondit David sereinement. Je ne vois rien d'étrange là-dedans.

— Et ils le savent, n'est-ce pas? Tout le monde le sait ici. Elle se prit la tête dans les mains. Ça ne peut pas continuer comme ça. Je n'en peux plus!

— Alors partons.

C'était Katinka. Elle parlait sans émotion. Constance leva les yeux vers elle sans rien dire.

— A Bonne-Espérance, Rébecca pourrait prendre un nouveau départ et toi aussi.

— Jamais! cria Constance, s'avançant brusquement vers la porte. Ne reviens pas là-dessus, maman. Je t'en prie.

— Constance! l'appela David.

Mais elle ne voulait pas l'entendre revenir sur Bonne-Espérance.

— Je n'irai pas là-bas, David!

— Parlons plus tranquillement, Constance. Je ne veux pas que Rébecca nous entende discuter sur ce ton.

Assise dans la véranda, les genoux sous le menton, Rébecca n'entendait rien. Elle cherchait lequel de ses condisciples avait pu la voir dans le passage en mâchouillant son crayon pour en effacer les initiales.

Un coup de tonnerre et un éclair ébranlèrent en même temps le ciel, illuminant la maison d'une éblouissante lumière blanche et arrachant des étincelles à la moustiquaire. Rébecca renifla l'émouvante odeur de la terre assoiffée recevant les premières gouttes de pluie. Elle aurait aimé sortir. Observer les grosses fourmis volantes s'extirper de leurs trous. Les voir s'assembler en une masse d'ailes palpitantes pour profiter de quelques instants de vie avant d'être noyées par la pluie qui les avait révélées. Elle aurait voulu se trouver très haut dans l'arbre sur la fourmilière et défier l'éclair de la tuer. Mais même morte, elle le savait, demeurerait le problème qu'elle représentait pour sa famille. Elle se rallongea sur le divan, serrant un coussin contre ses oreilles. Ses parents discutaient quelque part et elle ne voulait plus entendre parler des difficultés qu'elle causait. Les chuchotements oppressés qui ramenaient tout à Bonne-Espérance et au sombre mystère qu'elle sentait enterré là-bas avec Moi Titus.

— Inutile de feindre davantage.

David avait assis Constance sur une chaise du salon et s'exprimait sereinement.

— Nous ne pouvons pas continuer comme ça. Ni Rébecca ni aucun de nous.

— Et maman? Je ne la ramènerai pas à Bonne-Espérance! répliqua Constance.

— Elle veut y retourner, Constance. C'est sa maison.

— Elle ne dit cela que pour...

Constance s'efforçait de ravaler ses larmes tandis que David lui prenait le menton pour la regarder de plus près, les yeux pleins de cette douceur qui lui faisait toujours du bien.

— Qu'allons-nous faire? reprit-elle. Comment protéger Rébecca?

Elle était à bout et fondit en larmes dans ses bras.

— Les billets sont pris, fit David, toujours aussi calme et concret.

Constance, stupéfaite, le dévisagea. Puis elle se tourna vers sa mère. Katinka était debout à la porte du salon et souriait.

— J'ai démissionné il y a six mois. Nous partons le 24, dit David. Il baissa les yeux sur le petit oiseau blotti dans sa main, les yeux clos. Il faut que je m'occupe de toi, dit-il.

Il alla chercher une boîte où il pourrait l'installer en attendant qu'il soit capable de retrouver la liberté.

Rébecca retira le coussin de dessous sa tête et tressaillit lorsque sa nuque heurta la banquette avec un bruit sourd. Ses parents avaient enfin cessé de discuter et elle savait comment se venger. Elle déposerait demain des tracts dans toute l'école où on lirait que quelqu'un de l'école volait les crayons dans les passages sanitaires et que quelqu'un savait qui était ce quelqu'un !

« Nous sommes au cœur des ténèbres. »

Ces mots étaient tracés sur parchemin dans un grand livre relié de cuir. Au-dessus, il y avait une date : « 21 août 1878 ». Katinka lisait le journal dans son lit avec beaucoup de précaution, à la lumière de sa petite lampe de chevet. Elle l'avait lu cent fois déjà et, bien que ses yeux pussent à peine en distinguer les mots, elle les voyait clairement en esprit.

« Pourquoi les hommes parlent-ils avec tant de faconde de choses qu'ils ne connaissent pas ? » avait écrit Emily Beauvilliers.

Elle avait écrit ça la nuit où le père de Katinka, John Westbury, avait été assassiné dans une réunion politique. Ces mots pouvaient aussi bien s'appliquer à sa petite-fille Rébecca en ce mardi de 1951, songeait Katinka. Y avait-il vraiment soixante-treize ans de cela ? Elle retrouvait la peur qui l'avait saisie ce jour-là à Bonne-Espérance.

« Comment se fait-il que Katinka, simple petite fille, ait pu témoigner de pareil esprit de miséricorde ? continuait Emily. La miséricorde, disait mon père, est le plus grand don de Dieu. »

« Jacques Beauvilliers. »

Le nom de son grand-père s'échappa doucement des lèvres de Katinka et elle jeta les yeux vers la moustiquaire de la fenêtre de sa chambre. Attiré par la lumière de la lampe de chevet, un papillon de nuit gros comme un oiseau s'escrimait inutilement contre le maillage. Le pardon était lumière, se souvint Katinka. Cette lumière avait séché ses larmes et lui avait donné la paix.

Elle referma le livre et les lourds feuillets de parchemin retombèrent paresseusement l'un sur l'autre, leurs bordures jaunes étroitement jointes comme pour défendre leurs secrets. Secrets que ne devaient jamais perdre les descendants de ceux dont les existences étaient cachées sous la couverture de cuir. Ils allaient les retrouver et il y avait encore beaucoup à pardonner à Bonne-Espérance. Le journal d'Emily devait revenir à Rébecca, décida Katinka, le posant sur sa table de nuit. Elle éteignit. Un instant plus tard, le lourd battement du papillon contre la moustiquaire cessa. Comme si sa vie en dépendait, il étendit ses larges ailes ocellées et demeura ainsi, attendant le retour de la lumière.

3.

Rébecca ne pouvait pas croire qu'ils quittaient la maison qu'elle avait toujours connue, bien qu'elle se vidât sous ses yeux et que Bonne-Espérance s'imposât à l'horizon du lendemain.

— *Aikona!* cria le colosse à la figure tannée aux quatre Noirs qui peinaient à soulever le lave-linge Bendix. *Eeny law indaba forga wenna?* (Qu'est-ce qui ne va pas?) poursuivit-il, s'épongeant le front, puis fourrant dans la poche de son short un mouchoir dégoûtant d'où il pendit comme un drapeau minable.

— *Funnegelaw!* fit le Blanc, montrant aux Noirs comment soulever la machine par une mimique outrancière.

— Vous vous souvenez qu'elle est bloquée...? intervint Rébecca de la fenêtre de la cuisine.

— Laisse-nous, petite, dit le responsable du déménagement, agitant son drapeau malpropre vers Rébecca, avant de s'essuyer derechef le front.

— Vous avez bien pris soin d'arrimer le tambour, n'est-ce pas? demanda Constance, sur le seuil, en se penchant par-dessus sa fille et posant sur la tête de Rébecca la pile de livres qu'elle avait dans les mains.

Rébecca loucha en l'air pour les apercevoir.

— Il a oublié que...

— Oui, madame, lâcha l'homme de Ndola en l'écartant.

Qu'est-ce qui faisait les femmes si méfiantes et les nègres si bêtes?

— *Tutta luppa!* cria-t-il, indiquant à ses hommes qu'il fallait la saisir par en dessous. *Luppa!* cria-t-il encore, montrant la base rouillée du lave-linge.

— Demande-lui s'il se souvient qu'elle est boulonnée au...

— Il vient de dire qu'il s'en souvenait, Rébecca. Et maintenant écarte-toi, s'il te plaît, dit sèchement Constance avant de s'éloigner avec ses livres.

Rébecca ne bougea pas, posa un pied nu sur l'autre et croisa les bras, ne voyant rien de plus intéressant à faire.

– O.K. ? Le Blanc fourra sa chemise dans son short et retrouva l'appui du mur. *Hamba!* commanda-t-il.

Les quatre Noirs, comme un seul homme, se courbèrent et agrippèrent la base de la machine. Leurs doigts noirs crispés sur les bords rouillés du lave-linge Bendix et leurs paumes écrasant ses flancs blancs. Les biceps de leurs bras tendus saillaient et des nœuds de muscles roulaient sous la peau luisante de leurs dos. Rébecca se boucha les oreilles.

Un bruit de métal déchiré marqua l'arrachement de la caisse blanche de la machine, dont la base était boulonnée au sol de béton.

Dans le silence qui s'ensuivit, les Noirs ne bougèrent pas. Disciplinés, ils ne lâchaient pas la caisse vide et regardaient leur patron, attendant ses instructions. L'homme à la figure tannée ne bougeait pas davantage. Il était frappé de stupeur. Le tambour du lave-linge était soigneusement arrimé au moteur et des tuyaux de caoutchouc se dressaient comme des serpents vers la caisse d'où ils avaient été arrachés. Une pelote sèche de chaussettes d'enfant tomba du tambour étincelant et Rébecca explosa de rire.

– Ma machine! hurla sa mère, tandis qu'une pile de livres tombait aux pieds de Rébecca. Idiots! clama encore Constance, en larmes devant les débris de son beau lave-linge importé d'Angleterre. Je vous tuerai!

Les nègres lâchèrent la caisse et s'enfuirent vers Rébecca secouée de hoquets, pour s'écrouler dans un concert de rires hystériques.

– *Kom hierso!* beugla le contremaître, leur commandant de revenir, prêt à les battre. Crétins de négros! reprit-il pour Constance, dont l'assaut le surprit sur le seuil de la porte.

Une grêle de coups s'abattit sur ses épaules et sur sa tête.

– Amos!

C'était sans doute l'un de ses manœuvres qu'il appelait à l'aide.

Amos recula en secouant la tête, toujours agité d'un rire nerveux.

– Hi, hi, bwana...

– Idiot! Imbécile! Constance rythmait ses coups d'insultes. Vous me le paierez! Minus!

Rébecca essuya sur sa jupe la morve de son nez et ouvrit le robinet près duquel elle se tenait. Sa mère n'irait pas à Bonne-Espérance sans sa machine Bendix importée d'Angleterre et elle était heureuse. Elle se pencha et avala plusieurs gorgées d'eau pour couper son hoquet.

– Il y a aussi les chevaux.

Rébecca leva les yeux sur sa grand-mère. Elle était assise sur une couverture étendue sur l'herbe à côté de la chaise de Katinka, qui tâchait de lui présenter Bonne-Espérance sous les couleurs les plus séduisantes, et elle soupira.

– Combien de chevaux?

– Beaucoup.

– Comment savez-vous que j'aimerai les chevaux? reprit-elle, peignant de ses orteils la frange de la couverture. Je ne les aimerai peut-être pas.

Elle aimait la douceur des longs brins de laine entre ses doigts de pied.

— On verra, dit Katinka en lui plantant sa canne dans les côtes. Moi, je passais toute la journée sur mon cheval, Shaasan! Jack et moi chevauchions des kilomètres à travers les vignes.

Du coin de l'œil, Katinka avait repéré que Rébecca dressait l'oreille. Elle n'avait vu de chevaux qu'en photo et désirait ardemment en avoir un à elle, car les mouches tsé-tsé leur interdisaient la Rhodésie du Nord.

— Quand nous serons là-bas, tu verras par toi-même.

— Je vous l'ai dit, je n'irai pas.

Allongée sur le dos, les jambes en l'air, Rébecca comptait ses orteils et reprit :

— Je vais vendre des cacahuètes à l'éventaire de Macaroni.

Elle se demandait pourquoi ses genoux étaient si noueux. On aurait dit les os de l'agneau dominical.

Le désastre de la machine à laver n'avait pas été aussi providentiel qu'elle l'avait espéré, car son père avait promis à sa mère de la remplacer, et Rébecca cherchait désespérément comment ne pas partir.

— Regardez! fit Rébecca en montrant sa jambe. Regardez! Jamais je ne pourrai monter à cheval.

— Quoi?

Katinka regardait et ne voyait rien.

— Regardez mes genoux comme ils sont noueux.

— Je vois un poil, répondit Katinka, en apercevant un sur la jambe bronzée de la petite fille. Tu deviens une femme.

— Non! cria Rébecca en roulant sur le ventre pour empêcher Katinka de rechercher à ses aisselles d'autres signes de féminité et se demandant si ce poil unique était responsable de leur départ. Qui m'apprendrait à monter à cheval en admettant que je veuille monter une de ces stupides bêtes?

— Luke t'apprendra.

— Qui est Luke?

Ce nom l'avait fait tressaillir sans qu'elle sache pourquoi. C'est un nom pire qu'Olivia, décida-t-elle pour chasser cette sensation.

— C'est un joli nom, et Luke est gentil.

— Je parie que non.

— Tu l'aimeras, dit Katinka avant de se pencher en arrière et de fermer les yeux.

— Comment? Rébecca s'enfouit la figure dans la couverture et essaya de respirer à travers. Comment pourrais-je l'aimer? Elle releva la tête pour respirer car elle suffoquait. On ne peut pas aimer quelqu'un avec qui on ne peut pas jouer.

— Pourquoi pas?

— Granny Cat, vous le faites exprès! Elle roula sur le dos et regarda sa grand-mère dans les yeux. Comment aimer quelqu'un à qui on ne peut pas parler? Je n'ai le droit de parler à personne.

Katinka avait compris. Elle repoussa un cheveu noir qui barrait l'œil de Rébecca.

– Qui te dit que tu ne pourras pas jouer avec les enfants ?

Rébecca ouvrit la bouche et l'incisive mal placée qui tourmentait sa mère chevaucha sa lèvre supérieure.

– Tu pourras, évidemment, jouer avec Luke. Tu pourras jouer avec tous les enfants.

– Tous ? fit Rébecca, retenant son souffle.

– Il y a Luke, Naomi et Simon. Quoique Simon... Simon, peut-être pas. Katinka observa sa petite-fille. Qu'est-ce que tu en dis ?

Rébecca expira bruyamment et bondit sur ses pieds.

– Je n'irai quand même pas ! cria-t-elle, et elle s'enfuit pour réfléchir à son aise à l'amitié de ce Luke, à cette Naomi, à ce Simon, et pour ça il lui fallait se réfugier sur la fourmilière.

Simon faisait peut-être partie du mystère de Bonne-Espérance, lui dont le nom était suivi de « peut-être pas ».

– Rébecca ! appela Constance de la porte. Elle voyait sa mère dans le fauteuil, mais Rébecca n'était nulle part. Maman !

– Elle va revenir dans une minute, Constance, répondit Katinka, heureuse d'avoir enfin capté l'intérêt de sa petite-fille. Elle est allée réfléchir.

– Où est-elle ? Constance s'approcha de sa mère en scrutant le grand jardin carré. Il faut que je lui essaie cette robe.

– Sur la fourmilière, dit Katinka, sentant la tension de sa fille derrière elle. Elle lui prit le bras. Laisse-la. Constance regarda dans la direction de la fourmilière et repéra une jambe de Rébecca qui se balançait du haut d'une branche. Tout ira bien, ajouta Katinka en posant la main sur celle de sa fille. Tu dois être fatiguée ?

– Oui, dit Constance.

Elle posa les mains sur les épaules de sa mère et lui massa très doucement le cou. Elle avait souvent envié les relations de Rébecca et Katinka, mais pas maintenant.

– Ça va ? demanda-t-elle.

– J'ai hâte, répondit Katinka en souriant pour la convaincre qu'elle disait vrai. Ça fait huit ans. Ça va être merveilleux.

Quand sa mère eut disparu dans la maison, Rébecca s'adossa à l'épaisse branche de son arbre, se rappelant son dernier séjour à ce poste d'observation, et l'incrédulité l'envahit. Voler un bébé, c'était bien la chose la plus bête qui soit et ça avait tout gâché.

« Luke, Naomi et Simon », elle prononça gravement ces trois noms. Les vastes horizons que sa grand-mère lui avait ouverts concurrençaient rudement son projet de vendre des cacahuètes.

– Je me tiendrai à côté de toi et je les vendrai, expliqua-t-elle plus tard à Macaroni qui formait des tas de poussière dans les coins des pièces vides en balayant la maison sonore. Bien que tout fût emballé dans des caisses et le mobilier rassemblé pour le chargement du lendemain, Rébecca n'avait pas renoncé à rester.

— Tout le monde aime les cacahuètes, c'est comme le Coca-Cola.

— Et vous habitez où ? demanda Macaroni, imprimant à son balai un long mouvement vers ses pieds.

Elle sauta en l'air au moment où les crins de paille allaient l'atteindre et retomba, un pied de chaque côté du manche.

— Pourquoi partirais-je ? Je ne l'aimerai pas, dit-elle, sautant encore sur le balai avant qu'il l'ait retiré. Luke est un nom horrible.

— Tu viens ?

A l'appel de son père, elle fit volte-face.

— Attends ! cria-t-elle, lui courant après et dispersant les beaux tas de poussière de Macaroni. Pardon ! lui lança-t-elle. Où allons-nous ? demanda-t-elle à son père.

Macaroni rassembla la poussière dispersée en un tas impeccable.

— Tiens-toi ! cria David, couvrant le grondement de sa Matchless noire, et Rébecca se pencha sur la gauche tandis que la moto abordait un virage serré.

Deux rubans de goudron bleu sombre serpentaient dans la brousse. Un tapis roulant parallèle à la route transportait sans fin du minerai dans la direction opposée. Telles les pièces d'un Meccano géant, les superstructures des puits crevaient la surface étale des ramures des arbres trapus. De lourdes roues tournaient lentement contre le ciel crépusculaire du monde de son père.

— Becky ! cria un homme dans le vacarme des machines.

Rébecca plissa les yeux en regardant le toit de tôle du puits. Dewi Hawkins lui faisait signe dans sa cage de verre sur pilotis. Si loin l'un de l'autre qu'ils fussent, Rébecca sentait la chaude amitié du jovial Gallois de service ce soir-là.

— Que faisais-tu donc ces temps-ci ? Il y a longtemps que tu n'es pas venue voir ton oncle Dewi.

Comme son père, il était chef de cabine, conducteur de treuils, et son doux accent gallois semblait toujours sur le point de s'exprimer en chanson.

— Je suis là ! répondit Rébecca, éprouvant une fois de plus la fièvre joyeuse que lui causait toujours la présence de Dewi. Je peux y aller, papa ? demanda-t-elle à David qui saluait quelqu'un d'autre. Oncle Dewi est d'accord.

Elle courut vers Dewi Hawkins.

— Alors, ma petite amie, on part demain ? dit Dewi Kawkins, écartant un livre de ses genoux pour lui faire de la place une dernière fois. Il adorait la petite fille que les femmes de la ville tenaient en quarantaine et posa les mains sur ses frêles épaules. Combien de coups ?

— Trois ?

Rébecca, émerveillée, considérait la multitude de commandes et de voyants lumineux dans la cabine de commande des bennes. Comme son père, Dewi Hawkins tenait de nombreuses vies entre ses mains. Rébecca s'était toujours demandé comment ils pouvaient contrôler une cage d'acier remplie d'hommes à des kilomètres sous terre, sans rien voir. Ils travaillaient en aveugles, sans autre guide que les tintements d'une cloche et des repères sur un câble d'acier.

— Ça va sonner maintenant ?

— Peut-être.

Un grand sourire illumina la figure bronzée de Dewi Hawkins et Rébecca se boucha les oreilles lorsqu'il avança la main vers un immense levier. Un comminatoire coup de cloche lui traversa les mains et parvint à ses tympans. Trois coups ? La main de Dewi resserra sa prise sur la poignée du levier et Rébecca se concentra. Il ne quittait pas des yeux le câble d'acier qui filait dans un trou carré percé dans le toit. Tout cela composait un monde à part qu'elle fréquentait pour la dernière fois. La cage d'acier allait s'enfoncer dans le puits, très vite, croyait-elle. Elle tenta d'imaginer les mineurs à l'intérieur. Seules demeuraient visibles les lampes de leurs chapeaux tandis que l'humide obscurité les avalait vers le centre de la terre. Jusqu'au filon dont ils extrairaient le cuivre par l'explosif et par le pic.

— Ils sont arrivés ? cria-t-elle pour couvrir le vacarme des machines.

— Presque, dit Dewi Hawkins qui tenait toujours entre ses mains les vies de ses amis.

— Voilà. Il entoura d'un bras les épaules de Rébecca. La benne était arrivée à bon port. Alors, je vais te manquer ?

— Je ne pars pas, dit-elle, le serrant rapidement dans ses bras. Elle se sentait triste tout à coup et voulait s'en aller. A bientôt, dit-elle encore avant de descendre les marches de fer pour rejoindre son père qui l'attendait en bas.

— N'oubliez pas d'écrire ! lança Dewi Hawkins à David avant que les cloches ne le ramènent à son métier.

Déjà la main revenait au levier.

— Promis ! répondit David.

Rébecca découvrit la vérité : Dewi Hawkins et ses pareils faisaient partie de la vie de son père, ni elle ni sa mère ne pourraient jamais les remplacer. Et elle comprit soudain que son père non plus ne voulait pas aller à Bonne-Espérance.

— Déballons les caisses, papa. Pourquoi partir ? dit-elle, le regardant bien en face. Il avait la mâchoire énergique, le nez droit, les yeux d'un bleu intense. Tu ne veux pas partir non plus, je le sais.

— Crois-tu que je vais leur rendre ça ? dit-il, tendant le poignet. La Rolex en or que lui avait donnée la mine était soudain sans valeur auprès des amitiés de si nombreuses années. Je veux partir, bien sûr.

Il prit sa fille sous le bras et s'avança vers l'énorme ouverture pratiquée dans les grands murs de fer.

Constance se pencha sur David et nicha sa tête contre son cou. « Tout ira bien ! » Elle entendait le battement régulier de son cœur et elle espérait qu'il la désirait. Elle passa une jambe en travers de son ventre et passa le pied sous son dos, désirant se fondre dans son amour.

— Tu es réveillé ?

— Mmm...

David abandonna sa contemplation du plafond et écarta de son nez les cheveux de sa femme. Il n'avait pas dormi de la nuit. Dans le doux clair de lune qui éclairait la chambre à travers la fenêtre, il percevait son attente et son corps répondait. Il repoussa de son épaule la fine bretelle rose de sa chemise de nuit et embrassa la délicate peau blanche.

— Tout est prêt ?

— Tout est prêt.

Constance sentait ses lèvres descendre vers ses seins et elle passa la main dans ses épais cheveux bruns. Tous ses muscles endoloris des efforts du déménagement aspiraient maintenant douloureusement à lui. Seule la chaleur de l'amour lui donnerait le courage de faire face au jour qui allait se lever. Les secondes se hâtaient vers le chiffre cinq au cadran de la pendule, dans une demi-heure seulement le réveil sonnerait.

— Ça va, David ? demanda-t-elle, penchée sur lui, sa figure dans les mains.

Son désir montait sous elle et elle posa ses lèvres sur les siennes. L'amour entre eux n'était jamais routine. Quand leurs corps se rapprochaient, ils étaient toujours amants et toujours jeunes. Les soucis accumulés n'avaient pas chassé l'exaltation familière. Elle sentit la main descendre sur ses fesses et agripper sa cuisse, et elle releva le genou tandis que cette main allait plus loin. Une lente vague de plaisir lui monta dans les reins.

— Je t'aime, chuchota-t-elle, rejetant le bras en arrière tandis qu'il la basculait sur le lit, sa bouche descendant vers son ventre.

— Tu es merveilleuse.

Dans la semi-obscurité, ses yeux la détaillaient et, même si elle savait n'être pas si belle, ce regard lui en donnait le sentiment.

Rébecca tira son sac de couchage par-dessus sa tête et s'y enfouit au plus profond lorsqu'elle entendit sa mère crier de plaisir. Pourquoi fallait-il qu'ils sautent en cadence lorsque le 123 Z allait disparaître dans le sillage d'un train ? s'indignait-elle. Et elle s'efforça de se concentrer sur le train. Elle se demanda quel effet ça faisait de dormir dans une couchette et poussa des pieds le fond de son sac. Raidissant les jambes, elle s'avança jusqu'à ce que sa tête émerge. Tout était calme. Elle regarda au-dessus d'elle la mince cloison qui séparait sa chambre de celle de ses parents et se demanda à quelle heure le coucou du salon aurait sonné s'il n'avait pas été emballé. Le coucou lui-même était-il dehors ou dedans lorsqu'on avait enveloppé la pendule de papier pour la mettre dans une boîte ? Elle considéra la robe neuve accrochée au mur. C'était une superbe robe, plus longue que toutes celles qu'elle avait eues, que sa mère lui avait faite. Où la pendrait-elle dans le train pendant les quatre jours et les cinq nuits qu'allait durer le voyage jusqu'au Cap ? Sa mère lui avait dit qu'elle était pour le train et elle espérait qu'elle n'aurait pas trop piètre allure lorsqu'elle ferait la connaissance de Luke. Après tout, Luke n'était peut-être pas un nom si laid que ça.

Soudain, la cloison trembla derrière elle et elle regagna en se tortillant l'abri de son sac, qu'elle se tira sur la figure. Son cœur battait si vite et fort qu'elle crut qu'elle allait mourir. Mourir seule dans le noir tandis que ses parents sautaient sur leur lit, indifférents à la brusque sonnerie qui annonçait le jour fatidique.

Rébecca enfonça dans l'herbe trempée de rosée ses nouvelles sandales blanches assorties à sa robe neuve. Elle était plantée devant la fourmilière. Elle n'en verrait plus de pareille, lui avait dit Katinka, et elle avait peine à le croire.

— Vous êtes sûre qu'il n'y a pas de fourmilières là-bas ? demanda-t-elle à sa grand-mère qui se tenait à côté d'elle. Pas du tout ?

— Il y a des montagnes. De magnifiques montagnes violettes tout autour de Bonne-Espérance. Bien plus grandes que des fourmilières, répondit Katinka, saisissant la main de sa petite-fille et la pressant fort. Allons dire au revoir à Macaroni.

— Je ne veux pas y aller, dit Rébecca, tournant le dos à Katinka et fermant les yeux. Si fort qu'elle serrât les paupières, les larmes coulaient quand même. Il pleurera.

Constance sortit par la porte principale, un dernier petit sac à la main, et s'arrêta devant Macaroni, immobile et silencieux, qui regardait Rébecca et Katinka.

— Voilà, dit Constance en souriant. Nous y sommes, Macaroni.

— Oui, madame, répondit-il, l'expression vide.

On eût dit que la vie avait quitté l'anguleuse carcasse noire vêtue d'un pantalon kaki et d'une chemise de même couleur de David. Une ceinture retenait le pantalon à sa taille mince ; il pendait à grands plis pour s'arrêter à mi-mollet.

— Je penserai à toi chaque fois que je boirai un Coca-Cola, déclara Constance, s'efforçant d'abolir la distance qu'elle avait observée lorsqu'elle était maîtresse de maison.

— Oui, madame.

Elle n'avait jamais compris pourquoi Macaroni ne l'appelait pas « mama » comme sa mère. Cette expression de respect et de retenue était réservée à Katinka.

— Eh bien, au revoir, fit Constance, dirigeant son regard vers la Humber Super Snipe garée sur la chaussée derrière le grand camion, tandis que David s'y installait.

Il leur faudrait toute la journée pour charger leur déménagement et la voiture à bord du train avant son départ de Ndola dans la soirée. Ladiwell, le jardinier, se tenait, l'air perdu, au coin de la maison.

— Au revoir, Ladiwell! fit-elle, agitant la main dans sa direction.

Elle espérait que David lui avait laissé les moyens d'attendre l'emménagement de leurs successeurs.

— N'oublie pas d'arroser! lui lança-t-elle encore, avant de s'avancer vers la voiture et de repérer Rébecca et Katinka au pied de la fourmilière.

Cette dernière portait une longue jupe noire et une veste assortie, avec un petit chapeau noir d'où pointait une plume sous un angle bizarre. Elle était allée jusqu'à s'habiller pour donner l'impression d'être heureuse, songea Constance comme elles se tournaient vers Macaroni qui s'était approché d'elles et ne disait rien.

— Sais-tu qu'il n'y a pas une seule fourmilière de l'autre côté du Zambèze, Macaroni? dit Rébecca en essuyant ses larmes d'un revers de main. Imagines-tu quelque chose d'aussi plat? C'est comme si tu servais une charlotte aux pommes sans sauce.

Macaroni demeurait silencieux.

— N'oublie pas de consigner les bouteilles de Coca-Cola, Macaroni, lui dit Katinka, fronçant les sourcils devant son expression. La plume de son chapeau plongea lorsqu'elle inclina la tête pour lui regarder les pieds. Mais qu'est-ce que c'est que ça? dit-elle, stupéfaite.

— Des souliers, répondit Macaroni, essayant de remuer ses orteils comprimés dans les souliers vernis que David mettait le soir.

Il avait passé les lacets sous la semelle avant de les nouer par-dessus.

— Tu ne sais pas nouer des lacets? dit Rébecca en se penchant vers les larges pieds. Où sont les autres?

— A d'autres souliers, fit Macaroni avec un sourire qui lui plissa les yeux. Les bottines marron, précisa-t-il, décrivant les autres souliers de David avec un plaisir évident.

— Je t'écrirai, dit Rébecca, remarquant le raidissement de sa lèvre supérieure avant qu'il ne hochât la tête. Je t'écrirai à la poste.

Elle savait que, magiquement, les lettres adressées à « Macaroni » parviendraient de la poste au village dans la brousse où il allait s'installer avec sa famille. Assis à son éventaire de Coca-Cola, il contemplerait ses lettres. Sans les lire, pensait-elle, puisqu'il ne savait pas. Mais il les regarderait.

— Au revoir, lâcha Rébecca avant de courir à la voiture.

— Prends soin de tout, Baba, lui dit Katinka, redressant la tête pour le regarder dans les yeux. Ils étaient remplis de larmes qui ne coulaient pas encore. Je me demande si nous nous reconnaîtrons..., ajouta-t-elle doucement.

Macaroni hocha la tête. Il l'avait parfaitement comprise.

— *Hamba gashli,* Mama, fit-il, lui tendant la main avec un geste qui la surprit : il se retenait le bras droit de la main gauche et sa main tendue tremblait. Il répéta ses souhaits de prospérité : *Hamba gashli.*

Katinka prit entre les siennes la main noire et osseuse et la garda, tandis qu'elle le regardait de nouveau dans les yeux et lui souriait.

— *Shcalla gashli*, Baba. Porte-toi bien.

Le souhait de Katinka était comme une prière et Macaroni sentit tout son être se briser lorsque enfin ses larmes ruisselèrent sur ses joues.

— Que le grand Dieu soit avec vous, Mama, dit-il, et il tourna les talons.

— Au revoir, Macaroni !

La voix de Rébecca dépassa Katinka et atteignit le vieil homme. Il ne se retourna pas. Rien n'aurait pu lui faire dire « Au revoir » à la petite fille qu'il connaissait depuis sa naissance. Il s'éloigna et Rébecca le regarda s'éloigner, les yeux secs. Il emportait beaucoup d'elle-même dans la poche du pantalon de son père et les larmes n'auraient en rien diminué sa peine.

— Regarde, dit David qui tenait fermement la main de sa fille sur le quai de galets de la gare de Ndola devant le train. Voilà notre compartiment. Tu vois ?

Il exhiba les tickets et Rébecca, éberluée, le dévisagea. Puis il l'attira sous son bras et s'approcha avec elle des marches qui séparaient les wagons.

— Prends les tickets, trouve nos places et appelle-moi par la fenêtre. Je t'attends avec nos sacs.

— O.K.

Rébecca se hissa sur les barres métalliques courant le long des marches et sauta sur la petite plate-forme rouillée entre les wagons. C'était son premier grand voyage et son père lui donnait beaucoup d'importance. Elle considéra les énormes flexibles de caoutchouc qui reliaient les voitures comme des cordons ombilicaux et tourna à droite. Engloutie soudain dans un étrange relent de suie, de cire et de café. Elle se plaqua contre la paroi de bois du wagon à la vue d'un steward en costume blanc qui s'avançait vers elle. Il portait, en magique équilibre sur la paume retournée d'une main, un plateau chargé de tasses de café.

— Vous êtes perdue ? fit-il avec un grand sourire. Regardez vos tickets et dites-moi où vous voulez être.

— Hein ? L'accent cockney du petit homme lui était presque incompréhensible. Je cherche notre compartiment. Regardez ! dit-elle, lui tendant les tickets, auxquels il jeta un œil entre les tasses de son plateau.

— Tout droit derrière vous, ma jolie, fit-il, toujours souriant et poussant du pied la porte du compartiment contre lequel elle était adossée. Le suivant est à vous aussi. Je reviens tout de suite.

Il s'éloigna avec sa charge et Rébecca se retrouva seule dans la petite pièce aux cloisons de bois montée sur roues qui serait sa demeure et celle de Katinka pendant deux jours et deux nuits ; ils changeraient à Bulawayo pour la fin du parcours. Les initiales R.R. étaient gravées sur la vitre.

— Rhodesia Railways ! murmura-t-elle.

— Rébecca !

Son père l'appelait de l'autre côté de la fenêtre. Elle s'avança, s'écrasa le nez contre la vitre.

– C'est bien ? demanda David. Descends la vitre en tirant la pièce métallique qui se trouve en haut.

Comment son père en savait-il aussi long sur les chemins de fer rhodésiens ? se demanda-t-elle avant d'atteindre cette poignée. Elle s'y suspendit de toute sa force et lentement la vitre se mit à descendre.

– C'est très joli ! annonça-t-elle à son père sitôt l'opération accomplie.

Elle aperçut, sortant des toilettes du quai, Constance qui guidait Katinka vers le wagon et agita la main dans leur direction. Deux jours et deux nuits, c'était long et elle regretta de ne pas avoir pensé à y aller aussi, mais à présent elle avait trop à faire.

– Nous sommes ici, Granny ! lança-t-elle à Katinka.

Elle sauta sur la couchette inférieure pour atteindre la supérieure qui serait la sienne, ne pouvant résister à l'envie de l'essayer incontinent.

– Tiens, Rébecca.

Un sac se présenta par la fenêtre ouverte, que tenaient les mains de son père. Elle le tira vers elle jusqu'à ce qu'il glisse à l'intérieur. Il heurta une petite cuvette d'argent munie d'un couvercle et elle le laissa tomber par terre, fascinée par l'objet gravé des lettres R.R. Elle souleva le couvercle avec précaution.

– Un lavabo ! s'exclama-t-elle, laissant retomber le couvercle et passant la tête à la fenêtre. Il y a aussi un lavabo, papa ! Avec des robinets !

– Aide Granny à monter, lui lança Constance qui avait amené sa mère au pied des marches.

– J'arrive ! répondit-elle en se précipitant.

– Rébecca, un autre sac..., dit David.

Elle se retourna vers la fenêtre.

– J'arrive ! cria-t-elle, très excitée. Attendez, Granny ! Attends, papa !

Pour la première fois de sa vie, elle participait à quelque chose de très important et comprit soudain que les liens qui la reliaient à son passé avaient cassé.

– Je ne sais pas par où commencer ! glapit-elle, surexcitée par cette nouvelle vie. Il faudra que vous attendiez tous !

C'était le soir quand le train s'ébranla de la gare de Ndola, dans un puissant échappement de fumée de l'énorme locomotive.

Rébecca était restée avec son père sur la petite plate-forme à la queue du train jusqu'à ce que la brousse eût avalé derrière eux la gare de Ndola. Le 123 Z, Macaroni et une énorme fourmilière étaient perdus encore plus loin. Lorsque le train avait démarré dans les claquements de ses roues d'acier, elle avait, à sa stupeur, reconnu Mme Bernstein sur le quai de la gare.

– Au revoir, madame Bernstein. Merci d'être venue ! Désolée de ne pas vous avoir vue avant le départ !

Rébecca s'était penchée par-dessus la balustrade de la plate-forme pour agiter la main en direction de la grosse femme confondue, avant de s'enfoncer avec son père dans les profondeurs du train. Elle avait regretté de ne pas voir flotter le mouchoir aux pâquerettes bleues qui surgissait d'entre les seins de Mme Bernstein lorsqu'elle devait s'éponger le front. Et Mme Bernstein s'était demandé comment diable l'enfant avait un instant pu croire qu'elle s'était déplacée pour lui dire au revoir. Elle était venue chercher un paquet à la gare et elle était bien contente du départ de Rébecca, qui était devenue pour elle une source d'ennuis. Elle avait eu beau répéter n'avoir jamais été mêlée en rien aux affaires de la famille Conrad, certains, tel Dewi Hawkins, n'en pensaient d'évidence pas moins. Et elle ignorait que Rébecca avait formé le vœu de revenir un jour au 123 Z.

— Racontez-moi encore. La voix de Rébecca tombait vers Katinka de la couchette supérieure. Vous disiez que Luke n'était pas un de mes cousins comme les autres. Pourquoi ne l'est-il pas?

— Parce qu'il est né avant que sa mère n'épouse ton oncle Paul.

Katinka était fatiguée. Elle n'avait pas cessé de répondre aux questions de Rébecca depuis qu'elles s'étaient couchées et elle était épuisée.

— Son père n'est pas Paul.

— Qui est-ce?

Katinka ferma les yeux. Elle ne voyait pas comment expliquer que la mère de Luke l'avait eu sans être mariée. Que son petit-fils, Paul, qui portait son cœur en écharpe, l'avait épousée davantage par pitié que par amour. Elle voyait encore l'expression d'Estelle à son arrivée à Bonne-Espérance. La moindre mauvaise odeur lui faisait froncer le nez et Katinka se demandait si elle pourrait lui faire face. Elle savait depuis des années l'inimitié qu'elle lui inspirait et aujourd'hui la loi la renforçait.

— Dites-moi, Granny Cat.

— Il est mort, dit Katinka. Le père de Luke est mort il y a longtemps, et maintenant il est temps de dormir.

La figure de Rébecca apparut à l'envers au bord de sa couchette.

— Bonne nuit, Granny Cat.

Katinka ferma les yeux.

— Et Naomi et « Simon peut-être »?

Rébecca ne voulait pas que sa grand-mère s'endorme et ses longs cheveux noirs se balançaient suivant les mouvements du train.

— Qu'est-ce qui est arrivé à leur père? insista-t-elle tandis que les roues claquaient sur les rails.

— Leur père, c'est oncle Paul. Et maintenant dors.

— O.K.

Rébecca se retira sur sa couchette et resta un instant tranquille. L'oreiller était dur sous sa tête et elle creusa du poing un cercle autour des lettres R.R. brodées en son centre.

— Qu'est-ce qui se passe, Rébecca? demanda Katinka, semblant s'adresser au bois de la couchette qui la surplombait.

— Dormez, Granny, répondit Rébecca, laissant retomber sa tête sur son oreiller et se laissant envahir par les rythmes de la vapeur et des roues.

Elle était contente que Luke ne fût pas un cousin comme les autres. Ainsi elle n'aurait pas à l'aimer.

Katinka avait dormi toute la journée sur sa couchette et les stores baissés rendaient le compartiment obscur et étouffant. Elle s'était dite fatiguée et Rébecca se demandait comment c'était possible. Elles avaient dormi toute la nuit.

— Pourquoi faire une telle histoire de cette fatigue ? se défendait Katinka. Nous voyageons depuis longtemps et nous sommes tous fatigués.

Katinka avait raison, reconnut Rébecca. Et il y avait encore beaucoup de chemin à faire.

Elle scruta le fond du compartiment entre ses jambes qui pendaient par-dessus le bord de sa couchette. Katinka dormait toujours et elle était toute seule avec ses pensées. Dans le compartiment voisin, ses parents parlaient certainement d'école et d'argent, aussi valait-il mieux ne pas être avec eux. Elle avait exploré les moindres recoins du train où partout étaient gravées les lettres R.R. — au cas sans doute où il se perdrait comme elle avait perdu son crayon — et elle avait contemplé des heures la brousse interminable où le train haletait. Elle avait crié de joie en apercevant dans un désert un énorme panneau publicitaire rouge où en grandes lettres noires était écrit : « Buvez Coca-Cola ! »

— Regardez ! avait-elle pris Katinka à témoin. C'est pour Macaroni !

Il n'avait rien fallu de moins que la vue de nombreux autres panneaux le long de la voie pour qu'elle reconnût s'être trompée. D'autres Noirs que Macaroni avaient dû bénéficier de la part de leurs patrons d'une franchise pour vendre du Coca-Cola. Tous ces panneaux ne le concernaient pas seul.

Sa robe neuve se balançait joyeusement sur un cintre au-dessus de la porte et elle ne la quittait pas des yeux. Elle aurait aimé la remettre, mais elle était réservée à ses allées et venues. Le vieux short et la vieille chemise qu'elle avait sur elle étaient dégoûtants, presque noirs de suie, et son œil lui faisait encore mal de l'escarbille qu'elle y avait reçue en se penchant à la fenêtre. Elle s'adossa à la cloison et étendit les jambes, s'accrochant par les orteils à la partie supérieure du cadre métallique de la vitre. Un petit papillon mort colla à l'un de ses doigts de pied et elle s'en débarrassa de son autre jambe. Elle se rappela comme elles avaient été réveillées au milieu de la nuit, suffoquées par le nuage d'insectes qui s'était frayé un chemin à travers les grilles de ventilation. Et l'arrêt du train tandis que le steward cockney nettoyait les « petites bestioles » et que les indigènes en profitaient pour couper du bois dans la brousse afin d'alimenter le fourneau de la locomotive.

Elle dirigea ses pieds vers le bas du store et essaya de le lever pour regarder dehors. Les lettres peintes R.R. disparurent dans les plis du panneau, mais elle n'en vit pas davantage. La nuit tombait et elle revint, sans déplaisir, au commencement du voyage. Aux noms magiques des petites stations qu'on avait traversées. Bwana Makuba. Kapirimposhi. Le train arriverait demain à Bulawayo. Là, ils pourraient prendre un bain et se changer, lui avait dit sa mère, avant de prendre un autre train pour le reste du voyage en direction du sud. Et elle mettrait sa nouvelle robe longue.

La salle de bains de la gare de Bulawayo était très grande. D'énormes serviettes éponges pendant à des barres tout autour de la pièce blanche et carrée se proclamaient elles aussi propriété des Rhodesia Railways. On avait enjoint à Rébecca de partager la salle de bains avec sa grand-mère et de l'aider à se laver. D'habitude c'était le contraire, mais tout avait changé et Rébecca se sentait soudain très adulte.

— Granny Cat! dit-elle, se tournant vers Katinka pour l'aider à entrer dans son bain. Katinka, tout habillée, était assise sur le couvercle des cabinets. Vous avez dit que vous vous déshabilleriez.

— J'ai oublié. Vas-y d'abord, ma chérie.

Rébecca était allongée dans l'eau chaude et contemplait la traînée de poussière de charbon qui flottait à sa surface.

— Je suis dégoûtante, dit-elle avec délice, traçant des dessins dans le charbon flottant. Il faut que je me lave à fond.

Après un coup d'œil à sa robe neuve, accrochée au porte-serviettes, elle s'immergea jusqu'au menton et soupira : « C'est le meilleur bain de toute ma vie ! » observant sa grand-mère de biais dans l'espoir de la tenter, mais elle ne bougeait pas du couvercle des cabinets.

— Bon, dit enfin Katinka.

La serviette blanche était si vaste qu'une fois enroulée dedans, comme elle l'avait vu faire dans les films, Rébecca se trouva incapable de faire un pas.

— Allez-y maintenant, dit-elle à sa grand-mère.

Katinka se dirigea vers la baignoire tandis que Rébecca poussait du pied les pans de la serviette, mimant une course en sac. Mais un bruit d'eau qui s'écoulait la fit se retourner.

— Qu'est-ce que vous faites ? C'était votre bain !

— Oui, répondit Katinka avec un suave sourire.

— Vous n'êtes pas gênée ? dit Rébecca, stupéfaite. Elles avaient pris de nombreux bains ensemble et jamais sa grand-mère n'avait songé à lui cacher son corps gracile et tout ridé. Elle adorait prendre des bains. Voulez-vous que je vous laisse ?

— Hourra ! Katinka se dressa d'un bond, baissa sa culotte et s'assit sur le siège en un clin d'œil. Ça va mieux ! dit-elle tandis qu'un bruit d'eau se faisait entendre. Tu es prête ?

Katinka se leva et se baissa pour remonter sa culotte. Mais elle s'arrêta à mi-chemin. En silence, elle leva la tête vers Rébecca qui passait sa robe neuve par-dessus sa tête.

— Regardez ce que vous avez fait, Granny ! dit la petite fille à travers le tissu plaqué contre sa bouche avant de le tirer vers son menton en gigotant pour achever d'enfiler le vêtement. Votre jupe est rentrée dans votre culotte !

Elle s'avança vers la vieille dame, ses pieds mouillés collant au carrelage.

— Vous n'êtes pas sage du tout, Granny, aujourd'hui.

Elle ne vit pas sa grand-mère se détourner d'elle pour reprendre son souffle tout en s'efforçant de se rajuster.

— Vous êtes drôle. Voudriez-vous, s'il vous plaît, m'attacher ma robe ? reprit Rébecca, tournant le dos à Katinka qui se mit en demeure de pousser l'unique bouton de la robe dans sa boutonnière au niveau du col.

— Cette robe est ravissante, ma chérie, lui dit-elle, la chose faite, comme Rébecca tourbillonnait dans la salle de bains, sa robe en corolle autour d'elle. Ravissante.

Rébecca, confuse, baissa les yeux.

— Tu ne diras rien à ta mère, n'est-ce pas ? reprit Katinka d'une voix très douce.

— Non, répondit Rébecca en secouant la tête, mais peut-être vaudrait-il mieux que je vous lave la figure avant qu'elle vous voie.

Le nouveau train était exactement semblable au précédent, excepté les stewards et les initiales. Les lettres R.R. étaient remplacées par les lettres S.A.R., pour South African Railways, lui apprit Katinka ; et l'aimable cockney avait laissé la place à un homme qui ne semblait pas l'aimer. C'était un Afrikaner et Rébecca se demanda si la guerre des Boers était vraiment finie. La chose avait peut-être échappé à sa grand-mère qui en oubliait beaucoup depuis quelque temps.

— Qui sont les ennemis, eux ou nous ? l'interrogea-t-elle, incertaine de leur parti et se demandant si Bonne-Espérance n'était pas l'un de ces camps où les Anglais avaient enfermé les Boers.

Peut-être était-ce leur tour maintenant d'être enfermés... Il fallait qu'elle sache.

— Qui gagne ?

— La guerre est finie depuis longtemps, répondit Katinka, sans que cette réponse empêchât Rébecca d'éprouver un choc lorsqu'un homme en uniforme tamponna à la frontière leurs passeports britanniques.

Elle crut que le petit tampon rond plongé dans l'encre allait traverser de part en part son passeport bleu tout neuf, tout en souhaitant vivement le contraire car elle tenait à ce document où il était stipulé que, faute de passer sans encombre, il leur faudrait en appeler au roi d'Angleterre. La formule l'avait rassurée et elle s'était réservé d'en éclairer plus tard le sens.

— Regardez, Granny ! s'écria Rébecca à sa grand-mère qui sommeillait sur sa couchette ; elle-même, penchée à la fenêtre, observait la gare.

L'enseigne annonçait MAGALAPI. Il faisait nuit et un orchestre jouait sur le quai, dont les énormes instruments de cuivre reflétaient les lumières pendues au-dessus de leurs têtes. Il jouait *Blue Moon*, l'un des airs favoris de sa mère.

— Maman ! s'exclama-t-elle, apercevant sa mère tournoyer sur le quai en robe de soie d'Angleterre dans les bras de son père.

Et soudain le quai tout entier fut envahi d'un tourbillon de jupes vire-voltantes et de pantalons bien repassés. Comme si le train s'était vidé et que tous ses passagers se fussent mis à danser sous l'immense ciel africain et ses millions d'étoiles.

— Oh ! soupira Rébecca.

Elle aurait aimé être dehors avec eux, dans sa robe neuve. Elle aurait dansé comme eux, en tournoyant sur le quai comme, au cirque, la parte-naire du trapéziste.

— Vas-y ! dit Katinka.

Surprise, elle se retourna vers sa grand-mère qui désignait de la tête sa robe neuve.

— Qu'est-ce que tu attends ?

Entre sa mère et son père, les pieds sur les souliers vernis de ce der-nier, Rébecca s'abandonnait à la caresse de l'air chaud de la nuit, tandis qu'ils tournaient aux accents du *Beau Danube bleu*. Un chœur bruissant de criquets accompagnait la musique. Tout le monde avait remarqué sa belle robe. Les enfants noirs eux-mêmes, qui dans l'obscurité les contemplaient les yeux écarquillés, jugeaient, décida-t-elle, n'en avoir jamais vu d'aussi belle. Et c'était aussi la plus longue.

— Qu'est-ce qu'il y a ?

Rébecca avait entendu du bruit sur la couchette inférieure et elle se pencha au bord de la sienne pour regarder sa grand-mère.

— Vous m'avez appelée, Granny Cat ? Vous ne dormez pas ?

Katinka remuait les lèvres et Rébecca n'entendait rien. Elle sauta de sa couchette et se pencha sur sa grand-mère. On aurait cru qu'elle dormait pour toujours.

— Granny, que disiez-vous ? Je n'ai pas entendu.

— Johannes... Katinka ouvrit des yeux tout ensommeillés et dévisagea Rébecca. Elle pleurait. Johannes Villiers, murmura-t-elle.

— Qui est-ce ?

Rébecca ne pouvait le savoir : sa grand-mère avait remonté le temps, retrouvé sa mère, Sarah Westbury, à l'instant de sa mort.

— Johannes..., murmura de nouveau Katinka, voyant toujours sa mère mourante dans son rêve.

« Que dites-vous, maman ? » Elle était penchée sur Sarah, tâchant de comprendre ce qu'elle lui disait, sans pouvoir l'entendre distinctement. « Mon frère ? » Elle entendit un mot impossible. Elle n'avait pas de frère. « Qui est Johannes ? Je n'ai pas de frère ? » Elle se pencha encore plus près de la mourante.

« Le Cap... Suzanne... frère... Johannes Villiers. Mon fils. »

Quelques mots décousus seulement de la confession de l'agonisante étaient parvenus à sa petite-fille.

— Qui est Johannes ?

La voix de Rébecca traversa le rêve de Katinka et elle s'efforça de s'arracher à l'inconscience cotonneuse où elle était plongée. Il lui fallait parler à la petite fille penchée sur elle comme elle-même l'avait été sur sa mère mourante.

— Trouve-le!

Ce chuchotement impératif abasourdit Rébecca qui se gratta la tête, et décida que sa grand-mère parlait en somnambule. La chose lui arrivait souvent mais jamais auparavant elle n'avait parlé d'un frère. Jamais Katinka, évoquant son passé, n'avait fait mention d'un frère.

— Le Cap.

Ce nouveau chuchotement interrompit les pensées de Rébecca.

— Qui est au Cap, Granny?

Mais Katinka ne l'entendait pas. Elle était dans une rue étroite qui descendait d'Adderley Street, au Cap, et elle était entourée d'enfants métis. Une mer de figures sombres. Elle recherchait son frère, Johannes Villiers. On lui parlait. On l'informait.

— Parti. Guerre, murmura Katinka.

Rébecca se contracta. La guerre des Boers n'était pas finie, elle devait le dire à ses parents, mais elle fut tout à coup saisie de frayeur.

— Granny, réveillez-vous! Réveillez-vous! cria-t-elle en la secouant.

— Quoi? fit Katinka, émergeant de son rêve et dévisageant sa petite-fille. Qu'est-ce qui ne va pas, Rébecca?

— C'est vous, Granny. Vous parliez d'un frère. Réveillez-vous! cria Rébecca pour l'empêcher de se rendormir.

Une expression de terreur traversa une seconde le regard de Katinka. Rébecca n'avait jamais rien vu de pareil et elle se recula. Mais Katinka sourit, son regard s'adoucit aussi vite qu'il s'était altéré, elle prit la main de sa petite-fille.

— Tu rêves, Rébecca, remonte dormir, lui dit-elle.

Katinka s'était rendormie, laissant l'enfant à sa solitude. Ruminant cette bribe d'information, qui peut-être n'en était pas, n'était peut-être qu'une fraction du rêve de sa grand-mère.

— Granny Cat?

Pas de réponse.

Remontant dans sa couchette, elle ressassait l'information : Johannes Villiers, frère, Le Cap. Elle s'adossa à la cloison de bois. Une partie du mystère de Bonne-Espérance venait de lui être découverte. Elle en était sûre. C'était un secret de grandes personnes qui n'en était que plus fascinant.

Un grattement énergique contre la porte projeta Rébecca dans le réel. Le grand steward afrikaner apportait des draps et des oreillers.

— Je m'en occupe, dit-elle vivement, ne voulant pas se laisser faire son lit par l'ennemi. Ma grand-mère dort.

Elle sauta en bas de sa couchette, prit le paquet de draps brodés du chiffre S.A.R., remercia l'homme en réponse aux quelques mots étrangers qu'il avait grommelés et ferma vivement la porte sur lui. Elle voulait réfléchir au calme, sans se laisser troubler par la guerre.

66

– Rébecca, tout va bien ? Sa mère se battait avec le verrou de l'autre côté de la porte. Maman ? Rébecca ? C'est l'heure du repas.

– Elle dort, maman, répondit Rébecca à travers le panneau, les draps remontés sous le menton. Deux oreillers glissant du filet lui tombèrent doucement sur les pieds. Elle a dit qu'elle ne voulait rien manger. Et moi non plus.

– Il faut que tu manges, Rébecca, viens, insista Constance.

– Granny m'a déjà donné quelque chose, mentit-elle.

Tout arrivait en même temps et elle voulait être seule pour réfléchir à l'information qu'elle venait d'obtenir. Se retournant, elle regarda sa grand-mère. Katinka dormait à poings fermés et n'avait pas entendu son mensonge. Sa main lui glissa de la poitrine où elle reposait et Rébecca la remit doucement à sa place.

– Je vous couvrirai s'il fait froid, dit-elle, laissant tomber trois draps sur le plancher tandis qu'elle en tenait un replié, dont elle recouvrit Katinka avec soin. Bonne nuit, Granny, lui dit-elle, l'embrassant sur le front. Mais vous avez froid !

Elle ramassa un second drap, le disposant par-dessus le premier.

– Vous devez être bien fatiguée, Granny. La main de Katinka, sous le drap, avait de nouveau glissé de sa poitrine, elle la remit fermement en place. Je vais me taire à présent, moi aussi je suis fatiguée.

Rébecca lança sur sa couchette les deux draps et l'oreiller. Elle baissa les yeux sur l'oreiller supplémentaire qui lui servait de marchepied et hésita à le glisser sous la tête de sa grand-mère, pour décider enfin de ne pas la déranger, et elle le lança à côté de l'autre.

Une fois installée sous ses draps et la tête soutenue par ses deux oreillers, elle s'efforça de récapituler ce qu'elle avait entendu. Elle reverrait tout cela avec sa grand-mère le lendemain matin. Katinka avait mentionné Suzanne. Rébecca se souvenait que c'était celle qui avait épousé l'Afrikaner Thys. Celle qui était morte sur sa chaise tandis que sa maison brûlait et dont le mari était mort à côté d'elle, sans aucune raison. Quel rapport Suzanne pouvait-elle bien avoir avec le frère de sa grand-mère dont elle n'avait jamais entendu parler jusqu'à tout à l'heure ? Réfléchissant toujours, Rébecca sentit ses paupières s'alourdir. Elle s'endormait sur ses hypothèses et une collection de noms.

Une clé tourna dans la serrure de la porte du compartiment, qui s'ouvrit sans bruit. Constance avait essayé de réveiller sa mère ou Rébecca en tapant vigoureusement sur cette porte, sans résultat. Aussi David avait-il décidé d'avoir recours au steward pour se la faire ouvrir et ils apportaient avec eux des plateaux de nourriture. Constance était résolue à ce qu'elles mangent toutes les deux.

– L'idée n'était pas si bonne que ça de les mettre toutes les deux dans le même compartiment. Elles sont aussi têtues l'une que l'autre, dit-elle à David en entrant. Ce sont deux enfants.

Son ton changea brusquement lorsqu'elle regarda Katinka.

– David ? dit-elle, soudain pleine d'angoisse.

Bien bordée dans sa couchette comme Rébecca l'avait laissée, Katinka était parfaitement immobile, mais l'une de ses mains reposait sur le plancher.

– Qu'y a-t-il ? dit David, entrant derrière sa femme.

Il portait un plateau chargé de deux assiettes, qui contenaient chacune une omelette baignant dans l'huile. Il considéra Katinka en silence, et comprit l'intonation de Constance. Il déposa doucement son plateau sur le couvercle du lavabo et se retourna vers la dormeuse. Vérifier était superflu, cependant il le fit. Se penchant tout contre Katinka, il guetta un signe de vie. Puis se redressa et regarda Constance. Elle lui tournait le dos.

– C'est fini, dit-il.

Le train lui sembla s'arrêter net lorsqu'elle réalisa que ses angoisses les plus profondes étaient devenues réalité.

– Ne réveille pas Rébecca, dit-elle, aussitôt soucieuse du terrible choc que produirait sur Rébecca la mort de sa grand-mère et souhaitant la protéger le plus longtemps possible. Surtout ne la réveille pas.

– Bien sûr que non, fit David, tirant le drap sur la figure de Katinka.

Dérangée dans son sommeil déjà incertain par des bruits étranges, Rébecca se retourna sur sa couchette. Le train s'était arrêté et, privée du martèlement régulier des roues qui lui servait de berceuse, elle resta immobile.

– Tiens-le bien, prononça une voix d'homme étrangère.

On devait couper du bois pour la locomotive, se dit-t-elle. Pareils arrêts étaient fréquents. Satisfaite de sa déduction, elle se retourna contre la cloison, désireuse d'effacer par le sommeil le temps qui la séparait de Bonne-Espérance pour y arriver plus vite. De nombreuses questions la préoccupaient encore, elle commença de les dénombrer dans sa tête et retomba dans le sommeil.

– Doucement !

La voix de sa mère l'éveilla en sursaut. Quelque chose avait changé dans le compartiment et elle tâcha de le préciser. Elle sourit. Sa mère était revenue à la charge et tentait de nouveau de la faire manger. Elle frappait à la porte pour les obliger à se nourrir. Rébecca ne bougea pas d'un cil. Constance s'en irait lorsqu'elle serait sûre qu'elles étaient toutes deux endormies. Le silence retomba et elle tendit l'oreille à l'affût d'autres signes de la présence de sa mère. Sa grand-mère lui avait dit que dans le silence on entendait Dieu. Peut-être Dieu lui dirait-il qui était Johannes Villiers.

– Granny ?

Le silence durait depuis trop longtemps et tout était trop calme.

– Granny, vous êtes réveillée ?

Elle l'était. Quelqu'un pleurait qui ne pouvait être Dieu. Il n'y avait point de larmes au ciel, disait la Bible.

Elle se pencha par-dessus le bord de sa couchette et scruta l'obscurité.

Granny Cat était assise. Elle pleurait. Rébecca se demanda pourquoi elle pleurait dans le noir et se pencha plus bas.

— Granny, pourquoi pleurez-vous ? Il ne faut pas. Ça ne sert à rien de pleurer dans le noir.

Elle se laissa glisser de sa couchette jusqu'à ce que ses pieds touchent la couchette inférieure.

— J'ai attendu toute la nuit que vous vous réveilliez. Je n'ai pas dormi parce que je n'ai pas arrêté de penser...

Elle s'arrêta. C'était sa mère qui était assise sur la couchette et qui pleurait. Sa grand-mère n'était pas là.

— Où est Granny ? demanda-t-elle à Constance avec curiosité. Pourquoi pleures-tu ?

Elle se retourna, imaginant sa grand-mère derrière elle.

— Où est Granny ?

— Rébecca.

La voix de son père attira son regard à la porte. Il se tenait debout dans l'encadrement, une main posée sur la poignée et l'autre tenant un anneau. Une alliance en or.

— Où est Granny ? lui demanda-t-elle, déboussolée soudain par tous ces changements. Que fais-tu avec son alliance ?

— Granny est morte, Rébecca, dit David très doucement.

La seule personne à qui elle n'avait pas dit au revoir était partie pour toujours.

4.

Luke Marsden poussa son cheval pour gagner plus vite les limites de Bonne-Espérance. Il aurait voulu que le vent emportât les paroles de sa mère, mais le tonnerre des sabots ne parvenait pas même à les noyer.

– Ton avenir n'est pas au Cap, Luke, pas plus que celui de ton père.

Sa mère avait tort. Il n'avait de place nulle part ailleurs et son avenir était là, l'attendait dans les vignes luxuriantes de Bonne-Espérance où il avait déjà passé ses treize premières années.

– Luke!

Thabo l'appelait dans le lointain. L'appelait encore. Il arrêta durement son cheval. Voletant dans un nuage de poussière, il fit face au chemin qu'il avait parcouru.

– Qu'est-ce qui se passe? hurla-t-il, les mains en porte-voix et fouillant du regard les chemins qui divisaient les vignes à la recherche de son ami noir. C'est Simon?

– Oui, répondit Thabo.

Piquant des deux, Luke revint sur ses pas car Simon, son petit frère, lui était encore plus cher aujourd'hui qu'hier.

– Lui est furieux! l'avertit Thabo, quand il s'arrêta près de lui.

Simon, qui avait trois ans, était ivre d'une rage encore renforcée par ses traits de mongolien. Il piétinait le plancher de la carriole rustique où il était monté, agitant les bras pour attraper Thabo. Lâchant les rênes, Luke sauta de son cheval et maintint fermement par les épaules l'enfant hors de lui.

– Il veut pas de la carriole, expliqua Thabo. Lui très entêté, enchaîna-t-il, ce que Luke n'ignorait pas.

– Je reviens tout de suite, dit Luke à Simon, s'efforçant de rassurer le petit infirme et de lui faire oublier la carriole qu'il lui avait construite avec Thabo. Ne t'en fais pas.

Il plongea son regard dans les yeux sombres et bridés de Simon, à la recherche d'un peu de raison.

— Reste avec Thabo, ajouta-t-il en l'embrassant. D'accord ?

— Lui calme, dit Thabo, souriant et agitant la tête sous le nez de Simon. Tu veux faire peur à Thabo ?

L'énorme langue de l'enfant pointa vers Thabo par-dessus l'épaule de Luke, signe d'affection inexprimable pour l'ami de son frère.

— Tout va bien, dit Thabo, saisissant le petit garçon dans ses bras.

— Ne dis rien, lui dit Luke en lui touchant le bras. Hein ?

— Oh non ! fit Thabo, hochant la tête.

La mère de Luke ne voulait pas qu'il s'approche de l'infirme et il n'allait certes pas lui dire qu'il l'avait fait.

— Lui rire, dit Thabo à la vue de l'énorme sourire partageant la figure du petit, qui gargouillait de délice. Il nous a eus !

Luke considéra un instant la maison blanche qui se dressait au loin et retourna à son cheval. Sa mère veillait sans cesse à ce que le moindre centimètre carré soit impeccable, indéfiniment balayé et frotté. Le bois, le verre, l'argent luisaient, brillaient et étincelaient, et ce n'était pas en l'honneur des parents qui étaient attendus le jour même, venant du Nord, mais bien pour les tenir à distance.

— Je ne serai pas long, dit Luke à Thabo en lançant son cheval.

Il lui fallait encore penser à beaucoup de choses et son frère Simon n'était pas le moindre de ses soucis.

— En avant ! clama Thabo, prenant Simon sur son dos et lui serrant les poignets autour de son cou. Simon fait du cheval comme Luke ! ajouta-t-il, galopant dans les vignes, le petit garçon couinant de plaisir. Simon monte à cheval ! répéta-t-il au milieu de ces sons étranges que Thabo avait appris à identifier comme des rires.

Au fil des années que Thabo avait passées avec son ami dans un monde hors d'atteinte de la mère de Luke, il était devenu sensible à son besoin de solitude. Luke devait faire face à beaucoup de difficultés, dont l'arrivée imminente de la famille venue du Nord n'était pas la moindre. Il y aurait la vieille dame qui avait vécu à Bonne-Espérance. La vieille dame si fragile d'aspect qui lui avait dit une fois qu'elle avait connu son ancêtre Moi Titus. Moi Titus était un personnage mythique et Thabo avait du mal à croire que Katinka ait pu vivre en son temps.

— Tiens bon ! rappela Thabo au petit garçon qui riait sur son dos.

Il avait entendu la nuit dernière ce qui allait arriver à cet enfant dont les siens disaient que Dieu l'avait touché et il en avait beaucoup de peine.

— Thabo !

L'appel étouffé de Luke l'avait atteint la veille au soir et il avait levé les yeux vers la fenêtre éclairée de la chambre de son ami, située dans une aile à l'arrière de la grande maison, l'autre aile étant inoccupée. Informé d'un changement proche dans la vie de la famille, il s'en était tourmenté toute la journée.

— Viens ! lui avait dit Luke.

Il avait ouvert plus grande sa fenêtre et s'était penché pour mieux le voir dans le noir. Ses raides cheveux blonds comme toujours lui tombaient sur les yeux.

— Il faut que je te raconte! avait-il insisté.

Thabo avait couru sans bruit sur les galets devant la maison. S'était aplati vivement contre le mur blanc qui formait pignon au-dessus de la porte principale et n'avait plus bougé. Les rideaux de la fenêtre près de lui s'étaient ouverts et jamais il ne regretta aussi vivement que la chambre de Luke fût si proche de celle de ses parents. Si Estelle Marsden le surprenait dans la chambre de son fils, lui-même et toute sa famille seraient chassés sans recours de Bonne-Espérance.

— Là! avait dit Luke, tendant le bras le long du mur et lui attrapant la main.

Leurs doigts s'étaient noués et, tiré par Luke, il s'était hissé par-dessus l'appui de la fenêtre dans la chambre interdite.

— Doucement..., avait-il chuchoté, tandis que l'encadrement lui rentrait dans le ventre et qu'un rosier lui griffait les jambes. Ta mère ne dort pas! Elle me tuerait...

— Simon va partir! avait lâché Luke comme il glissait sur le tapis la tête la première. On va l'emmener.

— Ah! fit Thabo qui s'était relevé et se frottait les mains sur sa culotte. Lui va aller à Johannesburg avec toi? avait-il demandé en jetant un coup d'œil à la fenêtre. Un jour ta mère sera dehors avec un fusil, pour m'attendre! avait-il ajouté en xhosa.

— Écoute, reprit Luke dans le même langage qu'ils employaient souvent ensemble, et qui lui était plus naturel que l'anglais – ses premiers souvenirs étaient pleins des cadences rassurantes et des longues voyelles de Sophie, sa nourrice xhosa. Ma mère va mettre Simon à l'hôpital. On va l'enfermer car elle dit qu'on ne peut pas le garder.

— L'enfermer?

Thabo se souvenait que son père l'avait été une fois. Il avait été mis en prison au Cap et jamais il n'oublierait son regard derrière les barreaux de fer.

— Ce n'est pas possible! s'exclama-t-il en secouant la tête. Il mourrait!

La vision du visage déformé du petit garçon, partagé en deux par une barre d'acier, le frappa.

— Il ne faut pas que ces gens viennent ici! ajouta-t-il. Qu'ils s'en aillent!

Les changements qui ne manqueraient pas de bouleverser leurs vies avec l'arrivée de la famille qui devait prendre Bonne-Espérance en main l'effrayaient d'avance.

— Nous n'avons pas besoin d'eux!

Ses yeux s'étaient rétrécis tandis qu'il parlait en xhosa avec une détermination impressionnante.

— Simon, il est l'enfant de Dieu et personne ne doit lui faire de mal, Luke.

— Crois-tu que ce soit ce que je veuille ?

Luke s'était avancé jusqu'à son lit pour retirer un pain rassis de dessous son oreiller. Il y avait mordu à belles dents avant de le tendre à Thabo.

— Crois-tu que je veuille partir ?

Il avait retiré de dessous son lit une boîte de lait condensé ouverte. Les bords dentelés du couvercle où avaient séché des gouttes de lait faisaient songer à une mâchoire de requin.

— Peut-être sera-t-il possible de faire changer d'avis mon oncle et ma tante, et ils repartiraient, avait-il repris.

Son regard s'était éclairé à cette hypothèse comme Thabo relevait le couvercle de la boîte et trempait un doigt dans la suavité blanche.

— Nous pourrions faire peur à leur enfant...

— Hein ?

Thabo avait retiré son doigt de la boîte. Un fil blanc élastique s'en étirait vers sa bouche ouverte.

— C'est ta cousine, n'est-ce pas ? Comment s'appelle-t-elle ? dit-il, la langue couverte de lait.

— Rébecca, dit Luke, festoyant à son tour. Il n'en faudrait pas beaucoup pour lui faire peur. Elle n'a que neuf ans, comme Naomi.

Tout absorbés dans leur conversation en xhosa, les deux garçons n'avaient pas entendu Estelle s'approcher de la porte de la chambre.

— Luke ? avait-elle appelé brusquement.

Avant que Luke n'eût seulement bougé, Thabo avait saisi la boîte de lait condensé et plongé sous le lit, ramenant ses pieds nus contre lui.

— A qui parles-tu ? avait demandé Estelle.

Le fond déchiré du matelas appuyait sur la tête de Thabo recroquevillé sur le plancher.

— J'apprends mon histoire.

Luke avait poussé près du lit un livre de classe et Thabo avait tendu le cou pour le lire car il gisait sur le plancher juste sous son nez. Il avait déjà appris la leçon d'histoire de Luke et il avait fermé les yeux tandis que la délectable odeur d'école lui emplissait les narines.

— Pourquoi Simon ne peut-il pas venir avec nous ?

— Je te l'ai déjà dit.

Les pieds d'Estelle étaient apparus au bord du lit et Thabo s'était vivement rencogné en arrière.

— Cela vaudra beaucoup mieux pour lui. Il sera bien plus heureux avec des enfants comme lui.

— Ce garçon n'est pas venu ici, n'est-ce pas, Luke ?

— Quel garçon ?

— Tu sais bien qui je veux dire.

— Thabo n'est pas venu ici.

— J'ai cru sentir quelque chose.

Thabo avait vu les pieds d'Estelle faire demi-tour et s'éloigner. Il avait entendu la porte se fermer derrière elle et s'était demandé une fois de plus pourquoi elle ne se rappelait jamais son nom mais toujours son odeur.

Une avalanche de baisers mouillés tombant dans son cou arracha Thabo à cette longue nuit dans la chambre de Luke et d'un coup de reins il fit glisser Simon de son dos pour le prendre dans ses bras. Les yeux bridés, étrangement lumineux dans le visage rond, scrutaient Thabo, comme s'il partageait ses souvenirs et souhaitait connaître sa décision.

— Je viendrai te chercher, chuchota Thabo.

Comment parviendrait-il à pénétrer dans un hôpital blanc? Il se le demandait.

— Je t'emporterai comme ça, reprit-il, prenant l'enfant sous son bras et s'élançant entre deux rangs de vigne. Nous irons très loin!

Simon couinait de ravissement et ses petites jambes battaient l'air dans le vide.

— Pourquoi fais-tu ça?

Âgée de neuf ans, Naomi, la petite sœur de Luke, apostrophait Sophie du seuil de la cuisine. Assise à la grande table, Sophie nettoyait l'argenterie. Elle fit tourner le couteau étincelant qu'elle avait en main jusqu'à se voir dans sa lame.

— Ils ne se servent sans doute même pas de fourchettes ni de couteaux, assura Naomi.

— Ta mère l'a dit, répondit Sophie.

Elle n'avait cure de l'enfant. Estelle lui suffisait.

— Ma mère a dit quoi? fit Naomi, l'imitant et se rapprochant de Sophie qui prenait une fourchette. Je parie qu'ils mangent de la bouillie avec les doigts comme toi.

Sophie hocha la tête en regardant la fourchette couverte de produit. Elle n'avait jamais vu de Blancs manger de la bouillie et se demandait de quelle partie de l'Afrique arrivaient les visiteurs.

— Ta mère leur apprendra peut-être à faire autrement, dit Sophie en avançant la lèvre inférieure.

Estelle était parvenue à lui inculquer toutes sortes de manières inutiles, mais n'était arrivée à rien avec sa fille.

— Hou! fit Naomi, tournant sur elle-même et déployant sa jupe amidonnée. Je parie que Rébecca est encore en robe courte.

Elle considéra sa jupe, qui lui arrivait à mi-mollet, et la lissa pour l'allonger encore.

— Et aussi en socquettes, ajouta-t-elle, agitant ses orteils dans ses sandales blanches. Mais elle n'a peut-être même pas de souliers!

Elle s'élança à travers la cuisine et s'arrêta pour s'admirer dans le fond étincelant d'un grand faitout de cuivre pendu au-dessus du fourneau.

— Quand seront-ils là? Que ça m'ennuie!

74

— As-tu dit à ton frère de ne pas être trop sale ? fit Sophie, les sourcils froncés, et se demandant par quel miracle Naomi était si différente de Luke. Ta mère, elle, sera furieuse s'il est encore dehors à cheval avec ses habits propres.

— Est-ce que tu vas rester avec eux ? Cette Rébecca et sa famille ? demanda Naomi passant l'index sur le marbre de la table. Hou ! fit-elle, brandissant avec dégoût sous le nez de Sophie son doigt qui avait essuyé une minuscule particule de confiture. Confiture !

Sophie loucha sur le doigt blanc dressé devant elle, le prit et l'essuya au tablier qui lui comprimait la poitrine.

— Tu ferais bien de la nettoyer ! dit Naomi en désignant le marbre coupable avant de retomber sur ses talons en regardant ses sandales. Es-tu bien sûre de les avoir nettoyées aujourd'hui ?

Estelle interrompit ce dialogue en arrivant dans la cuisine.

— Tu n'as pas encore fini l'argenterie, Sophie ? Dehors ! lança-t-elle sans transition à Naomi en la poussant vers la porte.

Ses cheveux noirs étaient serrés en un chignon bien tiré sur sa nuque et ce qui lui restait de beauté était figé par la prétention.

— Tu n'as pas encore ciré les marches ! Je t'avais demandé de le faire en premier !

— Je fais l'argenterie comme vous me l'avez demandé, madame, répliqua Sophie, bien campée sur son tabouret et passant sur la fourchette sa fureur silencieuse, jusqu'à se piquer un doigt sur l'une des dents.

— Je lui ai pourtant dit qu'ils ne savaient pas se servir de fourchettes ni de couteaux, intervint Naomi avant d'arriver à la porte. Ils vivent sans doute dans des huttes de terre !

— Cela ne doit pas nous influencer, répondit Estelle, sans reprendre sa fille, mais la confortant dans son complexe de supériorité. S'ils doivent habiter cette maison, ajouta-t-elle, je veux leur montrer comment le faire dignement.

Et c'était justement ce à quoi elle s'appliquait depuis son réveil. Constance, avait-elle décidé, ne lui inspirerait plus jamais de sentiment d'infériorité. Toute sa vie, elle en avait souffert. De mère afrikaner et de père anglais, l'afrikaans avait été sa langue maternelle. Et à l'école on lui avait soutenu que l'afrikaans était la langue des ânes. Elle avait dû passer de nombreuses heures dans un coin de la classe pour avoir osé le parler. Sous l'œil acéré de sa maîtresse anglaise, elle était restée debout des heures, un bonnet d'âne sur la tête, une pancarte épinglée dans le dos, le conseil ayant résolu de lui interdire d'employer son affreux idiome néerlandais. La honte avait eu vite fait de lui apprendre l'anglais.

— Tu ne juges tout de même pas que cette cuillère est propre ? apostropha-t-elle Sophie en lui tendant une cuillère étincelante.

— Je vais cirer les marches, dit Sophie, débarrassant le tabouret de sa replète anatomie et repoussant celui-ci du pied sous la table. J'espère que la vieille dame ne va pas glisser dessus, lança-t-elle contre Estelle.

– Qui commande ici ? fit Estelle en la suivant. Et n'oublie pas de te changer !

Elle attrapa la camisole de Sophie, la retenant un instant en arrière.

– Ce vêtement est dégoûtant !

– Oui, madame, répondit Sophie, considérant sa camisole qu'elle venait de laver.

– Ils ont déjà quarante minutes de retard ! constata Estelle en la suivant dehors et en la poursuivant de ses récriminations. N'auraient-ils aucune notion de l'heure ?

– C'est pas bien, madame, dit Sophie avant de s'esquiver.

– M'man t'a dit il y a longtemps de te laver et de te changer !

La voix nasale de Naomi, qui se bouchait le nez en scrutant l'obscurité, atteignit Luke dans l'écurie.

– Tu m'entends, Luke ?

– J'y vais, répondit-il, se glissant sous le ventre de son cheval et lui brossant la poitrine. Laisse-moi.

– Tu dois empester le cheval ! lança Naomi, battant en retraite et vérifiant que sa jupe était restée propre. Je parie que Rébecca est encore en robe courte.

Elle s'attarda un instant sur le seuil à tournoyer.

– Oh non ! gémit-elle en brossant un morceau de paille accroché à sa jupe. M'man dit qu'elle vole les bébés !

– File ! lâcha Luke, excédé de ces sottises, puis il passa devant les chevaux. Les filles ! murmura-t-il.

Les grands yeux de Salu clignèrent lorsqu'il défit son licou.

– Et il en arrive une de plus ! reprit-il.

Il fit glisser le licou par-dessus la tête du cheval et s'arrêta net comme lui revenaient les derniers mots de sa sœur : elle vole les bébés !

Naomi traversa le salon à la recherche de Sophie pour lui faire nettoyer sa jupe.

– Pourquoi ne pas partir tout de suite pour Johannesburg ? demanda-t-elle à son père qui regardait par la fenêtre. Elle est bizarre cette Rébecca et je suis bien contente qu'elle ne soit pas dans ma chambre.

– Naomi ! la coupa son père. Lorsque Rébecca arrivera, je veux que tu sois gentille avec elle. Tu m'entends ?

– Pourquoi ? répliqua-t-elle, avançant la lèvre inférieure et rejetant la tête en arrière. M'man dit qu'elle ne l'est pas.

Paul Marsden savait que sa femme n'aimait pas sa famille et à bien des égards il la comprenait, mais il voulait lui faire bon accueil. Constance était sa tante, mais ils avaient été élevés en frère et sœur. Et il n'avait pas oublié ses derniers mots à son départ de Bonne-Espérance avec Katinka huit ans plus tôt : « J'espère, Paul, qu'un jour tu te prendras en charge ! »

Sans que sa femme s'en doutât, Paul menait sa vie, mais voilà que les brefs instants où il pouvait se sentir un homme dans les bras d'une autre femme allaient lui être supprimés.

— Quoi que puisse dire ta mère, tu traiteras convenablement Rébecca et sa famille, Naomi! dit-il, défiant l'expression fermée de sa fille.

— Pourquoi? répondit-elle, levant un pied pour frotter une petite tache sur sa sandale blanche. Tu le sais qu'elle est bizarre, elle aussi, et que c'est pour ça qu'ils viennent.

Là-dessus elle tourna les talons et sortit de la pièce en balançant son corps mince. Elle avait appris comme sa mère à éconduire son père.

— Et le téléphone, ça n'existe pas?

Le ton méprisant d'Estelle rabroua Paul qui d'instinct se réfugia en pensée dans les bras d'Élise.

— Mais peut-être qu'ils n'en ont pas dans leurs mines? insista-t-elle, pour mieux réduire Constance et les siens au rang de minables émigrants.

— Je vais aller voir au Cap ce qui leur est arrivé, dit Paul pour échapper à l'étouffement qu'il ressentait dans sa maison.

Il passerait par Stellenbosch, le temps d'un bref détour. Le doux contact de la main d'Élise et la chaleur de sa voix lui feraient du bien.

— Je file, dit-il.

— C'est ridicule! lâcha Estelle, le retenant comme un petit chien au bout d'une laisse. Ils se sont certainement perdus et tu ne les trouveras jamais au Cap.

Elle le regardait fixement comme si elle savait exactement ce qu'il avait en tête.

— Reste ici, ils arriveront bien!

Estelle était décidée à l'avoir à ses côtés à l'arrivée de Constance. Épouser Paul Marsden l'avait guérie de son complexe d'infériorité. Elle gagna la porte et cria:

— Es-tu bien sûre, Sophie, que Luke s'est changé?

Seul enfin dans la pièce encaustiquée, Paul se demandait si Estelle connaissait ses liens avec Élise. Sa volonté de déménager dans le nord du Transvaal avait peut-être moins pour motif d'assurer, comme elle disait, l'avenir de la famille que d'assurer le sien. Il sourit. Il l'avait devancée pour la première fois. Puis son sourire s'effaça lentement. La mauvaise copie des tournesols de Van Gogh accrochée au mur avait attiré son regard. Depuis longtemps elle avait remplacé le portrait de famille qui représentait le mariage de Clara Beauvilliers. Pendant toute sa jeunesse, Jacques Beauvilliers et ses filles l'avaient regardé de haut, sans le lâcher des yeux, et il avait inventé pour Constance d'interminables histoires sur Jacques Beauvilliers au regard d'aigle. Combien de fois, terrorisés, ne s'étaient-ils pas enfuis, tandis que Katinka, les pourchassant avec une cuillère de bois, menaçait de l'appeler pour qu'il vienne les punir?

C'était le passé. Un très lointain et insaisissable passé. Un resplendissant passé. Qui avait pris fin d'un seul coup lorsqu'il avait épousé Estelle, par seule pitié. Anéanti lorsque les nationalistes avaient pris le pouvoir et étranglé le pays. Bonne-Espérance même avait semblé mourir. Et, quoiqu'il n'eût jamais éprouvé pour cette terre la passion de ses ancêtres, il l'avait aimée aussi à sa façon.

Il regarda le jeune Thabo bondir lestement sur les galets qui recouvraient le sol devant la maison. Avait-il eu, ce garçon noir, quelques beaux jours seulement dans sa vie?

— Qu'est-ce qui se passe? demanda Thabo en xhosa.

Il atteignait le mur extérieur des écuries et se glissa dans une brèche étroite de la construction croulante.

— Ta mère t'appelle. Qu'est-ce que tu veux?

— Viens! dit simplement Luke en le tirant à l'intérieur.

Ses yeux brillaient d'excitation et Thabo se sentit renaître sans savoir pourquoi.

— Je sais quoi faire pour Simon!

— Ta mère te cherche. Elle me tuera si elle me trouve ici!

— Jamais elle ne viendrait jusqu'ici, affirma Luke, rassurant son ami. Nous allons enlever Simon.

— Quoi? fit Thabo, abasourdi.

Puis il hocha la tête et se retourna pour faire face au grand jour qui entrait par les portes ouvertes du bâtiment.

— Tu ferais mieux d'aller voir ta mère, dit-il, voulant s'en aller, mais Luke le prit par les épaules et le força à lui faire face.

— Je suis sérieux, Thabo!

— Hi, hi! fit Thabo en se libérant. Tu veux me faire pendre? lâcha-t-il dans un anglais approximatif, se rappelant le sort de Moi Titus, et il agita la main. Très peu pour moi!

— Attends! fit Luke en attrapant la ceinture de sa culotte qui lui glissa sur les genoux. Écoute-moi!

Il remonta la culotte de son ami et le fit pivoter face à lui.

— Tu veux que Simon soit enfermé?

Thabo secoua la tête, mais demeura silencieux. Chaque fois qu'ils avaient pris des risques, c'était sur lui que c'était retombé, pas sur Luke.

— Je dirais que c'est moi, plaida Luke, comprenant les réticences de Thabo. Thabo, s'il te plaît... Il faut faire quelque chose!

La ferveur du plaidoyer ébranla Thabo qui baissa la tête en haussant les épaules. Bien qu'il eût deux ans de plus que Luke, il se sentait toujours plus jeune. C'était parce que Luke allait à l'école, avait-il statué, se jurant d'y aller lui-même un jour.

— Cette fille qui arrive aujourd'hui. Tu vois qui je veux dire? Rébecca, le pressa Luke, profitant de cet instant de vulnérabilité.

— Ta cousine, acquiesça Thabo, revenant à la sécurité de la langue xhosa.

— Naomi dit qu'elle vole les bébés! Tu comprends?

L'expression de Thabo se décomposa.

– Non, dit-il simplement.

– Luke! retentit la voix d'Estelle.

Thabo plongea dans le passage au-delà duquel il serait en sûreté.

– A tout à l'heure, fit Luke tandis que Thabo se glissait comme une anguille à travers la brèche. Ne dis rien à personne!

– Tu parles..., fit Thabo, déjà loin.

Luke sourit et courut vers la porte de l'écurie pour rejoindre sa mère.

– Je vais me laver et me changer! cria-t-il en passant à côté d'Estelle sur le chemin de la maison.

L'excitation où le jetait son plan allongeait sa foulée. La fureur qu'il avait ressentie à l'idée que des étrangers allaient s'emparer de Bonne-Espérance avait laissé place à l'espoir.

« Dans la vallée de l'ombre, je ne crains pas la mort. »

Les paroles du desservant passaient par-dessus la tête de Rébecca qui fixait le trou oblong ouvert à ses pieds. L'étroit cercueil de Katinka y descendait à l'aide de longues cordes noires.

« Johannes Villiers. » Le chuchotement de sa grand-mère lui parvenait à travers le couvercle du cercueil. « Trouve-le, Rébecca. »

Parcourant du regard les pierres tombales du petit cimetière, Rébecca s'arrêta à la simple croix d'une sépulture toute proche. Un nom – Emily Beauvilliers – s'y trouvait gravé. Les pages du journal qu'elle avait trouvé dans les affaires de sa grand-mère lui revinrent aussitôt à l'esprit. Ces pages avaient été écrites par celle qui était enterrée là, « Emily Beauvilliers, née en 1827, morte en 1899 ». Rébecca s'étonnait que l'on ait pu vivre aussi vieux il y avait aussi longtemps ; elle tourna le regard vers la grande maison blanche qui s'élevait non loin. Cette maison la mettait mal à l'aise. Grande, étrangement vide, entourée par le violet sombre des montagnes en arrière-plan qui menaçaient de tous les écraser. Elles n'avaient rien de la chaleur que sa grand-mère lui avait vantée, et tout ce qu'elle souhaitait, c'était rentrer chez elle.

« Tu as dressé une table devant moi en présence de mes ennemis... »

La voix dolente du desservant se faisait toujours entendre et Rébecca, discrètement, observa le groupe d'étrangers de l'autre côté de la tombe. C'étaient tous les membres de la famille dont Constance lui avait parlé. Des descendants de Jacques Beauvilliers, qui travailla la terre rouge où maintenant Granny Cat allait reposer. Bien que vêtus du noir du deuil, dans un sombre silence, aucun d'entre eux ne pleurait. Ce n'est que dans les yeux de sa cousine plus âgée, Lydia, que Rébecca peut voir l'éclat de larmes sur le point de couler. La belle femme aux cheveux noirs la regardait et Rébecca détourna aussitôt les yeux. A côté de Lydia se tenait son mari, Stan Liebenberg, un Afrikaner. L'ennemi était jusque dans Bonne-Espérance et Rébecca était très incertaine. Tout comme elle était incertaine en regardant le jeune garçon de l'autre côté de la tombe. C'était Luke Marsden. Le Luke à qui elle avait beaucoup pensé dans l'arbre sur la fourmilière au 123 Z. Se concentrant sur la caisse de bois qui prenait sa place au fond de l'excavation creusée dans la terre rouge friable, après que les longues cordes noires eurent été retirées.

Elle revint à Luke comme s'il pouvait la réconforter. Il la regardait encore. Ses yeux bleus étaient braqués sur elle sous une lourde frange de cheveux blonds.

— Je t'avais bien dit qu'elle aurait une robe courte! chuchota Naomi, appuyant sa déclaration d'une pression de sa sandale contre la cheville de Luke, qui, pour la faire taire, lui répliqua d'une bourrade.

Il éprouvait un sentiment étrangement protecteur envers la petite fille aux cheveux noirs qui lui faisait face de l'autre côté de la tombe.

« Bonté et miséricorde me suivront tous les jours de ma vie. Et je reposerai à jamais dans la maison du Seigneur. »

Les mots de l'officiant furent couverts par le bruit de la terre jetée sur le bois.

— Un peu de sel ? fit Estelle en lui tendant la salière d'argent. Nous ne salons guère la cuisine.

Ayant remarqué que Rébecca n'avait pas encore dégagé sa serviette de son rond, elle lui sourit.

— Tu peux te servir de ta serviette, tu sais.

— Merci, répondit Rébecca, rougissante sous le regard de Naomi assise en face d'elle.

Elle tira de son rond d'argent la serviette amidonnée, en glissa un coin dans le col de sa robe neuve, prit sa fourchette et son couteau.

Naomi éclata de rire, crachant les petits pois qu'elle avait dans la bouche à travers la table et sur sa robe blanche.

— C'est de sa faute! s'exclama-t-elle, ramassant les pois qui tachaient son vêtement et les poussant du doigt sur le côté de son assiette. Regardez ce qu'elle a fait à ma robe!

— Si tu avais mis ta serviette comme il faut, ta robe serait restée propre, lui dit Luke, enfonçant la serviette en question dans le col de sa robe.

Rébecca se mordit les lèvres pour cacher sa joie.

— Paul va vous faire faire le tour de la propriété après le déjeuner, dit Estelle à David pour détourner l'attention de sa fille. C'est une petite promenade.

Elle sourit et reprit :

— Tout n'est pas en très bon état. Paul n'est pas agriculteur, vous le savez bien.

Puis elle tourna son regard froid vers Constance et lui proposa de lui montrer la maison.

— J'y suis née, répondit Constance.

Estelle serra les lèvres à cette évocation d'origine supérieure.

— Je suis navrée que vous vous soyez donné la peine de préparer une chambre pour ma mère, ajouta Constance en pensant, pour apaiser sa colère, au croque-mort prenant les mesures du minuscule cadavre de Katinka.

— Comment est-ce arrivé? demanda Paul, car il avait besoin de savoir ce qui était arrivé à la personne qu'il avait toujours considérée comme sa propre mère. Je la croyais en bonne santé.

— C'est vrai, répondit Constance, baissant les yeux car l'émotion lui serrait la gorge et elle n'était pas certaine de pouvoir la contrôler.

Elle n'avait pas encore fait face à la mort de sa mère. Le souci de faire porter son corps dans le fourgon des marchandises avant le réveil de Rébecca et les formalités au Cap avec les pompes funèbres l'avaient éloignée de la réalité.

— Elle est morte dans son sommeil comme elle l'aurait souhaité, parvint-elle à dire sereinement.

— Les choses auraient été plus faciles si vous nous aviez informés de la raison de votre retard.

La voix d'Estelle était aussi sèche que son corps était anguleux. Constance l'écouta sans rien manifester.

— Nous aurions pu faire intervenir un entrepreneur de pompes funèbres local. Ç'aurait été beaucoup plus simple et aurait fait gagner beaucoup de temps, reprit Estelle. Votre mobilier arrive quand?

Rébecca se leva d'un bond et se sauva hors de la pièce, incapable d'entendre parler de sa grand-mère comme d'un meuble qu'ils auraient perdu en route.

— Ta·serviette! lui lança Naomi, à qui Luke, se levant lui-même, donna un coup de pied dans les tibias.

— Excusez-moi, dit-il, filant sans attendre tandis que Naomi arrachait la serviette de son cou.

— Luke, assieds-toi! commanda Estelle, s'efforçant de rétablir l'ordre, mais Luke quitta la salle à manger sans se retourner. Pensez-vous, Constance, qu'il soit bon pour Rébecca de rester trop longtemps au soleil? reprit Estelle avec sang-froid. Elle ressemble tant à votre mère...

Se sachant parfaitement comprise, elle poursuivit du même ton calme:

— Vous disiez?

— Vous parliez pompes funèbres, n'est-ce pas? répondit Constance, piquant de sa fourchette une nourriture insipide. Votre famille est là-dedans?

— Un peu de vin? proposa Paul, tenant très haut une bouteille de Bonne-Espérance, comme si cette vue pouvait réduire la tension qui croissait entre les deux femmes. Vous l'aimez, David?

— Oui. C'est le vin de la propriété, n'est-ce pas?

Déchiffrant l'étiquette, il regardait Constance.

— Bonne-Espérance. Cabernet-sauvignon.

— Et d'une bonne année, ajouta Paul.

Ainsi détournèrent-ils la conversation.

Debout à côté de la cloche des esclaves, à droite de la maison, Rébecca baissait la tête. Luke voyait bien qu'elle pleurait et il attendit sur le seuil, incertain de la conduite à tenir. Les larmes des filles le décontenançaient toujours. Il aperçut Thabo qui lui faisait signe de loin, mais il le congédia d'un geste.

A travers ses larmes, Rébecca balayait du regard les caves, les écuries et les logements du personnel qui formaient un carré devant la maison. Loin d'étinceler de blancheur comme Katinka le lui avait dit, ces bâtiments étaient sales et laids. Affreuses constructions, pleines d'affreuses gens, dans un endroit affreux.

— Ne pleure pas.

Rébecca se détourna de la voix de Luke. Elle rejeta la tête en arrière et se concentra sur l'énorme cloche qui pendait au-dessus d'elle. Elle ne voulait pas pleurer et espérait que les larmes lui rentreraient dans les yeux.

— Qu'est-ce que c'est que cette cloche ? demanda-t-elle.

— C'est la cloche des esclaves. Tiens..., dit-il, lui tirant sa serviette du col et la lui tendant. Il y avait des esclaves ici.

— Je sais, répondit Rébecca, considérant la serviette, mal à l'aise, Granny Cat me l'a dit. Jacques Beauvilliers avait des esclaves.

— Vas-y, mouche-toi, fit Luke, désignant la serviette, c'est fait pour ça. Pourquoi pleures-tu ?

— Jean-Jacques était esclave, dit Rébecca d'un ton uni en s'essuyant les yeux, décidée à parler de tout sauf de la raison qui la faisait pleurer. Jean-Jacques était le fils d'Eva et de Jacques Beauvilliers, lui asséna-t-elle, relevant la tête.

— Ça, fit Luke en se détournant, je n'en sais rien. C'était il y a long-temps.

— Granny Cat savait. Et Moi Titus a été pendu, ajouta-t-elle vive-ment.

Rébecca ne pouvait pas dévoiler à Luke le secret de Johannes Villiers que Katinka lui avait confié, mais elle voulait ne plus penser à ce qui la faisait pleurer.

— As-tu un cheval ? lui demanda-t-elle. Granny Cat m'a dit que vous aviez des chevaux.

Son regard planté dans le sien la mettait mal à l'aise.

— Oui, dit-il.

— Où est Simon ? Pourquoi n'est-il pas là ?

— Il dort, dit Luke, éludant la question.

Sa mère, il le savait, cacherait Simon autant que possible. Il regarda Rébecca se moucher bruyamment dans la serviette et la rouler en boule.

— Je la laverai, dit-elle, très calme.

— Tu peux la garder.

Il ne savait pas pourquoi il continuait de lui parler maintenant qu'elle avait cessé de pleurer.

— Tu veux le voir ? reprit-il.

— Simon ?

— Mon cheval.

— Oui.

— Alors viens, lança-t-il par-dessus l'épaule en se pressant vers les écuries, heureux d'échapper à la présence des adultes et à l'étrange tension qui remplissait la maison depuis l'arrivée de Rébecca et de ses parents. Tu sais monter ?

— Bien sûr, dit-elle, regardant les longues jambes bronzées se hâter devant elle vers les écuries. Un petit peu, précisa-t-elle en entendant un hennissement.

— Viens alors.

Dans l'écurie, Luke se planta à côté d'un énorme cheval noir et Rébecca recula. Elle n'imaginait pas que les chevaux fussent si grands. Elle ne voyait rien qu'une rangée de corps gigantesques qui se bousculaient.

— Tu peux monter celui-ci, dit Luke.

— Non, dit-elle, s'écartant de l'animal au flanc luisant duquel frémissait tout un réseau de muscles. Il est trop grand.

— Viens ! fit Luke, lui prenant la main et la conduisant à Salu.

La main de Luke était osseuse et dure, mais il y avait dans sa prise comme de la gentillesse.

— Dis-lui bonjour.

Rébecca leva la tête et plongea son regard dans les grands yeux bruns liquides du cheval et soudain se sentit en sécurité. Luke lui posa la main dans le dos et s'adressa au cheval avec un sang-froid parfait.

— Voici Rébecca, Salu. Elle va te monter.

— Peut-être, fit Rébecca, tendant la main vers les naseaux du cheval.

Elle éprouva une sensation délicieuse lorsqu'il enfouit le nez dans sa paume, y soufflant un air tiède et doux.

— Il est merveilleux ! Regarde ses yeux !

— Ils n'ont pas de chevaux là d'où tu viens ? dit Luke en la considérant, stupéfait. Tu n'avais jamais vu de cheval ? ajouta-t-il à son grand embarras.

— Et toi, as-tu déjà vu une fourmilière ? le défia-t-elle, le menton relevé et les yeux brillants. Avec un arbre dessus ?

— Bien sûr, répondit Luke, surpris par la colère que trahissait son regard, des yeux noirs profonds comme la mer.

— Je ne parle pas de ces mottes minables que l'on voit par ici ! Je parle d'une fourmilière grande comme une maison !

La confiance en soi que lui avait toujours inspirée sa fourmilière enhardissait Rébecca.

— Il n'y a pas de fourmilières comme la mienne de ce côté-ci du Zambèze !

— Vraiment ? fit Luke, haussant les épaules. Sais-tu ou non monter à cheval ?

— Je ne sais pas plus monter à cheval que tu ne pourrais grimper sur ma fourmilière! lança Rébecca en tournant les talons et en courant vers la porte.

Elle voulait échapper aux sentiments que Luke faisait naître en elle et tira sur sa jupe, qu'elle aurait souhaitée aussi longue que celle de Naomi.

— Je ne veux pas perdre mon temps à parler de chevaux!

La regardant s'éloigner, Luke poussa un long soupir. Elle n'était pas différente après tout de sa sœur et la perspective du long mois qu'il aurait à passer avec elle avant son départ pour le Transvaal lui parut redoutable. Il détesta soudain la pensée qu'une fille qui ne connaissait rien aux chevaux et n'ignorait rien des fourmilières prendrait sa place à Bonne-Espérance.

— Elle a dit oui!

Luke se tourna vers la brèche du mur d'où avait retenti la voix de Thabo.

— Nombeko a dit oui.

Les yeux de Thabo brillaient de satisfaction, mais Luke resta froid.

— Laisse tomber! dit-il, appuyé à son cheval. Ça ne marchera pas.

— Tu vas les laisser enfermer Simon? demanda Thabo, éberlué. Rébecca pas d'accord? poursuivit-il en anglais, venant de voir la petite fille blanche sortir de l'écurie en courant. Elle dit non?

— C'est une fille! lâcha Luke d'un ton définitif.

Puis il tourna le dos à son ami et appuya le menton sur l'échine de son cheval.

— Si Naomi ne nous trahit pas, c'est elle qui le fera. Elles sont toutes les mêmes.

— Mais tu dis que Rébecca vole les bébés. Qu'elle sait comment faire! lui rappela Thabo.

— Ça n'a rien à voir, répliqua Luke, revenant à son ami et à la langue xhosa. On ne va rien pouvoir faire avec ces deux filles qui nous surveilleront tout le temps. Laisse tomber. C'était une idée stupide.

Luke s'écarta de Salu et se dirigea vers la porte.

— Je vais perdre mon temps à lui apprendre à monter mon cheval et après elle va le garder! Elle ne savait même pas ce que c'était qu'un cheval!

Il s'éloigna plein de colère, Thabo le suivant des yeux.

Même s'il devait se passer de son aide, Thabo ne laisserait pas enfermer Simon. Le pur amour qui débordait du petit garçon était une lumière dans ce monde que ceux de sa race estimaient supérieure à tout. La vieille femme, Nombeko, dont le nom signifiait « être honnête », avait promis de l'aider et Thabo lui faisait toute confiance.

Entendant les gloussements d'un bébé, Rébecca s'était arrêtée à l'entrée du salon. Elle observa la pièce par l'entrebâillement de la porte et son expression changea. Sa mère tenait contre elle un petit garçon qui riait. Elle ne voyait pas sa figure mais elle sentait en lui quelque chose d'étrange.

La voix d'Estelle coupa les rires de l'enfant.

– Emmène-le maintenant, Miriam.

– Bien, madame.

La fille de Sophie s'avança vers la mère de Rébecca et se pencha pour prendre Simon.

– Je vais l'emmener dans sa chambre, mam, dit-elle à Constance.

– C'est Simon ? lança Rébecca, entrant dans la pièce en courant, mais elle s'arrêta net.

Simon la regardait par-dessus l'épaule de Miriam et Rébecca battit en retraite, très mal à l'aise. Le visage de l'enfant était terrifiant et la peur de l'inconnu la submergea.

– Le voilà qui crache encore, dit Naomi qui malmenait les touches du piano.

– Mets-le au lit! ordonna Estelle à Miriam. Arrête, Naomi! ajouta-t-elle, se tournant vers le piano.

– Je m'exerce, ergota Naomi.

Rébecca s'empressa de suivre Miriam et soudain la figure de Simon s'éclaira d'un sourire tordu qui dissipa toute sa peur.

– Est-ce que je peux le prendre ? demanda-t-elle, comprenant enfin pourquoi Granny Cat l'avait appelé « Simon peut-être pas ».

Une traînée de bave lui coulait du coin de la bouche hors de laquelle pendait sa langue. Mais Rébecca n'avait plus peur. Son regard était curieusement vif et il s'abandonnait à elle avec une tendresse inconnue.

– Qu'est-ce qu'il a ? demanda-t-elle.

– Emmène-le, Miriam, intervint Estelle, voulant éloigner l'objet de sa honte.

Rébecca se tourna vers sa mère, mais Constance lui fit signe de se tenir tranquille, puis s'adressa à Estelle.

– Vous trouverez sûrement à Johannesburg une bonne école pour lui. Je crois qu'on a fait beaucoup de progrès dans le traitement de ces enfants, ajouta-t-elle en souriant.

– Il va aller au Cap, répondit Estelle, saisissant la cafetière d'argent, un peu détendue par le départ de Miriam et de Simon. Un peu de café ? demanda-t-elle, pour détourner le flot de questions silencieuses qui jaillissaient de Rébecca.

– Vous allez l'installer dans votre famille ? poursuivit Constance. Non merci, pas de café.

– Ma famille habite le Transvaal, dit Estelle, observant le filet de café qui tombait dans sa tasse et sentant tout à coup la colère s'emparer d'elle.

Son malheur avait été exhibé devant des gens qu'elle méprisait. Simon, elle le savait, était un châtiment de Dieu pour le péché qu'elle avait commis en épousant Paul. Comme tous les membres de la famille Beauvilliers, il n'était pas de pure race blanche, même s'il le paraissait. Et son Église condamnait de telles relations.

– Nous allons le mettre dans une maison, déclara-t-elle fermement.

— Quelle maison ? intervint Rébecca, fixant Estelle de son regard noir. Vous en avez une autre ?

— Il va aller dans une maison avec d'autres enfants comme lui. Naomi, je t'en prie ! cria soudain Estelle, et le pianotage absurde cessa.

— Alors vous ne le verrez plus jamais ? poursuivit Rébecca, s'approchant d'Estelle. Il est petit, c'est tout.

Elle dévisageait Estelle, espérant saisir dans son expression que ce qu'elle venait d'entendre n'était pas vrai.

— Vous ne pouvez pas le séparer de vous. Va dans ta chambre, Rébecca, lâcha Constance en lui faisant vivement signe de filer.

Elle avait remarqué le raidissement d'Estelle et jeté un coup d'œil à Naomi, assise très droite au piano, sa longue jupe étalée sur les genoux.

— Pourquoi n'iriez-vous pas jouer dehors toutes les deux, Naomi ? demanda-t-elle d'une voix unie.

— Parce que je ne veux pas, répondit platement Naomi.

— Ça ne fait rien, dit Rébecca, courant hors de la pièce.

La pensée que « Simon peut-être pas », son sourire tordu et sa langue pendante, serait bientôt bouclé dans un asile lui était insupportable.

Les jambes étendues bien droites sur le lit étroit de la mansarde qui lui avait été dévolue, Rébecca faisait jouer ses orteils et les observait attentivement, tournant et retournant dans sa tête tout ce qu'elle venait d'apprendre sur Simon. Mille questions se pressaient. Dans quelle sorte de « maison » Simon serait-il emmené ? Était-ce une pension comme celle dont on l'avait une fois menacée ? Était-ce un orphelinat ? Non, ce ne pouvait pas être un orphelinat. Simon peut-être pas avait ses parents, un frère et une sœur.

Rébecca bondit de son lit et courut à la petite fenêtre ménagée dans la pente du toit. Elle se cogna la tête à l'encadrement en voulant voir les écuries. Luke tirait une petite carriole à travers la cour en dessous ; elle tapa très fort à la fenêtre, mais il ne leva pas les yeux. Elle s'efforça de faire jouer le petit levier de cuivre qui en commandait l'ouverture, mais il ne bougea pas.

— Luke ! appela-t-elle, la bouche collée à la vitre.

Le carreau se couvrit de buée, elle sortit la serviette de sa culotte et l'essuya vivement.

— Regarde, dit Thabo à Luke en passant près de lui chargé d'un grand seau d'eau et désignant la petite fenêtre tout en haut de la maison. Rébecca t'appelle.

Luke leva les yeux, aperçut la serviette qui s'agitait contre la vitre, laissa tomber la poignée de la carriole et agita la main en retour mais poursuivit son chemin.

— Nous promener Simon là-dedans ! jeta Thabo, montrant la carriole de la tête.

Levant les yeux vers la mansarde, il fit signe à Rébecca à l'insu de Luke.

Il sentait que la voleuse de bébés pouvait les tirer d'affaire. Les bébés, tout le monde le sait, c'est l'affaire des femmes.

– Nombeko a dit oui, dit-il pour bien faire comprendre à Luke que lui n'abandonnait pas.

Rébecca descendit quatre à quatre l'étroit escalier qui donnait accès à sa mansarde. Le salut de Thabo la convoquait dans l'univers des deux garçons et elle était sûre qu'ils sauraient répondre à ses questions.

– C'est défendu de courir dans les escaliers, dit sèchement Naomi comme Rébecca passait devant elle au pied des marches. Et d'aller pieds nus.

– Qui est-ce ? demanda-t-elle à Luke, glissant devant lui pour s'arrêter. Avec le seau, précisa-t-elle, montrant Thabo qui disparaissait dans les écuries.

– C'est quelqu'un, répondit Luke, renversant sa carriole sur le côté et faisant tourner les vieilles roues de voiture d'enfant qu'il y avait montées.

– Qu'est-ce que c'est que ça ?

– Que crois-tu que ce soit ?

– On dirait une carriole.

Luke la dévisagea, abasourdi par tant de stupidité. Mais, devant ses yeux étincelants, il perdit de son assurance.

– Je ne suis pas idiote, dit Rébecca en le fusillant du regard. Je voulais te parler de Simon.

– Que veux-tu savoir ? répondit-il, se penchant sur la carriole pour éviter son regard.

– Pourquoi est-ce que ta mère veut s'en débarrasser ?

Le cœur de Luke lui manqua et il se redressa, dévisageant Rébecca, dont le regard l'hypnotisa.

– Il faut qu'il parte. Comme le dit ma mère, répondit-il, tout surpris de défendre sa mère. Il est mongolien. Il est malade.

– Qu'est-ce que c'est, un mongolien ?

– C'est quelqu'un qui n'est pas normal.

Luke s'irritait de ses questions qui attaquaient sa décision de ne pas aider Simon.

– Les enfants comme lui sont enfermés, ajouta-t-il.

– Pourquoi ?

Rébecca avait fait un pas en arrière et le considérait, stupéfaite.

– Quel mal a-t-il fait ? A-t-il tué quelqu'un ?

– Ne sois pas stupide ! lâcha Luke qui s'écarta, mal à l'aise. Que sais-tu de tout ça, d'ailleurs ? C'est notre frère, pas le tien ! De quoi te mêles-tu ?

– C'est ton frère, c'est vrai.

Le ton serein de Rébecca le frappa de plein fouet et il ferma les yeux. Il balança un instant la carriole du pied.

– C'est la carriole de Simon, n'est-ce pas ? Tu l'as faite pour lui, reprit Rébecca, la regardant aller et venir au bout de son pied.

— Et alors ? cracha Luke, son regard bleu étincelant de colère. Qu'est-ce que ça peut te faire ? En quoi est-ce que ça te regarde ?

— En rien, fit Rébecca, haussant les épaules et baissant la tête sous son regard.

L'étrange amitié qu'elle commençait à bâtir lui échappait d'un seul coup.

— Pardon, dit-elle encore avant de s'enfuir en courant vers la maison.

— Merde ! lâcha Luke, lançant un coup de pied à la carriole qui la propulsa loin sur les pavés. Merde ! redit-il, et il courut après, lui décochant un second coup de pied.

— Rébecca aider nous, Luke.

C'était Thabo dont la voix couvrit le bruit des roues sur les galets.

— Viens. Que je te dise pour Nombeko.

Le reste de la semaine s'écoula lentement. Personne ne parla plus de Simon. Rébecca dut défaire ses bagages sous l'œil perçant de Naomi. Tandis que les Conrad emménageaient, les Marsden déménageaient et elle s'était trouvée coincée dans un jeu bizarre de permutation, le mobilier moderne laissant la place à celui que Constance avait toujours connu.

— Tu veux voir mes poupées ? lui avait demandé celle-ci, d'un air très détaché, alors que Rébecca brandissait l'informe créature qu'elle chérissait depuis sa petite enfance.

Les poupées de Naomi étaient alignées sur une grande étagère blanche au-dessus de son lit, comme des soldats à la parade, dans de longues robes de dentelle. Toutes étaient blondes, leurs figures étaient brillantes, leurs joues roses, leurs bouches en bouton de rose. Exactement comme Naomi, pensa Rébecca. L'une d'elles pleurait même.

— Écoute ! avait dit Naomi, allongeant la poupée sur le dos ; elle avait alors produit des bruits bizarres qu'aucun bébé n'avait jamais émis. Et celle-ci marche, continua Naomi, descendant de l'étagère un spécimen à grosses jambes qui disparaissaient dans une culotte à ruchés. Regarde, fit-elle, très fière, tandis que la poupée martelait gauchement le plancher de ses pieds épais.

— C'est Frankenstein qui te l'a donnée ? avait dit Rébecca, se rappelant le film qui l'avait fait mourir de peur. Les boulons sont dans sa culotte ?

Elle s'était délibérément opposée à Naomi qui à la fin l'avait laissée en paix pour se plaindre pendant des heures à sa mère – elle l'avait entendue. Ce souvenir la mit en joie.

Rébecca était enchantée d'être envoyée au lit sans dîner. Les déploiements d'argenterie où se perdait la nourriture lui étaient insupportables. Avaient-ils remarqué la disparition de leur serviette ? se demanda-t-elle en la tâtant dans sa culotte où elle l'avait fourrée. Elle prit un cahier du vieux journal relié en cuir pour le lire. Elle avait persuadé sa mère que Granny Cat le lui avait légué. D'ailleurs, personne n'en avait voulu.

« Je jure de protéger le fils de Jean-Jacques et de ne jamais laisser Clara en apprendre l'existence. »

Rébecca se prit le menton dans une main, se demandant pourquoi le fils de Jean-Jacques devait rester caché à ce point, et tourna très vite les pages du cahier, sans rien trouver qui l'éclairât. Qu'il fût le fils d'une esclave et métis ne signifiait rien pour elle. Elle tira un autre cahier de la boîte derrière son lit et le parcourut à toute vitesse. S'arrêtant net pour revenir deux pages en arrière.

« A quoi se rapporte cette vieille clé ? » L'écriture d'Emily n'était plus si nette, mais Rébecca retint son souffle en déchiffrant les mots relatifs à une vieille clé impliquée dans un serment de tuer Jean-Jacques. Une vieille clé que Jack avait enterrée quelque part à Bonne-Espérance.

– J'y suis ! s'écria-t-elle.

La clé dont parlait Emily était celle dont Luke l'avait menacée le même jour. Il les avait accompagnées au Cap, sa mère et elle. La foule dans les rues l'avait terrifiée et elle s'était cramponnée à son bras pour éviter d'être emportée par cette marée humaine.

– De quoi as-tu peur ? lui avait demandé Luke, libérant son bras. Ce ne sont que des êtres humains !

Rébecca avait alors examiné plus attentivement les gens qui la cernaient. Certains avaient la peau sombre, non pas noire comme elle s'y était attendue, mais sombre. Un ivrogne avait titubé vers elle, souriant de travers, et une femme l'avait frappé derrière l'oreille en criant au scandale. Elle avait souhaité sans le dire que Le Cap fût aussi tranquille que la petite ville où elle avait grandi. La boutique de Mme Bernstein s'était révélée soudain très attrayante.

– Regardez ça ! s'était-elle exclamée devant une vitrine pleine de lave-linge.

– C'est pour ça que nous sommes venus, avait dit Constance en disparaissant devant eux dans le magasin.

Luke et Rébecca avaient passé des heures à l'attendre, se dévisageant par-dessus les machines exposées. On eût dit que Constance était décidée à ne rien ignorer de la moindre d'entre elles et que le vendeur était pareillement décidé à les lui vendre toutes. Observant Luke qui s'ennuyait à pleurer, assis devant une rangée de ces engins, elle s'était demandé pourquoi il s'était soudain montré si agressif envers elle.

– Qu'est-ce que c'est que ça ? s'était-elle écriée, à la sortie du magasin, pour le regretter aussitôt.

– Tu n'as jamais vu la mer ? lui avait demandé Luke avec un mépris appuyé avant de tourner le dos à la stupéfiante étendue d'eau bleue qui leur faisait face.

– Bien sûr que je l'ai déjà vue ! avait-elle répliqué d'un ton qui se voulait aussi définitif, et elle s'en était détournée comme lui. Ce n'est que de l'eau avec du sel dedans.

Le dédain de Luke avait irrité Rébecca davantage qu'elle n'aurait cru et, tout à coup, profitant de ce qu'il était debout sur le mur d'enceinte des docks, elle l'avait poussé. Il avait chancelé au bord du vide un instant bref mais terrifiant, jusqu'à ce que Constance l'agrippe par sa chemise et le tire en arrière.

— Si tu recommences, je prendrai la clé! avait-il hurlé, blême de peur et de fureur.

— Quelle clé? avait-elle répliqué, lui tournant le dos pour cacher sa gêne.

— La clé! avait-il répété avec une emphase qui donnait au mot un sens formidable. La clé sait tout, elle n'ignore rien de toi! avait-il crié encore. Va me parler après ça de ta stupide fourmilière! avait-il ajouté en désignant quelque chose dans son dos.

Rébecca s'était retournée et la montagne de la Table lui était apparue dans toute sa puissance. Énorme masse de granit argenté qui s'élevait toute droite, des fleuves de rochers noirs coulant immobiles sur ses flancs. La ville du Cap s'enroulait à son pied, comme cherchant à s'y abriter, et son sommet gris fer était absolument plat. Aussi plat que la table où ils mangeaient, avait-elle pensé. Une nappe de nuages en débordait.

— Elle a toujours été là? avait-elle demandé, stupéfaite.

Elle avait passé toute la matinée à l'ombre de cette montagne sans la voir. Elle lui était apparue comme par magie, comme surgie en secret d'une cachette dans les nuages. La découverte avait estomaqué Rébecca et l'avait attristée. Sa fourmilière, son orgueil, la forteresse où elle avait mis sa confiance, si formidable auprès du 123 Z, n'était rien en comparaison. Elle s'était alors sentie dépossédée d'elle-même et toute son assurance l'avait quittée. En la persuadant qu'elle était la chose la plus importante du monde, la fourmilière avait menti, et elle s'était soudain trouvée nue devant la fascinante majesté de la Table qu'elle contemplait, émerveillée.

« Quel est le sens de cette vieille clé et pourquoi Jack l'a-t-il enterrée? » Rébecca relisait les mots d'Emily Beauvilliers. Ils avaient été écrits près de quatre-vingts ans auparavant, le jour de l'enterrement de sa sœur Clara, et ils évoquaient l'objet dont on lui avait parlé ce jour même.

— Quelle clé? murmura Rébecca pour elle-même.

Il semblait bien qu'elle existait. La clé dont Luke l'avait menacée existait bel et bien.

— Ça va? demanda Constance, passant la tête à la porte.

Rébecca ferma vite le journal. La clé venait de prendre une importance considérable et elle ne voulait pas que sa mère le sût.

— Tiens, dit Constance, lui tendant un sandwich à la confiture enveloppé dans du papier, avant de s'asseoir sur son lit. Comment ça se passe avec Luke? J'espère que tu n'as pas essayé de le noyer de nouveau?

— Non.

Rébecca mordit dans le sandwich; elle ne s'était pas rendu compte combien elle avait faim.

— Quand tu étais petite, est-ce que Bonne-Espérance avait une clé? demanda-t-elle, la bouche pleine de confiture de fraises. Une grosse clé?

– Il y en avait des tas, répondit Constance en souriant. Mon père avait un grand trousseau de clés qui commandaient les caves et les magasins.

Il lui revint combien Jack Marsden, son père, avait aimé Bonne-Espérance et combien elle l'avait aimé, lui. Elle était bien contente que la vue de sa décrépitude lui soit aujourd'hui épargnée. Elle prit le journal, y jeta un coup d'œil.

– Pourquoi donc lis-tu ces vieilles choses ? Qu'est-ce qu'il y a dedans ?

– Je ne les lis pas, répondit Rébecca. Et je crois que je vais dormir.

Elle finit son sandwich et s'allongea, espérant que sa mère ne se plongerait pas dans le journal et continuerait d'ignorer le monde secret qu'elle y avait découvert.

– Je suis fatiguée, dit-elle, fermant les yeux très fort.

– Bonne nuit, chérie, lui dit Constance avant de l'embrasser sur le front et de lui caresser les cheveux. N'oublie pas que je t'aime.

Rébecca se demanda ce qui allait arriver, car ce genre de déclaration précédait souvent une catastrophe.

La lumière éteinte, Rébecca observa le plafond blanc incliné au-dessus de son lit. D'énormes poutres le soutenaient. Puis elle recommença à ruminer ce qu'elle avait lu dans le journal d'Emily. La clé en question devait être celle dont Luke l'avait menacée. La clé de toute connaissance. Celle qui lui permettrait peut-être de retrouver Johannes Villiers. Serait-ce la clé de la chambre où elle se trouvait ? D'où, selon Emily Beauvilliers, Jean-Jacques avait été expulsé par la méchante Clara.

Une aussi vieille chambre ne pourrait jamais être vraiment propre, jugea Rébecca. Puis ses pensées dérivèrent vers tante Estelle. Enfin, pour se protéger du fantôme de Jean-Jacques qui pouvait encore occuper la place, elle tira son drap par-dessus sa tête.

Dans l'obscurité de cette cachette, elle écoutait des bruits nouveaux pour elle. Elle entendait des criquets, mais beaucoup moins bruyants que ceux du 123 Z. Comme tout le reste à Bonne-Espérance, ils étaient aimables, sa grand-mère le lui avait dit. Elle repoussa vivement son drap et considéra sa chambre, qui n'était pas aimable du tout. Rien en fait n'était aimable à Bonne-Espérance. Elle se rappela soudain le Noir, Moi Titus, qui avait été pendu tout près. Dans quelle partie de la maison le fils de sa grand-mère était-il mort ? se demanda-t-elle. Tant de gens étaient morts dans cette maison ! Elle avait vu leurs tombes. Il y avait Clara – la méchante dont Granny Cat ne voulait pas parler. Il y avait Jacques Beauvilliers. Sa pierre tombale était si vieille qu'elle avait à peine pu la lire et la pierre voisine était carrément illisible. Tout à côté, une plus petite était blottie où n'était gravé qu'un seul mot, Eva. Elle compta sur ses doigts les pierres tombales dont elle se souvenait et fut terrifiée. Elle en comptait onze, il y en avait donc davantage ! Tous ces morts avaient vécu dans la maison et pourraient bien tous venir la trouver cette nuit pour l'emporter.

Un fort craquement de la fenêtre lui fit tirer son drap sur sa tête avec un petit cri. Elle se tenait rigoureusement immobile, tous les sens à l'écoute. Un nouveau craquement de la fenêtre la poussa au fond de son lit. Les fantômes n'avaient pas besoin d'escaliers. Les fenêtres leur allaient très bien.

— Rébecca !

La terreur la paralysa.

— Rébecca ! répéta la voix.

Un affreux tremblement la saisit. Un fantôme ne passerait pas près d'un drap tremblant sans regarder dessous, pensa-t-elle avec horreur.

— C'est Luke, Rébecca !

Elle expira avec une telle force, mélange de peur et de soulagement, que le drap s'envola au-dessus de sa tête.

— Ouvre la fenêtre ! demanda Luke.

— J'arrive !

Elle sauta de son lit et courut à la fenêtre. La figure de Luke était pressée contre la vitre. Il était cramponné à son rebord.

— Ouvre ! dit-il.

— Je ne peux pas ! déplora-t-elle en poussant le court levier qui commandait la fenêtre.

— Tire ! dit-il, désignant de la tête le petit levier de cuivre sur lequel elle s'escrimait. Tire-le !

Rébecca tira et le levier glissa sans heurt hors de son logement. La moitié inférieure glissa vers le haut et Luke se glissa dans la chambre avant de se retourner vers l'extérieur.

— Ça y est, Thabo, dit-il, s'adressant à la nuit, devant Rébecca stupéfaite. Nous voulons te parler, chuchota-t-il sans la regarder.

Elle se sentit défaillir.

— Nous avons besoin de ton aide, reprit-il sourdement tandis que la figure noire de Thabo apparaissait à la fenêtre, illuminée d'un sourire éclatant.

— Toi avoir faim, dit-il, lui tendant un sac de papier brun.

— Oui, dit-elle, prenant les vivres, sachant que les garçons n'aimaient pas être contredits.

Un bruit dehors réveilla David. Il se leva, ouvrit les rideaux.

— Qu'est-ce qu'il y a ? demanda Constance, assise dans le lit.

— Je croyais que tu dormais.

David revint vers le lit et s'assit sur le bord. Constance posa le coude dans le creux que son poids avait laissé dans le matelas et lui passa la main dans le dos.

— Tout ira bien, n'est-ce pas ? Quand ils seront partis ?

Elle songeait à l'état lamentable des vignes qui pleuraient vraiment misère.

— Crois-tu pouvoir les sauver ?

– Je pense à Rébecca.

Il regardait ses pieds et se demandait où étaient ses pantoufles.

– Je vais monter voir si elle va bien.

Il ébaucha le geste de se lever, mais Constance l'entoura de ses bras.

– Elle va très bien, dit-elle, posant la figure contre son dos.

Ils n'avaient pas fait l'amour depuis leur départ de Rhodésie et elle voulait se trouver dans ses bras. Aspirait à être rassurée.

– Crois-tu que Paul et Estelle fassent quelquefois l'amour ?

David éluda la question. Il était à peu près sûr que Paul ne faisait jamais l'amour à sa femme, mais ça ne l'intéressait pas.

– Es-tu montée voir Rébecca ? Est-ce qu'elle a mangé ?

– Elle va très bien. Je lui ai apporté un sandwich.

– Cette enfant est odieuse. Comment s'appelle-t-elle, déjà ? Naomi.

Il se leva, retourna à la fenêtre, contemplant les montagnes, les arbres et les vignes indistincts dans l'obscurité.

– Elle est comme sa mère, dit Constance en s'allongeant pour contempler le plafond.

Ils étaient dans l'ancienne chambre de sa mère. Où Katinka les avait souvent pris dans son lit, Paul et elle, quand ils avaient peur du noir.

– La mère d'Estelle est afrikaner, Paul me l'a dit.

– Je ne vois pas le rapport, répondit David en bâillant et en s'appuyant des coudes au rebord.

Un phasme y était posé sur ses pattes grêles et il ouvrit la fenêtre, le projetant dehors.

– Bon atterrissage ! lança-t-il à la brindille volante.

– Je ne sais pas ce qu'elle pense être ! poursuivit Constance. Ce n'est pas parler anglais qui la fait anglaise. Sa place, d'évidence, est là-bas au Transvaal, avec les Boers. Voilà pourquoi ils s'en vont, ajouta-t-elle avec un petit rire.

– Ses opinions politiques ne nous concernent pas, dit David en fermant la fenêtre avant de s'étirer sur un autre bâillement.

Les allusions continuelles de Constance à Estelle commençaient à lui peser. Estelle était très étrangère à la tâche qui l'attendait.

– Je me demande qui occupe le 123 Z..., ajouta-t-il.

– Ses ragots sur Rébecca nous concernent directement ! lança Constance. Je t'ai raconté : elle dit que Rébecca ne devrait pas s'exposer au soleil, qu'elle ressemble à ma mère. Comme si je ne savais pas exactement ce qu'elle a derrière la tête. C'est pour ça que j'ai emmené ma mère hors d'ici, David ! De quel droit se permet-elle ce genre de remarque ?

La colère de Constance lui était venue d'un seul coup.

– Qu'est-ce que ça peut faire ?

Paul était loin dans le Nord, il songeait à la mine et regarda sa montre Rolex. Il était 11 heures.

– Dewi Hawkins est de garde cette nuit.

– Et Paul ? Que se passe-t-il de son côté ? continua Constance qui ne l'avait pas écouté. Il ne me paraît pas heureux. Pourquoi ne s'est-il pas occupé des vignes ? Mon frère aimait beaucoup la propriété et c'est Paul qui devait s'en occuper à sa mort.

Lors de leurs longues marches dans le domaine, David avait deviné que le principal intérêt de Paul était extérieur au vignoble et qu'il s'agissait d'une femme, mais cela non plus ne l'intéressait pas. Tout en scrutant l'obscurité, il entendait les cloches des puits et voyait un câble d'acier défiler à travers un toit loin au-dessus de sa tête. Et toute une part de lui-même souhaitait être là-bas.

— Penses-tu pouvoir être heureux ici ?

La question de Constance le ramena à la réalité.

— Bien sûr, répondit-il.

Puis il revint vers le lit et grimpa dedans. Constance le caressa, mais il lui tourna le dos.

— Bonne nuit, dit-il simplement.

— Es-tu bien sûre de vouloir le faire ? demanda Luke sans lâcher Rébecca des yeux.

Au moindre signe de crainte, il annulerait tout.

— Tu es bien sûre ?

— Oui ! répondit Rébecca avec feu.

Pour la première fois de sa vie, elle connaissait l'amitié et Luke pouvait tout lui demander.

— Mais qu'est-ce que c'est ? demanda-t-elle sans baisser les yeux. Je ne sais toujours pas ce que tu veux que je fasse.

— Nous voulons être sûrs qu'on ne va pas nous enlever Simon, répondit Luke en regardant Thabo.

— Nous l'enlever nous-mêmes, fit vivement Thabo, et le cacher avec la vieille dame, Nombeko. Son nom veut dire « honnête ».

— Nous allons les obliger à changer d'avis, tenta d'expliquer Luke. Nous cacherons Simon jusqu'à ce qu'ils en changent. Alors il faudra bien qu'ils acceptent qu'on le prenne avec nous.

— Nous allons kidnapper Simon ? fit Rébecca, ouvrant des yeux énormes.

Elle avait vu dans un film une femme se faire kidnapper et elle n'avait pas pu le croire.

— Nous allons le cacher pour toujours ?

— Seulement jusqu'à ce qu'ils promettent de ne pas l'enfermer, affirma Luke.

Thabo l'approuva de la tête.

— Nombeko s'occuper de lui. Simon, spécial. Mon peuple le dire.

Soudain son anglais le gêna et il se tourna vers Luke.

— Dis-lui.

— Mange d'abord un peu, proposa Luke en puisant dans le sac en papier un morceau de pain et une boîte entamée de lait condensé. Trempe

94

le pain dedans, regarde, dit-il, joignant le geste à la parole et tendant le pain à Rébecca, après avoir intercepté les gouttes avec son doigt. Mange.

Il se lécha le doigt sous l'œil fixe de Thabo qui en aurait voulu autant.

— C'est bon! lâcha Rébecca.

Elle n'avait pas dîné et n'avait jamais autant mangé.

— Pourquoi voulez-vous que je vous aide? reprit-elle, tendant sa tartine à Thabo. Prends-en.

— Parce que tu es une fille, répondit Luke, sans être bien sûr d'avancer une très bonne raison. Ils disent que tu l'as déjà fait, que tu as déjà volé un bébé, ajouta-t-il.

— Quoi? fit Rébecca, très embarrassée tout à coup. C'était il y a des années. Je n'avais que sept ans, je ne m'en souviens même plus, j'étais stupide quand j'ai fait ça.

— Vous voulez que je vole Simon? insista-t-elle, soudain très grave.

— Nous ne pouvons pas le faire seuls. Tous les deux, c'est impossible. Nous sommes des garçons. C'est un bébé et les bébés ont besoin de filles.

— Toi rien dire à personne, fit Thabo en la regardant fixement et en se passant un doigt sur la gorge. Vu?

— Je ne sais pas, dit-elle, se passant la langue sur les lèvres et les regardant tour à tour. J'ai peur.

Ils l'observaient. L'observaient avec un sérieux mortel. Alors elle retrouva tout son calme : Luke et Thabo dépendaient d'elle, de sa réponse. Pour la première fois de sa vie, elle était utile. Elle acquiesça et leurs figures s'illuminèrent. Un grand sourire lui vint aux lèvres et elle regarda Luke au fond des yeux.

— Je sais pour la clé, dit-elle lentement, l'œil brillant d'excitation de faire partie de son monde.

— Il faudra être courageuse, dit-il. Ils nous puniront pour savoir où nous aurons caché Simon.

Rébecca hocha la tête.

— Tu ne céderas pas, n'est-ce pas?

Elle ne put proférer un son. Il lui semblait avoir perdu la voix, alors elle secoua la tête.

— Toi O.K.! s'exclama Thabo avec enthousiasme, et il posa la main sur celle de Luke qui tenait les mains de Rébecca.

Elle nageait dans le bonheur, leurs mains jointes ainsi par un lien secret. Et se demandait si elle les laverait jamais après ça.

5.

Rébecca n'avait jamais vu de nuit aussi noire. Accoudée à la fenêtre de sa mansarde, elle frottait nerveusement ses pieds contre ses mollets. Elle attendait le signal de Luke : trois éclats de lampe. Elle avait mis sa robe de chambre par-dessus sa robe et s'était noué les cheveux en deux grosses coques comme pour dormir. Tout à l'heure, ses parents s'étaient incrustés dans sa chambre comme s'ils s'étaient doutés de quelque chose. Ils avaient parlé des heures de leur vie à Bonne-Espérance, qui serait merveilleuse, ils l'avaient promis. Elle l'était déjà, mais Rébecca ne pouvait pas le leur dire. La liberté qu'elle avait trouvée dans son amitié avec Luke et Thabo, la liberté de participer avec eux à une opération dangereuse, était de loin supérieure à ce que Granny Cat lui avait fait espérer.

Une petite lumière scintilla dans la nuit comme une luciole et elle sursauta. Puis une deuxième et une troisième. Le battement de son cœur s'accéléra et un vertige s'empara d'elle à l'instant d'entrer dans son rôle. Elle alla jusqu'à la porte et écouta. La maison était silencieuse. Elle jeta un regard au tas indistinct qui devait laisser croire à sa présence dans son lit. Retirant sa robe de chambre, elle la jeta dessus et tira un petit sac en tissu de dessous le sommier. C'était le sac de classe de Luke. Elle ouvrit très doucement la porte et se mordit les lèvres en considérant l'étroit escalier qu'il lui fallait descendre. Puis elle referma très vite et s'adossa au battant, le cœur lui manquant. Il y a avait de la lumière dans le hall. Qui pouvait bien être réveillé à 2 heures du matin ?

Rouvrant très doucement la porte, elle se mit à l'affût. Rien ne bougeait. Enfin elle se souvint : sa mère l'avait prévenue que la lumière resterait allumée toute la nuit pour éloigner les fantômes. Elle soupira de soulagement.

Elle commença à descendre sur la pointe des pieds, se concentrant sur la porte qui ouvrait au fond du hall et donnait dans une aile qui le prolongeait. C'était là que dormaient Estelle et sa famille. Que Simon dormait. Luke l'avait informée que Miriam vérifiait à minuit si le petit garçon n'avait besoin de rien avant de gagner sa chambre qui n'était pas dans la maison. Rébecca espérait que Simon ne ferait pas de bruit et se figea quand le plancher craqua sous son poids. Elle leva vivement le pied et le maintint en l'air un instant. Retenant enfin son souffle, elle courut jusqu'à la porte et se glissa dans l'obscurité du couloir.

Devant la porte de Simon, elle attendit. Comment les battements de son cœur qui faisaient un bruit de tonnerre n'éveillaient-ils pas la maison entière ? Cette hypothèse la fit claquer des dents. Bien qu'elle eût passé des heures avec Simon, l'apprivoisant à l'insu d'Estelle, il l'effrayait toujours un peu. Elle ferma les yeux pour mieux songer à l'amour dont son regard était rempli. Thabo et les siens avaient raison. Il était spécial.

— Simon..., chuchota-t-elle en entrant dans la chambre comme une ombre, laissant la porte entrouverte de façon à profiter de la lumière du hall. Simon...

Elle se pencha au-dessus du lit à barreaux et lui titilla le nez du bout du doigt. Il tourna la tête de droite à gauche sur son oreiller. Sa langue gonflée sortait de sa bouche et le faible éclairage ne révélait que la difformité de ses traits.

— Il faut que tu viennes avec moi, Simon..., murmura-t-elle, s'efforçant de voir de lui ce qu'elle en voyait le jour. Réveille-toi !

Il ouvrit les yeux et la regarda. Elle demeura pétrifiée en voyant ses yeux bridés se plisser pour mieux voir, mais soudain il sourit. Il lui tendit les bras, comme s'il comprenait exactement ce qui se passait.

— Je vais prendre tes affaires..., dit-elle en saisissant le biberon à demi vide qui traînait dans le lit. Attends ! le supplia-t-elle lorsqu'il manifesta son impatience en agitant les pieds.

Prenant deux couches dans une grande pile sur la commode, elle les fourra dans le sac de Luke au-dessus du biberon.

Simon était très lourd et elle dut rassembler toute sa force pour le tenir, sans cesser de lui sourire pour lui masquer sa peur.

— Tu es gros, sais-tu ?

Elle l'éleva plus haut dans ses bras et il rit, s'attendant à jouer.

— Chut..., fit-elle, lui posant un doigt sur la bouche.

Un « chut... » baveux lui fit écho contre son doigt.

Le couloir lui parut plus long qu'à l'aller, elle ne quittait pas des yeux la lumière du hall. La porte de la chambre de Paul et d'Estelle était entrebâillé et elle se demanda si Estelle était toujours sur ses gardes.

La porte suivante s'ouvrit brusquement. Rébecca s'aplatit contre le mur en serrant Simon contre elle. Naomi sortit de sa chambre, la frôlant dans sa longue chemise de nuit, une main entre les jambes, et filant en somnambule vers la salle de bains.

— Je voudrais qu'elle fasse dans sa culotte ! murmura Rébecca, s'éloignant sur la pointe des pieds.

— Donne-le-moi ! dit Luke, surexcité à la porte de la cuisine, lui prenant Simon et s'apprêtant à courir. Viens !

— Ta sœur est allée aux cabinets! lui dit-elle nerveusement.

— Viens! cria Luke.

Elle courut derrière lui, surveillant la maison par-dessus son épaule. La porte de la cuisine était restée ouverte. Elle revint sur ses pas et la ferma très vite.

— Attends-moi! lança-t-elle à la silhouette fantomatique de Luke qui disparaissait dans le noir. Attends! répéta-t-elle en courant dans l'obscurité. Luke!

Le sac qui contenait les affaires de Simon battait contre ses jambes et elle hurla quand quelqu'un l'agrippa à la hauteur d'un buisson de rhododendrons. Une main fut plaquée sur sa bouche et Thabo la dévisagea avec de grands yeux qui demandaient pardon.

— Ne crie pas! lui commanda-t-il.

Puis il lui prit la main et l'entraîna.

— Par ici! appela Luke tandis Thabo tirait Rébecca derrière lui.

Elle entendit Simon glousser devant eux.

— Aïe! cria-t-elle comme une épine lui entrait dans le pied. Une épine! dit-elle à Thabo en sautillant derrière lui. Une épine dans mon pied!

— Tais-toi! lui enjoignit Luke, surgissant devant elle. Tiens-toi tranquille.

— Alors enlève-moi cette épine du pied! répliqua-t-elle aigrement, lui tendant son pied.

Il l'ignora.

— Thabo, porte la carriole jusqu'à ce que nous soyons assez loin.

— Tu veux que je te l'enlève? dit Thabo, lui éclairant le pied.

— Je le ferai! dit-elle, se laissant tomber par terre et se prenant le pied pour en examiner la plante crasseuse. Les garçons ne savent pas faire ça!

— Voilà! dit Thabo, agitant sa torche.

— Les garçons ne sont pas assez bêtes pour se promener pieds nus dans le noir! se moqua Luke.

— Et les filles ne le sont pas assez pour dévaler des escaliers en souliers! répliqua-t-elle, furieuse, faisant des cercles avec son pied pour le garder dans le faisceau de la torche de Thabo.

— Ouille! cria-t-elle comme il en retirait l'épine.

C'était une épine de l'espèce dite du diable, à trois ardillons qui formaient comme une minuscule ancre de vaisseau, sur laquelle on ne pouvait pas marcher sans blessure.

— Tu ferais mieux d'attendre ici, lui dit Luke en prenant Thabo par le bras. Je vais chercher la carriole.

— Attendez! lâcha Rébecca d'une voix sifflante dont la fureur surprit Luke.

Il s'arrêta, se retourna, croisa ses yeux étincelants.

— Je vais avec vous, dit-elle fermement.

— Sur une jambe? railla Luke.

– Donnez-moi Simon! ordonna-t-elle, le regard toujours menaçant. J'en suis responsable, m'avez-vous dit, ajouta-t-elle en défiant Luke. C'est pour ça que je suis ici.

Thabo éteignit la torche et regarda ailleurs. Il savait combien Luke détestait les filles, mais il n'était pas trop sûr de ce qui allait arriver. Il avait vu la même lueur un jour dans les yeux de sa cousine et, depuis, il n'était plus le même.

– Mettez-le sur mon dos! commanda Rébecca en se retournant.

Ce faisant, le sac de Luke tomba dans un buisson.

Luke jeta un coup d'œil à Thabo pour s'assurer de son appui, mais Thabo regardait ailleurs.

– Allez! le pressa Rébecca.

Alors, malgré lui, il déposa Simon sur son dos. Le petit garçon hurla de joie et lui martela d'enthousiasme la tête de ses poings.

– Allons-y, Thabo! cria Luke pour se dégager de la soudaine domination de Rébecca. Prends la carriole!

Thabo attrapa la corde qui était attachée à la petite voiture, se l'enroula autour du bras et se posa le véhicule sur la tête pour traverser le terrain inégal qui s'étendait devant eux.

– Ton pied ne te fait pas trop mal? demanda Luke à Rébecca en s'élançant derrière Thabo.

– Qu'est-ce que ça peut te faire? répliqua-t-elle.

Son pied la faisait beaucoup souffrir et Simon était lourd, mais elle tiendrait bon.

– Où est la torche? cria-t-elle dans le noir.

Luke la sortit de la poche de Thabo et l'alluma presque aussitôt. Un étroit rayon de lumière se découpa dans les hautes herbes et se posa sur une taupe, surprise, qui sur-le-champ disparut la tête la première dans un monticule de sable.

– Dans une minute nous arriverons au goudron, murmura Luke, et nous serons loin de la maison.

Comme ils atteignaient la route étroite et bleue qui menait au Cap et à Nombeko, Luke se rapprocha de Rébecca et de Simon.

– Tu es fatiguée? demanda-t-il, tandis qu'elle s'affalait par terre en tenant Simon par les jambes.

– Pas du tout, répondit-elle en cherchant son souffle.

Elle avait mal aux jambes d'avoir porté Simon en boitant.

– C'est encore loin?

– Encore loin? s'exclama Luke en prenant Simon. Mais c'est à des kilomètres. Des kilomètres et des kilomètres! Nous te l'avons bien dit!

– Ce n'est qu'une question, dit-elle en se frottant le pied. C'est défendu?

– Oui, répondit Luke, se rapprochant de Thabo qui préparait la carriole pour y installer Simon. Tu es prêt?

– Mets-le dedans, dit Thabo en xhosa, maintenant la carriole d'aplomb sur le goudron bleu.

— Où est la corde ? demanda Luke dans la même langue. Tu l'as ?

Thabo lui en tendit le bout et tous deux entreprirent de l'enrouler autour de Simon qui gigotait de son mieux. Il avait repéré la voiture et voulait y monter tout de suite.

— Tiens-toi tranquille ! l'apostropha Thabo en xhosa, tandis que Rébecca les observait sans mot dire.

— Ne croyez pas que je ne sais pas de quoi vous parlez ! dit-elle en sautillant vers eux.

— Quoi ? fit Luke sans se retourner, achevant avec Thabo d'attacher Simon dans la carriole.

— Tu ne sais même pas de quoi tu parles ? dit Rébecca, arrivant à la carriole et se penchant sur Simon. C'est toi qui conduis, reprit-elle en posant ses mains potelées sur la petite roue de voiture d'enfant qui était fixée à l'avant de la carriole. Bravo, l'approuva-t-elle lorsqu'il se pencha en avant, tirant la roue contre sa poitrine et l'enveloppant de sa langue.

Puis Rébecca fronça les sourcils et mit les poings sur les hanches.

— Il faut faire quelque chose !

— Quoi ?

— Il est trop dégoûtant !

— Il est en pyjama.

— C'est sa figure qui l'est.

— Hein ? fit Luke, vérifiant que la corde était bien fixée au fond de la carriole avant d'allumer la torche dans la figure de Simon. Qu'est-ce qui ne va pas ? dit-il.

Simon était exactement semblable à ce qu'il était toujours et Luke s'impatienta.

— En quoi est-il dégoûtant ?

— Regarde sa langue ! lâcha Rébecca, se rappelant sa réaction la première fois qu'elle l'avait vu et craignant que Nombeko n'éprouvât le même malaise qu'elle.

— Est-ce qu'on ne peut pas la cacher ?

— Comment ? demanda Luke.

Simon regardait les trois enfants qui l'examinaient. Enchanté de leur attention, il riait et la langue lui sortait d'autant plus de la bouche.

— Tiens ça, dit Luke, tendant la torche à Thabo.

Puis il enroula soigneusement la langue de l'enfant et la poussa dans sa bouche qu'il ferma vivement.

— C'est mieux ? demanda-t-il en la tenant fermée.

— Beaucoup mieux ! dit Rébecca. Hé là...

Les joues de Simon congestionnées se gonflaient comme des ballons et les yeux lui sortaient de la tête, tandis qu'il les regardait, incapable de respirer.

— Hé! dit Luke, lui frappant les joues du plat de ses deux mains.

La langue jaillit dans un flot de bave pour pendre de nouveau au coin de sa bouche, tandis qu'il reprenait son souffle. Tout joyeux, Simon frappa des deux mains les flancs de la carriole. Il souhaitait que le jeu continue.

— Lui exagérer, dit Thabo, lui tournant le dos et commençant à tirer la carriole.

— Qu'est-ce qui ne va pas encore? demanda Luke à Rébecca.

Elle se tenait raide comme la justice, hypnotisée par la route qui serpentait devant eux dans la nuit.

— Tu n'as pas besoin de venir, reprit Luke gentiment.

Tout près d'eux un hibou hulula, ravivant les frayeurs de Rébecca.

— Allons-y! lança-t-elle, décidée à ne pas avoir peur. Qu'est-ce que tu attends, Luke?

La fuite d'un nuage démasqua la lune et l'extraordinaire petit groupe se détacha dans la lumière soudaine. Le murmure de la nuit tranquille n'était rompu que par la rumeur des roues sur le goudron et les étranges gloussements de Simon.

— Ça va, Thabo? cria Luke à son ami qui remorquait la petite carriole.

— Qu'est-ce que c'est que ça? dit Rébecca, glacée de terreur par le long gémissement qui se ruait vers eux.

Avant qu'elle ait pu faire un geste, Luke la poussa dans les buissons à côté de la route. Thabo et la carriole avaient déjà disparu dans l'ombre. La torche s'était éteinte et deux gros yeux jaunes l'avaient remplacée. Rébecca, terrifiée, plongea la tête dans l'herbe. La plainte aiguë d'une invisible chauve-souris fondant sur elle lui arracha un hurlement; ses ailes de cuir lui frôlèrent le visage, aspirant l'air après elles.

— Tu as vu! fit Luke, sautant sur ses pieds pour voir disparaître dans la nuit les deux feux rouges d'une voiture. Quelle sorte de voiture était-ce? cria-t-il à Thabo qui remettait son attelage sur la route.

Ils n'avaient pas remarqué que Rébecca était toujours face contre terre.

— Tu l'as vue, Thabo?

— Et comment! répondit Thabo, du ton d'en savoir long.

— Et toi, Rébecca, tu l'as vue?

Luke regardait toujours la route où la voiture avait depuis longtemps disparu.

— Rébecca? appela-t-il en s'approchant d'elle. Elle s'assit sur son séant. Qu'est-ce qui ne va pas?

— Rien, dit-elle d'une petite voix. Rien du tout. Qu'est-ce que tu attends?

Ils pouvaient bien faire semblant de confondre un vampire géant avec une voiture, elle n'en pensait pas moins.

Luke tirait la carriole à l'avant, Thabo tenait la torche et Simon dormait, sa tête ballant de droite à gauche contre la roue de voiture d'enfant qui figurait le volant.

— Eau? fit Thabo, lui passant en marchant une vieille gourde.

— Merci, dit Rébecca.

Elle but une gorgée d'eau, essuya le goulot de la main et repassa la gourde à Thabo.

— On a déjà pas mal marché, n'est-ce pas ? dit-elle, pleine d'espoir.

— Pas mal, oui, répondit Thabo en hochant la tête, bien qu'il sût que la distance était encore longue avant d'arriver chez Nombeko.

— Planquez-vous ! cria Luke, comme des phares apparaissaient à l'horizon.

— A terre ! cria Thabo en tirant Rébecca sur le bas-côté, tandis que Luke dirigeait la carriole vers les hautes herbes. Je m'en occupe !

Thabo courut vers la bordure et Luke retourna vers Rébecca, en hurlant pour couvrir le bruit grandissant du moteur :

— Aplatis-toi ? Ça va ?

A la lumière de la torche, le visage de Luke s'était adouci.

— Éteins cette torche ! hurla Thabo en xhosa.

Luke obéit. Rébecca retenait son souffle. Le visage de Luke était à côté du sien ; elle sentait sa chaude haleine dans son oreille. Elle voulait fuir, mais son corps tremblait et Luke la maintenait fermement. Le bruit du moteur se rapprocha et, lorsqu'il s'arrêta, elle sentit son corps se raidir. Il y eut des voix. Des voix rieuses. Ces voix parlaient la même langue que celle qu'utilisaient Thabo et Luke. Elle vit Thabo debout dans la lumière des phares. Il montrait Simon à un groupe de Noirs qui cessèrent de rire. Ils se penchèrent sur Simon avec curiosité, s'entre-regardèrent avec des hochements de tête et des murmures, et s'adressèrent à Thabo avec des signes évidents d'intérêt et de compréhension.

— Venez ! cria Thabo en direction de ses amis.

— Qu'est-ce qui se passe ? demanda Rébecca en se tournant, paniquée, vers Luke.

— Ils vont nous prendre dans leur camion, cria Luke en l'entraînant à travers les hautes herbes vers la route. Ils nous déposeront au village de Nombeko. Ils savent où c'est.

Rébecca se sentit gagner par l'enthousiasme. Les Africains se passaient Simon de l'un à l'autre en souriant.

Le camion avançait en bringuebalant dans la nuit. La beauté des chants noirs berçait le corps douloureux de Rébecca. Thabo chantait avec les autres et Luke dormait, appuyé contre lui. Simon était dans les bras d'un énorme Noir dont il martelait en mesure les jambes de ses poings. Emportés par la chanson, son corps et sa figure difformes rayonnaient d'une sorte de perfection.

— Jo ! s'exclama joyeusement le chœur noir à l'unisson lorsque le camion quitta la route pour s'engager sur une mauvaise piste qui menait à un petit village.

Des cases de boue et de tôle rouillée se pressaient les unes contre les autres, séparées par d'étroits sentiers qui serpentaient entre elles. Enveloppé d'une couverture, un homme à l'allure ensommeillée surgit de l'une d'elles en se grattant la tête, et se dirigea vers la limite du village.

— Nceba ! appela Thabo, en sautant du camion pour lui courir après. Nceba se retourna, sourit et salua de la tête avant de reprendre son chemin, comme s'il arrivait, toutes les nuits, des camions chargés d'insolites voyageurs.

— Thabo! appela une voix profonde à travers la porte en tôle d'une autre case.

Une très vieille femme sortit. Elle s'ajusta sur la tête un morceau de tissu brillant et s'avança vers le camion avec Thabo. Elle scrutait l'entassement des corps noirs avec une curiosité souriante.

— Simon? appela-t-elle, accentuant la dernière voyelle à l'africaine.

Elle battit lentement des mains, tandis que le colosse noir lui tendait Simon par-dessus la ridelle du camion. Luke sauta à côté de la femme et tira la carriole après lui.

— C'est Nombeko, dit Thabo à Luke.

Luke salua de la tête l'ancêtre qui tenait son frère et se comportait comme si elle avait attendu cet enfant toute sa vie. Le serrant dans ses bras, elle se dirigea vers sa case.

— Il n'a pas pleuré? dit Luke, stupéfait.

— Il sait, répondit Thabo, tandis que Rébecca sautait à côté d'eux.

Défripant sa robe, elle fit un signe de la main aux Noirs du camion qui poursuivaient leur trajet matinal vers leur travail. Puis elle croisa en frissonnant les bras sur sa poitrine; jusqu'alors elle n'avait pas remarqué le froid. Ses pieds nus étaient glacés, mais ne lui faisaient plus mal.

— Et maintenant qu'allons-nous faire? chuchota-t-elle à Luke.

— Tope là, lui dit-il, tendant la main. Tu as été formidable!

Rébecca baissa la tête. Elle ne voulait pas qu'il surprît la subite rougeur qu'avaient provoquée ses mots.

— Tu l'es aussi, dit-elle.

De concert avec lui, mais sans prendre la main qu'il lui tendait, elle emboîta le pas à Thabo.

Un feu rougeoyait sur le sol sablé de la case. La face inférieure des murs de tôle était tapissée d'étiquettes de boîtes de fruits et d'affiches. Rébecca les examinait avec stupeur. Des oranges, des pommes et des poires se cachaient dans d'énormes grappes. Des bananes s'accolaient le long des joints, transformant la pièce en un jardin de fruits de papier.

— Viens, petite, fit Nombeko.

Rébecca se tourna vers la vieille qui lui sourit, dévoilant des gencives roses ponctuées de quelques dents isolées. Ses yeux se plissaient sous sa tignasse de cheveux blancs. Simon toujours dans son giron, elle fit signe à Rébecca.

— Qu'est-ce qu'elle veut? demanda nerveusement Rébecca à Simon, tandis que la vieille femme lui prenait le bras.

— Tu connais ce bébé, petite? demanda-t-elle dans un anglais simple. Ce bébé te connaît?

— Oui, dit Rébecca. Mais c'est le frère de Luke.

— C'est un garçon! dit Nombeko en riant. Si Nombeko doit prendre soin de l'enfant de Dieu, elle doit rien en ignorer.

Se dirigeant vers le petit lit posé sur quatre piles de briques, elle s'assit dessus et fit sauter Simon sur ses genoux; l'enfant rit aux éclats en lui tendant les bras.

— Assieds-toi, petite, ordonna-t-elle à Rébecca.

Les deux garçons se regardèrent et haussèrent les épaules. Rébecca prenait leur place dans l'opération et la raison leur en paraissait justifiée.

— Partons, dit Luke en faisant mouvement vers la porte, mais Thabo le retint en lui prenant le bras.

Sous le regard de la vieille femme, il baissa les yeux, mais elle revint aussitôt à Rébecca.

— Que mange-t-il, cet enfant?

D'instinct, Rébecca se tourna vers Luke, mais la vieille femme lui toucha le bras.

— Je te le demande à toi, petite.

— Il mange de la nourriture, répondit Rébecca, stupide. Et il aime ça aussi, poursuivit-elle en produisant un paquet à demi entamé de bonbons aux fruits. Vous voyez? dit-elle, comme Simon cherchait à les saisir.

La vieille femme les lui prit.

— Bon, l'enfant aime les bonbons. Et la bouillie? Il mange de la bouillie?

— Oui, dit Thabo, qui avait fait manger de la bouillie à Simon un jour que Luke le lui avait confié. *Ewe,* répéta-t-il en xhosa.

— Et l'enfant aime le lait? demanda de nouveau Nombeko à Rébecca.

— Le lait de vache, répondit vivement Luke, intrigué par le silence de Rébecca et son air égaré. Tu as ses affaires, Rébecca. Donne-les-lui! lui commanda-t-il, impatienté. Mais où est mon sac? Mon sac de classe? demanda-t-il soudain, s'apercevant qu'elle avait les mains vides.

— J'a dû le laisser tomber..., confessa Rébecca, lorsque cette chauve-souris... je veux dire cette voiture...

— Tu l'as perdu? fit Luke, épouvanté. Idiote!

Si on trouvait son sac, on le reconnaîtrait immédiatement. Rébecca baissa la tête et une boule lui monta dans la gorge.

— Simon est très mouillé, dit la vieille femme en avançant ses lèvres parcheminées.

Éclatant de rire, elle souleva le petit garçon de dessus son giron; des gouttes commençaient à tomber de ses couches sur le sol.

— Que faire Nombeko de cette petite fille? demanda-t-elle, se tournant vers Rébecca.

— Tenez, fit Rébecca.

Espérant faire oublier sa faute, elle tendit la serviette qu'elle avait lavée et gardée en souvenir de Luke.

— Ça? fit Nombeko dont le rire menaça de leur faire tomber le toit de la case sur la tête. Je préfère laisser l'enfant de Dieu arroser le sol.

Elle retira à Simon sa culotte de caoutchouc et la couche détrempée tomba par terre entre ses jambes.

– D'accord, dit-elle en le posant, derrière nu, sur le sol sableux. Comme ça, tu vas mouiller la poussière.

Elle hurla de nouveau de rire et Rébecca adressa un regard à Luke.

– Il sera bien, chuchota-t-elle pour le rassurer.

Il lui semblait revivre un rêve. La vieille femme parlait l'anglais aussi bien qu'elle. Elle habitait une hutte de tôle et de carton et elle était extravagante, mais Rébecca ne s'en sentait pas moins en parfaite sécurité. Elle revoyait la maison de Macaroni.

– Vous croyez que Nombeko ne sait pas s'occuper de Simon? dit la vieille femme, se passant la main dans les cheveux, de sorte que ses boucles blanches se dressèrent sur sa tête. Nombeko a eu dix-neuf bébés. Sept vivants.

S'adossant à la paroi de fer rouillé contre laquelle était poussé le lit, elle encadra Simon de ses jambes. Elle avait les pieds larges et plats. Leurs plantes étaient comme du cuir roussi et leurs orteils faisaient songer à des escargots.

– Voilà ce qu'il aime le mieux, dit Luke, tirant la petite carriole dans la cabane. Nous l'avons fabriquée pour lui, précisa-t-il en xhosa.

– Nombeko veiller sur l'enfant de Dieu jusqu'à ce qu'on le rende à sa mère, dit-elle. Fermant les yeux, elle se mit à fredonner une chanson atonale en berçant Simon entre ses pieds. Allez maintenant, les enfants.

– Mais..., commença Rébecca.

La vieille femme ouvrit les yeux et les braqua sur elle.

– D'accord, dit la petite fille en suivant Thabo et Luke.

– Filons! murmura Luke, qui voyait l'aube poindre à l'horizon. Il faut trouver ce sac!

– Je suis désolée, dit Rébecca, se mordant les lèvres.

– Tu as été bien, dit Luke avec un haussement d'épaules.

C'est le pied léger et le cœur dilaté par le succès de leur entreprise qu'ils s'éloignèrent du village de Nombeko.

– J'ai vraiment fait si bien? demanda Rébecca qui souhaitait encore entendre l'approbation qui effaçait la perte du sac. Je le retrouverai, Luke, affirma-t-elle, rassemblant son énergie pour entamer avec eux cette journée où les grandes personnes découvriraient la disparition de Simon.

Le tic-tac de la grande pendule du vestibule perçait sans fin le silence. Un long rai de soleil s'étirait sur le plancher par la porte ouverte du salon. Une mince colonne de fourmis défilait par une fissure de la porte d'entrée avant de s'incurver vers la cuisine. Leurs pattes minuscules se reflétaient en ondes noires sur le parquet brillant.

Sophie poussa dans la serrure de la porte de la cuisine la grosse clé, qui tourna avec un gémissement étrange. Puis elle se retourna vers la brume matinale suspendue au-dessus du sol. Des pieds noirs apparurent sous cet édredon qui ondulait autour d'eux comme l'ourlet d'une impalpable robe de bal. Miriam rejoignit sa mère à la porte.

— *Invula*, dit-elle sereinement, reniflant la forte odeur de sel qui annonçait la pluie.

— *Ewe!* fit Sophie en hochant la tête.

Elle emplit à son tour ses larges narines d'une profonde bouffée de sel et sourit; ses seins se soulevèrent, formant comme des oreillers sous son menton. Aujourd'hui, elle n'aurait pas à laver les vitres.

Miriam traversa la cuisine, s'emprisonnant les cheveux dans un foulard. Elle tira son tablier blanc amidonné et se passa la langue sur les lèvres; puis elle s'arrêta à la porte, tous les sens en alerte, et se retourna vers sa mère qui remplissait une bouilloire en cuivre. Le gros derrière de Sophie ressortait sous la ceinture de son tablier, pour former le siège moelleux où Miriam avait passé une partie de son enfance. Le calme qui émanait de toute la personne de sa mère chassa ses alarmes.

Traversant le vestibule, Miriam piétina le soleil neuf et débarrassa un de ses pieds nus d'une fourmi morte en le frottant contre sa cheville.

Sophie entendit sa fille ouvrir la porte de la chambre de Simon et leva les yeux vers la grosse pendule blanche fixée au-dessus d'elle au mur de la cuisine. La longue aiguille noire tressautait vers la demie, tandis que la petite aiguille était à mi-chemin entre le 5 et le 6. Redressant les épaules, Sophie se préparait pour une nouvelle journée.

Le hurlement qui vrilla toute la maison épouvanta Sophie. Il traversait le plancher, montait le long des murs, pénétrait dans toutes les pièces. « Simon! » répétait Miriam, tandis que se dissolvait la brume du jour naissant. Simon avait disparu.

Rébecca en chemise de nuit se tenait silencieuse auprès de sa mère. Debout sur le seuil de la maison, elles regardaient sans un mot les hommes fouiller les écuries, les caves, les logements du personnel et la grange. Rébecca sentait le regard de sa mère fixé sur elle, mais elle ne leva pas les yeux.

— Tu ne sais rien de ce qui a pu se passer, n'est-ce pas, chérie?

La voix de Constance était remplie d'une peur que Rébecca connaissait. Elle revit le 123 Z et sa fourmilière.

— Que veux-tu dire? répondit-elle, soutenant innocemment le regard de Constance, quoiqu'elle eût la gorge sèche et les genoux tremblants. De quoi veux-tu parler?

Constance passa un bras autour des épaules de sa petite fille et l'attira contre elle. Bien que les visages hideux et les regards malveillants de la petite ville minière parussent les guetter de nouveau, elle sourit.

— Tu ne sais rien, naturellement, de ce qui a pu se passer, n'est-ce pas, chérie?

— Il doit être quelque part dehors, Paul!

La voix furieuse d'Estelle harcelant son mari les atteignit par la porte ouverte.

— Il n'est nulle part dans la maison. Tout a été fouillé. Donc il est quelque part dehors, ajouta-t-elle.

Rébecca le savait. Ce n'était pas pour Simon qu'Estelle se tracassait, mais parce qu'on devait l'emmener aujourd'hui dans cet asile pour enfants. Elle serra les lèvres au souvenir de son engagement. Elle ne dirait rien.

— Il n'est pas là, dit Luke, sortant de l'écurie, avec un geste d'impuissance.

Il jeta un bref coup d'œil à Rébecca. Elle était, pensa-t-elle, la seule au monde à en connaître le sens. Elle en eut un frisson dans le dos.

— Je vais m'habiller, dit-elle à sa mère. Comme ça je pourrai les aider.

Mais elle s'arrêta devant l'escalier. Naomi était postée au pied des marches qui menaient à sa mansarde. Ses pieds très blancs aux ongles impeccables renvoyaient à son visage aussi lisse et pur. Leurs orteils épousaient le rebord de la marche où elle se tenait.

— Pardon, dit Rébecca avant de s'avancer pour passer.

Mais Naomi ne bougea pas, figure accusatrice.

— Je dois m'habiller, dit Rébecca.

Forçant le passage, elle monta l'escalier quatre à quatre. Une fois en haut, elle se retourna. Naomi la regardait. Son mince cou blanc était ployé vers elle, une longue natte blonde lui pendait dans le dos. Malgré la distance qui les séparait, Rébecca percevait toujours ses accusations muettes.

Observant de sa petite mansarde l'agitation au-dessous d'elle, Rébecca sentait derrière ses genoux la dure écorce de son arbre sur la fourmilière. Elle revoyait le bébé dans ses bras et entendait les grandes personnes en contrebas.

« Elle traîne toute la journée vers le chemin de fer, à faire Dieu sait quoi ! Tout le monde le sait qu'elle est bizarre... »

Les mots de Mme Bernstein se bousculaient dans sa tête. Elle ne quittait pas des yeux Luke, qui se tenait à côté de son père, s'efforçant de lui communiquer toute son énergie pour l'aider à faire face à ce qui allait suivre.

Elle vit un Noir s'approcher d'Estelle, le sac de Luke à la main d'où dépassait une couche.

— Je le savais !

Le cri d'Estelle frappa la vitre derrière laquelle guettait Rébecca.

— Où est Rébecca ?

Luke, stupéfait, considéra un instant sa mère qui, sans s'occuper de lui, s'avançait vers la maison.

— Non ! cria-t-il, courant derrière elle. C'est mon sac ! Ce n'est pas le sien ! C'est le mien !

Comme dans un rêve au ralenti, Rébecca regardait Paul essayer de retenir Estelle, tandis que Luke courait après eux.

Elle recula inconsciemment à travers la chambre jusqu'à ce que le bois de son lit lui heurtât le creux des genoux et agrippa une couverture comme pour s'en protéger.

— Retourne dans ton lit, Rébecca. C'était la douce voix de son père, entrant dans la chambre. Tu n'as rien à craindre.

Il la mit dans son lit, recouvrit ses jambes tremblantes d'une couverture, puis s'assit à côté d'elle.

– Personne ne t'accusera de rien, Rébecca, dit-il d'un ton ferme.

– Ce n'est pas elle! s'exclama Luke de l'autre côté de la porte fermée.

Il entra dans la chambre sur les talons de sa mère qui braqua sur Rébecca son visage anguleux.

– Écoute-moi, maman! C'est mon sac! C'est ma faute! poursuivait-il.

– Salope! Sale petite métisse! hurla Estelle en se précipitant sur Rébecca.

Vivement repoussée par David, elle alla donner contre la porte.

– Si vous croyez que je ne la connais pas, votre fille! lança-t-elle à l'adresse du père qui se tenait devant Rébecca.

– Arrête, maman! criait Luke dont la voix, coupante comme une lame, dominait les vociférations de sa mère. C'est moi qui ai pris Simon!

Élevant le ton, il répéta :

– C'est moi qui ai pris Simon!

L'atmosphère de la chambre était chaude et confinée. La pluie ruisselait sur les vitres et le mobilier lustré semblait se tenir au garde-à-vous, tandis que les petits boutons de cuivre du bureau fixaient Luke d'un regard aveugle.

– Une fois de plus, reprit Paul d'une voix très calme mais très ferme, où est Simon?

Luke ne desserrait pas les dents. Ses yeux bleus étincelants demeuraient braqués sur ceux de son père, mais il cilla quand il sentit sa mère s'approcher de lui.

– Dis-nous ce que tu en as fait!

La voix glaciale d'Estelle bourdonnait dans son crâne, mais il resta muet.

– Une dernière fois, Luke, qu'en as-tu fait?

Estelle baissa la main droite le long de sa jambe.

– Tu veux le fouet?

– Estelle!

– Pas d'« Estelle », Paul! Il ment! Tu ne vois pas qu'il ment pour protéger cette fille!

– Je ne mens pas, dit Luke d'une voix unie qui masquait sa rage.

– Alors, où est Simon? demanda Estelle.

Le claquement de sa main sèche sur la figure de Luke rompit le silence.

Derrière la porte du salon, Rébecca retenait son souffle. Naomi était toujours au pied de l'escalier. Bien qu'elle se fût changée et portât maintenant une robe rose toute propre, elle semblait ne pas avoir bougé.

– Madame? appela Miriam.

La noire figure de Thabo apparut à la porte qui menait à la cuisine. Ses yeux habituellement écarquillés étaient fermés, et Miriam le traînait par l'oreille gauche vers le salon.

— C'est aussi Thabo! annonça-t-elle à Estelle.

— Et moi! lança Rébecca.

Passant devant Naomi, elle la fusilla du regard et entra dans le salon.

— Va-t'en! chuchota Luke, qui savait ce que pouvait être la colère de sa mère.

— J'ai pris Simon avec eux, dit Rébecca fermement. Nous avons emmené Simon ensemble et c'est moi qui avais le sac de Luke.

— Rébecca! cria Constance, débouchant dans la pièce sur les derniers mots de sa fille.

Elle avait cru que sa fille était pour une fois étrangère à l'affaire.

— Ne mens pas pour protéger Luke, dit-elle, au désespoir.

— C'est vrai, répondit Rébecca.

Elle planta son regard sombre dans celui de sa mère. Elle voulait lui faire comprendre que le « mystère » de sa courte vie avait enfin trouvé son explication. Rébecca ignorait le sens de « métis », mais Emily avait écrit le mot dans son journal à propos de Jean-Jacques, celui dont elle avait partagé, jusqu'à cette nuit, la solitude.

— Non, Rébecca, je t'en prie!

La douleur que trahissait la voix de sa mère la fit un instant hésiter, mais ses yeux s'arrêtèrent sur Luke et Thabo. Participer à leur amitié était plus important que tout. La haine proclamée par Estelle en était annulée.

— Nous avons emmené Simon parce que vous alliez l'enfermer, dit Rébecca en lançant un regard féroce à Estelle. Thabo, Luke et moi. Remarquant la trace rouge des doigts d'Estelle sur la joue de Luke, elle ajouta : Vous pouvez me faire ce que vous voudrez, mais c'est la vérité.

Lorsqu'elle alla prendre Thabo par la main et qu'ils se dirigèrent tous les deux vers Luke, un épais silence s'abattit sur la pièce.

— Simon va bien et, lorsque vous nous aurez promis de ne pas l'emmener, nous le ramènerons.

Les mots de Luke résonnèrent avec la sécheresse d'une balle de ping-pong.

— S'il vous plaît..., ajouta-t-il.

Et les trois enfants firent face aux adultes comme un seul homme.

La pluie avait tourné à la brume lorsque Paul abattit avec une grimace sa ceinture sur le dos mouillé de son fils. Du seuil, Estelle contemplait la scène; il savait que, si le garçon persistait à se taire, elle frapperait bien plus fort que lui.

— Dis-le-lui, Luke! chuchotait-il entre deux coups de ceinture.

Du coin de l'œil, Luke vit Thabo surgir de la porte basse de la petite chambre qu'il partageait avec sa mère. Il avait le dos courbé et se frottait la tête comme s'il cherchait à se réveiller. Lorsque les siens le corrigeaient, c'était à grands coups sur la tête. Thabo n'avait rien dit, il le comprit sur-le-champ. Lorsque la ceinture inscrivit dans son dos une balafre supplémentaire, il serra les dents.

— Je ne peux pas continuer comme ça! annonça Paul.

Le courage du jeune garçon l'avait profondément touché et il s'écarta de l'enfant qui n'était pas le sien. Revenant vers Estelle, il renfila sa ceinture dans les passants de son pantalon et la boucla, feignant d'ignorer la frustration de sa femme. Les enfants avaient contrarié son projet de se débarrasser de leur fils mongolien, et Paul ne pouvait pas punir davantage Luke de son propre échec.

— Parlons de Simon, il n'est que temps, dit-il en tendant le bras vers elle, mais elle le repoussa avec violence.

Débordant d'une haine sourde qu'on eût dit sortie après des années des murs de Bonne-Espérance, elle marcha sur Luke.

— C'est cette fille, n'est-ce pas, qui t'a donné cette idée ? glapit-elle en lui agrippant les cheveux et lui tirant la tête en arrière. Avoue !

— Jamais, fit Luke d'une voix calme.

Rébecca n'avait pas ouvert la bouche depuis deux heures. Elle avait entendu les coups de ceinture sur le dos de Luke et les clameurs d'Estelle pour l'accuser, mais elle n'avait pas dit à ses parents où se trouvait Simon.

Constance et David ne savaient quelle contenance prendre. Ils avaient tous deux remarqué la lueur de satisfaction qui éclairait chacun de leurs regards et se savaient mutuellement fiers de leur fille.

— Il faut que j'aille aux cabinets, dit Rébecca à sa mère.

Constance acquiesça de la tête et Rébecca se leva pour sortir de la chambre comme si de rien n'était. Elle n'avait qu'une idée en tête : courir rejoindre Luke. Elle voulait lui dire combien il était courageux et combien elle l'aimait.

— Ma mère te fouettera jusqu'à ce que tu parles !

La phrase acide de Naomi, montant du bas de l'escalier, figea les pensées de Rébecca.

— Si elle ne te tue pas, Dieu le fera ! siffla Naomi avant de s'enfuir.

Rébecca se demanda comment Dieu pourrait jamais se faire complice d'Estelle.

Tout le monde avait les yeux fixés sur la longue et sinueuse allée bordée de chênes. Un très vieux cheval clopinait vers la maison, traînant une charrette déglinguée où s'entassaient des Noirs et parmi eux Nombeko, portant sur son dos Simon enveloppé dans une couverture.

Lorsque la charrette s'arrêta devant Estelle, Paul et Luke, Thabo souleva d'entre ses mains sa tête retentissante. Assis à l'écart sous un arbre, il vit Nombeko saisir la main d'une femme à côté d'elle et descendre avec précaution. Pour son peuple ne comptaient ni la distance ni le temps lorsqu'on était dans la peine. Son appel avait été porté par le vent jusqu'à Nombeko et il avait touché son cœur.

La vieille femme balaya du regard la grande maison blanche, le groupe de Blancs silencieux qui la dévisageaient, pour s'arrêter sur Estelle.

— Votre fils va bien, madame, prononça-t-elle lentement en s'avançant vers Estelle, foulant de ses pieds nus les galets humides. Simon va bien.

Rébecca se précipita vers la fenêtre et s'arrêta en dérapage entre ses parents qui observaient la scène en silence.

— Nombeko, murmura-t-elle.

Elle se détourna pour filer, mais son père l'attrapa par le bras.

— Nous y allons tous, Rébecca, lui dit-il d'une voix étrange, une lueur d'étonnement dans l'œil.

— Les enfants m'ont apporté l'enfant de Dieu, dit Nombeko.

Prenant une profonde inspiration, elle remonta avec sa main Simon endormi sur son dos.

— Nous vous le demandons, madame, au nom de notre grand Dieu. Ayez pitié!

— Emmenez cette femme hors d'ici! lâcha Estelle d'une voix glaciale. Chassez cette sorcière! hurla-t-elle, reculant à mesure que Nombeko s'approchait.

La vieille femme pencha la tête de côté et regarda Estelle avec curiosité.

— Pardonnez-moi, madame, reprit-elle doucement, ignorant la haine de son vis-à-vis. Avec cet enfant, Dieu vous a donné sa bénédiction.

Balançant Simon de son dos, elle le tendit à sa mère comme une poupée de chiffons, tandis que la couverture bariolée dont elle l'avait enveloppé tombait sur le sol.

— Prenez sa bénédiction, madame.

— Blasphématrice! glapit Estelle.

Satan triomphait en elle, mais Nombeko sourit.

— Je parle de Dieu, madame. Votre peuple m'a apporté le grand Dieu Jésus-Christ, et je vous tends cette preuve de son amour.

La tête de Simon tomba en avant et la langue lui sortit de la bouche.

— Qu'on la chasse! siffla Estelle. Brûlez les habits de Simon, et débarrassez-moi de cette femme! hurla-t-elle, tout inondée de l'étrange lumière qui émanait de Nombeko.

Luke regardait sa mère s'élancer vers la maison comme un scorpion furieux. Il le savait, son dard et son venin n'avaient pas encore trouvé leur cible et des larmes d'impuissance lui ruisselèrent sur les joues.

— J'y vais, dit Rébecca.

Laissant ses parents, elle traversa la cour pavée, s'arrêta devant Nombeko et tendit les mains pour prendre Simon.

— C'est bien, ma fille, dit la vieille femme en déposant dans ses bras l'enfant, dont la tête roula de côté avec un éternuement.

Nombeko étendit le bras et toucha doucement la joue de Rébecca.

— L'enfant est à toi.

Puis la vieille femme se détourna lentement et se dirigea vers la charrette, se baissant en chemin pour ramasser la couverture.

— Simon, il aime ça! fit-elle avec un large sourire en retirant la carriole de l'enfant de l'arrière de la charrette.

L'engin atterrit dans un grand vacarme et roula vers Rébecca, tandis qu'on aidait la vieille à remonter dans la charrette. Le conducteur noir fit claquer sa langue, le vieux cheval releva la tête à regret et, soufflant déjà, il emporta péniblement son fardeau.

— Regarde, dit Rébecca, tenant Simon serré contre elle, la pluie a cessé.

Thabo surgit au coin de l'écurie et s'approcha de Luke et de leur nouvelle amie.

— De quel droit osez-vous me dicter ma conduite ? dit Estelle en fusillant Constance du regard.

Constance lui avait suggéré de laisser Simon à Bonne-Espérance auprès d'elle, et Estelle s'était raidie dans son siège, les ongles enfoncées dans les paumes de ses mains.

— C'est votre fille qui a tout combiné ! Vous pouvez bien dire ce que vous voulez, mais Rébecca n'est pas normale, ce n'est pas la peine de le nier ! lâcha-t-elle, pour rejeter sur Constance la responsabilité de ce qui était arrivé. Nous savons pourquoi vous êtes venue à Bonne-Espérance ! Nous savons l'histoire du bébé volé ! Ne croyez pas que nous ignorions quoi que ce soit des agissements de votre fille dans le Nord !

Des années de fureur rentrée bouillonnaient en Constance. Elle aurait voulu réduire Estelle au silence pour toujours, mais c'est avec le plus grand calme qu'elle répondit.

— Nous sommes venus pour vous aider, Estelle. Vous-même et Paul souhaitez aller au Transvaal et je vous propose mon aide. Préféreriez-vous voir votre fils enterré vif plutôt que d'en éprouver de la honte ? Je ne peux pas le croire. Mais peut-être les enfants avaient-ils raison ! Et cette femme noire aussi !

— Cette sorcière indigène ? suffoqua Estelle. C'est votre fille qui lui a amené Simon.

— Rébecca voulait aider Simon ! Ils voulaient tous aider votre enfant ! répliqua Constance, se contrôlant à grand-peine.

— En l'amenant à cette négresse ! fit Estelle avec dégoût.

— Cette Noire s'est beaucoup mieux occupée de Simon que vous ne l'avez jamais fait. Admettez-le, Estelle !

— Alors envoyez les vôtres vivre avec elle ! Renvoyez Rébecca chez les siens ! cracha Estelle à la figure de Constance, incapable de se contrôler plus longtemps.

— Dieu me pardonne mais on dirait que vous perdez la tête ! dit Constance, hors d'elle, en marchant sur Estelle. Je vous interdis de parler de ma fille !

— Débarrasse-nous de ta famille, Paul, à moins que tu ne veuilles que nous vivions tous comme des Noirs ! hurla Estelle.

— Croyez-vous que je souhaite une seconde vivre dans les ordures dont déborde cette maison ? Vous pouvez bien vous escrimer à cirer, à frotter et à nettoyer, vous n'ôterez jamais de Bonne-Espérance son relent de haine !

— Paul, fais-la sortir ! hurla Estelle.

— Il n'aura pas à le faire, Estelle ! Vous avez détruit tout amour dans ma maison pour y déverser vos sales mensonges sur mon enfant...

— Mes mensonges?! cria Estelle avec un rire hystérique.

— Vos mensonges! répliqua Constance, s'avançant sur elle, tandis que David s'efforçait de la retenir.

— Non, David! fit-elle, lui faisant face. Il est temps que les choses soient dites. Il est grand temps de parler clair! Assez d'hypocrisies! J'ai grandi sous le regard de femmes comme vous! poursuivit-elle en se retournant sur Estelle. Nos voisines, tu te souviens, Paul? dit-elle à son cousin qui ne savait quelle contenance prendre. Dis-leur donc quelle vie elles ont faite à ma mère et à ta grand-mère! Tout ce qu'ont inventé des femmes comme la tienne pour détruire la dignité qu'elle était parvenue à préserver au fil des années. Crois-tu que je ne sache pas ce qu'Estelle dit de Rébecca?

Les sanglots l'étouffaient, lui bloquant la gorge.

— Crois-tu que je supporterai qu'elle insulte mon enfant?

Elle avança d'un pas, mais s'effondra dans les bras de David. Les larmes d'une émotion trop longtemps refoulée jaillirent sur son visage et elle cria :

— Dis-lui, David! Dis-lui la vérité.

— Rébecca a besoin de toi, lui dit-il.

Il voulait l'entraîner hors de la pièce, mais Constance se dégagea.

— Je suis ici chez moi. Mais je n'y vivrai pas dans la haine que vos fautes y ont semée! lança-t-elle à Estelle. Enfermez Simon, si c'est tout ce que vous trouvez pour vous éviter de vous regarder en face, mais ne me demandez pas de vous servir de gouvernante! Je ne pourrai jamais m'abaisser à votre niveau, acheva-t-elle dans un murmure.

Naomi était toujours dans le vestibule. Sa lèvre inférieure tremblait. Le jeu d'adultes auquel elle avait voulu se joindre avait fait long feu et des émotions contradictoires la bouleversaient.

— Allez au diable! cria Estelle à l'adresse de Constance qui se ruait hors de la pièce, bousculant Naomi sur son passage. Soyez maudite!

Poursuivie par la voix de sa mère, Naomi se précipita jusqu'à la porte d'entrée. Les fondations de toute sa vie s'effondraient et son visage s'inonda de larmes. Mais elle s'arrêta net en apercevant Rébecca, Thabo et Luke. Ils étaient assis en cercle autour de Simon sous la cloche des esclaves et ils riaient aux éclats. Chaque fois qu'ils repoussaient la langue de Simon dans sa bouche, elle ressortait aussitôt et leur joie se répercutait contre les montagnes.

— Naomi! appela Luke, à la vue de sa jeune sœur, paralysée sur le seuil de la maison. Viens avec nous!

— Va au diable! hurla-t-elle avant de s'enfuir en courant.

La semaine qui suivit fut longue et dangereuse, à la merci du moindre relâchement des efforts diplomatiques de Paul et de David. Estelle avait persuadé Paul d'avancer leur départ pour le Transvaal et il avait été convenu que Simon resterait à Bonne-Espérance. Une trêve implicite avait été établie entre les deux femmes qui s'affairaient chacune de son côté.

— Luke! appela Rébecca, glissant son pied dans l'étrier et se hissant sur le dos de Salu. Tu sais ce que j'ai lu sur ce qui s'est passé ici ? A propos de cette clé dont tu m'as parlé ?

Avant leur séparation, Rébecca passait toutes ses journées avec Luke et toutes ses nuits dans le journal d'Emily Beauvilliers.

— Je ne veux plus entendre parler de ces histoires, répondit Luke, dirigeant le cheval gris qu'il montait vers la porte de l'écurie, dans l'espoir que Rébecca oublierait ce journal. Je vais à la rivière, ajouta-t-il. Thabo m'attend.

Luke devait bien reconnaître que Rébecca n'était pas une fille ordinaire, mais il avait décidé de le lui laisser ignorer de crainte que cela ne lui monte à la tête.

— Ce ne sont pas des histoires. Je t'ai montré ces vieux carnets. Tout est vrai dedans, insista Rébecca, le suivant sur Salu.

Elle baissa la tête sous la poutre basse qui partageait l'écurie en deux. Tous les jours de la semaine précédente, Luke lui avait appris à monter, ce qui avait permis de tenir les enfants éloignés de la tension des adultes.

— Tu m'as dit toi-même que cette écurie avait brûlé il y a longtemps, et Emily Beauvilliers le raconte dans son journal. Elle dit que c'est Clara qui y a mis le feu parce que Jean-Jacques...

— Qui est Clara ? demanda Luke, sans intérêt véritable.

— Mais tu le sais bien ! C'est notre... Notre grand, grand, grand-tante – quelque chose comme ça. Tu le sais bien ! fit-elle, baissant les yeux sur la crinière de Salu et la peignant de ses doigts.

Elle avait découvert que Luke ignorait que Paul n'était pas son père et qu'il ne faisait pas partie de la famille Beauvilliers, et décidé de ne rien lui en dire.

— Quoi qu'il en soit, ça prouve que le journal dit vrai !

— Tu viens ou non ? répondit Luke, traversant la cour en direction des montagnes.

Il avait hâte de retrouver Thabo. Ils avaient projeté de passer cette dernière journée à pêcher, dans le but inavoué de ne pas rester seuls avec Rébecca. Car, si obstinément qu'il voulût l'ignorer, sa présence le troublait.

— Salu ne veut pas bouger ! cria-t-elle en direction du cheval de Luke lancé au galop. Allez ! le pressait-elle en vain. Luke ! Attends-moi !

— Talonne-le ! lui cria-t-il en réponse.

Rébecca enfonça ses talons dans les flancs de Salu.

Le cheval émit un bref ronflement de colère, rua et s'élança au galop derrière Luke.

— Attends-moi ! Elle voulait cimenter le lien que Simon avait noué entre eux. Vas-y, Salu !

Penchée sur l'encolure du cheval lancé, Rébecca ruminait les mots du journal d'Emily aux pages jaunissantes où elle avait découvert qu'il y avait vraiment une clé cachée quelque part dans Bonne-Espérance. Elle savait que cette clé pourrait les unir, elle-même et Luke, à jamais, et il lui fallait la trouver avant son départ, le lendemain matin.

Thabo leva les yeux vers Luke qui arrivait au galop, Rébecca sur les talons. Il avait entendu ses appels lointains à Luke et y percevait la peur de la séparation. Revenant aux méandres de galets qui tapissaient le fond des eaux sombres devant lui, Thabo s'appliqua à répondre aux questions qui le hantaient.

— Yaooo! cria-t-il à Luke, à pleins poumons, pour cacher sa tristesse à la perspective du lendemain.

— Tu as pris quelque chose? demanda Luke.

Sautant à terre à côté de Thabo, il scruta aussitôt la rivière, comme s'il eût craint de regarder son ami.

— Thabo te le dira que ces histoires sont vraies! clama Rébecca, hors d'haleine.

Luke fit une grimace à Thabo.

— Dis-lui, Thabo.

Elle balança une jambe par-dessus le dos de son cheval et glissa sur le sol à côté d'eux.

— Dis-lui ce que les tiens racontent qui est arrivé ici autrefois! l'exhorta-t-elle.

— Sais-tu ce que tu viens de faire, Rébecca? lui dit Luke en souriant. Tu ne sais pas, n'est-ce pas?

— Je parle à Thabo, répliqua-t-elle, poussant Thabo du bout d'un pied. Dis-lui!

— Tu as galopé! gloussa Luke. Tu ne te débrouilles pas si mal après tout.

Rébecca se tourna d'un bloc vers Salu. Sa volonté de rattraper Luke l'avait jetée au galop sans peur et elle était stupéfaite. Elle n'avait pas remarqué la soudaine tension que sa mention de la clé avait provoquée chez Thabo.

— J'ai galopé! s'exclama-t-elle, se cachant la figure dans les mains.

— Formidable! fit Luke, clignant des yeux vers le soleil et les fermant aussitôt.

— On ne peut pas pêcher en faisant tant de bruit, dit Thabo en xhosa d'un ton calme.

— Qu'est-ce que tu as dit? demanda Rébecca, lui enfonçant derechef son pied dans le dos.

— Rien.

Les deux garçons échangèrent un sourire complice.

— Je déteste quand vous faites ça! s'écria Rébecca, alarmée de se voir rejetée de l'autre côté d'une barrière invisible qu'elle n'était pas sûre de pouvoir enfoncer. C'est parce que vous avez peur de croire que la clé est vraiment ici!

— Alors j'ai peur, répondit Luke tandis que des points lumineux dansaient sur ses paupières. Est-ce que tu vois des choses dans tes yeux quand tu regardes le soleil ? demanda-t-il à Thabo en ouvrant un œil. Comme des têtards ?

— C'est vrai, Luke ! cria Rébecca. La clé est ici, je le sais !

— Tu es folle !

— Arrête !

Luke ouvrit les yeux. Rébecca se détachait devant lui à contre-jour et jetait sur sa figure une ombre froide.

— C'est dans l'un des carnets ! dit-elle. Tu m'écoutes ?

Luke produisit deux ronflements et elle se jeta sur lui en lui martelant la poitrine.

— Je vais te chatouiller, le menaça-t-elle.

Elle lui enfonça les doigts sous les aisselles, mais il roula sur lui-même et la repoussa.

— Ne fais pas ça ! jeta-t-il, étrangement en colère.

— Hein ? Ne pas faire quoi ? reprit-elle.

Elle n'avait jamais vu Luke la regarder de cette façon et elle se tourna vers Thabo pour le prendre à témoin. Mais Thabo la dévisagea sans expression. Lui aussi avait vu le regard de Luke ; il savait que la distance entre le Transvaal et Le Cap n'était pas seule à menacer leur amitié, il y avait aussi celle que pouvait mettre une fille entre deux garçons.

— Il n'aime pas ça, répondit-il enfin, souhaitant éviter de parler de la clé.

Il avait réussi à ne pas révéler à Luke l'endroit où elle se trouvait, mais, avec Rébecca, il était moins sûr.

— Tu aimes Bonne-Espérance, n'est-ce pas, Luke ? dit Rébecca, mettant le doigt sur le seul point qui, elle le savait, les réunirait toujours.

— Ne sois pas stupide, fit Luke.

Il se leva et s'éloigna, lui prouvant qu'elle avait dit vrai.

— Que se passera-t-il si je peux le prouver ? Si je peux prouver que la clé est vraiment enterrée ici ?

Luke était gêné par le sentiment que le contact de Rébecca avait éveillé en lui et il haussa les épaules pour s'en débarrasser.

— Il n'y a pas de clé. Je te l'ai dit : je l'ai inventée pour te faire peur. Comme le faisait le père de Thabo quand nous étions petits.

Luke savait qu'il n'y avait pas de clé. Thabo et lui avaient fouillé les moindres recoins de Bonne-Espérance à la recherche de l'objet qui, selon le père de Thabo, détenait la connaissance. La connaissance de tout ce qui était arrivé à Bonne-Espérance, et surtout des mauvaises actions.

— Oublie cette clé ! C'est une blague. Un enfantillage ! Demande à Thabo ! poursuivit-il, se tournant vers lui. Il le sait qu'il n'y a pas de clé.

— Et moi je sais qu'elle existe ! répliqua Rébecca.

Elle avait été sur le point de tourner les talons, mais elle surprit une lueur dans les yeux de Thabo et arrêta le regard sur lui.

— Lui aussi le sait, dit-elle.

— Ces poissons deviennent trop malins ! dit Thabo, relevant sa ligne et la balançant vers lui pour attraper l'hameçon où était fixé un ver à demi mangé. Regarde! poursuivit-il, tendant l'hameçon. Rébecca lui souriait. Partons.

Il se détourna et rejoignit Luke.

— D'accord, approuva Rébecca d'un ton léger, avant de remonter sur Salu.

— Ah, les filles! fit Luke, jetant un regard à Thabo et se demandant pourquoi Rébecca s'était soudain calmée. Allons-y!

Il se hissa sur son cheval, puis tendit la main à Thabo pour qu'il grimpe en croupe.

— Tu as pu croire que le père de Thabo avait inventé cette clé pour vous faire peur, mais je ne suis pas si bête! cria Rébecca. Thabo tourna la tête dans sa direction. Je sais aussi où elle est! mentit-elle en le dévisageant.

— Tu ne sais rien! répliqua Thabo en riant.

Mais il avait soudain très peur. La clé autour de laquelle son père avait tissé un ensemble de mythes sur Bonne-Espérance le terrifiait et Rébecca avait deviné qu'il en connaissait la cachette.

— Alors si je la trouve, ça ne te fera rien? le taquina-t-elle, sans lâcher Thabo des yeux.

— Qu'est-ce que ça peut me faire si elle n'existe pas! répondit Luke. Ça va, Thabo? demanda-t-il en regardant son ami avec curiosité.

— Alors, ça ne te fera rien, qu'il y ait une promesse entre nous? Un lien que nous ne pourrons pas rompre? l'apostropha Rébecca, tandis que Salu piétinait nerveusement le sol. Ça ne te fera rien? ajouta-t-elle, secouée par sa monture.

— Tout ce que tu veux, répondit Luke, enfonçant les talons dans les flancs de son cheval, tandis que Thabo se serrait contre lui. Je promettrai tout ce que tu veux. Et maintenant n'en parlons plus! D'accord?

— D'accord! cria-t-elle gaiement, avant de s'élancer à leurs trousses.

Rébecca ne pouvait pas voir que Thabo avait fermé les yeux et appuyé son visage contre le dos de Luke. Elle ne savait pas non plus que le père du jeune Noir lui avait dit que, si la clé sortait de sa cachette, ce serait la fin du monde. Thabo sentait cette fin toute proche et entre les mains de Rébecca.

Thabo se balançait sur la vieille chaise au pied cassé et Miriam considérait son fils d'un air soupçonneux. Il avait les yeux brillants, mais de la crainte dans la voix.

— Mon salaire t'aidera, expliquait-il, la bouche pleine des restes que sa mère avait rapportés de la grande maison. J'irai à l'école aussi. Le travail ne manque pas au Cap.

— Au Cap! fit Miriam, le regard triste à la lueur vacillante de la bougie posée entre eux sur la table.

Le jour où son mari avait disparu le long de la longue route du Cap était toujours présent à son esprit. Pendant les cinq ans qui avaient suivi, elle ne l'avait vu qu'une fois, à travers les barreaux d'une cellule de prison.

— Et que veux-tu y faire ? La mince flamme jaune de la bougie s'était courbée sous son souffle. T'attirer des ennuis ? Comme ton père ?

Elle attrapa vivement Thabo par l'oreille et des petits pois lui jaillirent de la bouche.

— Où iras-tu, alors ? A Johannesburg ? Au fond d'une mine comme un rat ?

Elle essuya la table avec colère.

— Oui.

Johannesburg serait assez loin de Rébecca et Thabo était content que sa mère y eût pensé d'elle-même.

— J'irai à Johannesburg comme Luke, annonça-t-il.

— Tu te crois blanc maintenant ? répliqua-t-elle en lui attrapant l'autre oreille. Pourquoi n'avait-elle pas agi de même avec son mari ? Tu ne bougeras pas d'ici et tu t'occuperas de ta mère, mon garçon ! trancha-t-elle.

S'avançant vers la massive porte de bois, elle l'ouvrit du pied et se glissa dehors, pour ne pas en entendre davantage.

Tandis que s'éteignait le tintement dans ses oreilles, Thabo tournait la tête de gauche et de droite, étonné de découvrir qu'elle était toujours en place.

— Thabo ?

La voix de Rébecca se mêla aux cloches de sa tête. Il l'aperçut, le nez appuyé contre le carreau de la fenêtre. La blancheur de son visage se détachait contre l'obscurité et ses yeux en étaient agrandis. Thabo plongea sous la table en agrippant la chaise boiteuse qui bascula sur lui.

— Je te vois toujours, Thabo, chantonna Rébecca.

Passant la main sur la table, il tira la bougie à lui et la souffla, plongeant la pièce dans l'obscurité.

— Aurais-tu peur de moi, par hasard ? se moqua Rébecca.

Thabo retint son souffle pour éviter de respirer la fumée cireuse qui lui montait aux narines. Il avait réussi jusqu'alors, depuis la scène de la rivière, à éviter Rébecca, mais voici qu'elle le piégeait dans sa propre maison.

— Vous chercher Thabo, mam'zelle Rébecca ?

La voix de sa grand-mère l'atteignit soudain, tandis que la porte s'ouvrait en grand. Éclairés par un rayon de lune, les larges pieds de Sophie s'étaient arrêtés contre la table.

— Thabo ! appela-t-elle.

— Il est sous la table, dit Rébecca, dont les pieds blancs apparurent sous la lune à côté de ceux de Sophie. Pourquoi est-il assis sous la table ?

Thabo, le visage inexpressif, considérait sa grand-mère, dont la figure renversée l'observait.

— Pourquoi tu as mis la bougie sous la table, mon petit ? demanda-t-elle.

118

— Oui. Pourquoi a-t-il mis la bougie sous la table ? répéta Rébecca dont la figure apparut à côté de celle de Sophie, ses cheveux noirs balayant le sol. Elle souriait à l'envers et Thabo était furieux. Se cacherait-il ?

— Pourquoi te caches-tu, mon garçon ? dit Sophie, dont la figure disparut, comme elle se redressait.

Rébecca lui tira la langue.

— Sors de là, Thabo ! ordonna sa grand-mère.

La tête de Rébecca disparut à son tour.

Thabo rampa de dessous la table avec répugnance et, l'air aussi dégagé que possible, il se dirigea vers une étagère qui dominait un vieux coffre dans un coin de la petite pièce.

— La bougie s'est éteinte, dit-il en xhosa à sa grand-mère, sachant bien la vérité indicible. Je cherchais les allumettes.

Il ouvrit une petite boîte jaune, en frotta une, et ralluma la bougie. Il se retira vivement du cercle de clarté que projetait sa flamme tremblante.

— Qu'est-ce que tu veux ? demanda-t-il d'une voix sans timbre à Rébecca qui lui souriait.

— Te montrer quelque chose, répondit Rébecca, plongeant la main dans la poche de sa robe.

Les yeux de Thabo s'écarquillèrent. D'un bond, il fut à la porte. Une longue queue verte pendait de la poche de Rébecca et s'agitait vers lui comme pour le saluer.

— Thabo !

La voix dure de sa grand-mère l'arrêta sur le seuil.

— Toi aller avec mam'zelle Rébecca et faire attention à tes manières, siffla-t-elle en xhosa. Va !

— Luke m'attend, dit-il, fasciné par le caméléon qui s'extirpait à reculons de la poche de Rébecca.

— Luke n'a pas l'autorisation de sortir. Il fait ses bagages, dit Rébecca, qui avait saisi le nom de Luke dans les accents râpeux du xhosa. Viens, ajouta-t-elle en montrant sa poche d'un mouvement du menton.

Tandis que les yeux du caméléon, indépendants l'un de l'autre, fixaient les deux enfants à la fois, Thabo s'efforçait de feindre l'indifférence. Ses pattes vertes enroulées autour du doigt de Rébecca, l'animal qu'elle lui brandissait sous le nez se gonflait dans une attitude menaçante et de sa gueule ouverte s'échappait un sifflement d'intimidation.

— Je ne sais pas ! répéta Thabo, protestant de sa bonne foi, et fasciné par le monstre minuscule que Rébecca tenait devant sa figure. Écarte-le, demanda-t-il, tandis que noircissait le caméléon et que sa frayeur, déguisée en fureur, le faisait toujours gonfler.

— Je sais que tu sais où est cette clé, dit Rébecca en l'observant au-dessus du dos de dinosaure du caméléon. Je le sais.

Elle approcha encore le caméléon du visage de Thabo. L'animal se cabra, son corps se balançant tout près des yeux de Thabo. La sueur lui ruisselait des tempes et il ne respirait plus, mais le secret de la cachette de la vieille clé était plus important que sa vie.

— Tu ne veux rien dire! lâcha Rébecca avec un accent de défaite.

Elle avait bien deviné que son caméléon inspirerait la même terreur à Thabo que ses pareils à Macaroni, mais elle n'avait pas réussi à lui arracher le secret de la clé.

— Je le mettrai dans ton lit! le menaça-t-elle.

Elle lui mit une nouvelle fois le petit monstre sous le nez. Il sauta en arrière.

— Ça porte malheur, chuchota-t-il, éloignant autant que possible la tête du petit animal dont l'espèce avait inspiré autant de mythes que la clé elle-même. Mais je ne te dirai rien, conclut-il d'un air de défi.

— Tu es trop bête!

Rébecca s'enfonça plus loin dans l'obscurité humide des caves, occupées par de longues rangées sombres de tonneaux reliés par des toiles d'araignée. Un bruit de gouttes rompait le silence.

— Ça ne te fait rien que Luke s'en aille demain pour toujours? dit-elle enfin.

Elle sentait la terreur de Thabo à travers l'obscurité poisseuse de la cave et soudain se sentit coupable.

— Je te demande pardon, dit-elle.

Elle hissa le caméléon jusqu'à une poutre basse qui courait sur toute la longueur du bâtiment.

— Tu peux partir maintenant, dit-elle à la petite bête dont un œil était rivé sur elle et l'autre sur Thabo.

— Je ne le mettrai pas dans ton lit. Je le te promets.

Thabo soupira de soulagement.

— Luke ne reviendra jamais, tu sais. Jamais, reprit-elle, lançant un coup de pied à un tonneau.

— La tombe, fit Thabo si doucement que les mots échappèrent à Rébecca.

— Luke aurait promis de revenir si j'avais trouvé la clé, poursuivit-elle.

Puis, s'apercevant enfin que Thabo avait parlé:

— Qu'est-ce que tu as dit?

— La clé, dit-il, serrant les dents au moment de prononcer les paroles de fin du monde. La méchante dame, Clara. Son fils... On dit chez moi que Jack Marsden a enfermé la clé dans la tombe de sa mère.

Rébecca, pétrifiée, regardait Thabo. Le caméléon seul bougeait. Il tâta la poutre de ses pattes d'insecte avant de l'emprunter pour recouvrer sa liberté.

« Pourquoi Jack Marsden a-t-il enterré la vieille clé comme ça? »

L'encre noire d'Emily Beauvilliers barrait le papier jauni.

— Pourquoi? marmonnait Rébecca, assise en tailleur sur le lit, le grand cahier ouvert sur ses genoux.

La maisonnée entière préparait le départ de la famille de Luke qui aurait lieu de bonne heure le lendemain matin et la laisserait seule pour découvrir le mystère de la vieille clé. Elle tourna vivement les pages en arrière à la recherche d'un indice.

« Le mal attaché à Clara a envahi Bonne-Espérance. Elle ne pense à rien d'autre qu'à tuer notre demi-frère, Jean-Jacques, et elle brandit cette vieille clé comme une menace. »

Elle repoussa le cahier et en plaça un autre sur ses genoux, qu'elle feuilleta rapidement.

« La haine de Clara s'est répandue sur notre père mourant. Clara l'a torturé jusqu'à son dernier souffle. Elle voulait Bonne-Espérance. »

Rébecca referma brutalement le cahier. Chaque mention de Clara la dissuadait de déranger sa tombe ; elle repoussa le cahier. S'approchant de la fenêtre, elle regarda dans la nuit et se raidit. Le vent s'était levé et poussait une tempête sèche sur Bonne-Espérance. Frappant les arbres gigantesques, il les secouait sauvagement. Parmi les gémissements des chênes torturés, Rébecca entendit l'appel de sa grand-mère.

« Viens, Rébecca », disait la voix de Katinka, portée jusqu'à la fenêtre sur les ailes du vent.

Rébecca, docilement, alla vers la porte.

La pleine lune était basse, projetant sur les pierres tombales les ombres dansantes des feuilles. Les cercueils, eût-on dit, étaient entrouverts, et les morts attendaient qu'elle fît un pas de trop.

Craintivement, elle le fit, les yeux fixés sur la pierre où était gravé le nom de Clara Marsden. Son cœur bondit dans sa poitrine. Une tornade de poussière dispersa un tas de feuilles autour de ses pieds, mais, surmontant sa peur, Rébecca se rapprocha de la tombe qui accaparait son attention.

— Qu'est-ce qu'elle veut ? demanda Sophie d'une voix ensommeillée, comme Thabo se glissait dans la pièce obscure et fermait la porte sur le vent déchaîné. Qu'est-ce que tu faisais ?

Le vent faisait vibrer la porte sur ses gonds, menaçant de l'ouvrir.

— Rien, répondit Thabo en s'avançant tranquillement vers la fenêtre.

Il se demandait comment sa grand-mère, dont il avait de l'extérieur entendu les ronflements, pouvait être réveillée.

— Fais attention aux filles blanches, mon garçon. Elles sont plus intelligentes que toi, lui recommanda Sophie.

Sa phrase s'acheva par un ronflement.

— Ce n'est pas être blanc qui rend intelligent, répondit Thabo.

Effaçant la buée de la vitre, il attendit que la respiration de sa grand-mère eût repris son rythme. Enfin il actionna tout doucement le verrou et ouvrit la fenêtre.

Le grincement d'une bêche contre une pierre traversa la nuit et il referma la fenêtre. Son cœur battait à se rompre et ses lèvres esquissèrent une brève prière de repentir. Il avait été forcé de dire à Rébecca où se trouvait la clé, rappela-t-il à ses ancêtres, pour ajouter immédiatement la vérité :

« Je ne veux pas que Luke parte pour toujours. »

Rébecca ne cillait pas. Elle était sûre que le grincement de l'outil avait réveillé toute la maison et scrutait nerveusement la tombe de sa grand-mère pour se redonner du courage. La terre qui la recouvrait formait un monticule rouge.

— Vous m'aviez dit que j'aimerais Luke, Granny Cat. Vous m'aviez dit que nous serions amis. Une larme se forma au coin de son œil, qu'elle écrasa très vite. C'est mon seul ami et il s'en va. Granny, il faut que je trouve cette clé ! J'aime Luke, Granny, vous pouvez le comprendre ! Je trouverai Johannes Villiers comme vous...

De nouveau accaparée par la tombe de Clara, Rébecca s'interrompit au milieu de sa phrase et posa les yeux sur la pierre grise. Elle se rappelait l'enterrement de sa grand-mère. Cette nuit-là, elle avait demandé à son père pourquoi on n'avait pas mis de pierre tombale sur la fosse de Katinka, comme sur les autres. David lui avait répondu qu'il fallait attendre le tassement de la terre avant de placer une pierre et, tout à coup, elle comprit.

— J'y suis ! s'exclama-t-elle.

Jack Marsden ne pouvait pas avoir placé la clé dans la tombe elle-même, sous les yeux de tous. Il devait l'avoir enterrée sous la pierre tombale avant qu'elle ne soit posée. Tombant à quatre pattes, elle entreprit de dégager à mains nues la terre qui entourait la pierre, se blessant les doigts aux aspérités des éclats de roche qu'elle remuait, mais sans s'arrêter pour autant. Tout son être était concentré sur la clé, et l'obsédante pensée de Luke lui faisait mépriser la douleur.

Thabo se renfonça dans l'ombre épaisse du mur de l'écurie et frissonna. Des lumières venaient d'apparaître à toutes les fenêtres de la grande maison ; et sa mère et sa grand-mère s'y rendaient pour y prendre leur service. La journée commençait.

— Rébecca, appela-t-il d'une voix étouffée, courant vers le cimetière pour l'empêcher de dépouiller les morts. Ils sont réveillés, reprit-il, la voyant gratter sous la pierre tombale. Ils arrivent ! Arrête !

Rébecca plongea son fer dans le petit tunnel qu'elle avait creusé à la base de la pierre.

— Il ne faut pas ! Non ! la conjura-t-il en lui touchant l'épaule.

Mais, comme elle se retournait d'un bloc sur lui, il sauta en arrière. Ses yeux qui brûlaient d'une volonté qu'il n'avait jamais vue le clouèrent sur place.

— Va-t'en ! proféra-t-elle d'une voix menaçante, avant de revenir à la tombe.

— Non ! murmura Thabo, tandis que le fer de l'outil s'enfonçait de nouveau dans la pierraille.

— Va-t'en si tu as peur !

Rébecca appuyait de tout son poids sur sa bêche, la poussant plus loin

122

dans le sol. Un bruit derrière eux fit sursauter Thabo, qui se retourna. La grande porte de la maison était ouverte sur Paul qui soulevait une énorme malle.

— Arrête, Rébecca! cria Thabo.

Mais elle laissa tomber la bêche et plongea les doigts plus avant dans la terre.

— Thabo?

Au son de la voix de Luke, il se retourna vers la maison. Traversant la cour, Luke s'avançait vers sa chambre. Rébecca continuait de creuser la terre avec ses mains.

— Granny Cat, aidez-moi! supplia-t-elle en avançant ses doigts sous la pierre.

Thabo s'enfuit, épouvanté, plongeant entre les rangs de vigne, pour arriver dans sa chambre avant Luke.

— Tu t'occuperas de Salu, n'est-ce pas? dit Luke.

Thabo, la main tremblante, tripotait une allumette. Les yeux marron d'habitude si doux de son ami brillaient étrangement à la lumière de la bougie; il avait le souffle court et des perles de sueur ponctuaient sa peau noire.

— Ça va?

— Oui, fit Thabo, considérant fixement son ami comme pour s'en imprimer l'image dans l'esprit. Je m'occuperai aussi de Simon.

Luke l'approuva d'un hochement de tête et s'enfonça dans la petite pièce où ils avaient passé tant d'années de leur enfance. L'odeur familière de sommeil, prisonnière des murs, le ramena loin en arrière. Il était blotti dans les bras de Sophie qui le berçait en lui chantant une lente mélopée xhosa, Thabo assis à ses pieds.

— Tu avais raison pour Simon, dit-il, se libérant de ses souvenirs et souriant à son ami. Ce que nous avons fait était bien.

Thabo savait que rien n'était bien et il considérait son ami sans rien dire. Rébecca avait détruit leur monde et il ne savait comment en avertir Luke.

— Elle n'est pas mal, cette Rébecca, dit Luke.

Ces quelques mots brisèrent le cours des pensées de Thabo. La bougie vacilla dans le courant d'air glacial qui passa entre eux.

— Pour une fille, corrigea Luke avec un sourire.

— Te reverrai-je un jour? dit Thabo, plongeant les yeux dans ceux de Luke comme pour y chercher la réponse à une question qui dépendait du monde où Luke allait entrer.

— Bien sûr, sourit Luke, le regard vide. Bien sûr qu'on se reverra. Quand on sera grands.

— Non! Il faut que tu reviennes avant.

Mais Luke était déjà parti et les derniers mots de Thabo étaient tombés dans le vide. La peur à présent remplissait l'espace qu'il avait occupé. Leur monde était mort. L'apartheid était une maladie d'adultes.

Rébecca referma les doigts sur un morceau de métal coincé sous la pierre tombale et tira. L'objet ne bougea pas. S'appuyant de l'épaule à la pierre, elle avança la main jusqu'à sentir le métal contre sa paume, mais elle n'arrivait toujours pas à le faire bouger. Elle empoigna la bêche.

— Rébecca, Luke s'en va!

Elle n'entendit pas l'appel de son père. N'entendit pas davantage le long coup de klaxon ni les « au revoir! » multipliés.

— Dites au revoir à Rébecca pour moi, avait crié Luke, au-dessus du bruit du moteur, lorsque la voiture avait démarré. Dites-lui de m'écrire, oncle David.

La bêche rebondit et un morceau de métal frôla la figure de Rébecca. Elle pivota pour regarder l'objet noirâtre qui gisait sur la tombe derrière elle. Encroûtée de rouille, toute déformée, la clé avait jailli de la sépulture.

— Rébecca! appela Constance qui avait repéré la silhouette de sa fille filant à travers les vignes. Qu'est-ce que tu fabriques? Luke s'en va!

Ignorant l'appel de sa mère, Rébecca libéra sa robe accrochée à un sarment et courut vers l'écurie. La main crispée sur la vieille clé, elle ne quittait pas des yeux les pinceaux jaunes des phares de la voiture qui s'éloignait vers l'entrée de Bonne-Espérance.

— Salu! cria-t-elle en courant vers le cheval.

Sautant sur lui à cru, elle lui enfonça les talons dans les flancs.

— Rébecca! hurla Constance comme le cheval débouchait en trombe de l'écurie. Reviens!

L'injonction se perdit dans le tonnerre des sabots et Salu s'enfonça dans l'obscurité avec sur son dos Rébecca qui n'était plus qu'une ombre tressautante.

— Attendez-moi! criait Rébecca, poussant son cheval vers la clôture qui isolait Bonne-Espérance de la route goudronnée menant vers le monde extérieur. Luke! hurlait-elle, tandis que les feux rouges s'amenuisaient dans la nuit.

— Papa, s'exclama Luke, c'est Rébecca!

— Ne t'arrête pas, dit Estelle à son mari, mais Paul l'ignora et la voiture fit halte.

Il y eut un crescendo de marche arrière jusqu'à Rébecca immobile de l'autre côté de la clôture. Une nappe de gaz d'échappement flottait sur la chaussée, que Luke, pieds nus, traversa pour s'avancer vers elle.

— Où étais-tu? demanda-t-il.

Rébecca lui tendit le poing en silence, ouvrit les doigts, dégageant dans sa paume le long morceau de métal noir.

— Voilà la clé, dit-elle d'un ton plein de mystère. Tu m'as dit que je pourrais te demander ce que je voudrais si je la trouvais.

Le regard de Luke s'éleva de la clé au visage de Rébecca. La petite fille au nez couvert de taches de rousseur avait disparu; il avait en face de lui une femme dont les yeux fouillaient son âme.

— Promets-moi de revenir, dit Rébecca d'une voix ferme.

Luke baissa la tête, souhaitant casser le fil qui les reliait.

— Ce n'est qu'une clé, dit-il platement, sans oser relever les yeux.

— Non. Ce n'est pas une clé comme les autres, Luke, fit Rébecca, hors d'elle-même, c'est notre clé.

— Nous partons! Viens, Luke! cria Estelle, mais il l'ignorèrent tous deux.

— Ouvre la main, dit Rébecca avec douceur.

Luke leva les yeux et elle déposa la clé dans sa paume ouverte.

— Cette clé nous réunira tous les deux à Bonne-Espérance pour toujours.

Luke, mal à l'aise, se voyait pris dans des souhaits confus qui n'étaient pas les siens.

— Quoi qu'il arrive maintenant, un jour nous nous retrouverons à Bonne-Espérance, dit Rébecca. Tu peux partir, ajouta-t-elle après une pause.

Lui ayant rendu sa liberté, elle s'éloignait déjà, mais Luke ne bougeait pas.

6.

Une grande clé de cuivre était accrochée dans la chambre de Luke, au-dessus de son bureau. Il se rappelait la nuit où, quatre ans plus tôt, Rébecca la lui avait donnée. Mais, dans sa maison de Johannesburg, ce n'était pas à Rébecca qu'il pensait à cet instant. Il essayait de retrouver Bonne-Espérance. Il essayait désespérément d'évoquer le seul endroit où il avait connu la paix. La maison blanche protectrice au pied des montagnes bleu sombre. Il le ressentait profondément : Bonne-Espérance rayonnait d'une aura à nulle autre pareille. Supérieure à la tragédie qui s'y était jouée tout au long de sa vie, Bonne-Espérance était restée intacte. Il s'y était toujours senti en sécurité, comme dans les bras d'une mère, et il aspirait à en retrouver la chaleur.

— Si tu t'imagines pouvoir imposer chez moi les saletés de cette putain, tu te trompes!

Le colley noir et blanc couché aux pieds de Luke leva sur lui un regard interrogateur, comme les cris d'Estelle rompaient le silence de la pièce. En rentrant de classe, Luke s'était efforcé de se plonger dans son travail. Accoudé à son petit bureau, il s'était bouché les oreilles et s'était distrait des hurlements de sa mère en étudiant de l'histoire.

— Tu te crois le seul à profiter de ses faveurs ? Veux-tu que je te dise qui d'autre fréquente son lit ? Des nègres ? Tu aimes les nègres, toi aussi, comme tout le reste de ta famille!

L'air desséché de Johannesburg était chargé d'électricité et Luke ouvrit grande la fenêtre au-dessus de son bureau. Grimpant dessus, il piétina livres et papiers, et sauta dans le jardin, sous le regard plein d'espoir du chien.

— Reste ici! lui ordonna-t-il en s'éloignant.

Les cris d'Estelle contre Paul faisaient depuis longtemps partie de sa vie mais, cette fois, c'était différent. Ses hurlements étaient de défaite et ils les menaçaient tous.

— Je le hais.

La voix glaciale de Naomi attira son attention, comme il traversait la pelouse vers le fond du jardin. Un grincement de balançoire le fit se retourner. Les jambes croisées droit devant elle, Naomi se balançait avec une expression concentrée de vertueuse indignation, répétant les mots de sa mère :

— Il aime les nègres !

— Tu devrais aller voir Lynette, lui dit-il, attrapant par la base la planche qui revenait vers lui.

— Non, rétorqua-t-elle en le considérant froidement. C'est pa qui doit partir.

Luke fit basculer la planche de la balançoire et Naomi se cramponna aux cordes qui étaient attachées aux branches d'un jacaranda.

— Toi aussi, tu dois partir ! glapit-elle.

La femme s'annonçait clairement dans le corps de cette fille de douze ans dont les mots étaient chargés de dégoût.

— Tu es comme lui ! insista-t-elle.

Luke lâcha la balançoire et retraversa la pelouse, tandis qu'Estelle vociférait toujours :

— Sors d'ici, salaud ! Et ne reviens jamais !

Luke donna des coups de pied dans l'amas de fleurs de jacaranda qui s'étendait devant lui.

— Tu aimes les nègres comme papa et je te déteste aussi ! lui cria Naomi, avant de sauter de la balançoire pour courir vers la maison.

Luke s'arrêta sous l'énorme sapin qui occupait le fond du jardin. S'adossant contre son tronc, il leva la tête et contempla son fût imposant. Des nids de tisserins pendaient dans ses branches comme des décorations de Noël ; l'activité bourdonnante d'un mâle absorba son attention. Apportant la touche finale à son nid renversé, le constructeur emplumé gazouillait fiévreusement. Sa femelle, toute proche, le considérait d'un œil critique et Luke se demanda si le sort de l'oiseau n'était pas comparable à celui de son père.

— Luke ! l'appela Estelle d'une fenêtre. Je veux que tu sois témoin des mensonges de ton père !

Puis elle claqua la fenêtre et Luke sentit chavirer son cœur. On l'avait convoqué cent fois pour être témoin de la méchanceté de son père, et chaque fois cette cérémonie l'avait laissé désemparé.

— Maman veut que tu viennes, Luke ! clama Naomi d'une voix de ventriloque, tandis que s'ouvrait la fenêtre de sa chambre. Luke ! hurlat-elle en le voyant disparaître par la brèche de la palissade au fond du jardin.

Avançant sur la terre nue qui s'étendait derrière la maison, Luke leva la tête vers les nuages noirs qui s'amoncelaient dans le ciel. Il essayait de se rappeler une époque où ses parents ne se déchiraient pas. A seize ans, il était assez grand pour savoir que leur mariage n'avait jamais été heureux, même à Bonne-Espérance ; mais, là-bas, la douceur du Cap l'avait protégé.

Un Noir s'écarta du sentier pour lui laisser le passage et toucha poliment sa casquette, comme à qui de droit.

« Thabo doit avoir seize ans comme toi, mais il prétend ne pas savoir son âge ! Est-ce parce qu'il est noir ? »

La dernière lettre de Rébecca lui revenait à l'esprit et il tâcha de revoir Thabo avec précision. Mais Thabo n'était pas noir. Dans leur amitié d'enfants, il n'était ni blanc ni noir.

— Entre ici, Luke ! lui cria en afrikaans une voix de fille, à l'instant même où un éclair illuminait la masse des nuages charbonneux. Vite ! Son cri fut noyé par un soudain coup de tonnerre. Par ici, Luke !

Un orage de grêle éclata, lui pilonnant la tête de billes de glace.

— Je ne t'ai pas vu quitter l'école aujourd'hui, dit Althéa, baissant les yeux à l'entrée de Luke sous la véranda du Bowling Club. J'étais au sport, ajouta-t-elle pour expliquer son short et sa chemisette blanche.

Elle frotta sa chaussure de tennis contre sa jambe nue, puis se baissa pour remonter sa socquette.

— Je suis du quatre fois cent yards, précisa-t-elle.

Elle se redressa en tirant son short blanc sur ses cuisses.

— Que fais-tu ici ? lui demanda-t-elle.

— Rien, répondit-il, contemplant l'épaisse couche de grêlons qui recouvrait le sol.

Althéa fréquentait la même école afrikaner que lui. Son père était fonctionnaire, et la mère de Luke lui répétait sans arrêt qu'il n'y avait pas mieux. D'où son envoi dans une école afrikaner.

— Tu travaillais ? lui demanda timidement Althéa, s'enveloppant de ses bras, lorsqu'il leva les yeux vers elle. Il fait froid.

— Je ne trouve pas.

Se détournant de nouveau, il fit glisser son pied nu sur le plancher de la véranda. Ses orteils se recroquevillèrent pour saisir les petites billes de glace qui roulaient sur le bois.

— Tu as eu ma lettre ? demanda-t-elle, lui glissant le bout de l'index dans le dos.

— Oui, fit-il, sans la regarder.

La lettre d'Althéa lui avait été remise, tout à l'heure, à la sortie de l'école, par une gamine gloussante de quatorze ans. Il l'avait lue, caché derrière l'abri des bicyclettes ; et il était gêné qu'Althéa en parlât ouvertement.

— C'est vrai, ce que j'ai écrit, murmura-t-elle.

Luke fit un geste pour s'enfuir.

— Luke ! fit-elle, le retenant par le bras.

Il la regarda avec curiosité. Elle baissait la tête et ses joues étaient écarlates.

— Je pensais que c'est ce que tu voulais, dit-elle, avant de se détourner vers le mur de bois, entre les lames duquel elle glissa les doigts. Je n'ai jamais fait ça. Avec personne.

— Je sais, dit Luke, caressant des yeux le dos d'Althéa et ses jambes bronzées.

Il l'avait embrassée une fois. Devant les vestiaires de l'école. Elle avait ouvert les lèvres sous les siennes et jamais il n'oublierait le choc éprouvé lorsque leurs corps s'étaient touchés.

— Tu veux? fit-elle. Il n'y a personne et derrière il y a une fenêtre ouverte. Nous pourrions entrer et...

— Non! jeta Luke en s'enfuyant.

Il traversa en courant le terrain découvert en direction de la clôture de sa maison. Il courait sur l'épaisse couche de grêlons qui craquaient sous ses pieds, tandis que le soleil crevait soudain les nuages et braquait sur lui des rayons accusateurs.

— Luke! lança Althéa d'un ton plaintif qui le rendit malade.

Malade des désirs qui le tenaillaient, malgré la culpabilité que sa mère travaillait à lui inculquer.

— Rentre chez toi, Althéa! cria-t-il en retour, les bulles de glace éclatant sous ses pieds.

— Maman?

La maison était silencieuse. Luke poussa la porte extérieure de la cuisine.

— Maman? appela-t-il encore, mais sans entrer.

Tout frétillant de joie, le chien accourut vers lui en dérapant sur le linoléum.

— Où est maman? dit Luke, se penchant sur lui.

Le chien pencha la tête de côté, les oreilles dressées, à l'écoute du silence, comme terrorisé qu'Estelle le rompît.

Un bruit de chute se fit entendre dans la maison. Luke traversa la cuisine, déboucha dans l'entrée et s'arrêta net. Paul fermait du pied la porte de l'armoire et saisissait une grande valise vide.

— Qu'est-ce que tu fais, papa? dit Luke, paniqué à la vue de la valise. Papa? répéta-t-il en se précipitant vers lui.

Paul était gris et il avait les yeux vides. Il aurait aimé prendre dans ses bras le jeune garçon qui se tenait devant lui, au seuil de la vie, en instable équilibre à la fin de l'enfance, mais il en était incapable.

— Veux-tu que nous parlions? finit-il par dire.

Un ours en peluche borgne, la tête retenue par un fil, dardait un regard vide sur le père et sur le fils réfugiés dans la chambre de celui-ci. Luke était assis sur son lit et Paul, mal à l'aise, était debout à côté du bureau.

— Où est partie maman? demanda Luke d'une voix tranquille.

Paul haussa les épaules.

— Et Naomi?

— Elle est avec ta mère, dit Paul, observant son fils. Il aurait voulu expliquer ce qui était arrivé entre Estelle et lui-même, mais n'était pas très sûr d'en avoir le droit. L'amour ne se commande pas, Luke.

Il fit rouler un instant un crayon sous sa semelle avant de se baisser pour le ramasser.

— Les choses seraient plus faciles, si on pouvait le commander...

— As-tu jamais aimé maman ?

Luke enfonçait les doigts dans l'épaisse fourrure du chien assis sur le plancher à côté de lui, ses chauds yeux bruns fixés sur lui.

— L'as-tu jamais aimée ? Quand vous m'avez eu, l'aimais-tu alors ?

— Ça n'a rien à voir avec toi, Luke. Tu dois le comprendre, répondit Paul, s'avançant jusqu'au lit.

Il voyait la contraction de la mâchoire de Luke. Il aurait aimé l'entourer de son bras. Lui dire la vérité. Mais il ne fit rien.

— Je ne suis même pas sûr que ta mère y soit pour quelque chose, finit-il par dire.

Le chien poussait du nez la jambe de Luke et lui posa enfin la tête sur les genoux, anxieux d'attirer l'attention.

— Alors, c'est à cause de cette femme ? dit Luke, croisant le regard de son père.

Il avait toujours su l'existence d'une femme qu'on lui avait appris à haïr sans qu'il l'eût jamais vue. Le chien attendait patiemment qu'il lui consacre un instant.

— Tu l'aimes ?

— Elize ?

Le seul son de ce nom éveilla en Paul une émotion qu'elle était seule à avoir jamais soulevée. Le crayon roula entre ses doigts. Il l'étudia avec grand soin comme un objet original.

— Oui, fit-il enfin, se reculant brusquement.

— C'est pour ça ? dit Luke, suivant vivement son père. Le chien leva la tête, surpris d'être abandonné. C'est pour ça que tu t'en vas ? A cause de cette femme ? Pour la rejoindre ?

— J'aime Elize, je te l'ai dit.

— Et moi ? Et Naomi ? demanda Luke, une boule dans la gorge qui étouffait ses mots. Je sais bien comment est maman, mais, papa, c'est à elle que tu es marié ! Cela ne voudrait-il rien dire ?

— Je ne peux pas t'expliquer.

— Essaie !

Derrière la supplication, il y avait dans le ton de Luke une colère que son père ne lui avait jamais connue.

— Ton amour pour moi, où commence-t-il et où finit-il ? Dis-moi !

— Tu es en dehors de tout ça, Luke !

— Je ne peux pas être plus en plein dedans ! s'écria Luke. Je suis ton fils !

Luttant contre la vérité, Paul jeta le crayon sur le bureau et marcha vers la porte, dont il agrippa la poignée. Le mensonge qui avait entouré la naissance de Luke l'avait piégé et il en éprouvait soudain plus de honte que de tout le reste.

— Dis-moi, papa! Pourquoi!

Un mur de silence s'élevait entre eux.

— Papa? fit encore Luke sans quitter son père des yeux.

— Mon amour pour toi n'a pas changé, Luke.

— Mais tu t'en vas. Est-ce de l'amour?

— Oui, nom de Dieu! J'appelle ça de l'amour! explosa Paul en se tournant vers Luke totalement surpris. C'est pour vous que je suis resté jusqu'à maintenant. Pour vous que j'ai mis en péril ce que me donnait Elize! Tout ce que j'ai fait, je l'ai fait pour *les enfants*!

Paul s'arrêta, laissa tomber la tête et scruta le visage de Luke en tentant de lui expliquer ce qu'il ne pouvait pas comprendre.

— A présent, la fureur et la douleur nous détruisent tous. Ne le vois-tu pas? Je... Il haussa les épaules. Pour les enfants...

Il s'approcha de Luke. Le chien leva la tête avec un gémissement, l'ours en peluche lui pendant de la gueule par un fil.

— Rester n'a servi à rien. Au contraire, ma présence détruit tout, reprit-il.

Le chien pencha la tête de côté et le fil qui tenait encore lieu de cou à l'ours s'allongea.

— N'ai-je pas, moi aussi, le droit d'aimer, Luke? ajouta-t-il avec un haussement d'épaules à la pensée qu'il ne pourrait jamais dévoiler la vérité ni ses sentiments sans révéler à Luke qui était son père. J'ai besoin d'être aimé, comme tout le monde, acheva-t-il.

— Maman a bien dû t'aimer un jour, dit Luke au bord des larmes. Qu'as-tu fait pour qu'elle ne t'aime plus? Il faut bien que tu aies fait quelque chose?

— Je suis peut-être devenu moins utile.

— Comment? Comment t'es-tu rendu moins utile à maman?

Luke ne savait pas pourquoi il poussait ainsi son père dans ses retranchements. Il ne voulait d'ailleurs pas de réponses, pas plus que Paul ne souhaitait en donner. Mais c'était plus fort que lui.

— Papa, dis-moi la vérité!

Un silence tomba. Le chien traînait l'ours entre ses pattes, lui mâchouillant toujours l'oreille. Un gémissement ténu marqua le détachement de la tête du plantigrade dérisoire lorsque le fil qui la retenait à son corps cassa.

— Je vais faire mes bagages.

Paul ne pouvait pas répondre à Luke et il se dirigea vers la porte.

— S'il te plaît, ne t'en va pas! le supplia Luke en le rejoignant. S'il te plaît!

Il l'entourait de ses bras et s'accrochait à lui.

— Paul!

L'âpre voix d'Estelle venait de retentir. Le chien lâcha la tête de l'ours.

Luke n'avait pas décollé les yeux des souliers noirs étincelants du ministre protestant de la Réforme hollandaise qui se tenait au centre du salon. De l'invisible chaire que lui avait bâtie son pharisaïsme, l'homme au collet blanc, les cheveux plaqués en arrière par la brillantine, tonnait en afrikaans.

— Regardez votre fils!

La puissance de la voix du ministre frappa Luke à la nuque, tandis qu'il le prenait par les épaules pour le tourner vers Paul.

— Voulez-vous que ce jeune homme suive le sentier que vous avez choisi, ou vous repentirez-vous et assumerez-vous vos responsabilités comme un homme craignant Dieu? Repoussez cette femme et la luxure qu'elle a éveillée en votre chair au fond de l'enfer qui est son domaine et repentez-vous!

— Pourquoi l'as-tu fait venir, Estelle? demanda Paul d'une voix très calme.

Estelle se tenait très droite aux côtés de son nouvel allié avec Naomi, dont l'air de martyre était la copie conforme de celui de sa mère.

— Tu es allé le chercher avec Naomi?

— Ta fille n'ignore rien de toi. L'église entière est informée et te condamne!

Estelle écarta Luke pour s'approcher du ministre.

— Dites à mon mari, révérend Trichard, ce que Dieu pense de lui.

— Maman! s'exclama Luke, dont la voix claire retentit avec un tel éclat qu'Estelle, stupéfaite, pivota vers son fils qui faisait face à l'implacable pasteur.

— Pour quelle raison êtes-vous ici? lui demanda-t-il en anglais.

— Votre mère est venue chercher les secours de l'église pour...

— Parlez anglais! hurla Luke, vibrant de rage en toisant l'homme qui venait de parler en afrikaans. Mon père est anglais; chez lui, parlez anglais.

— Laisse tomber, Luke.

Luke se retourna d'un bloc sur Paul.

— Non, papa! lâcha-t-il avant de revenir à Estelle. Que dit Dieu de papa? Dis-moi, maman, quand tu L'as entendu pour la dernière fois te dire quelque chose! Quand as-tu mis le pied à l'église pour la dernière fois? Lorsque tu as épousé papa? Lorsque tu m'as fait baptiser? Le feu de l'enfer ou les bénédictions du Seigneur, tu les appelles à ta guise? C'est ça, maman, ton idée de Dieu?

— Tu oses me parler de Dieu? Que sais-tu de Lui? glapit Estelle, enfonçant les ongles dans le bras de son fils, qui se dégagea d'une saccade. Tu sais ce que ton père a fait?

— Maman!

Le ministre de la Réforme hollandaise baissa les yeux, mal à l'aise, tandis que Luke se ruait vers la porte, criant à travers ses sanglots:

— Et tu dis que tu aimes papa? Comment l'aimes-tu, maman? Comme tu aimais Simon? C'est comme ça que tu aimes les gens?

— Salaud! hurla Estelle en se tournant vers Paul. Tu vois ce que tu as fait? Où nous en sommes aujourd'hui à cause de tes coucheries avec cette femme?

— Laisse-le partir! supplia Luke en regardant sa mère avec une expression de petit garçon. S'il te plaît, maman. Laisse papa partir!

Elize s'écarta de la fenêtre et le rideau de dentelle blanche retomba devant la vitre. Elize était grande et mince, ses cheveux blonds détachés lui cachaient un œil. Elle se tourna vers la chambre en resserrant la ceinture de sa robe de chambre et glissa sans bruit sur le parquet nu. Elize s'était installée à Johannesburg pour se rapprocher de Paul. L'amour qu'elle éprouvait pour lui l'avait jetée dans le mensonge et l'adultère. Leur relation était très loin de tout ce à quoi elle avait cru jadis – mais elle croyait en Paul. C'était un homme qui avait perdu ses repères. Ayant pris Estelle en pitié, il s'était trouvé volé de sa vie. Mais voilà qu'il l'avait quittée. Il avait abandonné ses enfants comme sa femme avait abandonné Simon, et c'était maintenant seulement qu'Elize le voyait souffrir.

Elle avait remarqué le jeune garçon qui attendait chaque matin dans la rue depuis la semaine dernière et savait que Paul l'avait vu aussi, mais ni l'un ni l'autre n'en avaient dit un mot.

— Le petit déjeuner est prêt.

Assis au bord du lit, Paul nouait ses lacets. Lorsque Elize fut proche de lui, il l'entoura machinalement de ses bras.

— Il est encore là, dit-elle en lui caressant les cheveux, tandis qu'il levait sur elle un regard éperdu.

Pendant toute la semaine où l'adolescent était resté planté solitaire devant leur petit appartement, ce regard ne l'avait pas quitté. Il attendait. Même après le départ de Paul pour le travail, le garçon blond restait là, appuyé à sa bicyclette, sans quitter des yeux la fenêtre de leur logement.

Elize éprouvait toujours la même culpabilité chaque fois qu'elle le voyait. Elle voulait l'aider, mais ne savait pas comment.

— Qu'est-ce qu'il veut? dit Paul, les yeux plongés dans les yeux verts d'Elize. Quand je sors, il n'est plus là. Il ne veut pas me voir. Qu'est-ce qu'il veut?

Le sang battait doucement le long du cou délicat d'Elize qui se passa la langue sur les lèvres avant de sourire.

— Estelle l'a peut-être envoyé espionner.

— Il faut en parler, Elize!

— C'est à lui, Paul, que tu dois parler. Toi.

Paul, sans un mot, baissa la tête.

Elize le considéra un instant et dit:

— J'ai mis du fromage dans les œufs brouillés.

La chaleur qui avait soutenu leur amour à travers les années inonda de nouveau Paul, le libérant de son malaise.

— Je suis allé à l'ambassade, dit-il.

Elle s'arrêta à la porte et se retourna, incertaine de désirer l'entendre continuer.

— Mon arrière-grand-père britannique me permet d'obtenir un passeport britannique. Quand nous le voudrons, nous pourrons nous installer en Angleterre.

— En Angleterre ? fit Elize avec une fausse naïveté charmante, comme si elle eût ignoré de quel pays il parlait.

— Jamais Estelle ne m'accordera le divorce. Elle se servira des enfants et, si nous restons ici, nous ne nous appartiendrons jamais, dit Paul.

Revenant à ses lacets, il s'efforçait de chasser de son souvenir les clameurs agressives d'Estelle.

Elize avait effacé les années insignifiantes de son mariage avec Estelle. Il se sentait un homme pour la première fois et ne pouvait envisager de la perdre. La constance de son amour, entier, sans condition, était tout ce qui le faisait vivre. En Elize, il s'était trouvé. Il aurait aimé que Luke partageât la sécurité qu'il avait découverte. Que le rayonnement d'Elize touchât Naomi. Et que Simon soit accepté auprès d'elle comme un être humain à part entière. Hélas, Paul savait cela impossible.

— Elize, il faut arracher les enfants à l'amertume. Il nous faut prendre un nouveau départ, et eux aussi.

Il se leva et l'attira à lui, pour se perdre instantanément dans la paix qui émanait d'elle.

Lorsque la voiture de Paul déboucha de derrière l'immeuble qu'il surveillait, Luke tira sa bicyclette en arrière, tourna vivement le coin de la rue et se cacha derrière une camionnette. Le bruit du moteur s'approchant, il se baissa pour regarder passer par-dessous la camionnette les roues de la voiture de son père.

La gorge gonflée par l'émotion, sa cravate d'école lui sembla soudain trop serrée, et il glissa son pouce derrière le nœud pour le relâcher. Relevant les yeux vers la fenêtre du second étage, il vit retomber les plis languides du rideau de dentelle derrière la vitre et sut qu'une fois de plus elle l'avait vu.

Elize observait la silhouette solitaire de Luke, déformée à travers les plis de la dentelle : il poussait son vélo vers le mur bas qui faisait face à son immeuble. Elle ressentit soudain de la nervosité. Rejetant ses cheveux en arrière, elle s'appliqua à retrouver son calme et se tourna vers la porte d'entrée de l'appartement. Les pas de Luke résonnaient dehors sur les marches de béton et elle se surprit à reculer. Une silhouette s'était arrêtée de l'autre côté du verre dépoli qui constituait la moitié supérieure de la porte. Elle s'éclaircit la gorge.

— C'est ouvert, dit-elle d'une voix douce à l'intention de l'ombre qui attendait de l'autre côté du panneau.

Lorsque le pêne cliqueta et que la porte s'ouvrit, elle sourit.

— Entre, Luke, dit Elize, désignant un siège, mais Luke ne bougea pas. Un peu de café ? proposa-t-elle.

Elle considérait le garçon dont parlait si souvent Paul avec plus d'amour que la plupart des pères pour leurs propres fils et ressentit soudain une grande tristesse. Luke paraissait encombré de lui-même. Son blazer d'école bleu marine, parfaitement propre, était trop petit. Le tissu tirait en lignes pâles autour des boutons de cuivre et les poignets étaient lustrés par l'usure.

— Tu préférerais peut-être quelque chose de frais ? Il doit y avoir du Coca-Cola.

— Je n'ai besoin de rien, répondit-il, dévisageant Elize.

Il y avait dans cette femme une sérénité qu'il ne connaissait pas et ses larges yeux étaient pleins de bienveillance.

— Je vous demande pardon, dit-il en baissant la tête.

Il se sentait soudain coupable. Impressionné par les paroles implacables de sa mère, accablé par l'humiliation d'avoir été rejeté, il s'était fait d'Elize une idée complètement fausse. La femme qui se tenait devant lui rayonnait d'une beauté qu'il n'avait jamais imaginée et ce face-à-face lui révélait soudain son père.

— Je n'aurais pas dû venir. Je vous demande pardon.

— C'est moi qui suis désolée de ne pas être encore habillée, répondit Elize, lui désignant un fauteuil. Tu ne veux pas t'asseoir ?

Mais Luke, mal à l'aise, persistait à ne pas dépasser le seuil de l'appartement.

— Je voulais voir papa... Je l'ai manqué.

Elize aurait aimé prendre dans ses bras et réconforter le garçon qui se tenait sur le seuil de sa vie avec Paul, et qui cherchait un père qui n'était pas le sien.

— Il y a longtemps que tu attends dehors, Luke, et tu n'as pas encore parlé à ton père. Pourquoi t'en irais-tu maintenant ? dit-elle, s'asseyant dans un fauteuil. Me croiras-tu si je te dis qu'il y a longtemps que je voulais te connaître. Toi aussi, non ? Tu es aussi curieux de moi que moi de toi. Luke la détaillait du regard et elle sourit. Paul m'a dit que l'année prochaine tu ferais du droit. Tu vas devenir avocat, à ce qu'il dit, et il en est très fier.

Luke baissa les yeux. Il ignorait que Paul fût fier, et il en éprouva une bouffée de bonheur. Elize attendait, elle regardait la mèche blonde qui barrait le visage de Luke. Il avait les poings sur les hanches et chuchota enfin en afrikaans :

— Il ne m'avait pas dit que vous étiez si belle.

Elize rit.

— Mais, tu sais, je suis afrikaner, comme ta mère, ajouta-t-elle avec un grand sourire, sachant qu'il s'était probablement demandé si la distance qui ne cessait de croître entre les communautés anglaise et afrikaner n'était pas la raison du départ de son père. Et je sais, Luke, combien ce doit être difficile pour toi, un pareil face-à-face. Mais il l'est pour moi aussi, tu peux le croire.

Comme Luke relevait la tête, elle lui sourit et leva les mains.

– Surtout, ne t'excuse plus. Ce que je ressens ne relève pas de ça.

Un sourire apparut dans les yeux de Luke. Il se gratta la tête.

– Merci, dit-il en tirant sur son blazer. Je vais être en retard.

– As-tu trouvé ce que tu cherchais?

Luke acquiesça de la tête, tandis qu'elle l'accompagnait à la porte et lui serrait la main.

– Il y a autre chose que tu devrais savoir, reprit-elle, sur le point de lui révéler ce qui pourrait soit le libérer, soit le plonger dans un désespoir définitif. Ce que je désire le plus au monde, c'est être avec Paul, l'épouser et lui rester unie pour toujours. Mais – elle marqua une pause et lui pressa la main – je ne pourrai jamais remplacer ta mère. Tu le comprends, n'est-ce pas?

De perplexité, Luke fronça les sourcils, puis il s'épanouit dans un grand sourire.

– Maintenant, je comprends mieux, papa.

La lettre était arrivée au courrier du matin, mais Estelle ne l'avait pas ouverte avant la fin de l'après-midi. Elle avait reconnu l'écriture de Paul et les timbres anglais oblitérés à Chiswick, Londres. De la dernière lettre reçue d'Angleterre, le même roi britannique l'avait dévisagée, seize ans auparavant. Elle était du vrai père de Luke, Edward Lawson. Estelle avait passé sa journée à cirer les meubles et la lettre de Paul était restée dans sa poche.

Contemplant son reflet dans le plateau étincelant de la table, elle avait vu se former à côté de lui le visage d'Edward, tandis que la submergeaient les souvenirs.

« Tu ne serais pas heureuse en Angleterre. » Chacun des mots du père de Luke était imprimé à jamais dans sa mémoire. « Tu ne trouverais pas ta place parmi les Anglais. » Le sentiment familier d'inadaptation l'avait envahie et elle serra les dents. Elle avait parfaitement compris ce qu'Edward avait voulu dire. Ses origines afrikaners lui collaient à la peau comme un signe d'infériorité. Elle revint au premier jour de ses relations avec lui.

« Hello, chérie! » Comment aurait-elle oublié la chaleureuse voix anglaise d'Edward? Après deux ans de contrat dans les mines d'or, il était resté en Afrique, car, disait-il, le Transvaal était sans pareil au monde.

« Oublie-le », lui avait dit sa mère. Bien qu'elle lui eût servi du thé et de parfaits biscuits bien ronds, Estelle avait compris d'emblée que sa mère n'accordait aucune confiance à l'Anglais.

« Non! Je t'en prie... » Estelle tremblait à cet autre souvenir, aussi lointain. C'était dans la brousse avec Edward. Il était penché sur elle, lui parcourant la figure de ses lèvres, écrasant de son poids son corps consentant contre la terre brûlante.

« Tu es vierge? s'était-il exclamé, souriant. Ce n'est pas ce qu'on m'avait dit des demoiselles afrikaners! »

Estelle s'était donnée avec une passion qui l'avait lui-même surpris, et ce ne fut que le soir, une fois chez elle, qu'elle s'était sentie coupable. Lorsqu'elle s'était glissée dans la maison, sa mère l'avait fusillée du regard.

« Lave-toi et va te coucher ! lui avait-elle jeté, ajoutant une cuillère à soupe de Dethol à l'eau du bain pour bien signifier que tout mensonge serait inutile.

— Nous allons nous marier, avait-elle dit pour se défendre.

— Vraiment ? avait ironisé sa mère en fermant le robinet de la baignoire. Il va t'emmener en Angleterre, n'est-ce pas ?

— Il reste ici ! C'est ici que nous allons vivre !

— Et que fera-t-il quand tu seras enceinte ? L'accent guttural de l'afrikaans de sa mère énonçant la vérité même qu'elle ne voulait pas regarder en face l'avait fait sursauter. Pour eux, les filles afrikaners ne sont bonnes que pour le sexe. Comme les négresses ! »

Estelle était enceinte depuis quatre mois.

« Naturellement, chérie, je veux cet enfant, avait dit Edward, surpris qu'elle ait songé à lui poser la question. Le temps que je rentre et nous trouve un logement. Ça te va ?

— Mais tu disais que tu voulais rester ici !

— C'est la guerre, vois-tu. Et il y a ici trop d'Afrikaners nazis pour mon goût.

— Je viens avec toi.

— C'est la guerre, chérie. Bang ! Bang ! Il faut comprendre... »

Edward avait eu beau la prendre dans ses bras et lui promettre de la faire venir, Estelle n'avait entendu que les mots de sa mère : « Pour eux les filles afrikaners ne sont bonnes que pour le sexe. Comme les négresses ! »

Et la lettre était arrivée, rejetant Estelle l'Afrikaner parmi les classes inférieures.

« Tu es afrikaner et tu ne trouverais pas ta place parmi les Anglais. »

Estelle essuya la larme qui était tombée sur la table miroitante et porta machinalement la main à la poche où se trouvait la lettre de Paul. C'était maintenant le visage de Paul qui était apparu dans le miroir de la table. Ils se trouvaient ensemble dans un hangar. Elle ne l'avait pas entendu venir, il s'était tout à coup trouvé là.

Les rues du Cap, où sa mère l'avait envoyée pour échapper à la honte de la naissance illégitime, étaient pleines ce jour-là de soldats anglais et australiens. Revenant de la guerre d'Europe ou y partant, ils étaient répandus dans toute la ville et elle avait espéré retrouver Edward parmi eux. Enfin, lorsque le dernier Anglais se fut embarqué au port, Estelle était entrée en travail. Comme un animal effrayé, elle s'était cachée dans un hangar et c'était là qu'elle avait donné naissance à son fils, au milieu de grandes caisses étiquetées « Vins vivants ».

« Ça va ? »

Penché sur elle, comme si Dieu en personne l'eût envoyé, Paul l'avait emmenée avec Luke, son fils nouveau-né, chez lui, à Bonne-Espérance.

Ouvrant enfin l'enveloppe, Estelle considéra la lettre de Paul sans la lire. Elle pensait à Katinka. Elle se revoyait de retour à Bonne-Espérance le jour même où elle avait appris pourquoi Katinka avait la peau si sombre pour une Européenne. Elle avait écouté, stupéfaite, Paul lui raconter les débuts de sa famille. Lui raconter, sans nulle honte, l'histoire de son arrière-grand-père, Jacques Beauvilliers, qui avait aimé une esclave malaise dont il avait eu un fils appelé Jean-Jacques. L'esclave Jean-Jacques, fils naturel de Jacques Beauvilliers, était l'arrière-grand-père de Katinka.

« Estelle », commençait Paul de sa nette écriture, et elle sentit monter en elle la colère familière. Elle avait fait tout ce qu'elle avait pu pour arracher Paul et sa famille à la honte de ce déclassement, mais, au plus profond d'elle-même, les mots de sa mère la blessaient toujours.

« Pour eux, les filles afrikaners ne sont bonnes que pour le sexe. Comme les négresses! »

Paul ne s'était pas montré différent de son ancêtre Jacques Beauvilliers. Elle avait compris trop tard que c'était la raison de son mariage avec elle et de l'adoption de Luke, son fils illégitime. Dès lors, décidée à assurer sa situation d'épouse, Estelle s'était faite plus anglaise que Paul lui-même n'était anglais. Et elle avait échoué.

« J'ai décidé qu'il valait mieux, pour Elize et moi, aller vivre en Angleterre. » Estelle n'alla pas plus loin.

— C'est toi, Luke? cria-t-elle en afrikaans, au bruit de la porte extérieure de la cuisine.

Depuis le départ de Paul, on ne parlait plus anglais dans la maison, et l'emprise croissante du gouvernement afrikaner sur l'ensemble du pays nourrissait toute sa fierté.

— Luke? appela-t-elle en se dirigeant vers la cuisine.

Ignorant l'arrivée de sa mère dans la cuisine, Naomi laissa tomber son cartable et ouvrit la porte du frigidaire.

— Il est sans doute avec Althéa. D'après mon ami, ils bai..., commença-t-elle. S'arrêtant net, elle lança un coup de pied au colley qui l'avait suivie en remuant la queue. Foetsek!

— Pourquoi ne m'as-tu pas répondu? lui lança Estelle.

— Parce que je ne suis pas Luke. Tiens! Naomi leva le pied et examina sa jambe. Tu m'as bavé dessus!

Au son familier du vélo de Luke, le chien se tourna vivement vers la porte, trop heureux d'échapper à un second coup du lourd soulier de classe de Naomi.

— Dis à Luke que je veux le voir! Tout de suite! insista-t-elle, comme Naomi ouvrait la bouche pour ergoter.

Puis elle regagna le salon, pleine de colère.

— J'ai du travail, maman, pour les examens, dit Luke en passant la tête à la porte du salon. Que veux-tu?

— Oublie ces examens! Oublie tout sauf ce que tu vas faire maintenant, mon garçon!

La colère d'Estelle éclatait enfin.

– O.K.

Luke laissa tomber son cartable dans l'entrée et s'avança vers sa mère sans savoir ce qu'il avait encore fait de mal.

– Ramasse ça !

Luke revint sur ses pas et ramassa son cartable. Tous les jours, en rentrant de classe, il devait face aux accusations et rebuffades de sa mère ; il savait qu'il devait cet acharnement au jour où il avait défendu son père contre le ministre de l'Église réformée néerlandaise.

– Tu vois ça ? dit Estelle, lui tendant la lettre pliée.

Comme il s'avançait pour la prendre, elle la retira.

– Tu veux me la lire ? dit-il, très calme.

Le combat qu'il avait dû mener contre un tourbillon incessant d'émotions contradictoires lui avait donné une maturité au-dessus de son âge.

– Ton père s'en va en Angleterre et emmène cette femme avec lui ! Tu trouves ça très bien aussi, n'est-ce pas ?

Débordante de rage, elle avait marché sur lui.

– Je ne vois pas ce que cela change, dit-il en reculant devant cette fureur. Ne pourrions-nous pas en parler normalement, maman ? Faut-il toujours que tu vociffères contre papa et contre « cette femme » ? Elle n'est peut-être pas si mal. Peut-être...

– C'est une pute et moi je vais te dire de quoi nous allons parler !

– Est-ce que je peux prendre le vélo pour aller m'acheter une glace au café ? minauda Naomi dans l'entrée.

– Luke ? fit Estelle, se retournant vers lui avec un sourire.

Surpris, Luke se tourna vers sa sœur, puis revint à sa mère. Naomi haussa les épaules et croisa les jambes.

– Allez ! Dis oui ou non à ta sœur.

Estelle s'assit dans un fauteuil et lissa soigneusement sa jupe sur ses genoux.

– Que veux-tu dire ? demanda Luke, comprenant que sa mère avait changé de jeu.

– Tu ne sais pas ? Je croyais que tu voulais être chef de famille. N'as-tu pas encouragé ton père à partir ? Eh bien voilà ! Tu le remplaces, maintenant, dit Estelle en jouant avec l'alliance qu'elle portait toujours. Tu vas quitter l'école et trouver du travail. Oublie tes plans et assume les responsabilités que tu as revendiquées !

– Mais l'année prochaine je serai à l'université, dit-il en anglais. Estelle le fusillant du regard, il revint à l'afrikaans. Je ne comprends pas ce que tu dis.

– Mais ton père, tu le comprenais, reprit-elle, s'obstinant à perpétuer le mensonge de sa naissance. Ce n'est pourtant pas compliqué, il ne t'a pas laissé le choix, acheva-t-elle en replaçant un cheveu rebelle dans son chignon.

– Ce n'est pas parce qu'il est en Angleterre qu'il..., fit Luke, désarçonné. Il ne nous laissera pas tomber, je le sais. Il sait que je dois aller à l'université. Il veut que j'y aille!

— Mais toi, tu sais autre chose, n'est-ce pas, Luke? intervint Naomi avec un accent de triomphe. Je parie que tu aimes même la pute de papa!

— Puis-je te faire confiance, Luke? Feras-tu face à tes responsabilités? reprit Estelle, renforçant le piège où elle enfermait son fils. Ou bien tiens-tu tellement de ton père que tu vas te défiler aussi?

Le piège était verrouillé, mais Luke ne résistait pas.

7.

Rébecca scrutait l'étroite fente de la boîte aux lettres rouge installée à l'extérieur du bureau de poste de Stellenbosch; elle s'efforçait de percer du regard l'obscurité qui la remplissait.

— Il y a quelque chose ? demanda David de la voiture où il attendait.

— Oui !

Tournant la clé minuscule dans la serrure, Rébecca ouvrit la petite porte de métal pour découvrir une enveloppe, qui gisait à l'envers sur le fond rouillé de la boîte. Retenant son souffle, elle la retourna. De sa belle écriture soignée, Luke avait écrit son nom. Elle la sortit vivement de la boîte et l'enfouit aussitôt dans une poche de son uniforme. Sa sacoche sautait sur son dos, tandis qu'elle courait sur l'herbe rase et brune de la chaussée vers la voiture où l'attendait son père. Ses longues jambes brunes allaient à grandes foulées et une mèche noire s'échappait de son chapeau de paille, fermement retenu sous le menton par un élastique.

— Rien pour moi ? demanda David, tandis qu'elle s'installait dans le siège de cuir à côté de lui.

Il l'avait vue glisser la lettre dans sa poche, mais fit comme s'il n'avait rien remarqué.

— Non.

Le cuir du siège crissait dans son dos et elle tâtait de la main les contours de l'enveloppe cachée dans sa poche.

— Comment s'est passée l'école ? demanda David, enclenchant la première et s'écartant de la bordure herbeuse de la route où marchaient les enfants qui rentraient chez eux.

— Est-ce que tu pourrais aller vite aujourd'hui ? lui demanda Rébecca avant de s'enfoncer plus avant dans son siège. J'ai une masse de travail à faire.

Elle tira l'élastique de son chapeau sous son menton et le relâcha avec un « ouille ! »

— De qui est cette lettre? De Luke? dit David, tendant la main pour qu'elle lui rende la clé de la boîte aux lettres. Comment va-t-il?

Il fourra la clé dans sa poche et regarda sa fille. Rébecca, l'air boudeur, mâchonnait son élastique et gardait le silence.

— Tu m'as bien dit d'aller vite? fit-il en accélérant.

Aller chercher Rébecca à son école de Stellenbosch était un plaisir quotidien, qui rompait pour David la routine de Bonne-Espérance. Les larges rues lui rappelaient la petite ville minière d'où ils venaient et, s'il fermait les yeux sur les montagnes et les chênes du paysage, il se retrouvait en Afrique centrale.

Les yeux fixés sur le compteur, elle vit la longue aiguille noire osciller fièrement sur quarante miles à l'heure.

— Tu as le droit d'aller jusqu'à cinquante. Vas-y!

— Peut-être n'en ai-je pas envie..., fit-il, tournant la tête vers Rébecca qui, malgré ses douze ans, était toujours son bébé. Tu veux conduire?

Il lâcha le volant et elle se pencha vivement par-dessus lui pour le saisir et, cramponnée à son cercle de bois, elle fit zigzaguer la voiture sur la bande de goudron bleu qui conduisait à Bonne-Espérance.

— Plus vite! criait-elle, sans lâcher prise, impatiente de retrouver sa chambre pour s'y enfermer avec la lettre de Luke.

Depuis le lundi précédent, elle voulait toujours revenir le plus vite possible de l'école. C'était ce jour-là qu'elle était rentrée pour trouver Paul Marsden et une femme nommée Elize en conversation avec sa mère. Jamais elle ne l'oublierait.

Accompagné d'Elize, Paul était venu chercher Simon pour l'emmener en Angleterre. A l'instant où elle atteignait la porte du salon, Rébecca avait senti la tension de la scène, et, depuis, cette tension la hantait.

« Simon est heureux ici, avait soutenu Constance, retenant Simon par la main pour l'empêcher de filer dehors. Il fait partie de la famille et nous l'aimons tous.

— C'est mon fils, Constance », avait répliqué Paul doucement.

Il était venu essayer d'effacer un instant de sa vie dont la honte l'obsédait.

« Elize et moi allons nous installer en Angleterre et Simon sera mieux soigné là-bas, continua-t-il.

— Dans quel but, Paul? »

A ces mots de sa mère, Rébecca s'était reculée derrière la porte entrouverte. Simon était devenu pour elle le bébé qu'elle avait volé des années auparavant, et, une fois encore, on allait le lui enlever.

« Simon ne changera jamais, Paul. Il ne sera jamais normal. Tu le sais, n'est-ce pas? »

Rébecca avait alors été furieuse contre sa mère, mais était restée muette. Elle savait, elle, que Simon irait mieux un jour. Un jour, il ne serait plus « peut-être pas ».

« J'aime Simon, nous l'aimons tous, avait repris Constance d'une voix douloureuse. Il est devenu notre enfant. Pourquoi le changer de cadre, Paul ? Sinon pour apaiser ta culpabilité. »

Jamais encore Rébecca n'avait senti un silence pareil à celui qui tomba sur ces derniers mots. La solitude de Paul y était palpable.

« Elize et toi cherchez à refaire votre vie, n'est-ce pas ? C'est bien pourquoi vous partez pour l'Angleterre ? avait poursuivi Constance, décidée à persuader Paul qu'il avait tort. Si vous emmeniez Simon, vous l'enlèveriez au seul cadre qu'il ait connu.

— Tu ne comprends, pas, Constance ! avait répondu Paul d'un ton proche du désespoir. Tout ce qui est arrivé à Simon est de ma faute. Dès sa naissance, Estelle n'en voulait pas, et durant toutes ces années je ne me suis jamais opposé à elle. »

Rébecca avait frémi tandis que s'imposait à son esprit la vision d'Estelle.

« Mais Luke, lui, s'est opposé à sa mère ! Ce garçon tout jeune... cet enfant ! »

La voix de Paul n'était plus que murmure et, à la mention de Luke, le cœur de Rébecca lui avait manqué.

« Luke m'a montré à quel point j'avais eu tort, Constance. Ce garçon tout jeune m'a fait toucher du doigt ma lâcheté. Je dois réparation à Simon.

— Pour te prouver que tu n'es plus un lâche ? Ce n'est pas cela que tu lui dois, Paul. Tu lui dois de l'amour et non pas des signes d'amour, avait répondu Constance, la voix coupée par les sanglots, les joues ruisselantes de larmes.

— Luke croit que tu es son père, avait-elle poursuivi, parce que tu l'aimes, Paul, et pas du tout parce que tu aurais tenté de le lui prouver. N'est-ce pas cela que tu dois à Simon ? »

A cet instant, quelque chose avait paru remuer dans le ciel et ce fut alors que la place de Simon dans la vie de Rébecca avait été confirmée.

Dans un carré de sable soigneusement lissé, deux chaises bancales étaient en équilibre précaire sur des bosses. Comme il le faisait tous les jours de la semaine, Thabo avait mis tous ses soins à préparer ce coin ombreux sous le vieux chêne, derrière les caves. Le matin, il travaillait dans les vignes, attendant impatiemment l'après-midi où pour lui commençait vraiment la journée. Simon à côté de lui sur une des chaises, Thabo écoutait Rébecca leur répéter tout ce qu'elle avait appris à l'école le jour même.

— Rébecca ! s'exclama Thabo pour signifier à Simon que c'était bien elle qu'il venait de repérer dans la vieille Humber Super Snipe qui entrait dans l'allée de Bonne-Espérance. Tu es prêt ?

Simon s'assit sur l'une des chaises et, comme Thabo le foudroyait du regard, il aspira vivement sa langue dans sa bouche. Ses jambes dodues pendant de part et d'autre du siège et l'œil illuminé par un sourire, il suivit la voiture jusqu'à ce qu'elle s'arrête.

– Becka! cria-t-il.

Thabo dut retenir la chaise, car son corps tout entier s'agitait pour la saluer. Mais le sourire du petit garçon s'effaça lentement. Sitôt descendue de voiture, Rébecca avait couru vers la maison, sans un regard pour eux.

– Becka! appela encore Simon, bouleversé.

Thabo s'approcha du carré de sable qui s'étalait devant lui et, avec un bâton pointu, il y écrivit R E B E C C A. Simon, dont la langue allait et venait hors de la bouche sans qu'aucun son n'en sortît, le regardait avec le plus grand sérieux. Puis, le sourcil interrogateur, il regarda Thabo et ses lèvres esquissèrent un sourire d'espoir.

– C'est Rébecca, l'informa Thabo avant d'effacer de son pied nu le mot tracé dans le sable.

Il observait la maison; il voyait Rébecca assise en boule sur le rebord de sa fenêtre, absorbée à lire.

« J'ai un travail maintenant, aussi je ne passerai pas mon bachot et je ne viendrai pas non plus à Bonne-Espérance. »

Rébecca était hypnotisée par la lettre de Luke, tout en retournant dans ses doigts une photo en noir et blanc. « J'ai un emploi au City Hall de Johannesburg à présent. » Elle revint aux mots qui l'avaient tant frappée lorsqu'elle avait lu la lettre pour la première fois.

« Je ne viendrai pas à Bonne-Espérance. Je suis désolé. »

– Nous sommes prêts.

C'était Thabo dont la figure était apparue de l'autre côté de la fenêtre. Rébecca lui tira les rideaux au nez.

– Partie! s'exclama Simon dans un flot de postillons, debout les jambes arquées à côté de Thabo.

Le tissu imprimé de fleurs roses et blanches s'était fermé devant eux, les laissant seuls dehors.

– Elle va bientôt venir, assura Thabo à Simon.

Il prit par la main le petit mongolien de six ans et l'entraîna vers les chaises comme un bébé mal assuré, puis il l'assit sur l'une d'elles.

– On va nous attendre, dit-il.

Il avait deviné que la lettre que lisait Rébecca était de Luke et il brûlait d'en avoir des nouvelles, mais il décida de se montrer aussi patient qu'il le pourrait.

Les heures que les trois enfants passaient ensemble avaient quelque chose de magique dans les ombres grandissantes des fins d'après-midi. L'insolite trio découvrait autour de Bonne-Espérance des chemins signalés dans les pages jaunissantes du journal d'Emily.

Ils mettaient leurs pas dans ceux de la petite fille d'autrefois, passant comme elle de la maison à la cave et de la grange à l'écurie par la grande cour pavée. Rébecca s'installait dans le fauteuil à roulettes, feignant la paralysie qui avait frappé Emily, et Thabo la poussait, stupéfait que Rébecca puisse être paralysée quand elle le voulait.

Ils suivaient des chemins qui ne menaient pas seulement aux bâtiments et aux vignes de Bonne-Espérance, mais conduisaient au plus profond des sépultures de la famille Beauvilliers. Les enfants s'appropriaient tout doucement le passé; leurs imaginations et leurs rêves y pourvoyaient.

Les croyances les mieux enracinées de Thabo, celles que lui avait inculquées, jour après jour, sa grand-mère Sophie, en venaient à vaciller. Il se posait des questions.

— Mais c'est de ce même Moi Titus que me parlait Granny Cat! s'était exclamée Rébecca avec indignation, un an plus tôt, par une journée d'été caniculaire. C'est celui qui a été pendu par les fermiers boers qui vivaient aux environs! précisa-t-elle en balayant d'un geste large tout l'horizon au-delà de Bonne-Espérance.

— Non! avait répliqué Thabo. Moi Titus a pas été pendu!

Il était sûr de sa version et s'était opposé à Rébecca avec détermination.

— Ne sois pas stupide! Moi Titus a été pendu parce qu'il avait tué un Blanc!

Rébecca n'avait pas oublié le jour où, sous la véranda du 123 Z, Granny Cat lui avait raconté l'horrible histoire de Moi Titus.

— Il a pas été pendu!

Thabo connaissait l'histoire aussi bien que celle de la vieille clé et celle des caméléons et il ne pouvait admettre les certitudes arrogantes de Rébecca. Sa grand-mère Sophie lui avait raconté la vraie histoire de Moi Titus et sa grand-mère Rosita aussi, tirée de son enfance.

— Moi Titus a pas été pendu! avait-il persisté, parfaitement convaincu. Dieu a pris Moi Titus!

— Dieu? avait lâché Rébecca stupéfaite.

— *God save the King!* avait beuglé Simon, assis dans une brouette.

— Thabo, ne dis pas de bêtises! avait rompu Rébecca.

Bien que la fureur lui eût enflammé les oreilles, Thabo s'était contrôlé.

— Ce sont les fermiers boers qui ont tué Moi Titus, avait repris Rébecca. Granny Cat me l'a dit, et c'est vrai.

— Et ma grand-mère m'a dit que Dieu l'a pris!

Thabo avait décidé que la fumée qui lui sortait des oreilles était invisible à Rébecca. Mais celle-ci savait que le meilleur moyen de pousser Thabo hors de ses gonds était de le provoquer.

— Alors, vas-y, parle, qu'est-ce qu'elle t'a dit, ta grand-mère?

— La maison brûlait. De grandes flammes du toit montaient au ciel, avait-il commencé, hypnotisé par le toit de chaume de la grande maison blanche. Des flammes si hautes qu'elles touchaient le ciel.

— Le petit garçon de Granny Cat était dans la maison, avait calmement poursuivi Rébecca.

Elle était, elle aussi, absorbée par la vision de la grande maison blanche qui ne montrait aucun signe des flammes qui l'avaient tué. Elle voyait toujours les énormes larmes qui avaient roulé des yeux de sa grand-mère lui décrivant ce feu.

— De très loin, Moi Titus il a vu les flammes, avait alors repris Thabo dans un chuchotement, les yeux perdus vers les lointaines montagnes. Il est venu très vite. Ses pieds comme des ailes, et il...

— Des ailes? l'avait coupé Rébecca, s'effondrant de rire.

— Tu veux savoir? avait repris Thabo, la dévisageant d'un œil très sombre, tandis qu'elle haussait les épaules, Moi Titus, c'est un ange.

Le murmure de ces derniers mots atteignit Rébecca de telle sorte qu'elle frissonna.

— Moi Titus, l'ange de la belle dame blanche de Bonne-Espérance.

— L'ange de Granny Cat?

Ayant enfin capté l'attention de Rébecca, Thabo s'était dépêché de poursuivre.

— De très loin, Moi Titus a vu le diable plonger sur Bonne-Espérance. Il a vu le diable venir pour tuer la dame blanche!

— Continue! lui avait lancé Rébecca, fascinée.

Elle voyait par l'esprit un ange noir gigantesque avec des ailes aux pieds descendre sur la maison.

— Qu'est-ce qui est arrivé, alors? le pressait Rébecca.

— Le diable, il s'est tourné vers Moi Titus. Ses yeux étaient rouges, comme des charbons. Le diable a levé son bras pour le tuer. Mais Moi Titus a tué le diable avant! dit Thabo, fauchant l'air d'un bras pour plonger un poignard invisible dans un corps imaginaire. Puis il s'est envolé. Dieu, Il a pris Moi Titus au ciel et personne ne l'a jamais revu! avait-il conclu dans un sourire.

Dans le long silence qui avait suivi, Thabo n'avait pas lâché Rébecca des yeux. Il n'était plus si certain de croire lui-même à son histoire, mais Rébecca semblait y croire.

— Et maintenant, dis ce que tu as appris à l'école aujourd'hui.

Comme à présent, il s'était empressé de lui rappeler leur marché.

— Quinze, répondit Thabo à la question de Rébecca.

Elle tira un trait épais à côté de la somme qu'elle avait écrite sur le sable qu'il avait lissé.

— A toi, maintenant!

Simon ouvrit tout ronds les yeux.

— Un et un? fit Rébecca, répétant la question qu'elle lui posait tous les jours.

Elle l'observait, attendant sa réponse. Simon l'observait aussi, attendant comme elle.

— Enlève tes doigts! cria-t-elle à Thabo en tapant la main qui agitait deux doigts vers Simon.

— Un et un, c'est quoi, Simon?

— C'est quoi, Simon? fit-il en écho.

— Dis-moi, Simon.

— Moi, Simon, répéta-t-il, exultant, tandis que, consternée, Rébecca levait les bras au ciel.

– Tu es trop bête, Simon, dit-elle en s'avançant vers lui.

Il la considéra, solennel, répéta « stupide Simon », lui jeta les bras autour du cou et la couvrit de baisers visqueux.

– Tu as reçu une lettre aujourd'hui ? demanda platement Thabo. Elle est de Luke.

Il avait repéré le bord d'une page blanche qui dépassait de la poche de la jupe de Rébecca et avait sauté sur l'occasion.

– Allez, fit Rébecca, éludant la question.

Elle souleva Simon de sa chaise et le porta avec peine jusqu'à la vieille brouette.

– Dis-moi, fit Thabo derrière elle, à l'instant où elle déposait Simon dans la brouette. Que dit Luke ?

Tandis qu'elle se débattait avec Simon pour le redresser, il prit les poignées du véhicule et fit rouler l'enfant au milieu.

– Luke va bien ?

– Par ici ! commanda Rébecca, s'élançant en avant.

Ayant vu la direction qu'elle prenait, Thabo ne bougeait pas.

– Qu'est-ce qui ne va pas ? le gronda-t-elle. Viens !

– Je retourne pas là-bas !

– Tu as peur de deux petits enfants ! railla-t-elle avec défi. De quoi as-tu peur, poule mouillée ?

– Des ennuis ! jeta Thabo, les yeux braqués sur elle.

– De qui ? répliqua-t-elle, les poings sur les hanches.

Thabo, d'un signe de tête, désigna David, le père de Rébecca. Il marchait vers les caves en compagnie de Christian du Toit, le caviste que David avait engagé à Bonne-Espérance et qui vivait avec sa famille dans une maison à l'autre bout de la ferme. De cette ferme qui avait appartenu à la famille de Granny Cat.

– Et alors ? Il est ici et nous serons là-bas. Viens ! reprit Rébecca, tirant Thabo par le bras.

Mais il ne bougeait toujours pas ; ses talons s'enfonçaient dans le sable.

– Pourquoi aller là-bas ? demanda-t-il, posant enfin la question qui lui brûlait les lèvres depuis le commencement de leurs aventures.

– Je te l'ai dit ! Parce que Emily en parle dans son journal !

– Qu'est-ce que ça fait ?

Rébecca regarda Thabo avec horreur. A ses yeux, les carnets d'Emily étaient sacrés. Ils lui ouvraient un passé fascinant qui la contenait. Lorsque Emily avait évoqué l'ancienne ferme Westbury, elle avait plongé sa plume dans son encre la plus noire et la plus secrète.

Le journal contenait la vérité sur le fils de Jean-Jacques et Pauline Westbury : John Westbury, père de Katinka et arrière-grand-père de Rébecca. Avec dans les veines le sang de l'enfant métis de Jacques Beauvilliers, il avait imposé à la famille Westbury de vivre dans le mensonge.

On eût dit que les pleurs du bébé pour se faire reconnaître retentissaient jusqu'à ses oreilles.

147

John Westbury paraissait blanc, ce qui avait permis à la mère de Pauline de le déclarer sien. La honte de la liaison de sa fille avec Jean-Jacques Beauvilliers s'en trouvait masquée. Mais Clara Beauvilliers avait percé le subterfuge à jour. Elle avait révélé les origines de John Westbury à une communauté hystérique et la main de l'assassin qui l'avait tué aurait pu être la sienne.

Rébecca avait l'intuition que la vérité sur Johannes Villiers se cachait dans la petite maison qu'habitaient Christian du Toit et sa famille. Derrière ses murs se trouvait l'origine de quelqu'un qu'Emily n'avait pas connu et qu'elle, Rébecca, était décidée à trouver.

— Tu ne vois pas ce que ça fait ? demanda-t-elle, sidérée, à Thabo, tandis que Simon tirait impatiemment sa jupe.

— Quoi ?

— Johannes Villiers ! J'ai promis à Granny Cat de trouver Johannes Villiers. Je te l'ai dit. C'est là-bas que tout commence. Tu ne comprends pas ? C'est la maison où est né le fils de Jean-Jacques.

Rébecca n'avait pas prononcé le mot qui avait déclenché sa recherche désespérée dans les carnets d'Emily. Ce mot de « métis » qu'Estelle lui avait lancé, en écho au hurlement de Clara contre Jean-Jacques, cent trente ans auparavant.

Caché derrière l'arbre énorme de la ferme Westbury, Simon dans sa brouette, Rébecca à côté de lui, Thabo se demandait pourquoi elle semblait ne jamais vouloir en faire qu'à sa tête.

— Le voilà, chuchota-t-elle.

Simon lui fit écho dans sa brouette.

— Il vient.

— Sortez de là ! glapit en afrikaans un vieil homme édenté à la fenêtre de la maison qu'ils surveillaient.

Tandis qu'il la martelait de ses poings, sa bouche s'ouvrait et se refermait comme un poisson hors de l'eau.

— Sortez de ma terre !

Il secouait le poing avec fureur par la fenêtre ouverte.

— Riaaan ! Willem ! hurla-t-il dans le vide.

— Prêt ? chuchota Rébecca.

Sachant que les troupes du vieil homme étaient en route, elle jeta un coup d'œil à Thabo. Celui-ci saisit l'une des pierres entassées dans la brouette aux pieds de Simon et l'agita au-dessus de sa tête pour montrer qu'il était prêt.

— A moi ! s'exclama Simon.

De ses mains potelées, il poussa Thabo jusqu'à ce que celui-ci dépose le caillou dans sa main ouverte et en prenne un autre.

— Maintenant ! lança Rébecca, à la vue de deux garçons de son âge qui l'observaient du coin de la maison. Feu ! cria-t-elle.

Simon lança sa pierre.

— *Sidenga !* hurla en xhosa Thabo qui avait reçu la pierre sur le pied. Idiot ! lança-t-il encore à Simon, sautant sur un pied et se tenant l'autre.

– *Domkop, domkop.*

Une rengaine afrikaans monta au coin de la maison et deux silhouettes se replièrent après avoir lancé des pierres à leurs ennemis derrière l'arbre.

– Faisons le tour ! chuchota Rébecca. Nous attaquerons par-derrière.

Sur le point de lui obéir, Thabo s'arrêta net.

– Qu'est-ce que tu attends ? fit Rébecca, lançant une pierre vers les deux garçons qui ramassaient des munitions sur le sol. Allez, Thabo !

– Non !

Thabo en avait assez de voir Rébecca commander toutes leurs manœuvres. Elle avait pris de l'assurance en grandissant et croyait en savoir autant que lui dans l'art des combats.

– Vas-y, toi ! la défia-t-il.

– Moi ?

La mutinerie soudaine de Thabo stupéfia Rébecca. Elle ne vit pas Simon ramasser une autre pierre au fond de la brouette.

– Ce sont des Afrikaners, chuchota-t-elle, espérant que ce rappel l'aiguillonnerait.

Mais elle se pétrifia : la pierre lancée par Simon avait crevé le carreau de la fenêtre derrière laquelle se tenait le vieil homme et il n'en restait plus qu'un trou béant bordé d'éclats. Un silence de mort tomba sur les deux camps, qui se considérèrent avec horreur. Le vieil homme avait disparu et le trou dans la fenêtre où avait été sa tête les contemplait en aveugle.

Thabo se sentait mal. Il s'était vu, en un éclair, suspendu à un gibet, un homme très vieux, très blanc et très mort étendu à ses pieds.

– *Oupa !*

Le sol était martelé par les pieds nus des deux garçons qui couraient vers la maison, soulevant derrière eux une traînée de poussière.

Rébecca et Thabo se dévisageaient en silence, tandis que Simon, l'air penaud, laissait plus que jamais pendre sa langue de sa bouche.

Un sauvage cri de guerre retentit dans leur dos et les enfants terrifiés pivotèrent sur eux-mêmes. Le vieil homme, brandissant un fusil et vociférant en afrikaans, leur courait sus.

– Cette terre est à mon père ! hurla stupidement Rébecca.

Elle battit en retraite, tandis que Thabo empoignait les bras de la brouette, la faisait brusquement pivoter et prenait le galop, faisant basculer Simon cul par-dessus tête.

– Par ici ! glapit Rébecca, comme la silhouette d'épouvantail se ruait sur eux en moulinant des bras. Non ! Par là ! se contredit-elle.

Thabo fit volte-face, pour s'arrêter net : les deux garçons bondissaient vers eux de cette autre direction. Ils étaient échec et mat, battus à plates coutures.

– *Kom hierso, roinek !*

Le chant de triomphe des galopins défiait Rébecca, l'envahisseuse anglaise, de l'emporter sur eux.

– *Kom Englese Kaffir!*

Ils défiaient à présent Thabo, en agitant les poings devant leurs torses maigres.

– Séparons-nous! lança Rébecca. Elle fila sur la droite et Thabo vira sur la gauche. Non!

La brouette avait chaviré, déversant Simon, impuissant, aux pieds de leurs ennemis. Pivotant, affolée, pour faire face au vieillard, elle fut frappée de stupeur. Plié en deux par un accès de toux, le vieil homme s'épuisait à retrouver son souffle dans un nuage de poussière.

– *Kyk daar!*

Fascinés par Simon, étalé sur le dos comme une tortue retournée, les deux galopins hurlaient de rire et dansaient autour de lui.

– Non, Thabo! cria Rébecca.

Le visage déformé par la rage, Thabo se ruait sur eux qui se contorsionnaient hideusement pour imiter Simon.

– Arrêtez! dit Thabo.

Son ton était très calme, bien qu'il tremblât de fureur.

– Non, Thabo! répéta Rébecca courant vers lui, tandis que le vieil homme s'apprêtait à relancer son attaque.

– *Kom pikkenien!*

Les deux garçons défiaient Thabo.

– *Mabhulu yiza!* hurla Thabo en retour, les défiant de venir à lui, *Ayeee!* cria-t-il.

Saisissant l'un d'eux d'une main, il lui administra de l'autre une grêle de coups sur la tête.

– Laisse-le, Thabo! cria Rébecca, tandis que la victime appelait son grand-père au secours.

– *Kom Oupa!* appela son compagnon, en courant vers le vieillard, toujours suffoquant.

Au passage, Rébecca lança le bras et sa main lui atterrit sur l'œil gauche.

– Ce n'était pas le *pikkanin,* boer! cria-t-elle. C'était moi. Le *rooinek!* Elle remit la brouette d'aplomb, tandis que Thabo ramassait Simon. Vite!

Thabo hissa sur son dos un Simon crachant du sable. Cramponné au cou du Noir, l'enfant, ravi, se mit à rire aux éclats, et le trio s'enfuit vers Bonne-Espérance, sous des cris de vengeance.

– Dis-moi maintenant ce que Luke dit dans sa lettre!

Comme ils approchaient de la vieille Humber Duper Snipe près de laquelle ils seraient en sûreté, Thabo, le souffle entrecoupé, revenait à la charge.

– Où est-il? demanda Rébecca.

Elle parlait de Christian du Toit, fils du vieillard suffocant et père de leurs ennemis. Elle était sûre que, cette fois, leur coup de main sur son territoire ferait réagir le pacifique caviste afrikaner.

– Il est dans la cave?

Thabo répondit en désignant de la tête la porte entrouverte du bâtiment.

— O.K., dit Rébecca, s'écartant de lui pour se rapprocher de la voiture. Il a trouvé un emploi, dit-elle enfin en réponse aux incessantes questions de Thabo. Voilà ce que me dit Luke.

Elle s'installa au volant de la voiture; Thabo s'assit à côté d'elle et prit Simon sur ses genoux.

— Où veux-tu aller ? demanda-t-elle.

— Au Cap, répondit Thabo, tandis que Simon se penchait à la fenêtre et agitait la main. Luke te dit où il travaille ? Et l'école ? Il passe le bac ?

— Où, au Cap ? dit Rébecca, tournant le volant et abaissant l'indicateur de direction, à la grande joie de Simon.

Une flèche jaune et clignotante avait jailli de la voiture tout près de sa tête et, fasciné, il la montrait du doigt la bouche ouverte.

— Au bioscope, dit Thabo, saisissant le bras de Simon pour l'empêcher d'arracher la flèche de la voiture.

— Tu ne peux pas aller au cinéma, tu es noir, répliqua Rébecca sur le ton du constat, en renversant le volant. Alors où veux-tu aller ?

— Je ne sais pas.

— Où peux-tu aller ?

— Je ne sais pas.

— Tu dois bien être autorisé à aller quelque part ?

— Je veux rester ici, dit Thabo, la tête appuyée au dossier du siège, considérant le pare-brise sale. Luke dit quoi d'autre ?

— Je te l'ai dit.

— Non.

— O.K., soupira Rébecca. Luke a trouvé du travail. Il est employé à l'hôtel de ville de Johannesburg et il m'a envoyé cette photo ! révéla-t-elle, tirant de sa poche une petite photo qu'elle passa à Thabo.

— Qui est-ce ? fit aussitôt Thabo, fasciné par la photo.

Elle avait été découpée et Simon aussi louchait dessus.

— Où est le bras de Luke ? reprit Thabo, considérant le cliché d'encore plus près, sans comprendre.

— Où ? fit Rébecca, tournant la tête. Ah oui, c'était Naomi.

Dans sa lettre, Luke lui disait que la fille de la photo était Althéa, mais elle avait sur la poitrine deux renflements formidables, aussi Rébecca l'avait supprimée du cliché.

— Luke va venir nous voir ? Il va venir à Bonne-Espérance comme il a dit ? reprit Luke sans quitter Rébecca des yeux.

Il attendait la réponse à la seule question qui importât pour lui.

— Oui.

— Quand ?

— Je ne sais pas.

Rébecca repensait aux deux renflements de la poitrine de la fille et baissait les yeux sur son propre torse. Elle espérait que quelque chose lui

151

aurait poussé aujourd'hui. Quelque chose qui expliquerait les sentiments étranges qu'elle ressentait depuis quelques semaines.

– Luke, prononça Simon dans un sifflement très doux.

– Il va pas venir! dit platement Thabo, la réponse de Rébecca confirmant ses pires craintes. Tu cherches quoi? poursuivit-il en l'observant avec curiosité.

Elle avait le menton replié sur le cou et examinait son buste encore plat.

– Je n'ai pas dit que Luke n'allait pas venir! protesta-t-elle, abandonnant sa recherche et contemplant le pare-brise.

Il était couvert de poussière et elle actionna les essuie-glaces, suivant des yeux les balais qui découpaient en grinçant deux demi-lunes dans la terre rouge qui recouvrait le verre.

– Il ne viendra pas, confirma-t-elle enfin.

Un silence tomba. Simon attendait patiemment la réapparition de la flèche jaune.

– Pourquoi? demanda Thabo.

– Je ne sais pas, répondit-elle, le visage décomposé.

Ses yeux refusaient toujours ce malheur. Elle songeait à la vieille clé que Luke conservait, comme il l'avait promis.

Un sourire de satisfaction éclairait l'expression de Christian du Toit, regardant David Conrad goûter son vin blanc dans un taste-vin.

– Qu'en pensez-vous? demanda-t-il dans un anglais à peine marqué d'accent afrikaans, et les yeux brillants de fierté.

Afrikaner d'ascendance huguenote, Christian du Toit était l'élément essentiel de la restauration de Bonne-Espérance, entreprise par David.

– Je ne suis pas grand connaisseur, Christian, répondit David, embrassant toute la cave du regard avant de revenir au jeune homme. Tout ce que j'ai de jugement, je l'ai mis à vous engager.

L'œnologue afrikaner était en effet indispensable à la reconstitution du vignoble dans son ancienne gloire. Lui-même ne connaissait rien à la viticulture et il avait utilisé l'indemnité reçue de la mine à restaurer Bonne-Espérance selon les conseils de cet homme de l'art. Christian l'avait converti à la fermentation froide et leurs vins blancs dépassaient à présent leurs attentes. Bonne-Espérance retrouvait lentement son ancienne réputation de l'un des meilleurs vignobles du Cap, et les deux hommes en éprouvaient de la fierté.

– Avez-vous jamais pensé à la changer? demanda du Toit, à la vue de la vieille Humber Super Snipe.

Il sortait de la cave, David sur ses talons; celui-ci baissait sa casquette pour se protéger les yeux du soleil.

– On dirait que les gosses m'ont encore pris ma place, ajouta-t-il en souriant, comme les trois enfants jaillissaient de la voiture pour s'enfuir vers l'écurie.

— Que font-ils? demanda David d'une voix neutre, voyant disparaître derrière la porte du bâtiment les pieds nus de sa fille.

— Ce que font tous les enfants, répondit Christian en riant. Les vieux le font aussi!

— Et qu'est-ce donc? fit David, claquant la porte laissée ouverte de sa voiture.

— Se battre pour une terre, dit Christian. Mon père jure encore de flanquer les Anglais à la mer, poursuivit-il en souriant et en hochant la tête. Même le facteur a des ennuis avec lui. A cause de la couronne qui est brodée sur sa casquette.

— Et les enfants? releva David, faisant le tour de la voiture pour en fermer l'autre porte. Pourquoi se battent-ils?

— Ach! Ils échangent des insultes. En classe, vous savez, ils en apprennent d'assez bonnes, fit-il en regardant David avec des yeux pleins de gaieté. Mais, le savez-vous? Willem et Riaan sont terrorisés par Rébecca.

— Mais Riaan doit avoir deux fois sa taille! s'amusa David.

Rébecca avait grandi comme un rosier sauvage en s'implantant à Bonne-Espérance, David l'avait constaté, mais il voyait toujours en elle l'enfant solitaire sur une fourmilière et, malgré les fréquentes interventions de Constance, il n'avait jamais essayé de l'élaguer.

— On dirait que c'était hier que cette vieille voiture était neuve, dit-il, essuyant la poussière d'un revers de main.

— David? As-tu vu Rébecca? lui cria Constance du seuil de la maison. Miriam dit qu'elle est dehors. Ne l'aurais-tu pas vue, chéri?

— Non, répondit David, adressant un clin d'œil à Christian, tout en s'avançant avec lui vers la maison, bien qu'ils eussent tous deux repéré Rébecca et Thabo qui sortaient de l'écurie.

— Je parie qu'il sait, dit Rébecca d'une voix pleine d'espoir, comme l'ombre de la porte ouverte absorbait sa mère, son père et le caviste.

Christian du Toit la troublait, il éveillait en elle des désirs cachés qu'elle commençait seulement à découvrir.

Les sentiments de Rébecca la stimulaient et lui faisaient honte à la fois. Elle avait aimé Luke depuis le moment où il lui avait fait partager son amitié avec Thabo, mais tout se trouvait soudain changé. Un étrange besoin l'avait entraînée dans un monde imaginaire où Christian du Toit se confondait avec Luke.

Le contact accidentel de la main du caviste correspondait dans ce monde-là au geste qu'aurait pu faire Luke en caressant la femme qu'elle n'était pas encore, la consumant d'un plaisir aussitôt changé en regret. Lorsqu'elle était étendue sur son lit dans la touffeur des nuits, elle voyait Luke en imagination allongé à côté d'elle et aussi nu qu'elle l'était. Mais ce n'était pas son corps anguleux de fille impubère qui éprouvait le contact de la main de Luke. Il caressait les courbes douces de la femme qu'elle n'était pas encore. Palpitante au rythme d'une passion adulte, Rébecca étouffait de culpabilité enfantine et se sentait perdue.

– Luke travaille maintenant, il reviendra jamais. Je le sais.

Thabo dansait d'un pied sur l'autre au seuil du monde adulte et ne pouvait penser qu'à des choses immédiates.

– Luke reviendra ! affirma Rébecca.

Elle releva la tête, les yeux pleins d'une attente ardente. Elle avait plus que jamais besoin de croire que le pouvoir de la vieille clé était aussi fort que l'élan qui bouillonnait en elle.

– Luke, modula Simon.

Se pendant à la main de Rébecca, il rit du nuage de poussière que soulevaient ses pieds traînés par terre.

– Luke, fit-il encore, sans savoir qui il appelait.

Cette nuit-là, tandis que Thabo lui expliquait ses plans, Miriam ne se départit pas un instant de son expression de résignation.

– Tu habiteras chez mon frère Sibonda. Il t'aidera à obtenir un permis, dit Miriam, s'efforçant d'ignorer la tension que ce mot de « permis » lui avait causée. Il te faudra un permis pour vivre au Cap. Au gouvernement, ils t'en donneront un. Sibonda te montrera quoi faire.

En parlant, elle défit son turban pour en extraire un paquet de billets de banque étroitement serré.

– Il y a trois livres, dit-elle, lui tendant le mince rouleau vert. Je les ai mises de côté pour ce jour et je te demande de les dépenser sagement, mon fils.

Se rapprochant de Thabo, elle l'attira tout contre elle et se mit à se balancer.

– Tu respecteras ton oncle, comme on t'a appris à respecter tous tes aînés, mon enfant. Tu l'écouteras et n'iras pas contre sa sagesse.

Ce code de respect des aînés était au cœur de la culture de son peuple et elle le transmettait à son fils. Son frère prétendait qu'au Cap la jeune génération avait perdu cette notion ; or sans respect, elle le savait, plus rien ne tiendrait.

– Quoi que fassent les autres, mon fils, tu te souviendras toujours de ce que je t'ai appris. Et que ta grand-mère t'a appris ! Ce que Sibonda dit, tu le feras.

Elle s'en tenait à la signification du nom de son frère – Sibonda, « celui qui veille sur la famille ».

– L'argent, tu le mettras dans ces souliers, dit-elle en s'avançant jusqu'au petit placard ripoliné qui flanquait un lit étroit dans un coin de la pièce.

Autrefois, ce meuble avait fait partie du mobilier de la cuisine de la grande maison et elle l'avait ramassé dans la décharge lorsqu'on s'en était débarrassé. Elle en retira un paquet, défit soigneusement les journaux qui le recouvraient, révélant une paire d'étincelants souliers noirs. Elle les cirait tous les mois, les enveloppait dans des journaux neufs et les remettait de côté dans l'attente du grand jour.

— Maintenant, ils t'iront, dit-elle, brossant de leurs pointes une fine pellicule de poussière. A la ville, il faut des souliers, acheva-t-elle en les lui donnant.

— Les souliers de mon père! s'exclama Thabo, émerveillé.

Il les retourna et en examina les semelles propres et brillantes cousues à grands points aux empeignes; ils avaient à peine été portés. Il appliqua l'un de ses pieds nus sur la semelle du soulier correspondant.

— Les souliers de mon père me vont! dit-il, souriant fièrement à sa mère.

A chacun de ses anniversaires, il les avait secrètement essayés et enfin ils lui allaient. Adaptés sinon à ses pieds, du moins à ses rêves.

— Tu es un homme, mon fils, dit fièrement Miriam.

— Je les porterai à l'école!

— A l'école! s'étonna Miriam. Mais tu vas travailler!

— Quand j'aurai fini de travailler, corrigea-t-il vivement.

Il se voyait assis derrière un pupitre, exactement semblable à celui de Rébecca dans sa classe. Elle lui avait dit que le haut du pupitre s'ouvrait comme un couvercle et qu'un encrier était logé dans un coin. Il voyait les souliers de son père bien parallèles sous un pupitre identique et sentait son cœur fondre à cette anticipation.

— Quand je t'aurai envoyé assez d'argent, alors j'irai à l'école, révéla-t-il à sa mère en xhosa.

— Hou, fit Miriam, s'emparant des souliers pour leur donner un dernier coup. Le temps manquera pour aller à l'école.

— J'en trouverai! J'irai à l'école et j'étudierai!

En dix ans, la détermination de Thabo ne s'était nullement affaiblie. Depuis le jour où il avait vu Luke partir à l'école, il s'était promis qu'un jour il irait aussi. Il avait tâté, émerveillé, l'épais pantalon neuf en drap kaki de Luke. Il avait examiné le cartable tout neuf où était écrit « Luke Marsden » et avait reniflé le crayon taillé de frais que Luke avait dans sa poche. La douce gomme rose qui le terminait lui avait semblé une boule magique. C'était alors qu'il avait pris sa décision.

— L'argent que tu gagneras, Thabo, ira aussi à ta grand-mère dans son village. Elle est vieille et elle a travaillé de longues années pour ses enfants. Elle a maintenant de nombreux petits-enfants à élever, et c'est toi qui devras l'aider, dit encore Miriam, rappelant une fois de plus à son fils ses responsabilités.

— Bien sûr, répondit Thabo, rayonnant de l'assurance que les souliers lui avaient donnée. Je veillerai sur eux tous et j'irai à l'école.

Comme il lissait le vieux journal pour le mettre de côté, la peur lui serra la gorge. Une photo représentait l'homme qui était le Dr Verwoerd. Il en lut lentement la légende comme Rébecca le lui avait appris.

Les mots disaient que le Dr H.F. Verwoerd était ministre des Affaires indigènes. Et qu'il travaillait à l'hôtel de ville de Johannesburg. Thabo éprouva un malaise. L'hôtel de ville de Johannesburg, c'était là où Rébecca lui avait dit que travaillait Luke.

— Tu feras attention, mon fils! dit Miriam, frottant d'un chiffon le talon du soulier droit. Tu éviteras les ennuis!

Elle ne savait pas bien quels ennuis elle évoquait. Il y en avait de deux sortes dans les villes, qui toutes deux pouvaient menacer la vie de son fils. La police et les bandes de Noirs qui la combattaient étaient des réalités auxquelles elle n'avait jamais eu à faire face.

— Tu n'oublieras pas Dieu, Thabo! C'est Dieu qui t'aidera dans les ennuis.

— Il n'y aura pas d'ennuis, lui affirma Thabo, avec un sourire rassurant, en lui prenant les souliers étincelants.

Il était tout à coup heureux que Luke ne vienne pas à Bonne-Espérance, heureux de ne pas revoir Luke avant d'avoir réalisé son rêve.

Rébecca flattait le cou de Salu qui ne la quittait pas de ses yeux bruns. Elle avait écouté Thabo lui exposer son plan et admiré les souliers de son père, dans lesquels il nageait fièrement, mais elle était terrifiée. A plusieurs reprises, depuis leur arrivée à Bonne-Espérance, elle avait entendu ses parents parler pendant la nuit. Ils parlaient du gouvernement afrikaner et de l'arsenal toujours croissant de la législation d'apartheid qui chaque jour étouffait un peu plus le pays. Elle ne comprenait pas tout ce qu'elle entendait, mais elle savait ces lois dirigées contre Thabo.

— Mon père dit que le gouvernement veut expulser les Noirs du Cap. Il dit qu'ils vont démolir leurs maisons et les chasser. Peut-être que la maison de ton oncle sera détruite et que tu n'auras nulle part où aller. N'y va pas, Thabo!

Les mots de Rébecca s'égrenaient dans un mélange de crainte et de tristesse. Il lui avait dit ses plans et elle voulait les changer.

— Mon père dit que la police enferme en prison les Noirs qu'elle attrape. Quelquefois même, elle les tue! Je t'en prie, ne pars pas!

Elle s'accrochait à lui, l'implorant de ne pas la quitter.

— As-tu pensé à Simon? dit-elle, jouant la dernière carte de quelque valeur dont elle disposait. Simon ne comprendrait pas que tu le laisses et il en mourrait.

— Je veux aller à l'école, Rébecca, répondit-il, incapable de soutenir son regard.

Jamais il ne s'était douté qu'elle prendrait les choses à ce point à cœur et il espérait qu'elle comprendrait les raisons de son départ.

— Tu vas en classe, tu apprends des choses à l'école, si je n'en apprends pas, je reste idiot, lui dit-il, reprenant son raisonnement. Moi aussi, je dois être éduqué. Comme ça, je deviendrai grand. Puis je reviendrai. Je te le promets. Je reviendrai quand je serai grand.

— C'est ce que Luke disait, dit Rébecca.

Elle s'écarta vivement de lui et Thabo baissa les yeux. Comment expliquer que ses rêves d'école avaient beaucoup à voir avec Luke. Il avait réveillé Rébecca pour lui dire ses plans, en espérant lui faire plaisir, mais il s'était trompé.

— Quand j'ai aux pieds les souliers de mon père, moi vivant, Rébecca, je le remplace. Mon père n'est pas allé à l'école, aussi je dois y aller. Je ne veux pas mourir dans un fossé parce que je suis trop stupide pour savoir en sortir.

— Ils ont pendu Moi Titus, Thabo! lança Rébecca, les yeux brillants de larmes. Moi Titus n'est pas allé au ciel avec des ailes comme tu dis! Les Blancs l'ont pendu! insista-t-elle, dans l'espoir d'ébranler sa détermination. Ils l'ont pendu parce qu'il était noir!

— Oui, dit simplement Thabo.

— Tu le savais? murmura-t-elle, stupéfaite.

Il hocha la tête.

— Alors pourquoi pars-tu?

— Parce que je dois être un homme!

— Mais ils ne te laisseront pas le devenir!

Le monde se vidait de nouveau autour de Rébecca. Une fois encore l'entouraient le silence et la solitude où elle criait en vain.

— Tu es noir, Thabo, et les Noirs sont des « boys », ils ne deviennent jamais des hommes!

Ayant surpris dans le regard de Thabo une lueur de colère, elle s'arrêta, puis, essuyant ses larmes d'un revers de main, elle poursuivit :

— C'est ici, dans l'écurie, qu'Emily a dit adieu à Jean-Jacques Thabo. Tu te souviens de ce que je t'ai lu?

Son regard effleura la ligne mouvante des chevaux au râtelier.

— Jean-Jacques aussi avait dit à Emily qu'il voulait devenir un homme. Comme toi! Il s'est engagé pour le devenir, et ils l'ont tué. S'il était resté ici, il ne serait pas mort. Thabo? Tu comprends?

Thabo s'apercevait, en l'écoutant, qu'elle ignorait, malgré tous les moments qu'ils avaient partagés, combien il se sentait insuffisant, combien lui pesait sa totale dépendance vis-à-vis de la famille de Rébecca. Elle ne savait pas que devenir un homme, ce n'était pas simplement grandir. C'était soustraire son nom à la longue liste de ses ancêtres. De tous ceux qui, comme Moi Titus, avaient vécu et étaient morts à Bonne-Espérance sans jamais avoir été autre chose que des « boys ».

— Moi Titus a été pendu. Oui. Tu as raison, Rébecca, dit-il en la fixant du regard.

Il savait ne pas pouvoir s'expliquer sans détruire une part de lui-même, mais il continua :

— L'histoire que les miens... l'histoire qu'ils racontent sur Moi Titus? C'est par honte qu'ils la racontent, Rébecca...

Il baissa la tête, cherchant les mots anglais dont il avait besoin.

— Ils disent : Dieu a pris Moi Titus. Moi Titus est vraiment un ange, disent les miens...

Il releva la tête et plongea le regard dans les yeux de Rébecca.

— C'est mieux de dire ça que la vérité, Rébecca. Que sa vie ne valait pas de combattre pour elle.

8.

Une haute clôture de grillage couverte de vieux papiers étendait une bizarre corde à linge autour de Langa, ghetto noir des faubourgs du Cap. Des rangées de taudis croulants appuyés les uns aux autres déployaient leurs lignes irrégulières et le soleil crépusculaire allumait d'une lueur rouge leurs toits de tôle rouillée. Des allées de sable, recouvertes d'ordures et grouillantes de monde, serpentaient entre les baraques. Un chien orange, la peau sur les os, collait aux talons de Thabo.

En franchissant, ce matin-là, le portail de Bonne-Espérance, Thabo avait senti deux livres de plus entre la plante de son pied et le soulier droit de son père.

— Tu réussiras, Thabo, lui avait dit David.

Il lui avait tapé chaleureusement dans le dos et lui avait glissé dans la main deux billets d'une livre.

— Et n'oublie pas, avait-il poursuivi, que tu peux toujours revenir ici. Il y aura toujours du travail pour toi.

— Et si jamais tu as besoin de quelque chose..., avait ajouté Constance, lui donnant un morceau de papier où un numéro de téléphone était inscrit, appelle-nous. Nous nous occuperons de toi.

— Je suis un homme maintenant, madame, lui avait-il répondu fièrement. Je saurai me conduire.

Mais une fois passé le portail, lorsqu'il s'était retourné vers la grande maison qui s'encadrait au loin dans la haute arche blanche, Thabo avait senti qu'on l'observait de toutes parts et sa certitude de maturité s'était bien vite dissipée. Les hommes dans les vignes avaient suspendu leur travail et le regardaient en silence. Sa mère se tenait seule à la porte de la cuisine et Rébecca était à la fenêtre de sa chambre.

Mais c'était le regard de Simon qui était allé le plus loin en lui. Thabo savait qu'un jour le petit mongolien se rendrait compte qu'il n'avait jamais remonté la longue allée menant à Bonne-Espérance. Simon se demanderait toute sa vie pourquoi il l'avait abandonné.

— Tu cherches quelqu'un?

Un homme l'avait apostrophé et il s'avança vers lui, le chien sur les talons.

— D'où viens-tu, mon garçon?

Le coiffeur noir qui l'avait hélé l'accueillit d'un sourire qui dévoila toute une rangée de dents étincelantes. Thabo s'assit auprès de lui sur le seuil de sa cabane de tôle. Une photo de Tony Curtis décorait la fenêtre bancale. L'acteur, les cheveux gominés à l'envi, pendait de travers, le cliché ne tenant que par un coin.

— Tu es nouveau à Langa? demanda le coiffeur, détachant de son rasoir une autre bande des cheveux crépus de l'homme qu'il coiffait.

— Je cherche mon oncle Sibonda, répondit Thabo avec un sourire gêné, les yeux sur la large bande, brillante et noire, de cuir chevelu mise à nu par le rasoir.

— Sibonda. Ah! lâcha le coiffeur avec une chaleur révélatrice de l'admiration qu'il éprouvait pour l'oncle de Thabo, avant de replonger son rasoir dans la chevelure de son client. Tu veux aussi une coupe? poursuivit-il, approuvant d'un hochement de tête le travail accompli sur le crâne bientôt chauve de son patient. Une belle coupe sans problème? insista-t-il avec une grimace engageante.

— Non, dit Thabo qui jamais n'avait éprouvé si vivement la présence sur sa tête de sa chevelure. Savez-vous où mon oncle habite?

— Je vais t'y mener, lança un jeune, une vieille veste de cuir sur les épaules, qui avait surgi de nulle part.

Le détaillant d'un regard rapide, il s'arrêta aux souliers de son père.

— Tu es étranger? Tu es nouveau à Langa? demanda-t-il.

Lorsque le jeune homme toucha la manche de sa chemise, le chien gronda derrière Thabo. Miriam l'avait repassée avec amour la nuit précédant son départ et elle était encore raide d'amidon. Le col en avait été retourné, mais les soins de sa mère en dissimulaient l'usure.

— Ça va. Je connais le chemin. Merci.

Thabo avait repéré le mince renflement d'un couteau dans le pantalon du garçon et ses orteils s'étaient crispés sur ses précieux billets, tandis qu'il se détournait pour suivre son chemin. Les avertissements de sa mère sonnaient encore à ses oreilles et il s'éloigna vivement du voyou.

— C'est pas le chemin, fit celui-ci en haussant les épaules. Et n'oublie pas ton clébard.

Il s'éloigna avec un rictus de mépris, tandis qu'après un dernier grognement l'animal saluait de la queue le succès de Thabo.

— Foetsek! File! lança Thabo, soudain furieux contre le compagnon squelettique qui l'avait élu pour son maître dès son arrivée à Langa,

Le chien s'effondra sur ses pattes arrière et tomba assis, frémissant paquet d'os décidé à ne pas bouger.

— Donne-lui un coup de pied! conseilla gaiement une voix de femme derrière lui.

Thabo pivota d'un bloc. Une grosse personne, plus claire de peau que lui-même, lui souriait en clignant de l'œil. Elle avait les cheveux rassemblés en petits rouleaux au sommet de la tête et elle était moulée dans une robe rouge.

— Tu prends une bière, beau mec? Jabulani?

Le groupe d'hommes au seuil du débit de boissons derrière elle observait en silence le jeune étranger par-dessus des boîtes débordantes de mousse.

— Je ne bois pas de bière, répondit Thabo.

Il tourna les talons pour s'éloigner, mais s'arrêta rapidement à la vue du chien, le nez pointé vers le jeune à la veste de cuir qui attendait un peu plus loin dans l'allée. Une cigarette lui pendait aux lèvres, il avait les yeux plissés à cause de la fumée, et il sifflotait.

— Tu es perdu, mon petit? fit un vieil homme à cheveux blancs qui avait surgi devant Thabo.

La jeune femme s'éclipsa en haussant les épaules.

— Tu cherches quelqu'un? reprit le vieil homme avec un sourire d'une oreille à l'autre, en caressant d'un doigt mince et noir les boucles grises de son menton.

— Je cherche mon oncle, répondit Thabo.

Il remarqua que le voyou avait disparu et le chercha du regard.

— Il s'appelle Sibonda. C'est son nom, ajouta-t-il.

Un rugissement général de rire éclata dans son dos et il pivota d'un bloc vers les buveurs de bière assis devant le débit de boissons. Leurs yeux brillaient d'un amusement incompréhensible et Thabo se sentit tout à coup très bête.

— C'est ton oncle? fit le vieil homme dont le regard étincelait d'humour. Est-ce que l'un de vous aurait vu Sibonda? lança-t-il aux buveurs.

Ceux-ci s'écroulèrent, une second fois, de rire; des filets jaunes de bière ruisselaient le long de leurs boîtes pour se perdre dans le sable à leurs pieds.

— Sibonda? répéta Thabo, stupéfait. Vous êtes Sibonda?

Il dévisageait le vieil homme pour y retrouver le frère aîné de sa mère.

— Et tu es Thabo? dit celui-ci d'une voix chaleureuse.

Il fourra dans sa bouche le tuyau de sa pipe et leva les mains en signe de joie.

— Bienvenue à toi, mon enfant.

Serrant son neveu dans ses bras, il l'entraîna vers sa maison, le chien à deux pas derrière.

— Il te faut d'abord aller à l'Administration Office, ici à Langa. Ils te donneront un formulaire. Ce formulaire, tu le rempliras et tu le porteras aux Native Affairs, à Observatory, au Cap. Là, ils te prendront en photo.

— En photo? Une photo de moi? fit Thabo, les yeux brillants, en écoutant son oncle lui indiquer comment obtenir un permis.

160

Il plongea dans le bol de sauce à ses pieds une grosse boule de semoule et la fourra dans sa bouche. Maria, la fille de Sibonda qui avait une quarantaine d'années, regardait la semoule s'écraser entre les lèvres de Thabo et la sauce lui dégouliner au coin de la bouche. Elle était assise immobile sur le lit qui occupait un angle de la pièce, son père à côté d'elle.

— Et ensuite j'aurai mon permis ? demanda Thabo.

Il se passa la langue sur les lèvres pour essuyer sa moustache de sauce et sourit. La musique de jazz qui entrait par les fenêtres lui remontait le moral et ses pieds suivaient le rythme de la nouvelle vie qui s'ouvrait devant lui.

— Ensuite tu apporteras ta photo à l'Administration Office, répondit Sibonda.

Il tapota sa pipe vide sur son genou, en lançant à Thabo un regard pénétrant.

— Jusque-là, tu dormiras dans les buissons, là-haut ! précisa-t-il, les yeux brillants de malice, en désignant un point au-delà du mur qui formait le fond de la maison. La police n'est pas stupide. Elle lance ses rafles quand on dort, acheva-t-il en riant dans sa barbe.

Maria désigna de la tête une couverture jaune et rouge roulée sur le lit à côté d'elle. Elle ne prononça pas un mot, mais Thabo comprit qu'il pourrait l'utiliser pour dormir dehors. Sa mère lui avait dit que dans la maison de son frère il y avait des couvertures, ce qui voulait dire qu'ils n'étaient pas trop pauvres pour recevoir des visiteurs.

— Combien de temps ? demanda-t-il, sauçant le bol à ses pieds avec sa dernière boule de semoule avant de se l'enfourner dans la bouche. Faudra-t-il une semaine pour que j'aie mon permis ?

— Une semaine ?

Le rire de Sibonda fit trembler l'assemblage des tôles au-dessus de leurs têtes.

— Il faut des mois pour avoir un permis. Quelquefois des années et quelquefois on ne l'obtient jamais.

Son rire tourna à la toux et Maria lui tapa violemment dans le dos.

— Ici, au Cap, un permis vaut de l'or, parvint-il à articuler, faisant signe à sa fille de cesser de le taper.

— J'aurai le mien plus vite que ça, dit Thabo dont la confiance était au zénith depuis sa rencontre avec Sibonda. Et après j'irai à l'école.

— A l'école ? s'étouffa Sibonda, ouvrant la bouche comme une carpe tandis que Maria levait la main sur son dos. Ta mère a assez d'argent pour que tu puisses aller à l'école ? parvint-il à prononcer, retenant sa toux pour éviter les coups de sa fille.

— Quand j'aurai gagné de l'argent. Quand j'aurai envoyé de l'argent à ma mère et à ma grand-mère, alors j'irai à l'école, proclama Thabo avec un sourire fier, s'essuyant la bouche d'un revers de la main.

— Ah ! fit Sibonda.

Au cas où la toux le reprendrait, il se leva du lit et s'écarta de sa fille.

— File! lança-t-il avec de grands gestes au paquet d'os orange couché sur le seuil de la porte ouverte — mais le chien ne bougea pas. Ta mère, elle t'a donné de l'argent? Il te faudra de l'argent pour avoir le permis?

Il se laissa tomber dans le fauteuil défoncé près de la porte, et le fond toucha le sol en béton.

— Es-tu sûr que ce chien n'est pas mort? demanda-t-il.

— J'ai de l'argent, dit Thabo, pressant du pied les billets dans son soulier et jetant un bref coup d'œil à Maria.

Elle n'avait pas cessé de l'observer depuis son arrivée et il n'était pas sûr de pouvoir lui faire confiance.

— Et toi? Quel âge as-tu? demanda Sibonda.

Il tira sur sa pipe, en maintenant une allumette vacillante au-dessus du fourneau à demi rempli de tabac.

— Dix-sept ans! dit Thabo.

Le lent sifflement admiratif de Sibonda propulsa vers le toit une spirale de fumée. S'emparant sans un mot de l'assiette vide de Thabo, Maria l'emporta pour la laver.

— Alors tu retourneras au village? Tu iras à Herschell voir les aînés?

— Oui. Mais je dois d'abord avoir mon permis.

Son oncle faisait allusion à l'« ukwaluka », la cérémonie d'initiation du jeune homme xhosa, qui avait lieu à dix-huit ans.

Le chien orange se leva sans bruit et se glissa, le dos arqué, derrière Maria et le bol vide.

— Foetsek! lui dit Thabo.

Le chien s'arrêta et se gratta l'oreille gauche de sa patte arrière. Il n'aurait pas bougé sans cette démangeaison, voulait-il signifier. Maria lui lança un os qui brillait d'un blanc pur. Il disparut en un clin d'œil dans la longue geule du chien. L'animal regagna sa place en passant devant Sibonda sur la pointe de ses pattes torses.

— C'est ton chien? demanda Sibonda.

Aplati sur le seuil comme une carpette gondolée, l'animal maintenait son os entre ses pattes antérieures et le léchait tendrement.

— Non, dit Thabo.

Il ne savait pas pourquoi le chien l'avait choisi et pourquoi il n'avait su s'en débarrasser. Mais cela valait peut-être mieux, décida-t-il, au souvenir du voyou qui l'avait suivi jusqu'à la maison de Sibonda.

Sortant le lendemain du bâtiment de briques de l'Administration Office, Thabo vit la silhouette trop connue du jeune à la veste de cuir. Il était appuyé dans l'ombre d'un mur et, à sa vue, s'en détacha et se mit à le suivre comme si de rien n'était.

— Tu veux quelque chose? lui demanda Thabo en se retournant vers lui, son formulaire tout blanc à la main.

Pour l'obtenir, il avait fait la queue toute la journée dans des bureaux bondés et il était soulagé d'être enfin à l'air libre. Il avait hâte maintenant de rentrer chez Sibonda pour le remplir.

— Je peux t'avoir un permis, fit le jeune homme, se frottant les mains avec un sourire malin.

Les orteils de Thabo se crispèrent sur ses billets.

— Si tu as de l'argent, c'est facile.

Un grondement appuyé monta de l'ombre du bas-côté de la route et le chien orange s'en détacha. S'avançant prudemment jusqu'aux pieds de Thabo, il braqua les yeux sur le jeune homme et se remit à gronder.

— Je vois. Tu ne veux pas de permis! fit le jeune homme d'un air candide en levant les mains, de sorte que la veste de cuir lui glissa des épaules. Eh bien, dors dans la brousse jusqu'à la fin de tes jours.

D'un lent mouvement du bras, il remonta sa veste, la laissa tomber sur ses épaules et s'éloigna.

Le nez du chien sur les talons, Thabo se remit en route pour rentrer chez Sibonda. Le jeune à la veste de cuir lui avait rappelé la nuit précédente et les longues herbes sèches de la zone Huit, où il avait dormi.

— Baisse la tête!

Le cœur de Thabo accéléra à ce souvenir.

— Plus bas! avait soufflé l'homme en poussant Thabo dans l'herbe jusqu'à ce qu'elle se referme sur sa tête en un dôme.

Comme toutes les nuits depuis son arrivée, Thabo avait dormi cette nuit-là dans la brousse, enveloppé dans la couverture à bandes rouges et jaunes que Maria lui avait donnée. Et soudain la paix obscure qui l'environnait avait explosé dans le rugissement des voitures et des camions de la police. Des phares avaient cisaillé la ville endormie et violé les maisons, tandis que retentissaient les cris des enfants et que des projecteurs dansaient sur les silhouettes des fuyards.

— Où est ton permis? avait grondé en afrikaans un policier à un homme qu'il tenait par les cheveux. Salauds de Cafres, vous croyez pouvoir vivre où vous voulez!

Il lui avait alors lancé un coup de pied dans le dos qui l'avait projeté vers un camion, des bergers allemands lui mordant les talons.

Cette nuit-là, Thabo avait senti le lent battement de la haine s'accélérer dans le ghetto de Langa et la lueur qu'il avait pu surprendre dans le regard des policiers blancs l'avait terrifié. Ils recherchaient les Noirs qui n'avaient pas de « dompass », comme son oncle appelait le morceau de papier qui manquait encore à Thabo.

— Arrête de sourire! avait lancé en anglais le Noir qui se tenait derrière l'appareil, un voile noir lui couvrant la tête.

Thabo serra les dents.

— Qu'est-ce que c'est que ça? avait encore proféré l'homme, dégageant de son voile sa figure maussade pour mieux voir Thabo par-dessus l'objectif. Enlève ça!

Thabo, de mauvaise grâce, retira de sa tête son petit bonnet de laine, qu'il coinça entre ses genoux.

163

– Pourquoi ne puis-je pas sourire ? demanda-t-il.

L'homme bredouilla une réponse indistincte.

– Hé ! s'exclama Thabo, se jetant de côté à l'explosion d'une lumière.

L'homme leva la tête, le voile lui tombant sur les yeux.

– Tu veux un permis ? demanda-t-il platement.

– C'est ce truc ! dit Thabo, désignant l'appareil qui le menaçait toujours de son œil aveugle qui jetait du feu. Poof ! fit-il encore, imitant le bruit du flash. Il prend feu ! insista-t-il avant de regagner prudemment son siège, qu'il essuya d'un coup de son bonnet avant de s'y asseoir.

– O.K. ! fit l'homme.

Avant qu'il ait pu l'esquiver une seconde fois, l'éclair jaillit et l'homme s'avança jusqu'à la porte de la cabine.

– Reviens à 5 heures, lança-t-il avant de s'éclipser.

Fasciné par la boîte noire sur son pied devant lui, Thabo resta un moment sans bouger dans la cabine vide. Se demandant si elle contenait son image, il s'avança tout doucement, le corps à l'oblique et son bonnet de laine prêt à frapper, au cas où...

– J'ai dit 5 heures ! lança l'homme, revenant dans la cabine, un client sur les talons. Chapeau ! dit-il au nouvel arrivant qui ôta docilement son bonnet de laine.

– N'oublie pas de baisser la tête ! lui lança Thabo, moqueur, en filant dehors.

Fort de sa nouvelle expérience, il descendit fièrement Main Road, artère principale d'Observatory, l'un des faubourgs du Cap, en roi frais couronné surveillant son domaine.

La rue était bordée de magasins dont les vitrines étaient bourrées de marchandises fascinantes. Il s'arrêta devant l'une d'elles contre laquelle il pressa le nez, aimanté par la musique qui en jaillissait. Des tables et des chaises étaient disposées sur un plancher étincelant et de jeunes Blancs bavardaient en sirotant avec des pailles d'énormes boissons roses ou jaunes. Lentement, ses pieds s'accordèrent au rythme de la voix d'Elvis Presley et, peu à peu, son corps tout entier s'anima. Il n'avait jamais rien entendu de pareil. Comme la chanson de Presley parlait de chaussures bleues en daim, il considéra les siennes avec une grande fierté. Quatre livres et un billet de dix shillings s'y trouvaient encore à l'abri et la vie était belle. Il écarquillait les yeux vers une grande boîte à musique, lorsque des lumières clignotèrent et que la musique s'arrêta net. Un jeune Blanc glissa une pièce dans une fente sur le côté de la machine et Thabo, fasciné, contempla le bras de métal qui s'en fut saisir un petit disque noir et le remplaça par un autre. Il retint son souffle tant que dura le silence et sursauta lorsqu'une voix retentit :

« One o'clock, two o'clock, three o'clock rock ! »

– Qu'est-ce que tu veux, mon garçon ?

Un Blanc se tenait sur le seuil à côté de lui et le regardait d'un œil vide danser sur le trottoir.

– La musique! dit Thabo, le sourire aux lèvres. C'est bon, cria-t-il, couvrant la voix de Bill Halley, le corps secoué au rythme du rock et ses beaux souliers noirs crissant sur le sol.

– Tu aimes ça? lâcha l'homme d'un air soupçonneux, insensible à la joie de Thabo.

– C'est bon! répéta Thabo, se balançant et tournant devant la porte, tout entier emporté par le battement formidable qui en sortait.

– Ote tes fesses noires de là! lui rugit l'homme en pleine figure. Thabo sauta en arrière.

– Vous êtes tous les mêmes! conclut-il en tournant les talons, sans souci de la fierté qu'il venait de piétiner.

Les derniers débris de cette fierté disparurent lorsque la porte lui fut claquée au nez. « Whites Only » y était imprimé en grandes lettres.

Toutes les rues qu'il emprunta étaient bordées de boutiques merveilleuses, mais Thabo n'en regarda plus une. Il ne voyait partout, sur les portes, sur les bancs, aux arrêts d'autobus, que cette inscription en deux langues : « Net Blankes », « Whites Only », qui épelaient son bannissement, et il se demandait comment il avait fait pour ne pas les voir plus tôt.

– Tu n'aimes pas la photo? demanda-t-il à son oncle ce soir-là.

– Elle est bonne, répondit Sibonda sans enthousiasme, devant un cliché d'où ne ressortait que le blanc des yeux de Thabo. Demain, tu la porteras avec ton formulaire et tu auras ton permis. Peut-être.

– Peut-être? fit Thabo.

Il jeta un coup d'œil au chien à ses pieds, qui lui renvoya un regard plein de compréhension.

– Pas peut-être! insista-t-il. J'aurai mon permis. Demain. Ensuite j'aurai du travail, ensuite j'irai à l'école.

Il s'accrochait à la seule chose qui lui permît d'oublier les signes qui le déclaraient inapte à s'asseoir sur un banc.

– Mange! lui commanda Maria, poussant devant lui un bol de semoule et de sauce.

Le nez du chien frémit. Il avait la tête posée sur les pattes avant et les yeux innocemment fermés.

– Il faut oublier l'école, Thabo, dit Sibonda, contemplant, adossé à sa chaise, le filet de fumée qui montait lentement de sa pipe. L'école ne te donnera pas d'argent et c'est d'argent que tu as besoin. Il y a du travail dans les usines. Au Cap, le travail n'est pas tout entier réservé aux Blancs et, pour ce que tu aurais à faire, tu n'as pas besoin d'école.

Thabo glissa à son chien une petit boule de semoule, qui disparut aussitôt dans sa gueule.

– Crois-tu que j'aie envie de travailler toute ma vie dans une usine?

Comme Maria lui arrachait son bol, Thabo sursauta, tandis que le chien se léchait les babines.

– Puisque tu es si fort, gagne de l'argent pour nourrir ce chien! cria-t-elle en s'éloignant.

Le chien plongea la tête entre les pattes.

— Rends-le-lui, dit Sibonda sans élever la voix, mais avec autorité.

Sa fille le toisa, les poings sur les hanches.

— Rends-lui son bol, ordonna-t-il de nouveau.

— Pour qu'il nourrisse le chien ? fit Maria, défiant son père.

Sibonda se demandait pourquoi elle était devenue aussi bête que grosse.

— Je n'ai pas faim, dit Thabo, lorsque Maria lui rendit le bol.

Sibonda adressa un clin d'œil au chien orange qui se tenait aux aguets. Lorsque Thabo lui tendit le bol, il le nettoya en un clin d'œil.

— Quand paiera-t-il sa nourriture, grommela Maria dans son coin.

— Le chien ? demanda Sibonda, surpris.

Elle se rua, armée d'un balai, sur l'animal qui se glissait vers la porte, la queue entre les jambes et un morceau accusateur en travers de la gorge.

— Tu t'y feras, Thabo, dit Sibonda, revenant au vrai problème.

Il s'enfonça en riant dans le vieux fauteuil. Il savait pourquoi son neveu n'avait pas faim au soir de sa première journée dans les rues du Cap.

— Ces pancartes, dit-il, tu ne les verras bientôt plus.

L'homme derrière le comptoir de l'Administration Office de Langa désigna d'un épais doigt blanc une question imprimée en afrikaans.

— Tu vois ça ?

Il poussa le formulaire sous le nez de Thabo.

— Il est écrit là que tu dois produire ton certificat de naissance, dit-il en martelant ses mots.

Thabo s'efforça de garder son calme. Il y avait trois mois qu'on l'avait photographié et qu'il avait rapporté son dossier dans ce même bureau. Toutes les nuits il avait dormi dehors et tous les jours il s'y était présenté pour retirer son permis.

— Je n'ai pas de certificat de naissance, dit-il, s'appliquant à bien prononcer les mots afrikaans, comme à contenir la rage qui bouillonnait en lui. Je suis né dans une ferme près de Stellenbosch.

Sa mère lui avait dit qu'il était né à Bonne-Espérance, mais il savait qu'aucun papier ne le prouvait.

— Trouve ce certificat, dit l'homme en poussant l'imprimé plus près de Thabo. Au suivant.

— Je n'ai pas de certificat de naissance, répéta Thabo, repassant devant l'homme qui attendait.

— Ta famille vient du Transkei. Oui ? fit l'homme blanc, l'air las. Vas-y. Je ne peux rien faire de plus sans certificat de naissance.

— Mais je vous ai dit que je n'en ai pas, répliqua Thabo, de désespoir revenant au xhosa. Vous voyez bien que je suis né ! Vous me voyez ! poursuivit-il, tirant sur ses vêtements avec colère. Il vous faut un papier qui dise que je suis bien là ? Êtes-vous aveugle ?

166

— Je ne peux rien faire pour toi sans ce certificat, répondit l'homme en parfait xhosa, laissant Thabo stupéfait.

Il ne savait pas ce qui l'étonnait le plus : d'entendre un bureaucrate afrikaner parler xhosa ou de s'entendre réclamer un certificat qui n'existait pas, pour prouver qu'il existait.

— Au suivant, reprit l'homme en afrikaans.

Thabo fut écarté par le candidat suivant. L'esprit en déroute, il sortit du bâtiment de briques dans le soleil d'une fin d'après-midi. Les lois semblaient faites exprès pour contrecarrer ses rêves et il ne savait plus à quel saint se vouer. Sans permis, pas de travail possible. Il demeurerait clandestin dans son propre pays et devrait continuer à dormir dehors pour ne pas risquer la prison. La fièvre qui l'animait lorsqu'il était entré pour la première fois à l'Administration Office avait disparu. C'est d'un œil morne qu'il scruta avec un dernier espoir les ombres qui s'allongeaient. Le garçon à la veste de cuir.

— Tu disais que tu pourrais m'avoir un permis, dit Thabo en xhosa.

Il marchait dans un passage flanqué de cabanes en tôle et sentait le cirage frais de la veste de cuir. La réponse lui parvint de l'ombre.

— Tu as combien d'argent ?

— Quatre livres et dix shillings !

Thabo regarda l'autre dans les yeux et celui-ci se mit à rire.

— Qu'est-ce qui ne va pas ? demanda Thabo.

Le jeune homme se détourna en haussant les épaules de dédain.

— Je te demande ce qui ne va pas, répéta Thabo, agrippant la veste de cuir.

Mais il recula vivement. L'autre dardait sur lui ses petits yeux noirs et quelque chose lui piquait les côtes. La lame d'un long couteau.

— Donne-les moi ! fit le jeune homme d'une voix crispée tandis que la pointe s'enfonçait un peu plus avant dans la poitrine de Thabo.

— Non !

Il voulut fuir, mais une douleur fulgurante lui traversa le ventre et le chien se mit à gronder.

— *Sik 'em !* cria Thabo, mais ne lui répondit que le glapissement de terreur du chien qui avait reçu un coup de pied à la gorge.

— Voleur ! hurla Thabo.

Il agrippa une nouvelle fois la veste de cuir noir, mais un coup de genou sous le menton lui jeta la tête en arrière et la longue ligne des taudis oscilla devant ses yeux.

— Foetsek !

Une voix perça l'obscurité tourbillonnante où sombrait Thabo. Il entendit encore le chien dont les grondements étaient devenus cris de douleur. On poussa son corps derrière des poubelles débordantes, et un tas d'ordures puantes s'effondra sur lui. Les mains au ventre, il lutta pour s'arracher au bourdonnement insoutenable qui lui emplissait le crâne. Un liquide chaud lui poissa les doigts. Une lame étroite avait tout anéanti et il n'entendait plus rien que les gémissements pathétiques d'un chien. S'obligeant à rester conscient, il chercha ses jambes à tâtons.

— Mes souliers !

Son hurlement retentit dans le bidonville sans éveiller le moindre écho. Le chien seul l'avait entendu.

— Thabo ? Thabo ?

Le nom roulait sur le vert tendre des vignes. Sa mère l'appelait pour manger. Un sentiment de bien-être l'envahissait.

— C'est bon pour toi, Thabo.

Mais ce n'était pas la voix de sa mère, c'était celle de Sibonda, et Thabo s'aperçut soudain qu'il n'était pas à Bonne-Espérance.

Il ouvrit les yeux sur les quatre murs de la maison de Sibonda et le lit où il était couché lui sembla dur. Maria lui tenait la tête et son oncle lui présentait une cuillère de soupe.

— Je travaillerai. Je n'ai pas besoin de permis, dit-il d'une voix faible, mais le regard ferme. Ça marchera. Je le jure.

— Sur quoi le jures-tu, Thabo ? Sur ta vie ? demanda Sibonda, revoyant le corps sanglant et tuméfié de son jeune neveu tel qu'il l'avait trouvé la nuit précédente. Et que vais-je dire à ta mère ?

Le chien orange était apparu agonisant sur le seuil de sa maison, la gorge ouverte par un couteau. Il avait gémi jusqu'à ce que Sibonda le suive et il l'avait conduit à Thabo, en se traînant à travers des rues immondes.

Sibonda était encore sous le choc : il avait découvert son neveu baignant dans son sang, mais il savait ne pas pouvoir l'emmener à l'hôpital, Thabo n'ayant pas de permis. Il l'avait donc porté chez lui, mais le chien n'avait pas suivi. Il avait rampé dans les broussailles et on ne l'avait plus revu.

— Il faut que tu rentres chez toi, mon enfant. Ta place n'est pas au Cap.

— Non, dit Thabo, se redressant, toujours cramponné à ses rêves. Je ne veux pas rentrer !

Maria les considérait, le regard vide, en faisant un ouvrage au crochet.

— Je travaillerai sans permis. Je peux continuer à dormir dehors, reprit-il, défiant le bon sens des derniers mots de Rébecca qui dansaient au milieu de pancartes fixées à des bancs et à des portes : « Les Noirs ne deviennent pas des hommes ! » J'irai à l'école ! réaffirma-t-il.

S'apercevant que quelque chose manquait, son regard glissa vers la porte.

— Le chien ? murmura-t-il.

— Le chien est mort, dit Sibonda, s'éloignant du lit pour s'asseoir dans son vieux fauteuil. La prochaine fois, ce sera ton tour. Retourne chez ta mère, Thabo.

— Je n'aurai jamais de permis, mon oncle. Il n'y a pas de certificat de naissance.

Bonne-Espérance n'était plus pour lui que le symbole de son échec.

168

— Je n'irai pas.

— Mon enfant, fit doucement Sibonda, plongeant dans un lointain passé. Je te donnerai de l'argent pour aller au Transkei ; là-bas ils te donneront un certificat de naissance. Alors – il prit une longue inspiration, sachant que ce qu'il allait dire n'avait guère de sens – nous retournerons voir l'administration pour t'obtenir un permis.

— Aucun papier ne dit que je suis né, mon oncle, reprit Thabo, se tenant le ventre qui lui faisait horriblement mal. Écoute-moi, plaida-t-il.

Mais Sibonda n'écoutait pas. Il contemplait une mouche posée sur sa main qui se frottait nerveusement les pattes arrière l'une contre l'autre.

— Je peux travailler sans permis et gagner l'argent de ma nourriture, dit Thabo.

Il jeta un coup d'œil à Maria, mais elle avait, elle aussi, détourné les yeux.

— Ils ne m'attraperont pas, mon oncle ! cria-t-il.

— Ceba disait la même chose, répondit Sibonda, l'œil vide et la voix sans timbre. Ils savaient alors que mon fils était né. Et, quand il est mort, ils l'ont su aussi, poursuivit-il avec un vague sourire. Tu vas rentrer chez ta mère.

— Oui, mon oncle, répondit Thabo.

Mais sa décision était prise. Il ne pouvait pas accepter l'échec qu'impliquait l'ordre de Sibonda.

Luke avait trouvé la lettre de Rébecca sur son paillasson en partant au travail, mais il ne l'avait pas lue. Ses lettres lui apportaient toujours un étrange réconfort, mais elles le troublaient aussi. Il aimait ce qu'elle écrivait et l'amour qu'elle y mettait, mais il refusait de l'admettre. Il avait fourré la lettre sans l'ouvrir dans sa poche revolver où elle était restée toute la matinée. Jusqu'à ce qu'il fût assis sur le banc du jardin où il passait l'heure du déjeuner.

« Thabo est parti depuis six mois et il me manque toujours. Il manque aussi à Simon. Et tu me manques aussi, Luke. As-tu vu le film *A l'est d'Eden* ? J'ai accroché dans ma chambre une photo de James Dean. »

Thabo... Vu du monde où Luke vivait désormais, le jeune Noir appartenait à un lointain passé. L'enfance était révolue et Luke n'arrivait pas à imaginer Thabo en jeune homme. Il préférait donc penser à Simon. Son jeune frère aurait bientôt sept ans et il se demandait ce qu'il devenait. Rébecca, dans ses lettres, lui avait dit qu'il marchait. Qu'il parlait même, se contentant le plus souvent de répéter ce qu'il entendait.

« Tu sais, poursuivait Rébecca, je trouve que James Dean te ressemble. Il a un charme ! J'ai pleuré pendant tout le film. »

Luke n'avait pas vu *A l'est d'Eden*, mais il savait qui était James Dean. A Johannesburg, tous les gens de son âge en parlaient et sa photo était partout. Mais il n'avait pas d'argent à dépenser au cinéma, lui avait dit sa mère, et il n'y pensait plus. Prenant une bouchée du sandwich à la pâte d'anchois qu'Estelle lui enveloppait chaque matin dans du papier sulfurisé, Luke revint à la lettre de Rébecca.

« Il m'arrive d'avoir très peur pour Thabo, quand je pense qu'il est au Cap. Sa mère dit qu'il va bien. Qu'il habite chez son oncle à Langa et qu'il ne rêve que d'aller à l'école. Mais il n'a toujours pas de permis – au fait, qu'est-ce qu'un permis ? »

Tout à coup, Luke revit Thabo. Il était dans sa chambre à Bonne-Espérance et regardait l'un de ses livres de classe. Il essayait de le lire et Luke lui apprenait. Bien que Thabo fût sans couleur dans son souvenir, Luke savait que tout était désormais différent.

Depuis le départ de son père pour l'Angleterre, la vie de Luke avait été planifiée par sa mère, de façon à ne satisfaire que ses besoins à elle. Ses rêves d'université s'étaient évanouis avec son accession aux responsabilités quotidiennes, et les exigences d'Estelle n'avaient fait que s'accroître depuis le départ de Paul. Le temps dont Luke disposait était strictement divisé en trois parties. Il passait ses journées à traduire des textes d'afrikaans en anglais, routine qui lui valait une paye à la fin du mois. Tout en traduisant la législation qui enserrait son pays dans la toile d'araignée de l'apartheid, Luke ne pensait jamais à Thabo. Il n'avait jamais osé se demander si ces lois n'apportaient pas le malheur aux gens. Aux gens comme Thabo. Ainsi l'avait-il délibérément chassé de son esprit, pour ne pas avoir à se poser de questions. Tandis que le gouvernement nationaliste resserrait son contrôle sur la population noire, il avait traduit en anglais l'éloquence afrikaans du Dr H.F. Verwoerd sans penser à Thabo.

« L'éducation des indigènes doit être contrôlée de manière à ce qu'ils obéissent aux impulsions de l'État. Les relations entre les races ne peuvent s'améliorer tant qu'une éducation fautive est dispensée aux indigènes, les transformant en aigris, qui attendent ce que l'Afrique du Sud ne peut pas leur fournir. »

Le gouvernement déclarait que c'était cette trompeuse attente qui avait mené Thabo au Cap, à la quête d'un rêve impossible, et, repoussant un dernier soupçon de remords, Luke se leva de son banc. C'est seulement là qu'il remarqua la pancarte qu'il avait tant de fois traduite : « Whites Only, Net Blankes ». C'est seulement là qu'il se demanda comment ces mots pouvaient se traduire dans le cœur de Thabo.

— Pensez-vous pouvoir vous en tirer, Luke ? lui demanda le père d'Althéa, par-dessus la nappe blanche immaculée qui les séparait.

La lourde figure de Jan Strydom était profondément hâlée et, malgré son costume et sa cravate, il eût pu sortir à l'instant d'un champ de mil. Contrairement à l'afrikaans du Cap dont Luke préférait la douceur, le sien était guttural, mais il s'y était habitué.

— Bien sûr que vous vous en tirerez, avait répondu comme toujours Jan Strydom à sa propre question.

Luke sentait fixé sur lui le regard d'Althéa, assise très droite sur la chaise à côté de lui.

— Oui, monsieur, je pense y parvenir, merci, fit Luke en souriant, conscient que l'avenir de fonctionnaire que sa mère escomptait pour lui dépendait de Jan Strydom.

Ils venaient de rentrer du service du matin à l'Église réformée néerlandaise et Althéa portait encore la chemise blanche à col haut qui était réservée aux dimanches.

— C'est bien, fit Strydom.

Il se passa une large main dans les cheveux et baissa la tête, ce qu'imitèrent ses sept enfants, placés par ordre de naissance autour de la table.

— Dieu juste, commença le maître de maison, tandis que Luke balayait du regard les têtes bien peignées qui n'osaient jamais contester l'autorité de Jan Strydom, bénis la nourriture de tes enfants et les mains qui l'ont préparée.

Ces mains étaient celles de sa femme, Adriana.

— Amen, répondit le chœur familial.

— Je parlerai à Hendrik demain matin, continua le père d'Althéa, sans marquer de pause, en se tournant vers Luke. Vous serez augmenté, naturellement. Le travail vous plairait ?

— Oui, dit Luke avec le sourire.

— Luke, vous devez servir le pays ! Tous ces gens outre-mer ne savent même pas ce qu'est l'apartheid ! Vous aurez à leur faire comprendre que c'est pour le bien des indigènes. Il nous revient d'assurer leur bien-être et l'apartheid nous le permettra. C'est la volonté de Dieu.

— Oui, acquiesça Luke une fois de plus.

Jamais il ne s'était posé la question du bien-fondé de l'apartheid. L'apartheid n'était rien de plus que le travail que sa mère lui avait demandé de prendre. Luke avait cessé de se battre.

— C'est très bon, Adriana, dit Jan Strydom, enfournant un autre morceau d'agneau. Ça vient de chez Boetie Van Heerden ?

— Oui, répondit Adriana.

Elle fusilla du regard le petit garçon assis à côté d'elle, lequel ferma aussitôt la bouche, puis elle leva les yeux vers son mari. Il tendait la main. Sans un mot, elle passa une petite salière à son benjamin, qui la passa à son voisin et ainsi jusqu'à Jan qui la prit sans remercier.

— Cet après-midi, nous irons au barrage, annonça Althéa.

Tout en saupoudrant son assiette de sel, son père approuva de la tête.

— Vous prendrez le break ? demanda-t-il.

— Oui, répondit Luke, si vous ne vous en servez pas et si vous n'y voyez pas d'inconvénient.

Persuadé que le père d'Althéa savait pourquoi ils allaient au barrage, Luke se sentait soudain nerveux.

— Très bien.

Si c'était pour emmener sa fille, Jan Strydom était toujours d'accord pour prêter un véhicule à Luke. Il avait quatre filles, qui chacune devrait se marier, et c'était pourquoi il favorisait l'avancement de Luke.

— Ce sont ces étudiants de Wits qui créent des problèmes, reprit-il, revenant à la seule question qui l'intéressât. Ils n'ont rien de mieux à faire qu'à créer du désordre. Fais-leur des sandwiches, Ma, lança-t-il à sa femme, passant du coq à l'âne.

Elle acquiesça aussitôt et, après un coup d'œil aux tranches de viande qui restaient dans le plat, elle décida qu'avec quelques tomates ça ferait très bien l'affaire.

— Savez-vous que ces jeunes communistes du Cap voudraient accueillir des Noirs dans leur université ? demanda-t-il avec un étonnement sincère. Au fait, comment va votre mère ? ajouta-t-il soudain.

Il avait brusquement songé à la femme qui avait épousé un Anglais et n'avait récolté que ce qu'elle méritait. Jan avait compris qu'Estelle serait pour Luke un fardeau financier, aussi s'enquérait-il souvent de sa santé.

— Ces maudits communistes sont la cause de tout ! C'est une guerre totale et plus tôt nous les bouclerons ou les expulserons, mieux ça vaudra ! reprit-il, rattrapé par son obsession.

— Il faut y aller, dit Luke, regardant sa montre et se tournant vers Althéa. Je dois être de retour avant 6 heures.

La mauvaise piste qui menait au barrage demandait au moins une heure et il savait qu'il lui faudrait se faire violence pour rentrer.

— Maman aime bien que je l'accompagne le soir à l'église, dit-il en souriant, malgré la culpabilité qu'il éprouvait déjà. Althéa et moi allons nous promener autour du barrage, ajouta-t-il, assurant à Jan Strydom que sa voiture ne servirait à rien d'autre qu'à les transporter.

— Je suis prête, dit Althéa, rassemblant son couteau et sa fourchette. Je peux y aller ? demanda-t-elle à son père.

Une sèche approbation de Jan Strydom la jeta hors de la pièce. Elle allait se changer, savait Luke, troquer ses habits du dimanche pour une robe légère, sans grand-chose dessous. Il tâta dans la poche de son pantalon le petit sachet qu'il avait acheté en chemin.

— Aujourd'hui, oublie ça, dit Althéa, les lèvres sèches et les yeux brillants, voyant Luke ouvrir son sachet. S'il te plaît...

Une fille de l'école lui avait dit que les garçons préféraient faire l'amour sans protection. Elle lui prit le sachet des mains, le jeta hors de la voiture et sourit avec malice.

— Essayons !

Tout en s'affairant sur elle, Luke laissait errer son regard sur les buissons assoiffés qui entouraient la camionnette. Elle avait rejeté ce qui le protégeait d'une conception indésirable et masquait sa lancinante culpabilité.

— Tu en es bien sûre ?

Mais, emporté par le désir, Luke refoula ses pensées. Althéa fermait les yeux et ses lèvres étaient ouvertes sur un demi-sourire. La sentant s'abandonner, il approcha sa figure de la sienne, mais la releva brutalement.

Rébecca lui était apparue. La petite fille, Rébecca, le regardait, comme elle le faisait dès qu'il était seul avec Althéa, mais elle n'était plus une petite fille. Elle le dévisageait de ses yeux noirs, comme la dernière fois qu'il l'avait vue et ses derniers mots résonnaient dans sa tête :

« Grâce à cette clé nous resterons ensemble à Bonne-Espérance. »

Il chassa cette image de son esprit et revint à Althéa. Ils se retrouvaient un dimanche sur deux dans le break, près du barrage, et, chaque fois, il se demandait ce qu'il faisait là. Luke détestait le veld du Transvaal. La terre aride, couverte de buissons desséchés, n'avait rien de la magie du Cap. Et, malgré la violence de son désir, il savait aspirer à autre chose. A la liberté. A oublier les pressions et les frustrations de sa vie étriquée.

– Luke !

Se cramponnant à lui, Althéa se tortilla pour s'extraire de sa robe.

Luke représentait le seul moyen d'échapper à la domination de son père. Elle suffoquait dans une existence tout entière dictée par l'idée de peuple élu que les Afrikaners se faisaient d'eux-mêmes. Par des lois divines tirées des textes bibliques et révisées par l'Église réformée néerlandaise pour convenir à ses buts particuliers. Un calvinisme aveugle étouffait l'esprit d'Althéa et lui imposait des œillères.

– Luke ? fit-elle avec douceur lorsqu'il se laissa aller sur elle de tout son poids.

Elle n'avait rien éprouvé que de l'inconfort, mais elle le savait satisfait. Sa mère lui avait, un jour, expliqué avec beaucoup d'embarras que chez la femme l'amour charnel n'était rien d'autre qu'un devoir. Et l'accouplement un bref ennui. Comme tout le reste, il était sacrifice, et une vraie Afrikaner devait s'en faire un devoir.

– Un jour, nous ferons ça ailleurs que dans ce fourgon, murmura-t-elle à l'oreille de Luke, toujours affalé sur elle. Je m'occuperai de toi. Tout ce que tu voudras, je le ferai.

Elle savait rencontrer les désirs de Luke, mais se demandait pourquoi elle n'était toujours pas apaisée quand lui l'était.

– Tu es sûre qu'il n'y a pas de danger ? lui demanda-t-il en s'écartant doucement.

Il avait entendu les cloches de mariage carillonner dans le cœur d'Althéa.

– Tu ne veux pas te baigner ? lui proposa-t-il, ayant entendu dire que l'eau pouvait remplacer le petit sachet qu'elle avait jeté.

Althéa plongea nue. Sa peau miroitait à la surface des eaux sombres du barrage. Elle était superbe et son corps émouvait encore Luke, mais il n'éprouvait plus que peur. Comme il contemplait l'étendue tranquille, il se revit soudain à Bonne-Espérance dans les eaux claires et bouillonnantes de la rivière, où il nageait enfant. Il revit les cascades d'argent qui descendaient de la montagne de la Table en rubans étincelants, avant de se perdre dans les vastes étendues des plages blanches et de la mer turquoise.

– Tu veux le faire encore ? Dans l'eau ? demandait Althéa en nageant vers lui, puis lui jetant les bras autour du cou, avide qu'il lui fît ce dont parlaient les autres filles. Tiens-moi! fit-elle, lui enserrant les reins de ses jambes.

— Non, dit-il. Il faut rentrer.

Et, bien que son désir eût resurgi, il l'écarta.

— On fait la course! lança-t-il.

Il revint vers la berge boueuse du barrage, puis l'aida à sortir de l'eau. Il voyait un bébé la main refermée sur une alliance, tandis que Jan Strydom souriait avec indulgence, et il n'avait qu'une envie : prendre la fuite.

— Habille-toi, lui commanda-t-il, comme le soleil violent de l'après-midi les séchait en un clin d'œil. Il ne va pas falloir traîner! Ton père pourrait avoir besoin de la voiture, ajouta-t-il, essayant de justifier sa hâte, tandis que déclinait lentement l'attente d'une Althéa désappointée.

Il lui était venu à l'idée que le retour par la piste cabossée pourrait résoudre son problème plus efficacement que l'eau.

Le visage impavide, Estelle tenait entre le pouce et le médius un slip blanc auquel était collé un kleenex qui pendait lamentablement à l'entre-jambe.

— Et ne me dis pas que tu t'y es mouché! dit-elle d'une voix glaciale. Eh bien ?

Luke passa rapidement en revue les explications plausibles.

— *Sies tog!* lança Naomi en se pavanant devant la porte ouverte de la chambre, ses petits seins en avant.

— Je ne sais pas, fit Luke, haussant les épaules. Que crois-tu que ce soit ?

Mais l'expression des yeux de sa mère lui fit aussitôt regretter ce défi. Estelle était blême de rage.

— Tu sais ce qu'elle cherche, cette fille, Luke ? Comme toutes les autres dans cette ville. Elle cherche un mari! Tu as une mère et une sœur à faire vivre. Tu ne peux pas te permettre d'épouser qui que ce soit. A moins, naturellement, de l'oublier, comme l'a fait ton père! Voudrais-tu être comme lui? C'est ça que tu attends de la vie ? Échec et honte ?

A quoi bon répondre ? Luke savait que Paul envoyait tous les mois d'Angleterre de l'argent à sa mère, mais il n'irait pas la défier.

— Je vais avoir de l'avancement. M. Strydom m'a dit aussi qu'il me ferait nommer un jour au Broederbond.

Luke savait à quel point sa mère était avide de reconnaissance sociale. Il sourit et ajouta :

— Et je n'ai pas l'intention d'épouser qui que ce soit.

Estelle se détendit, mais Luke se demanda pourquoi il cédait toujours. Il avait peur de sa mère, mais ce n'était pas suffisant pour la laisser lui dicter sa vie. Il allait avoir dix-huit ans. Il pouvait quitter l'emploi qui absorbait toute sa vitalité. Il pouvait sans remords quitter Althéa et oublier le plaisir éphémère que son corps lui donnait. Il pouvait refuser les mensonges qu'inventait Estelle pour le lier à elle et accroître ses exigences; mais sa mère, il ne savait pourquoi, exerçait sur lui une emprise qu'il ne savait comment briser.

— Je ne te laisserai jamais tomber, maman, s'entendit-il dire, étranger à lui-même.

C'étaient les mots d'un étranger, de l'étranger qu'il était devenu à lui-même. Le petit garçon qui avait grandi au milieu des vignes et partagé ses rêves avec un ami noir n'existait plus. Il était mort sans bruit depuis longtemps.

Un Noir d'âge mûr fouillait avec grand soin la poubelle qui jouxtait les bureaux de briques d'un entrepreneur de pompes funèbres. Deux ans auparavant, par un certain lundi pluvieux, Fézilé avait trouvé au milieu des ordures une paire de lunettes cerclées de fer qui avaient changé sa vie. Depuis, il passait ses lundis à fouiller les poubelles.

Remontant ses lunettes sur son nez, il scruta attentivement le récipient. Ses gencives édentées s'entrechoquaient et il s'essuyait les mains entre chaque article examiné.

— Hé!

Fézilé se tourna vivement dans la direction de la voix.

C'était Thabo qui venait de tourner l'angle du mur de briques et toisait d'un œil plein de colère le clochard à lunettes qui lui faisait face.

— Elle est à moi, dit-il, montrant la poubelle.

Fézilé l'observa mieux. En haillons, pieds nus, les jambes couvertes de poussière, le jeune homme devant lui étaient plein de fierté. Il combattait pour sa place au soleil.

— C'est ta poubelle? fit-il.

Le visage de Fézilé était sculpté dans l'ébène : de hautes pommettes sur des joues creuses et des yeux profonds sous un front anguleux.

— Tu es le propriétaire de cette poubelle? demanda-t-il en souriant.

— De tout ce qui est ici! répondit Thabo en englobant d'un large geste le faubourg tout entier de Mowbray.

Il y vivait depuis dix-huit mois, dormant sous les porches et se nourrissant des détritus des poubelles qui s'alignaient le long de ses trottoirs.

Il avait appris la vie à l'école du dénuement et provoquait quiconque pénétrait sur son territoire.

— Cette poubelle est à moi! répéta-t-il.

Il savait comme Fézilé que ces poubelles de croque-morts contenaient souvent des choses intéressantes, uniquement jetées parce qu'elles étaient inutiles dans l'au-delà.

— D'où viens-tu, mon garçon? Tu es Sotho? demanda Fézilé, ayant remarqué l'accent de Thabo en xhosa.

— Tu vas parler comme ça toute la journée? répliqua celui-ci, impatient d'en finir avec cet homme qui osait le questionner.

175

Il porta la main à son couteau dans sa poche. La vie ne valait pas cher dans les rues du Cap. Thabo avait l'esprit embué par le *dagga* qu'il fumait pour tromper sa faim dans les passages reculés. Bien que Fézilé fût noir, il ne voyait en lui que l'intrus, une menace pour sa subsistance.

— D'où viens-tu, mon garçon? Je t'ai posé une question!

Fézilé avait vu le couteau, mais demeurait de sang-froid devant l'irritation de Thabo.

— Je suis d'ici! Je vis ici! Et maintenant qu'est-ce que tu veux?

Le couteau avait jailli sous la gorge de Fézilé.

— Tu ne veux pas me dire d'où tu viens? reprit celui-ci, ignorant le couteau. Tu as peur?

— De toi?

La lame chatouillait le cou de Fézilé.

— Tu es d'un village, mon garçon? Où est ton village?

— Tu es fou, l'ancien!

Thabo éclata de rire. Peu soucieux d'être ramené à ses origines, il se détourna avec un haussement d'épaules. Dans les rues du Cap, il n'y avait pas de place pour le passé et il n'avait pas de temps à perdre.

— J'y suis! Herschell! Voilà le village de ta grand-mère dans le Transkei. Sophie Mayekiso. C'est bien elle? Hein, mon garçon?

Thabo, stupéfait, avait fait volte-face.

— Je connais ta famille, ajouta Fézilé, se rappelant fort bien le petit village où lui-même avait grandi de nombreuses années auparavant. Ton oncle Sibonda habite Langa, et...

Thabo s'étant retourné pour partir, il l'attrapa par le fond déchiré de son pantalon, l'immobilisa d'une prise au cou et lui prit son couteau.

— Je sais que Sibonda n'est pas facile, mais il a peut-être raison.

Thabo essaya de se dégager, mais Fézilé le tenait.

— Au revoir!

Fézilé l'avait brusquement lâché et avait jeté le couteau aux pieds de Thabo.

— Ce que je cherche aujourd'hui n'est pas dans les ordures, dit-il. Il n'y a rien ici que des déchets!

— Hé! Que veux-tu? lança Thabo.

Revenu d'un bond près de lui, Thabo régla son pas sur le sien et fourra son couteau dans sa poche. Il avait reconnu une qualité qu'on ne rencontrait guère dans les rues et la dignité de l'homme l'attirait comme un aimant.

— C'est toi qui vas me le dire. Que cherches-tu, fils? répliqua Fézilé. Les poubelles, c'est pour les déchets. Tu cherches des déchets? Tu appartiens aux poubelles maintenant? Tu n'es plus de ton village? Avec les tiens? Non! Je ne peux pas croire ça!

— Toi aussi, tu fouilles les poubelles!

— Oui! Fézilé sourit, pointant l'index vers ses lunettes. Pour ça! Pour ça, mais pas pour manger. Pour manger, je travaille et je n'ai pas besoin de couteau pour ça.

176

— Et tu as un permis. En bon Bantou, tu as un permis. N'est-ce pas ? ricana Thabo, dansant autour de son aîné.

— Je sais comment t'obtenir un permis, répliqua Fézilé, et je sais aussi comment trouver du travail « en bon Bantou » !

Thabo émit un grand rire et se détourna pour partir, mais Fézilé ajouta :

— Le Bantou à qui je m'adresse veut-il lui-même être une ordure ?

Thabo s'arrêta net. Depuis qu'il s'était enfui de chez Sibonda, personne n'avait osé lui parler de la sorte. Son autorité sur les rues l'avait coupé de la réalité. Il avait appris à s'imposer à des gens bien plus redoutables que Fézilé. Il avait appris à tendre en souriant la main pour recevoir de l'argent de l'automobiliste blanc qui craignait de le voir rayer sa voiture. Il avait vite appris qu'on n'attendait rien d'autre de lui et il avait enterré ses rêves comme il avait enterré le chien orange.

— Que cherches-tu, Bantou ?

Fézilé le défiait toujours, les lèvres en avant.

— A être aussi stupide que le disent les Blancs ? Ou être malin ? conclut-il, tournant les talons.

Le défi était jeté, il restait à espérer que Thabo le relèverait.

Il faisait chaud dans le train de retour à Langa et le wagon réservé aux non-Blancs était plein à éclater. Comprimé entre Fézilé et une Noire qui détournait obstinément le nez, Thabo se demandait ce qu'il faisait là. Pourquoi il suivait l'étranger hautain qui avait fait intrusion dans sa vie pour ranimer une flamme qu'il pensait éteinte.

Il savait qu'il manquerait à la bande d'enfants avec laquelle il habitait un trou dans le mur du canal Liesbeek, mais pas très longtemps. Avant la nuit, ils auraient fait une croix sur lui et élu l'aîné d'entre eux pour les mener.

— Où allons-nous ? demanda-t-il à Fézilé par-dessus le tintamarre du train. Hé, l'ancien, où allons-nous ?

La femme entre eux détourna la tête avec irritation.

— Au foyer des célibataires, zone dix-huit, à Langa, répondit-il en souriant à l'élégante jeune femme qui lui faisait face. Tu as mon adresse à présent, donzelle, plaisanta-t-il en ondulant des hanches.

Thabo riait encore lorsqu'il le poussa hors du train, dans un flot de passagers.

— Et c'est ici que tu vas dormir, dit Fézilé, désignant le dessous d'une table de ciment au centre d'une pièce carrée. C'est la salle à manger, dit-il fièrement. Là où nous mangeons, précisa-t-il.

Puis il conduisit Thabo plus avant dans le bâtiment bas en briques rouges qui constituait le foyer des célibataires de la zone dix-huit de Langa.

— Et voilà où je fais la cuisine, dit-il, montrant l'un des réchauds qui occupaient une autre table de ciment dans une petite cuisine. Et voici la chambre à coucher ! lança-t-il enfin, à l'entrée d'une petite pièce au bout d'un long couloir.

Un poulet était perché au sommet d'une vieille armoire. Un autre, en équilibre instable, sur le pied métallique d'un des trois lits étroits qui achevaient de meubler les lieux. Et un troisième leur adressa un gloussement de bienvenue.

— C'est là que je dors, dit Fézilé.

Un grand coq aux plumes effrangées et plutôt rares gloussa de délice lorsque le regard de Fézilé se posa sur lui. Du vieil oreiller où il trônait, il étendit ses ailes déplumées en signe de reconnaissance.

— Viens, lui dit Fézilé avec un claquement de mains.

Le volatile loqueteux déplia ses pattes grêles et traversa le lit pour le rejoindre.

— Hé là ! s'écria Thabo comme un poulet se posait sur sa tête, hélicoptère emplumé. Va-t'en ! clama-t-il, essayant de le chasser, mais l'animal enfonça ses serres dans l'épaisse chevelure de Thabo. Fais quelque chose, supplia-t-il Fézilé, tandis que, courbant son long cou, le poulet lui gloussait à la figure d'incompréhensibles excuses.

— Chhh ! fit Fézilé en claquant des mains.

Le poulet décolla dans un tourbillon de plumes poussiéreuses, quelques cheveux de Thabo dans le bec.

— J'en fais commerce, reprit-il en regardant le poulet atterrir en catastrophe. Ils sont très demandés à Langa.

Il l'attrapa au passage et lui tordit le cou, en commentant :

— Celui-ci est pour la grosse femme du bout de la rue.

La tête du poulet pendait sur sa main au bout de son cou élastique et accusait Thabo d'un œil encore brillant, tandis que ses cheveux s'échappaient de son bec.

— Allons ! Par ici !

Il se dirigea vers la porte, le vieux coq sur ses talons comme un chien en laisse, et fit signe à Thabo, éberlué, de le suivre dans le long couloir menant à la cuisine.

— Tu veux du travail ? demanda-t-il à Thabo en plumant sa victime au-dessus d'un vieil évier. Quel genre de travail ?

— Je ne veux pas de travail, répondit Thabo.

Une petite plume blanche était collée au nez de Fézilé et oscillait au rythme de son souffle.

— Tu es allé à l'école ? Jusqu'où ? Au niveau huit ? Tu as combien, dix-sept ans, dix-huit ans ? Niveau huit, hein ?

— L'école, c'est de la merde ! lâcha Thabo, mâchoires serrées.

Fézilé plissa les yeux derrière ses lunettes cerclées de fer.

— Ça c'est parler en Bantou intelligent ! Tu n'apprends que ce qu'on veut que tu apprennes, hein ?

Il souffla la plume de son nez. Elle atterrit sur sa lèvre supérieure.

— Allez, viens ! dit-il.

Il fourra sous son bras le poulet plumé et sortit de la cuisine suivi de Thabo et du coq.

— Tu dis des conneries, l'ancien ! Tu le sais ?

Entrant dans la chambre de Fézilé, Thabo jeta un regard circulaire pour voir s'il y avait quelque chose à voler avant de partir. De petites photos passées représentant des femmes noires avec des enfants étaient piquées sur les murs crasseux au-dessus des lits, de l'autre côté de la pièce, et un calendrier soutenait fièrement que l'année était toujours 1957.

— Tu es aussi périmé que ce calendrier ! Tu le sais ? dit Thabo, désignant l'objet pendu à côté d'un vieil imperméable jaune.

— La photo est jolie, répliqua Fézilé, s'en approchant.

Derrière lui, le vieux coq le surveillait d'un œil clignotant.

— Regarde ces montagnes. Elles sont magnifiques. Tu ne trouves pas ?

Mais Thabo avait tourné le dos. Les montagnes auraient pu être celles de Bonne-Espérance.

— Nous sommes en 1958 ! Et cette ferme est une exploitation viticole à Stellenbosch. En as-tu déjà vu une ? fit-il avec arrogance pour cacher l'émotion provoquée par l'éveil de ses souvenirs.

— Tu sais lire ? feignit de s'étonner Fézilé. Tu n'es donc pas le Bantou stupide que tu parais, hein ? Tu as travaillé la vigne ? C'est bien, dit-il, frappant Thabo sur la figure avec son poulet plumé qu'il fourra dans un vieux sac de papier brun, avant de se rasseoir sur le lit pour retirer ses bottes en caoutchouc. Je travaille aux P.S.G., voilà. Peninsular Security Guards. Je peux t'y faire entrer aussi. Mais on ne s'amuse pas.

Fézilé grimaça en tirant sa botte. Un gros orteil noir apparut par le trou d'une vieille chaussette blanche. La crête rouge du vieux coq oscillait d'un côté et de l'autre, comme s'il examinait la chaussette avec Fézilé.

— Quand il est mort, cet homme n'avait qu'une jambe, ajouta-t-il.

Il tira l'autre botte, faisant apparaître une chaussette bleu passé.

— Et celui-ci aussi ! annonça-t-il. En tout cas, ajouta-t-il, jetant un œil aux hardes de Thabo, celles-là tu ne les as pas trouvées dans la poubelle des croque-morts !

— Tu pourrais me trouver du travail ? répondit Thabo, ignorant l'allusion à l'origine de ses vêtements, pour revenir au vieux rêve que le calendrier avait ressuscité.

— Tu as un permis ? demanda Fézilé d'un air vague, faisant tourner le sac de papier jusqu'à ce qu'il colle à la peau du poulet. En as-tu un ?

— Je n'ai pas besoin de permis. Jamais un flic blanc ne m'attrapera, se vanta Thabo, redressant les épaules et toisant Fézilé.

— Hou ! gloussa Fézilé, tandis que le vieux coq lui sautait sur les genoux pour s'y ménager un endroit où dormir.

— Crois-tu que j'ai pu vivre dans la rue sans apprendre à les éviter ? reprit Thabo, de plus en plus fier. Crois-tu que j'ai besoin d'un permis pour complaire à ces salauds de Blancs ? Le crois-tu ?

— Non, répondit Fézilé, caressant son vieux coq, en souriant à Thabo. Mais je crois que seul un Bantou stupide peut dire que l'école est de la merde.

Entre le foyer des célibataires de Langa et les docks du Cap, Thabo et Fézilé eurent vite fait d'accorder leurs vies. Le week-end, Fézilé tuait et plumait des poulets que Thabo allait vendre dans les rues et, en semaine, ils prenaient le train à 4 heures et demie pour Le Cap. Thabo s'y endormait comme une masse, maintenu debout par la foule qui chantait des cantiques en se rendant au travail.

— Tu ne crois pas en Dieu? lui avait demandé une fois Fézilé.

— Il ne croit pas en moi, lui avait répondu Thabo en riant. Ni en toi, avait-il complété, observant son aîné du coin de l'œil, et Fézilé avait ri aussi.

— Vous ne le croyez pas! avait-il clamé à l'unisson des autres, tandis que le train bondé filait vers Le Cap dans un bruit de tonnerre. Notre Dieu règne!

« Dieu veillera sur toi. » Thabo se rappelait soudain les derniers mots de sa mère.

Peut-être Dieu veillait-il sur lui, avait-il pensé, des semaines plus tard, en remettant son salaire à Fézilé. Celui-ci avait décidé que, lorsque Thabo aurait gagné assez pour envoyer quelque chose à sa mère, il suivrait des cours du soir. Ils étaient donnés, lui avait dit Fézilé, par un maître d'école blanc et chrétien et sa femme. Et Thabo s'était alors demandé s'il n'était pas en face d'un ange.

— Moi? Un ange?

La figure ridée comme une marionnette de Fézilé s'était plissée de rire, découvrant ses gencives luisantes qu'il n'avait aucune honte à montrer.

— Ma mère t'a dit ça? « Les souhaits se réalisent », elle m'a appelé, dit-il en gloussant de nouveau. Dieu a raison de prendre nos parents avant qu'ils s'aperçoivent qu'ils se sont trompés de nom!

Fézilé éclata de rire en se claquant le genou, tandis que le vieux coq ouvrait un œil inquisiteur.

— Hé! fit-il, se précipitant sur le vieil imperméable jaune qui pendait au mur à côté du calendrier, le vieil oiseau coincé sous le bras. Regarde! Le volatile remuait les pattes dans le vide, en pas imaginaires. Non, ne regarde pas!

Il plongea la main dans la poche du vêtement pour en tirer un petit paquet entouré de papier journal. La vie avec Fézilé était pleine de surprise. Thabo obéit et ferma les yeux. La dernière fois que Fézilé avait ouvert un paquet, il contenait un stylo.

— Regarde maintenant! avait ordonné Fézilé d'une drôle de voix.

Ouvrant les yeux, Thabo avait alors été ébloui par deux rangées de dents étincelantes qui trônaient dans sa bouche.

— Elles viennent de notre poubelle! lui révéla Fézilé, hilare avec un bruit de casse-noisettes. Elles sont belles, hein?

— Tiens, lui dit un autre jour Fézilé, en lui tendant un livret de compte d'épargne postal.

Ils étaient tous deux assis sur les docks à manger les sandwichs qu'il préparait chaque jour pour leur déjeuner.

— Cinquante livres, siffla-t-il entre ses dents toutes neuves, tandis que Thabo, émerveillé, prenait le livret et s'abîmait dans la contemplation du chiffre. Maintenant tu vas pouvoir aller à l'école, acheva-t-il, plongeant les dents dans une croûte de pain dur où elles s'ensevelirent.

Sans commentaire, il dégagea le pain et fourra le dentier dans sa poche avant de se remettre à manger

— Je les mettrai le dimanche, dit-il enfin.

— Quand je serai allé en classe, je t'achèterai des dents à toi! dit Thabo en lui rendant le livret, transporté dans un rêve devenu réalité.

— Des dents à moi? fit Fézilé, la bouche pleine. Des dents qui mangent? insista-t-il avec délice.

— Des dents à toi! dit Thabo en riant.

— L'école! Voilà ce que je veux! Que tu ailles à l'école.

Suivit sa profession de foi : l'école était le remède à tous les maux de leur peuple.

— On t'attend la semaine prochaine, conclut-il sur un grand sourire.

Lorsque la sirène annonça la fin du travail, qui pour lui consistait à charger des camions, Thabo se hâta d'aller se changer. La nuit précédente, Fézilé avait repassé son pantalon sous son matelas; il lui tombait impeccable sur les chevilles. Les souliers marron que son ami lui avait achetés au marché étaient merveilleusement assortis et les chaussettes dépareillées ajoutaient à l'ensemble une touche de fantaisie.

— Comment me trouves-tu? demanda-t-il à Fézilé en se redressant.

— Superbe! fit Fézilé en claquant des dents. Et cette cravate!

Il tripota le nœud bleu qui enserrait le cou de Thabo.

— Avant de mourir, c'était un Anglais, constata-t-il en apercevant l'étiquette au revers du tissu. Regarde! dit-il, retournant la cravate pour que Thabo puisse la lire. Et maintenant? Qu'est-ce que tu dis?

— Bonsoir, monsieur, dit Thabo en inclinant la tête et en veillant à son anglais.

— Et qu'est-ce que tu fais?

Thabo tendit la main et Fézilé arbora un sourire rayonnant.

— Tu es superbe, dit-il, le regard brillant d'émotion. Voilà un Bantou intelligent. Refoulant ses sentiments, il lui pinça l'oreille. Vas-y, et conduis-toi bien.

Le moment pour lequel ils avaient travaillé depuis si longtemps était enfin arrivé.

— Au revoir, dit Thabo.

Il inclina respectueusement la tête devant celui qui l'avait littéralement mené par la main jusqu'au jour dont il avait rêvé toute sa vie, et se dirigea vers Le Cap.

Thabo tourna le coin de l'avenue escarpée qui serpentait derrière la montagne de la Table et considéra avec appréhension les rangées d'immeubles blancs du faubourg de Rondebosch en contrebas. Il n'y était pas revenu depuis sa rencontre avec Fézilé. Une voiture qui prenait le virage à grande vitesse le fit sursauter. Elle venait de la direction de l'université et elle était pleine d'étudiants qui agitaient les mains avec enthousiasme.

— On peut t'avancer ? proposèrent-ils, leur véhicule pilant devant lui.

Thabo, stupéfait, regarda autour de lui, cherchant le Blanc à qui ils s'adressaient. Il n'y avait personne. Il levait nerveusement les mains sans savoir que répondre lorsqu'un jeune blond sauta de la voiture.

— Tu veux qu'on t'avance ? Monte !

Coincé à l'arrière entre le jeune homme et une fille du même âge, Thabo se sentit tout à coup très mal à l'aise. Il remarquait pour la première fois à quel point il était noir. La fille passa un bras sur le sien pour se pencher vers son ami. Sa peau était si blanche qu'elle en semblait brillante.

— Et si on l'emmenait ? dit-elle, comme s'il n'existait pas. Pourquoi pas ?

— O.K., dit le jeune homme, regardant Thabo avec un grand sourire. Tu veux venir avec nous ? On va à une soirée.

— Moi aller école, répondit Thabo qui en perdait son anglais.

Tous les yeux étaient tournés vers lui et le conducteur qui l'observait dans le rétroviseur s'exclama :

— A l'école ? A cette heure-ci ?

— C'est une école du soir.

— Pour le bac ? demanda la fille à côté de lui, penchant la tête pour le regarder dans les yeux — les siens étaient d'un bleu très clair et brillaient de curiosité. Quel âge as-tu ?

Quoiqu'il ne sentît que bienveillance dans les questions des étudiants, il se trouva soudain stupide.

— Je veux descendre.

— Pourquoi ? Nous t'emmenons où tu veux. Comment s'appelle ton école ?

— Non, dit-il, ne songeant plus qu'à sortir de la voiture.

Bouleversé par leurs bonnes intentions, il ne voulait plus que s'enfuir avant de se mettre à pleurer.

— Nous nous battons pour empêcher le gouvernement de vous interdire de faire des études. Cette bande de salauds !

— As-tu entendu parler de notre manifestation d'hier devant le Parlement ?

— Norman Bomburger a fait un discours sensationnel ! Tu l'as entendu ?

Submergé de professions de foi, libérales et simultanées, Thabo sentait sa tête exploser.

— Et pourquoi, selon vous, l'apartheid doit-il aller si loin, docteur Verwoerd? commença la fille devant lui, tendant un micro imaginaire à son voisin. Il fait semblant d'être Verwoerd, précisa-t-il à l'adresse de Thabo.

— Très bien. *Agh man, It's lekker!* commença le garçon dans un anglais difforme. Notre peuple noir adore l'apartheid. Demandez-leur! Laissez ce Paton écrire ses livres que personne ne lit, hein! Et ce prêtre communiste, Huddleston! Comme dit M. Strydom: « On fouette bien un peu les Noirs ici ou là, mais c'est la même chose dans le monde entier, hein!? »

Une explosion de rires assourdit Thabo, tétanisé.

— Et maintenant que vous allez devenir Premier ministre, docteur Verwoerd, qu'allez-vous faire? reprit la fille, sans remarquer son état.

— Jeter tous ces sales Cafres à la mer! répondit le garçon en s'écroulant de rire à secouer la voiture.

Thabo voulut sourire, mais les lèvres lui collaient aux dents.

— Ça va?

Les rires se turent et la fille lui toucha le bras.

— Je suis désolée, ajouta-t-elle, gênée de sa propre inconscience. Nous ne voulions pas te faire de peine. Je suis vraiment désolée.

Incapable de faire face au mélange de sympathie et de consternation dont l'entouraient les jeunes gens, Thabo tendit la main vers la portière.

— Je descends. Merci, dit-il d'une voix sans timbre, en inclinant poliment la tête.

Il sourit et sortit prestement de la voiture.

Quittant la grande avenue pour rejoindre l'école de Fézilé, il s'efforça de se raisonner. Les étudiants blancs étaient bien intentionnés. Ils avaient voulu établir un contact par-dessus les barrières raciales de leur gouvernement, mais il avait été incapable de leur répondre, et il savait pourquoi. Il l'avait dit, un jour, à sa grand-mère: que ce n'était pas la blancheur qui faisait la valeur des gens, mais l'école. Cramponné à cette certitude, il hâta le pas vers le petit pont qui enjambait le canal Liesbeek.

— Hé là! appela-t-il, ayant repéré un groupe d'enfants qui se disputaient une pièce de six pence. Attrapez!

Il leur lança un penny sur lequel ils bondirent avec des cris d'enthousiasme. Levant l'un après l'autre ses souliers tout neufs, il les frotta contre le bas de son pantalon, s'extasiant sur leur brillant, avant de repartir tout regonflé.

— Permis.

Thabo n'entendit pas le policier. Il n'avait pas vu non plus la voiture qui s'était arrêtée devant lui au bord du trottoir.

— Je te parle! Empoigné par le bras, il pivota vivement. J'ai dit: permis!

Le policier blanc tendait la main, défiant Thabo de ses yeux pâles.

— *Dompass, kaffir!* reprit-il.

L'instinct de survie fit sauter Thabo d'un bond dans le canal à sec.

Les enfants hurlèrent lorsqu'il les bouscula, piétinant leur pile de petite monnaie. Un coup de sifflet retentit. La chasse commençait. Tous les flics du secteur allaient s'y mettre.

— Attrape! cria un enfant en xhosa.

Un couteau tournoya vers Thabo, tandis que le petit garçon disparaissait dans un trou du mur qui longeait le canal.

— Hé, toi!

Thabo leva les yeux. Un policier glissait vers lui le long de la berge. Derrière lui, des bergers allemands tiraient sur leurs laisses, les crocs brillants de salive. Thabo regarda le couteau qu'il avait à la main.

— Tu es un stupide Bantou?

Le visage de Fézilé lui apparut en un éclair. Il jeta le couteau, et prit son élan pour courir. Mais une lourde botte noire lui barra le chemin. Il partit en vol plané et s'écrasa au sol. La botte lui écrasa le creux des reins.

— On voulait jouer du couteau, hein? Sale Cafre!

Un chien de berger grondait tout près de sa figure, alors il s'aperçut qu'il pleurait.

— J'y vais, cria David.

Le téléphone sonnait depuis longtemps dans la maison et il fit en courant les derniers pas qui l'en séparaient, se demandant pourquoi Constance ne répondait pas.

— Constance! Le téléphone!

Il décrocha.

— Oui? fit-il, observant Constance par la porte entrouverte du salon où elle était assise, absorbée dans un album de photos. Qui? Thabo? Bien sûr! Je le connais, oui. Pourquoi?... Non, il vivait ici il y a plusieurs années, mais nous ne l'avons pas revu depuis... Oui. Je vois. J'arrive.

Il raccrocha et se dirigea vers la porte du salon.

— Pourquoi n'as-tu pas répondu au téléphone, Constance?

Constance leva des yeux vides en direction de son mari, l'album ouvert sur ses genoux.

— C'était le téléphone? s'étonna-t-elle. Qui était-ce?

— Tu ne l'as pas entendu? dit David en s'avançant vers elle qui lui souriait ingénument. Tu ne réponds plus jamais au téléphone. Pourquoi?

— Qui est-ce? demanda-t-elle, désignant une photo passée de Macaroni, comme si David n'avait rien dit. Celui-ci. Qui est-ce?

— Mais tu le sais bien! répondit David, repris par l'angoisse.

— Qui?

Constance le regardait avec un grand sourire vide.

— C'est Macaroni.

— Je le sais que c'est Macaroni, dit-elle, fermant vivement l'album. Qui appelait?

– La police. Thabo a été arrêté pour défaut de permis. Il leur a donné notre numéro. Il est en prison. Je vais emmener Rébecca avec moi et nous allons le ramener.

– Thabo ? fit Constance, l'air perdu.

– Tu sais bien qui est Thabo, n'est-ce pas ? Tu te souviens bien de lui, Constance ?

Agenouillé devant elle, il lui tenait les mains pour tenter de l'arracher au gouffre dans lequel elle semblait être engloutie.

– Thabo est le fils de Miriam. Tu te souviens ?

– Tu as l'air si inquiet, dit Constance en riant. Bien sûr que je sais qui est Thabo et tu ferais mieux d'y aller si la police l'a arrêté.

Tandis que David quittait la pièce en appelant Rébecca, elle se demandait encore qui pouvait bien être Thabo.

En franchissant la porte qui menait aux cellules, Thabo baissa les yeux. Il n'était vêtu que de son caleçon. Une jeune femme blanche aux yeux noirs accompagnait David Conrad. Une profusion de cheveux noirs lui encadrait le visage. Elle était vraiment ravissante. A son large sourire, Thabo reconnut Rébecca.

– Bonjour, Thabo, dit-elle.

Foudroyé de confusion, il chercha par où fuir. Il se sentait plus piégé que dans sa cellule, cinq minutes plus tôt.

– Ses affaires sont dans ce sac, dit le sergent.

Il poussa vers David un sac de papier brun, où ses vêtements avaient été fourrés ; un soulier en dépassait comme s'il cherchait à s'en échapper.

– Probablement volées, ajouta le policier, essuyant à son pantalon la main qui avait touché les vêtements d'un Noir. Mais, après lui, qui en voudrait ?

– Pourquoi lui avez-vous pris ses vêtements ? demanda David, conscient de la gêne qu'éprouvait Thabo de sa quasi-nudité.

– Si un de ces fondus se pend, ça nous retombe dessus, répondit le sergent. Il y a une cravate dedans, précisa-t-il en montrant le sac du menton.

– Merci, fit David qui se tourna vers Thabo avec le sac. Allez, Thabo, on rentre.

– Une minute, monsieur ! Où voulez-vous aller ? dit le policier, louchant sur la main de David qui pressait l'épaule de Thabo. Ce garçon vous appartient, n'est-ce pas ?

– Je l'emmène à la maison, dit simplement David.

Thabo gardait la tête baissée. Il se savait sous le regard sombre et indéchiffrable de Rébecca, et se sentait plus que nu. Il ne souhaitait qu'une chose : qu'on l'autorise à s'habiller. L'échec des années perdues loin de Bonne-Espérance n'avait jamais été plus éclatant.

– Que voulez-vous dire ? reprit le policier, qui regardait David avec la même expression de dégoût que celle qu'il réservait à Thabo. Vous avez son permis ? Voulez-vous me le montrer ?

Il tendit la main vers l'Anglais d'un air de défi.

— J'ai payé l'amende et je l'emmène à la maison. Sa mère nous attend, répondit David avec calme et fermeté, se dirigeant vers la sortie.

— Sans permis, c'est impossible, dit le policier en afrikaans.

Il toisa, furieux, l'homme qui osait contester son autorité sur un Noir.

— Hélas, je ne parle pas l'afrikaans, dit David, revenant vers lui.

— Il réclame le permis de Thabo, l'informa Rébecca.

Elle reporta son regard sur Thabo qui n'avait même pas levé les yeux vers elle.

— Je vais attendre dehors, dit-elle, la gorge serrée, avant de sortir précipitamment.

Les murs de pierre grise de l'église voisine du commissariat se dressaient contre l'arrière-plan de la montagne de la Table, mais Rébecca n'en voyait rien. Thabo l'occupait tout entière. Ses yeux fuyants et sa tête basse. Ses jambes nues sous son vieux caleçon, l'attente qu'on lui imposait, pauvre gibier de police. Ses joues furent tout à coup inondées de larmes, le désespoir la submergea, elle leva enfin les yeux vers la montagne. Elle partageait la douleur de Thabo. Le mur de briques qui les séparait ne l'empêchait pas d'entendre ses cris muets. L'espérance qu'elle avait lue dans ses yeux au matin de son départ de Bonne-Espérance avait disparu. L'ami enthousiaste qui avait partagé sa vie n'existait plus. Avec ses vêtements, on l'avait dépouillé de toute sa dignité d'homme.

Rébecca frissonna lorsque Thabo sortit, enchaîné par des menottes à un policier.

— Où l'emmenez-vous ? demanda-t-elle.

Elle les suivit jusqu'à un fourgon de police. Thabo, toujours en caleçon, tenait le sac de papier brun à la main.

— Ils le reconduisent au Transkei, dit David à sa fille.

N'ayant pu faire relâcher Thabo, il avait honte de les regarder l'un et l'autre.

— Il retourne au Transkei d'où il vient, dit le policier, ouvrant la porte du fourgon. Ils le savent bien qu'ils ne sont pas autorisés à venir ici.

— Laissez-le s'habiller au moins !

Le cri de Rébecca monta à l'assaut de la montagne et ricocha sur les toits des maisons confortablement nichées en contrebas.

— Laissez-le partir, salauds ! C'est un être humain, pas un animal ! s'époumona-t-elle, empoignant le policier par le bras.

Sans autre réponse qu'une moue de dégoût.

— Thabo ! appela-t-elle, s'approchant de lui.

Ce fut cette fois le regard de Thabo qui l'arrêta. Il avait enfin levé les yeux et leurs regards, un bref instant, se croisèrent. Thabo n'était que rejet. Il la repoussait sans appel.

9.

Le 26 février 1958 avait marqué un tournant dans la vie de Rébecca. Jusque-là, l'impalpable beauté de Bonne-Espérance lui avait masqué la réalité de la vie de Thabo. A mesure que l'apartheid resserrait son emprise, les lois raciales défiguraient le pays.

Tous ceux qui n'étaient pas européens avaient été rayés des listes électorales. La loi sur le regroupement avait déménagé de force des milliers de personnes, expulsées des zones « réservées aux Blancs ». Le Native Amendment Bill du ministre des Affaires indigènes, le Dr H.V. Verwoerd, avait déchu de leur citoyenneté tous les Noirs sud-africains et le « Grand Apartheid » était devenu le sésame du gouvernement. Cette aberrante séparation des races menaçait de mort la nation.

Mais cette législation n'avait pas fait l'unanimité des Européens. Dix mille anciens combattants s'étaient rassemblés aux flambeaux devant le Parlement. S'engageant à défendre les droits des citoyens de couleur, ils avaient accusé certains membres du gouvernement d'avoir soutenu les nazis pendant la dernière guerre mondiale. Helen Suzman menait un combat d'arrière-garde au Parlement ; Mary Butcher, Margaret Ballinger, Helen Joseph et Sophie Williams défilaient avec les Noirs dans la rue. Pour combattre le règne de la terreur, le père Trevor Huddleston et Alan Paton prenaient la tête de l'opposition et invitaient la communauté internationale au boycottage sportif ; Albert Luthuli, chef de l'A.N.C., (African National Congress), appelait à la désobéissance et il fut aussitôt banni et assigné à résidence au Natal. En réponse, un autre dirigeant de l'A.N.C., Nelson Mandela, prônait la clandestinité, tandis que le chef zoulou de l'A.N.C. Mangasutu Buthelezi, qui respectait la légalité, n'en était pas moins un perpétuel sujet de tracas pour le gouvernement.

La guerre était déclarée entre les Noirs et les Blancs, mais les yeux d'un seul Noir avaient bouleversé Rébecca. Plus tard dans la journée, arrivant chez sa cousine Lydia, Rébecca était encore hantée par sa dernière vision de Thabo. Elle se sentait seule. Seule parmi des millions d'êtres aussi solitaires qu'elle, sans cesse dépouillés de leur dignité par des lois écrites en son nom.

— En voilà une surprise! s'exclama Lydia en ouvrant la porte avec un sourire radieux. Je ne t'attendais pas. Entre.

Rébecca sentit autour de ses jambes les bras du petit Joe.

— Il faut que je te parle, Lydia, dit-elle d'une voix où perçait une rage impuissante.

Le petit garçon de quatre ans s'écarta comme s'il s'était brûlé les doigts.

— Entre, dit sa cousine, la précédant dans la maison, son fils accroché à ses basques. Excuse le désordre, poursuivit-elle en montrant les branches de bougainvillées qui jonchaient la pièce. J'allais les faire sécher. Il fait si chaud! Tu veux boire quelque chose?

— Thabo est parti, fit Rébecca d'une voix calme.

Lydia se tourna vers elle avec un vague sourire. Des larmes trahissaient le calme que Rébecca s'efforçait de conserver, mais elle n'ajouta rien.

— Qui? demanda Lydia avec un sourire.

— Thabo est parti.

Rébecca répétait les mots qu'elle avait dits à sa cousine, quatre ans plus tôt. Elle était alors avec Lydia qui nourrissait son bébé nouveau-né. Joe était né deux semaines plus tôt et Rébecca n'avait encore que douze ans et demi.

— Thabo est un de tes petits amis?

Lydia avait toujours été délicieusement vague et Rébecca l'adorait. Elle sentait la lavande et les pétales de rose. Vêtue de caftans fluides, ses cheveux châtains ramenés sur le sommet de la tête, Lydia était tout ce que Rébecca rêvait d'être. A ses yeux de petite fille prisonnière d'un corps pubère, elle représentait la liberté.

— Parle-moi de lui, l'avait prié Lydia. Thabo? C'est son nom?

— Il est noir.

— C'est charmant, avait commenté Lydia, absorbée par le visage de son bébé. Pourquoi ne prends-tu pas la boîte de boutons?

Elle avait changé de sujet, entraînant Rébecca dans le monde merveilleux de son coffre en bois. Chaque bouton de nacre, chaque bouton de col et chaque bouton de chaussure qu'il contenait racontait une histoire.

— Tu vois ça? dit Lydia en prenant une exquise boucle de nacre. Notre arrière-arrière-arrière-grand-mère était danoise, mais elle avait épousé un Français et elle a porté cette boucle à sa ceinture pour l'anniversaire de la reine Victoria!

— Et celui-ci vient de l'uniforme de Jean-Jacques, notre arrière-arrière-grand-père.

Rébecca avait repéré un bouton en cuivre et l'avait tendu à Lydia d'un air de défi. C'était le seul bouton qui l'intéressait ce jour-là.

— Jean-Jacques, précisa-t-elle, était dans les fusiliers à cheval du Cap, et ce bouton faisait partie de son uniforme. Et Granny Cat avait un frère, avait ajouté Rébecca. Un frère métis qui n'avait pas l'air blanc.

Elle ne lâchait pas Lydia des yeux.

— Regarde, avait dit Lydia, montrant un petit tire-bouton. Autrefois, ils s'en servaient pour attacher leurs boutons de chaussure.

Le sourire vague de Lydia éludant sa question avait mis Rébecca en fureur.

— Tu ne sais rien de Jean-Jacques, parce que tu ne le veux pas. Parce qu'il n'était pas blanc. Et c'est pour ça que tu ne veux rien savoir non plus de Johannes Villiers!

Le silence qui avait suivi cette provocante déclaration s'était prolongé, et Lydia avait changé la couche du bébé sans lever les yeux.

Rébecca avait soulevé un sujet qui n'avait jamais été discuté dans la famille de Lydia. Sa mère Elizabeth, deuxième enfant de Katinka, ne l'avait jamais abordé. Mais depuis sa mort Lydia avait appris la vérité. Et la laissait bien enfermée dans un petit tiroir du salon.

L'avenir de son fils nouveau-né pouvait dépendre de son silence.

— Tu ne comprends pas ce que je dis! s'était exclamée Rébecca, éperdue. Je ne pourrai jamais épouser Luke parce que je ne suis pas blanche! avait-elle laissé échapper, tandis que Lydia détournait les yeux. Tu ne vois donc pas? Granny Cat me l'a dit, Luke n'est pas le fils de l'oncle Paul. Il ne fait pas vraiment partie de la famille Beauvilliers.

— Mais tu es blanche, voyons, Rébecca! Ne sois pas stupide! s'était esclaffée Lydia pour cacher son malaise.

— Non, je ne le suis pas. Et toi non plus!

Rébecca s'était tapie dans un coin de la pièce. La vie dont elle avait rêvé avec Luke à Bonne-Espérance lui était interdite par la loi. Même la vieille clé de la maison des Beauvilliers en France ne pourrait jamais forcer cette réalité.

— D'où tiens-tu ces histoires? avait dit Lydia en s'approchant de sa jeune cousine, après avoir déposé le bébé dans son berceau. Ce sont des gens comme Estelle qui racontent ce genre de choses pour t'impressionner.

— Mais c'est vrai! s'était écriée Rébecca en se précipitant vers la porte d'entrée, qu'elle avait ouverte malgré le furieux vent du sud-est.

Debout au sommet des marches qui descendaient de la maison perchée au sommet de la ville du Cap, elle avait plongé le regard à travers les volutes de la grille en fer forgé, dans les rues qui serpentaient entre la mer et la base de la montagne de la Table. Johannes Villiers avait vécu quelque part au milieu de ce dédale. C'était sa couleur qui la menaçait.

— Je te déteste! s'était-elle écriée à l'adresse de la haute montagne au sommet plat qui avait avec tant d'arrogance remplacé sa fourmilière.

Elle aurait aimé que le vent l'emportât au cœur de l'Afrique. La ramenât au 123 Z.

— Lydia, c'est comme si Thabo était mort, dit Rébecca, s'efforçant d'expliquer ce qui lui était arrivé ce jour-là! Les policiers l'ont poussé dans un fourgon comme un animal! Il n'avait pas le droit d'être au Cap, ont-ils dit! Parce qu'il est noir! s'exclama-t-elle en tournant vers sa cousine un regard où se lisait toute la douleur de Thabo. Il attendait qu'on fasse quelque chose, Lydia. Mais nous ne pouvions pas. Il me regardait d'un air suppliant, mais j'avais peur.

Lydia vit cette ravissante fille de seize ans fondre en larmes devant elle.

— Tu ne vois donc pas ? J'ai terminé l'école et Thabo n'a même pas commencé. Tout ce qu'il voulait pourtant, c'était aller à l'école !

Cette fois, les mystères de la boîte de boutons ne suffiraient pas à consoler Rébecca. Maintenant qu'elle avait grandi, la réalité lui faisait face et aucune parole ne pourrait rendre compte de ce qui était arrivé à Thabo. Lydia elle-même n'avait jamais osé la regarder de trop près et continuait à la fuir.

— La plupart d'entre nous ne se doutent pas de ce qui se passe là-bas, dit Lydia.

Elle s'approcha de Rébecca, et Joe, conscient de la tension qui régnait entre les deux femmes, suivit prudemment sa mère.

— C'est peut-être parce que nous ne voulons pas savoir ? Parce que nous paraissons blanches et bénéficions des privilèges des Blancs ? Est-ce une excuse pour ne rien faire ? Comment pouvons-nous rester les bras croisés, pendant que d'autres sont abreuvés d'humiliation du seul fait qu'ils ne sont pas comme nous ?

— Nous ne connaissons pas toute la vérité, dit Lydia qui tenait à garder son calme devant la croissante émotion de Rébecca. Nous ignorons la vérité. Même toi.

— Thabo la connaît ! fit Rébecca en reportant son regard noir sur Lydia. Pourquoi devrait-il avoir un permis pour vivre là où il est né ? Il ne demandait qu'à aller à l'école. Comme Joe !

Lydia posa une main protectrice sur son petit garçon, comme si les paroles de Rébecca avaient suspendu une épée de Damoclès au-dessus de sa tête. Joe, dont l'avenir était coincé quelque part entre elles deux, les regarda tour à tour.

— Ce n'est pas simple ! dit Lydia en le serrant contre elle.

— Alors, dis-moi !

— Je ne tiens pas à porter de jugement là-dessus. En fait, la politique ne m'intéresse pas vraiment, esquiva Lydia.

— Ce qui veut dire que tu te mettras la tête sous le sable comme une autruche ? Il y a des gens qui souffrent, Lydia ! Ils sont chassés des seules maisons qu'ils aient jamais connues, expulsés de leur pays au nom de l'apartheid ?

— Qu'y puis-je ? C'est la loi, dit Lydia en haussant les épaules.

— Et tu te contentes de ça ?

— Tu parles comme une étudiante de l'U.C.T. ! Comment l'appelle-t-on ? — « Moscou-la-haute ».

Lydia se détourna pour rassembler ses idées. Elle avait déjà dans le passé sondé du regard le précipice vers lequel se dirigeait Rébecca et en avait mesuré la profondeur.

190

Elle se rappelait le froid glacial qui l'avait saisie le jour où elle avait épousé Stan. Elle avait sciemment enfreint la loi. Son mari était issu de la bonne société afrikaner et, au moment de signer leur contrat de mariage, elle avait posé les yeux sur le paragraphe qui l'interrogeait sur sa race. Car la loi interdisait les mariages mixtes, et Lydia s'était déclarée européenne. Personne n'avait jamais soulevé la question dans le passé et elle-même ne se l'était jamais posée. Il avait fallu la mort de sa mère pour que l'histoire de la famille lui fût révélée.

Parmi les papiers qu'Elizabeth avait conservés toute sa vie dans un coffre-fort, Lydia avait trouvé la preuve de l'existence d'un certain Johannes Villiers, descendant de Jacques Beauvilliers et de l'esclave Eva. Le métis Johannes Villiers n'avait pas sa place sur l'arbre généalogique de Lydia.

Bien que son mari fût un journaliste libéral et un Afrikaner cultivé, que n'avait pas contaminé la montée du nationalisme, Lydia lui avait caché son passé. La peur de l'obsession raciale lui avait fait masquer, même aux yeux de Stan, tout un pan de sa personnalité. La crainte de perdre son mari lui avait fait garder le secret.

— Rébecca, tu ne sais pas plus que moi ce qui est juste!

— Je sais ce qui est injuste! jeta Rébecca en relevant la tête avec arrogance. C'est leur pays et on les en chasse!

— Leur pays?! explosa Lydia.

Joe en avait la lèvre inférieure toute frémissante.

— Nous leur avons pris tout ça, hein? dit Lydia en tirant le lourd rideau de dentelle qui couvrait la fenêtre et montrant les kilomètres de constructions qui descendaient jusqu'à la mer. Tout était là, n'est-ce pas? Les bassins? Les maisons? Ils ont défriché la brousse, construit la ville et nous nous sommes contentés de débarquer des bateaux, de poser nos valises et d'en prendre possession? C'est ce que tu veux dire, Rébecca?

— Je dis que nous avons besoin les uns des autres! Ils ont besoin du savoir des Blancs et nous avons besoin de leur travail. Nous avons encore besoin les uns des autres. Tout est là, non?

— Et tu crois qu'ils seraient d'accord? Les Noirs?

— Tu commences à rassembler à une Afrikaner!

— C'est peut-être parce que j'en ai épousé un! lança Lydia d'une voix coupante. Mon Afrikaner de mari défilait sous les crachats, le long de « Sailor Malan »! Il manifestait contre l'apartheid, tandis que toi, Rébecca, tu jouais avec tes petites poupées blanches!

— Je ne pensais pas à Stan, se défendit Rébecca. Je parle de gens comme la mère de Luke. Il y en a des milliers comme Estelle!

— Oh, tu veux dire que Stan n'est pas comme un Afrikaner? Que, pour un Afrikaner, il n'est pas si mal? demanda Lydia d'une voix tendue.

— Oui.

— Qu'est-ce qu'un Afrikaner? hurla Lydia.

— Ils ne sont pas tous comme Stan!

191

– Et les Noirs ne sont pas tous comme Thabo! dit Lydia, se tournant vers son fils et se calmant soudain. Ne pourrions-nous pas nous arrêter de parler de ça?

– Comme tu m'as empêchée de parler de Johannes Villiers? Et comme tu ne veux pas savoir que notre arrière-arrière-grand-père était métis, parce que cela te gêne et pourrait te menacer?

Pendant le silence qui suivit les paroles de Rébecca, Joe regarda autour de lui d'un air éperdu, et sa lèvre inférieure frémit de nouveau.

– Lydia, tu peux bien ignorer la peau sombre de Johannes Villiers, mais tu ne peux faire qu'il ne soit né!

Lydia se dirigea sans un mot vers la commode ventrue sous la fenêtre, et Joe se blottit contre le mur. Il regardait, les yeux écarquillés, sa mère sortir une enveloppe du tiroir supérieur gauche et la tendre à Rébecca.

– Qu'est-ce que c'est?

Sans répondre, Lydia s'approcha de son petit garçon, lui prit la main et quitta la pièce.

L'enveloppe portait un timbre officiel; Rébecca l'ouvrit avec précaution et en tira des feuilles pliées. C'était une copie officielle des dernières volontés du testament de Sarah Westbury, mère de Katinka, grand-mère d'Elizabeth et arrière-grand-mère de Lydia et de Rébecca. Sarah Westbury attestait de la naissance d'un fils. D'un garçon à la peau sombre, né en secret chez M. et Mme James Robertson, à Wynberg. Il y était déclaré que le bébé nouveau-né avait été confié à un couvent catholique et que la signataire avait dit à sa famille avoir fait une fausse couche.

L'enfant s'appelait Johannes Villiers.

– Pourquoi ne me l'as-tu pas dit plus tôt? demanda Rébecca d'une voix étouffée, en rejoignant Lydia dans la cuisine.

Joe la regarda d'un air craintif de derrière la table ronde en pin et se tourna vivement vers sa mère.

– Pourquoi l'as-tu caché?

Lydia remuait sans répondre une petite casserole de soupe.

– Depuis quand l'as-tu? insista Rébecca. Pourquoi ne m'en as-tu pas parlé? Pourquoi as-tu si longtemps évité le sujet?

Lydia versa de la soupe dans un petit bol et s'assit à table à côté de son fils.

– Ces papiers ne laissent rien paraître de la souffrance qu'a dû éprouver Sarah Westbury en abandonnant son fils.

– Et sa souffrance à lui? répliqua Rébecca. Abandonné pour n'avoir pas été blanc! Comme si le fait de ne pas être blanc était un crime. Il n'a pas souffert peut-être? Nous vivons dans le mensonge, Lydia! Nous ne sommes pas plus blanches que Johannes Villiers! Voilà ce que prouve ce document!

– Peut-être.

Le regard de Lydia s'arrêta sur le texte qui la faisait tomber sous le coup de lois que Rébecca l'avait obligée à regarder en face. Elle tendit une cuillerée de soupe à Joe, mais il garda les yeux braqués sur elle et ne la prit pas.

Les deux hommes qui partageaient la chambre de Fézilé ronflaient comme des bienheureux, tandis que celui-ci regardait le cadran du réveil posé sur la table à côté de lui. Il s'en saisit et, par-dessus ses lunettes, lut l'heure à la lumière d'une bougie qui brûlait sur une caisse de fruits retournée. Il était minuit moins dix et Thabo n'était pas rentré.

— Il n'est pas venu ici, avait déclaré Sibonda d'une voix ferme, lorsque Fézilé l'avait interrogé, plus tôt dans la soirée. Je ne suis plus responsable de mon neveu. Tu l'as pris il y a plusieurs années, Fézilé. Contre mon gré, tu l'as pris, et il était sous ta garde.

Sibonda avait suivi d'un œil morne les ronds de fumée qui s'élevaient de sa pipe. Il pensait à son fils Ceba. Au corps nu qu'il avait découvert sur une dalle de la morgue. « Bantou », disait seulement la petite étiquette attachée au gros orteil de son enfant. Sibonda avait alors appris ce qui arrivait à un jeune homme sans permis qui essayait de gagner sa vie dans une ville blanche. Son fils était l'un des nombreux Noirs qui étaient morts au cours des ans en cherchant à échapper à la police. Plutôt que de se laisser arrêter, Ceba avait sauté d'un immeuble pour s'empaler sur des grilles métalliques.

— Il doit être à la morgue, Fézilé! avait platement déclaré Sibonda.

Mais Fézilé n'était pas allé à la morgue. Il était resté planté à la porte du foyer des célibataires de Langa, à scruter les rues sombres et désertes. Retenu par sa ficelle, le vieux coq gloussait en grattant dans les détritus autour de la porte du foyer. Des rires ponctuaient la nuit et un aboiement s'élevait au-dessus des toits de tôle qui l'entouraient. Tout en sachant que Sibonda parlait en connaissance de cause, Fézilé refusait de le croire. Ramassant le vieux coq, il s'enroula la ficelle autour du poignet, fourra l'oiseau déplumé sous son bras et rentra.

— On va dormir.

Il pénétra dans le bâtiment en briques qui se trouvait derrière lui, ayant décidé d'attendre le matin pour chercher Thabo. A sa façon.

— Que veux-tu? demanda en afrikaans le mince policier blanc, sans lever le nez de son journal.

Fézilé se tenait devant le comptoir vétuste du commissariat de police. Pour cette visite dans le faubourg blanc du Cap, il avait mis ses chaussures vernies noires du dimanche qui ne se laissaient pas un instant oublier, et avait revêtu ses plus beaux habits; même ses dents brillèrent quand il sourit, en soulevant son feutre marron.

— C'est au sujet de mon ami, commença Fézilé dans un afrikaans appliqué.

L'afrikaans était devenu la langue de l'oppresseur et il ne l'utilisait qu'en cas de nécessité, mais il le parlait bien.

— Mon ami n'est pas rentré chez lui. Il était dans ce quartier la nuit dernière, et il n'est pas revenu.

– Il avait une étiquette sur son col?

Le policier rit bruyamment de sa plaisanterie et Fézilé fit chorus. Ses épaules se soulevèrent, son corps se secoua, sa bouche se fendit sur un rire faux et ses dents menacèrent de tomber. Fézilé avait appris depuis long-temps à rire des plaisanteries des policiers, et un sourire lui resta collé aux dents, lorsqu'il aspira pour les ajuster à ses gencives. Sans doute étaient-elles conscientes aussi de l'importance de la situation car elles restèrent en place.

– Je pense que mon ami a peut-être..., hésita Fézilé qui ne savait pas trop comment expliquer que Thabo n'avait pas de permis. Je pense que mon ami a peut-être eu des ennuis avec la police, la nuit dernière?

Il fit claquer ses dents, qui se détachaient de ses gencives, et les garda serrées, ajoutant vite:

– *'Baas!*

– Ton permis! fit le policier en tendant la main.

Fouillant dans la poche de sa veste, Fézilé en sortit un carré de papier fatigué dans un étui en plastique qu'il présenta fièrement. Sur le permis figurait l'indispensable timbre officiel qui l'autorisait à rester douze mois au Cap dans les Peninsular Security Guards.

– Je travaille pour les Peninsular Security Guards. Ça fait dix ans que j'y suis. *'Baas,* ajouta-t-il rapidement.

Le policier posa sur lui un regard vide.

– Où habites-tu?

– Zone dix-huit, Langa. Au foyer des célibataires. C'est bien, dit Fézilé avec un sourire.

– Tu as un commerce? Une licence?

Le policier cherchait des ennuis au Noir qui avait osé le déranger.

– Non, *baas,* répondit Fézilé, les yeux baissés et surprenant au même instant une plume de poulet qui s'était logée dans le revers de sa jambe de pantalon. Je n'ai pas de commerce.

Il se demandait comment retirer la plume sans se trahir.

– Pas de licence, pas de commerce, sourit-il en glissant le bout de sa chaussure gauche dans le revers de la jambe droite de son pantalon. Je pense que mon ami est peut-être en prison. La plume collait au bout de sa chaussure gauche. Il s'appelle Thabo Sogaka.

Le policier le dévisagea en silence et Fézilé lui adressa un sourire suppliant.

– Vous pouvez voir si mon ami est en prison? Le fin duvet de la plume ondoyait au bout de sa chaussure gauche. Vous pouvez trouver mon ami en prison, s'il vous plaît, *baas.*

– Quel toupet! fit le policier en posant la main sur le bras de Fézilé. Tu crois que j'ai du temps à perdre avec tous les traîne-savates cafres de la ville?! Tu n'as qu'à regarder toi-même!

Pendant qu'on le menait vers les cellules, Fézilé essuya le bout de sa chaussure contre son pantalon et la plume de poulet tomba par terre.

— Pourquoi vous m'enfermez, *baas*? protesta-t-il, sans opposer de résistance, lorsqu'on le poussa dans une cellule déjà bondée. Merci, *baas*, lança-t-il poliment, tandis que la porte se refermait sur lui.

Fézilé avait fourré ses chaussures sous son bras et ses dents cliquetaient de honte au fond de sa poche, mais il était arrivé à ses fins. Un pot-de-vin aurait peut-être été préférable, mais, n'ayant pas d'argent, il avait choisi la méthode la plus dure pour découvrir ce qui était arrivé à Thabo. Le fait d'avoir été jeté en prison pour avoir osé s'enquérir de son ami lui avait permis de constater que Thabo n'était pas là.

Fézilé respira lorsque le corps noir fut repoussé dans l'anonymat des tiroirs métalliques de la morgue de Langa. Le préposé ratatiné, qui semblait lui-même sortir de l'un d'eux, le considéra avec une expression vide.

— Il y en aura d'autres demain. Reviens.

Pendant une semaine, Fézilé avait passé en revue les corps que personne n'avait réclamés; il avait finalement accepté la responsabilité qu'il avait enlevée à Sibonda.

De bonne heure, le dimanche matin, Fézilé était parti pour Bonne-Espérance avec l'argent que Thabo avait mis de côté pour sa mère. Arrivant devant les grilles, tard dans l'après-midi, après avoir parcouru à pied les trente kilomètres qui l'en séparaient, il s'arrêta, éberlué, à la vue de l'énorme maison blanche au bout de l'allée.

Thabo lui avait souvent décrit Bonne-Espérance, mais la maison était beaucoup plus grande qu'il ne l'avait imaginé. Elle ressemblait à une photographie en couleurs qu'il avait vue, un jour, sur un calendrier. Les vignes vibraient de la douce chaleur de cette fin d'après-midi; rien ne bougeait à des lieues à la ronde, et Fézilé avait envie de pleurer. Il n'avait jamais rien vu de si beau de toute sa vie. Même le ciel, qui déployait son dais au-dessus des montagnes, paraissait plus vaste qu'ailleurs. Il était d'un bleu plus vif qu'à Langa et le blanc des bâtiments s'y détachait avec netteté. Remarquant un groupe de petites maisons blanches à gauche de l'édifice principal, Fézilé s'avança vers elles, ses chaussures sous le bras. La main crispée sur le rouleau de billets qu'il avait gardé pour la mère de Thabo, il se demandait comment annoncer la nouvelle avec ménagement.

— Je comprends que tu m'en veuilles de ne pas avoir su protéger ton fils, ma sœur, et je t'apporte ses gages.

Les doigts de Miriam se serrèrent sur la liasse de billets que lui avait tendue Fézilé et ses yeux noirs et humides se posèrent sur l'homme qu'elle se rappelait avoir vu dans le village de Herschell.

— Mon fils est sain et sauf, Fézilé. Thabo est dans notre village avec ma mère, Sophie. Je te remercie de t'être occupé de mon enfant, Tatomkhulu.

Miriam lui avait donné le titre dû aux aînés. Fézilé hocha la tête sans rien dire. En apprenant où se trouvait Thabo, une lueur avait brillé dans ses yeux, un sourire de soulagement avait soulevé ses lèvres et son corps s'était balancé comme poussé par une brise légère.

— Va-t-il retourner au Cap ? demanda Fézilé.

Miriam exprima son ignorance par un haussement d'épaules. Fézilé se rendait compte que Thabo lui manquait plus qu'il ne l'aurait cru. Sa quête de savoir avait permis à Fézilé de mener par procuration la vie qui n'avait jamais été la sienne, mais maintenant c'était fini.

— Merci, ma sœur, dit-il en prenant le bol que Miriam partageait avec lui. Je crois qu'il reviendra un jour !

Il toussa et avec une extraordinaire habileté retira ses dents et les glissa dans sa poche avant de manger.

— Il reviendra peut-être, prononça Miriam.

Son haussement d'épaules exprimait toute une réflexion sur l'évolution des coutumes noires. Les jeunes commençaient à mettre en question la sagesse de leurs aînés et tout était en train de changer. Les hommes abandonnaient leurs familles pour chercher du travail dans les villes et les traditions africaines devenaient impraticables. L'apartheid avait brisé l'unité familiale et ne l'avait pas remplacée.

— Thabo est un bon garçon, dit Fézilé en se fourrant dans la bouche une boule de semoule qu'il écrasa entre ses gencives. Tu as un bon fils, ajouta-t-il à l'adresse de la femme qui n'avait pas encore accepté que Thabo puisse vivre sa vie et rallier par exemple les jeunes révoltés contre la soumission de leurs parents aux Blancs. Oui, c'est un bon fils, ma sœur, conclut Fézilé, examinant une nouvelle boule de semoule avant de se la fourrer dans la bouche.

Tandis que Salu descendait au petit galop vers Bonne-Espérance, Rébecca regarda en arrière. Simon, le visage animé, la suivait sur un poney.

— Arrête-le ! cria-t-elle, le voyant rejoindre l'allée menant à l'écurie.

— Encore ? fit Simon, les yeux brillants, tirant sur les rênes pour arrêter le petit poney. Viens, Becky ! ajouta-t-il en se retournant pour montrer les montagnes au-delà des vignes bruissantes. Là-haut ! cria-t-il, tout excité.

— D'accord.

Rébecca passait tous ses après-midi à monter à cheval avec Simon, ce qui ne lui pesait pas du tout. Une fois sur le dos du poney, Simon faisait un avec l'animal. Malgré son infirmité, il semblait presque normal et s'estimait tout à fait tel ; il avait enfin trouvé un équilibre physique.

— Bonjour, lança Fézilé en arrivant à leur hauteur et en ôtant son chapeau. Mademoiselle Rébecca ?

Il avait reconnu la fille blanche dont lui avait parlé Thabo avec un mélange d'amour et de désespoir.

— Monsieur Simon, fit-il, saluant de nouveau. Thabo beaucoup me parler de vous deux.

Thabo lui avait raconté que les enfants avaient volé Simon pour le protéger.

– Thabo ? fit Rébecca, étonnée, tandis que Salu levait les pieds avec impatience, faisant voler des pierres sur l'allée. Tu connais Thabo ? demanda-t-elle en descendant vivement de son cheval. Tu l'as vu ?

– Je connais Thabo.

Si seulement il n'avait pas enlevé ses dents pour manger ce que lui avait offert Miriam...

– Il est ici ?

Rébecca plongeait le regard dans les doux yeux bruns qui tentaient de faire le rapprochement entre la ravissante jeune femme qu'il avait devant lui et la petite fille dont lui avait parlé Thabo.

– Il n'est pas ici, hein ? insista-t-elle, se tournant, tout excitée, vers la petite maison de Miriam. Thabo est revenu avec toi chez Miriam ?

– Thabo pas revenu ici, ma petite demoiselle. Thabo dans son village.

– Thabo ! chanta Simon, retrouvant les sentiments qui lui tenaient lieu de mémoire. Thabo ! s'exclama-t-il, soudain émerveillé d'avoir reconnu le nom.

Une onde de chaleur l'avait parcouru et s'était déclarée Thabo.

– L'enfant. Il se souvient !

Le regard de Fézilé s'illumina à la vue du visage de Simon s'épanouissant en un large sourire asymétrique, tandis que sa langue sortait dans un instant d'oubli. Se retournant sur son poney, il regarda vers l'entrée de Bonne-Espérance, s'attendant à éprouver le sentiment du retour de Thabo, Thabo revenant comme il était parti. Fézilé sourit. Les épaisses rides de son noir visage se creusèrent autour de ses yeux.

– Il se souvient ! répéta-t-il. Comme Thabo se souvient de lui.

Rébecca se rapprocha de l'homme qui avait ramené Thabo à Simon et scruta son visage. La conjoncture paradoxale en Fézilé, et en de nombreux Africains, de dignité tranquille et d'humilité l'avait toujours intriguée. On eût dit que, passés au crible de l'oppression, ils formaient un peuple à part, plein d'une noblesse singulière.

– Pourquoi Thabo n'est-il pas revenu ici ? Lorsqu'il avait besoin d'aide, pourquoi n'est-il pas revenu ? Nous l'aurions aidé. Et maintenant que pouvons-nous faire ?

Fézilé se sentait perdu devant cette inhabituelle sollicitude blanche et il ne savait que répondre. Il aurait préféré se retrouver au commissariat de police, où au moins il savait manipuler les policiers blancs.

– Je suis désolée, dit Rébecca.

Voyant l'homme qui se trouvait devant elle tout décontenancé par son insolite gentillesse, elle recula.

– Vous aimer le poulet, mademoiselle Rébecca ? demanda Fézilé en se raccrochant au seul moyen dont il disposât pour retrouver sa dignité. Le garçon, Simon, lui aimer le poulet ?

Il attendit en silence la réponse qui lui permettrait de donner de lui-même.

– Oui, fit Rébecca, déconcertée par la lueur qui s'était soudain allumée dans ses yeux.

197

— Alors je vais apporter un poulet, dit Fézilé sur un grand salut. Puis il enfonça son chapeau sur sa tête et sa dignité retrouvée. La semaine prochaine, je vous apporte un poulet.

D'un geste vif, il retourna le bord de son chapeau.

— Dimanche prochain !

Le brave Noir avait effacé l'offense de Rébecca en lui offrant un poulet.

— Merci. Mais je ne sais même pas ton nom, cria-t-elle à l'adresse de la silhouette courtaude qui repartait, pieds nus, ses chaussures sous le bras. Comment t'appelles-tu ?

— Fézilé, cria-t-il. Un bon gros poulet pour les amis de Thabo.

Il s'éloignait, les épaules droites et la tête haute, sur un grand signe de la main. Fézilé entamait sa longue marche de retour, le pas léger et l'allure crâne.

— Je ne sais pas si tu devrais manger ce poulet. C'est un poulet noir ! déclara Rébecca souriante au jeune homme qui lui faisait face.

Les yeux pleins de malice, elle regardait André Bothma, le menton dans la main. Il avait vingt-cinq ans et il était l'arrière-petit-fils de Pieter Bothma. Par le mariage de Suzanne Beauvilliers avec Thys Bothma, trois générations plus tôt, ils étaient cousins. En se rendant au Cap pour entrer dans la police, il s'était arrêté à Bonne-Espérance pour dire bonjour, et ce déjeuner s'était transformé en réunion de famille, car Lydia s'était jointe à eux avec son fils Joe. Mais le repas avait été long et pénible, car André n'avait pas cessé d'exalter l'apartheid.

— Noir ? fit André, les yeux pétillants. Le poulet avait des plumes noires ? C'est ce que tu dis ?

André Bothma parlait anglais avec un fort accent ; il observait Rébecca d'un œil taquin. Elle était fort belle pour une Anglaise, avait-il jugé, mais il s'était vite rendu compte qu'elle ne l'aimait pas et s'amusait à la provoquer.

— Un poulet cafre ? C'est ça ?

— Un poulet cafre ! répéta Rébecca, regardant la fourchette d'André s'élever vers sa bouche, chargée d'un succulent morceau de blanc.

Apparemment troublée par la présence d'André, la mère de Rébecca s'était éclipsée avant le début du repas, accompagnée de David. Il avait alors paru évident à Lydia, que quelque chose n'allait pas chez Constance, mais Rébecca n'avait pas eu l'air de le remarquer.

— Oublions donc les poulets, dit Lydia, s'efforçant de sauver la réunion de famille. Celui-ci, en tout cas, est très bon.

Paraissant ignorer cet appel à la trêve, Rébecca commença à suçoter une aile.

— Les plumes étaient blanches, mais le poulet ne l'était pas, dit-elle, rayonnante, à André. C'est un Cafre qui l'a apporté. Je l'ai vu.

— Arrête, Joe ! explosa Lydia en se tournant vers son fils qui venait de cracher une bouchée de haricots sur la table.

— Du poulet cafre! s'exclama-t-il.

Il ajouta aux haricots une bouchée de poulet mâché et sourit à André dans l'espoir de l'impressionner par son courage.

— Fézilé! cria soudain Simon. Fézilé apporter le poulet. Et Thabo! Les yeux illuminés par ce souvenir retrouvé, il regarda Rébecca.

— C'est ça, Simon.

— C'est ça, Simon, répéta-t-il, et Joe s'effondra de rire.

— Je suis désolée, dit Rébecca, s'adressant de nouveau à André Bothma. Thabo aussi est noir. Comme le poulet, sourit-elle. C'est notre ami. Hélas, il est de ces indigènes que ton gouvernement s'acharne à expédier dans des réserves. L'Afrique du Sud sans Africains! C'est ça l'idée, n'est-ce pas?

— Ça suffit, Rébecca, dit Lydia, prise entre la mauvaise tenue de Joe et les attaques de Rébecca contre André Bothma. Je suis désolée, André. Vraiment je m'excuse. Rébecca, ce n'est pas le moment de parler politique!

— Ça ne fait rien, dit André en s'essuyant la bouche avec sa serviette — il avait de grandes mains hâlées. Je suis désolé que nous ne soyons pas d'accord.

Les yeux rieurs, il se tourna vers Rébecca et enfila sa serviette roulée dans un rond en argent.

— Tu ne veux pas savoir pourquoi je ne suis pas d'accord avec toi? Ce que je pense de l'apartheid? demanda Rébecca dont la colère n'était plus masquée par l'ironie. C'est mal! Et tous ceux qui le soutiennent sont complices de ce mal!

— Tu sais ce que cela veut dire? Apartheid?

Resté calme pendant l'attaque de Rébecca, André continuait à sourire.

— Avidité! lança Rébecca. Peur! Tu veux que je continue?

— Apartheid signifie développement séparé et égal des différentes cultures de notre pays.

Les croyances d'André Bothma, digne héritier de générations d'Afrikaners et disciple de l'Église réformée hollandaise, étaient fermes.

— L'apartheid est voulu par Dieu, ajouta-t-il.

— Je n'en crois rien! Voilà maintenant qu'il rend Dieu responsable? dit Rébecca en se tournant vers Lydia, stupéfaite.

— Si tu lisais la Bible, tu verrais que Dieu a dit à son peuple de se séparer des païens qui se trouvaient dans le pays.

André plaça ses couverts côte à côte sur son assiette.

— Quels païens? La plupart des Africains sont chrétiens comme tu prétends l'être. Alors pourquoi la Bible affirme-t-elle aussi que Dieu condamne toute nation qui engendre le malheur sous couleur de loi? dit Rébecca en se levant. C'est dans le psaume quatre-vingt-treize, mais peut-être ton Église interdit-elle les psaumes? Comme tout ce qui contredit l'apartheid! Excuse-moi, ajouta-t-elle en s'emparant de son assiette. Je ne peux pas en supporter davantage!

— Pourquoi es-tu si furieuse? demanda André. Serait-ce parce que tu sais que je suis dans le vrai?

— Quoi ? ! s'exclama Rébecca en reposant violemment son assiette sur la table. Tu es autant dans le vrai que l'était Adolf Hitler !

— Hitler ! fit Joe en frappant son assiette sur la table, comme l'avait fait Rébecca.

Simon l'imita, abaissant son assiette avec une telle force qu'elle se brisa. Il en regardait les morceaux, interdit, tandis que Joe hurlait de rire.

— Regarde, André ! cria-t-il à l'adresse de l'homme qu'il cherchait à impressionner. Simon a cassé son assiette ! Regarde !

— Rébecca, je t'en prie ! intervint Lydia, hors d'elle.

Simon continuait à crier : « Hitler ! », lançant à Joe des morceaux de nourriture et d'assiette que celui-ci lui renvoyait.

Contaminés par l'anarchie où le déjeuner avait sombré, ils étaient incontrôlables.

— Excusez-moi, dit Rébecca, puis elle quitta la pièce, entraînant avec elle un Simon rebelle.

— Je suis désolée, dit Lydia. En général, ils ne sont pas aussi mal élevés. Pourquoi n'irais-tu pas faire un tour dehors ? proposa-t-elle à André. Je crois le déjeuner terminé, acheva-t-elle, souriante et haussant les épaules.

S'écartant de la maison, André Bothma promena lentement les yeux sur les lignes pures du pignon blanc surmontant la porte d'entrée. L'architecture hollandaise du Cap se fondait avec les doux plissements des montagnes qui fermaient l'horizon. Bonne-Espérance faisait corps avec la terre fertile qui l'entourait ; elle trahissait la richesse de la terre qu'elle dominait. Et l'arrogance des Anglais qui l'occupaient. Se détournant, André songea à la maison de sa famille.

La ferme de Doornfontein avait été construite par ses ancêtres, Thys et Suzanne Bothma. Elle avait été brûlée par les soldats anglais durant la guerre des Boers, puis reconstruite. C'était un bâtiment blanc, carré, prolongé par une véranda qu'ombrageait une profusion de bougainvillées pourpres. Des lanières de viande salée pendaient en files, du toit de la véranda, sous la constante surveillance de mouches bourdonnantes. L'eau courante venait d'y être installée, mais la simplicité de la maison était extrême comparée à Bonne-Espérance.

André se sentit soudain mal à l'aise. Il sortit machinalement de sa poche un bâton de viande séchée et le goût salé de venaison le ramena chez lui, tandis que les paroles prononcées par son père avant de mourir résonnaient dans sa tête.

« Bonne-Espérance nous appartient aussi, mon fils. »

Pieter Bothma, son arrière-grand-père, fils de Thys et de Suzanne, aurait dû hériter de Bonne-Espérance avec Jack Marsden. Mais il n'en avait rien été, André croyait savoir pourquoi.

Par son mariage avec Thys, son arrière-arrière-grand-mère paternelle, Suzanne, était devenue afrikaner, ce pourquoi sa famille avait été déshéritée. Depuis que Willem Bothma avait été pendu par les Anglais, la branche afrikaner de la famille était ignorée.

La ferme de Doornfontein était plus grande que Bonne-Espérance, mais le sol en était ingrat et André avait passé plusieurs années à repousser la brousse qui regagnait sans cesse le terrain perdu. Sécheresse et inondations menaçaient en permanence des récoltes qui leur permettaient tout juste de survivre; en comparaison, Bonne-Espérance était un paradis.

La sécheresse ayant de nouveau dévasté sa terre, André avait dû aller chercher du travail en ville, tandis que sa mère restait à la ferme avec ses autres enfants. L'arrivée au pouvoir d'un gouvernement afrikaner avait transformé la condition d'André. Il n'était plus un « pauvre blanc ». Ses semblables, réunis sous le drapeau nationaliste, avaient retrouvé la fierté de leur héritage en même temps qu'un pays. Les bidonvilles afrikaners des environs du Cap avaient été évacués du jour au lendemain. Des milliers d'Afrikaners sans instruction avaient trouvé des emplois sûrs dans les chemins de fer et la police.

Une fois balayée l'humiliation dont ils avaient été abreuvés sous le règne des Anglais, ils avaient voulu aller plus loin, créer un « volk » blanc pur, fondé sur l'oppression des Noirs.

— *Yiza!* lança André en manière de salutation à la tête noire et frisée qui avait soudain surgi devant lui du milieu des feuilles de vigne.

— *Ndifuna ke thatha nawe.*

Il s'approcha du jeune ouvrier xhosa qui demandait à lui parler.

Miriam écoutait sans rien dire en empilant les assiettes dans l'évier. Elle souhaitait que Lydia et Rébecca s'en aillent pour faire tranquillement sa vaisselle. Elle n'aimait pas voir sa cuisine envahie par des gens qui n'avaient rien à y faire, et qui en plus se disputaient. Les Blancs avaient beau parler plus doucement que les Noirs, ils ne se déchiraient pas moins.

— Je croyais que tu avais mûri, Rébecca! Mais, tout de même, André fait partie de la famille! Tu l'as insulté! Tu t'es plus mal conduite que les gosses!

Lydia essuya énergiquement la bouche de Joe avec une lavette; de dépit, celui-ci lança des coups de pied contre le dessous de la table de la cuisine.

— Comment aurais-je pu écouter sans rien dire ce discours afrikaner? riposta Rébecca, tâchant de se dégager de Simon, qui, anxieux de se faire pardonner, s'accrochait à ses basques. Il est de ceux qui ont conduit ce pays là où il en est! Il entre dans la police, Lydia. Imagine-le face aux Noirs! C'est un raciste!

— Et toi? lança Lydia, ramenant une mèche de cheveux sur le sommet de sa tête. Aurais-tu dit la même chose s'il n'avait pas été afrikaner?

Joe gonflait et dégonflait ses joues pour s'assurer qu'elles fonctionnaient toujours, après le traitement que leur avait infligé sa mère.

— Simon, s'il te plaît! le supplia Rébecca, essayant de se libérer, mais il l'étreignit de plus belle. D'accord, d'accord!

Incapable de résister à cet amour contrit, elle l'entoura de ses bras.

– Simon demande pardon, marmonna-t-il dans la douce tiédeur de son corps.

– Pourquoi la politique se glisse-t-elle partout ? Qu'est venu faire l'apartheid dans ce déjeuner ? C'est d'un tel ennui !

Lydia jeta la lavette dans l'évier plein d'eau savonneuse, éclaboussant Miriam qui s'essuya les yeux.

– Les Noirs ne trouvent peut-être pas ça si ennuyeux ? dit Rébecca en s'approchant de Miriam, espérant l'entraîner dans une discussion qu'elle ne souhaitait pas. Tu trouves l'apartheid ennuyeux, Miriam ?

– Hors d'ici ! s'exclama soudain Miriam en claquant dans ses mains. Hors de ma cuisine ! Tout le monde dehors !

Les jetant dehors avec leur politique blanche, Miriam affirmait son autorité.

Plus tard, assise au piano, Rébecca plaquait d'un doigt des notes discordantes, en regardant d'un air absent les touches d'ivoire jauni. Elle était montée voir sa mère et l'avait trouvée endormie. David avait affirmé que tout allait bien, que Constance était simplement fatiguée, mais il était aussitôt allé à la cave, prétextant du travail.

– Ma mère a quelque chose, dit Rébecca sans tourner la tête à l'adresse de Lydia qui entrait dans le salon. Elle a quelque chose, n'est-ce pas ?

Elle tapa une portée de notes crescendo, qui retentirent dans la pièce de façon insoutenable.

– Pourquoi ne vas-tu pas parler à André ? proposa Lydia, éludant sa question. Il n'est pas laid. Autrefois, il m'aurait beaucoup plu. Bien qu'Afrikaner ! De toute façon, il vaut mieux lui parler que martyriser ce pauvre vieux piano.

Rébecca referma lentement le couvercle et pivota sur le tabouret pour regarder Lydia. Son agressivité disparue, elle était redevenue une petite fille.

– Maman est malade, n'est-ce pas ?

Elle regarda ses mains avec attention.

– Elle n'est plus jeune. C'est tout, répondit Lydia, lui faisant signe de se pousser.

Elle ne savait pas comment la rassurer, mais se devait d'essayer.

– Ta mère n'a pas reconnu André, c'est tout. Je ne savais pas non plus qui il était, avant qu'il ne l'explique. Ça n'a rien d'étonnant. Elle ne l'avait jamais vu, non ?

– Elle ne s'est pas souvenue non plus d'Elize ni de l'oncle Paul, qui lui ont écrit d'Angleterre. Ma mère va mourir, Lydia, dit-elle en se tournant vers sa cousine, revenue par la pensée au 123 Z. Elle s'habillait si bien quand j'étais petite. Tous ses vêtements venaient d'Angleterre. J'adorais la regarder enfiler ses bas nylon.

Rébecca se tut. L'horloge du grand-père dans l'entrée sonna 5 heures.

– Seigneur, il est temps que je m'en aille, dit Lydia.

Ne sachant que répondre aux questions que se posait Rébecca sur Constance et André, et de peur d'être contaminée par son émotion croissante, elle se dirigea vers la porte.

— Mon Dieu, comme j'aimerais qu'il soit là! s'exclama Rébecca. Se retournant vers le piano, elle souleva le couvercle et plaqua quelques notes.

— Tu as des nouvelles? demanda Lydia, s'arrêtant à la porte. Tu parlais de Luke, n'est-ce pas? Il va venir nous voir?

— S'il ne revient pas, je m'en fiche! Rébecca passa un doigt sur les touches et le piano émit un hurlement perlé. Et tu tiens toujours à ce que je m'excuse auprès de ce nazi! dit-elle en pivotant sur son siège. Que lui dirai-je? Qu'il est épatant, comme l'apartheid?!

— Rébecca!

Depuis le jour où Rébecca avait provoqué Lydia avec Johannes Villiers, leurs relations avaient changé, et Lydia était tendue.

— Le véritable problème, c'est Luke, n'est-ce pas?

Rébecca ne répondit pas, alors elle lui prit la main, l'obligeant à la regarder dans les yeux.

— Tu l'aimes toujours. C'est ça?

S'avançant au milieu des vignes, Rébecca aperçut André. Il avait retiré sa veste et l'avait accrochée à une treille pour examiner un cep. Il écoutait attentivement un jeune ouvrier noir, Samson, lui expliquer la technique de la greffe. Ils discutaient en xhosa et il y avait entre eux une connivence dont, voyant Samson reculer poliment à sa vue, elle se sentit exclue.

— Madame, dit Samson en touchant son bonnet de laine, avant de s'éloigner.

— Salut! lança André.

Son visage s'était réchauffé au soleil et il paraissait soudain différent de l'homme qui avait défendu l'arpatheid devant le délicieux poulet de Fézilé. Planté sur le sol, il semblait parfaitement à l'aise.

— Samson m'expliquait comment on greffe les vignes. Ce n'est pas très différent des arbres fruitiers, à ce que je peux voir.

— Tu parlais en xhosa, fit Rébecca, stupéfaite.

— C'est sa langue, non? dit-il, s'essuyant les mains à un mouchoir qu'il remit dans sa poche avant de reprendre sa veste. Vous avez une terre magnifique, dit-il, avant de se tourner vers Samson qui s'éloignait et de lui faire un signe de la main.

— Dimlike! cria-t-il avant de revenir à Rébecca. Il y a quelque chose qui cloche? fit-il en baissant les yeux, comme pour vérifier s'il était correctement habillé. J'ai encore dit quelque chose qui ne te plaît pas?

— Je ne te comprends pas, dit Rébecca avec un haussement d'épaules — elle repensait à Granny Cat. Au feu qui avait tué son fils et à la mort de Pieter Bothma des mains de Moi Titus. La façon dont tu traites Samson. Ce n'est pas ce à quoi je m'attendais. C'est tout.

Elle se rappelait sa haine contre les fermiers boers qui avaient pendu Moi Titus pour la seule raisin qu'il était noir.

— Tu crois que je déteste les Noirs?

— Tu ne les détestes pas?

André sourit et s'éloigna en promenant son regard sur l'immense étendue des terres.

— Ma famille cultivait la terre par ici, tu sais. Les Bothma. Au siècle dernier, longtemps avant la guerre, dit-il en s'enfonçant dans les vignes, suivi par Rébecca, qui arracha sur son passage un gros grain de raisin noir. Jusqu'à ce que les Anglais pendent Willem Bothma, bien sûr. Mais ne parlons pas de ça, ajouta-t-il, se tournant vers elle en souriant.

— Je suis désolée, dit Rébecca en passant le pouce sur la pruine du raisin. Je n'avais pas le droit de te parler comme je l'ai fait pendant le déjeuner. Je ne sais pas ce qui m'a pris.

Elle le regarda en plissant les yeux à cause du soleil.

André était viril jusqu'au bout des ongles, et Rébecca se sentait mal à l'aise sous son regard. Les sensations se bousculaient en elle. Les mêmes qu'elle éprouvait dès qu'elle pensait à Luke. Elle lui tendit le raisin, et s'en écarta, son corps svelte se faufilant entre les ceps tordus.

— Tu n'as jamais rencontré Luke Marsden? cria-t-elle en s'éloignant pour fuir les sentiments qu'il avait éveillés en elle. Je crois que tu l'aimerais. Sa mère est afrikaner comme toi.

— Et toi? fit André d'une voix calme, presque douce. Tu l'aimes?

Il fourra le raisin dans sa bouche et attendit sa réponse. Rébecca regardait ailleurs et pensait à Luke. Elle aurait aimé crier: « J'aime Luke! » Mais elle se contenta de dire d'une voix tremblante:

— Il est sympa.

— Je ne l'ai jamais rencontré.

André se baissa et, prenant une motte de terre rouge, il la laissa couler entre ses doigts.

— Le sol est bon ici, dit-il, écrasant entre ses doigts quelques grains de terre, jusqu'à les réduire en une fine poudre rouge.

Il s'accordait d'emblée à la terre de Jacques Beauvilliers, leur ancêtre commun.

— La terre, tu sais, c'est tout ce qui compte, dit-il en tournant les yeux vers le cimetière. La terre que nos ancêtres ont revendiquée. C'est là que nos ancêtres sont enterrés? La famille Beauvilliers, je veux dire?

— La plus grande partie, répondit Rébecca, soulagée de cette diversion au désir soudain qu'André avait fait naître pour Luke. Je vais te montrer. Viens. Tu sais? dit-elle, comme il arrivait à sa hauteur. Tu n'es pas si mauvais que ça.

— Merci, dit André.

Il la suivit vers le cimetière et leur commune d'origine.

— Ils sont là, annonça Rébecca, debout à côté du petit mur blanc qui entourait les tombes. Tu vois cette tombe? dit-elle au souvenir de la nuit où elle avait retiré la clé de dessous la pierre tombale de Clara. C'est Clara Beauvilliers. C'est drôle mais, quand je t'ai vu, j'ai pensé à Clara. Elle détestait tout le monde. Noirs, Afrikaners, tout le monde! Celle-ci, ajouta-t-elle en montrant la tombe de marbre de Katinka, c'est celle de ma grand-mère. Elle aimait tout le monde, mais elle est morte pendant le voyage qui nous amenait ici.

André s'était arrêté à côté des vieilles pierres qui marquaient les tombes d'Emily, de Prudence et de Clara. Il essaya d'en déchiffrer les inscriptions rongées par le temps.

— Ils ne sont pas tous ici. Suzanne n'est pas là, dit-il en se tournant vers Rébecca. Mon grand-père m'a raconté qu'elle s'était enfuie de Bonne-Espérance pour épouser Thys Bothma. Il prétendait qu'elle était devenue afrikaner. Savais-tu qu'un de tes ancêtres était afrikaner?

— Et que, selon Darwin, un autre était un singe, mais ça ne veut pas dire que je mange des puces, fit Rébecca, exaspérée par son arrogance.

Elle passa un doigt sur le sommet du mur, soulevant une fine pellicule de poussière.

— Je sais aussi, André, que ce sont les Anglais qui ont inventé l'apartheid, mais ça ne le rend pas plus juste. Pas plus que d'avoir brûlé la ferme de ta famille pendant la guerre des Boers. Ma grand-mère me l'a raconté, dit-elle en souriant. C'est la raison pour laquelle je suis gentille avec toi.

— T'a-t-elle parlé de mon arrière-grand-père, Pieter Bothma? T'a-t-elle dit que sa femme est morte dans un camp de concentration anglais? Qu'il a aussi perdu trois enfants dans ce camp et que les Anglais mettaient des hameçons dans leur pain? Savais-tu que trente mille femmes et enfants afrikaners sont morts dans ces camps de concentration?

André la regardait d'un air accusateur. Comme si cela datait de la veille.

— Je sais ce qui s'est passé quand ton arrière-grand-père est arrivé ici pour brûler Bonne-Espérance! rétorqua Rébecca, furieuse. Il est venu pour se venger! Le savais-tu?

Elle avait les joues brûlantes au souvenir de ce que lui avait raconté sa grand-mère sur l'incendie de la maison, et André, à cet instant, était Pieter Bothma.

— Tu trouves sans doute ça bien de mettre le feu à une maison où est enfermé un enfant!

— C'est un mensonge! Il essayait d'aider l'Anglaise.

Le passé avait raison de leur brève amitié. Comme son père avant lui, il avait, toute son enfance, entendu raconter le retour de Pieter Bothma à Bonne-Espérance.

— Pieter Bothma est revenu ici pour retrouver sa famille! Les Beauvilliers! Il cherchait la part de lui-même qui avait été détruite, lorsque sa famille avait été exterminée par les Anglais!

Rébecca écoutait, stupéfaite, l'histoire de Pieter Bothma vue par André.

— Un Noir avait mis le feu à la maison et Pieter Bothma l'a vue brûler du haut de la colline. Il a trouvé une femme essayant de sauver un enfant enfermé dans la maison. Le toit s'effondrait, mais la femme ne renonçait pas à entrer. Il a essayé de l'arrêter, mais, n'y parvenant pas, il l'a repoussée pour le faire lui-même. C'est alors qu'un Noir l'a attaqué. C'était celui qui avait mis le feu, et il a tué mon arrière-grand-père au moment où il essayait de sauver l'enfant de la femme.

— Ce n'est pas vrai! C'est un mensonge! cria Rébecca. Pieter Bothma a mis le feu à la maison et ce « Noir » que tu accuses était Moi Titus. Il a essayé d'empêcher ton arrière-grand-père de tuer ma Granny Cat, ma grand-mère; et ensuite, vous, les Boers, vous avez tué Moi Titus. Les Boers l'ont tué parce qu'il était noir! C'est ce à quoi s'emploie ton gouvernement! Ce que tu viens de dire est un tissu de mensonges, comme tout ce que tu dis sur les Noirs!

— Des mensonges? explosa André.

Ils se toisaient dans le cimetière, chacun arc-bouté à sa vérité et la tenant pour absolue.

— Qu'un Noir ait voulu tuer ta grand-mère, dit-il, et qu'aucun de vous n'ait voulu le croire? C'est pourtant la vérité, et tous les contes que vous inventez n'y changeront rien!

André le savait : les Anglais avaient toujours pris le parti des Africains contre les Afrikaners, ce qui le mettait hors de lui.

— Mon arrière-grand-père, reprit-il, est mort en essayant de sauver l'enfant de ta grand-mère!

— Jamais! Tu veux le croire, parce que Moi Titus était noir!

— Je sais ce que demeurent les Noirs sous les vêtements européens que nous leur avons donnés. Ce sont des gens comme toi qui ont besoin d'être protégés d'eux-mêmes! Vous traitez les Noirs comme des êtres civilisés, comme s'il étaient égaux aux Blancs, et vous criez au secours lorsqu'ils vous brandissent un *panga* sur la tête!

— C'est donc pour ça que tu es venu aujourd'hui! s'esclaffa Rébecca. C'est pour ça que tu entres dans la police? Tu vas protéger d'innocents Blancs contre les maraudeurs noirs? C'est ça? Rébecca revit soudain Fézilé qui lui tendait le poulet et l'aveuglement d'André lui arracha un cri d'indignation : Si c'est pour ça que tu es venu ici, André Bothma, tu peux partir! Nous n'avons pas besoin de toi ni de tes semblables!

Elle se retourna pour courir vers la maison.

— Je suis venu prendre ce qui m'appartient!

Rébecca s'arrêta à ces mots.

— Bonne-Espérance est autant à moi qu'à toi! Plus peut-être!

Rébecca se détourna en riant, mais André s'emporta.

— Ne me tourne pas le dos! ordonna-t-il d'un ton menaçant, la saisissant par les épaules. Ne fais jamais ça!

Il la fit pivoter pour qu'elle lui fît face; et elle sourit.

— Je vous tourne le dos, monsieur Bothma. A vous et à vos semblables! jeta Rébecca, terrifiée, mais refusant de céder. Vous n'êtes pas digne de toucher la poussière de Bonne-Espérance du bout de vos chaussures! Bonne-Espérance a été bâtie avec le sang de ceux qui contestaient votre espèce! Elle a été construite avec amour et vous ne l'aimez pas. Vous avez abandonné tout droit sur l'Afrique le jour où vous avez confondu haine et fierté!

— Et d'où es-tu, Rébecca? D'Afrique? Y resteras-tu lorsque ça se gâtera, ou bien te précipiteras-tu dans ton pays, en Angleterre? Dis-moi!

Pour la première fois de sa vie, Rébecca comprit d'où elle était. Bonne-Espérance faisait partie de son être même, mais elle ne pouvait pas lui répondre, aussi lui tourna-t-elle le dos.

— L'Afrique appartient peut-être aux Africains, dit-elle, soudain consciente de la position critique où elle se trouvait.

— Moi, je suis africain, déclara André d'une voix ferme. Et toi?

10.

Les hauts murs blancs du couvent ne parvenaient pas à étouffer les rires des enfants qui jouaient dans leur enceinte. Rébecca était à l'extérieur, le doigt sur un bouton de cuivre. Elle appuya, déclenchant une puissante sonnette ; les rires s'arrêtèrent. Une rangée de petits doigts bruns apparurent au sommet du mur blanc et cinq visages solennels la dévisagèrent.

– Bonjour, fit Rébecca en leur souriant. Quelqu'un pourrait m'ouvrir ?

Le menton appuyé sur le sommet du mur, les enfants s'agrippaient en silence.

– Descendez !

Un violent claquement de mains fit aussitôt disparaître les visages. Une clé grinça dans la serrure et la porte cria sur ses gonds. Rébecca se trouva face à un visage d'un blanc lumineux, souligné par le bleu d'un voile de nonne.

– Oui ?

La religieuse était minuscule. Le corps courbé sous sa robe flottante, sœur Paulina leva la tête vers Rébecca et la scruta de ses petits yeux noirs.

– Vous voulez quelque chose ? demanda-t-elle avec un mélodieux accent irlandais, teinté de curiosité. Vous avez sonné ?

– J'ai besoin de votre aide, répondit Rébecca d'une voix étranglée. Par la porte entrouverte, elle voyait une grappe de têtes d'enfants se bousculer pour mieux voir. Je voudrais des renseignements sur un enfant qui a vécu ici.

La lourde porte de bois s'ouvrit un peu plus grande et la religieuse recula de deux pas, poussant la porte avec son derrière.

– Je peux entrer ? demanda Rébecca.

– Je vous en prie.

– L'enfant que vous cherchez, vous avez un nom ? demanda sœur Paulina en lançant à Rébecca des regards inquisiteurs. Ça aiderait.

Le lourd crucifix pendu à son cou se balançait au-dessus de ses san-dales qui foulaient l'allée de gravier vers un bâtiment recouvert de vigne.

– Johannes Villiers.

La religieuse ferma les yeux et ses lèvres se mirent à bouger, comme si elle passait silencieusement en revue une liste de noms.

– Non, dit-elle enfin en ouvrant les yeux. Non.

Une petite main brune caressa la jupe de Rébecca; elle se retourna. Une toute petite métisse, la tête penchée de côté, regardait sous sa jupe les mètres de jupons raides, puis elle s'enfuit avec des cris de joie.

– Johannes Villiers aurait été pensionnaire ici il y a quatre-vingt-dix ans environ, dit Rébecca.

Sœur Paulina s'arrêta et tourna vers Rébecca sa silhouette courbée; son visage se chiffonna en un sourire espiègle.

– Dans ce cas, nous allons demander à mère Francesca! dit-elle, virant à droite sur un sentier pavé conduisant à un autre bâtiment. Tous les enfants qui ont vécu derrière ces murs, mère Francesca les connaît. Mais peut-être que cette fois nous la prendrons en défaut, ajouta-t-elle avec une certaine jubilation et un gargouillement de rire.

Consciente de ne plus être suivie, Rébecca jeta un coup d'œil en arrière. Un demi-cercle d'enfants se tenait à l'entrée du sentier qu'elles venaient d'emprunter, leurs minuscules pieds nus près de s'y engager, mais aucun ne s'y risqua.

– Êtes-vous de notre confession?

Rébecca se retourna, surprise par la question.

– Vous êtes catholique? C'est pour ça que vous êtes venue nous trouver?

– Non, répondit prudemment Rébecca en examinant le bâtiment qui se dressait devant elles.

Entourée de vastes vérandas aux balustrades de fer forgé, la lourde porte était grande ouverte. Un rayon de soleil y pénétrait, répandant sa chaleur sur le parquet de santal avant de plaquer une large tache de lumière jaune au pied d'une madone de plâtre.

– Vous n'avez pas l'air convaincue.

Arrivée au pied de l'escalier conduisant à la véranda, la religieuse recula d'un pas.

– Sœur Helena! appela-t-elle.

Une jeune religieuse apparut derrière la vitre qu'elle nettoyait.

– Mère Francesca est-elle dans son bureau?

La religieuse au visage rose secoua la tête.

– Elle est à l'office?

La religieuse acquiesça.

– Je m'en doutais! fit sœur Paulina en regardant Rébecca. Venez.

La minuscule religieuse avança sur le parquet brillant de l'entrée et pointa sa tête voilée vers une porte fermée.

– Vous pouvez attendre là, dit-elle en dégageant de son habit le chapelet qui y disparaissait. Quatre-vingt-dix ans! marmonna-t-elle à son image qui se reflétait dans le parquet poli, avant de s'éloigner.

Une fois seule dans la pièce, Rébecca regarda autour d'elle en se demandant si le directeur d'école, James Robertson, y avait lui aussi attendu. Avec Johannes Villiers, le bébé non désiré? S'informer sur James Robertson avait été facile. C'était dans son école que John et Sarah Westbury, les parents de Katinka, s'étaient rencontrés. James Robertson était illustre dans l'histoire du Cap. Sa stricte pension anglaise avait été une pépinière de célébrités, dont l'arrière-grand-père de Rébecca, John Westbury, politicien assassiné.

Rébecca avait lu toutes ses lettres conservées avec le testament de Sarah Westbury par la mère de Lydia. Lettres d'un vieil homme retiré en Angleterre mais qui n'avait jamais oublié le bébé qu'il avait confié à un orphelinat. Était-ce Sarah Westbury ou Elizabeth Marsden qui les avait mises sous clé?

« Si tu découvres quelque chose, Rébecca, quel bénéfice en tireras-tu? avait demandé Lydia, essayant de l'arrêter dans sa quête. Tu as presque seize ans et demi et tu devrais t'amuser plutôt que de vivre dans le passé! Et les garçons? Tu as un petit ami?

– Tu as peur! »

Rébecca avait elle-même peur, mais, depuis qu'André Bothma lui avait lancé un défi, elle avait voulu retrouver son héritage africain.

« Tu m'as mise sur la voie, Lydia, avait-elle dit. De quoi as-tu peur?

– C'est toi qui me dis ça! s'était exclamée Lydia en la regardant froidement. C'est toi, Rébecca, qui te lamentais, quand tu avais douze ans, de " ne pas être blanche ". Tu te rappelles? Tu t'étais décrétée métisse et prétendais que Luke ne pourrait pas t'épouser?

– Luke n'a rien à y voir! »

Rébecca s'était promptement détournée, révélant qu'il avait tout à y voir. Les années de séparation n'avaient en rien changé ses sentiments. La petite fille était devenue une ravissante jeune femme, mais elle appartenait toujours à Luke et croyait toujours au pouvoir de la vieille clé qu'elle avait déterrée de la tombe de Clara.

« Qu'essaies-tu de prouver? Serais-tu contente de prouver que tu n'es pas tout à fait blanche?

– Je me fiche de la couleur des gens! Johannes Villiers était le frère de notre grand-mère et nous ne pouvons plus nous contenter de l'expédier d'un coup de balai! disait Rébecca, tandis qu'ayant pris un livre Lydia en feuilletait distraitement les pages. De quoi as-tu tellement honte, Lydia?

– Quand est ton anniversaire?

– Tu as entendu ce que j'ai dit? As-tu honte de ce que tu es? André Bothma et ce gouvernement te font-ils peur?

– C'est le 3 janvier, et tu auras dix-sept ans. C'est ça? »

Rébecca s'était dirigée vers la porte sans se retourner.

– Vous cherchiez un enfant ? demanda mère Francesca en entrant dans la pièce.

Son chapelet escaladait sa lourde poitrine avant de dégringoler sur ses poignets.

– Il s'appelle Johannes Villiers, à ce qu'on m'a dit.

– Oui, répondit Rébecca en faisant la révérence. Je suis désolée de vous déranger. Peut-être vos souvenirs ne remontent-ils pas aussi loin, et je vous fais perdre votre temps.

– Non.

Rébecca la suivit dans le vestibule.

– Ne faites pas de bruit, s'il vous plaît, dit mère Francesca, car les pas de la jeune fille résonnaient sur le parquet.

De minuscules pattes de mouches couraient sous l'ongle court et propre de mère Francesca qui s'arrêta à un nom. Sur la page du grand livre relié de cuir, à côté de « Johannes Villiers », était inscrite sa date d'arrivée à l'orphelinat, le 21 juillet 1864. Le nom qui avait hanté Rébecca depuis la mort de sa grand-mère criait noir sur blanc sa réalité.

– Ça va, mon enfant ? demanda mère Francesca.

– Ça va très bien, merci, dit Rébecca, s'écartant.

Mère Francesca pointa son gros doigt sur une petite étoile rouge à côté du nom de Johannes Villiers, puis, se levant, elle referma l'énorme livre et se dirigea vers une grande bibliothèque. Passant le doigt sur une rangée de dos décolorés, la mère supérieure tira un autre registre. Ceux qui l'encadraient s'effondrèrent l'un sur l'autre, comme honteux de cette soudaine brèche dans leur rang.

– Confirmations, annonça mère Francesca en s'asseyant à côté de Rébecca sur le banc de bois sous la fenêtre.

Elle en feuilleta les pages et son doigt s'arrêta à un nom, Johannes Villiers. Une écriture appliquée certifiait sa confirmation catholique. Elle posa un doigt accusateur sur un petit astérisque qui suivait le nom.

– L'enfant s'est enfui de l'orphelinat.

Le livre se referma avec un claquement et les yeux de mère Francesca se fixèrent sur Rébecca.

– C'est malheureusement tout ce que nous avons, ajouta-t-elle.

– Vous ne savez pas où il est allé ?

Rébecca faisait face à un mystère dont dépendait toute sa vie et ses yeux suppliants demandaient de plus amples renseignements.

– Il s'est enfui, répéta mère Francesca, le regard froid.

– Mais il faut que je le trouve, dit Rébecca en baissant la tête.

– Pourquoi ? Qu'est pour vous Johannes Villiers ?

Les yeux de mère Francesca étaient comme des pierres humides et ses paroles circonspectes.

– Je crois qu'il était le frère de ma grand-mère.

Mère Francesca parut embarrassée.

— Mais je n'en suis pas sûre.

Percée par le regard scrutateur de la religieuse, Rébecca haussa les épaules et prononça les mots qu'elle savait être la vérité.

— Si, Johannes Villiers était le frère de ma grand-mère.

Un semblant de sourire effleura les lèvres de mère Francesca et un éclair de fierté traversa son regard, atténuant la dureté de ses yeux gris. Elle se leva et rangea le registre. Enfonçant la main dans une poche de son habit, elle se dirigea vers un petit bureau dans un coin de la pièce, introduisit une clé dans la serrure du tiroir supérieur et l'ouvrit. Le silence était profond, elle ne fit aucun effort pour le rompre. Tournant le dos à Rébecca, la mère supérieure sortit un très vieux livre, retira d'entre ses pages une feuille volante, referma le livre et le remit dans le tiroir du bureau.

— Vous êtes de la famille Beauvilliers ? demanda mère Francesca sans regarder Rébecca, prise au dépourvu par cette question.

— Oui, fit Rébecca dans un murmure. Beauvilliers était le nom de la famille.

— Alors, voilà ce que vous cherchez, dit mère Francesca en tendant à Rébecca une feuille de papier plié. En mourant, sœur Véronique a bien recommandé de ne pas perdre ce papier. Ses prières ont enfin été entendues.

La mère supérieure fourra ses mains sous le chapelet qui pendait de sa poitrine et se dirigea vers la porte sans se retourner ; Rébecca regardait, hypnotisée, le document qu'elle avait dans la main.

Quittant le couvent, Rébecca entendait la douce mélodie de voix d'enfants et elle serra le papier, dont les mots se bousculaient dans sa tête.

« Je, soussigné, certifie que le garçon, Johannes Villiers, que j'ai amené dans ce couvent il y a dix ans est le fils de John et de Sarah Westbury. Johannes Villiers est un descendant direct de la famille Beauvilliers de Bonne-Espérance. »

Un petit pâté au bas de la feuille et une signature griffonnée établissaient que James Robertson avait fait cette déclaration sous serment, à Londres.

Enfonçant dans sa poche la preuve de ses origines africaines, Rébecca s'éloigna lentement. Elle en était maintenant sûre : la connaissance qu'elle venait d'acquérir pouvait anéantir ses désirs les plus profonds.

— Lydia, pourquoi me poses-tu toujours la même question ? demanda Stan d'une voix douce.

Il était allongé sur le lit de cuivre à quatre colonnes.

La rafraîchissante innocence de sa femme ne manquait jamais d'amuser cet homme bienveillant. Journaliste politique, Stan Liebenberg était un être cultivé et charitable. C'était un vrai Afrikaner si amoureux de sa terre qu'il n'envisageait pas de la partager. Mais Lydia ne savait rien de son autre vie, de ses convictions politiques, opposées au credo gouvernemental. Il l'avait protégée de sa double vie, écrivant sous pseudonyme des articles provocateurs.

Il observait en souriant Lydia assise très droite au bord du lit.

— J'ai envie de toi, dit-il, mais elle ne répondit pas. Si tu crois que ça peut aider Rébecca, alors je suis d'accord. Fais venir Luke. Mais que sa mère reste où elle est! D'accord? Qu'en dis-tu?

Il lui baisa le cou.

— Tu es sûr que ça t'est égal?

Lydia s'exprimait en afrikaans, comme elle le faisait toujours avec son mari lorsqu'une langue étrangère pouvait masquer ses craintes. Elle avait vu Rébecca dans la journée, qui lui avait montré l'attestation d'appartenance de Johannes Villiers à la famille Beauvilliers.

— Johannes Villiers était le frère de notre grand-mère, Lydia! James Robertson a tout risqué pour dire la vérité, et sœur Véronique a prié pour que ce jour arrive!

La voix de Rébecca était empreinte d'une émotion qu'elle était incapable de contrôler. Elle avait réalisé le dernier vœu de sa grand-mère, mais s'était jetée la tête la première dans la voie de l'autodestruction, entraînant Lydia avec elle.

— Qu'est-ce que tout cela signifie vraiment pour toi, Rébecca? Cherches-tu Johannes Villiers ou un moyen d'échapper à tes peurs?

Rébecca s'était vivement détournée. Lydia avait mis le doigt sur la vérité.

— Tu as peur que Luke ne veuille pas de toi! C'est ça? Tu commences à te demander s'il en a jamais voulu; si ce n'était pas uniquement un caprice d'enfant, et il te faut maintenant une excuse pour affronter la réalité!

— Arrête! avait crié Rébecca, mais Lydia avait poursuivi.

— C'est parce que « je ne suis pas blanche! Regarde, j'en ai la preuve ici! C'est parce que la loi dit que nous ne pouvons pas nous marier! ». Voilà les excuses que tu cherches, au lieu d'accepter le fait qu'aucune vieille clé déterrée sous une tombe ne fera que ton désir devienne réalité!

— Tu te trompes! avait rétorqué Rébecca, les joues baignées de larmes. C'est toi qui cherches des excuses! Qui cherches à justifier l'apartheid! A te justifier d'avoir épousé un maudit Afrikaner!

Lydia l'avait giflée.

— C'est la vérité! avait hurlé Rébecca.

— C'est la peur! avait répondu Lydia en la saisissant par les épaules. Sortir les gens de leurs tombeaux en guise d'excuse à ses échecs? C'est de la peur, Rébecca, et c'est cette peur-là qui a conduit à l'apartheid.

— Quel âge va avoir Rébecca? demanda Stan en examinant le dos de la chemise de nuit de Lydia, dans l'espoir d'y découvrir une ouverture. Qu'est-ce que c'est que ça? Une tente?

— Je crois qu'il serait bon pour Rébecca de revoir Luke. Elle est adulte maintenant.

Lydia persistait à ne pas mentionner l'existence de Johannes Villiers et ignorait les efforts de Stan pour s'introduire sous sa chemise de nuit.

— Ce serait une merveilleuse surprise pour son anniversaire, poursuivit-elle, si Luke venait. Stan? Que fais-tu?

— J'ouvre mon cadeau de Noël! dit-il en tirant sur les mètres de coton dont était faite l'énorme chemise de nuit victorienne dans laquelle elle se cachait. L'un de nous s'est trompé de siècle, et ce n'est sûrement pas moi.

Ayant enfin trouvé une brèche, il commença de la caresser.

La meilleure manière de distraire Lydia était de lui faire l'amour et il ne souhaitait que ça.

— Luke a vingt et un ans, tu sais. C'est incroyable! poursuivit Lydia, ignorant ses avances. Estelle ne peut pas l'empêcher de venir au Cap. Non! fit-elle, repoussant la main de Stan et se roulant dans un cocon de coton à côté de lui. Joe ne dort pas. Tu crois, ajouta-t-elle en poursuivant son idée, que je devrais dire à Luke que sa visite est notre cadeau d'anniversaire à Rébecca? J'ai dit non, Stan!

Il avait de nouveau réussi à s'introduire sous sa chemise. Elle se mit à rire, et sa résolution d'ignorer ses avances s'évanouit. Il lui retira son vêtement et elle gémit de plaisir au contact de ses lèvres sur son corps nu.

— Qu'est-ce que vous faites?

La voix de leur fils se glissa jusqu'à eux à travers les barreaux de cuivre. Ils se figèrent.

— Stan! La voix de Lydia sortit étouffée de dessous son mari. Fais quelque chose!

— Salut, Joe!

Stan roula hors du lit, tira négligemment les couvertures sur sa femme et sourit au petit garçon qui le regardait, les yeux écarquillés, entre les tringles de cuivre.

— Tu veux faire pipi ou tu veux boire? Que dirais-tu d'un petit whisky?

— Qu'est-ce que vous faites? répéta Joe, dont les grands yeux ronds se dirigèrent vers le tas que formait le corps de Lydia.

— Qui? Oh, ta mère. C'est elle là-dessous! expliqua Stan. Je lui fais un câlin — comme nous t'en faisons.

— Mais pourquoi vous enlevez vos habits?

— Je crois que tu peux écrire cette lettre à Luke! murmura Stan.

Il se détourna et cacha sa nudité sous la chemise de nuit de coton.

Un billet de train s'échappa de la page pliée d'une lettre. Luke le regarda avec curiosité.

— Eh là!

Étendant la jambe, il empêcha le chien de s'en saisir et étala la lettre sur le bureau de sa chambre.

« Cher Luke, tu ne te rappelles sans doute pas de moi après tant de temps... »

Luke tourna la feuille et vit la signature de Lydia ; il l'étudia minutieusement. Une vague image de sa tante flottait dans sa mémoire. Contrairement à sa mère, il l'avait toujours aimée. Il retourna de nouveau la lettre et poursuivit sa lecture. Le nom de Lydia évoquait pour lui Bonne-Espérance. Il revoyait clairement les vignes et les montagnes bleutées entourant le seul endroit où il se fût jamais senti chez lui.

« ... Le 3 janvier, c'est l'anniversaire de Rébecca, et Stan et moi aimerions lui faire une surprise. D'où le billet. »

Luke se pencha pour le ramasser. C'était un billet de train pour Le Cap. Un aller et retour en seconde classe. Une vague d'excitation l'envahit et il revint à la lettre.

« ... Rébecca aura dix-sept ans ; elle est devenue ravissante. Je suis sûre qu'elle aimerait te revoir. De toute façon, nous avons pensé... »

Luke posa la lettre et ouvrit le tiroir supérieur de son bureau. Il fouilla dedans jusqu'à ce que ses doigts découvrent la surface glacée d'une photo.

Il ne l'avait jamais vraiment regardée, et il examina la petite fille comme s'il la voyait pour la première fois : un visage impertinent fendu par un large sourire, des yeux sombres et rieurs. Ce n'était pas le visage qui apparaissait devant lui, dès qu'il se trouvait avec Althéa. Le regard de Rébecca se faisait alors accusateur. Sur la photo, elle était différente, et il fallait qu'il la revît. Elle faisait partie de Bonne-Espérance.

— Je ne serai absent qu'une semaine et, de toute façon, je suis tenu de partir.

Luke prit une bouchée de ragoût et regarda sa mère. Il était nerveux, mais Estelle ne disait rien. Depuis qu'il lui avait parlé de la lettre de Lydia et du billet pour Le Cap, sa mère n'avait rien dit.

— Quel ennui ! s'exclama Naomi, s'essuyant la bouche avec sa serviette et regardant Luke.

A dix-sept ans, elle avait tenu les promesses de la petite fille.

— C'est quand son anniversaire ?

— Le 3 janvier.

Luke regarda sa sœur. On ne pouvait rien lui reprocher. Elle avait des traits parfaits et la peau transparente, mais des yeux vides. Ayant quitté l'école avec des résultats médiocres, elle avait trouvé du travail dans un salon de coiffure de Johannesburg. Naomi ne pensait qu'à son apparence et à faire un mariage d'argent. Luke se demandait si Rébecca était aussi préoccupée d'elle-même, maintenant qu'elle était devenue femme.

— Puis-je sortir de table ?

Il roula sa serviette, la glissa dans son rond d'argent et se leva.

— Elle te court après depuis que vous avez fait connaissance, tu le sais au moins ? dit Naomi en regardant son frère.

Luke était grand et beau. S'il avait été riche, elle aurait compris l'intérêt de Rébecca ; mais jamais elle ne comprendrait celui de Luke.

— Rébecca te prend manifestement pour un bon parti, reprit-elle.

D'après ce que je sais, il n'y a pas d'hommes bien au Cap! A quoi ressemble-t-elle? Tu as une photo?

Naomi passa sa langue sur son rouge à lèvres et se tapota le coin des lèvres avec sa serviette.

— Au fait, ajouta-t-elle, je t'ai dit qu'Arno veut m'emmener à Durban ce week-end? Elle se tourna vers sa mère. Son père dit que nous pouvons utiliser l'avion.

Luke s'arrêta à la porte; le silence d'Estelle le gênait.

— Je vais écrire à tante Lydia que c'est d'accord?

Un point d'interrogation suivait son dernier mot.

— Non.

Estelle pouvait encore donner à Luke l'impression d'être un petit garçon. Il se retint à la poignée de la porte.

— Non quoi, maman?

Estelle repoussa sa serviette et le considéra, stupéfaite.

— Après tout ce qui s'est passé, tu le demandes encore?

— Que s'est-il passé?

Luke recula, foudroyé, comme lorsqu'il était enfant, par le regard d'Estelle.

— Mes sentiments ne comptent peut-être pas? Ma volonté non plus?

— Maman, s'il te plaît.

— Il n'y a pas de s'il te plaît!

Estelle repoussa son assiette et Naomi sourit. Le couteau et la fourchette de sa mère étaient tombés sur la nappe blanche et un petit pois y avait roulé, dessinant une traînée grasse.

— De toute façon, qu'est-ce que ça t'apportera? Ce n'est pas un endroit où aucun de nous puisse être heureux! C'est la famille de ton père et tu n'as aucune raison d'y aller.

— Simon y est, dit Luke.

Estelle détourna les yeux.

— Je veux voir mon frère, maman. Et Bonne-Espérance.

Luke essayait de s'agripper à ses vingt et un ans qui se désagrégeaient autour de lui. Il se rappelait l'instant où, grâce au petit mongolien, s'était révélée la vraie nature de sa mère.

— Le pauvre enfant! s'exclama Estelle dans un accès d'émotion. Tu sais pourquoi cette famille a pris Simon, non? Pour avoir une arme contre moi!

Sentant approcher la défaite, Luke baissa les yeux.

— Ils ne t'ont pas enlevé Simon, maman, murmura-t-il.

Mais sa voix fut noyée par celle d'Estelle.

— C'est cette fille qui t'a monté la tête! s'écria-t-elle au souvenir de Bonne-Espérance et de la vieille Nombeko lui tendant Simon. Cette fille a attiré un sauvage noir dans notre maison! Elle a laissé mon enfant dans la cabane de cette Noire! Cette famille l'a gardé contre ma volonté! Comme un monstre de foire, ils ont gardé mon pauvre enfant sans défense pour que des Noirs le regardent comme une bête curieuse... se moquent de lui... le montrent du doigt. Et ton père était d'accord ! s'exclama-t-elle, tremblante d'émotion. Moi, je voulais qu'il aille dans une maison ! Je voulais qu'il soit protégé, puisqu'il ne pouvait pas se protéger tout seul !

— J'étais là, maman !

Le cri de Luke avait jailli du plus profond de son être. La silhouette déformée d'un petit garçon se dressait entre eux comme un souffre-douleur, et il se dirigea vers la porte.

— Ne pars pas, Luke ! dit Estelle d'une voix larmoyante. Ne m'abandonne pas comme ton père ! Ne me fais pas de nouveau honte avec cette famille métisse ! Pourquoi veux-tu voir cette fille de couleur ? Elle n'est pas des nôtres !

Les épaules de Luke s'affaissèrent et les tendons de son cou se nouèrent.

— Je t'en prie, ne me quitte pas !

— Je ne te quitte pas, maman, dit Luke, le visage crispé. Je ne te fais pas honte et je ne te quitte pas. Je ne suis pas papa, ajouta-t-il en se retournant vers elle. Mais je vais à Bonne-Espérance.

Luke avait pris la première décision de sa vie. Il s'était opposé à la volonté d'Estelle et considérait sa mère, muette de surprise.

— Et Althéa ? demanda Naomi, aux anges. Elle aimerait peut-être aller avec toi.

Elle sortit de la pièce en le bousculant, et Luke se sentit soudain libre.

Pendant toute cette discussion, il n'avait pas songé une seconde à Althéa. Bonne-Espérance était une part de sa vie d'où elle était absente ; et c'était là qu'il souhaitait être.

— Tu as raison sur un point, maman, dit Luke, la fixant de son regard bleu étincelant. Je suis comme papa. Il marqua une pause et reprit : C'est pour ça que je veux retourner à la maison.

Tandis que Luke quittait la pièce, Estelle regardait ses mains crispées. Elle ne dit rien. Ses jointures étaient blanches, elle détendit lentement chaque doigt, puis, levant la tête, elle se mit à rassembler sur une assiette les restes du dîner et à empiler les plats. Elle était tout à fait calme, ayant compris pourquoi Luke était si sûr de lui, et se demandait comment faire disparaître la traînée de graisse laissée sur la nappe par le petit pois.

La rue, une bande de macadam défoncé, plongeait entre deux rangées de maisons à un étage. Coincé sous la montagne de la Table, et dominé par la tête de Lion et la colline du Signal, le sixième arrondissement du Cap était extrêmement animé. Des portes ouvertes en permanence, des foules d'enfants entraient et sortaient en trombe, pourchassés par les appels stridents de leurs mères dans le mélange anglo-afrikaans des gens de couleur du Cap.

Des voitures et des camions lourdement chargés étaient rangés en désordre au bord de la rue étroite ; menant à grand vacarme leurs charrettes à cheval dans les encombrements, des colporteurs clamaient les délices de leurs mangues, litchis et raisins.

Les rangées branlantes des maisons victoriennes, dont les toits rouillés de tôle ondulée recouvraient de rouge des vérandas ouvertes, retentissaient de musique et de bavardages. Au-dessus des balustrades de bois travaillé était pendu du linge aux couleurs éclatantes, rangées d'épouvantails se donnant la main au travers des rues. Accrochés à de grands poteaux, des enchevêtrements de câbles s'étiraient le long des façades, tandis que des réverbères noir et blanc montaient la garde.

– Vous avez l'air perdu, fillette.

Penchée à un balcon qui ployait sous son poids, une femme boulotte s'adressa à Rébecca d'une voix chantante. Elle avait la peau dorée et les yeux noirs et bridés d'une métisse de sang malais et blanc.

– Boetjie! cria-t-elle à un petit garçon qui se ruait hors de la maison pour rejoindre ses amis. N'oublie pas les chips!

Elle revint à Rébecca; un sourire plissait son visage replet, noyant ses yeux et découvrant deux trous dans sa dentition.

– Il y a du thé dans la théière, si vous en voulez une tasse, ma petite chérie, ajouta-t-elle.

Elle avait tout de suite deviné que la jeune fille était étrangère, et anglaise. Distinguer races et langues était devenu un art dans la communauté hétéroclite du Cap.

– Je cherche l'église anglicane, répondit Rébecca en retenant sa petite toque sur le sommet de son crâne, car le vent du sud-est menaçait de l'emporter.

Elle était entourée d'enfants qui cherchaient à se saisir de ses mains gantées de blanc, chacun lui jurant d'être le meilleur guide, jusqu'à ce qu'un petit garçon l'entraîne par les rues sinueuses, suivi des autres enfants.

La fraîche obscurité de l'église bourdonnait du bavardage des femmes qui couvraient les tables de nappes magnifiquement brodées et y disposaient des bouquets. Le parfum de l'encens, mêlé à une chaude odeur de curry, emplit les narines de Rébecca lorsqu'elle pénétra dans l'univers de Johannes Villiers.

– Je peux vous aider?

Descendant le bas-côté, un jeune Indien de haute taille s'adressait à elle. Une boucle à la Tony Curtis barrait son front basané, ses dents blanches et un plombage en or étincelaient dans son sourire.

– Vous cherchez le père David? demanda-t-il dans un anglais irréprochable.

– Oui.

– Venez par ici, s'il vous plaît.

Il remonta le bas-côté, Rébecca sur ses talons, inclina machinalement la tête en passant devant l'autel, tourna à droite et se baissa pour franchir une porte voûtée.

— Je voudrais retrouver quelqu'un dans les registres de l'église, annonça Rébecca en passant à son tour la porte.

Sa voix résonna dans le couloir aux murs de pierre.

Passant ses doigts sous son étroit col blanc, le ministre grisonnant et rondouillard referma le livre posé sur la table devant lui.

— Nous trouverons peut-être quelque chose dans les baptêmes, dit-il après avoir écouté Rébecca et se dirigeant vers un placard.

— Mais vous dites qu'il n'a pas pu se marier à l'église, puisqu'il n'y a pas de mariage enregistré, dit Rébecca en s'approchant du ministre qui émergeait du placard, des livres lui pleuvant autour des pieds comme des papillons de cuir.

— Ça ne veut pas dire qu'il n'y a pas eu d'enfant baptisé, dit le père David, le regard animé, en posant un lourd volume devant Rébecca — il adorait fouiller dans le passé.

— Villiers, avez-vous dit ? Il y a beaucoup de Villiers. C'est un nom commun dans le quartier.

— Son prénom était Johannes.

Rébecca avait déjà consulté les registres de l'église catholique du Cap, sans rien trouver.

— Il était catholique, mais ne s'est pas marié à l'église catholique, alors je ne vois pas pourquoi vous cherchez un enfant.

— Mais s'il avait une femme et que cette femme soit anglicane!? fit le pasteur d'une voix triomphante. L'enfant serait enregistré dans l'église anglicane. Ah! fit-il en montrant un nom sur le registre des baptêmes. Villiers. 13 janvier 1890. Un garçon, et le nom des parents était... ? Il regarda de plus près. Elizabeth et Nathan Villiers. Euh! euh! Vous avez dit Johannes? Johannes, chantonna-t-il, enfouissant son visage dans le registre. Là! s'exclama-t-il en indiquant fièrement un nom.

Elsie Villiers avait été baptisée le 26 septembre 1887. A côté de son nom, d'une écriture impeccable à l'encre noire, les mots : « Parents : Francis Boesak et Johannes Villiers ».

— C'est lui! s'exclama Rébecca, surexcitée. Il devait avoir dans les vingt ans. Ça ne peut être que lui.

Le pasteur recula; elle se tourna vers lui. Le père David avait écouté l'histoire de Rébecca, sa quête de Johannes Villiers, et il avait pris plaisir à fourrager dans le passé, mais il ne comprenait pas très bien. Aucun Blanc ne s'était jamais présenté dans son église pour retrouver un ancêtre parmi ses ouailles de couleur.

— En quoi un métis mort est-il si important pour une jeune Européenne ?

Le père David avait souri, essayant de cacher son intérêt pour ceux qu'il servait.

— Elsie Villiers doit être sa fille, et elle est peut-être encore en vie! s'écria Rébecca, les joues en feu. Je pourrais la retrouver, elle ou un de ses enfants.

219

– Et ensuite ? demanda le père David, la tête bourdonnante des réponses qu'il aurait souhaité entendre, mais n'entendrait probablement pas. Elsie Villiers serait une parente, c'est bien ça ?

– Oui, fit Rébecca, soudain mal à l'aise. Merci de votre aide, ajouta-t-elle, pressée de sortir. Vous avez été très gentil.

Elle se leva pour partir, mais le père David était déjà debout. Il sourit et, lui prenant doucement la main, la conduisit jusqu'à la porte de la sacristie. Il l'ouvrit grande et regarda dans l'église. Toujours affairées, les femmes apportaient sur les tables d'énormes marmites de curry et de riz.

– C'est pour les pauvres, dit le père David en souriant. Une fête pour les alcooliques et les marginaux. Certains sont blancs, vous savez. Des clochards blancs. Elles se demandent ce que vous faites ici, précisa-t-il, car les femmes s'étaient arrêtées de travailler et les regardaient, immobiles.

Sous le regard des femmes, Rébecca ne savait plus pourquoi elle était là ; elle fit un mouvement pour partir, mais la voix du pasteur l'arrêta de nouveau.

– Pourquoi êtes-vous ici, Rébecca ? Est-ce simple curiosité ? Un rapide coup d'œil dans votre passé ?

– Johannes Villiers était le frère de ma grand-mère. Je vous l'ai dit, répondit Rébecca en enfilant ses gants blancs.

– Vous l'avez dit, oui. Mais je me demande où est sa petite-fille ? Ici, dans le sixième, vous croyez ? Enfin..., fit-il en haussant les épaules. Peut-être pas. Bientôt, plus personne ne pourra rester chez soi. Vous saviez que la zone a été décrétée insalubre ? Bizarre ! – malgré son sourire, on le sentait outré. Il semble que le quartier « insalubre » ait été déclaré zone blanche ! Bizarre, vous ne trouvez pas ? Que ferez-vous, Rébecca, si vous trouvez Elsie Villiers ? Sa fille ou sa petite-fille ? Franchirez-vous la frontière des privilèges que vous vaut votre peau, ou vous contenterez-vous de la saluer du côté blanc de la barrière, avant d'aller votre chemin ?

Rébecca avait quitté le sixième arrondissement sans demander son reste et, des heures durant, elle avait parcouru les rues du Cap, avant de rejoindre Riaan du Toit qui devait la reconduire chez elle. Le père David l'avait obligée à réfléchir. Dorénavant, Johannes Villiers n'était plus seulement un nom. Il était devenu la victime d'un système. Lydia avait raison : on ne pouvait pas revenir sur le passé. Johannes Villiers ne pourrait jamais retrouver sa place au sein de la famille Beauvilliers.

– Rébecca !

L'ayant aperçue, Riaan du Toit, âgé de seize ans, se pencha à la portière de la vieille camionnette de son père et klaxonna.

– Je ne peux pas attendre ici ! cria-t-il en avançant par bonds capricieux, tandis que des conducteurs furieux le menaçaient du poing.

– Moi cirer vos chaussures, madame ?

Rébecca vit un petit métis, une brosse à chaussures dans chaque main et le visage fendu par un sourire aussi large que leur dos de bois.

– Non, merci.

Rébecca fit un signe à Riaan et courut vers lui. Elle ignorait que le petit garçon se tenait exactement là où Johannes Villiers avait autrefois ciré les bottes d'un vieux colonel.

C'était par un lundi froid et mouillé de 1876. Johannes Villiers attendait sur une caisse de bois sous un vieux parapluie exténué. Une pluie torrentielle retenait éloignés ses clients habituels et sa brosse à reluire n'avait pas bougé de la petite boîte en fer-blanc qu'il transportait toujours avec lui. Tout en regardant les lourdes gouttes se détacher du parapluie pour s'écraser à ses pieds, il repensait aux paroles du colonel Stringer, le jour où il lui avait ciré ses hautes bottes noires pour la dernière fois.

« Un jeune gars comme toi aurait sa place dans l'armée, avait dit le vieillard, le regard bleu étincelant. Rappelle-toi ce que je te dis, Johannes, le moment approche où le gouvernement de Sa Majesté aura besoin de types comme toi contre les Boers ! »

Le lendemain matin, le colonel Stringer avait été retrouvé mort dans son lit, et la nouvelle s'était rapidement répandue parmi les enfants des rues du Cap. Le personnage martial du vieux colonel qui soulevait leur admiration faisait partie de leur vie. A qui, pour un penny, voulait bien l'écouter, il faisait revivre le passé. Le colonel Stringer racontait ses campagnes, exaltant la gloire du peuple britannique, destiné selon lui à diriger le monde, de son pays de verts pâturages et de châteaux, et dont les bras immenses embrassaient la pointe méridionale de l'Afrique.

– La reine elle-même t'accueillerait au palais de Buckingham, mon petit gars.

Le colonel Stringer avait montré à Johannes une photo de la reine Victoria qu'il avait examinée avec attention. Sans être sûr de soupirer après cet accueil, il n'en avait pas moins souri.

– C'est vous qui le dites, *baas* !

Le colonel Stringer lui avait répondu par une bonne tape dans le dos.

La forte présence du vieil homme n'avait pas quitté Johannes de toute sa vie. Il avait appris à l'enfant décharné des rues à poursuivre des rêves impossibles. Il suffisait, lui avait-il dit, de s'en inventer. A seize ans, Johannes Villiers en avait découvert un : Francis Boesak, cette ravissante fille qui vivait dans le sixième arrondissement et voulait être maîtresse d'école. C'était la plus jolie fille que Johannes ait jamais vue, mais ses parents ne voulaient pas d'un cireur de chaussures-danseur de claquettes pour soupirant. Afin de leur plaire, Johannes changea donc de vie.

Un matin, il franchit les portes du château du Cap, la tête haute, comme le colonel Stringer le lui avait appris.

– Attache-toi au ciel par un fil !

Le colonel Stringer avait soulevé le petit garçon des rues par les cheveux, de sorte que ses pieds nus se balançaient sur son nécessaire à chaussures, et le colonel avait explosé de joie.

– Tu as grandi de quinze centimètres!

Ces paroles du colonel aidèrent Johannes Villiers à se tenir très droit, lorsqu'un officier anglais l'interrogea.

– Tu parles hollandais?

Johannes Villiers parlait hollandais, anglais, allemand et français. Les langues jouaient un rôle important dans son métier de cireur de chaussures, et il ne savait pas très bien laquelle était la sienne.

– Tu as connu le colonel Stringer?

Impressionné, l'officier anglais écouta Johannes raconter, en s'y impliquant, les équipées guerrières du colonel, et l'accepta dans les Coloured Mounted Rifles du Cap.

L'uniforme eut plus de succès que prévu, et les parents de Francis Boesak en vinrent tout de suite aux projets de mariage. Mais les projets de mariage n'entraient pas dans les rêves de Johannes Villiers.

– Je vais en Angleterre, s'excusa-t-il, sans que personne le crût, lui le premier.

Bien que Francis lui eût donné une fille, Elsie, il ne l'épousa pas.

– Je vais en Angleterre! répéta-t-il, armé de papiers qui le prouvaient.

Au pays des châteaux et des reines, on avait fini par entendre parler de la tactique de guerre de brousse du colonel Stringer. Elle fut attribuée à « l'intelligence indigène des gens de couleur du Cap », et Johannes Villiers fut affecté aux Services secrets britanniques, alors que la guerre menaçait entre les Boers et les Anglais. Il avait fait ses adieux à Francis et à Elsie, s'était embarqué pour rencontrer la reine Victoria en son palais de Buckingham et n'avait jamais revu les rives africaines.

– Tu es sûr que ton père est d'accord pour que tu prennes sa camionnette? demanda Rébecca à Riaan du Toit, solennel à côté d'elle dans le siège du chauffeur, les cheveux brillantinés et crantés.

– P'pa m'a permis.

Agrippé au volant, le nez sur le pare-brise, Riaan s'appliquait à éviter la moindre petite bosse sur la route. Il ne savait pas ce dont il avait le plus peur. Être seul avec Rébecca ou conduire.

– Tu veux aller danser, la semaine prochaine? Si tu veux, je t'emmène, dit-il, tenant à rejeter sur la ravissante Rébecca Conrad son désir de sortir avec elle. Si tes parents veulent bien, j'y vois pas d'inconvénient, ajouta-t-il.

Mais Rébecca n'écoutait pas.

Son esprit vagabondait dans le sixième arrondissement, au milieu des maisons délabrées et des gens à la peau foncée, qui détenaient une petite part d'elle-même. Le père de David l'avait défiée d'expliquer pour quelle raison elle souhaitait exhumer Johannes Villiers.

– Tu ne viendrais pas dans le sixième avec moi? lui demanda Rébecca.

Elle savait que, sous ses cheveux brillantinés et ses pantalons longs, Riaan était encore un petit garçon. Celui qui avait traité Thabo de négrillon, le jour où ils s'étaient insultés en se lançant des pierres.

— Tu y es déjà allé?

— Pour quoi faire? fit Riaan, collant le nez au pare-brise, tandis qu'une voiture klaxonnait pour les dépasser. C'est plein de HOTNOTS. Il monta sa vitre pour éviter la poussière soulevée par le véhicule qui venait de les doubler. Qu'est-ce que tu veux y faire?

— Voir ma cousine.

Il se tourna et la regarda avec un air tellement ahuri qu'elle éclata de rire. Alors il sourit et ses yeux pétillèrent à la pensée qu'elle le taquinait.

— Attention! s'exclama-t-elle, comme une voiture passait en trombe. Fais attention à la route, imbécile! cria-t-elle pour couvrir le hurlement du klaxon du véhicule qui venait de les manquer de justesse. Contente-toi de conduire! Ne t'inquiète pas, je plaisantais.

Rébecca avait besoin de Riaan pour des occasions comme celle-ci, et elle ne voulait surtout pas rompre le charme qu'elle exerçait sur lui.

— Tu veux aller danser? demanda-t-il de nouveau, couvrant le ronronnement du moteur, alors qu'ils approchaient des montagnes bleutées.

— Pourquoi ne tournes-tu pas ici? dit Rébecca en montrant un chemin étroit qui coupait à gauche.

De surprise, la pomme d'Adam de Riaan ressortit.

— Tu le veux vraiment? fit-il, la voix étranglée. Tu veux t'arrêter ici?

Il tourna le volant et la voiture en dérapant quitta la route, traversa en cahotant le bas-côté et s'arrêta dans un nuage de poussière. Regrettant d'avoir acheté le *samosa* à l'ail du marchand indien de Green Market Square, il se passa la langue sur les dents.

— Tu es sûre?

Son cœur tambourinait, et il espérait qu'elle ne l'entendait pas.

— Tu le veux vraiment?

Rébecca était toute crispée, mais elle était décidée à poursuivre son plan. Peu de temps s'était écoulé, lui semblait-il, depuis qu'elle avait, par une fin d'après-midi, pénétré dans la cave, pendant que ses parents dormaient. Elle avait treize ans et, à la vue du père de Riaan, Christian du Toit, elle avait ressenti des picotements dans ses seins minuscules.

Il était debout à côté d'une cuve, tirant du vin pour le couper. Tout en lui était viril, et elle se plaisait à côté de lui, comme Althéa à côté de Luke.

— Que faites-vous? avait-elle demandé.

Comme il se retournait, elle avait fait un pas en arrière. Christian du Toit était brun. Ses yeux brillaient lorsqu'il la regardait, et elle était convaincue que le caviste de Bonne-Espérance l'aimait secrètement.

— Comment va l'école?

Christian avait posé sa question habituelle et, rejetant la tête en arrière, Rébecca l'avait regardé droit dans les yeux.

— Comment va le travail ? avait-elle rétorqué en se rapprochant un peu.

— Riaan te cherchait tout à l'heure.

Christian était retourné à la cuve, comme si Rébecca n'avait pas existé. Il ne l'avait même pas regardée et l'avait tout de suite mise au niveau de son fils de treize ans.

— Je ne joue pas avec Riaan. C'est un enfant, avait-elle dit en l'observant de derrière ses épais cils noirs. Pourquoi n'aimez-vous pas que je sois ici ?

Elle s'était rappelé le journal d'Emily... la nuit où celle-ci avait trouvé Prudence dans cette même cave obscure. Selon le journal, il s'était passé quelque chose de bizarre, et Rébecca avait deviné que M. Claudelle, le caviste, n'y était pas pour rien. Convaincue qu'Althéa était souvent seule avec Luke dans des lieux tout aussi sombres que cette cave, elle avait voulu savoir ce qui se passait entre un homme et une femme quand ils étaient seuls.

— Vous m'aimez ? avait demandé Rébecca, et Christian du Toit avait ri. Ne riez pas! J'ai presque quatorze ans! s'était-elle écriée avant de s'enfuir, pleine de honte – son corps qu'elle avait cru rond et plein n'était qu'un paquet d'os, ses seins deux boutons enflammés.

— Qu'est-ce que tu attends, Riaan ? dit Rébecca en pensant à Luke. Tu peux m'embrasser, si tu veux, ajouta-t-elle devant son visage empourpré, s'efforçant d'ignorer le bouton qu'il avait sur le menton et qui menaçait de crever. N'aie pas peur.

Elle se demandait si elle aurait eu aussi peur si Riaan avait été Luke, mais elle rejeta vivement cette pensée. C'était Luke qu'elle essayait d'exorciser.

— J'ai peur, dit Riaan.

Il regardait, fasciné, le sein droit de Rébecca pressé contre le coton de son corsage. Un petit bouton avait sauté, découvrant la peau délicate.

— Je peux le toucher ? demanda Riaan.

Il avança craintivement la main et approcha son visage du sien. Fermant les yeux, elle sentit le chatouillement de sa moustache naissante et évoqua contre ses paupières roses l'image de Luke. Luke était grand et beau. La main de Luke lui touchait le sein. La bouche de Luke était sur la sienne.

— Qu'est-ce qui se passe ? demanda Rébecca en ouvrant les yeux.

Riaan avait retiré sa main, comme s'il s'était brûlé, et Luke s'évanouit pour laisser la place à un gamin terrorisé.

— Merde! cria Riaan.

Il ouvrit la portière et bondit hors de la camionnette. Il s'éloigna de la voiture, les cuisses écartées, et regarda avec inquiétude entre ses jambes.

— Merde! Merde! Merde! cracha-t-il à l'adresse d'une petite pierre qu'il envoya promener d'un coup de pied.

— Ça ne fait rien, Riaan, dit Rébecca.

224

S'appuyant contre le dossier défoncé de la camionnette, elle fut prise d'un rire silencieux. La réalité qui lui était réservée, c'était Riaan, ce garçon boutonneux, anxieux, incapable de se contrôler; Luke n'était que le rêve d'une petite fille sur une fourmilière et Johannes Villiers le prétexte à ne jamais le réaliser.

— Rentrons, dit-elle doucement. Ça ne fait rien, ajouta-t-elle devant son air honteux. Je suis désolée.

Lorsque Riaan la déposa sans prononcer un mot à la grille de Bonne-Espérance, Rébecca aperçut de la lumière dans le salon et courut se réfugier au sein de sa famille. Son sourire se transforma en gloussement au souvenir du jeune garçon cramponné au volant pendant tout le trajet de retour. Cette mésaventure l'avait obligée à se regarder en face et à se libérer de Luke.

— M'man? murmura-t-elle, stupéfaite par le spectacle et les sons qui l'accueillirent.

Les rideaux du salon étaient grands ouverts et sa mère était dans les bras de son père. Une musique démodée sortait des haut-parleurs du phonographe et une profonde voix masculine chantait « Honeysuckle Rose », tandis que David entraînait Constance dans une danse étrange.

Sa mère souriait à son père. Elle était affreuse, mais elle souriait comme s'il venait de lui dire qu'elle était ravissante. Elle avait le front barré par un foulard de soie dont les longues extrémités flottaient derrière elle, comme elle tourbillonnait dans les bras de David. La robe de lamé or qu'elle portait était trop étroite et découvrait ses genoux rouges et gonflés. Rébecca s'approcha et regarda par la fenêtre. Un air glacé l'enveloppa. Elle assistait à un cauchemar.

— Le charleston! s'écria Constance.

Elle sautillait comme un enfant qui aurait grandi trop vite. Ses genoux se tordaient et ses mains s'agitaient comme les ailes cassées d'un moulin. Sa lèvre supérieure était barbouillée de rouge à lèvres et elle avait le pourtour des yeux peinturluré de bleu.

— Une autre chanson de Fats Waller! Tu te rappelles « Black Bottom »? Mets-la!

— Une à la fois, dit David.

Rébecca regarda son père changer de disque: il souriait en posant, comme si de rien n'était, l'aiguille sur la surface noire. Il souriait toujours en s'approchant de Constance qui dansait devant lui. Le bourrelet de son ventre était accentué par l'étroitesse de la robe que ses hanches relevaient, découvrant une culotte pendouillante.

— Dansons, dit David, agitant les mains et les jambes, les pieds en dedans, comme le faisait Constance. Le *Château de Windsor* est un beau bateau, non? dit-il, souriant toujours, d'un sourire vide. Je vais au Cap voir si ça me plaît. Je pourrais même remonter plus au nord pour m'y installer. Où vas-tu? demanda-t-il à sa femme.

— Danse! cria Constance, grotesquement contorsionnée.

Rébecca s'était arrêtée de respirer ; elle s'écarta de la fenêtre, au bord de l'asphyxie. Elle frotta la vitre pour enlever l'eau qui déformait sa vue et regarda encore. Alors seulement comprit-elle que c'étaient ses larmes qu'elle avait essuyées.

— Tu te rappelles Charles Barlow ? Ce type qui a dîné hier soir avec nous à la table du capitaine ? demanda David à Constance d'un ton détaché, mais le regard éperdu.

— Non ! fit Constance sans cesser de danser, bien que la musique se fût arrêtée. Pourquoi me demandes-tu toujours si je me souviens de gens que je ne connais même pas ? Danse ! Je me souviens de la musique et c'est merveilleux. Danse ! Danse !

Rébecca s'arracha de la fenêtre et se mit à courir. Elle fuyait la maison. Elle fuyait ces gens bizarres qui avaient été ses parents. Elle courut assez loin pour ne plus entendre la musique, pour ne plus voir le terrifiant spectacle de folie qu'offrait sa mère ni entendre les incessantes questions de son père.

— Oh, mon Dieu ! s'exclama-t-elle en tournant son visage vers le ciel où une étoile tremblota avant de disparaître derrière un nuage. Que se passe-t-il ? cria-t-elle dans la nuit qui avait enfin recouvert sa mère de ses plis sombres.

11.

Un épais brouillard recouvrait Bonne-Espérance, comme pour cacher la honte de la nuit passée. Il s'infiltrait sous les énormes portes cintrées de la cave et glissait silencieusement sur la cour pavée que traversaient Miriam et Simon.

— Je vais lui donner maintenant, dit Simon, les yeux brillants de fierté, en serrant sur sa poitrine un petit paquet de papier brun. Rébecca dix-sept ans! ajouta-t-il fièrement en se dirigeant vers la maison, dont le toit de chaume était perdu dans le brouillard et où même les murs blancs avaient disparu.

— C'est son anniversaire!

— C'est vrai, approuva Miriam.

Elle s'était réveillée tôt, pour trouver Simon déjà dans sa chambre. Ensemble, ils avaient emballé le petit cheval qu'il avait sculpté pour l'anniversaire de Rébecca. Ils s'étaient servis du papier brun que Miriam récupérait dans la poubelle et repassait jusqu'à ce qu'il parût neuf. Comme son père le lui avait enseigné, Miriam avait appris à Simon à sculpter. Elle l'avait vu se gonfler d'orgueil à mesure qu'apparaissait un cheval dans le morceau de bois qu'il travaillait. Émerveillé de sa première création, il avait tout de suite décidé qu'elle était pour Rébecca.

— Qu'est-ce que tu vas dire quand tu le donneras? demanda Miriam, comme elle l'avait fait chaque matin de la semaine.

— Bon anniversaire, répéta Simon en se cramponnant à son cadeau.

— Et qu'est-ce que tu vas chanter? sourit Miriam.

La fierté de Simon réchauffait le matin humide; la voix de Miriam s'éleva avec celle du petit garçon en un curieux duo. « Joyeux anniversaire » monta dans le brouillard vite englouti par le silence cotonneux qui les entourait.

Debout à la fenêtre de sa chambre, Rébecca contemplait les nuages tourbillonnants. Elle apercevait au loin les ombres irisées de Miriam et de

Simon, mais n'y prêtait pas attention. Elle pensait à la scène étrange à laquelle elle avait assisté la nuit précédente.

— Elle ne se souvient de rien, disait David, assis, le regard perdu, sur le lit de Rébecca.

Il avait la voix caverneuse et dans les yeux une tristesse que Rébecca n'y avait jamais vue.

— J'ai essayé de ramener ta mère à la nuit où nous nous sommes rencontrés. La musique, la danse... la robe. Cette robe, poursuivit-il en levant vers elle un regard éperdu. Elle portait cette robe la nuit où nous nous sommes rencontrés. Sur le bateau. Elle la portait alors, et depuis elle l'a gardée.

Il laissa tomber sa tête entre ses mains et sa voix se fit murmure :

— Mais elle ne se souvient de rien.

De lassitude, ses épaules s'affaissèrent et il leva vers sa fille un regard désespéré, mais n'ajouta rien. Tout avait été effacé.

— Mademoiselle Rébecca ?

Miriam apparut à la porte, escortée de Simon qui essayait de réprimer un sourire de fierté.

— Pas maintenant, je vous en prie, dit Rébecca en leur tournant le dos avec impatience.

Miriam prit Simon par les épaules et l'emmena à la cuisine. Il se retourna, étonné, la bouche ouverte et prêt à entonner « Joyeux anniversaire ».

— On va bientôt chanter, déclara Miriam pour rassurer l'enfant. Ils sont occupés.

— Le cheval ! fit Simon en lui tendant le paquet, comme s'il ne lui appartenait plus. Pour l'anniversaire de Rébecca.

— Le gâteau ! s'écria Miriam en battant des mains.

Avec une excitation feinte, elle entraîna Simon devant la table de la cuisine. Un gros gâteau recouvert d'un glaçage blanc trônait au milieu de la table. C'était habituellement Constance qui confectionnait les gâteaux d'anniversaire, mais seule Miriam s'était souvenue de celui-ci.

— Tu veux mettre les bougies ? Tu sais compter jusqu'à dix-sept ? demanda-t-elle à Simon en posant devant lui une boîte de bougies déjà utilisées. Il en faut combien pour faire dix-sept ?

Mais Simon se contenta de hausser les épaules.

— Tu veux que Rébecca ait des bougies sur son gâteau ? dit-elle d'une voix grondeuse, malgré la peine qu'elle ressentait pour lui. Il y a dix-sept bougies.

Elle les posa une par une sur la table, puis en piqua une dans le glaçage et lui en tendit une autre.

— Simon va mettre les bougies pendant que Miriam travaille, ajouta-t-elle en se dirigeant vers la porte de la cuisine. Je viens te chercher quand Rébecca sera prête.

Assis seul à la table de la cuisine, la main serrée contre le bois de sa sculpture, il brûlait d'envie de la retirer de son emballage. A la vue du petit cheval de bois dont il était l'artisan, il se voyait sur son dos et ne voulait plus en faire cadeau. Il voulait le garder pour toujours. L'admirer et s'imaginer le montant majestueusement.

Des pas sur le plancher devant la cuisine attirèrent son attention. Il se précipita vers la porte, se plaqua contre le mur et regarda par l'entrebâillement. David était seul; il passa devant lui en se dirigeant vers la porte d'entrée.

— Rébecca! chuchota Simon en direction de la chambre de la jeune fille. Tu es là, Rébecca?

Mais elle ne se montra pas à sa porte, et il ne comprenait pas ce qui n'allait pas. Le jour de son anniversaire, ne recevait-on pas des cadeaux, comme, par exemple, un cheval de bois? N'était-ce pas un jour de gelées aux fruits, de glaces et de gâteaux?

— Rébecca! appela-t-il de nouveau.

Lorsqu'elle sortit de sa chambre, il lui tendit le petit paquet de papier brun, mais elle s'éloigna sans le voir.

— Où je vais porter ça, madame? demanda Miriam, stupéfaite, en examinant la robe de lamé or que Constance lui avait donnée, tirant sur les fils dorés des coutures, comme s'ils pouvaient lui fournir la réponse. Où vous porter cette robe, madame?

Elle regarda Constance d'un air ébahi. Mais celle-ci était assise, muette, devant sa coiffeuse. Elle regardait Miriam à travers le miroir, se demandant de quoi parlait cette Noire.

— Pour la fille de ma sœur, peut-être, dit-elle, revenant à la robe. Ma sœur dit que Zinzi danse bien, comme Mlle Rébecca.

Le corps rond de Miriam entama un swing étrange. Son derrière se balançait comme une entité singulière et ses pieds se tordaient en cercles crissants sur le parquet ciré.

— Vous faire ça, madame? demanda-t-elle, s'effondrant de rire. Dans cette robe?

Mais son rire s'évanouit à la vue de Constance dans le miroir. Le visage de sa maîtresse était dénué d'expression, et elle comprit que l'étrange maladie était pire ce jour-là que la veille.

— Je vais préparer le petit déjeuner, dit Miriam en se relevant, la robe sur son bras comme un torchon doré. Ça va? demanda-t-elle, inquiète.

— Oui.

Constance ne savait pas pourquoi cette Noire s'était soudain mise à danser dans sa chambre, et elle souhaitait qu'elle s'en aille.

— Mademoiselle Rébecca! dit Miriam, entrant dans sa chambre. Moi apporter votre petit déjeuner ici avec votre mère? proposa-t-elle, ne sachant comment aider sa maîtresse. Vous rester avec elle? Lui tenir compagnie?

Miriam avait les mots « joyeux anniversaire » sur le bout de la langue, mais elle les retint pour en laisser la primeur à Simon.

— Moi préparer le petit déjeuner, ajouta-t-elle en quittant la pièce.

— Pourquoi ne viens-tu pas avec nous dans la salle à manger ? demanda Rébecca, entourant sa mère de ses bras. Tu te rappelles quand nous prenions notre petit déjeuner dehors, l'été, et que...

— Pourquoi me demande-t-on toujours si je me rappelle ! Bien sûr que je me rappelle !

Constance se leva et se dirigea vers son lit.

— D'accord, fit Rébecca.

Elle essayait de refouler la peur qui l'avait saisie à la gorge, à la vue des pieds de sa mère. Elle portait une pantoufle au pied droit et une chaussure au pied gauche. Des poils noirs lui couvraient les jambes comme le brûlis d'une forêt et elle avait la peau blanchâtre. La femme raffinée qu'elle regardait enfiler ses bas nylon importés d'Angleterre n'était plus. Sa mère n'était plus la même.

— Je vais te les changer.

Rébecca lui retira sa chaussure, tandis qu'elle s'allongeait sur le lit.

— On me cache toujours ma pantoufle, dit Constance, fermant les yeux et se détournant. C'est probablement cette Noire. Elle est toujours là à fouiner. Et elle m'a volé ma robe en lamé !

Comme Rébecca lui enfilait sa pantoufle gauche, elle ouvrit les yeux.

— Où l'as-tu trouvée ? demanda-t-elle en la jetant comme un enfant irascible. Je n'ai pas besoin de pantoufles quand je suis sur mon lit.

Rébecca eut du mal à garder son sang-froid.

— Tu es aussi pénible que Granny Cat ! Tu te rappelles quand Granny et moi étions censées prendre un bain à la gare de Bulawayo ? demanda-t-elle, sans remarquer la lueur d'intelligence qui s'était allumée dans les yeux de sa mère. Elle ne s'était pas baignée. Elle s'est contentée de s'asseoir sur les cabinets et de faire des bruits d'eau.

Rébecca s'arrêta de parler. Des larmes roulaient en chapelet le long des joues de sa mère. Constance se rappelait : elle était dans le train, elle contemplait le corps de sa mère allongé sur la couchette inférieure du petit compartiment.

— Nous n'aurions pas dû l'amener, murmura Constance. Je ne lui ai jamais dit que ce n'était pas pour la punir. Que nous ne la ramenions pas à Bonne-Espérance, parce qu'elle n'était pas...

Constance avait les yeux fixés sur Rébecca, comme si elle la voyait pour la première fois.

— Que m'arrive-t-il ? demanda-t-elle.

— Ne pleure pas. Je t'en prie ! Tout va bien.

Rébecca attira sa mère dans ses bras, et les larmes de Constance refoulées depuis des années se mirent à couler sans retenue.

— Papa est là, ajouta Rébecca. Tout va bien.

Debout derrière elles dans l'embrasure de la porte, David regardait stupéfait cette scène inhabituelle, la fille consolant la mère.

— Tout va bien maintenant, dit Rébecca en adressant un sourire à son père. Nous rentrons à la maison.

Toute la matinée, Miriam avait essayé d'occuper Simon. A chaque instant, il annonçait qu'il était temps de donner son cadeau à Rébecca et de chanter « Joyeux anniversaire », mais elle dut le retenir.

— Peut-être après le déjeuner, dit-elle.

Mais, après le déjeuner, ce n'était toujours pas le moment. Rébecca et son père étaient restés des heures dans le salon. Ils avaient passé des coups de téléphone. Ils avaient discuté, mais il n'y avait toujours pas de conclusion en vue.

— Papa, je sais que c'est à cause de moi que nous sommes partis ; mais je sais aussi que c'est le seul endroit où l'état de maman pourrait s'améliorer. Elle aimait le 123 Z. Comme nous tous, d'ailleurs.

Rébecca estimait que, pour le bien de sa mère, ils devraient retourner dans la petite ville minière. Il leur fallait refaire le chemin qui avait coûté la vie à Granny Cat et menaçait maintenant sa mère. Peut-être Constance se retrouverait-elle là-bas.

— Oncle Dewi serait content que nous revenions.

Rébecca savait aussi combien son père aimerait y retourner. Aucun d'entre eux n'avait vraiment voulu quitter l'obscure petite ville qui retenait toujours leurs cœurs dans ses rues poussiéreuses. Ils étaient partis trop vite pour dire au revoir à tout un pan de leurs vies. Chacun d'entre eux avait des souvenirs enfouis au pays des fourmilières et des arbres trapus.

— Et toi ? demanda David.

— Ça ira, papa.

Le visage de son père s'éclaira, les années s'envolèrent. Il sourit et elle retrouva l'homme qui savait réparer une aile d'oiseau et guérir un cœur d'enfant.

— Moi aussi, je veux rentrer à la maison, dit-elle simplement. Maintenant, je comprends.

Rébecca leva les yeux : Miriam poussait Simon dans le dos ; ils se tenaient à l'entrée du salon, mais Simon ne bougea pas, comme s'il était collé à la main de Miriam.

— Qu'y a-t-il, Simon ? demanda Rébecca en s'approchant du petit mongolien.

Elle se rappelait vaguement Simon lui tournant autour toute la journée. Il voulait quelque chose, mais elle ne savait pas quoi.

— Dis-lui « joyeux anniversaire », lui murmura Miriam dans l'oreille, mais Simon restait muet, son petit paquet serré contre lui.

Comme certains sentent venir la pluie par une belle journée d'été, Simon avait senti les larmes.

— Grands dieux ! fit David en se frappant le front. Joyeux anniversaire, chérie !

Il prit Rébecca dans ses bras, la serra contre lui et elle fondit en larmes, qu'absorba la veste de son père.

— Simon, dis « joyeux anniversaire » à Rébecca.

Mais Simon s'était détourné. Son petit cheval de bois toujours à la main, il sortit lentement de la pièce.

Tandis que le train traversait l'immensité broussailleuse qui se fondait à l'horizon dans un ciel chauffé à blanc, Luke était captivé par son reflet dans la vitre du compartiment.

Il jeta un coup d'œil au magazine qu'il avait sur les genoux, sans aller plus loin. Depuis que le train avait quitté, la nuit précédente, la gare de Johannesburg, ses pensées vagabondaient du côté de Bonne-Espérance.

Estelle ne l'avait pas accompagné à la gare. Depuis qu'il l'avait informée de son départ, elle ne lui avait pas adressé la parole, mais lui proposant, ce même jour, de partager son compartiment, sa grosse voisine avait suppléé à ce silence avec usure. A chaque fois que de ses lèvres entrouvertes sortait un filet d'air qui glissait sur le plastron brodé de son chemisier, elle tremblait, tandis que Luke, la tête appuyée au dossier de la banquette, se délassait à se remémorer Bonne-Espérance. Ile d'espoir dans une vie de tempêtes, dont l'appel se faisait plus puissant à mesure qu'ils approchaient du Cap.

Luke sortit dans le couloir bruyant et se pencha à la fenêtre du couloir.

— Ça va, monsieur ?

Luke rentra la tête pour découvrir derrière lui un steward, un plateau en équilibre sur la main et les pieds écartés pour garder son aplomb.

— Café ou thé, monsieur ?

— Non, merci, dit Luke sans se départir de son sourire.

Ils se trouvaient soudain plongés dans l'obscurité et le grondement des roues métalliques battait le mur d'air noir qui les enfermait.

— Y en a plus pour longtemps, hurla le steward dans le vacarme, tandis que Luke sondait les ténèbres.

Des murs de briques noirs de charbon défilaient devant son visage dans un courant d'air pollué, puis le soleil dévora l'obscurité du tunnel. Les hauts murs de granit des montagnes dessinaient une courbe devant eux et le train serpentait dans leur direction. Une vallée s'étalait, vaste et verte, en contrebas, et de sentir la terre rouge de chez lui, Luke avait des picotements à la plante des pieds.

Rébecca, le petit cheval de bois de Simon à la main, se dirigeait vers les vignobles. Elle voulait être seule. Ils avaient passé la journée à organiser leur retour en Afrique centrale, mais le 123 Z n'était plus leur maison. Bonne-Espérance l'avait remplacée.

La petite chambre mansardée, pelotonnée sous le toit de chaume, cette chambre où Emily avait trouvé le journal de sa mère et tenu le sien, l'avait séduite. Elle contenait son cœur en même temps que celui de Luke et celui de Bonne-Espérance.

Retournant dans sa main le petit cheval de Simon, Rébecca en étudia les veines jaunes dans le bois foncé. Elles s'enroulaient autour de jambes difformes pour former un cou épais qui se terminait par une tête disgracieuse. Cette sculpture était la plus belle chose qu'elle ait jamais vue. Elle avait trouvé Simon dans l'écurie à côté du poney qu'il montait toujours, et il avait fini par lui donner son cadeau. Le poney sur le dos duquel il avait construit une image de lui-même.

— C'est magnifique, Simon, avait-elle dit en lui passant la main sur la nuque, mais il s'était écarté. C'est ton poney ?

Il avait encore reculé.

— Ou bien c'est Salu ?

— Tu laisses Simon ! s'était-il écrié, le regard accusateur. Tu abandonnes Simon !

— Mais tu viens ! Nous partons tous, Simon, avait dit Rébecca en l'attirant contre elle, mêlant ses peurs aux siennes. M. du Toit s'occupera de Bonne-Espérance pendant notre absence, et nous reviendrons très bientôt, avait-elle menti avec le sourire, sachant qu'ils ne reviendraient peut-être jamais dans ce lieu qui avait des droits sur son cœur. Et Miriam restera aussi ici. Et ton cheval...

— Thabo ? avait lancé Simon, les yeux pleins de cette chaleur qu'amenait toujours chez lui l'évocation de ce nom. Thabo venir aussi ?

— Il va bientôt revenir, avait affirmé Rébecca d'une voix qu'elle s'était efforcée de rendre insouciante, ayant appris par Miriam que Thabo était toujours dans le Transkei. Tu sais qu'il y a des fourmilières en Rhodésie du Nord ? avait-elle poursuivi pour essayer d'intéresser Simon. Tu savais que, de l'autre côté du Zambèze, les fourmilières sont les plus grandes du monde ? Aussi grandes que des maisons !

Simon avait écouté en silence. La lueur déclenchée par le nom de Thabo avait petit à petit quitté son regard. La tristesse s'était abattue sur lui comme un nuage et c'est à travers son opacité qu'il regardait le petit cheval de bois dans la main de Rébecca.

— Là-bas, il y a des chevaux ? avait-il demandé. Des chevaux là-bas ?

— Non. Il y a la mouche tsé-tsé en Rhodésie du Nord, c'est pourquoi on ne peut pas avoir de chevaux. Ils attraperaient la maladie du sommeil, tu comprends ?

Simon s'était éloigné et s'était enfui de l'écurie avant que Rébecca n'eût terminé. Il avait compris que les larmes qu'il avait senties étaient les siennes.

— Je te retrouve à la maison.

Luke était descendu de la voiture de Lydia devant l'énorme arche blanche qui maintenait ouvert le portail de Bonne-Espérance. Tandis que la voiture remontait lentement l'allée d'entrée, le petit garçon de Lydia, Joe, lui faisait des signes par la vitre arrière. Mais Luke ne le voyait pas. Son regard embrassait les vignobles qui se nichaient au pied de la plus belle montagne du monde. Il retournait vers son enfance et sentit soudain de l'eau lui dégouliner sur le corps.

Du toit de l'écurie, un visage noir le regardait en riant ; c'était Thabo, un seau à la main.

— Ouah ! cria-t-il, terrifié, en laissant tomber le seau, avant de ramper sur le chaume du toit pour échapper à Estelle.

— Que se passe-t-il encore ?

C'était sa propre voix que Luke entendait résonner dans sa tête. Il s'était adressé à une petite fille aux épais cheveux noirs qui lui tombaient sur le visage et lui cachaient les yeux. Elle essayait, non sans mal, de transporter un petit garçon sur son dos ; Luke se trouva soudain nez à nez avec elle. Elle avait des yeux très noirs qui lui perçaient l'âme.

— Grâce à la clé, nous resterons ensemble à Bonne-Espérance.

Luke se mit à courir. Il courait le long des rangées de vigne et son esprit s'élançait, soulagé de se retrouver enfin chez lui. Loin des souvenirs. Loin des enfants qui les peuplaient. Il était de retour, enfin libéré de tout souvenir.

Ce n'était ni une petite fille ni une vieille clé qui faisaient de Bonne-Espérance sa maison. Ce n'était pas un enfant mongolien ou un ami noir. C'était la terre elle-même. La riche terre rouge foulée avant lui par d'innombrables pieds et pourtant toujours féconde. Un sentiment extraordinaire l'envahissait qu'il pouvait seul comprendre. Bonne-Espérance l'avait accueilli comme une mère.

— Je suis de retour ! criait-il, et sa voix bondissait au-dessus du dais des feuilles vertes. Je suis de retour ! répétait-il, et elle gravissait les flancs des montagnes pourpres. Je suis à la maison ! Je suis de retour à la maison !

L'écho lui revint : il était donc le bienvenu.

Assise seule à l'ombre d'un arbre énorme sur une petite hauteur au-delà des vignes, Rébecca leva la tête. Elle avait entendu une voix au loin et vu un homme courir à travers les vignes. Il sautait en courant, sa veste volait derrière lui et sa cravate lui battait les épaules.

— Riaan ? marmonna-t-elle pour elle-même.

Mais elle savait que ce n'était pas Riaan. C'était un homme. Elle ne l'avait jamais vu. Il s'était arrêté au bord du vignoble et s'était retourné vers elle.

— Bonjour, lança-t-il de loin.

Rébecca se demandait pourquoi elle avait envie de courir et de fuir l'étranger qui se dirigeait vers elle. Il venait dans sa direction et elle voulait courir à sa rencontre. Mais il s'était arrêté, immobile et silencieux. Elle discernait le contour de son visage contre le soleil couchant ; elle le regarda attentivement, le cœur battant. C'était un visage vigoureux aux pommettes saillantes que faisaient ressortir d'épais cheveux châtain foncé coupés court. Il avançait de nouveau vers elle, et elle reculait instinctivement. L'écorce de l'arbre lui entrait dans le dos et elle s'agrippait au tronc rugueux.

— Que désirez-vous ? demanda Rébecca. Qui êtes-vous ?

Devançant ses pensées, une part d'elle-même se portait vers lui et elle se serra contre l'arbre, terrifiée par ses propres impulsions.

– C'est une propriété privée! Vous n'avez pas le droit d'entrer! cria-t-elle pour chasser les sentiments étranges qui l'habitaient.

La jeune femme qu'il voyait au loin lui apparut soudain avec netteté, et il s'arrêta de marcher. Elle était mince avec de longs cheveux noirs. Elle était ravissante. Bien qu'il ne l'eût jamais vue, il accéléra le pas et se surprit bientôt à courir. Son corps, son esprit s'élançaient vers elle, et lorsque les yeux de la jeune fille croisèrent, incrédules, les siens, Luke s'arrêta de respirer.

– Rébecca? C'est Rébecca?

Elle fit un signe affirmatif de la tête et ses yeux étincelèrent.

– Je n'y crois pas, fit-elle d'une voix aussi douce que la brise légère qui caressait les vignes, avant de courir vers lui. Luke!

Arrivée près de lui, son regard l'arrêta.

– Joyeux anniversaire, dit Luke, sans approcher.

– Merci, fit Rébecca avec un vague sourire. Comment l'as-tu su?

Leurs esprits franchirent l'espace qui les séparait encore. Ils se tenaient en équilibre au bord du temps, retenus par un sentiment qu'ils n'avaient ni l'un ni l'autre jamais éprouvé.

Depuis qu'il avait donné son cadeau à Rébecca, Simon n'avait pas adressé la parole à Miriam. A la nouvelle qu'ils s'en allaient dans un pays sans chevaux, son monde s'était effondré, et la seule personne qu'il désirât voir était Thabo. Il aspirait après la chaleur qu'évoquait son seul nom. Il avait vu la voiture de Lydia s'arrêter devant la maison et son petit garçon en descendre. Joe était entré en trombe dans la maison et l'avait appelé, mais il n'avait pas répondu. Il s'était caché dans sa chambre. Au milieu du bric-à-brac empilé dans le grand placard, il avait scruté l'obscurité. Il sentait, fixés sur lui, les yeux d'un ours en peluche, et le dur métal du train électrique sur lequel il était assis entrait dans ses jambes nues, mais il ne bougea pas.

– Où es-tu, Simon? appela Joe en regardant autour de lui.

Miriam lui avait dit que Simon était dans sa chambre, mais son ami était introuvable, et il se demandait s'il ne s'était pas évaporé par enchantement. Simon était très spécial, lui avait dit un jour sa mère. Bien qu'il eût l'air un peu idiot, Lydia exhortait son fils à ne jamais oublier qu'il ne l'était pas. Joe avait alors décidé que, loin d'être idiot, le garçon à l'étrange figure enflée et à la langue pendante était magicien.

– Simon! appela-t-il prudemment, se demandant s'il n'était pas mort. C'est moi!

La voix de Joe emplit le vide de la pièce, mais seul le silence lui répondit. A l'idée que Simon se soit rendu invisible, Joe recula, terrorisé, vers la porte. Il était sûr que Simon était quelque part. Il le sentait. Il entendait sa lourde respiration.

– Je te vois, Simon! cria-t-il.

– Quoi!

La voix stupéfaite de Simon glissa sous la porte du placard, et Joe ouvrit grands ses yeux.

— Je ne te vois pas! s'écria Joe, la lèvre inférieure tremblante, toute la fierté de ses cinq ans disparue. Où es-tu? dit-il en fondant en larmes.

— Moi pas ici! prononça de nouveau la voix désincarnée de Simon. Va-t'en!

La porte du placard s'ouvrit avec un grincement et un ours en peluche fatigué en jaillit pour atterrir sur une oreille, un œil unique fixé sur Joe.

— Maman! appela-t-il en reculant vers la porte. Maman! hurla-t-il, tandis que Simon apparaissait devant lui, jambes écartées et tanguant pour trouver son équilibre.

Une immense et vieille veste militaire pesait sur les épaules du mongolien, ses longues manches rouges pendant jusqu'au sol comme des manches à air fripées. Des épaulettes en or toutes dépenaillées en soulignaient les larges épaules et des boutons de cuivre terni se balançaient au bout de fils distendus.

— Chut! fit Simon en s'approchant de Joe. Chut!

Un jet de salive atteignit le visage de Joe, qui se remit à crier.

— Chut! répéta Simon, collant sa main sur la bouche de Joe.

Face au monstre surgi du placard, le petit garçon avait les yeux arrondis de terreur. Il mordit la main de Simon, et la vareuse rouge tomba de ses épaules.

— C'est toi! s'exclama Joe, bouche bée devant Simon qui reculait en suçant sa main, le monstre rouge en tas à ses pieds.

— Chut! répéta-t-il en lui caressant la tête, comme pour le réconforter.

— Que se passe-t-il? demanda Lydia de la porte. Ne crie pas quand tu joues, Joe! dit-elle, s'approchant de son fils et le prenant par la main pour l'emmener. Le dîner est presque prêt et Rébecca va couper son gâteau.

Les yeux fixés sur Simon, Joe résistait.

— Nous jouons, supplia-t-il.

— Alors, ne criez pas, dit Lydia en regardant la veste, aux pieds des enfants, qui semblait un soldat mort. Et, quand vous aurez fini, rangez cette chambre!

— Oui, maman, répondit Joe.

— Et toi, Simon, tu ferais mieux de venir voir Luke. Luke est venu de très loin pour l'anniversaire de Rébecca, il faut que tu viennes lui dire bonjour.

Simon ne savait pas de qui elle parlait.

— Je l'apporte ici, mademoiselle Lydia? lui demanda Miriam, l'arrêtant au seuil du salon.

Le gâteau d'anniversaire de Rébecca était posé sur un grand plateau et le noir visage de Miriam brillait de fierté.

— Comme il est beau, Miriam! s'exclama Lydia. Mais où est l'héroïne de la fête? Je ne l'ai pas encore vue. Elle ne sait donc pas que Luke est là?

— Mlle Rébecca est dehors, dit Miriam en se dandinant vers la salle à manger avec le gâteau. Je le mets là. Oui ?

— Oui.

Mais l'esprit de Lydia était dehors, où elle avait laissé Luke. Où Rébecca l'avait apparemment rejoint. A la gare du Cap, Lydia n'avait pas reconnu son jeune neveu. C'était lui qui s'était précipité vers elle, et elle était restée stupéfaite devant ce beau jeune homme.

— Je ne peux pas y croire ! avait-elle dit, comme il lui tendait poliment la main. Quand tu es parti, tu n'étais pas plus haut que trois pommes !

Sur le trajet de la gare à Bonne-Espérance, Lydia avait remarqué chez Luke une certaine réserve. Il avait posé des questions sur son frère Simon ; sur les vignes et sur son cheval, Salu, mais il n'avait pas une seule fois prononcé le nom de Rébecca.

— Lydia ? appela David en franchissant la porte du salon. Je peux te voir un moment ?

Avant que la porte du salon ne se referme sur David et Lydia, Miriam jeta un regard à cette dernière. Elle savait qu'ils allaient parler de ce dont il l'avait entretenue, le matin même, et qui l'avait laissée songeuse. Reverrait-elle jamais la famille ? se demandait-elle.

— Miriam !

A la vue d'une veste rouge sans tête qui s'avançait vers elle, Miriam s'arrêta. Deux minuscules pieds nus bougeaient en dessous et de longues manches vides astiquaient le parquet. De derrière, Simon guidait l'apparition et lui souriait d'un air penaud.

— Hou !

La veste rouge tomba par terre, révélant la petite silhouette de Joe.

— Je fais de la magie ! Comme Simon ! annonça-t-il fièrement.

Aucun des deux enfants ne savait que la vareuse du soldat mort avec laquelle ils jouaient rappelait à Miriam le meurtre de Jean-Jacques Beauvilliers, lequel, tout vieux qu'il fût d'un siècle, n'était pas étranger au voyage que la famille allait entreprendre.

— Tu as vu ton frère Luke ? demanda Miriam.

Simon se demandait pourquoi tout le monde voulait qu'il voie Luke. Ce nom ne lui disait rien du tout.

— Viens ! dit-il à Joe en ramassant la veste afin d'éviter de nouvelles allusions à cet étranger.

Lydia écoutait David lui expliquer leur projet de retour dans la petite ville minière. Mais, bien qu'elle ne comprît pas le sens de ce voyage, elle ne dit rien, sachant que David fuyait la réalité.

— Je suis sûre que ce sera très bien pour Constance, sourit-elle. Et pour toi. A dire vrai, je ne pense pas que vous vous soyez vraiment plu ici.

— Ce n'est pas à proprement parler le genre de vie que j'aime, dit David en souriant pour masquer ses sentiments. Mais nous ne partons pas pour toujours, ajouta-t-il, comme s'il savait que Lydia avait deviné le contraire. Christian mènera Bonne-Espérance. Il va s'installer dans la maison avec sa famille...

— Et Simon ? demanda Lydia, la tête légèrement penchée de côté.

— Il vient avec nous, bien sûr. Au fait, où est Luke ? demanda David en s'approchant de la fenêtre pour échapper au regard interrogateur de Lydia. A quoi ressemble-t-il ? Je l'aimais bien, tu sais. Je ne comprends pas comment il supporte sa mère.

— C'est aussi celle de Simon. Il vous faudra la permission d'Estelle pour l'emmener.

David en voulait à Simon de la maladie de sa femme, Lydia ne l'ignorait pas. Avant de tomber malade, Constance s'était consacrée à l'enfant, et David avait souvent déploré son intrusion dans leurs vies.

— Nous l'avons adopté légalement. Elle ne s'en est pas plainte sur le moment, alors pourquoi le ferait-elle maintenant ? Légalement, nous pouvons faire ce qu'il nous plaît. Et nous pouvons vivre où nous le voulons.

A la façon dont Lydia approuvait de la tête, David comprit que ce n'était pas Simon qui la préoccupait, et qu'elle n'était pas loin de découvrir la vérité — la raison pour laquelle il ramenait sa femme en Afrique centrale.

— Depuis tout ce temps, Constance n'a pas vu de médecin ?

— Non ! dit David, le regard plein de défi. Si la médecine savait guérir les cœurs brisés, j'y aurais pensé, Lydia. Mais ce n'est pas le cas.

Se tournant vers la fenêtre, il aperçut Luke. Il était avec Rébecca ; sa main frôlait celle de la jeune fille.

— Ils ont l'air bien ensemble, dit Lydia, qui venait de remarquer le jeune couple, les yeux dans les yeux. Je crois qu'il est temps que Simon dise bonjour à son frère.

Rébecca pouvait se garder de trop s'approcher de Luke, la distance qu'elle maintenait entre eux n'y faisait rien : leurs sens les portaient l'un vers l'autre. A peine s'étaient-ils retrouvés qu'un trouble les avait saisis qui ne les avait pas quittés.

— Quand es-tu arrivé ? demanda Rébecca.

Elle était étrangement attirée par lui, aspirait à son contact. Il lui semblait qu'elle le voyait pour la première fois. Ses souvenirs d'enfance avaient disparu, remplacés par une inexplicable urgence, un désir qui la brûlaient.

— Tu es venu en train ? Combien de temps restes-tu ? Imagine, c'est Lydia qui a fait ça ! C'est merveilleux !

Les mots se bousculaient, vides de sens, sur ses lèvres.

— Lydia est venue me chercher à la gare.

L'éclat des yeux de Rébecca où il s'était laissé perdre lui donnait la chair de poule. Il était pris. Il ne savait plus rien d'elle et s'en trouvait captif.

— Hé!

Ils se retournèrent vers l'angle de la maison d'où avait jailli la voix de Joe.

— Simon, viens voir! insistait le petit garçon en tournant le coin de la maison.

Mais Simon ne le suivait pas. Le nom de Luke ne signifiait toujours rien pour lui. Il avait cherché à retrouver des sentiments correspondant à ce nom, mais n'avait ressenti qu'une perte profonde, aussi préférait-il rester derrière le mur blanc de la maison.

— Je vais le chercher, dit Rébecca, se dirigeant vers Joe qui tirait Simon par la main. Il va avoir du mal à se souvenir de toi, cria-t-elle à l'adresse de Luke.

Elle sentait ses yeux sur elle et, arrivée à la hauteur de Simon, elle attendit que s'apaise la bouffée de chaleur qui l'avait envahie.

— Viens dire bonjour, dit Rébecca, entraînant malgré lui Simon vers Luke. C'est ton frère. C'est Luke.

Lorsque le grand homme aux cheveux châtains et aux yeux d'un bleu saisissant le regarda, Simon n'éprouva que vide — un vide qui l'engloutissait. Il avait envie de s'enfuir, mais Rébecca le tenait fermement par la main.

— Bonjour, Simon, dit Luke en s'avançant vers lui. Tu ne te souviens pas de moi?

Simon secoua la tête et laissa pendre sa langue. Il était perdu dans une sphère de ténèbres. L'homme qui se tenait devant lui, qui prononçait son nom, y était quelque part englouti.

— Je suis ton frère. Je suis Luke.

Simon passait et repassait lentement sa langue sur sa lèvre inférieure en regardant cet étranger avec des yeux morts; Luke comprit qu'il perdait son temps.

— Dis «bonjour», après on pourra jouer! l'exhorta Joe avec un coup de pied dans la jambe. Tu es idiot!

Mais, perdu dans les ténèbres qui enveloppaient Luke, Simon ne dit rien. Il cherchait un indice qui éclairerait ce moment du temps auquel appartenait Luke.

— Luke était l'ami de Thabo, dit Rébecca.

Le regard de Simon se fixa sur elle. Se raccrochant au sentiment qui était Thabo, il s'arracha à l'obscurité qui était Luke.

— Thabo! appela-t-il en courant vers les grilles de Bonne-Espérance.

Il ne demandait qu'une chose : retrouver la sécurité qu'apportait avec lui le nom de Thabo. La dernière fois qu'il l'avait vu, Thabo franchissait ces grilles.

— Reviens! s'écria Joe, se précipitant à sa suite.

— Joe! Viens te laver les mains! cria Lydia de la maison.

— J'arrive! répondit Joe sans arrêter sa course.

— Je suis désolée, dit Rébecca.

Luke, les yeux pleins de tristesse, regardait s'éloigner Simon ; dans sa course titubante, c'était lui, son frère, qu'il fuyait.

Le sentiment qui avait surgi entre le jeune couple était tangible et, debout sur le perron, Lydia, qui ne l'avait jamais éprouvé, aurait voulu le toucher.

— Le dîner est prêt, dit-elle, consciente d'assister à la naissance d'un amour.

— J'amène les enfants, Lydia, dit Rébecca, s'arrachant à l'attirance qu'elle éprouvait pour Luke. Je vais chercher les garçons.

Luke lui prit la main, et ce contact la pétrifia.

— Je viens avec toi, dit-il, incapable de la laisser, ne serait-ce qu'un instant.

Pendant le dîner d'anniversaire, Lydia, stupéfaite, ne cessa d'observer Constance, qui était tout à fait à son aise. On aurait dit que la femme charmante qu'elle avait connue était revenue à Bonne-Espérance après un long et étrange voyage.

— Rébecca, je ne peux pas croire que tu aies dix-sept ans aujourd'hui, disait Constance en souriant à la ravissante jeune femme assise à côté de l'homme aux yeux bleus. David, tu veux des pommes de terre ? demanda-t-elle à son mari, qui acquiesça d'un signe de tête — pour ne pas rompre le charme de cet instant magique où Constance était revenue dans leurs vies, personne ne parlait ni ne bougeait. Il me semble que tu es née hier. L'hôpital était très bien, tu sais. Même sœur War a été gentille, lorsque l'accouchement a commencé.

Rébecca sentait contre sa jambe le pantalon de Luke et la joie que lui inspirait sa mère fut noyée par le désir qu'éveillait ce contact.

— Commencez, je vous en prie, dit Constance avec un sourire à tous, avant de donner l'exemple en prenant son couteau et sa fourchette. Oh ! fit-elle, inclinant la tête avant de reprendre : Merci, Seigneur, pour la nourriture que nous allons prendre. Amen.

Là-dessus, elle sourit et commença à manger.

— Et comment va Stan ? demanda-t-elle à Lydia.

— Stan ? fit Lydia, prise au dépourvu, car Constance ne s'était jamais enquise de son mari. Il va bien. Oui, affirma-t-elle en lançant un regard inquiet dans la direction de Joe. Mais, vous savez, je ne le vois pas beaucoup. Il travaille tout le temps. Et, quand il revient à la maison, il travaille encore.

Assaillie par ses propres craintes, Lydia baissa les yeux. Stan avait changé. Il était devenu cachottier. Il passait la majeure partie de son temps hors de la maison, et elle avait le sentiment de l'avoir perdu. Son fils la ramena au dîner : il enfonçait un doigt sale dans le gâteau glacé et le suçait consciencieusement ; elle le gronda, mais Joe sourit fièrement à Simon.

— Et toi, Luke ? Quelles sont les nouvelles de ta famille ? demanda Lydia pour faire diversion. Comment va ta mère ? Et Naomi ?

240

— Elles vont bien.

Sentant la cuisse de Rébecca contre la sienne, Luke l'effleura du regard.

— Ils aiment Johannesburg ? demanda Lydia, mais Luke était magnétisé par le sourire de sa voisine.

— Oui, répondit-il, essayant de s'arracher aux yeux de Rébecca. Pardon. Que disais-tu ?

— Tu n'aimes manifestement pas Johannesburg, dit David en se renversant dans son siège.

Le changement qu'il constatait chez sa femme justifiait sa décision de retourner dans le Nord.

— C'est sans doute que je n'ai jamais cessé de considérer Bonne-Espérance comme ma maison, répondit-il sans quitter Rébecca des yeux. C'est le seul endroit où j'aie envie d'être, ajouta-t-il en se rapprochant d'elle. J'ai quelque chose pour toi, murmura-t-il, toujours prisonnier de son regard et sans nul désir de s'en libérer.

— Tu te souviens de lui maintenant ? demanda Rébecca à Simon.

L'étrange désir qu'elle éprouvait en présence de Luke était insoutenable et elle était convaincue que tout le monde voyait ce qui se passait en elle.

— C'était Luke, poursuivit-elle, moi-même et Thabo qui...

— Thabo ! répéta Simon, les yeux vissés sur Rébecca.

Il ne comprenait pas pourquoi Thabo n'était pas à la grille lorsqu'il y avait couru. Il ne savait pas pourquoi le sentiment que lui inspirait Thabo avait soudain disparu dans l'obscurité qui enveloppait Luke.

— Il est normal, Rébecca, que Simon ne se souvienne pas de Luke, dit Constance qui comprenait la sphère de ténèbres où Simon était perdu.

C'était l'obscurité où Estelle, sa mère, l'avait abandonné, où elle-même s'était égarée.

— Quand ils sont partis, il était encore bébé. Mangez ! exhorta-t-elle ses convives avec un grand sourire. Miriam nous a fait un merveilleux dîner, alors ne le gâchons pas.

Luke se concentra, du couteau et de la fourchette, sur le rôti de bœuf et les pommes de terre que Miriam avait préparés pour l'anniversaire de Rébecca. A peine dans la maison, il était allé lui dire bonjour dans la cuisine, mais Miriam avait été saisie de timidité.

— Thabo grand comme vous, monsieur Luke. Lui grand ! avait-elle dit.

Luke avait alors essayé de se rappeler l'ami noir qui avait pris sa place dans le cœur de Simon.

— Comment va-t-il ? avait-il demandé.

C'était l'une des nombreuses lois qu'il avait traduites qui avait enlevé son fils à Miriam. Mais il l'ignorait, pour lui ces lois n'étaient que des textes dont l'étude lui avait coûté, à lui aussi, la liberté.

— D'après Rébecca, il serait au Transkei, avait-il ajouté.

— C'est vrai, avait souri Miriam, et dans ce sourire Luke avait reconnu Thabo. Vous, vous rappeler Sophie ? Thabo ressembler à ma mère.

— Bien sûr que je me rappelle Sophie.

Mais, à la mention de cc nom, Luke s'était senti étrangement mal à l'aise. Il se souvenait, dans son enfance, avoir trouvé réconfort contre le sein généreux de la disparue. La loi entachait aujourd'hui ce souvenir de mauvaise conscience.

— Elle va bien, j'espère ? avait demandé Luke en regagnant la porte, très mal à l'aise, et prévenant Miriam qu'il la reverrait plus tard.

Il s'en était retourné auprès de Rébecca. Elle se tenait à côté de la porte ouverte et il avait aussitôt retrouvé près d'elle sécurité et plénitude.

Bien que Rébecca fût couchée depuis trois heures, le sommeil ne venait pas. Luke occupait toutes ses pensées et son image ne quittait pas ses yeux. Ce n'était plus le garçon à qui elle avait donné, des années auparavant, une clé grâce à laquelle, avait-elle juré, ils ne seraient jamais séparés. Luke était un étranger et les sentiments qui l'engloutissaient lui étaient également étrangers.

— Qui est là ?

Elle sursauta dans son lit et remonta ses couvertures sous son menton. Une petite pierre avait heurté la vitre. La lune brillait à travers les rideaux fermés, projetant des ombres qui dansaient sur le mur à côté de son lit.

— Rébecca ?

C'était Luke, il était dehors. Rébecca était incapable de bouger. Elle tremblait et sa gorge était nouée par quelque chose où se mêlaient excitation et terreur.

Lorsqu'elle s'était couchée, cette nuit-là, elle s'était demandé s'il viendrait à sa fenêtre, comme il l'avait fait lorsqu'ils avaient volé Simon. Elle l'avait espéré. Elle avait attendu cet instant, mais maintenant elle était incapable de bouger.

— Je peux te voir, Rébecca ?

La voix de Luke était douce, mais elle sonnait claire dans la nuit calme ; elle avait envie de courir à la fenêtre, de sauter dans ses bras. Mais elle était incapable de bouger.

— Rébecca ? appela de nouveau Luke. Je peux venir ? S'il te plaît ?

— Qu'y a-t-il ?

Craignant soudain qu'il ne s'en allât, elle sauta du lit et courut à la fenêtre. Écartant les rideaux, elle resta pétrifiée. Luke la regardait de l'autre côté de la vitre, et elle ne pouvait ni parler ni respirer.

— Rébecca, viens !

L'impulsion irrésistible les relia de nouveau. Elle se précipita vers la porte.

L'écurie. La suave odeur du foin. La chaude respiration de Salu. Rébecca et Luke. Havre fragile, précarité, mais inexplicable espoir, plus fort que le monde. Ils n'avaient jamais rien ressenti de pareil. Une fièvre indomptable les envahit, merveilleuse découverte de soi et de l'autre.

Jusque-là, Rébecca n'avait connu qu'une passion enfantine et Luke n'avait à reconnaître qu'une dette mal définie envers une petite fille subjuguée par une clé. Et ils se voyaient soudain occuper, dans l'espace et dans le temps, une place dont jamais ils n'avaient rêvé, laquelle les faisait vainqueurs et de l'espace et du temps.

— Tu te rappelles ? demanda Luke, exhibant la vieille clé.

La surprise fit éclater Rébecca de rire. A la lumière mouvante de l'ampoule nue, la clé brillait de l'éclat du cuivre.

— Ta mère l'a astiquée.

Elle la prit et se trouva incapable de rien prononcer de plus. Le petit doigt de Luke avait touché sa main.

— Que se passe-t-il ? demanda Luke, sa main tenant celles de Rébecca refermées sur la clé. Rébecca ? soupira-t-il.

Leurs regards se confondirent et, de peur qu'aucun son ne sortît de sa bouche, Rébecca acquiesça d'un signe. Avide de s'enfouir en lui, elle se rapprocha, la clé, dure, entre eux.

— Je n'arrivais pas à dormir.

Luke sentait les mots de Rébecca à travers la douceur de son corps pressé contre le sien, dont il n'était séparé que par un mince coton.

— Rébecca, murmura-t-il dans un souffle.

Le bleu de ses yeux dansait sur le visage de la jeune fille. Comme si le coton de sa chemise de nuit avait disparu, il sentait ses seins et son corps souple contre lui ; sa jambe contre la sienne, son souffle haletant, comme si la chemise de nuit avait disparu.

— Je t'aime, Luke. Oh, mon Dieu, je t'aime tellement, dit Rébecca.

Devant lui, ses peurs passées s'évanouirent, et elle se raccrocha à lui de tout son être. Les mains de Luke coulaient sur son dos, explorant son corps et touchant son âme. Rébecca ne savait plus ce qui se passait et ne s'en souciait pas. La bouche de Luke était sur la sienne, et il la serrait contre lui. Tout avait soudain changé. On n'entendait que de brefs soupirs et, attirés par une force irrésistible, leurs corps se rapprochaient.

— Non ! s'écria Rébecca, s'étonnant elle-même, d'une voix venue d'un lieu inconnu.

Ce cri retentit entre eux deux, et elle s'écarta, laissant tomber la clé. Luke la poursuivit et l'attira de nouveau contre lui. Elle se coula dans ses bras et pleura contre son cou.

— Non, je t'en prie. Non, chuchotait-elle, alors qu'elle le suppliait d'aller de l'avant, de la conduire où il voulait, de combler son corps brûlant.

Elle sentait la main de Luke se glisser sous sa chemise de nuit, remonter le long de son ventre, et elle avait envie de crier ; que s'arrêtât le monde et que cet instant ne finît jamais.

Mais Rébecca ne pouvait pas crier. La bouche de Luke était sur la sienne. Sur son cou, sur ses seins : sa langue caressait ses mamelons qui se dressaient dans sa bouche. Le corps de Rébecca était maintenant celui de la femme qu'elle avait toujours souhaité être, la femme à qui avait donné vie le contact de Luke. Engloutie par la magie qui l'avait attirée, l'enfant était devenue femme dans les bras de Luke. La passion qui avait enflammé ses sens l'avait enlevée au monde banal. Elle offrait à Luke le centre d'elle-même et le suppliait de le remplir.

Mais Luke s'était arraché à elle. Il s'était détourné et éloigné dans un grand tremblement.

— Qu'y a-t-il ? demanda Rébecca, le cœur tendu vers lui.

La seule vue de Luke, l'odeur de son corps et le contact de sa peau l'avaient engloutie vivante et elle l'attirait de nouveau à elle.

— Luke ?

— Pardon ! dit Luke, la maintenant fermement à distance, comme s'il se raccrochait à leur passion tout en la rejetant.

Un éclair de lucidité lui avait fait percevoir la pureté de leur amour, si loin de ses relations charnelles avec Althéa. Luke avait découvert la fragilité du premier amour et du lien impalpable qui les liait, bien plus fort que le désir qu'il avait éveillé.

— Rébecca, je t'aime, il faut que tu le croies, dit-il, vibrant de désir. Je le sais maintenant : c'est toi qui m'habitais, pleine de promesses... Mais attendons. Il faut attendre. C'est pour toujours que je te veux, et pas comme ça.

Comme Salu la poussait dans le dos à coups de naseaux, Rébecca tomba sur Luke ; et ils éclatèrent de rire. Ils avaient enfin trouvé la paix, l'un auprès de l'autre, et compris les lois de la création et de l'amour. La mère de Luke s'était effacée. Johannes Villiers s'était effacé. Althéa n'avait jamais existé et Rébecca avait vaincu la solitude qui la cernait depuis toujours. Rien n'existait plus de ce qui avait existé, et ils nageaient dans un amour pur et éternel.

A l'horizon, les silhouettes de trois chevaux se détachaient clairement sur le ciel ; David les aperçut en se rendant à la cave avec Christian du Toit. L'affection croissante entre Luke et Rébecca ne lui avait pas échappé. Influencé par le souvenir que lui avait laissé Estelle, il avait d'abord essayé d'ignorer ce qui se passait, dans l'espoir que cela n'irait pas plus loin. Comme Rébecca, il savait Luke étranger à la famille Beauvilliers. Les amours anciennes d'un Blanc et d'une esclave malaise ne pesaient pas sur lui. David n'ignorait pas non plus son travail au service d'un gouvernement à ce point obnubilé par les couleurs des peaux qu'il en était insensible à tout le reste, mais il voyait surtout sa fille. On eût dit que Luke avait remonté les lourds volets qu'un rejet perpétuel avait abaissés sur sa vie. Il avait ranimé son entrain ; sa fille avait retrouvé le goût de rire.

— Qui est ce jeune homme ? demanda Christian.

En prenant son travail, le matin, il avait repéré Luke et Rébecca à cheval avec Simon. Il s'était souvent demandé pourquoi la porte de

Rébecca n'était pas assiégée par une armée de jeunes gens. Elle était devenue extraordinairement belle, et son fils, il le savait, en pinçait pour elle.

— Riaan va en faire une tête, dit Christian en franchissant la porte de la cave. Au fait, j'en ai parlé à mon père et aux garçons, et ils sont ravis de s'installer dans la maison pendant votre absence. Mais je ne dirai rien du nouvel ami de Rébecca !

— Merci, Christian, répondit David dans la lourde fraîcheur de la cave.

David n'était plus le même homme qui avait annoncé au caviste le départ de la famille pour la Rhodésie du Nord. Détendu, il avait le regard brillant.

— C'est incroyable, ajouta-t-il, ce que Constance a changé depuis que nous avons décidé de partir. Je ne sais pas pourquoi, mais c'est ainsi.

— C'est frappant.

Christian du Toit s'approcha des énormes cuves d'acier et sa silhouette se refléta dans leur surface polie.

— Il ne fait pas de doute, reprit-il, que l'âme est liée à la terre natale. Et c'est de l'âme que dépend l'esprit. Quoi qu'il en soit... C'est bien. Non ?

— Peut-être.

La silhouette de David dans la cuve était comme l'ombre de celle de Christian à côté de qui il se tenait. Il n'avait jamais parlé au caviste afrikaner de politique sud-africaine ni évoqué le sang coloré qui coulait dans les veines de la famille Beauvilliers. Si Christian ignorait que la maison Westbury où vivait sa famille avait autrefois caché le mensonge de ce sang, David savait que les amers secrets tissés à Bonne-Espérance les avaient tous atteints. La haine de Clara Beauvilliers s'était répandue d'une famille à une nation et, enchâssée sur l'autel de l'apartheid, elle les gouvernait maintenant tous.

Ivre d'enthousiasme, le poney de Simon dépassa Rébecca et Luke. Le robuste petit animal avait galopé jusqu'à épuisement, comme s'il savait que son petit cavalier avait besoin de gagner.

— Je n'aurais jamais cru que Simon monterait comme ça ! dit Luke à Rébecca dont les cheveux volaient au vent du matin. Tu ne te débrouilles pas mal non plus sur un cheval !

Ils ralentirent l'allure et Luke approcha Salu du cheval de Rébecca, de sorte que leurs jambes se touchèrent.

— Ça te fait plaisir de remonter Salu ?

Rébecca observait Luke, le corps vibrant du désir qu'éveillait ce contact.

— C'est toi qui as appris à Simon à monter à cheval ?

— Ouais. J'ai eu moi-même un bon professeur ! dit Rébecca en regardant Simon au loin, immobile sur son poney. Tu as gagné ! lui cria-t-elle.

Luke prit la main de Rébecca.

— Rébecca, je veux t'épouser.

Depuis l'instant où il avait reconnu l'amour vrai qui était né entre eux, il était parfaitement maître de ses émotions.

– Quoi ? fit seulement Rébecca.

En entendant ces mots, son cœur avait bondi. Seuls ses yeux parlaient.

– Viens !

La saisissant par le bras, Luke l'enleva de son cheval et la déposa sur le sien. Salu ploya, un instant, sous ce poids supplémentaire et manifesta son désagrément en s'ébrouant.

– Dis-moi, commença-t-il en la faisant pivoter vers lui. Veux-tu m'épouser ? Dis-moi. Que veux-tu, Rébecca ?

– Toi.

Se pelotonnant contre lui, elle murmura, avant que leurs bouches ne se rencontrent :

– Je te veux, toi.

Ils étaient de nouveau hors du monde ; perdus dans l'espace, l'esprit ailleurs, tandis que le globe continuait à tourner sans eux.

Frappant du pied le sol sablonneux, le petit poney que montait Simon se demandait pourquoi la course s'était terminée en queue de poisson. Sur son dos, Simon ne bougeait pas, mais l'excitation qu'il avait sentie dans le corps du petit garçon avait disparu. Le regard fixé sur Luke et Rébecca, il n'était plus qu'un poids mort. Leurs formes s'étaient fondues sur le dos de Salu, et Simon avait le sentiment de ne plus faire partie du monde de Rébecca.

– Thabo, murmura-t-il.

S'efforçant de retrouver l'autre personne manquante, il appelait dans le vide qui l'enveloppait ; dressant les oreilles, le poney n'entendait en réponse que le silence.

– Tu sais, Luke, que nous partons pour la Rhodésie du Nord, annonça David quinze jours plus tard.

Pendant ces deux semaines, Rébecca et Luke ne s'étaient pas quittés, et David avait reconnu la force de leur amour. Il savait que, même seuls dans leurs lits, leurs esprits se retrouvaient dans l'air de la nuit. C'était comme si sa fille s'était déjà unie à un autre homme, et les sentiments de David étaient ambigus. La vérité cachée de la naissance de Luke était une menace pour sa fille ; mais il savait aussi qu'il ne pouvait pas la dévoiler. Il était coincé entre son amour pour Rébecca et une vérité qui pouvait tout gâcher.

– Rébecca m'a dit que vous retourniez là-bas, dit Luke, s'efforçant de cacher sa nervosité.

D'après ce qu'il savait de leurs liens familiaux, Rébecca et lui n'étaient pas cousins germains, et ils étaient donc libres de se marier.

– Rien ne peut nous empêcher de nous marier.

– Non, non. Bien sûr, dit David, hésitant. Mais, Luke, elle n'a que dix-sept ans. Rébecca est une enfant.

Se tournant vers la fenêtre, David regarda sa fille. Assise avec Simon dans un hamac suspendu entre deux arbres, elle se balançait doucement ; ce n'était qu'une ravissante enfant. Malgré la distance, David se rendait compte que quelque chose en elle avait changé.

— Es-tu sûr, Luke, de savoir ce que tu veux ? En si peu de temps ? demanda-t-il en se retournant vers lui.

— Nous savons, monsieur Conrad. Nous nous marierons quoi qu'il arrive. Pas tout de suite, mais bientôt. Si vous nous en donnez la permission, bien sûr... quand vous reviendrez de Rhodésie du Nord...

— Je ne peux pas répondre tout de suite, dit David, ne sachant comment dire à Luke qu'ils pourraient bien ne jamais revenir. La mère de Rébecca n'est pas bien et, dans l'immédiat, rien n'est plus important que sa santé.

— Rébecca m'en a parlé.

— Alors tu comprends ? Aucun de nous, pour le moment, n'a les idées claires. Ce n'est pas le moment.

— Monsieur Conrad, je n'ai pas demandé à tomber amoureux de votre fille. Je ne m'y attendais pas et ne le souhaitais pas. Mais c'est arrivé. J'aime Rébecca et je ne demande qu'une chose : passer avec elle le reste de ma vie. Si vous restez dans le Nord, eh bien, j'irai dans le Nord. Si vous revenez ici, je reviendrai. Pour la première fois de ma vie, je sais ce que je veux.

La franchise des paroles de Luke ouvrirent instantanément l'esprit de David. Le jeune homme qu'il avait devant lui demandait la vie de sa fille. Cette vie qu'il s'était montré incapable de protéger allait être prise en charge par quelqu'un qui lui était pratiquement inconnu.

— Et ta situation, Luke ? Tu travailles dans la fonction publique, non ? A traduire les lois ? Les bulletins gouvernementaux ?

— Je démissionne, monsieur Conrad.

— Mais parlons-en, l'interrompit David. On ne parle pas facilement de politique dans ce pays. Je suis désolé, mais je dois savoir où tu te situes.

— Aux côtés de votre fille, dit Luke d'une voix ferme. Elle m'a sorti d'un piège, monsieur Conrad, et ma décision est prise. L'apartheid n'est pas mon affaire. Je ne travaillais que pour gagner ma vie. Après le départ de mon père, j'ai dû m'occuper de la famille. J'avais des obligations vis-à-vis d'elle, et c'est le seul moyen que j'aie trouvé. Et maintenant...

— Maintenant quoi ?

A l'évocation de Paul, David s'était raidi.

— Maintenant, j'ai des obligations vis-à-vis de Rébecca. Et envers elle seule.

— Et ta mère ?

A son étonnement, la mention d'Estelle le laissa de marbre. Ni crainte ni rancœur.

— Que dira ta mère quand tu lui annonceras ta volonté d'épouser Rébecca ?

— J'ai vingt et un ans et je n'ai plus besoin de la permission de ma mère.

David le comprit : l'âge ne comptait pas. Luke, tout simplement, était sûr de lui, d'une confiance qu'il avait puisée en Rébecca.

— Je veux épouser votre fille, répéta-t-il. C'est tout ce que je veux et c'est tout ce que je demande.

— Encore une chose, dit David en souriant.

Malgré son désir de courir dehors, de soulever Rébecca dans ses bras, de se raccrocher à sa sérénité, il attendit que David poursuivît.

— Si jamais tu lui fais du mal... Si tu fais du mal à mon enfant, Luke, je te tuerai.

Dans le silence qui suivit ses paroles, David sourit, attira Luke dans ses bras et l'étreignit.

Les ombres ne manquaient pas, mais David croyait à l'amour de Luke pour Rébecca. Il le savait, la petite fille sur une fourmilière avait trouvé le bonheur et il n'avait pas l'intention d'y faire obstacle.

12.

Un petit garçon noir bondissait de toutes ses jambes fuselées vers les montagnes déchiquetées qui se détachaient au loin. Il transportait une marmite, une enveloppe blanche glissée dans la ceinture de sa culotte déguenillée. Une paire de chaussures d'homme était nouée autour de son cou.

– Thabo! appelait-il dans la vaste étendue du Transkei, tandis que ses pieds volaient sur le sol. Une lettre! criait-il en xhosa.

Il jeta un bref coup d'œil à l'enveloppe qui battait dans sa culotte. Elle était arrivée du Cap, la nuit précédente, par le car, et avait passé entre les mains de tous les villageois avant de lui être confiée pour qu'il la portât à son destinataire.

Une petite foule s'était ɩassemblée sur la route pour attendre le car, mais Lunga l'avait repéré, des heures avant tout le monde, qui montait en serpentant vers le col. Les gens qui revenaient du Cap avaient souvent des bagages à transporter, et il pensait bien gagner quelques pennies à les monter jusqu'à leur petit village. Composé de quelques maisons en adobe avec un vaste *rondavel* en son centre, le village était blotti sur le flan escarpé d'une montagne dans la région de Herschell dans le Transkei. Un feu brûlait tout l'hiver dans le rondavel, où tout le monde se retrouvait pour faire la cuisine et manger. Ils y restaient jusque tard dans la nuit, à discuter autour du feu; Lunga aimait plus que tout ces soirées d'hiver.

Jamais il n'oublierait la nuit où Thabo était revenu de la ville. Il avait parlé de lumières qui s'allumaient en appuyant sur un bouton, de feux qui brûlaient sans fumée et de boîtes qui parlaient. Thabo avait même apporté une boîte de ce type. Il l'avait fait marcher devant Lunga, ébahi. Il avait rampé en douce jusqu'à la boîte dans l'espoir de surprendre les « petits personnages » qui parlaient à l'intérieur, à la grande hilarité de Thabo. Mais, bien qu'il eût ri avec lui, Lunga ne comprenait pas comment les « petits personnages » avaient pu disparaître juste avant qu'il ne bondît sur la boîte.

— C'est une lettre pour toi! cria le petit garçon en direction de Thabo dont il apercevait au loin la silhouette tassée.

Pendant la période d'initiation qui ferait de lui un homme, c'était par Lunga que Thabo communiquait avec le monde extérieur, et le petit garçon savait que son cousin lirait la lettre tout haut. Les mots déchiffrés le transporteraient dans un univers de bâtiments en verre, de routes bleues et d'hommes blancs; Lunga en brûlait d'impatience.

— Tu es matinal aujourd'hui, cria Thabo en voyant l'enfant escalader les rochers.

Assis sur une pierre nue, à mi-pente d'une montagne peu élevée, Thabo avait pour tout vêtement une couverture bariolée, dont il était enveloppé.

— C'est une lettre de ta mère! annonça Lunga qui avançait vers lui à quatre pattes, les chaussures raclant les rochers et la lettre dans sa main tendue. Elle vient du Cap, ajouta-t-il en se laissant tomber sur les fesses; les chaussures se balançaient maintenant devant sa poitrine haletante et la marmite brimbalait au bout de sa main. Lis-la, l'exhorta Lunga qui n'avait jamais compris comment des gribouillis bleus sur du papier pouvaient se traduire en paroles. Qu'est-ce qu'elle dit?

Il enfonça son coude dans le ventre de Thabo et regarda l'enveloppe avec convoitise.

« Luke est ici », commençait la lettre de Miriam. Thabo la lisait tout bas. « C'est un homme maintenant. » Thabo ferma les yeux et sourit. L'initiation avait fait de lui aussi un homme. Avec la circoncision, le signe physique de l'enfance avait été à jamais effacé. En compagnie de trois autres garçons, Thabo avait appris d'anciens du clan les responsabilités qui incombent à l'homme. Ces anciens étaient des personnages, Bahlankana Adfana. Ils transmettaient la culture de leur peuple aux jeunes générations et les exhortaient à rechercher leur vérité intérieure. Les habitants du Transkei étaient profondément religieux et servaient Dieu sous la conduite de leur Amagqirha, mais Thabo, parmi leurs croyances, n'avait pas trouvé de réponses aux questions qu'il se posait.

Ses pensées s'étaient tournées vers Fézilé et ce qu'il disait du grand Dieu, Jésus-Christ, qu'il adorait. Le Dieu des Blancs que Fézilé, bien que noir, considérait comme son père. Mais le Dieu de Fézilé s'était dérobé à lui, et la vérité lui avait échappé.

— Dis-moi! le supplia Lunga, qui ne pouvait supporter de voir disparaître la lettre dans la tête de Thabo.

Jusqu'au jour où on l'avait chargé de s'occuper de Thabo pendant l'initiation, Lunga gardait les chèvres de sa famille sur les bords de la Tele. En compagnie d'autres petits garçons, chacun avec son troupeau, Lunga passait son temps à chasser des souris et des lapins dans les grottes de la montagne, et il était parfaitement content de son sort. Mais Thabo lui avait fait entrevoir un autre monde vers lequel allaient soudain toutes ses aspirations.

250

– Elles sont encore propres! lança-t-il, crachant sur une chaussure qu'il frotta avant de la tendre à Thabo. Regarde! J'en prends bien soin, dit-il en souriant dans l'espoir que Thabo lui donnerait un jour ses chaussures. Regarde! dit-il en soulevant le couvercle de la petite marmite.

Homme ou petit garçon, personne ne refusait jamais l'épaisse bouillie de sa grand-mère Sophie.

– Tu veux manger maintenant? demanda-t-il.

Thabo secoua la tête, et Lunga se demanda comment le ramener de là où il s'était caché avec les mots.

– Thandi dit..., commença Lunga.

Pour échapper au regard de Thabo, il baissa la tête et examina ses doigts de pied qui se tortillaient.

– Thandi, reprit-il, elle t'a fait quelque chose.

– Un chapeau? demanda Thabo sans lâcher des yeux le petit garçon.

Il savait que la ravissante Thandi l'aimait, et son corps lui avait souvent rappelé les longs jours passés avec elle. C'était la plus belle fille qu'il eût jamais vue et il se souvenait avec précision du jour où il l'avait aperçue pour la première fois.

Une foule de jeunes gens était descendue nager à la rivière; tout le monde sautait nu dans les eaux tourbillonnantes. Mais ce ne fut qu'une fois allongé au soleil que Thabo avait remarqué Thandi. Elle était debout immobile, et jamais il n'oublierait la vue de sa peau brune et luisante. Elle l'avait regardé sans broncher, la tête haute, et sa beauté lui avait pénétré l'âme.

Les anciens s'attendaient à ce que Thabo, une fois devenu homme, prît Thandi pour femme, et un chapeau signifiait qu'elle voulait elle aussi se marier.

– Un grand chapeau, dit Lunga en écartant les bras. Qu'est-ce qu'elle dit, ta mère? demanda-t-il avec un haussement d'épaules pour marquer son désintérêt des filles.

– Je retourne au Cap.

La voix de Thabo était calme et le petit garçon écoutait de toutes ses oreilles dans l'espoir qu'il ajouterait les paroles magiques: « ... et tu viendras avec moi », mais il n'en fit rien.

– Demain, une fois la cérémonie terminée, je retourne au Cap, répéta-t-il.

Lunga baissa les yeux. Thabo avait déjà disparu dans le monde des hommes blancs et l'avait laissé en arrière.

– Quand tu iras à l'école, Lunga, il faudra que tu travailles bien! Il faut d'abord que tu deviennes un homme ici! dit Thabo en tapotant sur la tête du petit garçon.

Lunga se demandait pourquoi les grandes personnes faisaient toujours ça et il se prit à regretter d'avoir apporté à Thabo la lettre du Cap.

– Les gens qui viennent ici de la ville, tu ne dois pas les écouter, Lunga! Et tu ne dois pas non plus écouter les filles. Tu dois uniquement écouter ton cœur.

— Quoi ?

Lunga savait à qui Thabo faisait allusion. Il avait souvent vu les hommes qui revenaient de la ville au village avec des radios étincelantes et les cheveux décrépés. Élégants et le verbe haut, ils parlaient de « lutte révolutionnaire » et appelaient son frère aîné « camarade », bien que son nom fût Themba.

— L'éducation est importante! poursuivit Thabo. Tu dois trouver ta propre estime, et tu ne peux la trouver qu'ici, dit Thabo en frappant la tête de l'enfant avec le poing, si bien que Lunga se demanda si son crâne ne s'était pas un peu fendu. Lunga, tu diras à Thandi que je ne l'épouserai pas.

— Quoi ?

Bien qu'on ne lui eût pas encore coupé le prépuce, Lunga savait l'effet que pouvait faire sur un garçon une fille aussi jolie que Thandi.

— Tu ne vas pas te marier avec Thandi? dit-il, stupéfait.

— Je retourne au Cap.

— Tu veux que je vienne avec toi? demanda Lunga, les yeux illuminés par un reste d'espoir.

— Non.

Thabo saisit les épaules anguleuses de l'enfant dont le nom signifiait « gentil garçon ». S'accrochant à la promesse qu'il avait faite à Fézilé des années auparavant, Thabo était déjà en esprit dans le car qui se traînait tout le long des centaines de kilomètres le séparant du Cap.

— Je vais à l'école, Lunga.

— N'oublie pas d'écrire! criait Luke par la fenêtre du wagon.

Tendant la main, il prit celle de Rébecca, lorsqu'un coup de sifflet strident annonça le départ du train pour Johannesburg; le claquement des portes résonna dans la gare du Cap.

— Je ne t'entends pas, cria Rébecca au moment où le train s'ébranlait, noyant la voix de Luke dans le grincement des roues.

— Je t'aime, clama Luke, soudain intelligible.

Le train s'était arrêté et un jet de fumée parut faire rebondir ses mots contre la coupole de la gare.

— J'ai entendu, dit Rébecca en souriant, tandis que les roues se remettaient à tourner, entraînant de lents soubresauts d'acier. Luke!

Elle courait à côté du train qui prenait de la vitesse; le quai de pierre grise fuyait sous ses pieds. Le visage de Luke était brouillé derrière des larmes qu'elle ne reconnaissait pas vraiment comme siennes.

— Je t'aime, hurla-t-elle, tandis que leurs mains se séparaient, consommant le départ.

— Hé, Rébecca!

Elle se retourna sur Riaan. Il courait vers elle avec de grands signes.

— Viens! dit-il, lui prenant la main et l'arrachant au train qui serpentait dans un labyrinthe de rails chatoyants. Entre!

Il la poussa sur le siège avant de la vieille camionnette de son père et, sautant à côté d'elle, fit démarrer le moteur avant même de fermer la portière.

— Que fais-tu ? demanda Rébecca en s'essuyant les yeux, tandis que la camionnette faisait demi-tour dans un crissement de pneus et un nuage de poussière. Arrête !

Mais la vieille camionnette rouillée, chargée de sacs de terreau, se faufilait entre les piétons et les voitures garées.

— Tiens-toi ! lui recommanda Riaan, surexcité. T'inquiète pas.

La vieille camionnette fonçait à travers une zone industrielle des faubourgs du Cap, menaçant à chaque instant de perdre ses roues.

— Regarde là-bas !

La camionnette dépassa une usine et un train, mirage d'argent, se matérialisa le long de la route.

— Hé ! cria-t-il en appuyant du plat de la main sur le klaxon. Hé ! Luke !

La voiture bondissait sur la route à côté du train.

— Luke ! explosa Rébecca, lorsqu'elle eut compris ce qui se passait. Luke ! cria-t-elle.

Sa voix se fondit dans la plainte du klaxon et le cliquetis des roues, tandis que deux petits garçons la regardaient d'une fenêtre du train.

— Luke ! répétèrent-ils de concert, tandis que la pile de sacs ballottait dangereusement sur la camionnette qui fonçait à leur hauteur.

— Rébecca !

La tête de Luke apparut à une fenêtre à côté des garçons.

— Attention ! cria-t-il, tandis qu'une voiture arrivant en sens inverse frôlait la camionnette dans un hurlement accusateur de klaxon.

— Je t'aime, cria Rébecca.

— Quoi ? cria à son tour Luke.

— Elle t'aime, répondit un duo de voix enfantines.

— Elle dit qu'elle t'aime, répéta Riaan, encouragé par le succès de son plan. On se voit à Belville ! hurla-t-il, tandis que le train prenait de la vitesse et s'éloignait. C'est le premier arrêt. Allez, bébé, rattrape-le ! dit-il à l'adresse de la carcasse rouillée et cliquetante qui les transportait.

Il appuya le pied sur la pédale, déjà au plancher, de l'accélérateur, et les sacs de terreau glissèrent doucement en arrière.

Debout sur le marchepied du wagon, Luke jeta un coup d'œil au petit panneau qui se balançait. La gare déserte où le train s'était arrêté était Belville ; un tourbillon de poussière annonçait l'arrivée de la camionnette. Luke lâcha la rampe et sauta sur le quai.

— Rébecca, murmura-t-il à la vue d'une silhouette solitaire qui se détachait sur la masse sombre de la montagne de la Table.

— Embrasse-la ! l'encouragèrent les garçons, tandis que Luke courait vers elle. Allez, embrasse-la !

Mais Luke s'était arrêté et ils se regardaient en silence.

— Viens avec moi, chuchota Luke. Viens maintenant, Rébecca!

Il était de nouveau sous l'emprise de sa présence et craignait d'y échapper.

— Je ne peux pas, dit Rébecca, malgré son envie d'aller avec lui. Je ne peux pas..., répéta-t-elle en se jetant dans ses bras, comme pour s'arracher à la solitude où sa mère, dans sa détresse, l'appelait. Je t'aime tant..., murmura-t-elle.

Prenant le visage de Rébecca dans ses mains, Luke baisa ses lèvres. Les deux petits garçons émirent un concert de miaulements, et Riaan détourna les yeux, tandis que le chef de gare s'escrimait sur le sifflet d'argent qui pendait à son cou.

— Au revoir, souffla Rébecca dans le visage de Luke, avant de s'écarter de lui.

— Venez! crièrent les petits garçons, alertés par un jet de fumée et une trépidation métallique.

— Ce ne sera pas long, Rébecca. Je t'aimerai toujours, s'écria Luke, défiant la lente marche du temps qui s'immisçait entre eux dans l'éclat des roues en mouvement.

— Venez! cria à Luke un des jeunes garçons, comme le train prenait de la vitesse. Attrapez!

Du marchepied il tendit une main qui disparut dans le poing de Luke.

— Au secours! cria-t-il, terrifié, quand Luke sauta à côté de lui.

— On se voit à Touwrivier! Au prochain arrêt! hurla Riaan, tandis que la queue du serpent métallique disparaissait. Tiens-toi, Rébecca!

Il poussa la vieille camionnette au maximum de sa vitesse sur l'étroite bande goudronnée qui courait vers les montagnes violettes.

— Fonce! cria Rébecca au-dessus du lointain sifflement du train.

— Allez! fit Riaan, se demandant pourquoi la vieille guimbarde ralentissait. Va!

Il frappa les flancs de la voiture, comme s'il fouettait un cheval de course agonisant, et les sacs de terreau glissèrent doucement vers l'avant.

— Que se passe-t-il? demanda Rébecca.

La camionnette fit quelques bonds sur la route avant de s'arrêter avec un sifflement asthmatique.

— Merde! murmura Riaan.

De dépit, il donna des coups de poing sur le volant. L'aiguille de la jauge d'essence indiquait zéro.

— Nous sommes en panne d'essence! dit Rébecca.

Elle se renversa, en riant, dans son siège, tandis que le train serpentait à l'horizon.

— Je suis désolé, fit Riaan en baissant la tête.

— Pourquoi?

La voix de Rébecca était douce et son sourire effaça l'échec de Riaan.

– Ils sont en panne d'essence ou quoi ?

Le plus petit des deux garçons se tenait debout à l'arrière du train à côté de Luke. Il le regardait en suçant furieusement une paille blanche aplatie qui reliait sa bouche à une bouteille de Coca-Cola.

– Vous croyez qu'ils sont en panne d'essence ?

– Quelque chose comme ça.

Luke fixait un rayon de lumière tremblotante sur une surface métallique, loin derrière eux. C'était tout ce qu'il voyait de Rébecca.

– C'est idiot, fit le petit garçon.

Il souffla dans la paille, puis aspira une gorgée de Coca-Cola pétillant.

– Vous l'aimez vraiment ? demanda-t-il.

Luke acquiesça d'un signe de tête. Le petit garçon lâcha la paille, stupéfait.

– Pourquoi vous partez alors ?

Sa bouche chercha la paille ramollie qui avait piqué du nez.

– Il le faut.

– Pourquoi ?

– Parce que.

– Parce que quoi ?

Luke, qui commençait à se demander lui-même pourquoi, fut soudain agacé par les incessantes questions du garçon.

– Tu es sûr que ta mère ne te cherche pas ?

La paille entre les dents et les joues rentrées comme des ballons dégonflés, il secoua la tête.

– Non.

Le mot s'accrocha à la paille avant d'exploser en un rot retentissant.

– Va-t'en, dit Luke.

La camionnette n'était même plus un reflet sur du métal, et il parcourut en esprit la route argentée qui le ramenait vers les longues journées tièdes qu'il venait de passer avec Rébecca.

– Tu m'aimes ? criait sa voix rieuse, alors qu'ils galopaient sur une vaste plage blanche.

– Tu m'aimes toujours ?

Pelotonnée dans ses bras, ses yeux bouleversants s'attardaient sur les siens. Et Luke savait que pas un instant il n'en avait été autrement.

– Et quand je serai vieille ? hurlait-elle, tandis qu'un mur de vagues se dressait derrière eux. Quand je serai noyée ? ajoutait-elle, comme la vague étendait sur sa peau dorée un voile de bulles salées.

– Jamais je ne cesserai de t'aimer.

Luke entendait sa propre voix. Ils étaient allongés côte à côte sur un rocher plat et chaud, accroché au flanc de la montagne de la Table. Loin en contrebas, le cap de Bonne-Espérance avançait entre les océans Atlantique et Indien. Jamais Luke n'avait ressenti quelque chose de semblable au désir qui l'habitait. Il ne voulait pas seulement le corps de Rébecca, il voulait son âme.

La maison était une véritable ruche depuis que Simon s'était réveillé ce matin-là. Il regardait d'un air suspicieux Miriam beurrer des petits pains blancs sur la table de la cuisine.

— Le poulet sent bon, dit Rébecca qui emplissait de nourriture un grand panier d'osier.

Elle avait passé la journée avec Miriam à préparer leur départ. Malgré sa fatigue, ces préparatifs avaient en quelque sorte comblé le vide intérieur qu'elle ressentait depuis le départ de Luke.

— Voilà! fit Miriam.

Elle referma le dernier petit pain et le rangea avec les autres sur le sommet du panier.

— Veux-tu emporter ceci dehors et le donner à papa? demanda Rébecca à Simon en lui tendant le panier. Qu'est-ce qui ne va pas?

Simon n'avait pas pris le panier. Il avait les bras repliés sur la poitrine. Glissant les mains dans le dos, il croisa les doigts.

Simon avait vu ses vêtements rangés dans des malles. Et ses jouets rangés dans un placard. Pis, le petit cheval qu'il avait fait pour Rébecca avait été fourré dans l'obscurité d'un tiroir sans air; il en suffoquait.

— Papa charge la voiture, dit Rébecca en manière d'encouragement. Vas-y.

Le faisant pivoter par les épaules, elle plaça le panier dans ses mains et le poussa doucement vers la porte de la cuisine.

— Lui pas heureux, entendit murmurer Simon.

Il s'arrêta dans le vestibule. Il n'était pas heureux. Il était enragé! Avec un hurlement, il flanqua le panier par terre. Des œufs durs roulèrent sur le parquet brillant, poursuivis par des petits pains beurrés. Il sauta dessus, les piétina jusqu'à en faire une bouillie jaune et blanc et se rua vers la porte.

— Simon! s'écria Rébecca en lui courant après, Miriam sur ses talons.

— Lui méchant!

Miriam considéra le sol qu'elle venait de cirer. Des traces de jaune d'œuf filaient vers la porte d'entrée.

— Laisse-le, dit David à Rébecca qui sortait de la maison en courant.

Simon s'était précipité vers l'écurie.

— Laisse-le tranquille.

David chargeait la vieille Humber Super Snipe; une grosse malle était déjà fixée sur le toit.

Seul dans la pénombre de l'écurie, Simon, dos au mur de briques, se laissa glisser lentement par terre. Il sentait son poney à quelques pas de lui, mais ne lui jeta même pas un regard, il tremblait de tout son corps désespérément vide. Les sentiments qui avaient jusque-là gouverné sa vie s'étaient évanouis, et il ne lui restait rien à quoi se raccrocher. Enfermé dans son corps déformé, il était incapable d'exprimer sa peine. Se jetant en avant, il laissa échapper un hurlement de détresse qui monta vers le toit de l'écurie. Il donnait des coups de pied et se frappait la tête contre le sol pavé. Il bavait et sa langue balayait le sol, comme pour y chercher des mots inconnus.

— Simon où? s'écria-t-il soudain, en jetant autour de lui un regard éperdu.

Il avança à quatre pattes vers les jambes du poney.

— Simon?

Lorsqu'il leva les yeux vers la courbe grise et convexe du ventre du poney, de la paille lui pendait de la langue.

— Simon? appela-t-il de nouveau.

S'aidant des jambes du poney, il se leva pour voir s'il n'était pas sur son dos.

— Simon? appela une autre voix derrière lui.

Il se figea. Sa bouche s'ouvrit et se referma malgré lui, et il regarda, les yeux écarquillés, les flancs du poney.

— Simon, répéta la voix.

Son esprit pressentait un sentiment familier. La voix venait de la porte; il passa sa tête sous son bras. Scrutant la pénombre, cherchant la source de chaleur qui l'avait touché, ses yeux s'arrêtèrent sur une silhouette noire dans l'encadrement de la porte.

— Thabo! cria-t-il, tandis que de puissantes mains noires le soulevaient très haut.

Porté par la voix de Simon, l'émoi provoqué par le retour inattendu de Thabo traversa Bonne-Espérance. A sa vue, Rébecca n'avait pas caché sa stupéfaction. Le grand Noir qu'elle avait vu pour la dernière fois dans un poste de police, dépouillé de toute dignité, se tenait devant elle, souriant de fierté.

— Tu aurais dû nous dire que tu revenais, dit plus tard Rébecca.

Ils étaient attablés dans la cuisine. Simon était assis à côté de Thabo, ou plus exactement collé à lui.

— Luke vient de partir, ajouta-t-elle. Comment as-tu pu le rater! Tu sais que nous allons nous marier?

Sans la lâcher des yeux, Thabo fit signe que oui. Bien qu'elle fût toujours aussi belle, il trouvait Rébecca différente. C'était une femme et, lorsqu'elle avait prononcé le nom de Luke, une rougeur lui avait effleuré les joues.

— Ma mère m'a dit.

Le sourire de Thabo était aussi large que le pays qu'il venait de quitter.

— Ça va? fit-il en se tournant vers Simon, les yeux brillants.

Simon hocha affirmativement la tête et se rapprocha de lui. Thabo n'avait pas compris pourquoi Simon s'accrochait à lui, mais il ne s'en souciait pas. Il avait été accueilli de façon inespérée par l'amour de cet enfant.

— Parle-nous de toi, dit Rébecca en posant le menton dans le creux de ses mains. Miriam nous a dit que tu étais dans le Transkei. En initiation, je crois. C'est ça?

— Et je suis un homme.

Thabo rit. C'était un rire profond, chargé de l'écho des ruisseaux, et Simon se rapprocha instinctivement de lui.

— La clé, c'est pour ça que vous vous mariez? demanda Thabo au souvenir de la nuit où Rébecca l'avait déterrée de la tombe de Clara. Vous vous rappelez?

Il rit au souvenir de la peur qui lui avait traversé les veines, pendant que Rébecca creusait sous la pierre tombale.

— Je me souviens, sourit Rébecca. Nombeko aussi! L'épine dans mon pied et... tu te rappelles la voiture? Je croyais que c'était une chauve-souris! Tu te rappelles comme j'ai crié?

Miriam, en retrait, regardait avec fierté rire ses enfants.

— Et le sac de Luke? Il l'avait laissé tomber, lui rappela Thabo.

— C'est moi qui l'avais laissé tomber! précisa Rébecca. Luke s'en souvient aussi, Thabo, ajouta-t-elle, redevenue sérieuse, ayant remarqué qu'il n'avait pas plus posé de question sur Luke qu'il ne s'était lui-même livré. Ça va?

Il acquiesça de la tête. Les anciens lui avaient appris à ne jamais révéler ses sentiments intimes. Si un ami devenait un ennemi, on pouvait l'utiliser contre vous.

— Tu retournes au Cap? demanda Miriam.

La peur emplit le silence qui était soudain tombé sur eux.

— Demain, dit Thabo, jetant un regard à Rébecca. Et cette fois, j'aurai un permis.

Il n'y avait pas trace d'amertume dans sa voix, et Rébecca se sentit bien humble.

— Oh, Thabo, je suis si heureuse pour toi!

— Et cette fois, j'irai à l'école.

Sa voix était ferme, mais un sourire s'attardait dans ses yeux. Ce retour à Bonne-Espérance lui avait fait comprendre que c'était aussi sa maison.

— Viens! dit Miriam, debout à la porte de la cuisine.

— Tu dois prendre ton bain maintenant, Simon, annonça Rébecca en lui tendant la main.

— Lui venir avec nous, dit Miriam qui avait vu la présence de son fils guérir Simon comme un onguent. Simon dormir avec Miriam et Thabo, ajouta-t-elle en lui prenant sa petite main.

Au point du jour, les silhouettes indécises de David et Rébecca se dirigèrent vers la voiture et Thabo s'écarta de la fenêtre. La nuit avait été longue. Elle avait été ponctuée par les exclamations de joie ou de tristesse de Miriam au récit des nouvelles du village; Simon avait lutté longtemps contre le sommeil avant de succomber.

— Simon?

Thabo considéra le corps du petit mongolien pelotonné sur le lit. Bien qu'il ne comprît pas l'affection que l'enfant avait pour lui, il avait fait un vœu. Il l'aimerait, comme on lui avait appris à aimer tous les enfants. Toute sa vie, il s'occuperait de Simon.

Il avait senti de graves problèmes à Bonne-Espérance, mais ne les comprenait pas.

– Qu'est-ce qui se passe avec la mère de Rébecca ? avait-il demandé, lorsque Miriam lui avait expliqué, la nuit précédente, que la famille s'en allait à cause de Constance.

– Elle est partie.

La voix de Miriam était aussi paisible que la respiration de Simon. Elle avait regardé son fils d'un air interrogateur, se demandant si les anciens pourraient expliquer une chose aussi étrange.

– Dans son corps, il n'y a personne, Thabo, avait-elle dit. Ils disent que c'est parce que la vieille dame est morte. Qu'ils doivent la ramener là où sa mère vivait. Peut-être, avait-elle ajouté avec un soupir et un haussement d'épaules. Mais je crois qu'elle est très malade.

– Et Luke ?

Thabo n'avait toujours pas compris pourquoi Luke était parti, alors qu'il aimait Rébecca et avait l'intention de l'épouser. Lui-même avait quitté Thandi, mais ses raisons étaient bonnes. Il ne l'aimait pas.

– Pourquoi est-il retourné à Johannesburg ? avait-il demandé.

Miriam avait répondu par un autre haussement d'épaules et, confronté au souvenir menaçant d'Estelle, Thabo n'avait pas insisté.

– Ne va pas au Cap, avait dit Miriam, comme si elle sentait la peur que lui inspirait Estelle. C'est mauvais là-bas, mon fils.

Le mépris croissant de son peuple pour les lois blanches terrifiait Miriam. Le gouvernement avait imposé des permis aux femmes, et c'était contraire aux lois de son peuple, qui les avait bravées. Elle avait secoué la tête en se parlant à elle-même.

– Et maintenant ? C'est pas bien, avait-elle dit, tandis que Simon et Thabo dormaient.

– Simon! appela Thabo en secouant le corps chaud encore endormi. Il faut te réveiller, Simon. Tu t'en vas!

Depuis les sombres tourbillons du sommeil, Simon regarda le visage noir penché sur lui et lui sourit. Puis, fermant les yeux, il s'enfonça dans le bien-être de Thabo et se rendormit.

– Simon! fit Thabo en le secouant un peu plus fort – sa mère appelait de la maison. Il faut que tu partes.

Prenant l'enfant dans ses bras, il se dirigea vers la porte.

– C'est mieux, dit Miriam.

Ayant croisé Thabo à la porte de la cuisine, elle le conduisit vers la voiture, Simon toujours endormi dans ses bras.

Le moteur tournait doucement et une volute de fumée bleue chassait la brume grise du petit matin; la lente vibration de la voiture était enveloppée de silence.

— C'est peut-être mieux comme ça, dit Rébecca, déposant la boule endormie qu'était Simon sur la banquette arrière entre les bagages. Bien.

Elle se retourna vers Thabo. Quoique large, son sourire était vide et Thabo en comprenait la raison. C'était pour sa mère qu'elle partait, mais, comme Miriam, elle savait cette décision inutile.

— Cette fois, Thabo, fais-nous savoir où tu es. Je reviendrai bientôt. Rébecca grimpa dans la voiture.

— Dites-moi quand vous vous mariez.

Thabo lui prit la main par la portière ouverte. Bien qu'ils fussent tous les deux devenus adultes, leur amitié d'enfance, renforcée par l'amour de Simon, était plus profonde que jamais.

— Luke voudra te voir au mariage. Il faudra que tu viennes! dit Rébecca, au bord des larmes. De peur de ne pouvoir les retenir, elle retira sa main de celle de Thabo. A bientôt.

Elle fit un petit signe et ferma vivement la portière.

— Ça ira pour toi, Miriam? s'enquit David en s'installant dans le siège du conducteur.

Constance lui adressa un petit salut de la main. Bien qu'elle eût paru savoir exactement où ils allaient et eût agi en conséquence, Miriam savait que sa maîtresse ne faisait qu'obéir à une âme perdue. Son cœur pleurait pour la femme blanche qu'elle avait aimée et servie.

— Ça ira, maître, répondit gaiement Miriam. Moi m'occuper de M. du Toit. Vous pas vous inquiéter. Vous prendre bien soin de madame!

— Bien sûr, cria David, tandis que la voiture démarrait.

Thabo vit Rébecca agiter la main à travers la lunette arrière.

— *Hamba gachli!* lui cria-t-il, content que Simon fût toujours endormi.

— *Schalla gachli*, répondit Rébecca.

Elle lui recommandait de se bien porter, mais Thabo se figea. Le petit visage de Simon était apparu à la vitre arrière de la voiture et il frappait du poing contre le verre, avant de disparaître dans une volute de brouillard.

Le tintement de la tasse d'Estelle sur une soucoupe rompit le silence qui était tombé entre Luke et sa mère. Il lui avait annoncé qu'il aimait Rébecca. Il lui avait dit qu'il accomplirait son préavis avant de quitter son emploi dans l'administration, puis qu'il retournerait à Bonne-Espérance.

— Luke, je ne sais que dire.

Estelle s'exprimait avec prudence. Luke avait parlé de son amour pour Rébecca sans ambiguïté et sans se soucier de ce qu'elle en penserait.

— Tout ce que tu pourras dire, maman, ne changera rien.

La plénitude qu'il avait trouvée auprès de Rébecca le plaçait en terrain sûr; mais, au moment d'affronter sa mère, il n'en avait pas moins les jambes flageolantes. Cependant, il la trouvait changée. Il y avait dans sa voix une note qu'il ne connaissait pas et qui le troublait.

— Je suis désolé si ça ne te plaît pas, maman. Je suis désolé, mais je l'aime.

— Je vois ça, Luke, dit Estelle, les larmes aux yeux. Tu ne sais donc pas combien je veux que tu sois heureux? Je veux ce que tu veux.

Estelle marqua une pause; tandis qu'elle s'essuyait les yeux, Luke essaya de mettre de l'ordre dans ses pensées.

— Jamais je ne ferais obstacle à ton bonheur, Luke. Tu dois le savoir.

Luke essayait de s'expliquer l'attitude de sa mère. La seule mention du nom de Rébecca aurait dû déclencher une tirade d'insultes sur la fille dans les veines de qui coulait du sang de couleur. Mais sa mère ne disait rien. Elle laissa tomber sa tête contre la têtière brodée du fauteuil et ferma les yeux.

— Oh, Luke! s'exclama-t-elle. Comme tu as besoin de ton père!

— Maman, je t'en prie! fit Luke, essayant de retrouver l'autorité qu'il avait trouvée dans l'amour de Rébecca. Je n'ai pas besoin de papa pour savoir ce que je ressens.

— Tu as besoin de *ton* père, Luke, dit Estelle en se penchant vers lui. Tu as besoin de lui maintenant comme jamais, ajouta-t-elle, le visage inondé de larmes. Oh, plût au ciel que cela ne soit jamais arrivé!

— Papa n'a rien à voir là-dedans.

— Je parle de *ton* père, Luke!

Estelle se leva et se dirigea vers la fenêtre. Elle ferma les rideaux, effaçant le dernier rayon de soleil qui pénétrait dans la pièce. Plongé dans la pénombre de l'inconnu, Luke observait sa mère qui lui tournait le dos.

— Il faut que tu saches la vérité. Tu vois, Luke... Paul n'est pas ton père. Jusqu'à maintenant j'ai essayé de te cacher la vérité, mais je ne peux pas te mentir plus longtemps. Ton père... Je l'aimais, mais il nous a abandonnés, dit-elle en se retournant vers son fils. Ton père nous a reniés, Luke!

S'approchant de lui, elle l'entoura de ses bras et se cramponna à lui.

— Je ne voulais pas te le dire avant. Je voulais t'épargner cela, mais je ne peux plus. Plus maintenant! Tu dois savoir la vérité!

Luke ne prononça pas une parole. Il était anéanti.

— Luke! Ton père était...

— Non!

Il s'arracha à son étreinte. Il voulait fuir l'étrange sensation provoquée par les pleurs d'une mère, résister à l'amour auquel il avait, toute sa vie, aspiré.

— Ton père est parti alors que j'étais enceinte. Nous n'étions pas mariés... mais j'attendais un enfant de lui. Il t'a renié, Luke! Il nous a abandonnés tous les deux!

— Je ne veux pas entendre ça!

Les paroles d'Estelle s'étaient refermées sur Luke, qui se tourna vers la porte pour échapper à l'insécurité qui l'avait soudain englouti.

— Mais il faut que tu saches! dit-elle, poursuivant son fils. C'est Althéa, Luke! Il faut que tu m'écoutes!

A la mention d'Althéa, Luke pivota pour faire face à sa mère. Bouleversé par les faits qu'elle lui avait jetés au visage, la tête lui tournait, et le nom d'Althéa avait été comme un couteau plongé au plus profond de son être.

— Althéa est enceinte.

Luke avait entendu les mots bien avant qu'Estelle ne les prononçât, mais il demeura muet.

— Elle porte ton enfant, Luke... tu ne peux pas l'abandonner. Tu ne peux pas faire à ton enfant ce que t'a fait ton père!

Luke n'en avait pas écouté davantage. Il s'était enfui de la maison et, franchissant la pelouse, avait gagné la clôture du jardin. Il s'était faufilé, sous le regard du chien, par la petite brèche entre les lames de bois. Il avait traversé en courant le terrain nu pour s'arrêter à côté du petit *clubhouse*. Perdu, il s'était efforcé d'éclairer le sens profond de ce que lui avait dit sa mère.

« ... Althéa est enceinte... » Ses mots se bousculaient dans son esprit. « Paul n'est pas ton père... » Une image de Paul se présenta devant lui, puis s'effrita.

— Non! murmura Luke.

Son corps tremblait et son esprit se contorsionnait pour retrouver Rébecca, qui ne pouvait pas être loin dans l'obscurité qui l'entourait.

« ... Ton père t'a renié!... » Les phrases d'Estelle lui emplissaient la tête et Rébecca n'était nulle part. « Althéa porte ton enfant et tu ne peux pas faire à ton enfant ce que t'a fait ton père! »

Le dernier piège d'Estelle s'était refermé sur la vie de Luke.

Althéa attendit pour fermer la porte de sa chambre que tout le monde ait quitté la maison. Ses yeux s'arrêtèrent sur le flacon de comprimés qu'elle avait trouvé dans le tiroir de la table de nuit de sa mère et elle s'en approcha.

« Tu ne t'imagines quand même pas que mon fils va t'épouser!? »

La voix d'Estelle résonnait encore dans sa tête, tandis qu'assise sur le lit elle ouvrait le petit flacon. Les comprimés étaient minuscules et elle en examina attentivement un. Il était recouvert d'une pellicule blanche et brillante et roulait dans la paume de sa main comme le germe d'une perle perdue.

« ... Ça ne me surprend guère, bien sûr... »

Le visage d'Estelle était empreint d'une expression de dégoût; Althéa s'était alors rendu compte qu'elle n'avait pour ainsi dire encore jamais vu la mère de Luke.

« ... Je t'aurais crue mieux avisée. Qu'en disent tes parents? »

Althéa n'avait pas dit à ses parents qu'elle était enceinte. Depuis le jour où elle l'avait appris chez le médecin, elle n'en avait parlé qu'à Estelle. Elle cherchait Luke.

« ... Alors que vas-tu faire?... Tu n'as pas honte? »

Ses mots rejoignaient ceux du docteur. Althéa ne déshonorait pas seulement sa famille, avait-il laissé entendre, elle déshonorait toute la nation afrikaner.

« ... Vous voulez que j'avorte ? »

Althéa entendait sa propre voix chargée de peur. La peur qui l'avait poussée à voler le petit flacon de somnifère dans le tiroir de sa mère.

« ... Les avortements sont faciles de nos jours, je crois. Tes parents sauront comment faire. »

Les mots afrikaans d'Estelle rejetaient Althéa vers des parents qui l'avaient élevée dans la peur et la culpabilité d'un calvinisme pur et dur. Son père s'était consciencieusement servi de ces sentiments.

Althéa revint en arrière, au jour où elle avait conçu cette vie, maintenant cachée dans son sein. Peut-être la mère de Luke avait-elle raison, pensa-t-elle, en mettant le petit comprimé dans sa bouche. Pour l'avaler, elle but une gorgée d'eau dans le verre posé sur sa table de nuit. Elle le regarda comme si c'était la première fois. La bordure en était dorée et on y voyait une reproduction de Westminster Abbey. Sa tante Marie l'avait rapporté d'Angleterre, dont Althéa se rappelait les descriptions de vieux monuments, de rues animées et de vertes pelouses. Elle avait alors souhaité aller un jour en Angleterre. Elle en avait même parlé avec Luke.

« ... Tu as essayé de piéger mon fils, mais ça ne se passera pas comme ça ! »

La mère de Luke avait raison, Althéa le comprenait maintenant. Elle avait désiré épouser Luke

« Il dira que l'enfant n'est pas de lui ! »

Althéa versa le petit flacon de comprimés dans la paume de sa main.

– C'est étrange, dit-elle tout haut en les regardant.

Elle n'éprouvait rien. Même pas la peur qui ne l'avait pas quittée depuis l'instant où elle avait compris ce que signifiait le mot. Peur, alors, égalait Noirs. Des millions de Noirs, au dire de son père, ne cherchaient qu'à violer et tuer.

Althéa tâta chaque comprimé, puis, les poussant l'un après l'autre avec son pouce en un petit tas de grêlons, elle les compta. Il y en avait seize. Ouvrant la bouche, elle appliqua sa main dessus et les fit rouler sur sa langue. Ils restèrent un instant collés à son palais, avant d'être engloutis.

Pour la première fois de sa vie, Althéa avait commis un acte responsable. Elle se sentait étrangement tranquille. Tiède et parfaitement calme. Chaque muscle de son corps était détendu et elle regardait le plafond, allongée sur son lit.

– J'aurais dû le faire, se dit-elle en regardant l'abat-jour de la suspension.

Sa mère lui avait dit, la veille, de laver l'abat-jour. Elle avait l'intention de le faire, mais cela lui était sorti de la tête. Son esprit glissait. Althéa glissait dans une paix profonde.

– Althéa ?

C'était la voix de Luke. Il appelait de loin, et elle répondit.

— Althéa?

Il ne l'avait manifestement pas entendue, et il appelait de nouveau. Il la secouait. Luke la secouait et elle voulait lui dire d'arrêter. Mais elle ne pouvait pas. Elle était tellement fatiguée. Ne voyait-il pas qu'elle était fatiguée? Il fallait qu'elle se repose, parce qu'elle était enceinte. Elle avait besoin de dormir. Son bébé dormait aussi et Luke ne devait pas réveiller le bébé.

— Pourquoi hurles-tu? lui criait-elle dans sa tête.

Elle comprit enfin que Luke avait entendu. Il avait cessé de hurler. Il avait cessé de la secouer et elle dormait profondément avec son bébé.

Quatre heures avaient passé depuis l'arrivée de l'ambulance, pendant lesquelles Luke s'était acharné à comprendre ce qui lui arrivait. Sa vie anéantie par le mensonge de sa propre naissance s'était trouvée aussitôt réécrite par un enfant à naître.

Le dépit se conjuguait à la rage. Où était Rébecca dans les ruines de sa vie? Nulle part. Demeurée au bord des ténèbres dans lesquelles il s'était trouvé englouti, elle brillait d'une lumière pure et l'appelait pour la lui faire partager, mais il en était incapable, Rébecca était étrangère au monde obscur où il se trouvait plongé et la pureté même de leur amour l'avait empêché de l'attirer à lui.

— Elle va s'en sortir, annonça, plus tard dans la journée, le médecin afrikaner au père d'Althéa. Et l'enfant aussi.

— L'enfant? fit Jan Strydom, en proie à la plus grande confusion.

— Monsieur Strydom, votre fille est enceinte. Et l'enfant vit.

Les paroles du docteur s'infiltrèrent dans l'esprit de Luke, qui se sentit soudain mal. Après tout, il n'était pas différent de son propre père. De celui dont il n'avait pas, jusque-là, su l'existence. Il aurait voulu que son enfant fût mort.

Lorsque Luke entra dans la petite salle de l'hôpital, Althéa détourna la tête et enfouit sa honte dans l'oreiller blanc.

— Althéa, dit-il doucement.

Mais elle ne répondit pas. Le grincement des chaussures d'une infirmière sur le linoléum était le seul bruit. La blanche ondulation des draps qu'elle mettait sur le lit d'à côté, le seul mouvement.

— C'est moi, Althéa. C'est Luke.

Il sentait sur son dos le regard accusateur de l'infirmière, et il baissa la tête, mort de honte. Le noir souhait qu'il avait émis, de savoir l'enfant mort, le désignait au mépris général.

— Je suis désolée.

Althéa avait la voix claire et elle s'était tournée vers lui, mais il gardait la tête baissée. Il lui restait à se séparer pour toujours de Rébecca, la seule personne qu'il eût jamais aimée.

— Je ne l'ai pas voulu, dit Althéa en lui prenant la main. Tu n'es pas obligé de m'épouser, Luke. Ça va.

Et il la prit dans ses bras. Quoi que fît Althéa, cela n'avait plus d'importance, mais il ne pouvait pas le lui dire. Il devait se libérer de Rébecca. La libérer de son amour qui risquait de l'entraîner à sa suite dans les ténèbres.

— Ça va aller, Althéa, dit Luke, la gorge nouée. Je veux notre enfant. Je veux t'épouser.

Il mentait, mais il avait murmuré les mots que son propre père n'avait jamais prononcés.

13.

Simon avait parfaitement bien visé et il regardait avec fierté le flot d'urine couler dans la rigole que formait le manche de la louche. Après avoir empli le cuilleron, le liquide jaune déborda en cascade malodorante avant de s'infiltrer dans un sac de farine. Il se pencha vers le sol ciré rouge pour examiner le fond du sac, attendant qu'apparaisse une tache de mouillé.

— C'est incroyable ce que tu as grandi, Rébecca. Une vraie jeune fille! s'exclama Mme Bernstein d'une voix polie qui ne parvenait pas à cacher sa stupéfaction. Et j'apprends que tu te maries!

— Je vais épouser Luke à notre retour au Cap.

Rébecca se tenait de l'autre côté du comptoir briqué; elle souriait.

— Je suis si contente, l'assura Mme Bernstein. A quand le grand jour?

Elle souriait du bout de ses lèvres rouges, et ses yeux en tête d'épingle défiaient Rébecca d'avancer une date.

— Dès que Luke aura fait son préavis à Johannesburg.

Peu après leur arrivée dans la petite ville minière, Rébecca était allée dans la boutique de Mme Bernstein. Afin de conjurer les fantômes du passé, mais une bouffée d'eau de Cologne 4711 lui avait prouvé que rien n'avait changé. Le monstre parfumé était toujours vivant et seuls les cheveux gris de Mme Bernstein trahissaient le passage du temps.

— Je vois. La bouche de Mme Bernstein imprimait au bout de sa cigarette une bague de rouge à lèvres. Tu vas vivre au Cap, je suppose?

Elle regardait en direction de Simon à travers la fumée. L'enfant se tenait à l'autre bout du magasin; il lui tournait le dos et semblait examiner le fond du sac de farine.

— Ce petit garçon est ton cousin, à ce que j'ai compris.

Mme Bernstein ne s'était pas étonnée de voir revenir la famille Conrad avec un enfant anormal. « C'est dans leur sang, avait-elle déclaré à

Wally Craine, le policier. Et il n'y a pas que ça dans leur sang!» avait-elle ajouté.

— Viens ici, Simon, appela Rébecca, tendant la main à l'enfant, qui ne bougea pas. Il est mongolien. Il a le syndrome de Downs, confirma-t-elle à Mme Bernstein. Voulez-vous faire sa connaissance?

Voyant Rébecca s'approcher d'elle avec Simon, les mentons de Mme Bernstein disparurent l'un après l'autre sous l'effet de la panique.

— Dis bonjour à Mme Bernstein.

Simon appuya le menton sur le comptoir, sa langue jaillit, et il dévisagea l'étrange dame peinturlurée qu'il avait devant lui.

— Bonjour, dit Mme Bernstein, surveillant la langue baladeuse de Simon qui se dirigeait vers un quartier de fromage jaune à côté d'elle. Non, mon petit, dit-elle, écartant le fromage. Mon Dieu! s'écria-t-elle en retirant vivement sa main sur laquelle s'étaient refermées les dents de Simon.

— Simon! lança Rébecca, le tirant en arrière. Je suis désolée, dit-elle, essayant de contrôler le rire qui l'étouffait.

— Ce n'est pas drôle, Rébecca! Cet enfant ne devrait pas sortir!

Mme Bernstein essuya la salive qui souillait son comptoir.

— Je ne pense pas, madame Bernstein, qu'on doive enfermer les enfants comme des prisonniers, dit Rébecca en entraînant Simon. Nous sommes désolés de vous avoir dérangée.

Elle se dirigea vers la porte que Mme Bernstein referma derrière elle.

— Que faisais-tu, Simon? demanda Rébecca, le visage brûlant de colère et de honte mêlées.

— J'veux rentrer à la maison.

Simon frappa ses talons contre le bord du trottoir et s'accrocha au pilier écaillé qui soutenait le toit de la véranda.

— Rentrer à la maison! répéta-t-il en lançant à Rébecca un regard furieux. Moi pas l'aimer!

— Ça, tu ne l'as pas caché.

Rébecca passa son bras autour des épaules de Simon et l'attira contre elle. Elle savait que Mme Bernstein devait les observer derrière la vitrine et savait aussi qu'elle s'empresserait de téléphoner à ses amis pour leur raconter ce qui s'était passé.

— Tu veux un milk-shake? lui demanda-t-elle en l'entraînant vers le café du coin.

— Non!

Simon n'avait qu'une idée: retourner dans le magasin et faire encore pipi dans la farine. Leur long voyage depuis Le Cap n'était pas achevé que Simon s'était montré impossible et il persévérait. Lorsque la route étroite bordée d'arbres trapus et de hautes herbes brunes avait débouché dans la petite ville minière, il avait commencé à répéter qu'il voulait rentrer à la maison. Il avait capté un sentiment d'insécurité dans l'air ambiant et chacun de ses mouvements était destructeur. Même la fourmilière ne l'avait pas impressionné.

– Pouah! avait-il commenté.

Le 123 Z était vide, avaient-ils découvert, et ils s'étaient empressés d'aller la voir, avides d'y retrouver une part d'eux-mêmes.

– C'est la fourmilière! Tu te rappelles que je t'en ai parlé? C'est merveilleux, non?

Rébecca avait essayé de lui faire partager son plaisir, mais Simon s'était borné à lancer une pierre sur l'énorme monticule. Couverte de verrues de terre et criblée de trous de serpent, la fourmilière ne ressemblait en rien à celle dont lui avait parlé Rébecca. Drapée par les fourmis d'une gaze arachnéenne.

– Viens! Grimpons, l'avait encouragé Rébecca.

Mais il s'était pris d'aversion pour l'arbre qui la coiffait. Ses racines s'accrochaient au tas de terre comme des bras morts et il avait craché dessus.

– Attends de voir comment c'est vu d'en haut, avait insisté Rébecca.

Alors Simon s'était jeté par terre et s'était mis à crier jusqu'à ce qu'apparaissent au-dessus de la haie les visages de voisins curieux.

– Je suis désolée, leur avait souri Rébecca, tandis que Simon hurlait de plus belle. Papa! avait-elle appelé.

Son père était venu lui prêter main-forte, mais on ne manquerait pas de jaser sur l'enfant fou. Une fois dans la maison, David avait calmé Simon et la famille avait erré dans les pièces nues. Chacun plongé dans son passé.

– Regardez!

La voix de Constance avait alerté Rébecca, qui s'était précipitée dans la cuisine avec son père. Sa mère se tenait immobile dans la pièce vide. Elle regardait le socle de la machine à laver Bendix, toujours fixé au sol.

– Je me rappelle cet homme! avait-elle dit, tout excitée par le souvenir. Il était de Ndola et il était tellement bête!

Ce fut alors seulement que Rébecca s'était rendu compte que Simon n'était plus avec eux.

– Simon! Où es-tu, Simon? Simon!

Inspectant la maison à sa recherche, elle s'était arrêtée sur le seuil de ce qui avait été sa chambre, balayant du regard les murs blancs maculés, deux fois moins hauts que dans son souvenir. Dans un coin poussait une touffe d'herbe : l'Afrique reprenait possession des lieux.

L'inspection enfin terminée, il fallut se rendre à l'évidence : Simon n'était pas là.

Les pas de son père résonnaient sur le sol en béton, zébré de traînées de cire rouge. Une fissure coupait la pièce en deux.

– Affreux petit garçon! Arrête tout de suite!

Une voix de femme poussait des cris perçants devant la fenêtre de l'ancienne chambre de Granny Cat. Attirée par le bruit, Rébecca s'était précipitée à la suite de David.

Le petit corps voûté de Simon vacillait au bord du toit en tôle du garage et un puissant jet jaune dessinait un arc avant de tomber sur la haie du jardin de la voisine.

— Tu n'as pas fait ça dans le magasin de Mme Bernstein, j'espère ?

Bien que Rébecca ne lui eût jamais parlé sur un ton aussi ferme, Simon secoua lentement la tête. Il n'était pas question d'avouer en combien d'endroits il avait exercé le seul pouvoir qu'il détînt sur la petite ville détestée.

Intacte en apparence, la ville avait perdu son âme. Mme Bernstein exceptée, tout le monde avait accueilli la famille avec chaleur et générosité, mais quelque chose clochait. La Rhodhésie du Nord était à la veille de l'indépendance et l'incertitude rôdait dans les larges rues sablées. La peur de l'inconnu crispait les cœurs et les esprits de la population blanche, et personne ne parlait d'autre chose. Rester ou partir était la seule question ; elle était sur toutes les lèvres.

— Tu ne tiendrais pas l'hiver !

Depuis que la famille de Rébecca s'était installée chez eux, Dewi Hawkins et sa femme n'avaient cessé de se disputer là-dessus. Le Gallois rondouillard aux joues toujours roses voulait partir pour l'Afrique du Sud, mais sa femme n'avait qu'une idée : retourner au pays de Galles.

— Combien de temps avant que l'Afrique du Sud n'en soit au même point qu'ici ? Avant qu'ils aient un gouvernement noir ? demandait-elle régulièrement.

Constance s'était alors empressée de se retirer dans sa tête. La mère de Rébecca avait sans doute retrouvé une petite part d'elle-même vissée dans la cuisine du 123 Z, mais ces discussions quotidiennes la perturbaient tous les jours un peu plus.

La petite ville où ils avaient vécu ne représentait plus rien et Constance avait rapidement compris que le même sort la guettait. L'arme secrète de Simon était devenue inutile : le retour à Bonne-Espérance s'imposait de lui-même.

— Alors, vous repartez ? demanda Dewi Hawkins, deux semaines plus tard.

Ils étaient tous assis sous la véranda à discuter dans la nuit tiède qui se faufilait entre les ailes des phalènes accrochées à la gaze. M. Hawkins acheva sa bière d'un trait.

— Eh bien, reprit-il. Il est plus que probable que nous vous rejoindrons.

— Il faudra me passer dessus ! s'exclama sa femme.

La veille même, une tragédie avait bouleversé toute la ville et la question n'était plus de savoir s'il fallait partir ou rester. Une Blanche et ses enfants avaient été assassinés sur la route de Ndola. Une foule d'Africains avait cerné la voiture où se trouvait la famille et l'avait brûlée au cri de « Kwacha ! », liberté.

— Je préférerais mourir de froid ! avait affirmé Mme Hawkins avec détermination.

Cet horrible massacre avait brisé ce qui restait de confiance chez les Blancs, jusque-là persuadés qu'aucun Africain n'attaquerait jamais un Européen. Ils avaient chargé leurs voitures et commencé à vider les lieux, ne laissant derrière eux que de la peur.

— Où est Rébecca ? demanda soudain David.

— Elle est encore dans sa chambre. A lire la lettre qui lui est arrivée de Johannesburg, répondit Mme Hawkins. Il lui faut des heures, David, pour lire les lettres de son fiancé. Vous devriez le savoir ! Que comptes-tu faire en Afrique du Sud, Dewi ? demanda-t-elle à brûle-pourpoint à son mari. En dehors d'actionner un bourriquet, tu ne sais rien faire ! Au moins à la maison nous aurions la retraite. A moins que tu n'aies l'intention de tirer un pousse-pousse !

— Ce n'est peut-être pas une mauvaise idée. J'ai entendu dire que beaucoup de gens étaient partis pour Durban. A quoi ça ressemble ? demanda-t-il, toujours en quête d'une solution qui lui éviterait de quitter l'Afrique.

— Excusez-moi, dit David, se levant pour aller voir Rébecca dans la chambre qu'elle partageait avec Simon. Rébecca ? appela-t-il devant la porte. C'est papa. Je peux entrer ?

Il tourna la poignée et entra.

Rébecca se tenait à la fenêtre, apparemment absorbée dans la contemplation de la moustiquaire. David s'avança, elle ne bougea pas.

— Comment va Luke ? demanda-t-il en jetant un regard à la feuille qu'elle tenait à la main. C'était une lettre de Luke ?

Il n'avait pas fini de parler que Rébecca, se retournant, se jeta sur lui, pressant son visage contre sa poitrine.

— Il ne veut pas de moi !

Des larmes trempaient la chemise de David et le corps de Rébecca tremblait dans ses bras.

— Luke ne veut plus de moi !

Elle s'accrochait à son père qui la serrait contre lui.

— Il épouse quelqu'un d'autre, sanglota-t-elle.

Le cœur de David brûlait de colère. Il songeait à cet instant où il s'était retenu de dévoiler la vérité à Luke.

Rébecca était assise sur la fourmilière et balayait du regard la petite ville sans la voir. La lettre de Luke avait anéanti la confiance en l'amour qui l'avait jusque-là soutenue et elle se retrouvait petite fille perdue. Derrière la rangée des maisons sur pilotis, la ligne de chemin de fer s'achevait brusquement. Sa vie finissait de la même façon. Butoir de papier, la lettre de Luke la renvoyait à la solitude.

Cette lettre racontait très clairement ce qui s'était passé à son retour à Johannesburg, mais Rébecca ne l'avait pas cru. Elle était, disait Luke, la seule personne qu'il ait jamais aimée, il l'aimerait toujours et cet amour même exigeait qu'il la quittât, mais elle n'en crut pas un mot.

– Mensonges! cria-t-elle dans le silence environnant.

Le mot s'envola par-dessus le toit de tôle rouge du 123 Z, et elle lança derrière lui la vieille clé de cuivre qu'elle n'avait pas lâchée depuis le départ de Luke et qui maintenant ne représentait plus rien. La chaleur de midi traversait les branches de l'arbre et la surface durcie de la fourmilière bourdonnait sous elle.

– Mensonges!

« Paul n'est pas mon père. »

Son vrai père, disait Luke, était un Anglais qui l'avait abandonné avant sa naissance.

« Je ne peux pas faire ça à mon enfant, Rébecca! C'est de ma faute et je suis responsable envers lui. Je ne peux pas faire ce qu'a fait mon père. »

Rébecca avait ignoré ces raisons. La lettre de Luke débordait d'amour et elle ne l'avait pas remarqué.

Elle était convaincue d'avoir été rejetée parce qu'elle n'était pas blanche, alors que lui avait découvert qu'il était blanc.

– Je te déteste! hurla-t-elle dans le ciel chauffé à blanc qui s'étalait sur la petite ville où, de nouveau, sa vie lui avait été volée.

– Donna Rébecca?

Une voix traversa les branches de l'arbre, et Rébecca scruta le feuillage pour en discerner l'origine. Un grand Noir, les yeux plissés, regardait dans sa direction. Il était exactement à l'endroit où Macaroni se trouvait le jour où elle s'était cachée là, un bébé volé dans les bras.

– Vous venir à la maison, Donna Rébecca.

La voix du vieillard se fit de nouveau entendre; Rébecca dévala la fourmilière pour le rejoindre. Ce fut alors seulement, lorsqu'il la tint dans ses bras, que Macaroni comprit ce qui l'avait poussé à revenir au 123 Z.

Macaroni ne comprenait pas pourquoi la brousse entourant le petit village où il vivait était électrique ce matin-là, animé par le crépitement d'une présence familière; le vieil homme avait seulement éprouvé l'impérieuse obligation de se rendre dans la petite ville minière.

Il avait pris son bâton et, après avoir confié son étal à son petit-fils, il était revenu au 123 Z à longues enjambées. De sa lente démarche de vieil éléphant, Macaroni était retourné à l'endroit d'où provenait l'appel mystérieux, son bâton tâtant le sable avant d'y poser le pied. Il s'était rendu tout droit à la fourmilière et avait scruté les branches de l'arbre, sans savoir ce qu'il cherchait, mais sachant que c'était là.

– Pourquoi vous pleurer? demanda-t-il doucement.

La pellicule bleu pâle qui lui recouvrait les yeux l'empêchait de voir Rébecca, mais il savait que c'était l'enfant qu'il aimait depuis toujours qui pleurait.

– Donna Rébecca pas heureuse de voir Macaroni?

– Oh si!

Rébecca fit un pas en arrière et regarda, émerveillée, l'homme surgi du passé.

– Comment as-tu su que j'étais ici?

Les épaules d'ébène de Macaroni soulevèrent sa chemise loqueteuse, rentrée dans un short trop large. Ses jambes tremblaient, bâtons noueux abîmés par l'âge. Il secoua la tête en souriant.

– Qui t'a dit que j'étais ici, Macaroni?

Elle se demandait comment le passé l'avait si facilement retrouvée.

– Je sais.

Un sourire plissa la peau noire du visage de Macaroni et ses yeux disparurent le temps d'un éclair de bonheur.

– La famille? Ils sont tous bien? demanda-t-il.

Mais, comme si un fer lui avait repassé les traits, son visage s'affaissa.

– Ce qui est arrivé, Donna Rébecca... Quand eux tuer ces Blancs dans la voiture..., fit-il en baissant la tête. Mon peuple. Eux pas des tueurs!

– Je sais, dit Rébecca dans un murmure.

– Pardonnez-leur, supplia-t-il.

– Baba, Granny Cat est morte.

Le vieil homme hocha la tête et entrouvrit la bouche. Se détournant, il regarda dans le ciel blanc au-dessus d'eux à la recherche de la vieille femme qu'il savait devoir retrouver un jour.

– Moi partir, dit-il simplement, revenant à Rébecca pour lui sourire encore. Au revoir.

Il enroula ses doigts noirs et tordus autour de la main de la jeune fille et avança la lèvre inférieure.

– Moi dire à maman que son enfant est bien. Qu'elle est une femme maintenant.

Il s'éloigna, aplatissant de ses larges pieds les petits trous que son bâton creusait devant lui dans le sable et tout à coup s'arrêta. Il avait senti quelque chose de dur contre son bâton; il se plia lentement pour l'atteindre, ramassa la vieille clé, la tint un instant entre ses doigts, puis se retourna vers Rébecca. Il ne pouvait pas la voir. Mais il sourit.

– Vous avez perdu ça, Donna Rébecca?

Rébecca lui prit la clé des mains et Macaroni se retourna de nouveau sans un mot de plus. Comme un éléphant rentrant chez lui sur les traces de ses ancêtres, il sortit de sa vie.

– Au revoir, Macaroni, murmura Rébecca.

Une grande part d'elle-même s'éloignait avec le vieillard dont elle savait qu'il la quittait pour la dernière fois.

– Tout parti, dit Simon avec un geste de fierté pour signifier qu'on avait enlevé tout ce qui ne faisait pas partie de la maison.

Il sourit à Mme Hawkins qui s'encadrait dans la porte de la chambre qu'il partageait avec Rébecca.

– Simon rentre à la maison, ajouta-t-il.

Il l'étreignit dans ses bras. Ce n'était pas ses représailles, avait-il deviné, qui avaient chassé la famille de la petite ville, mais il avait, malgré tout, décidé de ne pas les oublier. Au cas où ils reviendraient.

— Alors! sourit Mme Hawkins, debout à côté de la voiture près de partir. Eh bien!

Elle se demandait si au fond Dewi n'avait pas raison, venant seulement de mesurer combien elle enviait la famille qui retournait en Afrique du Sud, en lieu sûr.

— Prends bien soin de toi, ma chérie, dit-elle à Rébecca, assise à l'arrière. Au revoir.

Puis se tournant vers Constance, assise sur le siège avant, qui lui souriait faiblement :

— Ça va aller mieux, ma chère, croyez-moi! fit-elle en touchant la main de son amie.

Face au danger, la maladie de Constance avait pris une tournure plus inquiétante.

Paraissait-elle aussi vieille que la malade? s'inquiéta Mme Hawkins. Repoussant ses cheveux en arrière, elle regarda Dewi.

— Nous prenons tous de l'âge. Il serait peut-être temps de s'installer en pays connu.

Dewi avait-il raison lorsqu'il avançait qu'un hiver au pays de Galles la tuerait?

— D'après ce que tu en dis, Le Cap a l'air très bien, dit-elle en souriant.

— Ouvre les oreilles, recommanda Dewi à David, au moment où la voiture démarrait. Si tu entends parler de quelque chose, fais-le-moi savoir.

— Ça sera peut-être très bien ici, dit David. Pourquoi n'y aurait-il pas de gouvernement noir?

Une fois monté dans la voiture, David, dans le rétroviseur, n'avait pas quitté Rébecca des yeux. Depuis l'arrivée de la lettre de Luke, sa colère n'avait pas diminué. Il l'avait lue plusieurs fois et il en avait reconnu la sincérité, mais sa fille avait été blessée, et seule l'amertume surnageait dans son cœur.

— L'Afrique du Sud n'est pas non plus le rêve. Là-bas aussi, il y a des problèmes. De sales problèmes!

Les conclusions de Rébecca sur l'abandon de Luke pouvaient être fausses, se disait David, il n'en était pas moins vrai que l'apartheid avait confirmé le sentiment de rejet qu'elle tenait de son enfance.

— Ça va, Rébecca? lui demanda-t-il.

Elle acquiesça en souriant, mais l'amour qui l'habitait avait disparu.

— Constance? fit-il en touchant le genou de sa femme.

Elle ignorait pourquoi ils partaient et où ils allaient, cependant elle fit un geste à Dewi qui frappa, en signe d'adieu, sur le toit de la voiture.

— A la maison, fredonnait Simon en regardant Rébecca, assise silencieuse à côté de lui.

Le sentiment de perte qui l'entourait lui était familier et il le chassa vivement. Se tournant vers la lunette arrière, il cria ses au revoir, en agitant les bras, à M. et Mme Hawkins, à la ville entière.

— Au revoir, cria-t-il à la fourmilière qu'aimait tant Rébecca — il se demandait d'ailleurs bien pourquoi. Au revoir! hurla-t-il à l'adresse de l'épicerie de Mme Bernstein. Au revoir! cria-t-il encore, lorsque la brousse se referma sur la petite ville qui s'éloignait au bout d'une étroite bande de goudron.

Il ne regrettait qu'une chose : ne pas avoir refait pipi dans le sac de farine.

Thabo était retourné au ghetto de Langa peu après son retour à Bonne-Espérance, et il s'était présenté directement à l'unique foyer pour homme de la zone dix-huit.

— A vos ordres! s'était exclamé Fézilé en voyant Thabo s'encadrer dans la porte du foyer.

Il y avait foule devant le bâtiment et l'atmosphère était électrique. L'indomptable Fézilé avait tenté de convaincre les gens de rentrer chez eux, mais on ne l'avait pas écouté. Les réunions publiques avaient été interdites par le gouvernement, mais l'ordre avait été ignoré. On devait manifester dans tout le pays, le 21 mars, contre les permis.

— Rentre vite! avait commandé Fézilé, entraînant vivement Thabo à l'intérieur du foyer. Pas de caution, pas d'interdit, pas d'amende! Voilà ce qu'ils veulent que nous obtenions! avait poursuivi Fézilé avec un sourire édenté. Ah! avait-il ajouté en regardant Thabo dans le blanc des yeux. Alors tu es un homme maintenant!

— Et cette fois, j'aurai un permis, avait dit Thabo, serrant Fézilé dans ses bras. Où sont tes dents?

— Ce n'est pas dimanche.

Fézilé lui avait tapé dans le dos en riant, mais il était clair qu'il aurait préféré ne pas voir Thabo arriver à ce moment-là.

— Tu ne peux pas rester ici! expliqua plus tard Fézilé, alors qu'ils étaient assis ensemble sous la table de ciment de la salle à manger. Ils disent que nous devons brûler nos permis! Que nous devons remplir les prisons! Le 21 mars, nous devrons, disent-ils, fermer la conduite d'eau des Blancs. Pas de laissez-passer. Pas de permis, pas d'eau. Contre quoi? Des fusils!

Il regarda Thabo avec de grands yeux étonnés.

— Ils veulent que nous défiions les fusils des Blancs.

Robert Sobukwe, dirigeant du Congrès panafricain, s'était porté garant que les manifestations resteraient pacifiques. Mais Fézilé n'en croyait rien : l'impuissance de son peuple avait mué en colère et il avait vu ce qui se préparait au poste de police de Langa. Des renforts avaient été acheminés dans le secteur, et un policier blanc, André Bothma, se détachait des autres.

On l'avait surnommé « Cop Bothma », et son apparente gentillesse déroutait. Il parlait couramment xhosa et s'était empressé d'affirmer aux habitants du ghetto qu'il était là pour les aider. Mais Fézilé ne s'était pas laissé tromper – André Bothma connaissait trop son peuple – et il s'était aussitôt méfié du policier blanc aux façons de Noir.

– Il faut que tu ailles au Cap, susurra Fézilé à Thabo. Il y aura aussi la police là-bas, mais au moins tu pourras te cacher. Des policiers et de notre peuple. S'ils te trouvent, ils t'obligeront à te joindre à eux et tu te feras tuer!

Fézilé avait vu les Noirs former des foules incontrôlables, dont il avait aussi peur que d'André Bothma.

– Thabo, nous ne pouvons pas faire ce qu'ils nous disent avec les permis. Ce que nous devons réclamer, c'est l'éducation! Pas ça!

La situation de Fézilé était celle de tous les hommes de son âge dans les ghettos noirs. Les jeunes étant poussés à défier leurs aînés, la vie des vieux avait changé de façon dramatique. Diviseur des familles, l'apartheid avait creusé entre les générations de véritables gouffres d'incompréhension. Les jeunes n'avaient pas tort, Fézilé le reconnaissait, d'accuser leurs aînés de faiblesse envers les Blancs. Mais il savait aussi que cette jeunesse survoltée représentait pour tout son peuple une menace de destruction au moins égale à celle de n'importe quel gouvernement blanc.

– Va! dit Fézilé, le lendemain matin, en mettant Thabo dans le train du Cap. Va à l'école! avait-il crié, comme s'ébranlaient les lourds wagons.

Mais Thabo n'avait pas trouvé les choses plus faciles au Cap. La veille de la manifestation contre les permis, il était toujours sans permis, sans travail et sans logement. Fézilé l'avait prévenu: tout Noir égaré dans les rues risquait l'arrestation par la police ou l'enrôlement forcé dans les rangs de ses semblables. Et Thabo n'avait pas trouvé de cachette.

– Que puis-je pour toi?

Thabo sursauta de frayeur. Un visage blanc était penché sur lui. C'était le matin du 21 mars et ce Blanc était un pasteur. Il s'était endormi sur un banc d'une église.

– N'aie pas peur, fit le pasteur.

Sa voix était douce et ses yeux reflétaient une paix que Thabo n'avait encore jamais vue.

– Tu as faim? lui demanda plus tard le père Jamieson en le dévisageant à travers la table, tandis que Thabo mangeait des saucisses et des haricots. Ma question est idiote!

Le pasteur montra une blouse posée sur le dossier d'une chaise.

– Quand tu seras prêt, tu pourras l'essayer, dit-il en se levant pour se diriger vers la porte. Ensuite, je te montrerai ce qu'il y a à faire.

Plus tard, alors qu'il se prélassait dans un bain chaud, Thabo songeait avec inquiétude à la manière dont le pasteur avait pris sa vie en charge.

– Tu balaieras les classes lorsque les enfants seront rentrés chez eux.

La voix du père Jamieson traversait la porte de la salle de bains, et Thabo se demandait une nouvelle fois ce qui l'avait poussé à entrer dans l'église, la nuit précédente.

Il contemplait les bâtiments scolaires attenants au sanctuaire, en se demandant s'il réaliserait jamais son rêve, maintenant que son peuple avait recours à la violence. Puis une force étrange – une voix – l'avait poussé dans cette église anglicane, réservée au culte blanc. Jamais Thabo ne s'était senti « conduit » de la sorte. Quelque chose en lui l'avait empêché de résister à la voix inconnue :

« Ici. Le pasteur t'attend. »

Regardant autour de lui dans l'église vide, Thabo avait cherché d'où venait la voix qui semblait sortir de lui-même.

Mais la voix s'était trompée. Il n'y avait pas de pasteur dans l'église cette nuit-là. Thabo s'était approché de l'autel, avait surveillé les portes qui s'ouvraient de part et d'autre de l'édifice, mais n'avait vu personne. Pourtant, quelque chose avait remué au plus profond de lui-même : il lui fallait trouver la voix qui l'avait appelé, avait-il compris. Il s'était alors allongé sur le banc et s'était curieusement senti le bienvenu.

– Pourquoi vous faire ça ? demanda Thabo, debout dans sa belle blouse bleue bordée de blanc devant le père Jamieson. Vous me connaître ?

Bien que la question fût ridicule, il le savait, Thabo la répéta :

– Vous me connaître ?

– Non.

Le père Jamieson se dirigea vers la porte et fit signe à Thabo de le suivre. Ils se dirigèrent vers les bâtiments scolaires.

– Mais je t'attendais, ajouta-t-il.

– Pourquoi vous m'attendre ? demanda Thabo, rattrapant le pasteur au milieu du préau de briques qui s'ouvrait devant la longue rangée des classes. Vous pas me connaître, mais vous m'attendre ?!

Son effort pour comprendre lui faisait oublier son anglais.

– Pourquoi vous m'attendre quand vous pas me connaître ?

– Le Seigneur te connaît. Maintenant. Voilà les classes que tu seras chargé de nettoyer. Tu auras ton permis dans la matinée, je m'en occupe.

– Un permis ? fit Thabo, éberlué par cet homme qui le connaissait sans le connaître et pour qui un permis était si facile à obtenir.

Une voix lui avait-elle parlé à lui aussi ?

– Il me fallait quelqu'un pour nettoyer les classes, expliqua le père Jamieson en s'éloignant, tête baissée, comme s'il cherchait par terre des pièces de monnaie égarées.

– Vous me donner un travail ? s'écria Thabo, stupéfait. Où moi vivre ? Où moi dormir ?

Revenant sur ses pas, le pasteur poussa une porte donnant dans une petite chambre avec un lit fait dans un coin.

– Ici, dit-il.

Un livre ouvert sur la table de nuit attira le regard de Thabo. Ce livre le fascinait sans qu'il sache pourquoi.

– Tu peux t'installer quand tu veux, et le travail est à toi, si tu le veux.

Le pasteur disparut sans un mot de plus. Thabo entra dans la chambre et s'approcha avec circonspection du livre ouvert.

« Moi je suis la porte. Si quelqu'un entre en passant par moi, il sera sauvé; il pourra aller et venir, et il trouvera un pâturage... Je suis le bon pasteur. »

Thabo considéra la Bible, ébahi. Avait-il trouvé l'être invisible qui l'avait guidé dans l'église, la nuit précédente? Il feuilleta avec avidité les pages en papier pelure.

« Éveillez-vous, vous tous qui dormez. Ressuscitez des morts et le Christ vous donnera la lumière. »

Thabo sentait sa quête parvenue à son terme et son cœur battit plus vite. Il reconnaissait des empreintes anciennes; suivait des pas qui avaient depuis longtemps laissé une trace dans son cœur.

« Avant que je ne t'aie formé dans le sein, je te connaissais. Avant que tu n'aies vu le jour, je t'ai consacré. Je t'ai appelé par ton nom et tu es à moi. »

Lorsque son esprit reconnut la puissance qui l'avait guidé, des larmes lui nouèrent la gorge. Il se mit à trembler, son pouls s'accéléra, ses bras s'étendirent pour embrasser la gloire qui le recouvrait, et son visage fut baigné de larmes.

Il était cerné de tous côtés par un pouvoir surnaturel, une paix dépassant l'entendement, et pourtant familière, qui dans le passé l'avait effleuré de façon fugitive. Il avait entendu son appel et entrevu sa lumière lorsqu'il marchait dans les ténèbres. Maintenant il n'y échapperait pas.

« Je suis l'Alpha et l'Oméga, le Commencement et la Fin. Je donnerai gratuitement de la source d'eau vive à celui qui a soif. Celui qui vaincra héritera de toutes choses et je serai son Dieu et il sera mon fils. »

Le Dieu tout-puissant qu'adorait Fézilé avait plongé Sa main dans l'univers et avait touché Thabo. La lumière de Son être avait brillé sur lui, et l'avait réveillé d'entre les morts.

La veille du 21 mars, Philip Kgosama s'était adressé aux foules des ghettos de Langa et de Nyanga, les exhortant à participer le lendemain à la manifestation nationale contre le permis. Sa voix provocante avait retenti au-dessus des toits rouillés.

— Combien de temps encore allons-nous mourir de faim dans notre patrie au milieu de l'abondance ?!

Ses mots avaient enflammé le cœur et l'esprit des opprimés, et c'est ainsi que son parti, le Pan-African Congress, devait devancer une manifestation de l'A.N.C. prévue de longue date. Rien ne semblait pouvoir arrêter le peuple.

Le Premier ministre britannique, Harold Macmillan, avait mis en garde le gouvernement. Un vent de changement irrésistible soufflait sur le continent noir. Le boycottage sportif de l'Afrique du Sud en témoignait éloquemment. A l'aube du 21 mars, six mille personnes se rassemblèrent sous la pluie devant le foyer de Langa.

A travers une vitre embuée, Fézilé vit la foule se diriger vers le commissariat. La police l'attendait. Il avait vu les voitures blindées Saracen, les renforts massifs de troupes anti-émeutes, les armes automatiques et « Cop Bothma ».

— Regarde-moi ces salopards! chuchota André Bothma au policier à côté de lui.

Il se tenait au milieu d'une rangée d'uniformes, face à la foule qui avançait vers eux, telle une marée noire. Les sommations et plusieurs charges à la matraque n'y avaient rien fait, elle avançait toujours et il semblait impossible de l'arrêter.

— Sales Cafres!

La haine d'André Bothma se nourrissait de sa peur. Les Noirs qui marchaient sur lui étaient d'humeur à tuer. Sa qualité de policier blanc ne le protégeait plus. Ses doigts se crispèrent sur son arme.

— Mon Dieu!

Les policiers vacillèrent sous une grêle de pierres. La masse noire se rapprochait. Le doigt d'André Bothma tremblait sur la détente.

— Halte! cria-t-il en xhosa.

Il leva son fusil d'assaut, visa un Noir au front.

— Halte ou je fais feu!

Quelqu'un tira, sans qu'André sache si c'était lui, bien qu'une ombre de fumée montât de son canon dans le silence sinistre. Il n'avait claire conscience de rien.

Soudain la foule se dispersa; des rafales déchiraient l'air, couvrant les cris qui retentissaient entre les maisons délabrées.

— Bravo! Un de moins à coffrer!

Un policier retourna du pied le corps d'un Noir. Le mort dévisagea André.

— Viens! C'est le merdier! hurla un autre policier qui passait en courant à côté de lui, l'arrachant à sa confusion.

Des barricades se dressaient partout et des centaines de Noirs se battaient pour repousser la police, tandis que Langa brûlait autour d'eux.

A travers la fenêtre crasseuse du foyer, Fézilé vit en pleurant les flammes monter dans le ciel. Les rêves de son peuple partaient en noirs nuages de fumée. Enfin le silence tomba avec un voile de cendre.

Le grésillement d'une radio traversa le silence. Un homme parlait; Fézilé dressa l'oreille. Tandis que brûlait Langa, une autre tragédie se déroulait dans un autre ghetto, du nom de Sharpeville, annonçait le Blanc qui tenait le micro dans un anglais parfait. Ce ghetto de Sharpeville était voisin de Vereeniging dans le Transvaal, précisa-t-il, avant d'en venir au fait : malgré les sommations de la police et le survol de la foule à basse altitude par des appareils à réaction, les manifestants ne s'étaient pas dispersés. Soixante-neuf Noirs avaient été tués.

Lydia regardait sans bouger la petite marmite de pommes de terre qui bouillonnait devant elle sur le fourneau de la cuisine. Une radio était allumée sur le buffet; le speaker annonça en anglais d'une voix éteinte que soixante-neuf personnes avaient été tuées.

— Non! s'écria-t-elle.

D'étonnement, Joe leva la tête. La minuscule voiture-boîte d'allumettes qu'il promenait entre ses jambes sur le linoléum s'arrêta, et il regarda sa mère, ne sachant ce qu'il avait fait de mal.

— Lydia!

A la voix de Stan, elle se retourna. Il se tenait, tremblant et le visage gris, dans l'embrasure de la porte.

Lorsqu'il lui avait révélé la raison de son retour plus tôt que d'accoutumée ce jour-là, Lydia n'avait pas su si elle devait rire ou pleurer. Il devait quitter au plus vite Le Cap; la pluie allait se présenter d'un moment à l'autre.

— Mais pourquoi? La police est là pour protéger les gens comme nous. Pourquoi la police te rechercherait-elle? demanda-t-elle, tandis qu'il la serrait dans ses bras, comme pour un dernier adieu. Qu'est-il arrivé, Stan? Qu'as-tu fait?

Ce qu'avait fait Stan, jamais Lydia, dans ses rêves les plus fous, n'aurait pu l'imaginer. Le mari, qui avait, croyait-elle, une liaison, fuyait la police. Sa vie secrète tournait à la tragédie. Il faisait partie d'un petit groupe de journalistes blancs dont les articles, hostiles à l'apartheid, leur avaient déjà valu les avertissements du pouvoir. Ils rencontraient en secret des dirigeants noirs pour essayer de rétablir la paix dans leur pays et éviter la catastrophe qui venait de se produire à Sharpeville. Mais l'amertume et l'obstination avaient tout gâché et le désastre avait eu lieu. Les plus exaspérés des Noirs avaient entraîné les autres et exigé leurs droits. Les armes seules leur avaient répondu.

— La résistance passive est vaine, Lydia! Voilà ce que disent aujourd'hui les Noirs. Ne le vois-tu pas? C'est exactement ce que disaient les Boers avant de prendre les armes contre les Anglais. Si le gouvernement refuse d'entendre raison, ce pays en mourra! Les morts de Sharpeville ne voulaient pas la violence. Ils avaient subi toute leur vie la violence des Blancs et ne voulaient que se faire entendre. Comme les Boers l'avaient essayé! Mais tout le monde est devenu sourd, Lydia!

Stan baissa la tête, tandis que Joe faisait monter la petite voiture-boîte d'allumettes le long de la jambe de son père avec des bruits de moteur.

— Notre fils, comme tout le monde, a droit à une patrie. Il est chez lui dans ce pays. Nous devons le préserver pour lui! Pour tous les enfants qui l'habitent. Et il nous faut nous faire entendre avant qu'il ne soit trop tard!

Après l'irruption de son mari, il avait fallu des heures à Lydia pour retrouver son calme. Elle l'avait conduit à la gare du Cap, sans qu'il lui ait dit où il allait, puis elle était rentrée avec son fils et avait attendu que l'on frappe à la porte, assise avec Joe dans le salon.

Les hommes de la police secrète étaient arrivés sans crier gare, tambourinant à la porte d'entrée. Ils avaient demandé Stan Liebenberg, elle leur avait répondu qu'il était en voyage d'affaires. Qu'il avait quitté la ville depuis plusieurs jours et qu'elle n'avait pas la moindre idée de l'endroit où il était.

— Papa est parti en train, ajouta innocemment Joe, tandis que la police s'introduisait dans le bureau de Stan, sans faire attention à lui.

Pétrifiée par la révélation des activités de son mari, Lydia les vit, quelques instants plus tard, sortir du bureau. Ils transportaient un grand carton de papiers.

— Que faites-vous avec ça ? demande-t-elle, leur emboîtant le pas. Ces papiers sont à mon mari ! Posez-les tout de suite !

Elle paraissait toute petite à côté de l'homme à l'imposante carrure qu'elle défiait, mais elle tint bon devant lui.

— Excusez-moi, fit-il en la dévisageant de toute sa hauteur avec le dégoût réservé aux traîtres. Merci, madame.

Elle recula et il sortit de la maison avec les papiers, la laissant seule avec sa découverte : son mari n'était pas celui qu'elle croyait. L'amour dont elle se croyait volée allait à plus malheureux que lui. En un instant, l'amour de Lydia pour Stan grandit bien au-delà de ce qu'elle avait jamais éprouvé, en même temps qu'une grande fierté la saisit.

— Pourquoi ils ont pris les affaires de papa ? demanda Joe, tandis qu'elle le mettait au lit.

— Parce qu'il est exceptionnel.

Elle embrassa son petit garçon.

— Les gens sont toujours envieux des personnes exceptionnelles et certains n'hésitent pas à les voler.

Beaucoup plus tard, cette nuit-là, lorsque Lydia entra dans le bureau et vit les tiroirs retournés, elle s'aperçut qu'elle tremblait toujours. Stan était parti et elle n'avait nulle part où aller.

Rentrant dans le petit appartement de Johannesburg, qu'ils avaient loué après leur mariage, Luke trouva Althéa dans tous ses états. Elle avait aussi entendu les nouvelles à la radio ce jour-là, mais n'avait pas enregistré le nombre des morts. Elle n'en avait retenu qu'une chose : des milliers de Noirs avaient manifesté, au mépris de l'interdiction du gouvernement blanc.

— Papa l'avait prévu.

Althéa arpentait la pièce, tandis que Luke était assis dans un fauteuil avec le journal.

« LA POLICE OUVRE LE FEU SOUS UNE PLUIE DE PIERRES. » Il fixait la page, les yeux vides, tandis qu'Althéa s'emportait.

— Ils nous tueront tous, Luke ! Pour papa, un Blanc sans armes est un homme mort. Ils nous assassineront dans nos lits !

Althéa était reprise par sa peur viscérale des Noirs.

— J'ai peur, Luke! dit-elle à son mari, qui rentrait ponctuellement à la maison, mais n'était jamais « là ».

S'approchant de lui, elle examina son visage. Il ne réagissait pas et cela aussi lui faisait peur.

— Ce qui se passe ne t'intéresse pas? Tu ne te soucies pas de moi ni de notre bébé?

Depuis le jour de leur mariage, ils n'avaient pas couché ensemble. Bien que Luke ne lui ait pas caché qu'il ne se mariait que pour l'enfant, Althéa avait espéré que les choses changeraient. Mais il n'en avait rien été.

— Je veux une arme! cria-t-elle soudain.

Lui arrachant le journal, elle le regarda droit dans les yeux, mais il n'écoutait toujours pas. Luke était loin. Il était avec Rébecca Conrad, et Althéa le savait inaccessible.

— J'écoute, dit calmement Luke, lui prenant la main, comme si elle était une enfant.

Il connaissait ses frayeurs et les comprenait. Althéa était enceinte et son angoisse était naturelle. Plusieurs femmes à l'hôtel de ville où il travaillait avaient peur, elles aussi, lui dit-il.

— Mais il n'y a pas lieu d'avoir peur, Althéa.

Luke se demandait ce que pensait Rébecca, maintenant qu'elle était de retour en Afrique du Sud. Il avait écrit à Riaan pour avoir des nouvelles et avait appris que la famille était revenue à Bonne-Espérance. Il ne souhaitait qu'une chose : être là-bas. Prendre Rébecca dans ses bras. Sortir de la prison dans laquelle il était enfermé.

— Mon père trouve que tu devrais m'acheter une arme!

Althéa regardait Luke dans l'espoir de voir ses yeux bleus lui sourire, mais ils étaient sans expression.

S'il te plaît, Luke! Je veux une arme!

— Quoi?

Rébecca obsédait Luke. Il se rappelait la douceur de son corps contre le sien et n'aspirait qu'à la retrouver. D'après la lettre de Riaan, Rébecca avait changé. Elle ne parlait jamais de lui. Elle passait le plus clair de son temps à rechercher quelqu'un dans la zone indigène du Cap, mais Riaan ne savait ni qui ni pourquoi.

— Qu'as-tu dit? demanda Luke en levant les yeux vers Althéa, debout à côté de lui.

— Ça ne fait rien, dit Althéa, s'éloignant.

— Si tu veux une arme, je t'en trouverai une!

S'arrachant à Rébecca, il se précipita à sa suite.

— Althéa! Je ne veux pas que tu aies peur, dit-il.

Il la prit doucement dans ses bras pour essayer de chasser la honte que lui inspirait le mensonge de leurs vies, mais, submergé par son désir, il préféra s'éloigner.

— Je te trouverai une arme.

Le père Jamieson avait vu Thabo une demi-heure avant que Rébecca et Simon ne frappent à la porte du presbytère. Après le départ des enfants, il l'avait aperçu, à travers la fenêtre de la classe du niveau quatre, appuyé sur un long balai, et le pasteur s'était demandé ce qu'il pouvait bien faire. La semaine précédente, il avait vu Thabo stationner devant la classe du niveau trois, après celle du niveau deux, mais il n'en connaissait toujours pas la raison.

Depuis le matin où le père Jamieson l'avait trouvé endormi sur un banc de son église, il avait compris que le jeune Africain lui avait été envoyé. Dès qu'il s'agenouillait en présence de Dieu, il s'entendait presser : « Fais paître mes brebis. » Et c'est ce qu'il avait fait. Il avait donné à Thabo un lit, du travail et de quoi manger. Il l'avait engagé comme portier de l'école et avait usé de son influence pour obtenir le précieux permis sans lequel il ne pouvait pas vivre au Cap. Le pasteur savait encore que Thabo avait trouvé Dieu, mais il pressentait que son Seigneur attendait autre chose de lui.

— Je suis à vous tout de suite, dit-il en souriant à Rébecca qui se tenait dans l'encadrement de la porte avec Simon.

— Attends, Simon ! dit Rébecca, le retenant.

Il s'était en effet retourné pour partir, car la seule chose qu'il voulait, c'était voir Thabo. Il fit une moue d'ennui. A douze ans, Simon avait forci, mais son esprit n'avait pas évolué. Le voyage de retour, depuis la petite ville minière, lui avait paru interminable et ce n'est qu'en apercevant le porche de Bonne-Espérance qu'il avait enfin respiré. Il s'était senti si mal à l'aise dans la voiture qu'il s'était demandé s'ils se dirigeaient vraiment vers la maison. Il n'avait qu'une idée : voir Thabo.

— Bonjour. Tu dois être Simon, fit le père Jamieson en s'approchant de l'impatient petit garçon. Tu veux voir Thabo ?

Le pasteur prit Simon par la main et l'entraîna dehors.

— La dernière fois que je l'ai vu, reprit-il, il balayait. Pas très vite, à vrai dire. Mais il avait un balai.

Se courbant vers Simon, il plongea son regard dans les sombres yeux bridés sur le monde secret de la trisomie. Thabo lui avait dit qu'il était responsable de Simon. Responsabilité qu'il avait assumée en devenant adulte.

— Tu ne pourras pas trouver la classe niveau quatre, hein, jeune homme ? Tu connais le chiffre quatre.

Simon souleva le menton et regarda avec arrogance la tête du père Jamieson penchée devant lui. La tonsure du pasteur était parfaitement ronde. Rond blanc qui rappelait le col du pasteur et le cercle noir de l'ourlet de sa soutane, qui se déployait à ses pieds. Simon leva quatre doigts pour prouver au pasteur qu'il n'était pas complètement idiot, puis s'empressa de se gratter la tête à l'aide de ces mêmes doigts pour s'assurer que ses cheveux étaient toujours là.

– Thabo! cria Simon en se précipitant vers l'alignement des classes de l'autre côté du préau.

– Miriam nous a appris que vous aviez réussi à obtenir un permis à Thabo, dit Rébecca au pasteur.

Elle ne savait pas quoi dire et n'avait qu'une envie : parler de Luke.

– La mère de Thabo, Miriam, oui, fit le pasteur qui avait découvert la famille de Thabo au cours des démarches qu'il avait faites pour lui obtenir son permis. Et il m'a aussi parlé de vous.

Il offrit sa main à Rébecca et ils traversèrent le préau.

– Où est parti Simon ? demanda Rébecca, surprise.

Il n'était nulle part. Seule une longue rangée de fenêtres reflétait l'orange du couchant, éteint par l'ombre de la montagne de la Table sur le toit de tuiles des classes.

– Ne vous inquiétez pas. Il va se débrouiller. Vous étiez en Rhodésie du Nord, à ce que m'a dit Thabo. Comment ça se passe en ce moment là-bas ? Ils sont sur la voie de l'indépendance, non ?

Le père Jamieson avait à son insu ramené Rébecca au jour où elle avait reçu la lettre destructrice de Luke; pour s'en détourner, elle se raccrocha au présent :

– Miriam dit que Thabo est très heureux de travailler pour vous, père, sourit-elle.

Mais le père avait reconnu le demi-sourire d'une âme perdue.

– Simon ? appela-t-il. Thabo ? Où sont-ils ? fit-il, inquiet.

Tel un dindon soupçonneux à l'époque de Noël, il tourna la tête d'un côté et de l'autre et scruta les longs couloirs en astiquant sa tonsure.

Simon s'était instinctivement rué dans la classe où son ami écrivait à un petit bureau de bois qui lui comprimait les genoux malgré l'extension de ses longues jambes. Dans son empressement, Simon fit tomber le balai posé en équilibre et l'ustensile glissa jusqu'au mur qu'il heurta avec fracas.

– Hou! cria Simon, comme Rébecca entrait dans la pièce.

Quel dommage que le pasteur les ait trouvés si vite! De dépit, il se serra tout contre Thabo sur la petite chaise de bois.

– Chut! fit-il à l'adresse des intrus.

– Ah! Le balai! s'exclama le père Jamieson.

Intrigué par la découverte de Thabo assis dans une classe, il alla ramasser le balai et le rapporta en le brandissant comme une lance de paille.

– Que fais-tu, Thabo ? lui demanda-t-il.

Il savourait l'odeur de craie, d'encre et de papier, et se demandait si Thabo l'appréciait aussi.

– De l'arithmétique, répondit Thabo, les yeux baissés, en indiquant d'un mouvement de tête le tableau noir.

Six problèmes étaient reportés sur le tableau : les devoirs que les enfants avaient emportés chez eux, et dont les solutions s'étalaient sur la feuille devant Thabo.

— Dix sur dix! s'exclama le pasteur, hochant la tête, approbateur, après les avoir vérifiées.

Il s'interrogeait de nouveau sur le jeune homme que Dieu avait introduit dans sa vie. Tout plein de cette nouvelle découverte, il se dirigea vers la porte et adressa un sourire à Rébecca.

— Tu peux profiter, toute la soirée, de tes amis.

Comme le pasteur glissait la main sous sa soutane pour fourrer le petit morceau de papier dans la poche de son pantalon, le regard de Simon se porta vers le sol. Il s'attendait à voir le papier tomber de sa jupe. Mais il n'en fut rien, et le père Jamieson franchit la porte, laissant Simon à ses interrogations.

— Pourquoi il porte une robe? Il est où le papier? demanda-t-il à Rébecca dès que le crâne chauve et luisant du pasteur eut disparu.

— C'est une soutane, pas une robe.

Rébecca se dirigea vers Thabo. Elle redoutait cette rencontre, car elle savait qu'elle ne supporterait pas sa pitié. Pour éviter le sujet de son mariage manqué, elle se mit à inspecter la classe.

— Elle est mieux que celle que nous avions, non?

Elle voulait ramener Thabo à leur petite école à l'ombre du chêne, lorsque Luke ne faisait pas partie de leur vie.

— Je suis désolé, Rébecca, pour ce qui est arrivé.

Avant même qu'elle n'ait fini de parler, Thabo s'était approché d'elle, et elle avait senti un poids lui tomber sur les épaules.

— Eh oui! La vieille clé n'a pas marché et il a épousé quelqu'un d'autre! Enfin, il valait mieux savoir à temps qu'il ne m'aimait pas.

Pour changer de sujet, elle regarda le tableau.

— Je suppose, dit-elle que tu as fait ça en une minute. Combien de niveaux as-tu franchis jusqu'à maintenant?

Elle se tourna vers Thabo, mais il ne lui répondit pas. Il la regardait en silence, et il y avait dans ses yeux une paix qui la bouleversa; elle s'efforça cependant de cacher son émotion.

— Qu'est-ce que c'est? demanda Simon qui s'intéressait au petit encrier enfoncé dans un trou du bureau.

Comme personne ne lui répondait, il plongea le doigt dedans pour se rendre compte par lui-même.

— Tu te rappelles, Rébecca, quand nous étions enfants, nous parlions de Dieu? Tu te rappelles?

— A propos de « Moi Titus » qui était un ange? dit Rébecca en riant. Tu disais que tu ne croyais plus à toutes ces bêtises, Thabo. Plus depuis que tu es un homme.

— Rébecca, il y a un Dieu. Je le sais parce que je l'ai rencontré. Parce qu'il est vivant.

— C'est ce que t'a dit le pasteur! T'a-t-il aussi convaincu d'entrer dans l'église? Hein? demanda Rébecca, soudain nerveuse.

— Peut-être.

Malgré la colère qu'il sentait sourdre dans le cœur de Rébecca, il resta calme. Simon lui jeta un coup d'œil avant de plonger sous le bureau pour chercher le fond de l'encrier.

— Alors? Dis-moi, fit-elle avec un sourire crispé. Au fait, est-ce qu'il se rase la tête en même temps que le menton, ou bien est-ce qu'il les cire tous les deux?

— Dieu ne t'a pas pris Luke.

Tandis que Thabo mettait le doigt sur la plaie de Rébecca, Simon poussait le petit encrier par en dessous. Il jaillit dans l'air, culbuta dans un giclement bleu et s'écrasa par terre.

— Regarde ce que tu as fait! explosa Rébecca, reportant sa fureur sur Simon.

L'encre dégouttait du bureau et s'étalait sur le plancher.

— C'est O.K.! Pas te mettre en colère, Rébecca.

L'éclat de Rébecca avait brisé l'anglais de Thabo, qui s'approcha de Simon pour le protéger.

— Moi le nettoyer. Moi souvent nettoyer de l'encre ici.

— Parce que tu es le portier de l'école? fit Rébecca, incapable de maîtriser sa colère. Quel rapport, Thabo, avec tes rêves d'école? Tu es peut-être dans une école, mais tu es ici pour nettoyer les saletés d'enfants blancs! Pas pour apprendre! C'est pour ça que ton peuple se bat? C'est pour ça qu'il meurt? Pour un pasteur blanc avec un Dieu blanc et des fidèles blancs?

A son retour du Nord, l'horreur de Sharpeville avait frappé de plein fouet la famille de Rébecca. L'assassinat d'une famille blanche aux environs de Roan Antelope était bien peu de chose face à la rage qui bouillonnait en Afrique du Sud. L'apartheid, pour Rébecca, était négation de l'amour divin et lui faisait nier Dieu lui-même.

— Qui t'a mis dans la tête que c'était ton rêve, Thabo? Un balai dans une main, un tablier sur le dos et une bible sous le bras? C'est Dieu ou le pasteur?

Simon regardait, éberlué, Rébecca vociférer sans aucune retenue.

— S'il y a un Dieu, poursuivit-elle, alors dis-moi où il est parti! Je ne le vois nulle part! Je ne le vois pas aux côtés de ceux qui ont été massacrés à Sharpeville! Ni avec ceux qui meurent de faim au Cap! Ni dans les mensonges de Luke!

Simon jeta un coup d'œil à Thabo. Il n'aimait pas trop ce qui se passait. Sa lèvre inférieure se mit à trembler et il regarda d'un œil coupable l'encre qui s'infiltrait dans le parquet à ses pieds. Retirant de son pantalon le pan de sa chemise, il se pencha pour l'essuyer. Que n'avait-il une robe comme le pasteur! Ç'aurait fait un meilleur chiffon que sa chemise et personne n'aurait vu le bleu sur le noir.

— Propre, Rébecca! dit-il en souriant, un morceau de chemise tout bleu à la main.

Mais Rébecca s'était détournée et s'éloignait.

– Ne t'en fais pas, Simon, dit Thabo en lui prenant la main.

Il se sentait soudain inutile et se demandait pourquoi il avait connu, lui, un réconfort surnaturel sans que Rébecca le partageât.

– Tu veux parler, Rébecca! demanda Thabo qui voyait Dieu en tout et s'accrochait à sa foi nouvelle.

– Oui, dit Rébecca, se tournant vers Thabo. Tu te rappelles que je t'ai parlé de Johannes Villiers? Quand j'étais petite? Tu te rappelles quand on l'a cherché dans la maison du caviste.

Thabo acquiesça sans voir très bien où Rébecca voulait en venir.

– C'est Johannes Villiers qui est la cause de tout! dit-elle.

La douleur de Rébecca était si visible que Thabo en fut ému. Lui aussi avait perdu Luke, et il savait exactement quand cela s'était passé. « Peut-être nous retrouverons-nous quand nous serons grands », avait dit Luke le matin de son départ de Bonne-Espérance. Thabo avait alors compris que c'en était fait de leur amitié. L'apartheid était une maladie d'adultes, et tous étaient devenus adultes.

Après avoir dit au revoir à Simon et à Rébecca, le père Jamieson sortit du presbytère en compagnie de Thabo. Il se posait des questions et il avait un plan, mais voulait en vérifier les bases.

– Ces problèmes n'étaient pas faciles, mais tu les as résolus. Ne m'as-tu pas dit que tu n'avais jamais été à l'école?

– Pas vraiment à l'école, dit Thabo en regardant ses pieds s'enfoncer dans l'obscurité qui était tombée sur le pavage de briques. Quand nous étions petits, Rébecca m'apprenait ce qu'elle avait appris à l'école. Et Luke aussi.

Depuis que Rébecca lui en avait parlé, le nom de Luke avait du mal à se former sur sa langue. Beaucoup de choses chez son ami d'enfance lui paraissaient maintenant incompréhensibles.

– Et que veux-tu exactement? demanda le père Jamieson, s'arrêtant de marcher.

Thabo regarda les chaussures noires et bien cirées qui apparaissaient sous la soutane du pasteur.

– L'école. Le bac, répondit-il.

Le père Jamieson se renversa en arrière et regarda la nuit avec un large sourire. Le ciel formait une tente de soie noire, constellée d'étoiles au milieu desquelles il chercha la Croix du Sud. Ayant enfin compris pourquoi le jeune Noir lui avait été envoyé, il se tourna vers l'inconnu dont il avait maintenant la charge.

Thabo était trop vieux pour aller à l'école, et il n'y avait pas de place pour lui dans l'école blanche de l'église, mais le pasteur avait une idée.

– Peut-être..., commença-t-il.

Sans lâcher Thabo des yeux, il passa le majeur sur sa couronne de cheveux, tandis qu'il se remémorait son passé.

– Et peut-être en suis-je incapable, ajouta-t-il.

Il se revoyait enseignant au lycée de Latymer à Londres. Il y avait bien longtemps qu'il avait abandonné l'enseignement pour servir Dieu, mais c'était un grand pan de sa vie qu'il regrettait toujours.

— Pourquoi pas ? dit-il, les yeux brillants. Tu veux qu'on essaie ?

Le père Jamieson venait de comprendre que Dieu, comme toujours, avait utilisé l'économie de Sa création en lui envoyant Thabo.

— On essaie ?

Le pasteur était impatient d'enseigner. Thabo était impatient d'apprendre.

— Quoi ? Essayer quoi ? demanda Thabo, perdu.

— Viens !

Le pasteur se dirigea vers le presbytère, tête baissée, comme pour puiser dans le sol la sagesse dont il avait besoin pour accomplir la volonté de Dieu envers Thabo.

— Tu dis que tu veux passer ton bac ? On va voir ce qu'on peut faire.

Le père Jamieson avait déjà replongé dans le monde de la craie, des bureaux et de l'encre.

— Attention ! ajouta-t-il. Ça dépendra autant de toi que de moi !

Puis il se dirigea vers les classes, entraînant Thabo vers leur rêve commun.

14.

Le faubourg résidentiel de Claremont était niché sous l'encorbellement verdoyant de la montagne de la Table. Les pluies d'hiver descendaient en ruisseaux paresseux le long de ses pentes et de lourds nuages roulaient à son sommet. Rébecca marchait dans une rue étroite bordée de maisons victoriennes. Elle frappa à la porte de l'une d'entre elles. La veille, en discutant avec un Indien dans le sixième arrondissement, elle n'avait pas tardé à découvrir qu'il avait connu Elsie, la fille de Johannes Villiers, et d'après lui sa petite-fille, Lorraine Hendrickse, habitait cette maison.

— Ta mère est à la maison ? demanda Rébecca à un petit garçon qui la regardait par l'entrebâillement de lourds rideaux de dentelle. Il faut que je lui parle.

L'enfant disparut derrière une bordure de marguerites de dentelle; Rébecca frappa de nouveau. Dans son sac, elle avait la copie de l'acte de naissance d'Elsie Villiers et la lettre attestant que Johannes Villiers était un Beauvilliers.

— Ma mère dit qu'elle est occupée.

Le petit garçon avait entrouvert la porte d'entrée et observait Rébecca avec méfiance à travers l'étroite fente.

— Dis-lui que je m'appelle Rébecca Conrad et que je voudrais lui parler de sa grand-mère, Elsie Villiers. Je viens du sixième et...

Une jeune femme arriva pour fermer la porte, mais Rébecca poussa vivement son pied dans l'entrebâillement.

— Excusez-moi. Vous êtes Lorraine Hendrickse ?

— Mon fils vous a dit que j'étais occupée.

La femme était fine. Ses cheveux noirs de jais, rejetés en arrière, retombaient sur une épaule en une épaisse queue-de-cheval, et ses yeux étaient noirs de peur.

— Il faut que je vous parle, dit Rébecca, se glissant entre la porte et le mur. C'est très important. Je m'appelle Rébecca Conrad et nous avons un ancêtre commun. Johannes Villiers ? C'était votre arrière-grand-père et...

— Je suis désolée, mais vous vous êtes trompée de porte!

Lorraine Hendrickse voulut fermer le battant, mais Rébecca s'obstina. Le petit garçon recula, effrayé, sa minuscule sœur agrippée à la jupe de sa mère.

— Non, je ne me suis pas trompée.

Rébecca sortit les deux morceaux de papier de son sac et les lui tendit.

— Johannes Villiers était le frère de ma grand-mère, commença-t-elle, et Elsie Villiers, sa fille, est dans le registre de l'église. C'est votre grand-mère, non? Puis-je entrer, que je vous parle?

Si près de retrouver ses origines africaines, et le « moi » qu'avait brisé le rejet de Luke, Rébecca trouvait la force d'insister.

— Laissez-moi vous expliquer, poursuivit-elle. A sa naissance, Johannes Villiers a été confié à un orphelinat catholique, parce que son père était un politicien blanc...

— Je suis désolée, mais cela ne me concerne pas!

La jeune femme essaya de nouveau de fermer la porte sur Rébecca, mais celle-ci la maintenait ouverte.

— Que craignez-vous? demanda-t-elle en observant Lorraine Hendrickse dont le visage était figé et les yeux cernés de noir. Vous ne comprenez pas pourquoi je suis ici? Nous sommes parentes. Vous êtes une Beauvilliers comme moi, et l'endroit où je vis est une exploitation vinicole près de Stellenbosch qui s'appelle Bonne-Espérance. C'est de là que vient votre famille. Nous sommes cousines. Voilà ce que je veux vous dire. Lisez seulement cela, acheva-t-elle, lui tendant les papiers.

Lorraine Hendrickse ne les prit pas.

— Pourrais-je y vivre? A l'endroit dont vous parlez?

— Je ne comprends pas...

Lorraine Hendrickse se tourna vers une porte qui ouvrait sur le salon et fit signe à Rébecca de la suivre.

— Vous l'avez remarquée en arrivant?

Repoussant le lourd rideau de dentelle, elle montra une maison de l'autre côté de la rue. Les ouvertures en étaient bouchées par des plaques métalliques rouillées, si bien qu'elle ressemblait à un tombeau abandonné.

— Je connaissais les gens qui y habitaient, dit Lorraine. C'étaient de braves gens. Une famille. Mais c'étaient des gens de couleur. Elle fixa Rébecca du regard. Je les ai vus partir. Ils n'ont pas pu vendre leur maison, on ne leur en a pas laissé le temps. Ils pleuraient en partant, tandis que leurs enfants étaient entraînés de force, au nom des secteurs ethniques. Vous savez ce que c'est? Votre maison est soudain classée « Blancs seulement » – « Net Blankes » – et, quand vous n'êtes pas de la bonne couleur, vous devez partir. Il faut voir comme ils ont expulsé les gens de leurs maisons de Sophiatown, à Johannesburg – avant de baptiser « Triomphe » leur nouvelle banlieue blanche. Y étiez-vous quand ils ont démoli la vie de tous ces gens, « pour le bien de la nation », ont-ils décrété?

— Je suis désolée...

Rébecca en était malade de honte, mais Lorraine, le visage fermé, poursuivit sous le regard inquiet de ses enfants :

— Ma peau est blanche. Comme la vôtre. Peut-être même plus blanche que la vôtre. Mais d'après la loi je ne suis pas « blanche ». Je n'ignore pas la présence d'un Blanc quelque part dans mon passé, savez-vous ? Faudrait-il que je m'honore d'avoir le même ancêtre que vous ? Devrais-je le remercier de m'avoir donné un peu de sang blanc ?

Elle marqua une pause, sans prendre dans sa fureur le temps de respirer.

— Je ne le remercie pas, je le hais !

Rébecca garda le silence, mais Lorraine continua sur sa lancée, comme si elle se défoulait d'années d'amertume.

— Vous avez entendu l'expression « faire le Blanc » ?

Incapable de prononcer un mot, Rébecca se contenta de secouer la tête.

— Le problème, reprit Lorraine Hendrickse, c'est que c'est faire le mort. J'ai essayé, et maintenant je ne peux pas sortir dans la rue de peur de tomber sur quelqu'un de ma famille. Un parent de couleur avec qui on me verrait parler. Qui pourrait prouver que je ne suis pas vraiment blanche !

La voix de Lorraine s'apaisa ; elle passa la main dans la chevelure brune et frisée de sa petite fille.

— Ma famille fait comme si j'étais morte. Ces papiers, dit-elle en regardant les feuilles que Rébecca tenait à la main, pourraient mettre un terme à ma vie... d'un trait de plume. Balayer mon mari blanc et mes enfants. Parce qu'ils prouvent que je suis la petite-fille d'Elsie Villiers. Si vous me disiez que j'allais hériter d'un million de livres, à condition d'admettre qui je suis... eh bien, je suis désolée, acheva-t-elle dans un murmure. Jamais.

Racontant le même jour à Lydia sa visite à Lorraine Hendrickse, Rébecca était encore sous le choc de sa découverte : le poids de l'apartheid. Elle avait débité l'histoire de l'arrière-petite-fille de Johannes Villiers et déclaré renier le pays où pareilles choses étaient possibles. Lydia avait écouté en silence, puis Rébecca avait soudain remarqué quelque chose de changé dans la pièce.

— Où sont tous les livres ? demanda-t-elle en regardant les étagères vides.

Joe, vers qui elle s'était tournée, haussa les épaules.

— On s'en va, dit-il.

— Lydia, que raconte Joe ? Où est Stan ?

— Parti.

Lydia se leva et se dirigea vers les rares volumes qui n'avaient pas encore été rangés dans des cartons. Ce dont avait parlé Rébecca, c'était précisément ce qui avait conduit Stan à s'exiler, mais elle se garda de rien dire.

— J'attendais que tu l'accuses de ce que disait Lorraine Hendrickse des secteurs ethniques! dit Lydia, le dos tourné à Rébecca.

— Lydia, je t'en prie? Où est parti Stan? Que lui est-il arrivé?

Lydia se tourna vers elle avec un demi-sourire.

— Stan a eu un petit ennui. Il a dévié de la ligne afrikaner, et il est devenu un traître.

Lydia se baissa et plaça un livre dans le carton à ses pieds.

— « Black Beauty »! C'est à l'index, non? Le café n'est pas rangé, ajouta-t-elle avec un sourire à l'adresse de Rébecca. Tu en veux?

Elle remplit deux tasses d'eau bouillante, ajouta du sucre et parla calmement de l'explosion de haine et de mort qui avait eu lieu à Sharpeville. Sentant Rébecca l'écouter pour la première fois, elle était contente de pouvoir enfin parler.

— Ce que je ne comprends pas, c'est combien j'aime Stan maintenant. Plus qu'avant. Le croirais-tu? C'est étrange ce par quoi il faut passer pour découvrir qui est vraiment la personne avec qui on vit. Qu'il n'est « pas mal pour un Afrikaner »!

Tout ce que Rébecca avait pensé de Stan lui revint d'un coup à l'esprit, et elle eut honte. Il avait tout risqué pour plus faible que lui, et elle n'avait cessé de voir en lui un rouage du gouvernement afrikaner.

— C'est affreux, dit Rébecca, les yeux baissés.

— Pourquoi? Nous bâtirons un nouveau foyer. Ce sera un nouveau départ.

Lydia savait sa destination, une petite ville côtière du Sud-Ouest africain, où sa vie serait toute différente, mais elle n'en souriait pas moins. Le trou nommé Luderitz où la famille prendrait un « nouveau départ » était entouré par le désert de Namibie, et le médiocre emploi de Stan au journal local ne leur permettrait pas de maintenir leur train de vie. Mais Lydia avait la voix pleine d'espoir.

— Tu sais, ajouta-t-elle, je crois honnêtement qu'il ne pouvait rien arriver de mieux.

Le doute qui lui rongeait l'âme lorsqu'elle croyait Stan amoureux d'une autre avait disparu et elle avait retrouvé la fraîcheur des sentiments de leur première rencontre. Une ombre de tristesse stagnait pourtant dans ses yeux. Elle quittait son pays natal pour l'inconnu et l'isolement de l'exil.

— Tu te rappelles comme j'ai eu peur quand tu t'es mise à grimper dans notre arbre généalogique? Je ne l'ai jamais dit à Stan, tu sais. Je lui cachais des choses et il m'en cachait. C'est si étrange. Maintenant, c'est parce que nous sommes Blancs que nous avons des ennuis. Nous ne sommes pas supposés défendre des non-Blancs! s'exclama-t-elle, la voix pleine de rire. Imagine qu'il ait connu l'existence de Johannes Villiers!

Rébecca se renversa dans son siège.

— Lydia, Luke est fonctionnaire.

Elle regardait le fait en face pour la première fois, cherchant des raisons de le détester, mais encore incapable d'y parvenir.

— Eh bien! Nous partons donc toutes les deux, ajouta-t-elle avec un haussement d'épaules, comme pour chasser Luke de ses pensées. Tu sais que papa veut que je parte pour l'Europe.

— En Angleterre, je sais...

Lydia souleva un autre fauteuil de rotin et s'assit à côté de Rébecca. Depuis qu'elle la connaissait, elle n'avait jamais vu Rébecca épanouie qu'en compagnie de Luke.

— Je sais pour ta mère, Rébecca.

Lydia revoyait le visage douloureux de David lui annonçant que Constance avait la maladie d'Alzheimer. Lorsqu'on lui avait asséné à l'hôpital le verdict qu'il redoutait depuis si longtemps, sa première pensée avait été pour Rébecca. Le cerveau de Constance allait donc se détériorer jusqu'à ce qu'elle ne soit même plus capable d'accomplir les fonctions physiques les plus simples, et David voulait épargner à Rébecca le spectacle de la dégradation de sa mère.

— Londres est une ville passionnante, Rébecca. Tu auras une vie nouvelle. Comme nous. Nous voilà tous devant une nouvelle donne, dit-elle en prenant la main de Rébecca. Qui sait? Peut-être notre pays l'aura-t-il aussi un jour?

Six mois après le départ de Lydia pour le Sud-Ouest africain, lorsque le Viscount des South African Airways prit la piste de l'aéroport du Cap, avant d'entamer ses deux heures de vol pour Johannesburg, Rébecca appuya le visage contre le hublot. Elle voyait son père agiter la main devant l'aérogare. Elle voyait aussi sa mère. Miriam la soutenait et lui montrait l'avion pour qu'elle fît des signes. Mais elle ne bougeait pas. Seuls Simon et Thabo agitaient la main, comme s'il dépendait d'eux que l'avion s'arrachât du sol et disparût derrière les nuages. Le vrombissement de l'appareil s'accordait aux palpitations de son cœur et ses pensées furent anéanties par la puissance des moteurs qui effaçaient le passé.

— Bien, bien! fit Fézilé en secouant la tête.

Tant de choses avaient changé depuis le jour où il avait rencontré l'arrogant jeune homme à côté d'une poubelle qu'il avait du mal à en croire ses oreilles. Thabo lui avait dit que son rêve s'était réalisé; que le père Jamieson avait décidé de lui donner des cours.

— J'ai aussi trouvé le Dieu que tu honores, ajouta-t-il, les yeux brillants de larmes. Maintenant je comprends pourquoi tu le loues.

Sachant que seules les larmes montrent qu'un homme a vraiment été touché par l'amour du Dieu tout-puissant, Fézilé en fut émerveillé.

— Ces dents que tu m'as dit que tu m'achèterais.

Fézilé revint au xhosa. Devant l'anglais de Thabo qui était parfait, il se trouva soudain gêné par le sien.

— Tu parles comme Shakespeare, dit-il. Alors je parle comme un Xhosa!

Le père Jamieson avait initié Thabo aux œuvres de l'écrivain anglais et la beauté de sa langue avait imprégné son âme africaine. Ces vieilles histoires de guerres tribales blanches faisaient bon ménage avec sa propre culture.

— Tu te souviens de mes dents ? poursuivit Fézilé avec un sourire.

— Bien sûr.

Thabo plongea une petite boule de semoule dans le bol de sauce que Fézilé lui avait donné et regarda le liquide brun et chaud l'imprégner. Décidément, la nourriture africaine lui manquait ; il tint au-dessus de sa bouche la boule de semoule dégoulinante, laissant tomber les gouttes de jus sur sa langue.

— Le père Jamieson saura où acheter des dents.

— Le pasteur ? fit Fézilé, ouvrant, stupéfait, une bouche caverneuse. Quand il prêche, il a des dents en plastique ?

Il avait du mal à se représenter un pasteur affublé de fausses dents et d'un col romain.

— J'ai remis les miennes dans la poubelle des croque-morts, avoua-t-il en éclatant de rire, ce qui eut pour effet d'agrandir encore le gouffre de sa bouche édentée. Et tu vas avoir ton bac, Thabo !

— Je vais essayer !

— Tu l'auras ! dit Fézilé, en anglais cette fois. Tu es un Bantou intelligent.

— Et toi ?

La vie dans les ghettos noirs devenait de plus en plus difficile pour la vieille génération, Thabo ne l'ignorait pas. Les jeunes se retournaient contre les vieux, les appelant « oncle Tom ». Les défiaient de tenir tête aux Blancs. Les obligeant à boire la paraffine ou l'huile qu'ils achetaient dans les magasins blancs.

— Le pasteur est d'accord pour que tu vives avec moi, Fézilé. Là-bas, tu serais bien.

— Moi vivre ici ! jeta Fézilé en frappant le lit sur lequel ils étaient assis. Ici !

Un petit nuage de poussière monta du matelas et le fit tousser.

— C'est ma maison ! ajouta-t-il, englobant d'un grand geste le foyer entier des célibataires.

Il redoutait davantage la dégradation des mœurs de son peuple qu'il n'avait jamais eu peur des armes des Blancs. Sachant comme tout le monde tout le mal que le système de l'apartheid avait fait à son pays, Fézilé n'était pas d'accord avec les méthodes utilisées pour le combattre.

— Nos enfants doivent tous aller à l'école comme toi, Thabo ! Et non pas incendier les écoles ! dit-il, les yeux brûlants de passion. Nous ne sommes pas un peuple libre. Mais nous sommes un peuple fier ! Quelle fierté y a-t-il dans la haine ? C'est par l'esprit qu'il faut résister ! L'amour ! Voilà notre arme !

La politique de l'A.N.C. avait changé et les prédictions d'Oliver

Thambo, dix ans plus tôt, commençaient à se réaliser. Son peuple n'aurait bientôt plus qu'un seul moyen de se faire entendre, avait-il prédit, et ce jour était arrivé. Nelson Mandela encourageait dans l'ambiguïté la lutte armée contre l'oppresseur. L'A.N.C., persistait-il à affirmer, était un mouvement non violent, mais ceux de ses membres qui recourraient à la violence ne seraient pas punis, ajoutait-il. Albert Luthuli lui-même pour qui avait été rapporté un ordre de bannissement, le temps de recevoir le prix Nobel de la paix, avait donné son accord tacite à la violence.

— Contre qui allons-nous nous battre ? demanda Fézilé.

Il regarda Thabo et se frappa la poitrine de l'index.

— Notre haine nous tuera, affirma-t-il. Où est la liberté dans la haine ? Tu sais, dit-il avec un petit rire, comment ils s'appellent entre eux, ces enfants ? « Camarade »! Tu sais ce que ça veut dire, Thabo ? C'est quelque chose comme Cafre en russe.

Son rire se changea en toux et il rejeta brusquement la tête en arrière.

— *Uthixo wethu uphethe!* s'écria-t-il, faisant vibrer le toit de tôle. Notre Dieu règne! traduisit-il avec un clin d'œil en l'honneur de l'ami de Thabo, William Shakespeare.

« Que Dieu bénisse l'Afrique. Que sa bannière flotte. Entends nos prières et bénis tes enfants. Descends, ô Esprit-Saint! »

Leur prière couvrit l'agitation du ghetto.

— Pour ton père Jamieson! dit Fézilé, déposant un gros poulet plumé sur les genoux de Thabo. Avec des dents en plastique, le pasteur peut manger du poulet ?

— Où est Thatomkhulu ?

Thabo venait de remarquer que le vieux coq n'était pas dans la pièce.

— *Thatomkhulu inkukhu ?* fit Fézilé en regardant Thabo avec des yeux innocents, où perçait une profonde tristesse. Le vieux poulet. Euh! Il est parti.

— Où ?

Thabo attendit en silence que Fézilé se décide à lui raconter. Le « vieux poulet », qui avait échappé, pendant tant d'années, à la marmite, avait été tué par des « camarades ». Ils lui avaient coupé la gorge et avaient fourré son cadavre sanglant dans le lit de Fézilé.

— Tu crois que des enfants vont me faire fuir ? dit Fézilé en riant. Si quelqu'un me faisait fuir, mon ami, ce serait plutôt Cop Bothma!

Après le massacre de Sharpeville, André Bothma était monté en grade. Affecté à un petit poste de police du ghetto noir de Langa, il avait continué à entretenir de bons rapports avec les habitants du lieu. Il était toujours persuadé que l'avenir du pays dépendait des Blancs. Pour lui, la loi blanche garantissait les intérêts de tous les Africains du Sud, et cette conviction lui avait permis de s'imposer à certains Noirs. Pour parvenir à ses fins, André Bothma était devenu l'un d'entre eux.

Il parlait si bien xhosa que nul n'aurait pu dire en l'entendant qu'il était blanc. Il écoutait leurs potins, propageait les siens, et s'était rapidement inséré dans leur communauté. Il était là pour les aider, leur répétait-il, et André Bothma, le plus souvent, croyait à ce qu'il disait. La violence et l'intimidation régnaient partout mais surtout sur les Noirs.

— Pourquoi laissez-vous vos enfants faire la loi ? demandait-il aux parents. Que faites-vous de votre dignité ? Croyez-vous que vos ancêtres soient fiers de vous ?

Pour les convaincre, il se fondait sur leur propre culture et, si un vieux décrétait qu'il serait stupide de leur part de se battre contre les jeunes, il lui demandait s'il avait peur de mourir.

— Avez-vous perdu votre courage ? N'êtes-vous rien à côté des Zoulous qui accueillent la mort au combat comme un honneur ?

— Et vous ? répondaient les anciens. Vous êtes un Blanc ! Les camarades vous tueront avant de nous tuer.

— Jamais ! s'était esclaffé André Bothma. Jamais un Noir ne me tuera ! L'un de mes ancêtres a été tué par un Noir et maintenant il me protège.

André s'appuyait sur la mort de Pieter Bothma, victime de Moi Titus, pour se prétendre immortel. Et le mythe n'avait pas tardé à prendre de l'ampleur. Sa réputation d'invulnérabilité s'était, à juste titre, répandue dans les ghettos. Attaqué par des jeunes armés de couteaux, il s'en était tiré indemne, et ses jeunes adversaires étaient morts, une balle dans la tête.

— Ils sont assez bêtes pour affronter des armes à feu avec des couteaux et vous avez peur d'eux ? lançait-il aux anciens.

Ce type d'argument lui valait auprès d'eux une autorité incontestée.

Rébecca flânait dans l'aéroport de Johannesburg ; elle buvait des cafés et regardait les boutiques, en attendant d'embarquer sur le vol des South African Airways pour Londres. Mais elle n'avait qu'une seule pensée : Luke vivait à Johannesburg. Elle était plus proche de lui qu'elle ne l'avait été depuis son départ de la gare de Belville, et ses derniers mots résonnaient encore dans sa tête : « Je t'aimerai toujours. »

L'arrachant à cette pensée, un haut-parleur invita les passagers à destination de Londres à se rendre dans la salle d'embarquement. Poussant son chariot à bagages, elle se dirigea vers le hall des départs internationaux et tourna le dos à son pays.

Debout près d'une petite boutique de l'aérogare, Luke réprima une soudaine envie de courir après Rébecca. Il voulait lui crier qu'il l'aimait, que rien jamais ne l'empêcherait de l'aimer. Mais il demeura silencieux et ne se montra point.

Depuis l'arrivée de Rébecca à l'aéroport par le vol du Cap, Luke ne l'avait pas quittée. Riaan l'avait prévenu de son départ pour l'Angleterre et lui avait donné les horaires de ses vols. Le jeune mécanicien afrikaner semblait, aux yeux de Luke, avoir pris leur amour en charge. Il avait voulu que Luke fût là, et il y était.

— Passeport, s'il vous plaît.

Rébecca tendit le document à l'employé qui jeta un coup d'œil à la photo avec un sourire approbateur.

— Bon voyage, ajouta-t-il.

Au moment de tourner dans le long couloir menant à la porte d'embarquement, Rébecca crut voir Luke de l'autre côté du contrôle des passeports. Elle essaya de revenir vers lui, d'appeler, mais elle fut entraînée par la foule.

« J'ai rêvé », se dit-elle en se dirigeant vers le Boeing 707 argenté dans lequel elle s'apprêtait à monter. « BLOEMFONTEIN » était écrit sur le flanc de l'appareil dont l'aile la surplombait.

— Votre carte d'embarquement, s'il vous plaît.

Au moment où elle atteignait le sommet de la passerelle, un steward souriant tendit la main. Mais Rébecca ne l'avait pas entendu. Elle regardait en arrière. Convaincue qu'il était dans les parages, elle cherchait Luke, mais ne le voyait nulle part.

Luke, à l'autre bout de l'aérogare, avait la bouche sèche et la gorge serrée. De la porte de l'avion, Rébecca regardait de tous côtés. Il avait envie de traverser en courant le tarmac bleu, mais ses jambes ne répondaient pas.

— C'est le dixième rang à droite, dit le steward au moment où Rébecca pénétrait dans l'avion. Vous êtes seule ?

— Oui.

Pour la première fois elle sentit des larmes lui brûler les yeux, mais elle ne se retourna plus.

— Un bonbon ?

Une hôtesse souriante lui tendit un panier rempli de bonbons; Rébecca en prit machinalement un.

— Ça va ? demanda l'hôtesse.

Rébecca fit signe que oui et se détourna très vite, avant que ses larmes ne jaillissent, se répétant qu'elle avait dû rêver. Au-delà du hublot, il n'y avait qu'une étendue déserte, ponctuée de pyramides de déchets aurifères, mais pas trace de Luke.

— Vous avez attaché votre ceinture ? demanda l'hôtesse en passant.

Mais Rébecca regardait par la fenêtre. L'avion prenait de la vitesse. Les moteurs hurlaient. Alors seulement le vit-elle. Silhouette solitaire de l'autre côté de la clôture de l'aéroport. Elle savait que c'était Luke. L'avion décolla. La silhouette devint minuscule. Appuyant la main contre le hublot, elle pleura sans retenue.

— Au revoir, Luke, murmura-t-elle, tandis que la puissance de l'avion la libérait de son propre corps.

— Je t'aime, Rébecca, criait Luke vers l'énorme oiseau d'argent.

Il leva la main, sachant que leurs esprits s'étaient rencontrés, et ajouta dans un souffle :

— Et je t'aimerai toujours.

Lydia regarda le monomoteur qui descendait sur la petite ville de Luderitz, son fuselage arachnéen illuminé par le couchant vers lequel il piquait. Baissant les yeux, elle posa le regard sur le sable embrasé qui l'entourait.

Lydia se demandait si l'avion de sa jeune cousine, qui entamait, ce jour-là, sa nouvelle vie, avait déjà franchi la frontière sud-africaine. Rébecca se sentirait-elle aussi perdue qu'elle l'était elle-même ? Bien que fascinée par les sables intemporels et mouvants du désert de Namibie qui l'enserraient dans leur insondable silence, elle ne s'était toujours pas adaptée.

Entre le bleu glacé de l'océan Atlantique et le désert, Luderitz était un étrange monument à la gloire d'une ère coloniale révolue. Son architecture allemande s'élevait dans un ciel limpide et les tourelles gris ardoise fouettées par le sable sifflaient dans le vent. Chaque jour, Lydia balayait la véranda de la petite maison de bois que Stan avait louée, mais chaque nuit le sable revenait. Travaillant avec le froid de la nuit, les murs de bois craquaient, et Lydia se demandait si la maison ne se retrouverait pas un jour ensevelie sous un amoncellement de sable vierge.

— Joe ! Viens te laver, lança-t-elle à l'adresse de son fils qui faisait des cercles à vélo de l'autre côté de la petite clôture de piquets, dans un nuage de poussière.

Jamais Lydia n'oublierait le regard terrorisé de l'enfant lorsqu'ils avaient quitté leur maison du Cap. Ni, d'ailleurs, l'expression méprisante des policiers devant la trahison de son mari. Joe avait senti leur haine, elle le savait.

— Papa ne va pas tarder à rentrer. Alors va vite te laver, dit-elle en le poussant doucement vers la maison.

— Les gens viennent ce soir ? demanda Joe.

Des étrangers venaient souvent la nuit. Ils s'installaient avec son père et parlaient jusqu'à l'aube, tandis que sa mère leur servait à manger. Ils fascinaient Joe. Lorsqu'ils apparaissaient dans la brume du désert, ils étaient tellement silencieux qu'il se demandait s'ils étaient réels avec leurs visages émaciés et leurs yeux avides.

— Je peux les voir ce soir ? Juste un peu ? demanda Joe qui aimait à inventer des histoires sur les amis de son père.

— On verra, dit Lydia.

Ce qui voulait dire non, Joe en était sûr. En présence de Lydia, ces hommes demeuraient muets, mais elle savait au moins de qui il s'agissait. C'étaient des exilés, noirs et blancs, qui tous survivaient tant bien que mal dans l'aridité étouffante du désert qui les séparait de leur pays.

Grâce au S.W.A.P.O. – mouvement indépendantiste du Sud-Ouest africain – qu'ils avaient rejoint, ils parvenaient à poursuivre leur combat. Ils vivaient dans l'espoir que leurs voix porteraient un jour au-delà du désert.

— De quoi avez-vous parlé ce soir ? demanda plus tard Lydia à Stan.

Il s'était glissé dans leur lit, l'haleine chargée d'alcool et de tabac.

— Rien de particulier, répondit Stan, comme toujours, en se retournant de l'autre côté.

Allongée à côté de son mari, sans que leurs corps ne se touchent, Lydia regardait le plafond de la petite chambre. Elle avait essayé de la rendre jolie. Elle avait drapé de la dentelle sur les montants du lit et s'était débrouillée pour que les draps dégagent un parfum de rose, qui lui rappelait la maison. Instinctivement elle se rapprocha de Stan. Serrée contre lui, elle sentait la chaleur de son dos et aurait voulu qu'il se tournât vers elle. Ils n'avaient pas fait l'amour depuis des années et son corps était dévoré de désir pour lui. Autrefois, c'était Lydia qui ne voulait pas de lui parce qu'elle croyait le cœur de Stan pris ailleurs, mais, depuis qu'elle brûlait pour lui d'un amour renouvelé par la fierté, il ne s'approchait plus d'elle.

— Tu te rappelles le jour où nous étions dans les montagnes près de Franschoek ? demanda Lydia, songeant à leur premier rapprochement lorsqu'un murmure était promesse d'amour et non menace. Y penses-tu parfois ?

Stan se tourna vers elle avec un grand soupir et la dévisagea dans le clair-obscur. Comme une miche de pain, le clair de lune était découpé par les lames des volets dont les ombres barraient le visage de Lydia.

— Je suis désolé, dit-il doucement.

— Pourquoi ?

Lydia promena sa main le long du corps de son mari jusqu'à sentir sous sa paume la ferme élévation de ses fesses.

— Je t'aime, dit-elle en l'embrassant sur le bout du nez.

Brûlant de la passion qu'ils avaient autrefois partagée, tout son corps appelait ses caresses. Se redressant sur les coudes, elle regarda son mari. Même dans la pénombre, il avait un regard morne, alors que le sien était enflammé.

— J'ai envie de toi, murmura-t-elle.

Stan fut soudain pris de peur. Depuis les émeutes de Sharpeville, la peur ne le quittait plus. Peur que ses actes ne détruisent sa famille avant d'en détruire la cause; peur de ne plus revoir le pays qu'il aimait. Mais, comme s'il se réveillait d'un long sommeil, Stan sentit son corps se réchauffer au contact des doigts de Lydia s'insinuant dans la toison de sa poitrine.

— Joe dort ? murmura-t-il.

Au contact de la main de Stan descendant le long de sa jambe, Lydia se cambra.

— Oui.

Elle remonta sa chemise de nuit au-dessus de sa tête. Comme elle levait les bras, la luminosité de la nuit zébra son corps nu, et Stan la regarda, émerveillé. Elle était superbe et il avait envie d'elle. Approchant les lèvres de ses seins, il en caressa les pointes qui se redressèrent, puis il étreignit son corps nu.

— Comme ça a été long, murmura Lydia.

Sa respiration s'accéléra. Sa voix était comme le murmure du vent. Ce vent qui balayait le désert, interpellant les créatures invisibles cachées dans le sable. La voix de Lydia avait interpellé sous la peur l'amour que Stan n'avait jamais cessé d'éprouver pour elle.

— Je croyais t'avoir perdu.

Leurs corps pressés l'un contre l'autre, ils cherchaient à se retrouver.

C'était la nuit. Assise dans la salle presque vide de l'aéroport de Brazzaville, Rébecca contemplait le verre de jus d'orange tiède sur la table boiteuse. Autour d'elle, l'air était chaud et compact; on n'entendait que le raclement des chaises et des pieds sur le sol en lino. Une mouche bourdonnait paresseusement au-dessus de son verre. Rébecca était convaincue de goûter, pour la dernière fois, la magie de l'Afrique. Une troupe de gamins noirs la dévisageait à travers les vitres sales de l'aéroport. C'était l'oiseau d'argent que les enfants étaient venus voir et leurs yeux énormes étaient encore tout remplis de leur émerveillement à le regarder se poser. Ils attendaient que l'avion décolle, comme un dodo qui aurait retrouvé ses ailes. Elle avait envie de pleurer. C'était la dernière fois qu'elle respirait le même air africain que Luke, qu'elle savourait le doux parfum du frangipanier.

— Nous embarquons, mademoiselle, dit une hôtesse. Vous n'avez pas entendu l'appel?

— J'arrive, dit Rébecca en souriant.

— Vous dormirez jusqu'à la prochaine escale.

— Où devons-nous encore atterrir?

— Athènes, Rome, Zurich, Paris et Londres, énuméra l'hôtesse, comme s'il s'agissait d'arrêts d'autobus. C'est ce qu'on appelle le « circuit du laitier ». Je vous quitte à Rome.

Lorsqu'elle quitta le sol africain pour poser le pied sur la passerelle, Rébecca essaya de cacher son émotion.

— Vous restez quelque temps à Rome? demanda-t-elle à l'hôtesse.

Rébecca était sûre d'avoir aperçu Luke à l'aéroport.

Depuis que l'avion avait quitté Johannesburg, elle ne pensait à rien d'autre. Le seul fait de l'avoir entrevu avait été plus traumatisant que tout.

— Vous allez en Angleterre pour les vacances ou pour travailler? demanda l'hôtesse en plaçant le sac de Rébecca dans le compartiment à bagages au-dessus de sa tête.

— Étudier.

Rébecca prit la fiche de sécurité du Boeing 707. L'idée d'un accident ne l'avait pas effleurée. Son esprit était ailleurs, et même l'atterrissage difficile à Brazzaville ne l'avait pas inquiétée. Par bien des côtés, elle était déjà morte.

— Après le décollage, vous pourrez vous étendre et dormir, dit l'hôtesse en lui tendant une couverture.

Pour oublier qu'elle était partie, Rébecca aurait voulu dormir jusqu'à son arrivée en Angleterre. La vue de Luke avait ranimé les flammes d'un amour perdu, et l'image de sa mère, si misérable, restait gravée dans sa mémoire.

Comme l'avion s'élevait dans le ciel, Rébecca plongea le regard dans la nuit noire qui dissimulait mal l'Afrique; çà et là des lumières niaient qu'aucune obscurité parviendrait jamais à la cacher. Ignorant son départ, des gens comme Macaroni devaient chanter autour de feux de camp.

15.

Dès son arrivée en Angleterre, Rébecca oublia la culpabilité de l'Afrique du Sud et tourna le dos à son passé. S'efforçant d'oublier Luke et l'Afrique, elle se lança dans une nouvelle vie.

A l'exemple de Paul et d'Elize, Rébecca ne mit pas longtemps à s'acclimater à Londres. Mais, bien qu'ils l'aient accueillie avec chaleur, ils demeuraient liés à une étape révolue de sa vie, aussi ne tarda-t-elle pas à se constituer son domaine propre. Elle s'installa à North End Road, dans un studio minuscule ne contenant qu'un lit, un fauteuil et un réchaud à gaz, mais qui n'en était pas moins le foyer d'où elle prit un nouveau départ.

Les Beatles avaient réveillé une nation sommeillante et, pour la première génération de l'âge nucléaire, l'Angleterre incarnait l'espoir. Jamais les occasions de réussite n'avaient été si nombreuses; Rébecca en profita pour gagner la liberté et découvrir une part d'elle-même qu'elle n'avait jamais soupçonnée.

C'était par un lundi matin pluvieux. S'étant arrêtée dans King's Road, Rébecca cherchait à travers les vitres embuées de sa vieille Dauphine le magasin où elle avait rendez-vous.

Elle faisait la tournée pour une agence de publicité de tous les commerces de vêtements d'homme du quartier et s'employait à convaincre leurs responsables de déployer dans leurs magasins le matériel qu'elle transportait. La boutique qu'elle devait visiter ce jour-là tranchait complètement avec celles du reste de la rue. Le rajeunissement des années soixante ne l'avait pas touchée et sa façade crasseuse était peu engageante.

— Bonjour, dit-elle du pas de la porte avec un grand sourire à l'adresse du vieil homme qui se tenait derrière un comptoir surchargé.

Samuel Netherby leva la tête, mais se retint de répondre à son sourire; il était aussi gris que ce lundi matin. Redressant le mètre qui pendait à son cou, comme il eût fait d'une cravate, il regarda Rébecca se débattre pour entrer. Elle avait une grande boîte d'affiches sous le bras et tenait un mouton de carton à la main. L'œil vide derrière des lunettes sales, le vieux tailleur la regardait mouiller son paillasson.

– Ça mouille, hein ? prononça-t-il enfin.

Ses lunettes lui glissèrent sur le bout du nez.

– Un peu, fit Rébecca sans se départir de son sourire.

Elle scrutait la pénombre du magasin encombré qui sentait le gaz et l'humidité. Un feu crépitait dans un coin et les fenêtres étaient couvertes d'une vieille crasse qui défiait le jour d'entrer.

L'espace entier était couvert de rouleaux de tissu et de formes d'essayages étalées sur le plancher, frêles cadavres de fil de fer. Dans un coin, un antique mannequin masculin était appuyé au mur comme un ivrogne et un autre gisait sur le dos dans une tombe d'étoffes. Loin de la rebuter, ce désordre stimulait étrangement Rébecca.

– Vous êtes sans doute M. Netherby ?

Sous son regard suspicieux, elle s'avança, main tendue, vers le comptoir et trébucha sur un rouleau de tweed.

– Si vous avez l'intention de garer cet animal ici, vous vous trompez d'adresse, lui dit, sans prendre sa main, le vieillard retranché derrière un rempart de poussiéreuses bobines de fil.

– Ne vous inquiétez pas. Je lui trouverai une place.

La seule présence de Rébecca éclairait cet antre lugubre d'une lumière de printemps et le vieux tailleur ajusta ses lunettes pour mieux la distinguer. D'une minijupe sortaient de longues jambes qui disparaissaient dans de hautes bottes de daim. Il n'avait jamais vu une aussi belle créature. Mais Samuel Netherby dissimula son contentement derrière un rictus maussade.

– Vous venez du syndicat de la laine ? demanda-t-il.

Il porta son attention sur le mouton appuyé contre la jambe de la jeune fille.

– Vous avez deviné ! répondit-elle, considérant d'un regard circulaire le désordre des marchandises. Avez-vous jamais songé à vendre un peu de ce stock ? Vous pourriez en tenir boutique ?

– Vous croyez ? fit Samuel, conscient que le sourire qu'il avait jusque-là retenu s'esquissait malgré lui au coin de ses lèvres. Je ne placarderai pas non plus ces affiches ici ! lâcha-t-il en braquant son regard sur la boîte qu'elle avait sous le bras.

– Vous n'aurez pas à le faire, je vais le faire, dit Rébecca qui ne savait par où commencer. Nous lançons ce mois-ci une promotion de la laine. Appuyée par une campagne à la télévision et...

– Vous perdez votre temps, l'interrompit Samuel Netherby en fuyant son regard.

Veuf depuis douze ans, le vieux tailleur cachait dans sa boutique la solitude qui l'accablait. Il avait fait son temps. Tout avait changé et l'artisan n'avait plus sa place dans un monde qu'il ne comprenait plus et qui ne voulait pas de ce qu'il pouvait lui offrir. Son commerce était mort et lui-même occupait son magasin comme sa tombe.

– Vous pouvez bien flanquer ici tout un troupeau de vos moutons, mais tous ces voyous dehors n'en achèteront pas plus de laine!

Incapable de supporter l'éclat de Rébecca dans sa vie poussiéreuse, il disparut derrière son comptoir.

– L'artificiel, voilà ce qu'on veut aujourd'hui, reprit-il, réapparaissant avec une bouilloire en émail dont le couvercle écaillé tressautait sur un nuage de vapeur. Le sur mesure, on n'en veut plus.

Il jeta dans la bouilloire une maigre poignée de feuilles de thé et rabattit avec violence le couvercle dansant.

– Je les vois toute la journée traîner dans la rue. Les cheveux flottants sur les oreilles et de la rayonne sur les jambes, dit-il, suivant des yeux le long jet du thé qu'il versait dans une chope toute craquelée. Il n'y a pas de place ici pour ça.

– Mais vous devriez peut-être justement lui en faire! lâcha Rébecca, reculant devant son regard perçant.

Un rouleau de tissu tomba entre eux sur le plancher.

– Les temps ont changé. Il faut s'y adapter, reprit-elle, enjambant le rouleau de tissu. Pour le commerce du chiffon, c'est pareil, non?

– Le commerce du chiffon!

Mortellement offensé, Samuel Netherby contint sa colère en se concentrant sur sa bouilloire.

– Un peu de thé? proposa-t-il, faisant tourner lentement l'ustensile pour calmer sa fureur.

Devant ce vieil homme qui protégeait sa fierté derrière une bouilloire, Rébecca se sentit submergée par la tristesse.

– Je n'ai pas dit que je n'aimais pas votre magasin, monsieur Netherby. King's Road est l'endroit à la mode et les gens s'entretuent pour chacun de ses mètres carrés, dit-elle, s'efforçant de réparer le dommage qu'elle avait causé.

– Que voulez-vous dire par là? répondit-il, l'air provocant.

– Que vous êtes assis sur une mine d'or.

– Tiens donc! ricana Samuel Netherby, revenant à son thé et à la paix que lui inspiraient les feuilles tournoyantes. Je savais que vous veniez pour ça. Comme tous ceux qui se présentent ici pour me chasser de chez moi!

Pourtant, il avait bien vu que Rébecca n'était pas comme les autres. Elle n'avait rien de ces agents immobiliers aux regards fureteurs qui voulaient acheter sa boutique, la raser et s'approprier le sol précieux sur lequel elle s'élevait.

– Voulez-vous du thé, oui ou non? dit-il, lui secouant la bouilloire sous le nez. Ce sont de vraies feuilles et non pas de ces sachets troués!

Mais déjà Rébecca s'était approchée de la porte et l'avait ouverte en grand sur le monde extérieur.

– La voilà, la mine d'or! dit-elle pour l'encourager. Nous sommes en 1954, monsieur Netherby! Vous avez le monde à votre porte. Vous ne pouvez pas ne pas voir tout ce qu'il vous offre!

— Je vois surtout que la chaleur s'en va.

Le vieux tailleur disparut derrière le comptoir avec son thé, et Rébecca referma la porte.

— Vous ne voulez pas gagner d'argent ?

Revenant au comptoir, elle le chercha des yeux.

— Vous n'aimez pas l'argent ? poursuivit-elle, l'air engageant, comme il levait les yeux vers elle.

— Je n'ai pas dit ça, chérie, fit le vieil homme en remuant son thé. J'ai dit qu'il n'y avait pas de place ici pour votre mouton.

Sans la quitter des yeux, il avala avec un gargouillis une gorgée de thé.

— Mais vous ne le voyez donc pas ? reprit Rébecca, l'esprit bouillonnant de toutes les possibilités qui lui étaient apparues à peine franchi le seuil de la boutique. Si vous remplissiez ce magasin de tout ce que désirent tous ces gens qui déambulent devant vous, vous le videriez en un clin d'œil. Vos clients passent et repassent devant votre vitrine, ne demandant qu'à entrer ! Ils sont des millions et l'argent leur brûle les poches.

— Vraiment ?

— Oui.

— Vous parlez bien haut pour quelqu'un qui ne peut s'offrir qu'une demi-jupe !

— Tant pis, fit Rébecca. Inutile de vous laisser ça.

— En effet. Au revoir.

Il la regarda se débattre de nouveau avec la porte et retourna à son thé et à son passé.

— Je ne suis pas encore partie ! lança Rébecca en poussant la porte avec le pied. Inutile aussi, je suppose, de vous dire que cette pancarte indique « Fermé ».

— Quelle pancarte ?

— Celle qui est accrochée à votre porte. Le côté où est écrit « Ouvert » est tourné vers l'intérieur, dit-elle avec un grand sourire. Au revoir.

— Attendez !

Elle s'arrêta. Le vieil homme la transperçait du regard.

— Vous qui êtes si forte, que feriez-vous de ma boutique ?

Elle le regarda, stupéfaite.

— Restez. Il pleut toujours et ce mouton n'a pas d'imperméable.

Se fourrant dans la bouche une frite molle, Samuel Netherby écoutait Rébecca avec la plus grande attention. Leur repas de « fish and chips » s'étalait sur un journal à côté de la vieille machine à coudre qui les séparait. Rébecca, surexcitée, agitait les mains.

— Il faudra tout liquider ! Se débarrasser de tout ça et repartir à zéro.

— Moi aussi ? demanda le vieil homme, un sourire dans l'œil.

Sûr d'avoir reconnu en Rébecca le sens des affaires, il était gagné par son enthousiasme, mais ne voulait surtout pas le montrer.

— Non! Pas vous! Vous ferez les nouveaux vêtements. Mini, midi, maxi, sexy... mais toutes ces vieilleries doivent partir.

La voyant contempler l'antique machine à coudre, Samuel Netherby sentit se hérisser les cheveux follets de sa nuque.

— Vous n'allez pas me dire que vous vous en servez toujours?

— Vous ne l'aimez pas? dit-il, l'œil plissé, brillant de la lueur qu'elle y avait allumée. Vous projetez d'acquérir un de ces nouveaux engins, je suppose. L'un de ceux qui cousent des coutures autodestructrices?

— La meilleure machine! Et un jour, nous aurons un atelier et vous n'aurez plus qu'à compter la monnaie!

Il y eut un moment de silence, pendant lequel Samuel Netherby observa Rébecca avec curiosité.

— D'où venez-vous, déjà?

— D'Afrique.

Le vieux tailleur hocha la tête comme si cela expliquait tout.

— Vous m'avez demandé ce que je ferais de cette boutique. C'est bien ça, n'est-ce pas? dit Rébecca, les poings sur les hanches.

— Et vous me l'avez dit, chérie.

— Chiffons chics!

— Répétez.

Le vieil homme enfourna la dernière frite et se lécha les doigts, sans la quitter des yeux.

— Ce sera le nom de la boutique, « Chiffons chics ». Vous voyez ça! dit-elle, enthousiasmée. Blanc pur. Et rien d'autre que des miroirs et des kilomètres de décrochez-moi ça! Ce sera formidable!

— Ce serait, dit le vieil homme, s'essuyant la bouche avec un mouchoir sale qu'il roula en boule avant de le fourrer dans sa poche. Les factures le seraient aussi!

— Ce ne sera pas votre argent! Où croyez-vous qu'on prenne l'argent pour lancer une affaire? Vous avez bien le droit au bail, ici? dit Rébecca, se rapprochant de Samuel.

— Oui. Et je ne le céderai jamais.

— Je n'ai pas dit que vous aurez à le céder! Il servira de garantie à l'emprunt que nous ferons. Vous y êtes? De quoi transformer les lieux, acheter le tissu, les machines neuves, et tenir jusqu'à ce que ça rentre.

— Tenir quoi?

Le vieil homme roula le morceau de journal huileux et le jeta dans une poubelle qu'il manqua; le projectile heurta le sol, tel un dérisoire javelot.

— De toutes vos belles idées, chérie, il n'y a rien à retenir, dit-il, se levant pour ramasser le journal et le mettre dans la poubelle. Il vaut bien mieux vendre des « fish and chips ». Et les servir dans un journal plus distingué que celui-ci! conclut-il en désignant du menton le cornet imbibé d'huile de « Réveille ».

— Vous n'avez pas écouté un mot de ce que j'ai dit, n'est-ce pas?

Comment croyez-vous que Mary Quant et Biba ont commencé? Et regardez-les maintenant! Vous n'écoutez pas! Vous êtes assis là à me regarder pendant que je me ridiculise et vous n'avez pas entendu un mot de ce que j'ai dit!

— Je n'ai jamais dit ça, chérie, répondit Netherby en se rapprochant. Je me demandais tout simplement pourquoi une fille aussi jolie que vous perdait son temps à rêver.

— Je ne rêve pas.

Sentant le vieux tailleur s'approcher des plates-bandes de son passé, elle s'écarta vivement.

— Transformer cette boutique en affaire rentable, ce n'est rien d'autre que du bon sens, dit-elle. C'est vous qui rêvez! Moi, je regarde la vie en face!

— Ah bon! fit le vieil homme, hochant lentement la tête. Tout ce que vous dites tient debout, ma petite. Mais c'est sur vous que je m'interroge. Je me demande ce que vous avez laissé en Afrique qui vous poursuit de la sorte. Un jeune homme, peut-être?

— Je vous demande pardon, dit Rébecca, marchant vers la porte, mais je ne vois plus rien à dire.

— Si je vous confie ma boutique, j'en vois encore beaucoup!

Rébecca s'arrêta net.

— Je veux savoir où je mets les pieds, pas vrai? Vous me parlez raison et c'est du point de vue de la raison que je me place. C'est bien ce que vous voulez, non?

Rébecca, silencieuse, l'observait de la porte. Samuel Netherby haussa les épaules et se détourna pour qu'elle ne surprît pas son sourire.

— Les mains libres pour transformer cet endroit en une sorte de palais de la fripe? C'est bien ça que vous vouliez faire? Vous aurais-je mal comprise?

Il la regardait du coin de l'œil, par-dessus l'épaule, savourant le plaisir oublié que la présence de Rébecca lui avait fait retrouver. Dès l'instant où elle avait passé la porte de son magasin, elle lui avait volé son cœur, mais il n'était pas question qu'il se trahît.

— Loin de moi l'idée de m'opposer au progrès, mais si je dois vous laisser les cordons de ma bourse — et, d'après vous, c'est une très grosse bourse —, eh bien, la raison exige que je sache tout de mon associée. Vous ne croyez pas?

— Associée? Rébecca forma le mot dans un soupir d'incrédulité. En quel honneur?

Le sourire qu'il retenait depuis si longtemps s'imposa enfin.

— Pourquoi agissent les êtres humains, chérie? répondit le vieux tailleur, rejetant sur son épaule le bout de son mètre comme le pan d'un foulard de soie. En ce qui nous concerne, je n'y vois aucune raison, mais je parie que vous en trouverez une.

Depuis le départ de Rébecca, Simon avait pris sur lui de s'occuper de Constance. En raison de sa maladie, elle était peu à peu retombée en enfance, et il s'était fait son guide dans le seul monde qu'il connaissait. Enfermés dans ce monde d'innocence où l'instant seul importait, ils se comprenaient.

— Qu'est-ce que c'est ? demandait Constance, devant un objet oblong de papier bleu qu'examinait Simon alors qu'ils étaient assis ensemble à l'ombre du vieux chêne.

— Une lettre ?

Il tournait et retournait l'objet dans ses mains, se demandant si c'était bien une lettre. Miriam le lui avait donné le matin du même jour, mais il n'avait pas encore trouvé le moyen de l'ouvrir.

— Miriam !

Il courut vers la maison et s'arrêta en dérapage en la voyant apparaître sur le seuil de la cuisine.

— C'est une lettre ? demanda-t-il.

Il agitait l'enveloppe bleue, reculant à mesure qu'elle avançait, un grand panier de linge mouillé sur la tête.

— Qu'est-ce que c'est ? répéta-t-il trois fois en la brandissant sous le nez de Miriam, lorsqu'elle s'arrêta enfin devant le séchoir.

— C'est une lettre de Rébecca, répondit-elle, rattrapant le panier qui lui glissait de la tête. Je te l'ai dit.

Se penchant sur le panier, jambes écartées, elle exposa un majestueux postérieur.

— C'est une lettre de Rébecca ! annonça-t-il à Constance, lui agitant l'enveloppe sous le nez, avant de s'asseoir à côté d'elle. C'est pour...

Constance le regarda, les yeux vides, repartir en courant vers Miriam.

— C'est pour qui ? demanda-t-il, lui représentant l'enveloppe au moment où elle étendait une chemise sur le fil. Quoi ?

Il n'avait pas compris les mots qu'elle avait bredouillés, une pince à linge dans la bouche.

— C'est une lettre de Rébecca pour toi, répéta Miriam, fixant la chemise sur le fil.

— Pour moi ? fit-il, ébahi.

Un pan de chemise mouillé lui frappa la figure. Il le repoussa pour regarder Miriam. De nombreuses lettres de Rébecca étaient arrivées à Bonne-Espérance au cours des années, mais c'était la première fois qu'il en recevait une et il ne pouvait pas le croire.

— C'est pour moi !

Il courut jusqu'à Constance en agitant la lettre au-dessus de sa tête.

— Elle est à moi ! s'exclama-t-il en la lui montrant, tout excité. Je vais te la lire.

Il s'accroupit à côté d'elle pour l'ouvrir. Elle l'observait avec curiosité.

Il se releva d'un bond et repartit dare-dare vers Miriam.

— Miriam ! Ouvre-la !

Miriam glissa un index noir sous le rabat de l'enveloppe. Elle était furieuse – il le voyait à ses cheveux crépus qui se dressaient sur sa tête.

– S'il te plaît, ajouta-t-il avec son sourire le plus suave.

– Tu veux que je te la lise ?

Surexcité, Simon acquiesça.

– « Cher Simon... », commença Miriam.

– C'est moi, dit-il, rayonnant de fierté.

Simon avait près de seize ans, mais il demeurait un enfant dans le corps d'un adolescent qui serait bientôt un jeune homme, et Miriam se demandait ce que la lettre de Rébecca pourrait signifier pour lui et si même il savait qui était Rébecca. Londres ne lui disait rien, pas plus qu'à Simon. Elle revint à la lettre, plissant les yeux pour déchiffrer les mots anglais.

– « Comment vas-tu ? »

– Bien, répondit Simon, louchant sur la feuille, tandis que Miriam se concentrait sur la suite, omettant les mots qu'elle ne comprenait pas.

– « J'ai une boutique. Elle s'appelle Chiffons chics... »

Miriam regarda Simon, stupéfaite, puis revint à la lettre...

– Quoi ! s'exclama-t-elle, incrédule, épelant lentement les mots comme pour leur donner sens, avant de rendre la lettre à Simon avec un haussement d'épaules. Le maître lira la lettre quand il reviendra.

Simon lui arracha la feuille de papier, tournoya dans le creux que ses piétinements d'impatience avaient formé dans le sol et courut vers Constance en lançant un « merci » à Miriam.

– Tu veux que je te la lise ? proposa-t-il à Constance. Tu veux m'écouter ?

Il se baissa pour mieux la voir. Elle regardait droit devant elle, le regard vide.

– C'est pour moi. C'est une lettre pour moi. C'est de Rébecca, dit-il, tenant le papier à l'envers.

Constance n'avait pas idée de ce qu'il voulait dire, mais elle lui sourit.

– Cher Simon, comment vas-tu ? Moi, je vais bien. J'ai une boutique. J'ai acheté des chiffons et je suis heureuse...

Il se gratta la tête, essayant de se rappeler ce que Miriam avait dit d'autre, et scruta l'alignement de mots qui ne signifiaient rien pour lui.

– La boutique vend de la farine ! poursuivit-il, évoquant la seule boutique qu'il eût jamais connue. C'est dans de grands sacs.

Il laissa tomber la lettre à côté de lui et sourit.

– C'est bien ?

– C'est bien, répéta Constance.

Bien que se demandant en quoi de la farine en sacs était bien, elle l'approuva de la tête.

– Il y a une fourmilière près de la boutique. Une grande fourmilière, continuait Simon qui avait complètement oublié la lettre et embrayait sur ses pensées.

Il avait depuis longtemps décidé que Rébecca était retournée dans la petite ville minière qu'il détestait, le seul endroit assez éloigné pour la retenir aussi longtemps.

— C'est une grande fourmilière avec un arbre dessus qui a des jambes mortes.

Au son lointain d'une moto, il oublia tout et leva la tête. Entre tous, il distinguait le bruit de la moto de Riaan. Saisissant la main de Constance, il la tira de son siège.

— C'est Riaan, vite! s'exclama-t-il.

Riaan du Toit passait régulièrement la fin de l'après-midi à Bonne-Espérance avec Simon et Constance. Il démontait la vieille Humber Super Snipe que David lui avait laissée pour y puiser des pièces de rechange et il avait découvert que Simon pouvait le faire aussi bien qu'un autre.

Les voitures fascinaient Simon. Il mémorisait toutes les pièces que Riaan lui tendait, si petites fussent-elles, si bien qu'il avait dans la tête un classement méticuleux de tous les joints, des bougies, du moindre écrou, du moindre boulon. Pour la première fois de sa vie, Simon pouvait être fier de lui, fierté que partageait Constance. Pendant ces séances, elle s'installait à côté de lui, la jupe déployée pour y recueillir les pièces dont il faisait la liste. Chaque fois qu'elle en prenait une, il la félicitait. Ils constituaient une équipe formidable.

— J'ai eu une lettre de Rébecca aujourd'hui, dit Simon le plus simplement du monde à Riaan qui travaillait sous la voiture.

— Comment va-t-elle? demanda Riaan.

Mais Simon ne l'entendit pas. Il aimait voir le visage de Riaan maculé de cambouis lorsqu'il travaillait sur la voiture et il se passa précautionneusement la main sur la figure pour obtenir le même effet.

— Comment va Rébecca? répéta Riaan.

— Bien, dit Simon, espérant qu'il ne lui demanderait pas de lui lire la lettre.

Scrutant le dessous du châssis, il changea de sujet :

— Qu'est-ce que c'est que ça?

— Que dit Rébecca? reprit Riaan, s'extirpant de dessous la voiture.

Il y avait cinq ans et demi que Rébecca était partie en Angleterre et Riaan avait toujours fait en sorte que Luke fût informé de ses faits et gestes.

— Elle va rentrer? demanda-t-il.

Il s'essuya le front, laissant des traces de cambouis qui enchantèrent Simon.

— Elle n'est pas installée là-bas pour toujours, n'est-ce pas?

Cinq ans et demi. Jamais Riaan n'aurait cru qu'elle resterait si longtemps, et il avait du mal à se convaincre qu'elle reviendrait un jour.

— Je ne sais pas, répondit Simon avec un imperceptible haussement d'épaules.

Sachant que sa version de la lettre ne satisferait pas Riaan, il la tira de sa poche et la lui tendit en disant d'un ton détaché :

– Tu peux la lire.

A la vue des deux taches de graisse laissées par ses doigts sur le papier, il rayonna de fierté. Puis, se rapprochant de Constance, il lui demanda si elle voulait partir, car il avait remarqué à son expression qu'elle avait besoin d'aller aux toilettes.

– Viens, reprit-il.

La prenant par la main, il l'aida à sortir de son fauteuil et les pièces qu'ils avaient si impeccablement classées tombèrent par terre.

– Ça fait rien, ajouta-t-il pour signifier qu'il lui pardonnait.

Un sourire de satisfaction éclaira le visage de Constance, l'informant qu'elle venait de mouiller sa culotte. Comme si de rien n'était, il la conduisit vers la maison.

– Je reviens! lança-t-il à Riaan, par-dessus son épaule, avant d'adresser à Constance, dont la robe trempée collait aux jambes, un sourire de réconfort. C'est rien.

Adossé au mur de la cave pour lire la lettre de Rébecca, Riaan sentait à chaque mot son cœur chavirer. Écrite pour Simon, avec une simplicité enfantine, elle était criante de vérité. En Angleterre, Rébecca s'était lancée dans une nouvelle vie. Elle avait prouvé un sens surprenant des affaires en ouvrant avec Samuel Netherby une petite boutique qui était un succès. La lettre évoquait un temps et un lieu étrangers aux grands espaces d'Afrique et dont Luke, s'aperçut Riaan, était exclu. Il n'existait même pas entre les lignes et, relisant la lettre, Riaan tenta de comprendre pourquoi.

S'étant de lui-même désigné gardien de l'amour qu'il avait constaté entre Luke et Rébecca, Riaan éprouva soudain un sentiment d'échec. Le même qu'il avait ressenti lorsque la vieille camionnette était tombée en panne d'essence. Jusque-là, Riaan avait cru que Luke et Rébecca se retrouveraient un jour. Il croyait leur amour au-delà du temps et de la distance. Il s'était trompé.

Posant la lettre sur le capot de la vieille Humber, Riaan se glissa de nouveau dessous. Il lui faudrait du temps pour mettre au point ce qu'il allait dire à Luke et nulle part il ne réfléchirait mieux qu'à l'ombre de l'épave.

Luke avait depuis longtemps choisi d'ignorer les ombres du temps qui s'allongeaient entre Rébecca et lui. Avec la naissance de son fils, près de six ans auparavant, il avait dû regarder la réalité en face et se juger plus honnêtement. A vingt-sept ans, marié et père d'un petit garçon, il s'était efforcé d'accepter le tour que le destin lui avait joué avec la naissance de ce fils. Le regard d'Anton exprimait une compréhension étonnante pour son âge. Autour de lui, Luke avait essayé de construire un vrai mariage et décidé d'oublier Rébecca. Mais la lettre de Riaan le lui prouvait assez : il n'avait rien oublié de Rébecca. Elle occupait toujours son cœur et minait la façade sereine qu'il présentait au monde extérieur.

Entre-temps, l'Afrique du Sud était devenue république. Elle avait coupé ses liens avec le Commonwealth, l'engrenage de l'apartheid avait bouleversé la vie des gens sans excepter celle de Luke. Il travaillait à l'application du système, mais évitait d'y penser. Enfermé dans un mariage vide, il n'avait jamais osé regarder ailleurs de peur de vertige. Comme des centaines d'autres dans le pays, les horreurs du système où il était plongé lui avaient engourdi l'esprit et il préférait faire l'autruche. Il dirigeait l'entreprise de traduction et d'imprimerie subventionnée par le gouvernement, où le père d'Althéa l'avait fait entrer, et l'argent qu'il gagnait entretenait son foyer.

Pour Althéa, les choses étaient toutes différentes. Même si elle savait que ce n'était pas par amour qu'ils étaient ensemble, Luke l'avait enfin prise pour épouse et elle l'avait accepté. Elle était devenue ce que son père avait voulu qu'elle devînt : une respectable épouse, qui n'avait jamais songé à exiger l'amour.

« Je ne pense pas que Rébecca revienne jamais. » Les mots de Riaan obsédaient Luke, ce jour-là, dans le parc de Johannesburg. Le même parc où, des années plus tôt, il déjeunait d'un sandwich. Il était assis sur le même banc où il s'asseyait jadis, mais alors il y lisait les lettres de Rébecca. Lettres d'une petite fille qui était devenue une femme et qui avait volé son cœur.

Appuyant la tête au dossier de bois, Luke s'efforça de se concentrer sur le reste de la lettre de Riaan. Sur ce qu'il disait de Simon et de ses aptitudes mécaniques. De la maladie de Constance et de Bonne-Espérance, qui avait changé. « Même papa dit que les choses ne sont plus les mêmes. »

Le vignoble avait retrouvé sa place d'antan au premier rang du Cap. Son pinot était remarquable et ses nouveaux vins excellents, mais Bonne-Espérance avait perdu son âme. Le départ de Rébecca l'en avait privé et David n'y venait plus. Envers ma femme, il se conduisait en étranger, agressif et désemparé.

Ébloui par le soleil, il ferma les yeux. L'image de Rébecca se mit à danser contre le voile rouge de ses paupières. La nostalgie lui torturait la mémoire. Il aurait aimé l'arracher à sa vie anglaise. Il était jaloux et voulait la serrer dans ses bras pour retrouver le trouble du contact de leurs corps.

Il se leva du banc et s'éloigna en froissant la lettre de Riaan jusqu'à la réduire en une boule qu'il lança dans une corbeille métallique. Il n'avait pas remarqué le Noir qui la fouillait. La boulette rebondit contre l'homme pour revenir rouler devant ses pieds et ce fut alors qu'il le vit. Ramassant la lettre, irrité, il leva le bras pour la relancer.

— Ne me frappez pas, *baas*! cria le noir, terrorisé.

Luke, surpris, s'arrêta net.

Vêtu d'un pantalon bouffant et raide de crasse, les mains repliées sur la tête pour se protéger, l'homme était tétanisé par la peur.

— Ne me frappez pas, *baas*..., cria l'Africain, terrorisé. Non, *baas*... Ne me frappez pas, *baas*..., répétait-il en reculant vers les buissons.

Luke le regardait, pétrifié. Jamais personne n'avait réagi de la sorte devant lui. Les centaines de lois raciales qu'il avait traduites défilèrent soudain devant ses yeux. Chacune pesait sur l'étranger terrifié qui venait de le fuir.

— Je ne vais pas te faire de mal.

Il s'avança vers le Noir, mais trop tard, le misérable zombie qu'avaient fabriqué les lois du pays s'était évanoui comme des millions de ses frères. Le gouvernement d'Afrique du Sud avait atteint son but. Pour la première fois, Luke prenait conscience de son rôle dans la destruction d'un homme.

Comme si un voile s'était levé de ses yeux, il voyait des choses qu'il n'avait jamais vues auparavant. Des Noirs enveloppés de couvertures grossières couchés dans le froid de la nuit, attendant l'autobus qui les conduirait hors des beaux quartiers réservés aux Blancs. Des femmes et des enfants expulsés pieds nus par la police, de maigres baluchons sur la tête. Des bulldozers aplatir des bidonvilles, détruisant ce qui restait d'amour-propre à leurs habitants. Et surtout, pour la première fois de sa vie, Luke voyait la peur. L'existence qui l'avait si longtemps protégé de sa propre vérité perpétuait un système qui réduisait des êtres à des ombres terrifiées.

— Je ne peux pas vous dire ce que je vais faire, papa, parce que je ne le sais pas! Tout ce que je sais, c'est que je ne peux pas continuer comme ça.

Il y avait près d'un mois que Luke avait rencontré le Noir dans le parc. Face à Jan Strydom, il était très calme. Ils se trouvaient dans le salon de la maison dont Althéa avait essayé de faire un foyer. C'était une grande maison blanche du faubourg de Linden, au milieu de grands arbres et de vastes pelouses.

— Et ta famille? lui demanda son beau-père, les yeux pleins d'une colère qu'il avait grand-peine à contenir. Tu ne peux pas te débarrasser comme ça de ta femme et de ton fils, fût-ce pour un idéal, mon garçon! Tu as une bonne situation. De quoi vas-tu vivre? De quoi ma fille et mon petit-fils vont-ils vivre? Du communisme? C'est ça que tu veux? Réponds-moi!

Luke détourna la tête et son petit garçon s'approcha de lui. Le regard plein de questions qui le dépassaient, il souriait mécaniquement. Il avait senti la tension qui s'était établie dans la maison à l'arrivée de son grand-père. Remarquant la crispation de sa mère pendant qu'ils parlaient, il avait tenté d'attirer son attention, mais Althéa l'avait ignoré.

— Je désire changer de travail, je ne peux rien dire d'autre, reprit Luke, passant la main dans les cheveux de son fils. Je ne veux pas faire la même chose toute ma vie. Il est temps d'entreprendre quelque chose de différent. C'est tout, conclut-il, sans avoir évoqué l'horreur que lui inspirait l'apartheid.

— Mais que diable penses-tu que nous faisons tous? explosa Jan

Strydom, cramoisi de fureur. Tu te crois différent des autres ? Tu juges au-dessous de ta dignité de travailler pour gagner ta vie comme nous tous ? C'est ça ?

— C'est une question de respect de soi. Je ne peux plus faire ce que je fais maintenant. Je ne peux plus servir un système qui refuse aux Noirs leur place dans leur pays.

— Avec tes idées il n'y aura bientôt plus de pays, lâcha Strydom, vibrant de colère.

Anton crut voir de la fumée sortir par les oreilles de son grand-père.

— Viens ici, dit Jan Strydom, faisant signe à l'enfant. Je veux te parler. Viens !

Mais l'enfant ne bougea pas, se cramponnant à son père.

— Il n'a rien à voir avec tout ça, intervint Luke, s'efforçant de garder son calme.

Il sentait le petit garçon trembler et voulait à tout prix le protéger.

— Ma femme et mon fils, je m'en charge, pa, et je préférerais que nous ne les mêlions pas à ça.

— Tu admets donc qu'il est bien ton fils ! rugit Jan Strydom.

Absorbé dans la contemplation de sa jambe, le petit garçon essayait de calculer combien il lui manquait de centimètres pour qu'elle soit aussi longue que celle de son père. Mesurer des jambes valait mieux que d'écouter son grand-père. Qu'il n'avait jamais vu aussi en colère et qui en plus parlait de lui !

— Viens ici ! réitéra Jan Strydom.

Avant qu'Anton ait pu s'esquiver, il l'attrapa et le présenta à Luke en disant :

— Regarde bien ton fils !

Anton baissa les yeux en rougissant sur ses jambes. Elles tremblaient. Suspendu comme une poupée dans les mains de son grand-père, il se sentait ridicule. Il avait envie de pleurer mais il se retint.

— Je voudrais descendre, Oupa, dit-il d'une voix douce, mais Jan Strydom ne l'entendit pas.

— Comme ce salaud de Mandela, tu diras bientôt que le gouvernement devrait remettre ce pays aux Noirs ! Voudrais-tu que ce repris de justice ait autorité sur ton fils ? Tu crois ce qu'il a déclaré lors de son jugement ? Il l'a dit lui-même, c'est un sale communiste ! Condamné pour terrorisme, le voilà qui parle de paix ! Pendant qu'explosent les bombes qui tuent les femmes et les enfants blancs, il est sous la protection des Russes et réclame la démocratie ! « Je ne vis que pour mes idéaux et je mourrai pour eux », voilà ce qu'il dit. J'aimerais le tuer de mes propres mains, je te le dis ! C'est un tueur. Un rouge ! Il veut faire main basse sur ce pays comme tous les autres outre-mer. Alors, quel sera notre avenir ? Crois-tu qu'ils te donneront du travail ? Crois-tu qu'il te restera *quelque chose* ? Regarde le Nord ! Regarde ce qui arrive quand ces singes noirs s'emparent d'un pays et dis-moi que l'aparthied est mauvais ! Dis-moi ce que tu feras de ta femme et de ton fils quand les Cafres rôderont dans les rues avec des sagaies et des couteaux, nous tuant comme ils s'entre-tuent? C'est ça l'avenir que tu souhaites à ta famille? C'est pour ça que nos pères se sont battus?

La vérité que recouvrait la diatribe de son beau-père fit frissonner Luke. Ce n'était pas la méfiance de Jan Strydom envers les Noirs qui le bouleversait, mais l'expression de sentiments qui étaient encore les siens quelques semaines auparavant.

— Quand avez-vous regardé un Noir pour la dernière fois, pa? Quand avez-vous parlé à l'un d'eux? Quand lui avez-vous demandé ce qu'il éprouvait? demanda Luke qui ne se contrôlait plus.

C'était Thabo, son ami d'enfance, qu'il avait devant les yeux. Un ami qui n'avait pas de couleur aux yeux innocents de l'enfance et qui s'était trouvé soudain projeté du mauvais côté, dans le système qu'il servait.

— Les Noirs ne sont pas différents de nous, pa! hurla-t-il, arrachant son fils à Jan Strydom. Mais si ce que vous dites est vrai, si c'est la vérité, alors nous ne devrions peut-être pas être en Afrique. Peut-être devrions-*nous* quitter le pays pour le leur laisser!

— Tiens! Tu songes à partir, toi aussi? Avec tous ceux qui décampent au premier signe de conflit. C'est ça ce que tu vas faire, Luke? Filer! Et après? Tu vas prétendre fuir l'apartheid et non pas la menace d'un gouvernement noir!

— Je n'ai jamais dit ça!

— Alors qu'as-tu dit d'autre, mon garçon, si je t'ai bien entendu?

Althéa regarda tour à tour son père et son mari, puis s'avança vers son fils.

— Viens, lui dit-elle gentiment.

Mais le petit garçon, qui avait senti sa peur, se cramponnait à Luke.

— J'ai dis viens, Anton! cria-t-elle alors.

— Laisse-le. Laisse-le écouter son père! dit Jan Strydom qui avait repéré le point faible de Luke. Dis à ton fils quel avenir tu lui réserves, Luke! Dis-lui quelle sorte de pays tu voudrais lui léguer! Un pays réduit en cendres par la mainmise communiste, sans même une goutte d'eau à boire!

— Excusez-moi, dit Luke, se levant pour partir.

Mais son beau-père le suivit.

— C'est cette femme, hein? lâcha-t-il dans un souffle vibrant de colère qui frappa Althéa de plein fouet.

— Viens! répéta-t-elle, essayant d'entraîner son fils.

L'enfant hurla et serra la main de son père.

— Anton! cria-t-elle, le giflant durement.

— J'ai dit tout ce que j'avais à dire, pa, dit Luke, reprenant son fils et le serrant contre lui. Je quitte la compagnie, prenez-le comme vous voulez. Je ne veux plus rien avoir à faire avec le gouvernement, mais ce pays demeure le mien!

Son fils en pleurs dans les bras, il se dirigea vers la cuisine, son beau-père sur ses talons.

— Laisse-le, pa! hurla Althéa, mais son père n'entendait rien.

— C'est cette sale Anglaise, j'en suis sûr! C'est ça, Luke, hein? Dis la vérité! Il aurait aimé massacrer son gendre. Tu ne penses que par elle! Tu répètes ses idées de Cafre! Cette Anglaise te tient toujours.

— Rébecca n'a rien à voir dans ma décision!

Au nom de Rébecca, Althéa se détourna. Ce nom avait touché en elle une zone qu'elle croyait morte.

— Tu voudrais me faire croire que tu ne l'as pas revue depuis ton mariage? Ne mens pas! gronda Jan Strydom, se rappelant le jour où sa fille avait tenté de se tuer. Tu voulais voir morts ma fille et mon petit-fils!

— Pa!

Le cri d'Althéa avait retenti comme celui d'une bête blessée. S'emparant d'Anton, elle se rua hors de la pièce.

— Maintenant, mon garçon, tu vas bien m'écouter, reprit Strydom, ivre de rage. Si jamais ma fille ou mon petit-fils viennent à souffrir de ta conduite, si quoi que ce soit leur arrive à cause de toi, je ne donne pas cher de ta peau!

Luke demeura prostré, plusieurs minutes, après le départ de Jan Strydom. Le salon, soudain silencieux, était entièrement blanc. La moquette était immaculée comme au jour de sa pose et l'éclat du moindre objet témoignait du passage constant du chiffon d'Althéa. La maison sentait la cire, odeur qui lui rappelait son enfance. Elle masquait, comme l'apartheid, celle de la mort.

— Est-ce que pa avait raison? demanda Althéa.

Sous le choc des paroles de son père, elle observait Luke de la porte.

— Pourquoi toujours chercher d'autres raisons que les vraies, Althéa? Je te l'ai dit. Je ne peux pas continuer à servir un système comme l'apartheid.

Il s'avança vers elle, mais elle recula.

— Où est Anton? demanda-t-il, soudain mal à l'aise à la pensée de l'enfant.

— Ce qui s'est passé, Luke, n'a pu lui faire que du mal, dit Althéa, cherchant dans ses yeux la réponse à la question qui la tourmentait. C'est elle? C'est Rébecca? Tu vas me quitter, Luke? C'est pour elle que tu vas partir?

Incapable de contrôler le tremblement de sa voix, elle éclata en larmes.

— Je ne pars nulle part, Althéa! protesta-t-il, accablé par la culpabilité, car elle l'avait touché au plus secret du cœur.

Protestation sans écho. Le regard d'Althéa était chargé de la même condamnation sourde que celui de son père. Luke était désarmé devant cet aveuglement.

— Je ne veux pas faire plus longtemps le sale travail que j'ai fait pour le gouvernement! Tu comprends? M'écoutes-tu seulement, Althéa? On ne

314

cesse ici d'écraser les faibles et j'y ai participé. Je fais vivre ma famille en contribuant à perpétuer l'oppression des Noirs! Rébecca n'est pas en cause. Je ne veux pas être complice un instant de plus de ce qui se passe dans ce pays!

— Alors pa a raison! Tu penses que les Noirs devraient gouverner...

— Ce que je pense, je n'en sais rien, Althéa.

Face à l'apartheid, Luke avait perdu ses marques. Il refusait le système qui avait jusque-là commandé sa vie, mais ne voyait rien pour le remplacer.

— Je ne sais pas, détacha-t-il d'une voix unie.

Elle hocha la tête, mais il savait qu'elle ne l'avait pas compris. Elle n'avait rien entendu d'autre que l'appel muet de tout son être à Rébecca, déclenché par l'accusation de Jan Strydom.

— Je suis désolée.

Althéa s'était éloignée. Elle était partie à l'autre bout de la pièce pour lui servir un whisky, comme elle le faisait chaque soir, et revenait avec un sourire repentant. Elle lui tendit le verre, laissant leurs doigts se frôler.

— Il y a sûrement une solution, Althéa, dit-il, recherchant dans ses yeux le signe le plus fugitif de connivence.

Elle l'approuva de la tête avec un sourire éclatant.

— Me fais-tu confiance pour la trouver? Pour trouver une façon de vivre ici en Afrique qui ne soit pas destructrice? Qui respecte tous les habitants de ce pays?

Althéa souriait toujours, mais la peur était revenue dans ses yeux. Luke venait de lui rappeler les millions de Noirs. C'était comme s'ils faisaient intrusion dans la maison qu'elle avait mis toute son âme à retrancher de leur masse confuse.

— Que crains-tu? reprit Luke, lui prenant la main et la regardant au fond des yeux.

Que de temps il avait passé à tâcher sans résultat d'apaiser sa peur des Noirs!

— Anton!

Ayant aperçu son fils par la porte ouverte, elle bondit pour éviter d'avoir à répondre.

— Qu'est-ce que tu fais là, chéri? Je vais te coucher.

— Pourquoi Oupa était en colère?

Le pantalon de pyjama d'Anton lui avait glissé des hanches et tire-bouchonnait sur ses jambes comme deux accordéons froissés, tandis que son regard allait de sa mère à son père, inquiet de leur tension.

— Oupa ne t'aime plus, pa?

— Tu devrais être au lit, fit Luke, le prenant dans ses bras.

Les mèches blondes de son fils lui chatouillaient le menton. Il aurait voulu le réconforter, mais ne savait comment. En vérité, très peu des siens lui conserveraient leur estime et il n'existait pas de conte de fées qui puisse embellir le mensonge de sa vie.

— J'ai eu peur, avoua l'enfant, questionnant son père de ses grands yeux bleus. Pourquoi ma a-t-elle peur ?

— Je suis sûr au moins d'une chose, lui dit Luke, regardant Althéa. Si tu n'as pas peur, ma n'aura pas peur. Tu crois pouvoir ?

Posant son fils sur le sol, il le prit par la main et l'entraîna vers la porte, tout en continuant à lui parler, mais Althéa savait que c'était à elle qu'il s'adressait.

— Lorsque nos mamans ont peur, cela dépend de nous qu'elles n'aient plus peur. Voilà le rôle d'un garçon. Nous devons montrer à notre maman qu'il n'y a pas de raison d'avoir peur. Que ton papa sera toujours là. Tu crois pouvoir le faire ? lui dit-il avec un sourire d'encouragement.

— Oui, répondit le petit garçon d'une voix décidée qui parvint à Althéa, restée dans le salon, et dont la peur se trouva ravivée.

Luke ne comprenait pas. C'était à elle que revenait de protéger son fils des menaces du monde. Elle s'y était efforcée dès avant sa naissance et elle avait échoué.

16.

Althéa observait Naomi, assise à l'autre bout de la grande table de la salle à manger, qui déversait un flot incessant de mots vides de sens. Depuis plusieurs mois qu'avait eu lieu la crise, rien n'avait été dit, mais elle savait avoir perdu son mari. Luke avait complètement changé. Il était devenu un parfait étranger et il n'était pas un de ses faits et gestes qui, le croyait-elle, ne menaçât son enfant.

Naomi voulait connaître les projets de son frère, puisqu'il avait lâché l'entreprise qu'il avait dirigée avec son beau-père. Mais elle n'attendit pas sa réponse. Parlant sans cesse, elle n'écoutait rien et Althéa sentait sa tête près d'éclater. Elle était toujours mal à l'aise chez la sœur de Luke, car elle s'y sentait à tous les points de vue inférieure. Naomi avait épousé un riche homme d'affaires dont elle avait pris le langage et l'argent. Dick Davidson était un Africain du Sud anglophone. Il coiffait le marché du disque en pleine expansion; la richesse ruisselait de leur grande maison de Houghton. Elle ruisselait aussi de Naomi; mais Naomi était vide. Glaciale sous sa beauté, elle terrifiait Althéa par tout ce qu'elle représentait.

— J'allais oublier, dit Naomi.

Se levant, elle traversa le tapis de haute laine et franchit l'arche à piliers qui faisait communiquer la salle à manger et le salon. La maison était merveilleusement tenue. Tout y était aussi impeccable que ses vêtements et sa personne. Son rouge à lèvres même, toujours appliqué à la perfection, ne laissait jamais de trace sur une tasse, un verre ou une serviette. L'allure de Naomi intimidait Althéa, comme son constant usage de l'anglais et sa silhouette, alors penchée au-dessus de la table.

— Tu as vu ça? dit-elle, lançant un magazine à Luke avant de se rasseoir. Qui au monde aurait cru qu'elle ait ce don?

Avant même de voir le magazine, Althéa fut alertée par la réaction de Luke.

— Qu'est-ce que c'est, Luke? demanda-t-elle, inquiète.

Mais, absorbé par la couverture du périodique, Luke ne répondit pas, tandis que Naomi parlait toujours.

— Je ne l'aurais pas reconnue ; n'est-ce pas, Dick, que je te l'ai dit ? Non vraiment, je ne l'aurais jamais reconnue. Enfant, elle n'était pas jolie avec sa longue figure et son air misérable ! Tu ne trouves pas, Luke ?

Althéa se pencha pour voir la couverture et demeura sans voix. On y voyait une ravissante jeune femme dans une rue de Londres, avec, en manchette, LES CHIFFONS CHICS DES RICHES. Et, plus bas, Rébecca Conrad. Ces deux mots la glacèrent.

— Et puis elle était si brune ! Son teint a toujours été beaucoup plus foncé que le mien. N'est-ce pas, Luke ? poursuivait Naomi sans s'occuper des réactions d'Althéa et de Luke. On n'est pas comme ça dans la famille ! Je dois m'installer des heures au soleil pour bronzer un minimum !

— Pas mal ! lâcha Dick Davidson, qui avait fait le tour de la table, tout surpris de découvrir que le frère de son épouse n'avait pas si mauvais goût en matière de femmes.

Debout derrière Luke, une bouteille à la main, il contemplait le magazine en amateur.

— Une chaîne de magasins à Londres aujourd'hui, ça doit valoir quelque chose.

Luke n'avait toujours rien dit et Althéa s'était mise à trembler, incapable de se contrôler.

— C'est votre cousine, m'a dit Naomi. Si j'avais pu m'acoquiner avec pareil oiseau, je ne l'aurais pas lâché ! reprit Dick en riant. Un peu de vin ? proposa-t-il à Althéa.

— Non merci, répondit-elle, couvrant son verre de sa main.

Elle s'efforçait de sourire, mais sa main tremblait et elle la retira vivement pour la poser sur ses genoux. Depuis le soir terrible où son père avait attaqué Luke à propos de Rébecca, elle n'avait jamais prononcé son nom et avait tâché de cacher ses craintes. Les mêmes craintes d'infériorité et de rejet que celles qui avaient assombri son enfance et qu'elle avait refoulées une fois de plus plutôt que de leur faire face. Pour Anton, elle avait feint de croire que Rébecca n'avait jamais compté dans la vie de Luke, or voilà que s'écroulait ce mensonge protecteur.

— Je vais voir si Anton va bien, dit-elle en se levant, mais Naomi lui fit signe de se rasseoir avec irritation.

— Laisse-le tranquille, Althéa. Nous n'aimons pas que des enfants courent partout en faisant du bruit. Nanny s'en occupe, dit-elle avant de se tourner vers Luke. Chéri, si tu continues à regarder cette photo comme ça, on va se demander ce qu'il y a entre Rébecca et toi !

Elle ramassa le magazine et l'emporta dans le salon.

— J'ai déjà eu assez de mal à empêcher ma mère de le voir, gloussa-t-elle en disparaissant dans le salon. Elle ne peut pas supporter Rébecca, comme vous le savez tous.

— Luke ? chuchota Althéa.

318

Elle voulait partir, mais ne savait comment quitter son siège et elle le voyait tendu à l'extrême.

— Luke, je pense que tu devrais aller voir notre mère, leur parvint la voix de Naomi avec une vague de parfum. Tu ne peux pas habiter dans la même ville et l'ignorer complètement. Après tout, elle est ta mère, quelle que soit la situation! Nous pensons lui arranger la petite maison du jardin. Mais elle va sûrement se plaindre que c'est une maison de domestiques! Tu sais comme elle est et...

— Excuse-moi, coupa Luke.

Se levant d'un bloc, il s'avança vers la porte qui menait à la cuisine.

— Luke! appela Naomi, cachant son mécontentement sous un petit rire. D'habitude, tu n'es pas si pressé de voir ta mère!

Mais Luke ayant disparu, elle se tourna vers Althéa, le regard froid.

— Tu le gâtes trop, tu sais. Et l'enfant aussi. Il ne faut pas être toujours aux petits soins.

— Je suis désolée, fit Althéa, subjuguée.

Elle aurait aimé partir comme Luke l'avait fait, mais elle se sentait sans force. Elle aurait aimé aller voir ce que faisait son fils, qui avait dîné dans la cuisine avec les deux enfants de Naomi sous la surveillance d'une nanny noire, ce qui mettait Althéa mal à l'aise.

— Luke n'a tout de même pas l'intention de faire du droit, n'est-ce pas? Il est bien trop vieux! Il aurait l'air ridicule en étudiant, reprit Naomi. Si tu n'y prends pas garde, ajouta-t-elle sur un ton intime, il vendra la maison sous ton nez. Et alors? A ta place, je le pousserais à revenir dans l'affaire de ton père. Après tout, c'était une situation confortable et qui devait être lucrative.

— Comme tout ce qui touche au gouvernement, intervint Dick Dickinson, se calant sur sa chaise et jetant sa serviette sur la table. Pourquoi pensez-vous qu'ils ont mis tout ça au point? Pour les Afrikaners, l'apartheid est un permis de battre monnaie!

Brusquement, Althéa étouffa. Il lui semblait que son cœur battait contre des parois d'acier.

— Excusez-moi, fit-elle avec un pâle sourire.

Il fallait qu'elle sorte. Le médecin lui avait prescrit du Valium pour la calmer, mais ça ne faisait plus d'effet. Il lui fallait doubler la dose pour être simplement normale, et il lui en fallait une immédiatement pour calmer ses tremblements.

— Vous permettez que j'aille aux toilettes?

— Personne ne t'en empêche! lança Dick, jovial.

Elle rougit jusqu'aux épaules. Elle se sentait la figure pourpre, avait mal à la tête et ne songeait qu'à fuir, mais ses jambes flageolantes ne la porteraient pas, et elle ne savait plus très bien où elle se trouvait.

— *Ek is jammer*, s'excusa-t-elle une nouvelle fois, revenant à sa langue maternelle.

S'appuyant à la table, elle se hissa debout. La tête bourdonnante, elle

319

parvint tant bien que mal à gagner la porte par où Luke était sorti. Le sol ondulait sous ses pieds et, au moment d'atteindre la poignée, le bouton de cuivre lui parut tourbillonner devant ses yeux.

— Mais qu'est-ce qui lui arrive maintenant ?

La voix de Naomi lui donna la force de se propulser de l'autre côté de la porte en se cramponnant au chambranle.

— Que ta famille est emmerdante, grommela Dick Davidson. Et quelle idiote que cette femme !

Ces mots doux retentissaient dans la pauvre tête d'Althéa.

— C'est à cause de Rébecca qu'elle s'est dépêchée de se faire mettre enceinte, tout le monde le sait ! répliqua Naomi.

Ces propos parvinrent à Althéa qui, appuyée au mur du passage, essayait de reprendre son souffle. Torturée par le manque qu'effacerait le Valium, elle fouillait désespérément dans son sac.

— Althéa ? appela Luke en pénétrant dans le couloir. J'ai vu Anton. Il va bien.

Mais, à sa vue, il changea de figure. Emporté par la panique, Althéa n'entendit rien. Le visage de Luke flottait dans un brouillard. Elle le voyait rire aux éclats, agitant le magazine sous son nez avec une expression de triomphe. De son papier glacé, la froide beauté de Rébecca l'observait en riant.

— C'est elle ! hurla Althéa, dont le cri devança la pensée. Tu l'aimes toujours !

Elle entendit retentir son propre hurlement au milieu des débris de son existence. Fracassée au pied de Rébecca et de Luke, elle les voyait s'accoupler devant elle en riant.

— Je te hais ! lança-t-elle du fond de son désastre.

Elle enfonçait les ongles dans le visage de celui qui dansait maintenant dans les bras d'une autre femme. La vérité refoulée depuis des années faisait éruption et la précipitait dans l'enfer de la folie.

— Café ? proposa Naomi à son mari, à l'instant où les cris d'Althéa faisaient vibrer tous les cristaux de la table.

— Désolée, chéri, reprit-elle, soulevant la clochette de cuivre dont le clair tintement se fondit dans les hurlements de sa belle-sœur.

— Faut-il vraiment continuer à les inviter ? Elle est inculte et ton frère ne vaut guère mieux, lâcha Dick en se levant de table.

— Je n'y suis pour rien, Dick ! Qu'est-ce que tu veux ? lança-t-elle au domestique vêtu de blanc qui apparaissait à la porte.

Comme s'il n'entendait rien des clameurs hystériques d'Althéa aux prises avec sa démence, le Noir avait une expression vide.

— Café, madame ? prononça-t-il avec un détachement exemplaire.

— Deux, fit Naomi sans un regard pour lui en se levant de table pour suivre son mari dans le salon.

— Bien, madame, répondit Samson en s'inclinant.

S'avançant vers la porte, il se préparait à se dépêtrer du drame qui l'attendait de l'autre côté.

— Pourquoi ne parle-t-elle pas anglais ? Je ne peux pas supporter cet ignoble afrikaans ! dit David Dickinson, qui précédait sa femme. Cognac ?

Depuis longtemps convaincu que les Afrikaners étaient des demeurés et qu'il valait mieux les laisser régler leurs affaires eux-mêmes, comme les Noirs, il n'avait pas du tout l'intention de se mêler de celles d'Althéa.

Dès l'appel du médecin, Jan Strydom était parti chez Luke. Adriana, sa femme, l'avait précédé dans la chambre de leur fille, tandis que Luke attendait dehors avec son fils. Terrifié à l'idée de rompre la trêve du silence entre son père et son grand-père, Anton se concentrait sur ses lacets qu'il s'escrimait à enfiler dans leurs œillets.

— Qu'as-tu à dire, mon garçon ? commença Strydom, qui savait Luke responsable de l'état de sa fille. Ta femme est au bord de la dépression et tu ne dis rien ?

— Je vais t'aider, dit Luke à Anton.

Se penchant vers son petit garçon, il lui prit le lacet des doigts.

— C'est dans ce trou-là, tu vois ? dit-il.

Anton leva les yeux sur son grand-père. Jan Strydom regardait Luke, et Anton le savait très en colère.

— Je vais le faire, dit l'enfant, revenant à ses chaussures.

Depuis qu'il avait entendu les cris de sa mère dans la maison de Naomi, tout avait changé, et il ne savait pas bien ce qui était arrivé. Il avait suivi docilement son père jusqu'à la voiture et avait attendu en silence le départ du docteur qui était venu la voir. Mais il ne savait toujours pas ce qui se passait.

— C'est toi qui es responsable de ce qui lui est arrivé et tu le paieras ! lâcha enfin Jan Strydom avant de tourner les talons.

Luke ferma les yeux. Son beau-père n'avait pas complètement tort. Dès l'instant où il avait vu la photo de Rébecca en couverture du magazine, ses sentiments s'étaient trouvés confirmés. Rien n'avait changé. Rébecca exerçait toujours sur lui un pouvoir entier. Après tant d'années, il n'avait jamais cessé de l'aimer, et Althéa ne s'était pas trompée en devinant ses sentiments.

— Est-ce que ma va mourir ? demanda Anton, les yeux noyés de larmes et rivés sur son père. Est-ce qu'elle va mourir ?

— Bien sûr que non, répondit Luke.

Prenant l'enfant par la main, il le conduisit à la porte de la chambre. Il voulait avant tout rassurer le petit garçon dont la vie était à présent suspendue à la révélation de son amour pour Rébecca, car Anton, il en était sûr, avait perçu cette vérité avec les yeux du cœur.

— Alors, mon garçon, ça te laisse de marbre ? l'apostropha Strydom à la porte. Ma fille est en train de devenir folle à cause de toi ! Et un de ces jours, elle en mourra !

— Excusez-moi, dit Luke, entrant dans la chambre.

La présence de son beau-père avait réveillé en lui un ressentiment incontrôlable et il se hâta au chevet d'Althéa.

— Regarde! dit-il, souriant à Anton. Tu vois? Ma va très bien.

Althéa ne bougeait pas dans le lit que sa mère ne cessait d'arranger pour le lui rendre plus confortable. Adriana paraissait minuscule. Accablée par la soudaine maladie de sa fille et les exigences de son mari, on eût dit qu'elle s'était ratatinée. Mais elle accueillit Luke avec le sourire.

— Je vous laisse, dit-elle, s'éloignant avec une humilité de servante. Althéa voulait te voir. Je reste à la porte.

Adriana, qui n'avait rien perdu des vociférations de son mari et en était très gênée pour son gendre, se glissa dehors, tandis qu'Anton tendait le cou pour voir sa mère.

— Tu dors? demanda-t-il. Est-ce qu'elle dort? reprit-il, se tournant vers Luke, espérant avidement que les étranges événements qu'il venait de traverser allaient prendre fin.

— Anton, dit Althéa d'une voix faible.

Il se rua vers le lit et sauta dessus, couvrant sa mère de baisers.

La colère qu'il avait vue naître entre son père et son grand-père lui était insupportable. Il se réfugiait maintenant dans l'amour de sa mère. Mais, la sentant elle-même tendue, il tourna doucement la tête vers son père en quête de réconfort.

— Je suis désolée, sourit faiblement Althéa en regardant Luke.

Elle avait l'esprit inerte et le corps de plomb, mais sa terreur s'était évanouie.

— Tu n'y es pour rien, Althéa, dit Luke en lui prenant la main. Tu n'y es pour rien, répéta-t-il, comme si ces mots pouvaient exprimer le remords qui l'accablait.

Althéa hocha la tête et sourit faiblement, d'un sourire qui mendiait le pardon, mais Luke ne savait que dire. Puis ses paupières retombèrent.

— Elle dort maintenant? demanda Anton, suspendu à son père, et anxieux d'être assuré qu'elle n'était pas morte.

La mort à cet instant le remplissait de panique, mais Luke, piégé dans son passé, était incapable de le rassurer. Le salut de son fils exigeait d'organiser leur avenir à tous; mais il n'avait, quant à lui, pas d'avenir sans Rébecca.

— Nous allons nous en sortir, Althéa. A la voix de son mari, elle ouvrit les yeux. Je sais ce que cela te coûte de vendre la maison, mais il faut que j'essaie de faire ce que je crois bon.

Luke savait ce que représentait sa maison pour Althéa. Il en avait joué comme d'un substitut à l'amour qu'il ne pouvait pas lui donner. Althéa n'avait que cette maison et s'y sentait à l'abri des Noirs qui commençaient à relever la tête. Elle était terrifiée à l'idée d'être un jour réduite à la condition des « pauvres Blancs ».

Althéa sortait d'une famille afrikaner qui, sous la férule britannique, avait gagné sa vie dans la situation de «bywoners». Inférieurs à des esclaves, ces derniers travaillaient dans des fermes anglaises, contre l'exploitation de minuscules lopins de terre. Mais ils s'étaient sortis de cette misère, s'étaient battus pour leur terre et avaient construit une nation afri-kaner unie à laquelle elle était passionnément attachée. Et voilà que Luke l'arrachait à cette dernière sécurité.

— Tout ira bien, Althéa, je te le promets, dit Luke en lui tenant la main, tandis qu'Anton se glissait entre eux, se trémoussant nerveusement, sans savoir pourquoi. Un jour, nous en achèterons une autre, poursuivait Luke, s'acharnant à oublier la présence de Rébecca entre eux. Lorsque je serai diplômé, ce sera facile. As-tu jamais vu d'avocat pauvre ? Tu aimerais une maison aussi grande que celle de Naomi ? la taquina-t-il pour essayer de la faire sourire.

— Non, Luke, ce n'est pas ce que je veux, répondit Althéa, tendant la main pour toucher la sienne.

— Pa ? fit alors Anton, qui s'inquiétait de voir disparaître la chaleur qui les avait un instant rapprochés.

Ce rapprochement n'avait pu tenir face aux faux-fuyants et aux ambi-guïtés qui caractérisaient les relations de ses parents. Et le petit garçon sen-tait sa mère ébranlée jusqu'au plus profond d'elle-même.

Jamais Simon n'avait été aussi fier. Il était à côté de Miriam sur un banc d'une église anglicane, où Thabo venait d'être ordonné ministre. Habillé d'un costume bleu marine qu'il n'aurait jamais osé rêver porter, il n'aurait pas donné sa place pour celle de l'ordonné. La figure fendue d'un sourire aussi vaste qu'il pouvait se le permettre sans qu'elle se partageât en deux, il se retenait furieusement d'applaudir. Le froissement d'étoffe qui avait marqué le passage de Thabo près de lui dans le bas-côté, la houle de sa robe derrière lui, tout cela l'avait jeté dans une excitation extrême et il observait Miriam afin de vérifier comment elle s'y prenait pour garder son sang-froid. Mais Miriam gardait les yeux baissés et elle pleurait.

— Chhh ! fit-il.

Incapable de comprendre comment elle pouvait bien pleurer un jour pareil, il lui glissa dans la main, sans la regarder, son mouchoir neuf.

— Tu dois être heureuse ! lui chuchota-t-il.

Miriam renifla et essuya vivement ses larmes. Thabo s'était arrêté près d'eux et les regardait. Jamais regard n'avait été si chaleureux. Dans ses yeux bruns, Simon aperçut son reflet dans un magnifique costume et il eut envie de crier : « Voici Thabo ! C'est mon ami ! »

Mais il se tut et garda la bouche bien fermée, s'appliquant, comme Rébecca le lui avait appris, à respirer par le nez.

— Rébecca revient ? murmura-t-il à Miriam, comme Thabo s'éloi-gnait dans la file des nouveaux ministres.

Miriam lui avait toujours dit que les anges chanteraient dans le ciel le jour où Thabo serait ordonné, il était sûr que Rébecca les avait entendus.

— Viendra-t-elle ? répéta-t-il.

— Chut ! fit Miriam.

— Elle viendra ! dit-il tout haut avec un ton de défi.

Ses mots rebondirent contre les hauts murs gris de l'église et, comme on le regardait, il sourit à tout le monde.

Il se rappelait le jour où Thabo avait eu les résultats de son bac. Ils s'étaient tous déplacés jusqu'au collège de Langa, et ç'avait été une journée formidable comme celle-ci. Le collège occupait un énorme bâtiment et deux hommes attendaient dehors. Ils étaient dans l'église, Simon le savait. Se démanchant le cou au-dessus de l'assistance, il essaya de les repérer parmi des visages qui le dévisagèrent à leur tour.

Fézilé et le père Jamieson étaient ensemble au fond de l'église. Ils souriaient et leur expression de bonheur surprit Simon. Lorsqu'il les avait vus devant le collège de Langa, ils ne semblaient pas beaucoup s'aimer. Ils se disputaient Thabo, aurait-on dit.

— Fézilé et le père Jamieson sourient, chuchota-t-il à Miriam.

Mais il demeura interdit : Miriam pleurait encore plus fort que tout à l'heure, son mouchoir neuf n'était plus dans sa main qu'une boule trempée, et il n'était plus très sûr de vouloir le récupérer.

— Tu peux le garder, dit-il à Miriam, qui resta sans réaction. Tu peux garder mon mouchoir! répéta-t-il très fort.

Une étrange vibration secoua l'assemblée qui se retourna d'un bloc vers lui et éclata en rires convulsifs.

— C'est plein! remarqua-t-il avec un haussement d'épaules.

Miriam le fit taire d'un gentil coup de coude.

— Vous devez être fière de votre fils, disait à Miriam le père Jamieson.

Les lieux étaient noirs de monde. Simon avait repéré à une extrémité de la salle une table couverte d'amuse-gueules et de boissons, qu'il lui fallait absolument éviter.

— Père, je remercie Dieu, répondit Miriam, qui gardait la tête baissée pour parler au religieux.

Tout blanc qu'il fût, le père était bon. De nombreuses années plus tôt, au soir du désastre de Sharpeville, il avait sauvé son fils, mais elle n'en était pas moins embarrassée en sa présence. Le père Jamieson lui parlait d'égal à égal et, incapable de répondre à cette franche amitié, elle prit congé en fléchissant légèrement les genoux, timide expression de courtoisie.

— Et toi, jeune homme, que penses-tu de tout ça?

Simon regarda tout autour de lui avant de comprendre que c'était à lui que s'adressait le père Jamieson. Le péril d'avoir à manger des canapés et des petits fours en présence de tant de monde l'avait tellement absorbé qu'il n'avait vu personne. Jamais encore il n'avait réussi à maintenir sur sa tranche de pain l'un de ces petits poissons salés et il était plus que certain de ne pas y parvenir mieux aujourd'hui.

— Je n'ai pas faim, dit-il innocemment.

Il avait vu Miriam s'avancer vers le buffet et savait qu'elle lui en apporterait sa part. Elle l'avait déjà grondé pour avoir parlé dans l'église et il était sûr que, lorsqu'il mangerait, les choses seraient pires. C'est alors que les étrangers ne le lâchaient pas des yeux, à croire qu'ils n'avaient jamais vu personne manger ; il finissait toujours par en laisser tomber sa nourriture. Ne pouvant plus se cacher derrière son mouchoir puisqu'il l'avait donné à Miriam, il décida qu'il ne mangerait pas. Quand personne ne le regarderait, il glisserait plutôt dans ses poches quelques canapés qu'il mangerait tranquillement à la maison.

— Dieu entend-Il, à votre avis ? demanda-t-il au père Jamieson.

La question avait jailli de ses pensées. Il attendait maintenant la réponse. Il n'avait pas oublié le jour où il s'était découvert capable de parler dans sa tête sans que personne puisse l'entendre. Ç'avait été la découverte la plus stupéfiante de sa vie. Mais il lui fallait maintenant se faire préciser les pouvoirs de Dieu dans ce domaine. Miriam lui avait bien dit que Dieu entendait tout, mais il n'était pas sûr qu'elle lui eût dit la vérité, aussi avait-il demandé confirmation au religieux.

— Quand je pense, est-ce que Dieu m'entend ? reprit-il, surveillant du coin de l'œil Miriam qui empilait là-bas sur une assiette une vraie pyramide de victuailles.

— Dieu connaît nos pensées avant même qu'elles ne nous viennent, répondit le père Jamieson, passant un bras sur les épaules de Simon au profond désagrément de ce dernier.

Il ne comprenait pas pourquoi les gens lui disaient toujours de s'écarter d'eux de peur qu'il ne froisse leurs habits et faisaient envers lui exactement le contraire.

— Thabo dit qu'il va m'emmener voir ma mère un jour, dit Simon, changeant de sujet pour battre en retraite.

Thabo en effet lui avait promis que, ses études finies, il l'emmènerait voir Estelle, et Simon brûlait d'impatience, convaincu que sa mère était la plus belle femme du monde.

— C'est merveilleux, dit le père Jamieson en souriant.

Mais il ne regardait plus Simon, et se dirigeait déjà vers un confrère. Simon trouvait qu'il se conduisait bien étrangement. Le ministre n'était pas le seul à s'écarter de lui, lorsqu'il annonçait que Thabo allait l'emmener voir sa mère à Johannesburg. David aussi s'écartait. Et Miriam aussi.

— Bonjour ! dit tout près de lui une lente voix de Noir.

C'était Fézilé, la bouche pleine des dents les plus blanches que Simon eût jamais vues, aussi demeura-t-il interdit devant l'Africain grisonnant.

— Et ton cheval ? Il va bien ? Et mam'zelle Rébecca ? Elle revient bientôt ?

Comment Fézilé pouvait-il espérer qu'il réponde à autant de questions à la fois ? s'étonnait Simon.

— Tu viendras voir Thabo dans son église à Langa, n'est-ce pas ? Tu viendras nous voir ?

Le bombardement de questions continuait. Peut-être était-ce la faute à ses dents ? imagina Simon.

— Tu es content que ton ami soit pasteur ?

— Oui, répondit Simon, espérant par ce seul mot suffire à toutes les réponses que Fézilé attendait.

Puis il fila retrouver Thabo, car il était vivement désireux de tâter son col blanc, depuis qu'il l'avait remarqué.

— Ça fait mal ? demanda-t-il en arrivant à sa hauteur.

Il se serra si fort le cou qu'il s'étrangla, ce qui le fit tousser bruyamment. Sans le regarder, Thabo lui tapa dans le dos et poursuivit sa conversation en xhosa avec l'homme devant lui. C'était la façon de faire de Thabo. Même s'il ne le regardait pas, il était toujours conscient de la présence de Simon, et cela lui convenait. En général, on ne l'ignorait pas comme on ignorait les autres. On commençait par le dévisager, puis on détournait les yeux, comme si on ne l'avait pas vu, et ces regards trahissaient toujours un peu de crainte.

— Je te présente Peter Manane, Simon.

Simon regarda Peter Manane. Il portait le même col d'une blancheur étincelante que Thabo et Simon lui tendit la main. Il aimait beaucoup serrer la main des Noirs. Ils avaient une façon spéciale de le faire que Thabo lui avait apprise il y avait des années. Simon ouvrit toute grande la bouche sur un sourire d'attente. Prenant sa main dans la sienne, Peter Manane verrouilla son pouce avec le sien et engloutit en un éclair la main de Simon dans sa paume en la pressant trois fois.

— Mais tu es xhosa ! s'exclama Peter Manane en éclatant d'un rire qui fit trembler la salle entière, un rire tonnant et chaud qui semblait contenir tout le mystère de l'Afrique.

— Dieu entend-Il ce que je pense ?

N'ayant pas cru le père Jamieson davantage que Miriam, Simon répétait sa question.

— Il connaît nos pensées avant qu'elles nous viennent, mon garçon, répondit Peter Manane, laissant Simon sans voix.

— Alors, dit Simon, si Dieu sait ce que nous pensons, pourquoi devons-nous prier ?

Il venait justement de demander à Dieu que Miriam, qui s'avançait vers lui avec une assiette débordante de vivres, donne cette assiette à quelqu'un d'autre.

— Et ne t'en va pas cacher tout ça dans tes poches pour plus tard, Simon ! Mange ça tout de suite ! enjoignit-elle à Simon, terrassé.

Non seulement Dieu n'avait pas entendu sa prière, mais en plus il avait laissé Miriam deviner ses pensées.

— Il n'a pas faim, intervint Thabo en l'entraînant plus loin, un bras autour de ses épaules. Quand personne ne regardera, tu en mettras dans ta poche ! lui chuchota Thabo. Qu'en dis-tu, hein ?

Mais Simon ne desserra pas les dents. Il ne pensait rien. Il avait décidé de ne plus jamais penser de sa vie.

Ayant glissé dans son sac le petit pistolet que Luke lui avait acheté, Althéa en claqua le fermoir d'argent.

« Un homme blanc sans armes est un homme mort ! »

Les mots de son père lui tournaient dans la tête et son cœur cognait comme un tam-tam. Il y avait près d'un an qu'elle s'était effondrée chez Naomi et, elle avait beau prétendre aller tout à fait bien, rien n'avait changé.

Considérant la petite chambre de l'appartement que Luke avait loué à Hillbrow après la vente de la maison, elle tomba sur une chaussette d'Anton. Glissée derrière un pied du lit, cachée comme elle aurait voulu l'être elle-même. La ramassant, elle l'aplatit sur le dos de sa main et l'étendit avec soin sur la commode qui lui faisait face. Avec ses larges rayures jaunes et rouges intercalées de bleues étroites, c'était l'une des paires préférées d'Anton. Elle la cherchait depuis deux jours.

– Tu es prête, ma ?

Debout au seuil de la pièce, Anton regardait sa mère. Il savait qu'elle n'aimait pas le petit appartement de Hillbrow, mais lui l'aimait. Toutes les nuits quand elle le croyait endormi, il regardait par les fenêtres les rues toujours pleines de monde. De toutes sortes de gens. Mais il ne savait toujours pas pourquoi ils se déplaçaient si tard dans la nuit.

– Ma chaussette ! s'écria-t-il avec joie, comme s'il eût retrouvé un ami très cher, perdu depuis longtemps.

– Attends-moi à la porte ! lui lança sa mère d'une voix stridente.

Cette voix intrigua Anton, qui la croyait heureuse ce matin-là. En se réveillant, elle lui avait dit qu'ils allaient partir en pique-nique et elle lui avait souri.

– Attends-moi à la porte, répéta-t-elle.

Tête baissée, il quitta docilement la pièce.

Regardant le lit, Althéa sentit une chaleur étrange l'envahir, la même que celle qu'elle éprouvait la nuit sous ses couvertures et qui la protégeait de la réalité, dans le seul endroit – son lit – où cessait la danse sauvage de son esprit assommé de somnifères. Mais, se rappelant le froid qui la poursuivait souvent jusque-là, elle gagna vivement la porte, où pendait la robe de chambre de Luke. Elle en caressa le tissu et sourit ; le visage de Luke venait de lui apparaître, plus triste que jamais. Elle pressa l'étoffe contre sa joue pour le réconforter.

– Tout ira bien, Luke, chuchota-t-elle dans les plis du vêtement rayé.

L'écho mourant de ses propres mots dans son esprit la renvoya à ses ténèbres.

– J'ai les sandwiches, dit Anton, se débattant avec un grand panier, au moment où sa mère sortait de la chambre.

Il avait six ans et allait commencer l'école.

– Regarde, il est plus petit que mon cartable et je peux le porter ! Tu veux que je mette les chaussettes ? J'ai pris l'autre.

Anton ne demandait qu'à plaire à sa mère.

— Pas maintenant, répondit-elle en ouvrant le verrou de la porte d'entrée.

L'étroite porte en isorel gémit contre son chambranle.

— Vas-y! dit-elle.

La tête blonde d'Anton passa sous son bras et il leva sur elle des yeux si bleus, bordés de longs cils noirs, qu'elle en frémit.

— Je t'aime, ma, dit-il, se frottant une jambe avec le pied et se grattant le derrière, signe d'embarras.

Il avait prononcé ces mots pour obéir à son père. Luke lui avait dit que sa mère avait plus que jamais besoin de leur amour et il s'était aperçu qu'elle avait pleuré.

— Il ne faut pas pleurer, ma, dit-il.

Il aurait voulu essuyer toutes ses larmes, mais il ne savait comment, car les larmes de sa mère n'étaient pas toujours visibles. Le plus souvent, elles étaient silencieuses et ne coulaient pas, si bien que personne ne les voyait, sauf lui.

— Allons-y! dit Althéa en le poussant gentiment devant elle.

— Tu as la clé? demanda-t-il, comme son père aurait pu le faire.

— Oui, dit-elle, fermant la porte derrière eux.

La route était plus longue que dans le souvenir d'Althéa. Lorsqu'elle allait au barrage avec Luke, des années plus tôt, c'était dans le vieux break de son père; aujourd'hui elle était au volant d'une vraie voiture. Pourtant, la route paraissait plus longue.

— Pourrons-nous nager dans le lac? Y a-t-il de la bilharziose? demanda Anton, qui n'avait cessé de surveiller sa mère.

Il sentait en elle quelque chose d'inhabituel. Différent du jour où elle était tombée malade, et, bien que Luke lui eût dit qu'elle était simplement triste, il n'était pas convaincu. Sa mère semblait avoir peur, et Anton se savait responsable de son bonheur.

— Il ne faut pas avoir peur, ma, dit-il en posant sa petite main sur la sienne qui tenait le volant. Moi, je n'ai pas peur, poursuivit-il. Il n'y a pas de quoi avoir peur, regarde...

Son père lui avait dit que, s'il n'avait pas peur, sa mère n'aurait pas peur non plus et il contrôla fermement le tremblement qui le menaçait.

— Mais ça va très bien, répondit Althéa, s'efforçant de sourire, bien que le contact de la main de son fils l'eût presque fait frissonner.

Elle ne pouvait supporter de le sentir si proche et elle retira sa main, sous prétexte d'ajuster le rétroviseur.

— Anton! lança-t-elle, alarmée par ce qu'elle voyait dans le rétroviseur.

Il y avait une voiture derrière eux. Une vieille voiture bourrée de Noirs hilares. Si proche à présent qu'elle entendait leurs rires et tous ils la regardaient. Des figures noires étaient dirigées vers elle, des doigts noirs pointés sur elle, et elle hurla :

— Baisse-toi, Anton! Ne les regarde pas! Baisse-toi!

— Qui?

– Ne regarde pas les Noirs!

– Quels Noirs?

Anton s'était retourné et n'avait vu dans la voiture qui les suivait que deux Européens, un vieil homme et une femme à côté de lui.

– Ils ne sont pas noirs, ma. Regarde! Les voilà...

– Non! hurla Althéa, jetant la voiture hors de la route et faisant dinguer son fils sur son siège. Je t'avais bien dit de ne pas les regarder! Je te l'avais dit!

Elle était en pleine crise et avançait si près du sien son visage déformé qu'il sentait ses cris comme des coups.

– *Ne les regarde pas!*

– Pardon, fit Anton, les yeux pleins de larmes de honte qu'il retenait désespérément. Je n'ai pas regardé, ma, pardon.

Il ne comprenait pas la raison de cette hystérie. La voix de sa mère était étrange. Elle voyait des choses qui n'existaient pas.

– Ma, dit-il très doucement, il ne faut pas avoir peur.

Althéa fixait sans rien dire quelque chose au-delà du pare-brise. Elle avait le souffle court et n'avait rien entendu de ce que son fils lui avait dit. Arriver au barrage était tout ce qu'elle avait en tête. Enfin, posant la main sur la jambe d'Anton, elle tâcha de lui masquer sa terreur.

– Nous y sommes presque! lui dit-elle, ramenant la voiture sur la route.

L'eau sombre qui s'étendait devant lui, immense, insondable et immobile, terrifiait Anton. Mais il serra les dents, décidé à cacher sa peur à sa mère qui n'avait pas bougé de la voiture, bien qu'ils fussent arrivés depuis un certain temps.

– Je parie qu'il y a des crocodiles là-dedans! Viens voir, ma! S'il en vient un, je lui enverrai un bon coup de pied dans les dents! lança-t-il, menaçant.

Il courut vers la voiture. Mais Althéa n'en était toujours pas sortie. Immobile derrière le volant, elle le fixait d'un œil vide à travers le pare-brise.

– Ma? fit Anton de l'air le plus gai, bien qu'elle l'inquiétât davantage dans cet instant-là que les crocodiles. Nous pourrions pique-niquer là-bas! Regarde! Après ce grand arbre.

Au-delà de la frange d'herbes sèches qui formait une bordure jaune au barrage, l'arbre en question se penchait sur l'eau et ses branches composaient de loin comme une collection d'épouvantails assoiffés.

– Tu préfères rester ici?

Les crocodiles, savait Anton, dorment parfois dans l'herbe, et courent vite, sûrement plus vite que lui.

– Restons ici. D'accord?

Se penchant à la portière de la voiture, dont la vitre était baissée, il réussit à sourire presque naturellement.

– Il fait si chaud que nous mangerons dans la voiture, répondit Althéa avec un sourire.

Elle avait, pour la première fois, un ton calme.

– Mais il fait encore plus chaud dans la voiture..., répliqua-t-il, se rappelant que sa mère détestait les araignées.

Un jour, il avait même dû en tuer une pour elle, au risque qu'elle lui saute sur la cheville, aussi décida-t-il de ne pas insister.

– Très bien. Restons dans la voiture.

Il en fit le tour en courant et bondit sur le siège à côté du sien.

– Je vais prendre le pique-nique, dit-il, se penchant pour saisir le panier sur le siège arrière, mais il lui sembla plus lourd qu'au matin et, pour le soulever, il se contorsionna avec des grognements furieux.

– Pas encore, Anton, dit Althéa qui avait recommencé à trembler.

Tout lui paraissait danser dans le paysage qui l'entourait. Éclairée d'une lumière irréelle, la brousse dansait autour de la voiture. Les eaux tranquilles où elle avait nagé avec Luke étaient menaçantes, comme les arbres dont les noires branches tordues s'allongeaient pour la toucher.

– Anton ? dit-elle, serrant convulsivement son sac sur son sein.

Lorsqu'il la regarda, le cœur lui manqua : elle avait un pistolet à la main.

– Ma ? implora le petit garçon, ne pouvant plus cacher sa peur.

Son père l'avait mis en garde contre les armes à feu. Luke les détestait et lui avait dit de ne jamais y toucher. Il lui avait même montré ce pistolet qu'il voyait dans la main de sa mère en lui demandant de ne même pas le regarder.

– Tu sais que je t'aime, Anton ? dit Althéa dont le regard, éclairé d'une lueur mystérieuse, vira au sombre en atteignant son fils. Tu dois me croire, je t'aime, le sais-tu ?

Anton ne répondit pas. Il aurait voulu dire à sa mère qu'il la croyait, mais il ne pouvait pas. Il cherchait une explication à ce qui arrivait et était incapable de prononcer une syllabe.

– A quoi bon, Anton !

– Pourquoi ?

Face à cette femme à côté de lui, le mot lui avait échappé. Elle ne ressemblait pas à sa mère. Assise à côté de lui, il y avait une étrangère qui lui pointait un pistolet sur la tête.

– Ma ? appela-t-il, essayant de retrouver sa mère dans la femme terrorisée à côté de lui.

– Anton, il faut me faire confiance.

Althéa était plongée dans une noirceur absolue. Séparée de toute lumière par un pressentiment qui la torturait, elle ne trouvait rien à quoi se raccrocher. Elle ne voyait autour d'elle qu'un vide obscur et glacial dont elle était prisonnière avec son fils.

– Nous ne sommes pas en sécurité, tu sais. Ils nous tueront comme ils ont tué M. Verwoerd ! dit-elle, évoquant l'assassinat du Premier ministre, l'espoir de la nation, disait son père, le seul à pouvoir assurer la sécurité de l'homme blanc en Afrique. Ils nous tueront tous.

Paralysé par le regard de sa mère, l'enfant essayait de « penser bravement », mais il n'arrivait pas à penser du tout.

— Pa! dit-il soudain. Évoquer son père était peut-être le seul moyen de se rassurer un peu. Pa nous attend!

— Pa ne nous attend pas, Anton! dit machinalement Althéa.

— Pa doit rentrer à la maison, en ce moment! répliqua Anton.

Mais sa mère n'écoutait pas, elle s'était rapprochée de lui et il avait les yeux fixés sur le pistolet qu'elle tenait à la main. L'arme tremblait. Tout tremblait. Le monde entier, comme lui, avait peur et il ne savait plus que faire pour la convaincre qu'il n'avait pas peur. Les mots se heurtaient dans sa tête. Des mots qu'on lui avait appris à l'École du dimanche et ses lèvres remuèrent et les chuchotèrent.

— Doux Jésus, tendre et bon. Veillez sur un petit enfant...

— *Non!* hurla Althéa, pétrifiant son fils. Il ne faut pas avoir peur, Anton, reprit-elle, employant les mots qu'il aurait voulu dire.

Il tenta de sourire, mais ce fut un sourire tremblant.

— Je n'ai pas peur, parvint-il à articuler, les yeux dans ceux de sa mère, et cherchant son souffle.

— Non! cria Althéa.

Mais, tout absorbé par le pistolet, il n'entendit pas.

— Ne le touche pas!

Althéa devait empêcher son fils de souffrir. Le protéger de ce pistolet qu'il empoignait.

— Regarde, ma! dit Anton en tenant le canon de métal. Il n'y a pas de quoi avoir peur, ma. Tu vois?

Il tâchait de lui prendre l'arme, mais elle la tenait ferme.

— Ma! cria-t-il, voyant sa mère pour la première fois au milieu d'une explosion silencieuse qui le vida de lui-même.

Éclairé d'un cercle de lumière blanche, son visage était entouré de fumée. Ses yeux étaient énormes et sa bouche ouverte sur un cri muet.

— Anton?

Penchée sur le petit garçon dont la tête reposait sur ses genoux, Althéa sentait couler un liquide chaud sur sa jupe et le long de ses jambes. Une bizarre odeur acide lui piquait les narines. Le haut du dossier lui entrait dans le cou. Une brindille raclait la tôle de la voiture. Un doigt accusateur la dénonçait. Les mots de la prière enfantine d'Anton jouaient dans sa tête. Ils remontaient en elle d'un lointain passé, mots étrangement apaisants.

— Voilà, Anton.

Elle caressa la tête de son fils, en retira les doigts pleins de sang. La vie de son fils lui revenait avec ce sang. Ils étaient liés à jamais.

— Voilà.

Elle introduisit le canon dans sa bouche et ferma les yeux. Elle n'avait plus peur. Elle entendait toujours la prière chuchotée de son fils et le savait quelque part dans la pure lumière qui brillait au-delà de l'obscurité où elle était plongée.

17.

Déchirée par les éclairs et le tonnerre, la lourde nuit d'été crevait sous l'orage.

— Allez! criait Luke, debout sur un rocher au nord de Johannesburg, défiant les cieux de l'emporter comme ils l'avaient fait d'Althéa et de son fils. Qu'attendez-vous! lança-t-il à la voûte qu'une lumière pure, originelle, venait de déchirer. Prenez-moi aussi!

Un rugissement secoua la terre et du plus profond de son être jaillit un cri :

— *Rébecca*!

Rébecca tenta de percer l'obscurité de sa chambre. Pas un son. La seule lumière provenait du réverbère qui de la rue projetait un pâle rayon sur le tapis. Pourtant elle s'était réveillée tout d'un coup.

— Zanu?

Traversant l'ombre, son regard rencontra le grand chien danois qui s'insinuait dans sa chambre. La tête rejetée de côté, une oreille en travers du front, il l'observait de ses yeux bruns, pleins de sérénité.

— Bon chien, lui dit Rébecca, cherchant plus à s'apaiser qu'à apaiser le danois.

Elle se demandait pourquoi elle s'était réveillée aussi soudainement. Pourquoi elle avait émergé de son sommeil, tisonnée d'une attente qui la consumait tout entière. Allumant sa lampe de chevet pour remettre de l'ordre dans ses pensées, elle tâta du pied l'épaisse moquette blanche à la recherche de ses pantoufles.

— Tu viens?

Penchant la tête, le chien lui posa une énorme patte sur l'estomac et balaya la moquette de sa queue osseuse dans l'espoir d'une sortie.

Ignorant ses espérances, Rébecca traversa la chambre et descendit les marches raides qui conduisaient au niveau inférieur de l'ancienne écurie – un *mews* – qu'elle habitait. Allumant les lumières, elle resserra sa robe de chambre blanche et entra dans la cuisine. Seul un clapotement de pas sur le trottoir l'assurait qu'elle n'était pas seule éveillée dans un monde endormi.

Poussant du nez un lourd bol de faïence, Zanu l'envoya glisser sur le carrelage jusqu'aux pieds de Rébecca, puis il releva la tête. Son expression en faisait une véritable allégorie de l'attente, mais elle n'y prêta pas attention. Elle se demandait toujours ce qui l'avait réveillée. D'où venait l'appel de son nom qui l'avait tirée d'un sommeil profond. Une crainte irraisonnée la précipita sur le téléphone.

— Papa ? chuchota-t-elle, lorsque son père décrocha, à des milliers de kilomètres de là. C'est Rébecca.

Puis, sans élever la voix, les doigts jouant machinalement avec le fil de l'appareil, elle se risqua à prononcer des mots qui lui faisaient peur :

— Maman va bien ?

Sans quitter sa maîtresse des yeux, Zanu s'allongea à ses pieds, laissant tomber sur ses pattes croisées une lourde mâchoire.

— Je vais très bien, papa. Je pensais à vous, c'est tout, reprit-elle, baissant encore le ton. Tout va bien, tu es sûr ? insista-t-elle. Maman ne va pas plus mal ? Elle va bien ?

Relâchant légèrement sa prise sur l'appareil, Rébecca sourit.

— Je sais. Oui. Il est tard ici aussi. Papa... ? Rien d'autre, vraiment ? L'image de Luke lui occupait soudain l'esprit. Embrasse Simon... Au revoir. Je t'embrasse. Au revoir.

Elle raccrocha. Au déclic qui la coupait de son père, Zanu leva les yeux. Il avait senti l'inquiétude de sa maîtresse, mais, sachant tout en ordre dans le monde dont il avait la garde, il les referma.

— Du lait ? fit-elle abruptement.

Elle s'avança jusqu'au réfrigérateur, mais Zanu ne bougea pas. Provenant du réceptacle qu'il rêvait souvent de vider, une lueur sourde éclairait son pelage, et il tenait l'affût dans une immobilité de pierre. Enfin il se leva, vint s'appuyer contre sa jambe, l'air détaché, comme s'il ne s'agissait que de passer le temps ; comme si le long filet de lait qui tombait dans son bol ne lui importait pas davantage qu'une vision certes intéressante, mais immatérielle.

Du jour où Samuel Netherby lui en avait fait présent pour Noël, Zanu s'était imposé dans la vie de Rébecca. L'énorme chien noir y avait rempli un vide, mais ce vide venait de s'étendre et même lui ne pouvait le combler. Le regardant laper son lait à grands battements de sa large langue rose, elle s'appuya à la porte du réfrigérateur qui se referma sèchement. Elle ne parvenait pas à comprendre ce qui lui était arrivé. Comment le souvenir de Luke, qu'elle avait cru mort, lui était soudain revenu avec une telle force.

Parcourant des yeux la cuisine étincelante, elle revint au réel et songea à sa vie. Elle avait tout. Prétendant investir pour la société, Samuel Netherby avait acheté ce merveilleux mews de Wilton Row, près de

Knightsbridge au cœur de Londres, mais elle savait qu'il l'avait fait pour elle. Elle dirigeait une chaîne de boutiques à l'enseigne de « Chiffons chics », à partir du magasin du vieux tailleur, et son style de vie lui eût semblé naguère encore inimaginable ; pourtant, tout lui paraissait vide. L'existence pour laquelle elle s'était tant battue avait été pulvérisée par un frôlement du passé comme si l'appel de Luke avait pour la toucher franchi des milliers de kilomètres de mer.

Miriam avait vu Luke longtemps avant qu'il ne la vît. Allant à la rivière qui traversait Bonne-Espérance, elle cherchait une petite fille noire, Portia, débarquée d'un ghetto noir. Fille naturelle d'une mère noire et d'un père métis, elle avait été rejetée par les deux côtés de sa famille, et Thabo l'avait recueillie. Mais, absorbé par sa grande paroisse de Langa et incapable de s'occuper lui-même de l'enfant, il avait demandé à sa mère de le faire, ce qu'elle avait tout de suite accepté. Portia n'était pas une enfant comme les autres. Comme une extraterrestre en mission de reconnaissance, elle observait le monde en silence.

Miriam avait repéré Luke avant la petite Portia. Il était assis sur la berge de la rivière et la petite fille noire, les pieds dans la boue, l'observait comme il l'observait.

– Luke ? murmura Miriam pour elle-même.

Les yeux braqués vers l'homme assis au bord de l'eau, elle se demandait si elle n'avait pas besoin de lunettes.

– Luke ! cria-t-elle enfin, sûre que c'était lui.

Il se tourna vers elle, tandis que Portia les observait avec le plus grand sérieux.

– Qu'est-ce que tu fais ici ?

Luke était sans expression, mais dans son regard on pouvait deviner l'écroulement d'une vie.

– Il n'y a personne, Luke. La madame, elle va à l'hôpital ce jour-ci tous les mois et...

Miriam s'arrêta : Luke avait levé la tête et son visage était ravagé comme des millions de larmes ne l'auraient pas fait. Depuis le jour où elles les avait vus pour la première fois dans les bras l'un de l'autre, Rébecca et Luke ne faisaient qu'un dans l'esprit de Miriam. Leur amour avait convaincu tous ceux qui en avaient été les témoins et elle était de ceux-là.

– Mam'zelle Rébecca pas ici, Luke, lui dit-elle sans le lâcher des yeux. Mam'zelle Rébecca partie.

Deux galets cliquetèrent l'un contre l'autre, comme se heurtaient leurs dures blancheurs. Miriam baissa les yeux sur la petite fille qui les avait lancés à ses pieds.

– Va dans ma chambre ! Rentre, Portia ! lui commanda-t-elle en xhosa, pour l'éloigner de la douleur envahissante de Luke, car, bien qu'il se fût détourné et commençât de s'éloigner, cette douleur lui était palpable, comme l'avait été jadis son amour pour Rébecca.

— Mon fils est mort.

Ces trois mots la touchèrent comme un coup de fouet. Portia s'était arrêtée derrière elle.

— Va, lui dit-elle.

Docile, la petite fille repartit vers la maison.

— Ils sont morts, reprit Luke d'une voix morte aussi, en dévisageant Miriam. Althéa s'est tuée après avoir tué mon fils.

Il avait prononcé ces derniers mots d'un ton incrédule. Miriam l'entoura de ses bras, le pressa contre elle, comme si elle eût voulu le soulever, et se mit à pleurer.

Luke ne savait pas pourquoi il était revenu à Bonne-Espérance ce jour-là. Il y avait plus d'une semaine qu'il était rentré de l'université pour trouver un policier devant sa porte. Un jeune policier qui, incapable de trouver les mots pour expliquer ce qui s'était passé, lui avait demandé de le suivre au commissariat.

Là, Luke avait dû reconnaître le corps de son fils dans un tiroir d'acier de la morgue. Tout le poids de la tragédie d'Althéa l'avait alors écrasé. Dès le jour où il l'avait retrouvée dans sa chambre pour apprendre qu'elle était enceinte, Luke avait senti la mort à l'affût. Althéa, il le savait, n'avait jamais vraiment vécu. Accablée par un sentiment aigu d'inadaptation, elle s'était laissé envahir par toutes les peurs qu'on lui avait inculquées. Anton avait été un don du ciel. Il avait transformé la vacuité de leur mariage en les revendiquant tous deux.

Fasciné par le petit carré de sparadrap au centre du front de l'enfant, Luke s'était attendu à ce qu'il s'assît. Le petit cadavre semblait vivant. Sa bouche esquissait un sourire, mais le sparadrap sur le front n'était que trop réel.

Luke ne saurait jamais comment il était sorti de la morgue. Il n'avait pas entendu les déchirants sanglots d'Adriana Strydom devant les corps de sa fille et de son petit-fils. Il n'avait pas vu sa condamnation dans le regard de son beau-père et n'avait pas répondu aux questions de l'officier de police. Il ne s'était réveillé qu'au-dessus de Johannesburg, sur un affleurement rocheux qui dominait la ville, dans la fureur d'un orage. Pour découvrir en lui-même un vide immense que Rébecca seule pourrait combler.

Il avait gagné Bonne-Espérance dans la voiture où sa famille était morte, sans savoir pourquoi. Les kilomètres de terre qui l'en avaient séparé pendant tant d'années avaient disparu sous ses pneus, et il s'était tout à coup retrouvé au bord de la rivière. Non loin d'une petite fille noire, de l'âge de son fils.

— Que veux-tu faire, Luke ? lui demanda Miriam, assise avec lui à la table branlante.

Elle le savait perdu dans les souvenirs d'enfance qui imprégnaient encore la pièce. Souvenir de la douce poitrine de Sophie le berçant pour l'endormir, en présence de Miriam elle-même, encore jeune et déconcertée par ce petit garçon blanc assoiffé de l'amour de sa mère.

— Je ne sais pas, répondit Luke, absent.

— Tu veux voir Thabo ?

A ce nom, il regarda fixement Miriam, mais ne dit rien.

— Thabo est dans l'église maintenant. Il est pasteur ! l'informa Miriam en inclinant humblement la tête à cette évocation. C'est Dieu dont tu as besoin. Dieu seul peut t'aider, mon enfant.

Révolté contre un Dieu qu'il savait mort, Luke se dirigea vers la porte.

— Ne dis pas que je suis venu, Miriam ! recommanda Luke d'une voix calme, qui sonna comme un avertissement aux oreilles de la Noire.

Avant qu'elle n'ait eu le temps de se lever, il avait disparu. Fermant les yeux, Miriam se balança dans le vieux fauteuil. Elle s'était efforcée de cacher devant lui ses sentiments, mais en son absence elle les laissa s'exprimer en un gros soupir. Une seule personne au monde pouvait aider Luke, elle le savait, mais Rébecca avait coupé tous les liens avec son passé.

— Qu'est-ce qui ne va pas ? demanda doucement Portia en xhosa.

La gentillesse de son ton toucha Miriam.

— Mon cœur est triste, mon enfant. Mon cœur est très triste.

Portia regarda vers la fenêtre. La voiture que conduisait Luke franchissait le porche de Bonne-Espérance et s'éloignait, mais elle eut le sentiment que l'homme blanc serait toujours là.

— Comment la trouves-tu ? demanda Samuel Netherby qui paradait à côté d'une étincelante Mercedes 250SL.

Souriant jusqu'aux oreilles, le vieil homme entreprit de danser les claquettes sur le pavé gris de Londres.

— Pas mal, hein ? reprit-il, se penchant sur la voiture d'une éblouissante blancheur, à laquelle il était vraiment mal assorti.

— Es-tu bien sûr de pouvoir conduire un bolide pareil, Sammy ? se moqua Rébecca en s'approchant de la porte de sa boutique de King's Road.

Elle était merveilleusement habillée et toute sa personne exprimait la confiance en soi que lui avait apportée leur succès. Avec ses vingt-six ans, sa beauté s'était affirmée, mais la petite fille en quarantaine n'était pas morte, Samuel Netherby le voyait dans son regard.

Si loin qu'elle fût de l'Afrique, des fourmilières et du 123 Z, elle donnait toujours une impression d'exil. Depuis la nuit où un appel muet l'avait réveillée, Rébecca ne cessait de penser à Luke. Elle avait bien essayé de l'oublier avec d'autres hommes, mais aucun d'entre eux ne lui avait apporté d'amour. Elle s'était enterrée à Somerset House pour trouver les descendants de Johannes Villiers et se convaincre que leur amour était impossible. Mais même la découverte de ces derniers en Amérique avait été vaine : elle demeurait obsédée par Luke.

L'entreprise s'étant développée, elle avait installé les bureaux de « Chiffons chics » au-dessus de leur première boutique, tandis que Samuel Netherby occupait l'étage supérieur. Il avait vécu là la plus grande partie de sa vie et n'avait nulle intention d'en déménager.

— Sammy, au volant de cette voiture, tu vas te tuer dans les cinq minutes!

— Tu me prends pour un cinglé! répliqua-t-il en souriant et en brossant vivement du coude la carrosserie luisante.

— Absolument! répliqua-t-elle, regardant, attendrie, son associé.

Elle avait reversé un peu de son amour pour Luke sur le vieil homme et celui-ci s'était jeté dessus.

— Tu vas aussi attraper une contravention si tu la laisses ici!

— Tu voudrais que je la rende? dit-il, levant le menton et la toisant avec ses lunettes neuves qui ne le faisaient guère mieux voir. Sais-tu combien de temps j'ai attendu ce moment? poursuivit-il en les poussant sur le bout de son nez pour mieux la regarder.

— Je dirais neuf mois, de l'air dont tu la couves!

— Six!

— Vraiment!

— Tu ne l'aimes pas?

— Je n'ai rien dit de tel, Sammy. Elle est splendide. Mais pour quelqu'un qui s'obstine à vivre au-dessus du magasin et à se laver dans un évier, alors qu'il pourrait habiter les endroits les plus chics, eh bien, je dirais que ce n'est pas ton style.

Elle s'avança pour lui prendre le bras, mais il se retira vivement.

— Pas mon style? C'est quoi, mon style? L'autobus 73?

— Tu l'as dit!

— Parlons du tien! Ce n'est pas ton style non plus, je parie!

Rébecca s'était détournée mais, comprenant à ces mots ce qu'il avait en tête, elle s'arrêta et lui jeta un coup d'œil par-dessus son épaule.

— J'ai une voiture, Sammy. Une voiture de la société. Ne t'ai-je pas déjà dit que l'argent de la société ne devait pas servir à des somptuosités pareilles?

— Qui parle d'argent de la société? répliqua Sammy, qui avait remarqué le coup d'œil flatteur de Rébecca à la voiture et ne voulait que lui faire plaisir. Qui m'empêcherait de te faire un cadeau? Je ne pourrais pas faire ce que je veux de ce foutu argent que me rapporte ma foutue société? lança le vieux tailleur sur la défensive.

— Mais, Sammy...

— Il n'y a pas de « mais, Sammy »! Regarde! dit-il, lui saisissant la main et la ramenant à la voiture. A moi, tu ne me la feras pas! Je t'ai bien vue la lorgner dans la rue! Maintenant, prends le volant, conclut-il en ouvrant la portière, et allons voir les rupins écarquiller les yeux!

Depuis leur association, la vie de Samuel Netherby dépendait de celle de Rébecca. Jamais il n'avait rien éprouvé de pareil. Elle était devenue la fille qu'il n'avait pas eue et tout ce qu'il faisait lui était destiné. La fortune qui le submergeait depuis le triomphe de « Chiffons chics » n'avait jamais servi qu'à une seule chose : faire le bonheur de Rébecca, unique pensée de Samuel Netherby.

Mais ce jour-là, assis à côté d'elle dans l'étincelant cabriolet blanc qui filait hors de Londres sur la nouvelle autoroute M4, le vieux tailleur savait qu'il n'avait pas atteint son but.

— Il y a quelque chose qui ne te plaît pas dans cette voiture ? dit-il sans la lâcher des yeux.

Son profil l'avait toujours fasciné. La ligne classique, presque arrogante, de son visage s'adoucissait de vulnérabilité. Comme tout ce qui la touchait, la beauté de Rébecca était étrangère au monde.

— Pourquoi tu t'arrêtes ? Elle ne va pas assez vite ?

Rébecca avait engagé la voiture sur une bretelle et s'était arrêtée sur une aire de stationnement. Puis elle avait coupé le contact et s'était adossée à son siège, surprenant Samuel par une immobilité qu'il ne lui avait jamais vue.

— Je veux rentrer chez moi.

— Quoi ? fit le vieux tailleur.

Jamais Rébecca n'avait fait allusion à pareil désir ; la menace était sérieuse.

— J'ai cru me libérer, je me suis trompée, dit-elle, observant un avion qui tournait sur l'aéroport de Heathrow et se demandant s'il arrivait d'Afrique.

— De l'Afrique, tu veux dire, dit le vieil homme.

Baissant les yeux, il se mit à tripoter le revers de sa veste. Il ne savait que dire, mais avait besoin de se raccrocher à quelque chose. Seule la forte odeur de cuir de la voiture toute neuve occupait tout son être.

— C'est ta mère ? reprit-il.

Depuis qu'il la connaissait, il redoutait que Rébecca ne soit rappelée par la maladie de sa mère.

— Comment ne pas regretter la brousse ? Où l'on peut courir avec un arc et des flèches ? plaisanta-t-il pour atténuer sa déception. Donc, ta vie présente ne te satisfait pas ?

— Je l'aime, Sammy, sans plus.

En d'autres temps la magnifique voiture aurait eu à ses yeux un tout autre prix, mais aujourd'hui elle était sans valeur. Comme toutes les possessions qu'elle avait accumulées au fil des années, passées à tenter de combler la brèche que Luke avait laissée dans son être. Elle sourit au vieil homme qui se souciait tant d'elle.

— Tu aurais mieux fait de t'acheter une Rolls.

— Une Rolls ? s'exclama-t-il. Que veux-tu que je fasse de pareil camion ? Je n'ai pas de permis.

Elle sourit au vieillard qui avait les yeux pétillants d'humour. Puis son sourire s'effaça.

— Tu dois partir, Becky, je le sais, dit-il, lui tapotant doucement la main. Je garderai la boutique.

C'était toujours en ces termes-là qu'il évoquait leur affaire, comme si c'était un petit atelier de confection. Le succès qu'ils avaient atteint ensemble ne signifiait pas plus pour lui que pour Rébecca

André Bothma observait Thabo devant son église de tôle ondulée à Langa. Sa soutane noire était couverte de la poussière du ghetto et l'ourlet en était usé par les kilomètres d'allées et venues sur des chemins de terre. Le grand pasteur noir qu'il était venu provoquer parlait à un petit garçon et la sérénité de leur conversation en xhosa le mettait mal à l'aise. Il émanait du religieux une paix inaltérable. Il demandait à l'enfant s'il avait vu quelque chose d'inhabituel au cours de la nuit précédente. Il voulait savoir s'il avait vu ceux qui avaient tué sa famille; ceux qui avaient mis le feu à leur cabane du camp de Crossroads.

— Ne sais pas..., dit l'enfant, avec un haussement de ses épaules osseuses et l'expression vide d'une ignorance délibérée.

Il avait vu ses parents, ses deux frères et ses trois sœurs brûler dans l'enfer de leur taudis, mais il avait vu aussi le policier Bothma.

— Il y a un problème? demanda André en xhosa en s'approchant.

— Aucun, répondit Thabo dans un anglais châtié en le défiant du regard. Quel problème voulez-vous que soulève la mort par le feu d'une famille noire dans ces parages? A moins que cet enfant n'en représente un pour vous?

Soucieux d'éviter le regard ferme de Thabo, André Bothma se tourna alors vers le jeune garçon. Le calme du pasteur l'exaspérait.

— C'était ta famille? demanda-t-il à l'enfant en xhosa.

L'enfant était crasseux, une mouche bourdonnait autour d'une plaie qu'il avait sur la figure.

— Où étais-tu la nuit dernière, mon garçon? Ce n'est pas toi qui aurais mis le feu? Tu aimes bien les « camarades » qui traînent dans le coin, n'est-ce pas?

— Laissez-le, dit Thabo.

Il s'interposa entre l'enfant noir et le policier blanc, mais fut aussitôt repoussé par André.

— Ne te mêle pas de mes affaires, le Cafre! cracha celui-ci, plein de haine, ulcéré du contact de sa peau noire sur son bras.

— Je ne me mêlerai pas de vos affaires, répondit Thabo en souriant, c'est le Seigneur qui s'en chargera, monsieur.

Et, posant la main sur la nuque du garçon, il l'entraîna vers la porte de tôle rouillée de son église.

— Sale nègre! éructa André Bothma en s'éloignant.

Depuis que Thabo avait ouvert son église, André Bothma avait perdu beaucoup de son pouvoir sur Langa. Les habitants du ghetto venaient en foule le dimanche au service divin. Du matin au soir, des hymnes retentissaient dans l'atmosphère enfumée des taudis. Les voix noires se fondaient pour monter au ciel en des harmonies qui les consolaient de leurs vies misérables et de l'indifférence blanche.

— Viens ici! lança André à un Noir entre deux âges.

Sitholé s'approcha de lui avec une obséquieuse inclinaison de tête.

— Tu connais ce garçon? demanda André.

Sitholé secoua nerveusement la tête. Il savait à quoi s'employait André Bothma dans le ghetto, mais avait décidé qu'il agissait pour le bien de son peuple. La baraque qu'il l'avait aidé à incendier la nuit dernière abritait deux « camarades » bien connus. Les frères du petit garçon imposaient depuis des mois la terreur dans le ghetto et Sitholé avait aidé André à faire justice.

— Renseigne-toi sur ce qu'il va faire! Et empêche-le de propager sa théologie de libération pourrie.

André Bothma était persuadé que les enfants du ghetto se faisaient laver le cerveau par l'église et par les militants noirs comme Steve Biko. Il avait vu les résultats de cette endoctrinement contre les Noirs plus âgés. La violence dans les ghettos était, il le savait, un élément de la tactique communiste, les Noirs, il en était certain, ne désirant qu'une chose : vivre en paix avec les Blancs. Les Noirs dans son esprit voulaient l'apartheid, sous la férule blanche.

— Surveille-le! conclut André, qui ne s'autorisait jamais à parler plus de quelques instants avec un Noir. Le mythe de l'invulnérabilité du « flic Bothma » tenait à ce type de précaution. Il lui fallait l'entretenir avec le plus grand soin. Sa vie en dépendait.

Les yeux grands comme des soucoupes et la bouche pleine d'interjections, Miriam regardait son fils descendre l'allée de Bonne-Espérance. Thabo, dont la soutane noire soulevait à ses pieds un nuage de poussière, était suivi de neuf enfants noirs, un baluchon sur la tête et luisants comme du cirage.

— Thabo!

Avant que Miriam eût repris ses esprits, Simon se ruait vers la troupe qui approchait de la maison.

— Je reviens tout de suite! avait-il tout juste hurlé vers Constance, toujours assise sous leur arbre. C'est qui? demanda-t-il en longeant la file d'enfants qui suivait Thabo. Il les examina tour à tour avec curiosité. Qu'est-ce que c'est que ça?

Il heurta le paquet qu'une petite fille portait sur la tête et le fit tomber par terre, la laissant désemparée au spectacle de ses biens répandus sur le sol.

— Non, non, Thabo! Non, non! faisait Miriam, secouant la tête en réponse à une requête encore informulée.

A côté d'elle, Portia hochait pareillement la tête, pleinement d'accord avec Miriam.

— Il n'y a pas de place, Thabo! Pas de place pour tous ces enfants!

— Même pour peu de temps? répondit-il, embrassant sa mère. Bonjour, Simon!

Il le regarda replacer sur la tête de la petite fille le paquet rafistolé. Retrouvant sa dignité, la file d'enfants se reconstitua derrière lui, tandis que Thabo parlait à sa mère.

— Je veux les envoyer au Transkei. Au Cap, ils sont en danger, mama.

Miriam l'écoutait sans ouvrir la bouche. Elle avait vite calculé le coût de l'autobus pour aller au Transkei et balançait la tête.

— Ils peuvent vivre au village avec la famille. Grand-mère s'occupera d'eux.

— Ta grand-mère est vieille, Thabo! dit Miriam, rejetant la tête en arrière en signe de refus. Et où trouverons-nous l'argent? Comment payer l'autobus? Leur nourriture? Qui paiera, Thabo?

— Tu te soucies de ces choses-là? dit Thabo en souriant. Le Seigneur nous a d'abord envoyé Portia. Maintenant Il nous envoie ceux-là. Et s'Il en envoyait d'autres?

Thabo rayonnait d'une joie à laquelle Miriam ne pouvait résister.

— Dieu sait bien ce qu'il nous faut pour prendre soin de Ses enfants et Il y pourvoira.

A son tour, la figure de Miriam s'illumina. Depuis la naissance de son fils, elle priait Dieu de bien vouloir l'employer à Ses desseins, mais une ombre d'incertitude la gagnait.

— Et il y a Zola! reprit Thabo, de plus en plus rayonnant. Mon cousin Zola aidera. Et sa femme. Et leur enfant Lunga. Ils aideront tous à s'occuper des enfants.

— Non, Thabo, dit Miriam, s'efforçant d'être ferme sous les regards convergents des enfants.

— Nous sommes les mandataires du Christ, mama! répliqua-t-il sans se départir de son sourire. Nous sommes Son peuple et c'est à nous qu'Il a envoyé ces enfants.

— Oui! cria Simon.

Miriam, vaincue et résignée, leva les bras au ciel, tandis que Simon se mêlait aux enfants.

— Ils dormiront avec moi, poursuivit-il en étouffant dans ses bras deux petits garçons effarés.

— Miriam! appela David.

L'appel, comminatoire, retentit dans la petite pièce et Miriam se leva, époussetant les traces de poussière que de petits doigts avaient laissées sur sa jupe.

— Reste ici! lança-t-elle à Thabo en anglais avant de se précipiter à la rencontre de David. Oui, maître.

Mais elle s'arrêta net devant un David illuminé, rajeuni de toutes les années que lui avait ajoutées la maladie de Constance.

— Elle revient! cria-t-il. Rébecca revient!

Jamais Miriam ne l'avait vu dans cet état. C'était comme si le monde, un instant, avait cessé de tourner et que, gagnée par l'excitation de David, ses pieds quittaient le sol. Perdue, abasourdie, sa seule pensée cohérente était pour Luke.

— Portia? fit David, à la vue de la petite fille, seule devant la porte de Miriam.

Compagne de jeu de Simon et de Constance, la petite fille faisait partie de Bonne-Espérance, mais elle était différente des autres. Elle souriait.

– Qu'est-ce qui arrive à Portia ? demanda-t-il.

Miriam haussa les épaules, tandis qu'une bande d'enfants s'échappait de sa chambre.

– Ah, je comprends ! poursuivit-il, souriant à son tour.

Thabo et Simon surgissaient derrière eux.

– J'aurais dû me douter que tu étais là, Thabo, dit-il en lui tendant la main.

Le changement qui avait transformé le jeune garçon qu'il avait connu ne cessait d'étonner David. Thabo incarnait à présent la dignité et son regard reflétait une paix qui défiait les lois « blanches » conçues pour abattre les Noirs.

Thabo lui prit la main avec chaleur. David faisait plus que son âge, mais Thabo sentait toujours un grain d'espérance chez cet homme qui aurait eu toutes les raisons de la perdre. Il y avait en lui une gentillesse qui témoignait d'une grande force, et l'imminence du retour de Rébecca éclairait son regard.

– Rébecca revient, dites-vous ? questionna Thabo.

– Elle revient.

– Rébecca revient ! cria Simon, surexcité.

Se rappelant Constance, assise seule sous leur arbre, il lui mena par la main les deux enfants qu'il avait adoptés.

– Nous serons plus nombreux pour jouer avec ces nouveaux amis ! Regarde ! Et Rébecca revient ! lança-t-il.

Les deux enfants imploraient Thabo du regard, tandis que Simon les tirait et que Portia les poussait d'un air décidé, avant de se tourner, souriante, vers Miriam.

André Bothma avait passé tout le jour à surveiller l'église de Langa. Sitholé lui avait dit avoir vu Thabo emmenant plusieurs enfants hors du camp ce matin-là, et il croyait disposer d'éléments suffisants pour rabattre la superbe de l'arrogant pasteur noir.

– Bonjour, père, lança-t-il avec mépris à Thabo qui descendait du car bondé de Stellenbosch.

La vue d'un Noir en habit religieux irritait André, comme elle devait – il en était sûr – irriter Dieu.

– Bonjour, monsieur, répondit Thabo, un léger sourire aux lèvres.

Il passa devant lui pour gagner l'église au bout du chemin en terre battue.

– Où crois-tu donc aller comme ça ? J'ai à te parler ! Thabo s'arrêta. On m'a dit que tu as emmené plusieurs enfants hors d'ici !

Thabo reprit sa marche sans un mot, André sur ses talons.

– Je suppose que tu disposais des autorisations nécessaires ?

A la porte de l'église, Thabo se retourna.

— Vous voulez entrer ? lui proposa-t-il en anglais, ignorant le xhosa d'André. Attendez-vous quelque chose de Dieu, monsieur, pour vous être avancé jusqu'à Sa porte ?

André n'était jamais arrivé à comprendre comment Thabo parvenait à rendre si insultant le mot « monsieur ».

— C'est après toi, le Cafre, que j'en ai, répondit-il en s'approchant tout près de Thabo, avec son sourire le plus méprisant.

— Ah bon, monsieur, dit Thabo d'une voix douce qui ne trahissait pas la moindre irritation. Eh bien, entrez.

Ses yeux brillaient d'une surprise heureuse. Lui-même entra dans l'église. Ses pas résonnaient sur le sol de béton, comme il s'avançait entre les rangées de chaises.

— Vous me suivez pour me parler, reprit-il pour André, mais c'est ici la maison de Dieu. Il écoute. En nous parlant nous Lui parlons, acheva-t-il en se retournant.

André s'arrêta net. Le pasteur s'était certes montré poli, mais il avait noté dans sa voix un accent de triomphe et il dut faire appel à tout son sang-froid.

— Il y a des procédures légales, père, pour adopter les enfants. Peut-être l'ignoriez-vous ?

— Asseyez-vous, je vous en prie, dit Thabo en désignant une rangée de chaises.

— Il existe dans les villes noires des organisations de secours aux orphelins. Par lesquelles il faut passer. C'est au gouvernement de s'en occuper, répondit André sans s'asseoir.

— Mais ces enfants m'ont été envoyés, monsieur.

— On ne vous a pas envoyé d'enfants ! explosa André, incapable de se contenir devant le calme de Thabo. Vous les avez *pris*, ces enfants. J'ai des témoins !

— Mais moi aussi j'ai un témoin, dit Thabo en souriant. Et je vous demanderai de sortir si vous n'avez rien à Lui dire.

Un instant passa, pendant lequel il plongea les yeux dans ceux d'André, insensible à la haine qu'il voyait y brûler.

— Dans une heure, nous avons une réunion de prière et maintenant je dois dîner. A moins que vous ne vous joigniez à nous ? Excusez-moi, monsieur, conclut-il en inclinant la tête.

Thabo se tourna vers l'autel de bois, à l'autre bout du bâtiment. Il était couvert de boîtes de conserve dont chacune contenait une fleur des champs. Une grossière croix de bois était accrochée au mur. Elle lui parut changer à son approche. Il y voyait celui qui avait été accroché à des bois de même forme et entendait les clameurs des gens comme Cop Bothma réclamant le sang du Christ. Il avait envie de se retourner vers le policier blanc et d'appeler sur lui le feu de l'enfer, mais il s'agenouilla au pied de la croix et se repentit de sa colère, tandis que retentissaient dans son dos les pas d'André Bothma sortant de l'église.

343

— Tu ne peux donc pas t'en empêcher ? Mais tu es fou !

Fézilé avait attendu Thabo toute la journée, assis dans la petite pièce derrière l'église qui était son logement.

— Cop Bothma veut le « pasteur nègre ». Je l'ai entendu le dire. Il se barbouille la figure de noir pour semer la haine et s'imagine que nous ne le reconnaissons pas !

Thabo écoutait Fézilé sans rien dire. Son ami avait raison, mais lui-même ne pouvait rien faire. Sa tâche était d'aider ceux qui étaient dans le besoin, la vengeance appartenait à Dieu.

— Les enfants sont au Transkei, Fézilé. Leurs familles ont été massacrées et il n'y a personne ici pour s'occuper d'eux. Maintenant ils sont partis et il ne peut rien faire, dit-il avec un haussement d'épaules.

Certains de ces enfants avaient vu leurs parents taillés en pièces à coups de machette et Thabo ne pouvait rien faire d'autre que prier pour qu'ils oublient.

— Et toi ? reprit Fézilé, dont l'âge avait émoussé l'impavidité.

André Bothma représentait ce qu'il y avait de pire en l'homme et il savait que sa soutane ne le protégerait pas de la haine de l'homme blanc.

— Pourquoi te tourmentes-tu, Fézilé ?

Il sentait la peur chez son ami, mais, quant à lui, la toute-puissance de Dieu l'environnait et la peur lui était étrangère.

— Ces enfants m'ont été envoyés et je n'ai fait que ce que je devais. Tu as faim ? finit-il, désignant du regard un pot de bouillie qui bouillonnait entre eux.

— Aïe, aïe, aïe ! fit Fézilé en secouant la tête, et Thabo le regarda de plus près.

Son ami avait les joues creuses. Le dentier étincelant qu'il lui avait acheté avec ses premiers salaires avait disparu.

— Où est-il ? demanda-t-il en lui relevant la tête.

— Quoi ?

— Ton cadeau d'anniversaire.

— Tu te soucies de quelques dents quand Cop Bothma veut ta peau ? répliqua Fézilé, repoussant la main de Thabo.

Mais Thabo attendait une autre réponse ; illuminé par une autre idée, Fézilé haussa les épaules.

— Si Dieu nous destinait à porter des fausses dents, nous naîtrions les gencives équipées de montures, mon ami ! lâcha-t-il, enchanté de sa trouvaille. Tu crois qu'Il veut que je m'étouffe avec ?

— Je crois qu'Il veut que tu dises la vérité, fit Thabo en secouant légèrement le pot de bouillie.

— O.K. ! lâcha Fézilé en se levant, exaspéré. O.K., père ! Tu veux la vérité ! Ils disaient que c'était un bon cheval ! Ils disaient qu'il gagnerait même en marche arrière ! commença-t-il, frappant le sol des pieds. Mais il s'est couché !

Thabo ne put réprimer un sourire dont Fézilé s'empressa de profiter.

— Il s'est couché comme ça! reprit-il, se couchant lui-même par terre. Et comme ça! poursuivit-il en roulant de côté. Ensuite il a donné des coups de sabot en l'air! Il se foutait de moi, ce cheval! acheva-t-il.

— Où sont tes dents? demanda Thabo, que ce numéro n'amusait pas le moins du monde.

Fézilé se remit solennellement sur ses pieds.

— La femme qui les a achetées..., dit-il, crispant les lèvres comme s'il pensait très fort, avant d'émettre un sifflement d'admiration qui se mêla à celui de la vapeur montant du pot de bouillie. Dieu doit être content qu'elle ait retrouvé le merveilleux sourire qu'Il lui a donné!

Comme Thabo émit un petit rire, Fézilé en profita pour pousser son avantage.

— Ses enfants ont retrouvé leur père! Dieu, Il ne gaspille rien, Thabo! Car voilà six enfants que tu n'auras pas à emmener au Transkei!

Le rire de Thabo remplit la petite pièce et par son bouillonnement la bouillie parut se mettre à l'unisson. Mais Fézilé s'étonnait. Ce qu'il avait dit n'était pas si drôle.

— Ça va? demanda-t-il, inquiet.

— Je ne me soucie pas de Cop Bothma, répondit Thabo, lui tapant dans le dos. Ce Xhosa blanc n'a aucune chance avec toi, mon ami.

Becs jaunes claquant, caroncules rouges se frôlant, deux coqs se disputaient une petite cage de bois sur le toit de l'autocar devant lequel Thabo, Miriam et Fézilé contrôlaient l'embarquement des enfants.

— Avec ça tu achètes un poussin d'un jour, dit Fézilé en glissant dans la main d'un premier enfant une pièce de cinq cents, avant de se tourner vers le suivant. Une jolie poule, bien dodue pour les deux camarades là-haut! renchérit-il, déposant une autre pièce dans la main tendue devant lui.

— Ça va, Portia? demanda Miriam à la petite fille qui atteignait la porte du car, un lion en peluche attaché sur le dos comme un bébé.

Portia ne souriait pas, elle n'eut qu'un bref mouvement de tête pour dire au revoir. Remontant le lion d'un mouvement d'épaules, elle referma les doigts sur la pièce de Fézilé.

— Vous veillerez sur ma grand-mère Sophie! enjoignit Thabo à deux petits garçons qui passaient la tête à une fenêtre. Et vous irez à l'école! Tous les jours! Vous m'entendez?

— Oui, père, répondirent-ils malicieusement.

Les prenant par les cheveux, Thabo leur cogna doucement la tête l'une contre l'autre.

— Dieu vous bénisse, les enfants. Il vous bénira car c'est Lui, notre Dieu, qui règne sur le monde!

Le père Jamieson avait recueilli auprès des fidèles la somme nécessaire au transport des enfants jusqu'au Transkei et la famille avait assumé le coût de leur nourriture à Bonne-Espérance. Mais Fézilé avait apporté, il le savait, la contribution la plus importante et il regardait fièrement les deux volatiles querelleurs sur le toit du car.

— Du calme! leur lança-t-il en frappant dans ses mains.

Du haut de leur perchoir et de dessous leurs crêtes dépenaillées, les combattants le toisèrent, frustrés mais silencieux.

— A la bonne heure! approuva-t-il avant d'aller flanquer un grand coup sur la cabine du car en apostrophant le chauffeur. Toi, conduis prudemment! Prends soin de ces oiseaux là-haut et je te donnerai plus à ton retour! dit-il en lui glissant dix cents dans la main.

— *Hamba kakuhle!* clamèrent les adultes lorsque le car s'ébranla, les coqs terrifiés patinant sur le plancher de leur cage qui tanguait sur le toit.

— *Schalla kakuhle!* répondirent les enfants agglutinés aux fenêtres.

Miriam ne regardait que Portia, qui ne la quittait pas de ses yeux sérieux.

— Fais attention! Sois sage! criait Miriam en courant après le car qui prenait de la vitesse. Fais bien attention à toi, tu entends!

La main contre la vitre, Portia vit Miriam disparaître dans un nuage de poussière.

— Ne t'inquiète pas pour elle, dit Thabo.

Il passa un bras autour de sa mère qui s'était prise d'affection pour la petite fille et essuya une larme qui lui coulait sur la joue.

— Tout ira bien pour eux, l'assura-t-il.

— Tu as bien fait, mon fils, dit-elle à Thabo.

Refoulant son émotion, elle lui caressa la main et le regarda dans les yeux.

Thabo avait veillé à ce que les enfants s'embarquent dans le car de Kraifontein avant qu'André Bothma n'eût le temps de s'y opposer. Il savait que le policier n'avait cure du bien-être des enfants. C'était après lui qu'il en avait. En revenant à son église avec Fézilé, il s'attendait à trouver Cop Bothma.

André était entouré d'une foule de Noirs qui se mirent à vociférer lorsqu'il les écarta pour atteindre la porte de l'église.

— Ces gens réclament leurs enfants, père, dit André en s'approchant de lui, l'air jovial. Ils disent que vous leur avez pris leurs enfants et ils les réclament, père!

— Je ne connais aucun de ces gens, répondit Thabo sans regarder André.

Il voulut passer outre, mais dut s'arrêter. André barrait l'entrée d'un bras et lui soufflait dans la figure une haleine chargée de nicotine.

— Mais eux vous connaissent. Ils disent que vous n'êtes pas le père de ces enfants! Malgré votre belle robe, vous n'en êtes pas le père!

— Vous voulez vos enfants? lança Thabo en se tournant vers la foule, tandis que Fézilé reculait, terrifié. Vous êtes les pères de ces enfants? Où étiez-vous quand je les ai trouvés mourants de faim? Où étiez-vous lorsqu'on leur apprenait à lancer des pierres plutôt qu'à lire ? Où étiez-vous lorsqu'ils étaient nus et misérables ?

Ivre de fureur, il fourra dans les mains d'André Bothma les pages d'une bible.

— Voilà ce qu'il vous faut, monsieur, dit-il. Vous parlez de la loi ? Lisez donc la loi de Dieu !

Repoussant le bras de Bothma, il entra dans l'église sans se retourner.

— Vous avez entendu ? dit Fézilé, contaminé par le courage de son ami, en s'avançant vers Bothma avec un sourire de défi. Vous comprenez encore l'anglais, monsieur le policier ?

Il grimaça un sourire et franchit le porche de l'église d'un air important, mais, à peine hors de vue d'André, il courut après Thabo, l'air intrigué.

— Mais qu'est-ce que tu lui as donné ? dit-il. D'où sortaient ces papiers ? Ces enfants n'ont pas de papiers ! Ils n'ont rien ! D'après la loi de Bothma, ils ne sont même pas nés !

— Ils sont nés aujourd'hui ! répondit Thabo, tombant à genoux devant l'autel, imité par Fézilé.

— Ils sont nés aujourd'hui ? demanda celui-ci.

— Aujourd'hui, ils sont nés comme enfants de Dieu, répondit Thabo avec un grand sourire. Cop Bothma en détient la preuve.

18.

Samuel Netherby et le grand danois regardaient Rébecca monter dans le taxi, arrêté devant sa porte de Wilton Row. Zanu l'avait vue faire ses valises. Il l'avait vue, l'œil impavide, empaqueter son bol dans un sac en plastique et le remettre à Samuel. Lorsque le vieux tailleur lui avait mis sa laisse, il n'avait même pas bougé. Mais lorsque Rébecca monta dans le taxi, ses bagages empilés à côté du chauffeur, il comprit que quelque chose n'allait pas. Elle l'avait oublié. Un gémissement ténu rappela alors à sa maîtresse la présence du chien géant. Baissant la vitre, elle se pencha à la portière du taxi.

— Je reviens bientôt, Zanu, lui dit-elle en resserrant sur elle son manteau et en évitant son regard. Sammy, tu es sûr de ne pas vouloir t'installer ici pendant mon absence ? Zanu se comporterait mieux.

— J'ai pas d'ordre à recevoir de toi, chérie ! répondit-il en regardant Zanu. Va, sinon tu vas manquer ton avion !

Ignorant le vieux tailleur, Zanu considéra Rébecca.

— Tu as mon numéro ? cria Rébecca pour couvrir le bruyant démarrage du taxi. Tu ne l'as pas perdu ?

Elle faisait de son mieux pour cacher son excitation. L'Afrique lui était revenue tout entière avec l'aube. A peine avait-elle ouvert les yeux ce matin-là qu'elle s'était sentie vibrer d'impatience.

— Je l'ai là ton numéro ! répliqua-t-il en tapant sur l'une de ses poches.

Il le savait d'ailleurs par cœur, l'ayant souvent contemplé lorsqu'il essayait d'imaginer la terre qui avait rappelé Rébecca.

— Au revoir ! cria-t-il, agitant la main. Ne t'inquiète pas, ajouta-t-il, tandis que le taxi disparaissait dans les encombrements de Londres. Je prendrai soin de tout !

— Ça va, mon pote ? dit-il au danois.

Un gémissement lui répondit.

— Elle a bien le droit d'aller voir sa famille, non ? reprit Samuel Netherby, pour lui-même autant que pour le chien.

Lorsqu'il voulut se mettre en route, la laisse se tendit, le tirant en arrière. Il se tourna vers Zanu, immobile sur le pavé.

— Bouge-toi! lui dit-il, ne provoquant qu'un grondement sourd. Allez, lève-toi! Gentil!

La douceur n'y faisait rien. Le chien, collé au sol, ignorait Samuel avec arrogance.

Samuel s'assit sur la dernière marche du perron de Rébecca et engagea la conversation.

— Tu veux qu'on en parle? dit-il, plantant son regard dans celui du chien. Bon! C'est peut-être un type qu'elle va rejoindre! C'est pas nos oignons!

Samuel se doutait qu'il y avait autre chose que l'appel du pays. Contemplant le dallage, il suivait d'un pied le joint de ciment qui reliait deux pierres.

— Pourtant c'est pas les hommes qui manquent ici. Comme des frelons autour d'un pot de miel. Des Anglais et tout! Mais elle les regarde même pas!

Samuel, désemparé, en vint à penser au jeune homme à qui elle avait confié les boutiques pendant son absence. Depuis deux ans assistant de Rébecca, Richard Statten avait toutes les prétentions de la jeunesse, et le vieux tailleur ne s'y était guère intéressé, mais ses assiduités ne lui avaient pas échappé.

— Ils lui arrivent pas à la cheville, grommela-t-il. Tous des ploucs! Pas un pour racheter l'autre! C'est comme ça, poursuivit-il, revenant au chien. Nous voilà coincés ensemble, autant faire pour le mieux.

Zanu l'ignorait toujours, affectant de surveiller le ciel. Samuel regarda sa montre et se leva.

— C'est l'heure d'ouvrir, dit-il, déjà présent par la pensée dans le magasin de King's Road.

Il poussa le chien du genou, sans aucun résultat.

— Il faut que j'aille au bureau, mon vieux. On m'attend là-bas, dit-il, sachant que personne ne se soucierait de lui maintenant que Rébecca était partie.

S'il était propriétaire de l'affaire qu'elle avait créée à partir de sa boutique, le vieux tailleur savait que seule Rébecca faisait semblant de lui accorder de l'importance. A la fabrication, un atelier l'avait depuis longtemps remplacé et la gestion n'était pas son fort. L'argent n'était pour lui qu'un moyen de rendre Rébecca heureuse.

— Allez, mon vieux, lève-toi!

Mais Zanu ne bougea pas.

— Il veut se faire porter, on dirait! lança un facteur à bicyclette.

— Et toi tu as une tête à coudre des sacs postaux! hurla Samuel, enragé de son impuissance. Tu me ridiculises, dit-il à Zanu.

Il prit un air dégagé comme s'ils n'avaient rien à faire ensemble.

— Les réverbères sont bien mieux dans King's Road, je te promets. Une fois là-bas, tu te régaleras à les arroser...

Encouragements et supplications laissaient Zanu de marbre.

— Elle a donc raison. Comme d'habitude, hein ?

Samuel tira de sa poche un trousseau de clés et ouvrit la porte de Rébecca, tandis que Zanu lui fouettait les jambes de sa queue.

Miriam avait commencé le nettoyage avant même que le soleil se fût hissé au-dessus des montagnes, et la maison entière embaumait le savon et la cire. Elle avait lavé les rideaux, effacé des murs blancs les moindres traces de saleté et les poignées des portes brillaient comme de l'or. Une atmosphère d'attente régnait, le vent lui-même était chargé de l'excitation soulevée par le retour de Rébecca. Mais, depuis qu'elle était partie, les choses avaient changé. Ni la salive ni le cirage ne pouvaient masquer la maladie de sa mère, qui avait englouti tout l'argent de David et consommé tout son temps. Une désagrégation générale avait suivi celle de Constance. Même René du Toit était allé chercher fortune ailleurs. Pourtant Miriam ne désespérait pas de dissimuler les outrages du temps.

— Je peux le faire ? demanda Simon.

Elle était occupée à faire briller les dalles rouges du porche. Les pieds chaussés de grandes brosses qu'y maintenaient de larges courroies, elle dansait d'avant en arrière et de droite à gauche, balançant son derrière devant lui.

— Laisse-moi essayer, insista Simon, tirant sur sa jupe.

Miriam quitta ses patins et se dirigea vers la porte.

— Frotte jusqu'à te voir ! lui lança-t-elle avant de disparaître dans la maison.

Simon enfila ces espèces de patins, esquissa un pas en avant et son pied se déroba à la vitesse de l'éclair.

— Hé! cria-t-il, s'écrasant sur les dalles avec un bruit sourd.

Il se remit debout en s'accrochant à un appui de fenêtre et considéra ses pieds, stupéfait. Comment, se demandait-il, Miriam réussissait-elle à faire avec tant d'aisance quelque chose d'aussi difficile ?

— Frotte! cria Miriam, lui agitant par cette même fenêtre un chiffon à poussière sous le nez. Jusqu'à ce que tu te voies !

Une fois le chiffon disparu, Simon serra les dents. Un pied en avant et la langue pendante, il se hasarda à recommencer. Bien qu'il eût achevé sa croissance, il savait s'absorber comme un petit enfant dans ce qu'il faisait, et ses pieds entamèrent leur danse.

Tandis que l'avion avançait sur un matelas de nuages, Rébecca contemplait les bandes de couleur qui s'étiraient sur l'horizon. Elle avait quitté l'aéroport de Heathrow depuis huit heures, et l'Afrique se cachait quelque part en dessous. A mesure qu'elle approchait, le vaste continent l'obsédait de plus en plus, et elle était consciente de cette attraction.

Se renfonçant dans son siège, elle remonta la couverture et ferma les yeux. Sammy avait insisté pour qu'elle voyage en première classe et, pour s'en assurer, il avait lui-même acheté le billet.

Rébecca n'avait pas dormi malgré le confort qui l'entourait. L'appel pressant qui l'avait éveillée dans sa maison de Londres la hantait toujours. Sans qu'elle sût pourquoi. Pourquoi avait-elle cru entendre Luke l'appeler – alors qu'il ne lui était plus rien ? Aussi loin d'elle que les fourmilières et le 123 Z l'étaient de Wilton Row. Cependant, elle ne pensait qu'à lui.

Un rayon de lumière frappa le hublot et elle en approcha le visage. Se frayant un chemin à travers les nuages, le soleil découvrait loin au-dessous des kilomètres de terre brune. Comme des millions de têtes d'épingle, des arbres se pressaient, armée immobile, aux flancs d'une faille immense, vers laquelle elle se sentit aspirée.

Revenant à Londres, à la vie si large qu'elle y menait, elle tenta de se dégager de cette attraction. S'efforça de se rappeler l'intense chaleur et l'aridité qu'elle avait connues, s'obligea à se remémorer la solitude de son enfance, mais le rythme silencieux de l'Afrique battait, invincible, au plus profond de son être.

A l'aéroport D.F. Malan, David avait repéré le miroitement de l'appareil des South African Airways, bien avant tout le monde, et, quand cette brillance fragile disparut dans le rayonnement du soleil, il ferma les yeux. Jusqu'alors il n'avait pas eu conscience d'être aussi nerveux. Les années d'absence de Rébecca avaient établi une distance incalculable entre eux, et voilà qu'elle l'annulait.

C'était un coup de téléphone qui avait troublé David, ce jour-là. Naomi, la sœur de Luke, avait appelé de Johannesburg et, si détachée qu'elle se fût voulue, le son de sa voix pour demander s'il n'avait pas vu Luke était un peu trop poli.

– Je n'ai guère de raisons de le voir, Naomi, avait-il répondu, surpris et même irrité à la mention du nom de Luke, d'une irritation intacte après tant d'années.

Mais, lorsque Naomi lui eut appris la tragédie d'Althéa et de son fils, il en avait été malade. Il avait lu dans les journaux de ces histoires de suicide. Des familles entières de Sud-Africains blancs disparaissaient ainsi, anéanties par le désespoir de l'un de leurs membres, sans que personne comprît pourquoi. Mais jamais David n'avait été touché d'aussi près.

– Je suis désolé, s'était-il contenté de dire avant d'écouter Naomi lui expliquer la raison de son appel.

On n'avait pas vu Luke à Johannesburg depuis la mort de sa femme et de son fils, et elle se demandait s'il ne serait pas revenu à Bonne-Espérance.

– Luke ne serait pas revenu ici, Naomi.

David souhaitait ne jamais l'y revoir. Il lui en voulait trop. Ce ne fut que plus tard, après avoir parlé à Miriam, qu'il comprit toute l'ampleur de ses craintes.

– Je veux que Rébecca ne sache rien de ce qui s'est passé, Miriam. Luke ne doit plus revenir dans sa vie. Il n'a plus rien à faire auprès d'elle.

Il avait demandé à Miriam, qui en avait eu les larmes aux yeux, de l'envoyer promener au cas où il appellerait. Elle était hantée par ce jour où elle l'avait vu, désemparé, près de la rivière. Mais David était resté de marbre. Comme la plupart des Blancs, il avait l'air de dire qu'on pouvait rayer quelqu'un de sa vie sans douleur. Sans même une cicatrice.

— Mais Luke aime Rébecca, maître.

Incapable de masquer ses sentiments, Miriam avait dit à David ce que Luke l'avait conjurée de garder pour elle.

— Il est venu ici après la mort de son enfant. Luke a besoin de mam'zelle Rébecca! Il n'a plus rien!

La culture de Miriam reposait sur la famille au sens le plus large. Lorsque souffrait l'un de ses membres, tous souffraient. Elle ne savait pas qu'il en était de même pour David, qu'il tentait de protéger Rébecca, à ses yeux toujours une enfant perdue dans une fourmilière. Ils avaient vu naître l'amour des deux adolescents et savaient qu'il n'était pas mort. L'amour entre Rébecca et Luke était vivant. Il imprégnait le moindre recoin de Bonne-Espérance et n'échapperait pas à la perspicacité de Rébecca.

Tandis que l'avion roulait vers les bâtiments de l'aéroport, Rébecca regardait la montagne de la Table dont la masse de granit émergeait des nuages. Les claquements des boucles des ceintures de sécurité et des fermoirs des casiers à bagages ne l'en distrayaient pas. Elle avait repéré son père au seuil du bâtiment, à la place même où il s'était tenu lors de son départ.

— Papa, murmura-t-elle.

Saisie par son enfance, elle retrouvait le bien-être qu'elle avait toujours ressenti auprès de lui, la force tranquille d'un amour sans condition.

— Votre sac, mademoiselle Conrad, fit un steward en descendant son grand sac de voyage.

Il souriait. Rébecca regarda autour d'elle, gênée : l'avion était vide.

— Merci.

Elle suivit le steward jusqu'à la porte et s'arrêta au seuil de l'avion. L'air tiède velouté du Cap et le voile bleu magique qui flottait sur les montagnes l'enveloppaient tout entière.

— Rébecca!

La voix de David lui parvint par-dessus l'étendue du tarmac. Il courait vers l'avion. Il gravit la passerelle quatre à quatre, la prit dans ses bras, lui confirmant enfin sa patrie.

Habillé du même superbe costume bleu qu'il avait porté pour l'ordination de Thabo, Simon marchait fièrement à côté de Rébecca. Il s'agrippait aux bords de ses manches trop courtes car, s'il souhaitait que Rébecca remarque qu'il avait grandi, il ne voulait pas qu'elle voie que sa veste était trop petite.

A la nouvelle de son retour, Simon avait longuement examiné les photos des albums de la famille. Mais la femme superbe qui avait débarqué l'avait laissé sans voix.

— Tu as grandi, lui dit-il très sérieusement.

Alors seulement, tandis qu'ils marchaient dans les vignes, il reconnut la ravissante femme en jeans et bottes de cow-boy qui était devant lui. Elle rejeta la tête en arrière et éclata de rire. Le rire de Rébecca était plein de réminiscences malicieuses et Simon frémit jusqu'aux orteils : il avait reconnu le sentiment qui l'identifiait.

— Je viens juste de me rappeler ce que tu as fait dans le magasin de Mme Bernstein !

La vieille lueur de défi se ralluma dans les yeux noirs de Rébecca et Simon hocha la tête. Il n'avait rien oublié de ce qui s'était passé dans la petite ville minière et il en était secrètement très fier.

— Te souviens-tu du cheval que tu m'avais sculpté pour mon anniversaire ?

Rébecca voyait le minuscule cheval de bois qui à présent trônait sur la cheminée de sa maison de Londres.

— Chaque fois que je le regarde, je te vois sur son dos !

— Oui, fit Simon, nullement surpris – il s'était toujours vu sur le petit cheval de bois, même si personne ne l'y avait remarqué. J'étais petit quand je l'ai fait, lui rappela-t-il.

— Je n'en crois pas mes yeux, Simon, de voir comme tu as grandi !

Il avait grandi. Il était bien bâti. Il portait les épaules en arrière, la tête haute et, bien que le mouvement de ses jambes fût un peu bizarre, il marchait à son rythme.

— Tu es un homme, à présent ! Presque vingt ans ! lui dit-elle, respectant la distance qu'il avait lui-même marquée entre eux.

— Dix-neuf ! lança-t-il, enchanté, l'enfant qu'il était perçant sous le corps de l'homme. Il ne faut pas être fâché, ajouta-t-il, laissant surgir sa langue dans un instant d'oubli, absorbé qu'il était par le choix des mots justes. Elle ne sait pas qui tu es, c'est tout.

Simon parlait de Constance et Rébecca détourna les yeux. Elle avait du mal à admettre ce qui était arrivé lorsqu'elle avait revu sa mère. Constance lui était apparue bien plus vieille qu'elle ne s'y était attendue. Fragile et vulnérable, elle semblait aussi vieille que Granny Cat avant sa mort. Il y avait dans son regard une étrange fureur et plus rien de la femme qui avait été sa mère. Submergée par la compassion, Rébecca s'était élancée vers elle, mais Constance l'avait repoussée avec de grands gestes, pour se réfugier auprès de Simon.

— C'est qu'elle a fait pipi dans sa culotte, avait tenté d'expliquer Simon.

La fureur désespérée de Constance à se sentir prise au piège d'un corps défaillant ne le surprenait plus et il la conduisit hors de la pièce en lui assurant, plein de chaleur, que tout allait bien. Miriam s'était ruée sur le coussin mouillé pour aller le laver et Rébecca s'était sentie parfaitement inutile.

— Elle aime ton cadeau. Elle le trouve très joli, reprit Simon, tâchant d'apaiser Rébecca.

353

Il lui adressa un sourire figé, mais Rébecca savait qu'aucun de ses cadeaux n'avait vraiment fait plaisir. Elle avait apporté à sa mère une robe de soie. De ces robes anglaises qu'elle portait au 123 Z, mais celle-ci avait été faite par Samuel Netherby avec un soin particulier.

— Elle n'aime pas cette robe, Simon, dit-elle, se rappelant comme elle l'avait laissée tomber par terre sans manifester le moindre intérêt. Et tu n'aimes pas davantage ce que je t'ai donné.

Simon baissa les yeux. Rébecca lui avait acheté un lecteur de cassettes. Elle l'avait regardé défaire son paquet méticuleusement, pliant avec soin chacune des couches de papier avant de passer à la suivante. Mais, lorsque Rébecca avait appuyé sur le bouton pour le surprendre et que les Rolling Stones s'étaient fait entendre, Constance avait protesté en frappant sur le plancher, et Simon avait aussitôt repoussé son cadeau, comme elle avait fait du sien.

Bien qu'elle eût produit, en le déployant devant elle, tous les cris d'enthousiasme d'usage, Miriam elle-même n'avait pas aimé le négligé rose à frous-frous qu'elle lui avait donné. Elle n'avait songé qu'au nombre d'enfants qu'il aurait pu nourrir. Pour avoir ainsi perdu de vue la simplicité en vigueur dans le monde qui avait été le sien, Rébecca avait compris combien elle s'était éloignée de ses origines. Les vignes, qui tendaient un baldaquin vert sur les pentes des montagnes pourpres, cachaient la part d'elle-même qu'elle avait perdue. L'enfant pour qui une vieille clé rouillée était symbole d'espoir. L'adolescente qui avait trouvé cet espoir dans l'amour. L'une et l'autre avaient disparu.

— La journée, je joue avec elle, reprit Simon, pensant toujours à Constance, dont il parlait comme si elle eût été son enfant. Quelquefois, je lui lis tes lettres, ajouta-t-il, rayonnant de fierté et haussant les épaules comme si c'eût été peu de chose. Nous travaillons ensemble aussi sur les voitures de Riaan...

— Riaan?

Ce nom avait ramené Rébecca loin en arrière, lorsque Luke avait quitté Le Cap par le train. Elle le verrait toute sa vie agiter le bras à bord d'un ondulant serpent d'acier.

— Riaan dit que je m'y entends en voitures. Il dit qu'il me trouvera du travail avec lui dans le garage de Stellenbosch!

Simon semblait sourire de la tête aux pieds. Jusque-là bizarre et gauche, il rayonnait soudain d'une dignité fugitive, mais Rébecca ne l'écoutait plus.

Un peu plus tard, cette semaine-là, Rébecca débusqua Riaan sous un grand camion, dans la fosse du garage de Stellenbosch. Il ne l'avait pas entendue arriver, car le moteur du camion tournait, lui projetant de l'huile sur la figure.

— Pourquoi as-tu coupé le contact, Amos? hurla-t-il en afrikaans lorsque le bruit cessa.

Se hissant hors de la fosse, il chercha des yeux le mécanicien malais qu'il venait d'apostropher, mais demeura interdit : deux jambes ravissantes s'étaient arrêtées devant lui et une femme irrésistible se penchait.

– Encore en panne sèche, Riaan ? lui dit en souriant Rébecca.

– Bon Dieu ! C'est Rébecca ! lâcha-t-il en sortant de la fosse, radieux sous les taches d'huile qui lui constellaient la figure.

Le restaurant de Stellenbosch était d'une propreté parfaite. Rébecca était assise avec Riaan à une petite table sous un dais de bougainvillées. Bien qu'il se fût récuré des pieds à la tête avant de quitter le garage, Riaan se sentait mal à l'aise. Ce n'était pas la nappe blanche sur la table qui le troublait, c'était Rébecca. Plus belle encore que dans son souvenir et merveilleusement habillée comme seules le sont les femmes des magazines, elle avait un accent britannique qui renforçait le charme de sa voix.

– C'est pour ça que la sécheresse sévit dans l'État libre ! tenta-t-il de plaisanter à propos de sa courte jupe.

Les fermiers afrikaners prétendaient que la minijupe qui avait envahi l'Afrique du Sud était responsable du dépérissement de leurs récoltes. La minijupe était à leurs yeux signe de dépravation et, dès son apparition, l'Église réformée hollandaise l'avait condamnée.

– Comme ça me fait plaisir de te revoir, Riaan ! dit Rébecca, avançant la main pour toucher la sienne par-dessus le plat de moules qui les séparait. Tu n'as pas changé du tout.

Bien que Riaan fût devenu un homme, elle voyait encore en lui l'adolescent fiévreux qui, tant d'années auparavant, s'était déclaré pour elle. Et l'enfant couvert de poussière à qui Simon et Thabo avaient fait face, dans leur simulation de la guerre des Boers. Et, quoiqu'ils ne l'eussent ni l'un ni l'autre nommé, Luke était présent entre eux.

– Je ne sais pas où il est, dit Riaan à l'improviste.

Il ne savait pas comment dire à Rébecca ce qu'il en avait appris récemment : il n'avait su la tragédie qu'après le retour de l'une de ses lettres non décachetées, ce qui l'avait poussé à s'informer.

– Depuis, personne ne l'a vu, ajouta-t-il.

Dès son arrivée à Bonne-Espérance, Rébecca avait senti que quelque chose n'allait pas, mais Luke y était un sujet tabou.

– Depuis quoi, Riaan ?

Le cri silencieux qui l'avait réveillée voilà déjà longtemps retentissait de nouveau à ses oreilles. Elle accrocha le regard de Riaan, exigeant une réponse.

– On ne t'a pas dit ?

Riaan aurait voulu rentrer sous terre, être avec son père, à des kilomètres de Bonne-Espérance, libre d'un passé qui ne cessait de peser sur le futur.

– Quoi ? reprit Rébecca, touchant du bout des doigts la main de Riaan, le vidant de toute pensée.

Il baissa les yeux sur la nappe, concentré sur les méandres du fil qui la tissait.

— C'est son fils, prononça-t-il, cherchant les mots anglais qui pourraient exprimer le fait sans l'horreur qu'il soulevait. La femme de Luke, Althéa..., poursuivit-il, s'essuyant la bouche comme pour effacer les mots qui restaient à dire. Elle s'est tuée, après avoir tué l'enfant. Miriam sait. Il est venu à Bonne-Espérance.

Les mots tombèrent sur la table et l'instant de folie pendant lequel Althéa avait agi aboutit à son triomphe. Rébecca fut prise de nausée : le visage ravagé de Luke lui apparut ; un petit garçon inconnu la toisait du fond d'une tombe. Elle s'enfuit du restaurant sans se retourner. De retour à Bonne-Espérance, elle alla voir Miriam et lui demanda ce qu'elle savait, puis attendit, les yeux fermés sur une prière muette.

— Luke vous cherchait, mam'zelle Rébecca. Il est venu ici pour vous voir.

Miriam se moquait bien de ce que David pourrait dire. Elle se remémorait le jour où les enfants avaient volé Simon. L'instant où Rébecca avait fait face à la colère d'Estelle. A la façon dont les deux enfants blancs avaient pris la défense de Thabo. Et maintenant Rébecca, pâle comme une morte et le regard vide, se laissait bercer dans ses bras comme une petite fille.

— Il vous aime toujours.

Sans être vu, Thabo venait d'entrer dans la petite pièce, encadré de deux petites filles noires cramponnées à ses mains.

— Il y a tant de drames aujourd'hui dans notre pays, mam'zelle Rébecca...

La tête appuyée contre celle de Rébecca, Miriam considérait les deux enfants qui accompagnaient son fils. Elle savait pourquoi elles étaient là, elle voyait l'horreur qui les environnait tous, mais Rébecca, elle le savait, ne se souciait que de Luke.

— Rébecca ? fit Thabo.

Elle se tourna lentement vers lui et le regarda sans rien dire. Elle reconnut la chaude intonation et le pasteur noir qui se tenait sur le seuil, si impressionnant de sérénité, était le messager de sa terre. C'était l'Afrique qu'il incarnait, avec tous ses maux.

David ne se retourna pas. Rébecca avait pourtant prononcé les mots qu'il attendait depuis son retour :

— Pourquoi ne m'as-tu rien dit, papa ?

Elle l'observait du seuil voûté donnant accès à la cave. C'était la première fois depuis son arrivée qu'elle y revenait ; une odeur de moisi, celle de l'échec, l'enveloppa d'une prise visqueuse.

— Je ne pensais pas la chose utile, répondit David, sans se douter de la fureur que sa fille lui réservait.

— Je ne suis plus une enfant, papa.

— Je pensais que ça te laisserait froide, se défendit David, embarrassé.

— Tu ne comprends pas que j'aime toujours Luke ?

Elle se sentait partagée entre des sentiments qui la dépassaient. Les uns avaient été réveillés une certaine nuit d'hiver, à des milliers de kilomètres de Bonne-Espérance, et elle avait éprouvé les autres devant l'ombre de la femme qui avait été sa mère et qui aujourd'hui incarnait la mort lente qui s'emparait de Bonne-Espérance.

— Tu ne m'as rien dit non plus de l'état de maman. Tu ne m'as pas dit qu'elle était mourante! insista-t-elle, scrutant son père dans la pénombre de la cave. Crois-tu donc que je serais restée là-bas si j'avais su ce qui se passait? Tout meurt ici et tu ne disais rien! Pourquoi ne m'as-tu rien dit?

— Tu avais ta vie à vivre à Londres, Rébecca. Tu te réalisais là-bas et n'avais rien à faire ici!

— Rien à faire? Comment le sais-tu? Je suis d'ici, pas d'ailleurs!

— Et tes affaires et...

— Je suis d'ici, papa. Comprends-tu? Je suis d'ici! lâcha-t-elle, hors d'elle.

David hésita, mais reprit:

— Je n'oubliera jamais ce qu'il t'a fait, Rébecca! Jamais je ne pardonnerai à Luke ce qui est arrivé. C'est ça que tu ne peux pas accepter? Que je tienne encore tant à toi et que je ne puisse...

— Je ne peux pas accepter que tu ne m'aies pas fait confiance et que tu ne m'aies rien dit! Voilà ce qui me fait mal!

Un silence suivit. David regardait sa fille et soudain découvrit ce qu'il n'avait pas voulu voir: Rébecca était une femme qui n'avait plus besoin de sa protection mais de sa confiance.

— Je ne rentrerai pas à Londres, dit-elle, souriant enfin. Je sais maintenant d'où je suis et je ne me doutais pas qu'il serait si facile de l'admettre.

David se détourna, mais elle lui toucha le bras.

— Voilà ce que je veux, papa. Je ne veux pas faire des affaires. Je ne veux pas d'argent. J'ai voulu me prouver quelque chose, mais je ne sais même plus quoi! Qui essayais-je d'impressionner? Je n'ai jamais impressionné Sammy!

L'évocation du vieux tailleur la fit sourire.

— Il n'avait pas besoin de moi, il était au-delà de ça!

Balayant la cave du regard, elle fut saisie de la même fièvre que jadis dans la boutique de King's Road.

— Je pourrais tout refaire ici, papa!

Le journal d'Emily lui revint en mémoire. Elle ne l'avait plus relu depuis son enfance, mais les mots en étaient gravés dans son esprit.

« Bonne-Espérance peut sembler mort, l'esprit de mon père l'habite encore. La terre qu'il a tant aimée l'abrite. Il en faisait partie. Il appartenait à " la mère immortelle " et son esprit revivra. »

Rébecca savait son père aussi désemparé qu'avait pu l'être Jacques Beauvilliers lorsque Emily avait écrit ces mots. David était aussi perdu que l'était Samuel Netherby lorsqu'elle l'avait rencontré. Le temps l'avait condamné comme le vieux tailleur. Le puits de mine qui se détachait sur un ciel blanc en Afrique centrale était suranné, mais David avait laissé son cœur dans les parois d'acier de son poste de commande.

— Nous ferons revivre Bonne-Espérance, papa. Prudence Beauvilliers l'a fait, nous pouvons le refaire. Ensemble!

— Pourquoi?

Rébecca ne savait pas pourquoi. Bonne-Espérance n'était rien d'autre qu'une propriété viticole en Afrique du Sud qui l'avait revendiquée le même jour qu'elle avait revendiqué Luke et qui ne la lâchait pas.

— Pour lui? dit David, la regardant dans les yeux. Luke est parti, Rébecca.

— C'est vrai, dit Rébecca, sans émotion.

— Alors pourquoi?

Elle avait réclamé sa confiance, lui maintenant réclamait la sienne.

— Parce que je suis africaine.

— Et tu pourrais maintenant vivre ici?

Rébecca savait ce que son père avait en tête. Elle était retournée dans le sixième arrondissement après son retour. Elle avait erré dans le désert venteux où avait jadis prospéré une communauté foisonnante. La maison de Johannes Villiers, le frère de sa grand-mère, avait été rasée par les bulldozers et dans les rues seuls des fantômes tenaient l'affût. Monument au « progrès de l'ordre », l'église où elle avait trouvé le registre du baptême d'Elsie Villiers se dressait seule dans le désert. Le sixième avait été déclaré zone blanche et les non-Blancs avaient été expulsés du Cap, envoyés dans des régions invivables.

Elle s'était rendue à la maison de Claremont pour voir Lorraine Hendrickse, mais la petite-fille d'Elsie Villiers n'habitait plus là, une famille blanche l'avait remplacée.

L'Afrique du Sud s'était engagée sur le chemin du « Grand Apartheid », ignorant le vent du changement qui balayait l'Afrique. La Rhodésie s'était déclarée indépendante de la Grande-Bretagne et une sanglante guérilla la ravageait. De nouveaux États indépendants, telle la Zambie où elle était née, hébergeaient les combattants de l'A.N.C., en lutte pour la libération de leurs frères d'Afrique du Sud. Tandis que le Pan-African Congress lançait son mot d'ordre : « Un colon, une balle! », le reste du monde se voilait la face.

En Angleterre, Rébecca avait manifesté contre l'apartheid, tout en sachant que ce mouvement ne représentait qu'une part de la vérité. La politique raciale du gouvernement avait sapé les forces de la nation et Bonne-Espérance en avait souffert comme tout le reste du pays. La terre elle-même paraissait vidée de toute vie et les vignes étaient mortes, assoiffées de l'amour de Jacques Beauvilliers.

Rébecca ne savait pas que le suicide de sa famille avait frappé Luke au moment même où il prenait ses distances avec l'apartheid. Elle ne savait son amour pour lui aussi profond que son amour de l'Afrique. L'odeur de sueur et de terre, de chevaux et de raisins l'excitait comme elle excitait

Luke. Elle se sentait une partie de Luke comme de Jacques Beauvilliers, d'Eva et de Jean-Jacques. Bonne-Espérance l'emprisonnait comme une toile d'araignée, l'enveloppant d'autant plus étroitement qu'elle découvrait que son cœur battait pour l'Afrique.

— Je suis d'Afrique, papa. Et je suis assez grande pour en accepter toutes les conséquences.

Samuel Netherby stationnait dans la zone de fret de l'aéroport de Heathrow. Il assistait au chargement du chien noir géant Zanu dans une énorme cage de bois, au flanc de laquelle était inscrit en lettres rouges « Chien vivant ». L'homme en blanc qui opérait regardait Zanu droit dans les yeux.

— Vous l'expédiez en Afrique du Sud, hein ? Il a la couleur, pas vrai ? dit l'homme, s'approchant de Samuel Netherby.

Derrière les barreaux de bois, l'énorme chien les considérait d'un air dédaigneux. Netherby s'approcha, glissa une main dans la cage et le caressa. Depuis le départ de Rébecca, d'étranges rapports de méfiance mutuelle s'étaient établis entre eux et il savait que Zanu lui manquerait presque autant que sa maîtresse lui avait manqué.

— Ça va, mon pote ? Sois bon gars et n'oublie pas, tu es londonien avant tout !

Zanu s'essuya les babines d'un coup de son énorme langue rose et toisa le vieux tailleur en silence.

Rébecca ne lui avait pas demandé de lui expédier le chien au Cap. Elle ne lui avait même pas dit qu'elle resterait en Afrique, mais Samuel avait su lire entre les lignes de ses lettres. Elle lui avait parlé de Bonne-Espérance. Lui avait dit qu'elle y demeurerait quelque temps pour participer à la restauration du vignoble. Avait évoqué avec enthousiasme ce qu'il pourrait devenir, ce qu'il avait été lorsque Jacques Beauvilliers l'avait planté. Elle lui avait parlé de sa mère, de Simon, de son père et de Miriam, mais nulle part elle n'avait mentionné l'homme sur lequel il n'avait cessé de s'interroger, et dont il percevait la présence derrière les mots qu'elle avait tracés.

— Quand tu seras là-bas, oublie les réverbères ! Ils ne doivent pas en avoir, et si tu arroses l'une de leurs huttes, tu la transformeras en tas de boue. Et dans la brousse, fais attention ! Les chats de là-bas ne sont pas comme le rouquin d'à côté. Ils te mettraient en pièces ! Compris ?

Un gémissement très doux lui avait répondu, comme si le chien voulait l'assurer que, malgré tout, il lui manquerait.

— Emmenez-le ! dit-il enfin.

Il partit sans se retourner. Il lui restait plusieurs choses à faire pour effacer Rébecca de sa vie ; il avait toujours su qu'elle ne lui était que prêtée et que le moment était venu de la rendre.

— J'ai dit quoi, d'après toi ?

A King's Road, dans les bureaux de « Chiffons chics », Samuel

Netherby s'adressait à Richard Statten. Les pouces sous les revers de sa veste, il bombait le torse comme un rouge-gorge.

— L'affaire est à vendre et tu t'en vas le mois prochain.

— Une seconde! dit Richard Statten qui avait considéré le vieil homme avec un sourire sardonique, sans bouger de son bureau. Mlle Conrad a son mot à dire, vous ne croyez pas?

— Elle l'a dit, mon pote! répliqua Samuel, lui lançant le manteau qui pendait comme un cadavre au portemanteau.

— Pas si vite! dit Statten, repoussant le vêtement et s'avançant vers Netherby. Et les contrats? Vous oubliez ce détail. J'ai un contrat, le savez-vous?

— Je l'ai lu, fit Samuel.

Depuis le départ de Rébecca, Samuel Netherby avait considéré lucidement sa vie. Sans elle, « Chiffons chics », expression d'une époque qui avait déclassé la sienne, n'avait plus aucun sens, et il n'allait pas gaspiller le peu de temps qui lui restait avec l'insolente jeunesse qui représentait Richard Statten.

— Trouve-toi un autre boulot. Mais fais-toi d'abord couper les cheveux afin de voir où tu mets les pieds.

Le vieux tailleur n'avait pas été à pareille fête depuis l'intrusion de Rébecca dans son magasin.

— En attendant, débarrasse-moi de tes fanfreluches et enlève aussi le Maharishi, poursuivit-il, désignant un tableau représentant un vieux gourou indien. Qu'il médite sur son nombril et laisse le mien tranquille!

Samuel Netherby projetait de rouvrir sa boutique de tailleur à l'identique de ce qu'elle était autrefois et cette décision lui avait donné un moral de fer.

« Gros colis arrive par avion », avait-il télégraphié à Rébecca le jour où Zanu s'était envolé pour Le Cap. Un second télégramme avait suivi : « Autre gros colis arrive par mer. »

La Mercedes se balançait très haut sur les quais de Southampton et Samuel s'était tourné vers son compagnon.

— De quel côté de la route conduisent-ils là-bas?

— Du même côté que nous, je crois. Belle voiture! Elle est à vous?

— Un peu rapide pour moi, mon pote! avait-il répondu.

Il avait pris sa décision pour elle, sachant bien que, si elle revenait, ce serait pour lui et non parce qu'elle en avait envie.

Mais Samuel n'avait pas vendu la maison de Wilton Row qui appartenait à la société. La maison de Rébecca à Londres était la seule chose de « Chiffons chics » qu'il avait voulu garder. Si les liens qui rattachaient Rébecca à l'Angleterre avaient été rompus, il n'avait pas l'intention de tout perdre d'elle.

Rébecca riait de plaisir en regardant l'énorme chien galoper dans les grands espaces de Bonne-Espérance. On aurait dit que Zanu aussi avait retrouvé sa terre natale. La liberté qu'il éprouvait était visible à ses allures, à ses oreilles dressées comme des pavillons, au port de sa queue qui semblait faire office de propulseur.

— Par ici, Zanu! cria Simon du dos de son poney.

Le chien dérapa en pleine course et vira vers le garçon qui jouait avec lui comme un enfant. Un aboiement caverneux retentit contre les montagnes et il se rua vers Simon.

La vie était revenue à Bonne-Espérance et Rébecca admirait la sagesse du vieux tailleur. La confection, c'était le passé. Une phase de leurs deux vies qui n'avait pas été inutile. A la fin de la sienne, Samuel Netherby s'était retrouvé et le tailleur de King's Road était revenu à son ancien métier.

« Tu te rappelles ma vieille machine à coudre? Celle qui t'a fait croire que j'étais cinglé? Eh bien, elle marche encore comme une enragée! »

A la lecture de sa lettre, Rébecca entendait son rire rauque.

La voiture était arrivée au Cap, plusieurs semaines après le chien. Rébecca était allée la chercher avec Simon et Zanu. Ils avaient attendu en silence dans l'ombre de la montagne de la Table. Perdus dans l'univers des docks, ils avaient vu une grue énorme balancer au-dessus de leurs têtes l'étincelante Mercedes blanche. Lorsqu'on l'avait dégagée de son emballage, Simon s'était rué vers la voiture et était tombé en arrêt, pétrifié d'admiration.

— Ouah! avait-il lancé, tandis que Rébecca souriait à la vue de Zanu levant la patte contre la roue qu'il avait reniflée, en signe de possession.

— Qu'est-ce que c'est que ça? avait fait Simon, scrutant l'intérieur à travers le pare-brise.

Aussi surpris que lui, Zanu, les bajoues tremblantes, grondait doucement.

— Le vieux sacripant!

Reconnaissant sur le siège le mouton de carton, Rébecca avait éclaté de rire.

19.

Un étroit rayon de soleil traversait une petite hutte de terre dans le Transkei. Au centre du sol de terre battue, un feu émettait des bouffées de fumée qui tournoyaient à travers l'entrelacement du toit de chaume. Des voix noires communiaient dans la même douleur et la grand-mère de Thabo pleurait en se balançant d'avant en arrière. Sophie ne savait pas comment annoncer à son petit-fils ce qui était arrivé la veille.

La Tele en crue avait pris la vie de la petite Portia. Comme chaque jour, elle y était descendue chercher de l'eau, mais elle avait glissé dans la boue et s'était noyée, aspirée par les eaux écumantes.

Lunga, le garçon qui avait veillé sur Thabo pendant son initiation, avait couru au village. Il avait maintenant seize ans, c'était lui qui était chargé des enfants envoyés par Thabo. Ses cris résonnaient encore dans la tête de Sophie. Lunga avait prétendu que les esprits de la rivière avaient emporté Portia, mais Sophie pensait autrement. Pour elle, Dieu avait pris Portia. Dès l'instant qu'elle était descendue du car à son arrivée au Transkei, Sophie avait su que cette petite fille si sérieuse était d'un autre monde.

Les yeux fixés sur l'enfant mort étendu devant elle, elle observait le travail des deux femmes qui le peignaient d'argile brune. Une ceinture de perles de couleur était nouée à sa taille, un corsage des mêmes perles lui couvraient la poitrine et des points blancs et noirs, peints avec soin, lui couvraient les joues. Une fois leur tâche achevée, les deux femmes se tournèrent sans mot dire vers Sophie et lui laissèrent la place; c'était à elle d'achever la préparation de l'enterrement. Le corps plié en deux et les jambes percluses de rhumatismes, elle s'avança avec peine. Elle portait deux couvertures blanches à bordure noire. Elle étendit soigneusement la première au fond du cercueil et se recula pour qu'on y dépose le petit cadavre, qu'elle recouvrit ensuite jusqu'au menton avec l'autre. Prenant des mains de la femme la plus proche un petit bâton sculpté, elle le plaça à côté de Portia, en même temps que deux pièces de cinquante cents, pour le voyage de l'enfant, puis elle baissa la tête pour prier.

— Yima, dit-elle aux deux femmes qui s'apprêtaient à fermer le cercueil et qui suspendirent leurs gestes.

Prenant le lion en peluche, elle le mit près de la tête de Portia et se recula encore une fois, observant la fixation du couvercle de bois grossier, sur lequel les femmes posèrent une cruche et une valise. Portia était prête à retourner à Dieu.

Comme tout le monde, Lunga était atterré. Il stationnait avec Zola près de la case où les femmes préparaient le corps. Fils de Sophie, oncle de Lunga, Zola avait été policier au Cap. C'était lui qui avait empêché Lunga d'y suivre Thabo. Il lui avait dit avoir vu arriver au Cap beaucoup de jeunes gens du Transkei en quête d'une vie meilleure, qui n'y avaient trouvé que misère, désillusions et souvent la mort. Zola avait une grande influence et sa présence remplissait généralement Lunga de crainte, mais aujourd'hui l'oncle qui exerçait tant d'autorité dans le village était un homme brisé et il pleurait comme une femme.

Le père Jamieson lisait la lettre où s'exprimait la douleur d'un village africain. Composée par Sophie, elle avait été écrite par Zola de sa plus belle écriture et c'était à Thabo qu'elle était adressée. Assis sur une chaise de bois à côté de son collègue, Thabo regardait sans mot dire la croix grossière qui dominait l'autel de son église de tôle ondulée; douleur et culpabilité se partageaient son âme, le père Jamieson ne l'ignorait pas.

— Les desseins de Dieu dépassent notre compréhension, Thabo. La foi doit nous les faire accepter.

Thabo était submergé par le désarroi qu'il avait souvent vu dans les yeux de parents anglais dont les enfants étaient morts.

— Accepter le Christ, c'est accepter les instructions divines et la douleur en fait partie, reprit le père Jamieson.

Il tira une chaise à côté de Thabo. En raclant le sol de béton, les pieds firent résonner les murs de fer de l'église rouillée, puis il y eut un bruit sourd lorsqu'il s'y assit.

— Il nous a délivrés des puissances des ténèbres et ouvert le royaume du Fils de Son amour. Pareil amour nous est incompréhensible, Thabo. La plénitude de l'amour de Dieu nous a donné Son Fils avant même que nous en éprouvions le besoin. Pouvons-nous faire face au Christ ressuscité si l'Esprit ne nous a transformés?

— J'ai échoué, dit Thabo d'une voix calme. L'enfant qu'Il m'avait envoyée pour que j'en prenne soin est morte.

Il se tourna vers l'homme à la porte de qui Dieu l'avait guidé, tant d'années auparavant. Il voulait accepter la vérité qu'il avait dite, mais la culpabilité lui assombrissait l'esprit.

— Celui qui est en toi est plus grand que celui qui est dans le monde. Si le grain se meurt, il ne porte pas de fruit, dit le père Jamieson, prononçant les paroles de vie.

— Pourquoi? dit Thabo qui se débattait pour accepter la vérité.

363

– Ce n'est pas à nous de chercher une explication aux mystères de la création, Thabo. Mais Dieu nous demande d'exalter Son nom en toutes choses. Et de faire briller Sa lumière dans l'obscurité même si personne ne la comprend. Et de Le glorifier en toutes choses, même dans la mort d'un enfant.

Sans un mot de plus, le père Jamieson se leva et sortit. Il avait senti la présence surnaturelle de Dieu descendre sur la petite église qui se dressait de façon si incongrue au centre d'un ghetto tentaculaire. Thabo pleurait : une fois de plus, le pasteur noir s'était brisé sous le poids de l'amour de Dieu.

La mort qui rôdait à travers le continent noir avait aussi visité Bonne-Espérance, mais Simon ne l'avait pas reconnue. Il avait bien senti une absence lorsqu'il était entré ce matin-là dans la chambre de Constance, mais il n'avait pas su la définir. Constance était là. Il l'avait appelée doucement pour l'éveiller.

– Il est l'heure.

Comme Constance ne bougeait pas, Simon l'avait encouragée en lui présentant son petit déjeuner. Lui mettant sous le nez un bol de son porridge favori, il avait essayé de la tenter.

– J'ai mis trois sucres dedans. Sens! C'est bon. Tu l'aimes!

Puis il lui avait soufflé dans l'oreille, comme on l'éveillait lui-même quand il était petit.

– Il fait grand jour. Ouvre les yeux et dis «bonjour!», fit-il en lui touchant la main. Pourquoi as-tu si froid? Il ne fait pas froid.

Il avait alors soufflé dans ses mains et pris celles de Constance pour les réchauffer. Mais il avait fini par se troubler. Pourquoi Constance était-elle absente tout en étant là? Il avait fallu l'arrivée de Miriam, venue habiller Constance, pour que Simon comprît que quelque chose n'allait pas. Miriam avait regardé sa maîtresse d'un drôle d'air, elle l'avait touchée et avait crié.

– Dehors, Simon! Dehors!

Elle le poussa hors de la chambre, s'efforçant de contrôler sa propre émotion, tandis que Simon se débattait pour entrer. Mais on ne le lui avait pas permis. Il était resté à la porte, tandis que Rébecca et David se précipitaient et se lamentaient autant que Miriam. Puis un médecin était arrivé. Un peu plus tard, d'autres hommes avaient été amenés dans la chambre, qui, à la stupeur de Simon, portaient une grande boîte de bois qu'ils emportèrent avec eux. Et, lorsqu'il put revenir dans la chambre de Constance, il n'y vit plus qu'un lit vide.

– Où est-elle partie? avait-il hurlé en se ruant hors de la pièce.

Il n'avait jamais vu mourir personne et le départ soudain de Constance le désarçonnait complètement.

– Ils l'ont emmenée? demanda-t-il plus tard à Rébecca. Où est-elle partie?

Rébecca avait essayé de lui expliquer que sa mère était morte. Elle pleurait et avait du mal à parler. Simon n'avait jamais vu Rébecca pleurer. Aucun homme non plus, d'ailleurs. Pourtant, David avait pleuré et Simon n'avait pas davantage compris.

— Pourquoi vous pleurez tous? avait-il crié, effaré.

— Tu te souviens quand ton poney est mort, Simon? lui avait dit Rébecca.

— Non! lui avait-il opposé. Elle n'a pas dit qu'elle partait!

Il avait compris que son poney fût monté au ciel sans un mot. Les poneys ne parlent pas. Mais il était incapable d'admettre que Constance ait pu partir sans dire au revoir. Pas même pour aller au ciel. Seul le vide intérieur qu'il avait pour la première fois ressenti, ce matin-là, dans la chambre de Constance l'avait convaincu qu'elle était partie pour de bon. L'espace qu'il lui avait réservé dans son cœur devait demeurer vide. Constance en était sortie sans un mot.

— Bonjour, Simon.

Un jeune homme était près de lui. Il le regarda et se détourna. Plusieurs personnes étaient arrivées à Bonne-Espérance qui, apparemment, le connaissaient, mais il n'en avait reconnu aucune.

— Je suis Joe. Je suis ton cousin. Le fils de ta tante Lydia. Tu te souviens? Ma mère est là-bas. Tu la vois?

Le jeune homme montrait une femme debout avec Rébecca près du piano. Simon la considéra le regard vide. Une enfant blonde était près d'elle.

— C'est ma sœur, Tarcie. Tu ne la connais pas, car elle est née après notre départ pour la Namibie. Tu ne l'as jamais vue. Tu te souviens du jour où tu t'étais caché dans le placard et que tu m'avais fait peur avec cet uniforme, quand nous étions gamins?

Mais ces efforts pour lui rappeler qui il était tombèrent dans le vide : Simon le dévisageait sans rien dire.

— Ça ne fait rien, je suis content de voir que tu vas bien, dit Joe.

Il s'éloigna, sans se douter que Simon l'observait toujours, le cœur brûlant de rage. Tous ceux qui étaient venus à l'étrange cérémonie dans le cimetière de famille semblaient avoir su d'avance que Constance allait partir. Tous savaient qu'elle projetait de partir, sauf lui.

— Que va faire Joe, maintenant qu'il a eu son bac? demanda Rébecca, qui ne comprenait pas la raison de l'étrange détachement de Lydia. Il va aller à l'université?

L'exil avait prélevé son tribut, et Rébecca s'efforçait de ne pas réagir aux changements qu'elle constatait en Lydia. La lueur qui autrefois brillait dans les yeux de sa cousine avait disparu. Ses vêtements étaient sans grâce et la merveilleuse fraîcheur qui était jadis son apanage était loin. Même la petite fille blonde à côté d'elle avait l'air pauvre.

— Je t'en prie, Lydia, si je peux faire quoi que ce soit, dis-le-moi...

La proposition fut rejetée avec un petit soupir amusé.

— Mais quoi donc ? dit Lydia, rassemblant sa dignité. Tout va bien.

Elle s'était habillée le mieux possible pour revenir dans le pays qui avait banni son mari. Ça n'avait pas été facile. Stan avait perdu la médiocre situation qu'il avait d'abord trouvée au journal local de Luderitz et Lydia se battait pour joindre les deux bouts.

— Joe n'ira pas à l'université. Il veut devenir journaliste, comme son père, dit Lydia avec un sourire distant.

Elle était loin. En Afrique du Sud-Ouest où son mari se détruisait par l'alcool.

— Comment va Stan ? demanda Rébecca, retrouvant à cet instant en Lydia l'Afrikaner sur le compte de qui elle s'était autrefois si complètement méprise.

— Stan va bien, mentit Lydia, lissant de la main la natte blonde que sa fille portait ramenée sur l'épaule.

La question de Rébecca l'avait transportée dans certaine ville fantôme, non loin de Luderitz. Kolmanskop, qui avait jadis abrité une communauté prospère d'Européens, était maintenant vide au milieu de dunes roses. Des vagues de sable s'introduisaient par les portes et les fenêtres des maisons de bois. La vie y avait brutalement pris fin. Ses habitants n'avaient rien su des camions qui étaient partis, de nuit, de Johannesburg pour les emmener. Quand ils s'étaient réveillés, on leur avait ordonné de quitter leurs maisons, sans rien emporter que leurs Bibles et les vêtements qu'ils avaient sur eux. Pour prévenir les vols, les mines de diamant à ciel ouvert avaient été fermées sans avertissement et les gens avaient été chassés de leurs maisons. Les diamants l'avaient emporté sur la vie et la ville avait été abandonnée au vent du désert de Namibie.

Le craquement d'un piano ouvert sous le poids du sable avait été aussi éloquent pour Lydia que tout ce qu'on avait pu lui dire. Elle était allée à Kolmanskop pour rencontrer le contact sud-africain de Stan au sein du mouvement anti-apartheid en exil. L'un des leurs avait été assassiné et la vie de tous était menacée, sauf celle de Stan, lui avait dit l'homme. Dans ces bâtiments abandonnés au désert, Lydia avait appris la vérité sur son mari. La police secrète ne voyait plus en lui un danger. Ses hommes l'avaient vu sombrer dans l'alcoolisme et avaient décidé de le laisser se détruire.

— Stan va bien, répéta Lydia avec un sourire pour défier ce souvenir.

Celui qu'elle aimait buvait pour ne plus voir la faillite de sa vie. Elle reconnaissait l'amer relent de l'alcool qui imprégnait tous ses pores. Dans la ville fantôme, elle avait appris la vérité. Ceux qui avaient décidé de laisser son mari se tuer ne s'étaient pas trompés : la méthode était plus sûre que les balles d'un assassin.

— Enfin Joe pourrait avoir besoin de toi, Rébecca, reprit Lydia, s'arrachant au désespoir où elle vivait depuis si longtemps.

La décision de son fils de devenir journaliste ne tenait pas à une volonté d'imiter son père, mais au contraire d'effacer son échec.

— Il aimerait entrer à la télévision lorsqu'elle démarrera ici. Comme cameraman.

— Je ferai tout ce que je pourrai, répondit Rébecca, se tournant vers la petite fille silencieuse.

Elle reconnut en l'enfant l'habitude de la solitude et soudain éprouva un sentiment protecteur.

— Pourquoi n'enverrais-tu pas Tarcie ici de temps en temps passer les vacances, Lydia ? Ça te plairait ? demanda-t-elle à la petite fille dont les yeux brillaient de surprise.

— Vous voulez que j'habite ici avec vous ? fit-elle, stupéfaite, se demandant si Rébecca, comme presque tous les adultes, ne parlait pas pour ne rien dire.

Personne ne lui avait jamais fait pareille proposition. A Luderitz, les gens l'ignoraient. Son père n'allait jamais bien et sa mère était trop occupée à laver le linge sale des autres pour lui prêter attention.

— Bien sûr, je veux que tu habites ici.

Rébecca lui posa la main sur l'épaule et la sentit s'abandonner avec confiance à son contact.

— Merci ! s'exclama Tarcie avec un emportement joyeux qui révélait une enfant de l'amour, d'un amour dont le souvenir frappa Lydia de plein fouet : Tarcie avait été conçue dans un moment de grâce, volé à l'alcool.

— Je suis sûre que Simon aimerait que tu habites ici, reprit Rébecca.

Tarcie jeta un coup d'œil vers la porte du grand salon. Simon était sur le seuil. Appuyé au mur, il observait l'assistance avec une fureur si évidente que la petite fille en frissonna. Elle l'avait repéré dès son arrivée à Bonne-Espérance et avait vu dans son regard une solitude qui l'avait fascinée.

— Tu vois, Tarcie, Simon pense que ma mère est partie sans lui dire au revoir, dit Rébecca.

Elle comprit soudain pourquoi elle se sentait soulagée de la mort de sa mère. L'étrangère vers laquelle elle était revenue avait disparu et avec elle le chagrin. Dans la mort Rébecca avait retrouvé sa mère. Une femme forte. Une femme dont les colères contre les habitants de la petite ville l'avaient souvent terrifiée elle-même, mais dont l'amour était bien plus grand qu'elle n'avait jamais su l'exprimer. Rébecca, maintenant, en prenait conscience.

— Peut-être pourrais-tu aider Simon à comprendre ce qui s'est passé ? reprit Rébecca. Ma mère aurait aimé qu'il le comprenne.

Tarcie conserva un moment les yeux fixés sur Simon puis ramena sur Rébecca son regard méditatif.

— Mais s'il ne veut pas ?

Face aux propos d'André Bothma, David était décidé à garder son sang-froid. Ils étaient dans la cuisine et Miriam, devant l'évier, s'efforçait de ne pas entendre. Elle sentait la colère monter chez son maître. Colère mêlée d'une douleur qui ne s'était pas encore exprimée. Elle avait beaucoup réfléchi aux deux morts qui l'avaient récemment touchée. Repassant le costume noir que David porterait à l'enterrement de sa femme, elle s'était absorbée dans des pensées dont le cours avait été rythmé par des échappements de vapeur. Thabo avait raison. La mort de Portia devait servir à la gloire de Dieu ; pour celle de Constance, elle n'en était pas certaine. La mort de sa maîtresse avait plongé Simon dans l'isolement et Miriam se demandait si Bonne-Espérance n'en serait pas changé à jamais.

— Je ne comprends pas bien ce qui te tourmente, André. Rébecca est l'héritière de Bonne-Espérance, selon le testament Beauvilliers originel, et rien n'a changé. La propriété nous est venue, comme tu sais, par le grand-père et la grand-mère de ma femme et, aujourd'hui, elle revient à Rébecca — et à Paul, naturellement.

— De quel testament Beauvilliers originel s'agit-il ? dit André Bothma, le visage sans expression.

Ses passions s'étaient réveillées dans le petit cimetière de famille auprès de la tombe de Constance, devant les pierres tombales des quatre filles Beauvilliers, dont celle de sa trisaïeule, Suzanne Beauvilliers. Comme tous les descendants de Suzanne, André avait été exclu de la succession de Bonne-Espérance, et il croyait en connaître la raison. Suzanne avait épousé un Afrikaner. Son mariage avec Thys Bothma l'avait coupée de sa famille. A la vue de Rébecca, debout près de la tombe de sa mère, André avait éprouvé une flambée d'amertume.

Rébecca était une femme d'une beauté exceptionnelle et, dans sa douleur même, André avait encore senti la distance qu'elle mettait entre eux.

— Peut-être serait-il temps d'examiner de plus près ce testament originel, dit-il avec le sourire.

— Si tu as quelque chose à redire, tu devrais prendre un avocat.

— J'en ai l'intention.

— C'est parfait.

David s'apprêta à sortir, mais la voix d'André l'arrêta :

— Un avocat spécialiste du droit racial, naturellement.

La hideuse réalité contenue dans les mots d'André piqua David au vif. Il se retourna d'un bloc sur l'homme qui infectait son foyer de la maladie de l'apartheid.

— Sors d'ici ! dit-il doucement.

Miriam fila vers la porte pour échapper à l'explosion qui allait se produire entre les deux Blancs.

— Que faites-vous, tous les deux, à l'écart dans cette cuisine ? demanda gaiement Rébecca en entrant.

Mais, saisie par la tension qui régnait entre son père et son cousin, elle s'arrêta.

— Que se passe-t-il ?

C'était la première fois qu'elle revoyait André depuis son retour, mais elle avait reconnu tout de suite le policier blanc.

— Quelque chose ne va pas, André ? reprit-elle. Papa, qu'y a-t-il ?

— Rien, Rébecca. André partait.

– Mais, André, je ne t'ai même pas encore parlé, dit Rébecca, sentant que son père dissimulait quelque chose. Quel est le problème?

– Mon avocat prendra contact avec vous, dit André, voulant partir.

Mais Rébecca lui barra le chemin. L'adolescente dont il avait autrefois éprouvé la colère était devenue une femme que la peur n'atteignait pas.

– Ton avocat?

Elle se rappelait André évoquant, des années auparavant dans le même cimetière, les droits de sa famille sur l'héritage Beauvilliers.

– A propos de quoi? Des droits de ta famille sur Bonne-Espérance?

– Ce pourrait être pertinent.

Sachant que les Britanniques méprisaient les Afrikaners, ce qui l'irritait autant que l'assurance de Rébecca, André essayait de s'exprimer dans un anglais châtié.

– Au revoir, ajouta-t-il.

Il se dirigea vers la porte, mais Rébecca l'arrêta une nouvelle fois en lui touchant l'épaule.

– Si pertinence il y a, c'est qu'il y a autre chose, André.

A Londres, elle avait acquis une assurance inébranlable. Loin de l'apartheid, elle avait conquis la liberté d'esprit, liberté qui brillait dans ses yeux sombres. Elle avait secoué les humiliations qui s'étaient accumulées sur ses épaules de petite fille et s'acceptait telle qu'elle était.

– Ce n'est pas le moment de parler de tout ça, dit David en ouvrant la porte, impatient d'éloigner la venimeuse présence d'André.

– Mais, André, de quoi s'agit-il? reprit-elle, le défiant du regard. Que vont rechercher tes avocats?

Ce n'était pas l'homme devant elle qui provoquait sa fureur, mais l'aigreur dont il débordait.

– Tu le sais très bien, répondit André, aussi provocant et maître de soi que sa cousine.

David souriait, détendu. Il voyait pour la première fois sa fille sûre d'elle-même, libérée de tout sentiment d'infériorité.

– Je m'en doute, en effet, André.

Rébecca revoyait une petite maison préfabriquée dans la ville basse du Cap, identique à des centaines d'autres alignées comme des insectes assoiffés au creux d'une immense cuillère surgie de la mer entre les plis de la montagne. Elle s'était rendue là peu après son retour pour retrouver Lorraine Hendrickse et la désolation qu'elle y avait trouvée lui était encore sensible.

Le sang mêlé de Lorraine avait été découvert par un maître d'école, qui s'était plaint que son fils eût la peau trop sombre pour un Européen. Les rouages de la bureaucratie s'étaient ébranlés et les origines de Lorraine Hendrickse avaient été découvertes. Toute sa vie avait été détruite, rayée d'un trait de plume. L'Immorality Act avait frappé d'illégalité son mariage avec un Blanc et lui avait valu l'accusation de « relations charnelles hors la loi ». Expulsée avec ses enfants dans une zone réservée aux citoyens de couleur, elle avait vu tous ses rêves de « blancheur » anéantis par l'apartheid, et son mari européen s'était suicidé de honte.

— Oui, je sais exactement de quoi il s'agit, André, reprit-elle d'un ton uni.

— Mon avocat prendra contact avec vous.

André se détourna, mais Rébecca l'arrêta une troisième fois.

— Es-tu bien sûr d'aller jusque-là ?

Elle espérait que quelque lueur franchirait l'aveuglement d'André Bothma, mais il sortit sans se retourner.

Rébecca attendit que tout le monde fût parti pour s'autoriser à réagir. Seule au milieu des vignes, elle laissait errer son regard vers les montagnes que masquait la nuit, songeant à sa mère et à Granny Cat. Elles au moins étaient hors d'atteinte des préjugés d'André Bothma, tout comme Jacques Beauvilliers, l'homme par qui tout avait commencé. Son amour pour l'esclave Eva qui avait fleuri à Bonne-Espérance, un siècle et demi plus tôt, avait déclenché et nourri la haine de Clara et entraîné la famille Beauvilliers sur la voie d'une destruction qui les menaçait toujours.

— Qu'est-ce qu'on fait ici, Zanu ? dit-elle, posant la main sur le chien géant lourdement appuyé contre elle.

Elle pourrait quand elle le voudrait refaire sa vie à Londres. Tout son être s'insurgeait contre la maladie qui ravageait le cœur de gens comme André. Haine si profonde qu'elle contaminait à la fois les oppresseurs et les opprimés, et dont elle voulut soudain se libérer.

« Je t'aime, Luke. » Les mots anciens remontèrent du passé et s'évanouirent dans la nuit. Devant la maison blanche, muette sous son toit de chaume, elle revoyait Luke et Thabo, la nuit où ils avaient enlevé Simon, grimper jusqu'à sa chambre. Elle voyait Thabo dans son église de tôles, incarnant la générosité de son peuple. Son humilité dépouillée était forte de toute la puissance de celui qui consacre sa vie à réconcilier l'homme avec Dieu. Mais les séquelles du passé étaient toujours vives à Bonne-Espérance. L'agonie d'une famille divisée y était inscrite sur chaque arbre et la malédiction de Clara dominait toujours la propriété, s'étendant au pays entier.

« Je t'aimerai toujours, Rébecca. »

La voix de Luke avait jailli dans les pensées de Rébecca, aussitôt suivie d'un avertissement strident.

« Il est blanc et tu ne l'es pas! »

Se redressant avec détermination, Rébecca chassa André Bothma de ses pensées.

Un sifflement strident vola sur l'immensité des maïs murmurants. Levant la main, Luke s'abrita du soleil. Au-dessus de sa tête, une lueur blanche faisait danser des taches rouges sur ses paupières. Ouma Malan l'appelait pour déjeuner. Simple repas de viande cuite dans une bassine tripode. Assise en face de lui, Ouma Malan ne le lâchait jamais des yeux, comme si elle comptait ses bouchées. Mais elle ne disait mot. La vieille femme se souciait fort peu de conversation et moins encore de la vie d'autrui. Elle ne perdait pas une minute, du matin au soir, et, si percluse qu'elle fût, la vie trépidante qui animait le vide apparent de sa terre ne manquait jamais de la fasciner.

Luke se rappelait à peine quand il était arrivé à Drie Koppies, la ferme de l'austère vieille Afrikaner. Sa brève visite à Bonne-Espérance, huit ans plus tôt, avait marqué le commencement d'un voyage sans fin. Il avait recherché quelque chose qu'il savait ne plus exister. Le temps lui-même, il l'avait aboli en l'ignorant radicalement. Acceptant tous les travaux qui pouvaient le nourrir, il n'avait cessé de bouger pour effacer le passé. Et Rébecca. En vain. Le passé l'avait poursuivi jusque dans les mines d'or où il s'était enterré comme un rat pour gagner sa vie. Si loin qu'il courût, ce qu'il fuyait demeurait gravé dans son regard. Ouma Malan l'avait aussitôt reconnu.

Une enveloppe blanche glissa sur la table et heurta son assiette. La lettre était adressée à Luke Marsden, aux bons soins de Drie Koppies. Une petite éclaboussure de sauce en maculait le timbre.

– C'est pour toi ?

Luke feignit de ne pas avoir entendu Ouma Malan. Il avait reconnu l'écriture de sa sœur. La vieille femme ne le lâchait pas des yeux, le harcelant de questions silencieuses. Mais il ne disait rien. A son arrivée à la ferme, il lui avait déclaré s'appeler Jakes et jamais elle ne lui avait demandé son nom de famille. Elle ne lui avait pas non plus dit son prénom, et un contrat de silence s'était tacitement établi entre eux.

– De qui est-ce ? demanda enfin la vieille femme, comme Luke portait à sa bouche une cuillerée de ragoût, renforcée d'un morceau de pain.

La franchise de la question le surprit.

– Il y a écrit Luke Marsden, reprit-elle. Tu le connais ?

Luke acquiesça de la tête. Il avait passé des années dans cette ferme, sans que la vieille cherchât à savoir qui il était ni d'où il venait et voilà qu'elle se réveillait.

– Le receveur, Oom Johannes, dit qu'il en a vu plein, de ces lettres, précisa-t-elle en désignant l'enveloppe. Une quantité de lettres à ce nom !

Julius, le jeune Noir assis à côté de Luke, observait la scène en silence. Il était arrivé petit garçon à Drie Koppies, seul et affamé, après que ses parents eurent été brûlés comme sorciers à Venda. Le malheureux avait mendié sa nourriture dans toutes les fermes blanches du voisinage. Pourchassé par les chiens, les Blancs, les Noirs et les oies, il s'était présenté à la dernière ferme. Drie Koppies était la propriété d'une femme étrange sur laquelle il avait entendu beaucoup de sombres histoires. Certains n'étaient même pas sûrs que cette fermière fût une femme. Ouma Malan avait la réputation de manier mieux qu'aucun homme le fouet en peau de rhinocéros, ce qui avait terrifié Julius. Mais il mourait de faim.

– Qu'est-ce que tu veux, négrillon? avait crié, du seuil de sa petite maison carrée, la haute silhouette habillée d'un pantalon et d'une chemise kaki.

– Il y a des chiens? avait-il répliqué, prêt à grimper à un arbre.

– Si j'en avais, tu crois qu'ils te mangeraient, négrillon?

L'enfant s'était écroulé de rire et, dès cet instant, il était entré dans la vie d'Ouma Malan.

– Pourquoi te cherchent-ils? reprit la vieille femme, les yeux toujours braqués sur la lettre.

– Personne ne me cherche, répondit Luke avant de recommencer à manger.

– A la poste, Oom Johannes dit que ce n'est pas la première lettre adressée à ce nom.

Julius enfourna une dernière bouchée de ragoût. Lorsque Ouma Malan en avait après quelque chose, avait-il appris, elle ne lâchait jamais.

– Excusez-moi, dit-il, filant vers la cuisine.

– Qui te cherche? reprit Ouma Malan, ignorant l'interruption de Julius.

– C'est ma sœur.

Luke reprit sa lettre, la fourra dans sa poche et se dirigea vers la porte.

– Julius! appela-t-il en sortant, mais le jeune Noir était déjà assis dans leur jeep.

– Ça va mal pour toi! dit Julius dans un afrikaans impeccable, comme Luke se glissait sur le siège en loques à côté du sien. Ouma ne va pas te lâcher. Que vas-tu faire?

Luke ne répondit pas. Il passa la main à l'intérieur de son chapeau pour en essuyer la sueur et se le reposa sur la tête. Une large bande d'ombre lui tomba sur les yeux, rafraîchissant les souvenirs qui l'avaient submergé à l'arrivée de la lettre de Naomi.

Retirant les mains des poches de son pantalon kaki, Ouma Malan s'avança vers la table pour en enlever les assiettes sales. Jusqu'alors, elle ne s'était jamais demandé d'où venait Luke. Lorsqu'il s'était présenté à sa ferme, elle l'avait engagé sans poser de questions, ne le voyant guère différent du négrillon qui l'avait précédé longtemps auparavant. Mais le receveur, Oom Johannes, l'avait troublée. Il lui avait dit qu'il avait d'abord retourné à l'envoyeur toutes les lettres adressées à Luke Marsden, mais qu'elles lui avaient toutes été réexpédiées. A la longue, exaspéré, il avait écrit sur les enveloppes les noms de tous les fermiers du voisinage et les leur avait envoyées.

Un aboiement l'attira à la fenêtre. Un babouin impressionnant était assis sur un tracteur rouillé. A la vue d'Ouma Malan, il aboya de nouveau. Le museau en l'air, ses fortes dents jaunes découvertes, il se grattait le derrière de ses longs doigts noirs et criait pour attirer l'attention.

– Ouah !

La petite cuisine retentit du grondement sourd que la vieille femme avait poussé en réponse. Mais, feignant de ne pas l'avoir entendue, le singe suivait de ses yeux profondément enfoncés une mouche qui bourdonnait autour de sa tête. C'était le chef d'une bande de babouins qui partageaient Drie Koppies avec Ouma Malan, et chaque jour la même dispute reprenait entre eux. Chacun revendiquait la terre, et aucune des deux parties n'aurait pour rien au monde manqué cette occasion de vociférer.

– Qu'est-ce que tu veux ?

Poussant la porte moustiquaire grinçante du bout d'une botte exténuée, Ouma, les poings sur les hanches, se mit à invectiver le babouin. Pour toute réponse, il lui présenta un derrière rouge de colère et disparut dans les buissons avec un regard de dédain, lancé par-dessus son épaule. La vieille femme sourit. Elle le reverrait au crépuscule avec toute sa troupe et aurait droit à un concert d'aboiements sourds jusqu'à ce qu'elle sorte avec leur dîner. Alors, les voyous poilus s'aligneraient devant elle pour manger, leurs doigts de caoutchouc poussant entre leurs dents des fragments de victuailles, et le lendemain la guerre recommencerait.

Les babouins étaient si simples que la vieille femme s'était fait un plaisir de les accueillir dans son existence de routine. Ayant depuis longtemps décidé que la vie hors de chez elle était trop compliquée et qu'elle ne connaissait rien à la politique, Ouma Malan s'aventurait rarement au-delà des barbelés qui protégeaient les champs de maïs qu'elle tenait de son père. Le temps s'était arrêté pour son père à la mort de sa mère ; pour elle, il n'avait jamais repris son cours.

Ouma Malan vivait une vie pleine de grands silences que seuls rompaient les bruits du veld environnant. Elle trouvait plus d'intérêt à la tige d'une herbe qu'à une grande ville et elle était en paix avec son milieu. Mais quelque chose lui disait que la lettre dans la poche de Luke menaçait cette paix.

– Pourquoi te cherche-t-elle ? lui demanda-t-elle encore une fois ce soir-là.

Les montants du banc où il était assis à côté de Julius lui entraient dans le dos.

– Qui ? fit-il, fermant les yeux et laissant agir la fraîcheur apaisante de la nuit.

– Que veut ta sœur ?

– Rien.

– Tiens donc !

Le silence retomba et la vieille femme s'éloigna dans la nuit. Sa haute silhouette décharnée, couronnée de cheveux gris raides comme du fil de fer, se détachait contre le clair de lune.

– Tu ne m'avais pas dit que tu avais une sœur ?

Elle tournait le dos à Luke, mais pivota au moment où Julius s'apprêtait à filer subrepticement.

— Bonne nuit, dit-il innocemment pour la convaincre de sa bonne foi. Bonne nuit, répéta-t-il à l'adresse de Luke.

— Tu ne réponds pas au négrillon?

Julius était arrivé depuis vingt-deux ans à la ferme, mais elle n'en persistait pas moins à l'appeler « le négrillon ». Elle frappa la botte de Luke du bout de la sienne.

— Tu n'aimes pas les négrillons? Tu n'aimes pas les Noirs? Si tu n'aimes pas les Noirs, mon garçon, tu te trompes de pays! Dis-moi qui te cherche?

— Personne ne me cherche! s'écria Luke, soudain furieux.

— De qui est la lettre?

— De ma sœur, je l'ai dit.

— Et pourquoi t'écrirait-elle si elle ne te cherchait pas?

Elle avait élevé la voix et appuyait chacun de ses mots de coups de pied rapides.

— Qu'est-ce qu'elle a ta sœur, si elle ne te cherche pas?

— Rien.

— Alors qu'est-ce que tu as, toi? dit-elle, acharnée à obtenir une réponse à la question qui la taraudait depuis l'arrivée de la lettre. Tu as laissé des gens là-bas?

Elle désignait la nuit noire qui enveloppait la petite maison depuis qu'un banc de nuages cachait la lune.

— Il y a des gens *là-bas* qui te cherchent *ici*?

Elle n'avait pas adressé à un être humain autant de mots depuis des années et soudain se sentit lasse d'appartenir à cette espèce.

— Je ne veux personne de *là-bas ici*! Tu m'entends? Personne! ajouta-t-elle, passant la main dans la paille de fer de sa chevelure. C'est une femme, n'est-ce pas?

— Vous voulez que je parte? fit Luke, levant les yeux sur la silhouette imposante qui le dominait dans l'attente d'une réponse.

Le visage tanné d'Ouma Malan était si buriné que ses yeux disparaissaient dans le réseau de ses rides jusqu'à lui ôter toute expression. Elle défendait la même solitude à laquelle Luke aspirait, mais il ne pouvait pas le lui dire. L'isolement de Drie Koppies lui était aussi nécessaire qu'à elle, mais le temps était venu de s'y arracher.

— Tu as une femme en plus d'une sœur? reprit Ouma Malan, devinant dans le regard de Luke autre chose qu'une sœur. Tu fuis une femme? Quelle femme? Une épouse? Une maîtresse? Quelle femme fuis-tu?

— Je ne fuis personne! lâcha Luke, se levant et se dirigeant vers la maison. Ne vous inquiétez pas! Il n'y a personne!

— Et quand « personne » viendra ici pour te réclamer, insista-t-elle, le retenant par la chemise et l'obligeant à lui faire face, que dirai-je?

— *Personne* ne me recherche! reprit Luke, les yeux plongés dans ses yeux gris. Et c'est pourquoi je suis ici, Ouma! *Personne* ne se soucie de *moi*, pas plus qu'on ne se soucie de vous!

Et, là-dessus, il tourna les talons.

Le lendemain matin, Ouma Malan s'était réveillée bien avant l'aube. Le grand babouin grattait sans relâche la moustiquaire de sa fenêtre. Ses dents jaunes découvertes sur un sourire sans humour de ses lèvres de cuir révélaient son excitation.

— On y va, on y va, grommela Ouma Malan, sa vieille carcasse craquant à l'unisson des grincements de son sommier lorsqu'elle se leva. Je viens! cria-t-elle, après que son ami velu se fut cogné la tête avec violence contre le montant de la fenêtre dans l'espoir de lui faire accélérer le mouvement.

Lorsqu'elle posa ses pieds sur le dallage, la fraîcheur presque glaciale de la nuit lui donna la chair de poule, mais, s'enroulant dans le dessus-de-lit, elle quitta la pièce.

— Qu'est-ce qui se passe? demanda-t-elle au vieux babouin qui avait fait en bondissant le tour de la maison pour venir à sa rencontre. Quoi?

Il filait en aboyant dans l'obscurité. Galopant sur ses pieds plats et le dos de ses mains, il l'appelait pour qu'elle le suive.

— Attends, vieux fou! lui répondit-elle, scrutant la nuit pour l'apercevoir, mais en vain. Sors de là! cria-t-elle, soudain apeurée.

Le singe avait jailli de la nuit et s'était rué dans la maison.

— Hé! lança-t-elle, la main levée pour le frapper.

Elle courait après lui, mais elle s'arrêta net. Bondissant sur ses jambes torses devant une porte fermée, le babouin éclatait en rires hystériques et tristes, la défiant de ses yeux profonds.

Poussant la porte de son pied nu, Ouam Malan balaya la pièce du regard. La chambre de Luke était vide. Il était parti et elle fut prise de remords. Elle l'avait renvoyé au monde même qu'elle avait fui. A ce monde dont elle s'était juré de ne jamais faire partie et qu'elle avait aidé à rattraper Luke.

Entrant dans le salon, Naomi observa l'homme qui lui tournait le dos. Il était bien bâti. Sa carrure évoquait des années de durs travaux. Ce n'était pas le genre d'homme à se présenter chez elle. Resserrant la ceinture de sa longue robe de soie, Naomi rejeta machinalement ses cheveux en arrière avant de parler.

— Que voulez-vous? dit-elle en afrikaans, langue dont elle usait toujours avec les représentants de commerce.

Elle avait remarqué la poussière de ses bottes et la saleté de son jean, accordées à ses longs cheveux mal peignés. Naomi était surtout furieuse contre Avril, sa femme de chambre noire, qui était venue frapper à sa porte quelques minutes plus tôt. Elle savait très bien ce que sa maîtresse faisait au lit à cette heure de la journée et elle savait qu'elle n'y était pas seule.

— C'est la bonne qui vous a fait entrer? dit-elle avec une irritation perceptible.

Mais l'homme se retourna et elle se tut. Il y avait bien longtemps que ce regard bleu vif ne s'était pas plongé dans le sien.

— Luke!

— Tu m'as écrit.

Naomi, encore interdite, rejeta encore ses cheveux en arrière.

— C'est incroyable! dit-elle enfin.

Les années qui s'étaient ajoutées au visage de son frère ne pouvaient pas l'avoir épargnée elle-même.

— Jamais je n'aurais cru te revoir. Attends un instant, je vais m'habiller, dit-elle, tâchant de masquer sa gêne soudaine. J'avais mal à la tête et j'étais couchée. Attends-moi ici. Veux-tu du thé? Ou du café? Je vais t'en faire apporter. Une minute.

— Tu voulais me parler.

La voix de son frère était plus basse que dans son souvenir. Elle était plus chaleureuse aussi et l'attrait du mystère transformait l'atmosphère entre eux. Luke n'avait plus rien du jeune homme mal à l'aise qu'elle avait vu pour la dernière fois chez elle avec sa femme et son fils. Devant elle se tenait un homme mûr dont le regard lui cherchait l'âme.

— Oui, il le faut, répondit-elle.

Des pas retentirent dans l'escalier et elle ferma vivement la porte.

— C'est à propos de Bonne-Espérance, ajouta-t-elle.

Elle se passa la langue sur les lèvres et le doigt au coin de la bouche comme pour effacer ce qu'elle venait de faire, certaine que Luke avait remarqué les traces de son plaisir. Puis elle lui fit un grand sourire.

— As-tu su que Constance Marsden, la mère de Rébecca, était morte?

Elle remarqua qu'il avait cillé et poursuivit, resserrant sur ses seins nus la douce soie de sa robe de chambre. Les pas s'étaient arrêtés à la porte. Elle était à cran.

— Je m'en vais.

A cette annonce, Naomi tourna la tête. Un jeune homme passait la tête dans l'entrebâillement.

— On se voit mardi, d'accord? ajouta-t-il en guise d'adieu.

— C'est un ami... de la famille, expliqua-t-elle, les joues en feu.

Elle baissa les yeux, tandis que la porte se refermait. Mais Luke n'avait rien remarqué. Il s'était avancé jusqu'à la fenêtre. Ses larges épaules, son cou musclé, la puissance de son dos la troublaient.

— Il passe souvent voir Dick. Dire bonjour.

Naomi avait pris la réaction de Luke pour une espèce d'accusation et elle resserra une fois de plus sa robe de chambre sur son corps encore frémissant.

— Mon Dieu, Luke. Je ne vais pas te mentir à toi! Il me suffit des regards de ma femme de chambre. Elle se reproduit comme une lapine et se permet de m'accuser! Ces Noirs deviennent d'une insolence! De toute façon, Dick est au courant! Comme je le suis de ce qu'il fait, lui. Nous sommes adultes, bon sang! Dick a aussi ses distractions!

Se noyant dans un flot de justifications vaines, Naomi ne voyait pas que Luke ne l'écoutait pas.

— Je ne suis pas assez vieille pour me ranger des voitures! Pourquoi lui et pas moi? Dick profite de la vie, pourquoi pas moi?

Lorsque son frère se retourna enfin vers elle, sans rien d'accusateur, elle s'arrêta. Luke avait au bord des lèvres une question informulée.

— Oui, Luke. Elle est revenue, reprit-elle.

A la vue de l'étincelle qui avait traversé le regard bleu de son frère, elle sourit, délivrée de toute gêne.

— Rébecca est à Bonne-Espérance, ajouta-t-elle.

— Que voulais-tu me dire, quand tu m'as écrit? Dans ta lettre tu disais que c'était important.

Le souvenir de son fils avait chassé celui de Rébecca.

— C'est important. C'est au sujet de notre héritage, répondit Naomi, se rapprochant avec un sourire. Tu veux du café? Ou autre chose?

Luke ne répondant pas, elle poursuivit vivement :

— Bonne-Espérance est à nous, après tout! Nous n'avons pas renoncé à nos droits quand la famille de Rébecca est venue s'y installer. Maman me l'a assuré. Constance aurait pu partager la propriété avec papa, mais maintenant elle est morte. Je crois qu'il serait convenable d'écrire à papa à Londres pour lui demander ce qu'il attend de nous. Comme il est évident qu'il ne reviendra jamais ici, le moins qu'il puisse faire, c'est transmettre ses droits à ses enfants.

— Paul n'est pas mon père, Naomi, dit Luke, se détournant.

Rien en lui ne rappelait le bouleversement qui l'avait frappé lorsque Estelle lui avait révélé son identité.

— Attends! lança Naomi.

Elle le suivit, sans oser le toucher, malgré son désir — sa virilité l'avait troublée, et elle le sentait inaccessible, comme frère et comme homme.

— Tu vas rester à Johannesburg? Laisse-moi au moins ton adresse! Tu n'as pas idée du mal que j'ai eu à te trouver. J'ai dû engager des détectives. C'est incroyable, non?

Il la dévisageait sans rien dire et l'étrange pouvoir de son regard la désarmait.

— Maman sera ravie de ton retour, poursuivit-elle. Tu ne sais pas, bien sûr... elle vit avec nous maintenant. Dick s'en passerait bien, ils ne se sont jamais entendus.

Elle parlait pour brouiller le trouble que lui causait la présence de Luke; celui-ci ramena ses pensées vers Rébecca. Il la voyait, ses yeux noirs posés sur lui, l'attirant à elle comme ils l'avaient toujours fait. Il retrouvait l'impérieux élan qui le poussait vers elle depuis qu'ils s'étaient connus homme et femme et aspirait à la rejoindre. A sentir son corps contre le sien. A la tenir dans ses bras, sa peau contre la sienne, à retrouver une effervescence inconnue avant elle et introuvable depuis.

— Des pans entiers de ma vie sont à jamais effacés, Naomi.

Naomi savait faire partie de cet effacement, mais elle ne lâcherait pas, bien qu'elle n'eût jamais éprouvé dans aucun homme la force tranquille qui émanait de son frère et qu'elle comprît qu'il la puisait dans un monde qui n'était pas le sien. Quant à elle, elle ne songeait qu'à Bonne-Espérance.

— Il ne fait pas laisser perdre ce à quoi nous avons droit, Luke! Pourquoi crois-tu que je t'aie ainsi poursuivi? La propriété vaut une fortune et nous ne pouvons pas abandonner nos droits!

— *Tes* droits, Naomi! dit Luke en souriant. Cela dit, si tu veux me voir, tu le pourras toujours. Je ne me cache de personne, de toi pas plus que de quiconque.

Luke ne fuyait plus. Les derniers mots d'Ouma Malan s'étaient gravés dans son esprit.

« Si tu n'aimes pas les Noirs, tu te trompes de pays. »

Il ne se trompait pas de pays. Il avait retrouvé le monde qu'Ouma Malan redoutait si fort, mais il y revenait à ses conditions. La maison où il habitait à Johannesburg était une maison « sûre » des quartiers blancs. Tertius et Annie Marais y hébergeaient des « enfants perdus » de toutes races et Luke y avait été accepté. Le pasteur blanc et sa femme l'avaient patiemment restructuré. Ils l'avaient libéré de sa honte d'appartenir au peuple des oppresseurs et lui avaient dévoilé une vérité autrement féconde : la honte était de se refuser à secourir ceux qui souffraient.

Tous deux engagés dans un combat quotidien contre le gouvernement blanc et la jeunesse extrémiste noire, ces deux Afrikaners, renforcés de Luke, menaient en première ligne leur guerre particulière. Ils avaient tenu la police blanche en respect, tandis que des enfants noirs s'accrochaient à leurs basques et que ses hélicoptères leur frôlaient la tête. Ils avaient sauvé la vie d'un jeune Noir attaqué par des « camarades », mais des miliciens blancs s'étaient chargés de l'assassiner et ils s'efforçaient d'obtenir justice.

La nation divisée se débattait dans l'horreur et Luke s'était trouvé confronté à une tragédie qui dépassait la sienne. Son pays agonisait et son suicide n'était pas moins délibéré que ne l'avait été celui d'Althéa.

— C'est pour cette femme que tu es revenu, n'est-ce pas? prononça en afrikaans une voix familière.

Il se retourna. A près de soixante-dix ans, Estelle était restée la femme froide qu'il se rappelait. Elle se tenait, rigide, entre les piliers qui encadraient l'entrée de la salle à manger, toisant son fils du regard.

— Bonjour, maman, dit Luke, étudiant à son tour la silhouette déjetée inscrite dans l'arche blanche.

Bien qu'elle eût beaucoup vieilli, elle n'avait guère changé. L'amertume la dominait et toute une vie de ressentiment lui avait creusé le visage de rides profondes. Mais la mère qui l'avait jadis tyrannisé n'éveillait plus rien en lui que pitié. Il s'avança vers elle en souriant.

— Comment vas-tu?

Mais Estelle l'évita pour s'avancer sans un mot dans la pièce. Silence assez éloquent où il reconnut le rejet dont il avait si souvent souffert enfant, mais il lui sourit de nouveau.

– Ça fait plaisir de te voir.

– Vraiment ?

Se tournant vers lui, elle agrippa le bras du fauteuil qu'elle avait atteint. Elle avait tout de suite senti Luke invulnérable et sa présence la mettait mal à l'aise.

– Vas-tu nous aider à recouvrer ce qui nous appartient ou vas-tu te précipiter auprès de cette femme maintenant que la mort de ton fils t'a libéré de tes responsabilités ?

L'attaque laissa Luke de marbre.

– Maman, il est revenu ! intervint Naomi, pour arranger les choses. Et il a promis de nous donner son adresse ! Le voilà dans la famille, n'est-ce pas merveilleux ?

– Ne vas-tu pas t'habiller avant le retour de ton mari, ma fille ? se contenta-t-elle de répondre.

Elle feignait d'ignorer complètement son fils, mais sa présence remplissait la pièce et elle le savait vainqueur.

20.

Rébecca était assise sur la terrasse de l'hôtel Lanrezac à Stellenbosch. Le vignoble de l'hôtel était l'un des premiers du Cap. L'architecture hollandaise détachait contre le ciel bleu sa blancheur étincelante autour d'une cour qui se nichait au pied des montagnes déchiquetées. Derrière les bâtiments, des plis abrupts de granit concentraient la lumière en rivières d'argent où se déployaient les feuillages agressifs des vignes et des jardins dissimulés derrière de hauts murs blancs qui formaient de lourdes arches. D'exubérants enchevêtrements de citrouilles orange, de haricots d'Espagne et de brocolis se bousculaient vers le soleil, et les grappes bleues des glycines pendaient au-dessus des têtes.

Très haut dans le mur en face d'elle, Rébecca aperçut une colombe d'un blanc pur. Elle avait bâti son nid dans la base d'un œil-de-bœuf et ses plumes gonflées formaient une courbe parfaite tandis qu'elle couvait ses œufs dans une immobilité absolue. L'oiseau contemplait la jeune femme d'un œil de velours à travers les fleurs en papier de bougainvillée orange et Rébecca se sentit fondre.

Elle attendait à l'hôtel Lanrezac une certaine Amy Jackson qui lui avait écrit d'Amérique et qu'elle n'avait jamais vue. Lorsqu'elle était à Londres, Rébecca avait pisté Johannes Villiers dans les archives de l'armée anglaise. Ayant appris son émigration aux États-Unis après la guerre de 14, elle avait étendu ses recherches outre-Atlantique jusqu'à obtenir copie de son certificat de décès et découvrir son mariage avec Emma Jones.

Elle avait alors passé des annonces dans la presse américaine pour retrouver ses descendants. Amy Jackson, qui était son arrière-petite-fille, s'était manifestée, une longue correspondance avait commencé.

Accaparée par ses affaires, Rébecca avait vite négligé d'aller plus loin, jusqu'à l'enterrement de sa mère où la présence d'André Bothma lui avait rappelé son intérêt pour les ramifications de la famille Beauvilliers. Les descendants ignorés de Jean-Jacques jadis découverts dans les carnets d'Emily.

En dehors de leur parenté, Rébecca ne savait rien d'Amy Jackson. Leur correspondance lui avait révélé une femme enjouée et cultivée, mais rien d'autre. Puis Amy Jackson, qui dirigeait une prospère agence immobilière dans le Mississippi, lui avait écrit, le mois précédent, qu'elle se proposait de venir en Afrique du Sud.

« C'est la faute de *Racines*. Avant ce livre, il ne m'était jamais venu à l'idée de rechercher les miennes dans la plus noire Afrique. »

L'accent du Sud se trahissait dans les lettres d'Amy Jackson, et Rébecca avait hâte de rencontrer la descendante de Johannes Villiers.

— Ne seriez-vous pas par hasard ici pour rencontrer Amy Jackson ? prononça derrière elle une voix américaine.

Rébecca se retourna. Une élégante négresse la regardait d'un œil curieux, noir comme de l'encre et plein d'humour.

— Mon Dieu, s'exclama-t-elle, on ne m'avait jamais dit que mon arrière-grand-père était si pâle !

— On ne m'avait pas dit non plus que vous n'étiez pas de la bonne couleur ! répliqua Rébecca en riant.

Un instant, les embrassades de ces deux membres de la famille Beauvilliers effacèrent le racisme. Mais leur rencontre, sous l'œil pacifique d'une colombe, avait lieu sur fond de violences.

La contestation du monopole de l'afrikaans dans les écoles noires, déclenchée des années auparavant, certain jour de juin, avait entraîné l'état d'urgence. Un écolier, Hector Peterson, avait été atteint d'une balle, lorsque la police avait ouvert le feu contre un cortège de jeunes manifestants. Emmené à l'hôpital par une journalise, Sophie Tema, il était mort pendant le transport. Les manifestants avaient incendié des voitures, plusieurs édifices publics, et détruit dans les rues des stocks de bouteilles de bière ; plusieurs personnes avaient été brûlées vives.

« Moins d'alcool, plus d'éducation ! » avaient scandé les émeutiers.

Toutes les écoles noires avaient été fermées en représailles. La police avait été renforcée sans pour autant parvenir à maîtriser la révolte.

Le président de l'Organisation des étudiants d'Afrique du Sud, Steve Biko, était mort à Pretoria dans la cellule où il était détenu depuis vingt-six jours, nu, les menottes aux mains et roué de coups. Sa mort avait bouleversé le pays.

L'avocat Sydney Kentridge avait poursuivi en justice les Forces de sécurité. Un violent incident l'avait opposé au colonel Piet Goosen, leur chef à Port Elizabeth.

« Au nom de quelle autorité Biko était-il demeuré enchaîné quarante-huit heures de suite ? avait demandé Kentridge.

— La mienne, avait répondu Goosen.

— En vertu de quel règlement ?

— Les règlements ne nous concernent pas.

— Merci. Nous l'avions toujours soupçonné. »

Ainsi deux Sud-Africains blancs s'étaient-ils opposés à propos de l'apartheid.

La mort de Steve Biko et les émeutes de Soweto avaient enfoncé le pays dans la crise, économique et sociale. Le gouvernement de Johannes Vorster n'y avait réagi qu'en renforçant la répression. Les Blancs avaient commencé à fuir le pays vers l'Australie, l'Europe et l'Amérique du Nord. La libération de Nelson Mandela était exigée dans le monde entier avec une insistance croissante. Mais une femme blanche et une femme noire se rencontraient sous la véranda de l'hôtel Lanrezac, accomplissant la réunion d'une famille divisée.

– Qui est cet André Bothma, dites-vous ? Quelle sorte de cousin est-il ? demanda Amy, levant les yeux de la lettre de l'avocat.

– Vous voyez ce nom ? répondit Rébecca, étalant sur la table un exemplaire de l'arbre généalogique qu'elle avait fait faire en Angleterre. Suzanne Beauvilliers. Fille de Jacques et d'Emily Beauvilliers. Sœur de Clara, de Prudence et d'Emily – celle qui a tenu le journal dont je vous ai parlé. Demi-sœur, enfin, de Jean-Jacques Beauvilliers, grand-père de Johannes Villiers. Suzanne est donc l'arrière-arrière-grand-mère d'André Bothma, vous voyez ?

– Seigneur ! fit Amy avec un large sourire. Toute cette famille était donc blanche !

– Excepté Jean-Jacques.

– Ça alors ! gloussa Amy. Malgré tous ces ancêtres, mon arrière-grand-père a fini par épouser une pauvre négresse ! Se penchant, elle toucha la main de Rébecca. Aviez-vous vraiment besoin de ça, ma jolie ?

– Non. Mais j'ai besoin d'un pays, répondit Rébecca en souriant.

Les bureaux de l'avocat étaient au deuxième étage d'un grand immeuble de Church Square dans le centre du Cap. Ses fenêtres dominaient l'endroit où Johannes Villiers avait jadis ciré les bottes du colonel Stringer. Amy ne se doutait pas d'être si proche de ses « racines ». Son esprit était ailleurs. Elle songeait au chuchotement de la jeune secrétaire blanche, s'adressant à Rébecca à la réception. La fille s'était montrée nerveuse lorsque Rébecca avait exigé la présence d'Amy à ses côtés dans le bureau de l'homme de loi.

– Il vaudrait mieux prévenir M. Bothma et votre patron, M. Cheyney, qu'ils nous verront ensemble, Mlle Jackson et moi, ou pas du tout, avait dit Rébecca d'une voix très calme.

Amy avait alors compris que c'était la couleur de sa peau qui était en cause. La légalité de sa présence dans les bureaux d'un avocat blanc en plein secteur blanc était évidemment douteuse, mais elle ne réagit pas. Il n'y avait pas si longtemps, en Amérique, que les écoliers noirs avaient dû être conduits en bus dans les écoles blanches sous la protection de la police. Elle avait été du nombre et n'avait pas oublié les visages convulsés de fureur des protestataires blancs qui entouraient leurs véhicules. Dans la pureté de son cœur, elle s'était alors interrogée : pourquoi tant d'étrangers la haïssaient-ils ? Sans pouvoir trouver de réponse.

— Tu viens ? dit Rébecca.

— Je laisse mon revolver dehors ? murmura Amy, passant son bras sous celui de Rébecca.

André Bothma les attendait. Incapable de comprendre comment Rébecca pouvait supporter la compagnie d'une Noire, il détourna les yeux. Il ne savait d'ailleurs pas pourquoi Amy se trouvait là, mais il n'avait pas l'intention de tenir compte de sa présence.

— Tout ceci, je dois dire, est assez étrange, commença l'avocat, regardant Rébecca. Votre famille est et a toujours été considérée comme européenne, mademoiselle Conrad. Et la loi le reconnaît.

— Quelle loi ? répondit Rébecca, tandis qu'André se crispait davantage devant le sourire d'Amy.

Les Noirs, il le savait, n'étaient pas différents les uns des autres. Pourquoi celle-ci était-elle si à l'aise ? Les nègres qu'il gouvernait dans le ghetto de Langa, avec son fouet et son revolver, n'étaient jamais si joviaux devant les Blancs. L'accent américain d'Amy Jackson n'y changeait rien, elle n'était pas différente des autres.

— Les lois raciales, mademoiselle Conrad, précisa Cheyney avec le sourire. Selon le Population Registration Act, vous...

— Vous voulez dire que, si je le veux, je peux me prouver blanche ?

Rébecca avait appris par cœur les dispositions qui définissaient la « blancheur » et elle commença :

— « Quelqu'un qui est généralement reconnu comme blanc, qui d'évidence n'est pas de couleur et n'est pas généralement reconnu de couleur. » Je peux aussi le dire autrement, pour que nous comprenions tous, reprit-elle, l'air engageant. Est blanche « toute personne évidemment blanche et qui n'est généralement pas considérée comme une personne de couleur. Dont les habitudes, l'éducation, le parler et la conduite correspondent à ceux des Blancs »... Ouf ! C'est long, mais je crois bien correspondre. C'est bien ça ?

— Exactement, fit l'avocat, ravi d'avoir été compris, avant de se tourner vers André. Comme je vous l'ai déjà dit, monsieur Bothma, je doute fort que Mlle Conrad puisse être expulsée de Bonne-Espérance pour des motifs raciaux. Elle-même et sa famille sont reconnues européennes depuis de très nombreuses années, comme la preuve ne manquera pas d'en être administrée.

— Mais je n'ai nulle intention de prouver que je suis blanche, monsieur Cheyney, fit Rébecca, ouvrant grands les yeux pour mieux feindre la surprise. Je n'ai pas honte de ce que je suis, et vous ? Cela soulèverait-il quelque difficulté ? acheva-t-elle, se tournant vers André.

— Malheureusement, la requête déposée par M. Bothma implique que vous fassiez cette preuve, mademoiselle Conrad. Il ne s'agit que de respecter la lettre de la loi, dit l'avocat, enfoncé jusqu'au cou dans le linge sale qu'André Bothma voulait lui faire laver. Mais je suis sûr que M. Bothma accepterait d'entrer en association sur la propriété sans autre procédure légale.

— Parfait ! intervint Amy. Et venons-en à mes droits à moi sur Bonne-Espérance ! lâcha-t-elle avec un grand sourire. Ma race, je suppose, est assez évidente ?

— Pardon ? fit l'avocat, complètement perdu.

— J'ai moi aussi des droits sur cet héritage, cher ami. Il me semble que vous préparez un partage général, alors j'en réclame ma part en tant que Beauvilliers.

Rébecca laissa tomber un silence sépulcral, puis lentement poussa vers l'avocat le document légal.

— Je crains que ce document ne soit pas complet. La famille Beauvilliers n'y est pas toute, dit-elle, tirant de son sac la lettre qui confirmait l'ascendance Beauvilliers de Johannes Villiers et la déposant entre eux, avec un arbre généalogique. L'omission concerne la filiation directe et vivante de Jean-Jacques Beauvilliers. Je suis navrée d'avoir à vous dire que chacun de ses descendants a les mêmes droits sur Bonne-Espérance que votre client André Bothma.

— Bien sûr, approuva Amy, dévisageant André avec un grand sourire. Vous avez rudement bien fait de déposer cette requête en notre nom à tous, André. C'est vraiment chic de votre part. Merci beaucoup.

— Je n'en entendrai pas davantage, dit André en afrikaans.

Il s'était levé pour quitter la pièce.

— Où vas-tu, André ? Qu'est-ce qui ne va pas ? dit Rébecca, le rattrapant.

— Ne compte pas que je donne là-dedans, Rébecca.

— Mon Dieu ! dit Amy, dévisageant André, les yeux écarquillés. Rien de tel qu'une bonne dispute pour faire avancer les choses en famille !

— Si vous croyez pouvoir semer la merde ici et vous en tirer comme ça, vous vous trompez ! vociféra André, toujours en afrikaans.

Amy haussa les sourcils et se tourna vers M. Cheyney.

— Pourriez-vous traduire ?

— Si vous voulez vivre comme les Blancs, rentrez chez vous, ma chère dame ! Ici en Afrique du Sud, on ne marche pas dans ces combines ! reprit en anglais André, exaspéré par sa présence.

— Quelles combines ? dit Rébecca du ton le plus uni.

Elle aurait aimé hurler. Supplier André de laisser tomber cet apartheid qui l'étouffait et de porter un regard plus clair sur le monde qui était le leur.

— As-tu vraiment l'intention de porter ça devant la justice, André ? De le déballer en public ?

— Et comment !

— Et l'honneur, André ? reprit-elle, souriante, avant de jouer la carte qu'elle tenait en réserve. Si tu veux la bagarre, tu l'auras, André. Je te le promets. Tu nous auras tous sur le dos. Et où cela va-t-il te mener ?

— Ça va toujours, cher ami ? dit Amy à l'avocat. A mon avis, tout cela va coûter très cher ! La famille Beauvilliers se disputant son héritage des deux côtés de l'océan ! Vous allez en toucher, des dollars !

– Tu tiens vraiment à poursuivre, André? reprit Rébecca, s'efforçant de trouver le défaut de sa cuirasse de bonne conscience. Si tu poursuis, ce n'est pas seulement Amy que tu devras reconnaître pour parente, mais nous tous.

– Jamais!

– Si! répliqua Rébecca, le regardant sous le nez. Tu as oublié un point essentiel en allumant ta mèche, André. Revendiquer une part de Bonne-Espérance va t'obliger à prouver ton appartenance directe à la famille Beauvilliers, qui inclut Amy Jackson, Lorraine Hendrickse et des dizaines d'autres. Et tous ces gens ne figurent pas sur ton bel arbre généalogique si blanc! Johannes Villiers a bien eu tout le monde! Ce n'est pas parce qu'il avait la peau sombre qu'il a disparu. Il est là, parmi nous tous, et je peux le prouver sans conteste! Pourras-tu faire face?

– Imaginez la publicité aux États-Unis! reprit Amy pour l'avocat. Une négresse revendique sa part d'une ferme blanche en Afrique du Sud! Une Noire défie les Afrikaners! Quel tabac ça va faire!

Cheyney, qui savait les conséquences pour André de la révélation de Rébecca, le considérait sans rien dire. La présence de Noirs dans sa famille le rendait fou furieux et Rébecca attisait le feu.

– Tes amis de la police et d'ailleurs, que vont-ils dire? Malheureusement, ils sont tous comme toi, André. Elle voulait le secouer, le délivrer de ses œillères. Tes camarades pourront-ils croire que tu n'as pas du tout de sang noir? Qu'il y a fumée sans feu?

Elle tendit le bras pour le toucher. Il recula.

– Quand tu es venu à Bonne-Espérance pour la première fois, c'était la *terre* que tu recherchais, André. Depuis, quoi? Ton cœur était dans cette terre rouge, comme celui de notre ancêtre, Jacques Beauvilliers. La terre n'a pas bougé. Mais toi, où es-tu?

– Je sais bien que tu n'irais pas jusque-là, répondit André, cherchant à percer le masque libéral derrière lequel il était persuadé que la vraie Rébecca se cachait.

Elle aussi avait une image à défendre, image qu'il enviait autant que tout le reste. Son succès à Londres l'avait élevée au-dessus de l'apartheid et de ses éclaboussures.

– Tu ne peux pas te cacher derrière de belles voitures et des vignobles, Rébecca! lança-t-il, détournant les yeux pour les poser sur Amy. Ne comptez pas dans ce pays sur vos avocats américains, ma chère dame! Ils ne vous feront rien gagner!

– Mais je ne veux rien gagner, cher ami. Je déteste le raisin, répliqua Amy.

Elle se sentait lasse tout à coup et elle baissa les yeux, blessée par la haine qui venait du cœur d'André Bothma.

– Vos lois prouvent que vous êtes racistes, les nôtres que nous ne le sommes pas, dit-elle, enfilant ses gants. Tout cela ne montre-t-il pas combien nous nous sommes éloignés du Paradis terrestre? Nous nous sommes perdus, cher ami, poursuivit-elle en relevant les yeux. Mais, pour le retrouver, nous aurons besoin les uns des autres.

La présence d'Amy en Afrique du Sud avait fait briller un peu de lumière dans l'obscurité qui menaçait d'engloutir le pays ; elle était vite devenue un élément essentiel à Bonne-Espérance. Elle s'était promenée dans les vignes avec Rébecca, l'avait écoutée, émerveillée, lui expliquer les mystères de la vinification et, lorsqu'elle voulut regarder de plus près les grappes qu'elle méprisait, le chien géant lui prit le poignet dans sa gueule.

— Il me trouve comestible ? demanda-t-elle, un peu nerveuse, à Rébecca. Dis-lui tout de même que je ne suis pas un sanglier.

Avec David, Simon et la petite Tarcie, Amy contemplait le cirque des montagnes environnantes en leur parlant de son pays.

— Disneyland, les enfants, est selon moi l'endroit le plus réel d'Amérique, leur avait-elle dit en riant.

Ils avaient ensemble feuilleté les carnets d'Emily Beauvilliers. Fascinée par cette écriture passée, Amy y avait découvert ses origines avec la naissance de Jean-Jacques Beauvilliers en 1820. Leur ancêtre commun n'avait connu qu'un monde dominé par la peur, et cela n'avait guère changé dans leurs pays respectifs. Pourtant, Amy avait éprouvé d'étranges délices à remonter le temps. Des deux côtés, ses ancêtres venaient d'Afrique et elle les avait enfin découverts. Le commerce des esclaves les avait transportés dans une Amérique qui se voulait terre de liberté, mais qui avait aussi ses André Bothma. On y entendait les mêmes appels que dans l'église de Thabo – les cantiques noirs étaient éloquents –, les mêmes aspirations à la reconnaissance d'une humanité bafouée, à voir disparaître du regard de tant de Blancs, lorsqu'il se posait sur eux, le vide qui niait leur existence.

— Je vais te dire quelque chose, chérie, dit Amy à Rébecca, assise avec elle, Simon et Tarcie sur le sable blanc de Camps Bay.

Derrière eux, les montagnes dressaient un mur immense qui plongeait directement du ciel dans l'océan. Une douzaine de silhouettes sculptées par les siècles figuraient les douze apôtres. Ils contemplaient silencieusement les profondeurs de l'Atlantique, dont la houle montait et redescendait, lavant et relavant le sable immaculé qui pour Amy symbolisait toute la beauté de l'Afrique.

— Cette extrémité de l'Afrique n'est pas seulement un pays magnifique, ses habitants sont aussi les Noirs les plus malins et les plus rapides du monde ! gloussa Amy. Lorsque mes ancêtres ont été pris, ils ont échappé aux marchands d'esclaves. Pas étonnant qu'ils vous aient éliminés des Jeux olympiques !

L'écho de la montagne renvoya son rire vers la mer.

— Tu m'emmènes à Joburg, Thabo ? demanda Simon.

Ils étaient assis à la table de la cuisine. Amy allait repartir dans la journée pour l'Amérique et Tarcie était assise à côté de lui, mais, depuis que la petite fille était arrivée en vacances à Bonne-Espérance, il l'ignorait.

— Où allez-vous aller ? demanda-t-elle, mâchouillant le bout de l'une de ses nattes blondes. Tu l'emmènes ? poursuivit-elle, se tournant vers Thabo.

Le pasteur noir passait souvent par Bonne-Espérance, déposer des enfants en transit pour le Transkei. Depuis la mort de Portia, le cercle des enfants perdus s'était beaucoup élargi ; une œuvre avait été fondée sous le nom de Portia's Khaya, si bien que la mort de la petite fille avait tourné à la gloire de Dieu : un foyer avait été construit et Il l'avait béni.

— Tu vas emmener Simon aussi à Portia's Khaya ? insista Tarcie.

— Chhh..., fit Simon pour la faire taire. Tu vas m'emmener voir ma mère ? demanda-t-il à Thabo.

— Qu'est-ce qui va se passer maintenant, Thabo ? intervint Miriam en xhosa, excluant Simon de la conversation.

Elle était inquiète. La violence avait explosé une fois de plus dans les ghettos noirs autour du Cap entre les bandes des « pères » et des « camarades ». Cop Bothma attisait les fureurs et les méfiances, jetant en permanence de l'huile sur le feu de leurs querelles tribales. Quoiqu'elle eût côtoyé André Bothma dans sa propre maison et l'eût entendu défier David, Miriam n'avait pas fait le rapprochement avec ce policier blanc qui se prétendait immortel et l'avait prouvé maintes fois, jusqu'à devenir aux yeux des Noirs un mythe terrifiant. A souffler sur les flammes des dissensions ethniques et à exaspérer les haines, André s'était forgé un rôle de héros, tandis que Thabo ramassait les morceaux des familles détruites. Mais elle n'était pas sûre que cela pût durer longtemps.

— Nous faisons le bien que nous pouvons, il n'y a rien d'autre à faire, répondit Thabo, pressant la main de sa mère. Tu es au courant pour l'eau ? Tu vois comme le Seigneur est généreux envers Portia's Khaya ?

Miriam hocha la tête et un large sourire éclaira sa figure. Dans une lettre, Sophie lui avait raconté le retour de Zola dans la petite maison de terre qui constituait Portia's Khaya.

Par un jour d'épais brouillard, Zola avait distingué la plus étrange compagnie qu'il eût jamais vue. Un groupe de cavaliers noirs assorti d'un Blanc était rassemblé devant la façade de la maison des enfants. Le village de Herschell étant tout proche de la frontière du Lesotho, Zola avait souvent vu des poneys sothos montés d'hommes enveloppés dans des couvertures, mais ceux-là étaient différents.

— Que voulez-vous ? leur avait-il lancé en sotho.

— Nous voudrions savoir qui est responsable de cet endroit, avait répondu le Blanc en parfait xhosa, toisant Zola du haut de son cheval. Qui est le patron ici ?

Massés sur le seuil, les enfants, inquiets, observaient la scène.

— C'est moi. Et aussi ma sœur Miriam qui habite Le Cap, avait-il ajouté, le cœur battant. Ma mère. Le pasteur de Langa, Thabo, qui est le petit-fils de ma mère. Un pasteur blanc, le père Jamieson. Plusieurs églises blanches du Cap. Des Blancs d'églises anglaises...

Il espérait que le nombre et la variété de tous ces responsables ôteraient de ses épaules le poids principal. Et il avait enfin ajouté le nom au-dessus de tous les noms, le nom de la seule autorité.

— Le maître ici, c'est Dieu ! avait-il conclu fermement, tandis que les enfants s'agglutinaient à la porte pour mieux voir ce qui se passait.

— Et où prennent-ils l'eau ? avait demandé le Blanc, enlevant son chapeau pour regarder à l'intérieur comme s'il y cherchait quelque chose avant de le remettre sur sa tête.

— Dans la Tele. Comme tous les habitants du village.

— Mais un enfant s'y est noyé, n'est-ce pas ?

Zola avait acquiescé, sans savoir où l'homme voulait en venir.

— C'est dangereux pour les enfants d'aller chercher l'eau à la rivière, avait déclaré l'homme.

— Que voulez-vous que nous fassions ? Le village existait bien avant ma naissance et nous n'avons jamais eu d'autre moyen de nous procurer de l'eau. Vous en connaissez par ici des villages qui ont l'eau ?

Les autres cavaliers étaient restés silencieux.

— C'est bien pourquoi je suis venu.

— Qu'est-ce que vous voulez ?

La voix retentissante de Sophie l'avait arraché à ses pensées et il avait relevé les yeux pour la voir s'avancer vers les cavaliers à lourdes foulées irritées.

— Qu'est-ce que vous faites sur ces chevaux ? Vous piétinez le mil ! Vous faites peur aux enfants ! avait-elle crié, fusillant du regard le cavalier le plus proche, qui s'était muré dans un silence terrifié.

— Nous venons pour l'eau, avait répondu le Blanc en xhosa.

— Quoi ? avait glapi Sophie, toisant l'homme à son tour. J'ai dit : quoi ? avait-elle hurlé.

Le premier cheval terrorisé avait reculé de deux pas.

— L'eau, répéta le Blanc.

— Quelle eau ?

— Nous venons pour l'eau, avait répété le Blanc.

Mais, feignant de ne pas l'entendre, Sophie avait porté une main en cornet à son oreille.

— Quand on parle xhosa, il faut parler plus fort ! En xhosa, il faut parler fort afin que les ancêtres n'imaginent pas qu'on parle d'eux !

— Nous sommes venus, la vieille, apporter l'eau au village ! avait enfin lâché le Blanc. Sophie était demeurée muette. De l'eau ! Dans des tuyaux ! Tu m'entends maintenant ?

Sentant s'effriter la méfiance de Sophie, il avait lancé un regard circulaire.

— Nous allons mettre un robinet ici ! avait-il repris, plantant son stick comme un javelot devant la case. Et maintenant, la vieille, tu vas continuer à crier quoi ?

Sophie n'avait même pas entendu la fin. Emportée par l'exaltation d'une danse d'action de grâces, elle avait piétiné le sol en cadence, ondulant de la taille et soulevant un nuage de poussière.

— Notre Dieu est un grand Dieu ! avait-elle clamé, les mains au ciel, martelant le sol de ses pieds. Notre Dieu a entendu nos prières, Il nous donne l'eau ! Notre Dieu se soucie du bien de Ses enfants ! avait-elle psalmodié, les yeux fermés. Allez dire maintenant que les esprits de la rivière ont emporté notre enfant ! Il n'y a qu'un seul Dieu et Il nous donne un robinet !

Sophie voyait enfin la foi de Thabo récompensée. Dieu avait envoyé des flots d'eau vive dans leur désert et la mort de Portia avait engendré la vie.

— Ce soir, Zola, on tue un mouton.

Prenant son fils par le bras et se tournant vers les cavaliers, Sophie avait braqué le regard sur l'homme blanc et lui avait souri.

— Vous êtes tous invités, avait-elle annoncé. Soyez les bienvenus à Portia's Khaya.

— Tu m'as dit que tu m'emmènerais voir ma mère à Johannesburg.

La voix décidée de Simon arracha Miriam aux douces pensées du souvenir de la lettre de sa mère.

— Qui est ta mère ? demanda Tarcie, penchée en avant, le bout d'une natte lui battant le genou.

Malgré l'indifférence que lui manifestait Simon, Tarcie l'adorait. Il s'était efforcé de faire l'homme et de ne jamais jouer avec elle, mais elle avait trouvé en lui un ami et était décidée à l'aider de son mieux.

— Tu vas l'emmener voir sa mère, Thabo ? dit-elle pour bien lui faire comprendre qu'elle était de son côté. Si tu l'as dit, il faut le faire. Il faut tenir ses promesses.

— Oui, dit Thabo en souriant.

— Quand le feras-tu ? insista Tarcie, devant Simon stupéfait de la voir prendre ses affaires en main. Miriam, quand Thabo va emmener Simon ? Quand il va emmener Simon voir sa mère ?

— Non, non, non ! Je n'ai rien à voir là-dedans ! éluda Miriam.

Tapant dans ses mains, elle les chassa de sa cuisine.

— Sortez de ma cuisine ! Tous !

Personne ne bougea.

— Si Thabo a promis d'emmener Simon voir sa mère, il le doit, recommença Tarcie, braquant les yeux sur le col romain du pasteur. Si tu ne le fais pas, tu auras menti et ce mensonge t'étouffera.

— C'est vrai, reconnut Thabo avec un grand sourire.

Simon était pétrifié.

— Quoi ? lâcha-t-il, sans refermer la bouche, tourné vers Thabo.

— Mais comment l'emmèneras-tu à Johannesburg ? intervint Miriam. Tu ne peux pas prendre le car ? Comment ? En deux cars ? Un pour Blancs, un pour Noirs ? Puisqu'il est blanc et que tu es noir. Tu es aveugle, ou quoi ? Tu ne peux pas y aller ! Non !

Rébecca résolut le problème. Dix jours plus tard, Simon, fier comme Artaban, se tenait en arrêt devant la Mercedes étincelante, tandis que Thabo plaçait sa valise dans le coffre. Il s'était souvent demandé combien de pièces il aurait à classer dans sa tête si Rébecca lui permettait de la démonter, et voilà qu'il allait monter dedans. Ce serait un long voyage, seul avec Thabo. Ses espoirs les plus fous étaient dépassés.

— N'oublie pas le casse-croûte, dit Miriam en posant un panier de pique-nique à l'arrière de la voiture. Et sois prudent, Thabo ! Cinquante à l'heure !

— Nous pouvons aller plus vite que ça, chuchota Simon à Thabo.

— Thabo, n'oublie pas la lettre que j'ai écrite, t'autorisant à la conduire, dit Rébecca. Laisse-la dans la boîte à gants.

Elle avait tout prévu pour que Thabo n'ait pas d'ennuis s'il était arrêté, car aucun policier blanc ne laisserait passer sans réagir un Noir au volant d'une voiture aussi chère. L'emprunt de la Mercedes était le seul moyen pour Thabo et Simon d'aller ensemble à Johannesburg.

— Surtout faites attention, leur recommanda-t-elle.

S'efforçant au calme, elle feignait d'ignorer que la mère de Luke était le but de leur visite.

— Et si je vois Luke ? dit Thabo, croisant ses pensées.

Elle ne lui avait jamais parlé de Luke depuis son retour d'Angleterre, mais il savait à qui était son cœur.

— Tu ne le verras pas, Thabo, répondit-elle, lui touchant la main qu'il avait posée à la portière. D'ailleurs je ne cherche pas à le revoir, ajouta-t-elle, voulant y croire. Et toi, Simon, sois sage.

Il était installé comme un prince dans son siège et Tarcie le buvait des yeux. Rébecca fit un clin d'œil à la petite fille qui se sentait tout à coup abandonnée.

— On va avoir la paix sans eux, hein, Tarcie ? lui lança-t-elle.

Puis elle frappa le toit de la main et Thabo démarra. Par la lunette arrière, Simon voyait Tarcie agiter timidement la main. Mesurant alors l'affection qu'il lui portait, il se sentit soudain triste.

— Tu vas me manquer ! hurla-t-il, comme la voiture s'éloignait.

— Toi aussi ! répondit Tarcie, agitant la main de plus belle. Viens me voir quand tu reviendras ! Viens me voir à Luderitz !

Rébecca se tourna vers Miriam qui se tenait silencieuse devant la maison, l'air mal à l'aise.

— Qu'est-ce qui ne va pas, Miriam ?

Miriam haussa les épaules.

— Je n'aime pas quand Thabo il va au Cap. Alors Joburg ! dit-elle, avalant ses lèvres et secouant lentement la tête.

Le ton de sa voix laissait entendre que la ville entière était un lieu d'épouvante, mais elle ne songeait qu'à Estelle Marsden, la mère de Simon.

— Neuf! lança un Simon triomphant.

La voiture filait dans les étendues plates du Karoo.

— A toi! reprit-il, hilare, engageant Thabo à poursuivre le jeu des plaques d'immatriculation des voitures qu'ils croisaient.

Ils les comptaient tour à tour jusqu'à dix et recommençaient. Simon adorait ce jeu. Il l'avait pratiqué bien des années auparavant durant les longues heures du voyage jusqu'à la petite ville minière et il y jouait aujourd'hui avec Thabo.

— Cinq! lança Thabo.

La voiture qui approchait avait le chiffre qui lui manquait, mais il avait la tête ailleurs. Il songeait à tous les ennuis que pouvait valoir à un Noir la conduite d'une voiture aussi luxueuse.

— Qui suis-je? demanda-t-il, très sérieux.

— Thabo! répondit Simon qui se demandait pourquoi son ami lui posait une question aussi stupide. Dix! cria-t-il. J'ai gagné.

— Qui suis-je? redemanda Thabo.

Cette fois Simon se cala dans son siège et se concentra, le menton sur la poitrine. Il sentait son menton hérissé de poils et espérait que Thabo l'aiderait à se raser, comme le faisait Miriam. Sinon, il pourrait peut-être se laisser pousser la barbe. Qui lui cacherait la langue lorsqu'elle lui sortait par mégarde de la bouche.

— Je suis ton conducteur, déclara Thabo, solennel.

— Non. Tu es pasteur.

— Qui conduit cette voiture? reprit Thabo, sachant que la seule façon de désarmer les policiers serait d'apparaître en chauffeur de Simon.

Aussi répéta-t-il fermement :

— Je suis ton conducteur. Compris?

— D'accord. A toi, fit Simon que le jeu seul intéressait et qui ne pouvait imaginer les soucis de Thabo.

— Après t'avoir laissé chez ta mère, j'irai à Soweto voir mon cousin. Je reviendrai te prendre dans deux jours. D'accord?

Thabo s'était de nombreuses fois répété ce plan qui lui assurait d'échapper à la mère et à la sœur de Simon.

— Tu ne joues pas! se plaignit Simon, comme une voiture passait sans que Thabo dise rien. Tu ne veux pas jouer? s'inquiéta-t-il. Puis son expression changea. Pourquoi as-tu mis ce chandail? fit-il en pointant sur lui un doigt accusateur. Personne ne peut plus voir que tu es pasteur!

— Il fait froid.

— Ce n'est pas vrai.

Simon ignorait que le col clergyman de Thabo soulevait chez les chrétiens blancs la même colère que chez André Bothma lui-même. Le doyen anglican de Johannesburg, Desmond Tutu, s'étant opposé aux réformes du Premier ministre, P.W. Botha, les pasteurs noirs étaient objets de dérision.

Ce n'était pas le col qui le protégerait, mais sa foi.

— Je n'ai pas besoin de col clergyman, dit-il. Qui suis-je? demanda-t-il de nouveau.

— Mon chauffeur.

— C'est bien.

Une voiture approchait; Thabo plissa les yeux pour en mieux lire la plaque et dit :

— A moi.

21.

La Mercedes longeait une large avenue du faubourg de Houghton à la périphérie de Johannesburg; Thabo observait les immeubles. Derrière de hauts murs blancs, la maison de Naomi dominait ses environs comme une forteresse et nul bruit ne s'en échappait.

— C'est ici! dit-il à Simon, arrivé au terme de leur long voyage.

La seule vue de la maison avait fait affluer ses souvenirs d'Estelle Marsden, mais Thabo cachait sa tension derrière un grand sourire.

— Ma mère habite là-dedans? s'étonnait Simon, devant la lourde grille de fer forgé, dernier obstacle à le séparer de celle qu'il avait espérée toute sa vie. Il lança à Thabo un coup d'œil plein d'espoir. Tu viens.

— Il ne vaut peut-être mieux pas... Vas-y! Sonne! répondit Thabo, s'efforçant au détachement, comme si le bon sens seul et non pas la peur le retenait à la porte.

Jadis, Estelle avait su l'écraser d'un seul regard, et il éprouvait un étrange sentiment de désastre imminent.

— Mais tu dois venir! affirma Simon.

Vibrant d'impatience et tout excité de savoir sa mère de l'autre côté du mur, il voulait partager Thabo avec elle.

— Je n'entrerai pas sans toi! S'il te plaît...

— D'accord. Mais après, je te laisserai? Tu comprends?

— Parfait, dit Simon qui bondit de la voiture, tandis que Thabo prenait sa petite valise sur le siège arrière. C'est la sonnette? glapit-il, sa main au-dessus de l'étincelant bouton de cuivre qui se détachait fièrement du mur blanc. J'appuie? fit-il tout en le pressant très fort.

— Qui est là? demanda une voix désincarnée dans une boîte en métal qui jouxtait la sonnette.

Simon bondit en arrière.

— Il y a quelqu'un là-dedans..., chuchota-t-il.

— Bonjour, prononça Thabo, la bouche tout près du haut-parleur.

J'amène Simon Marsden qui vient voir sa mère. M. Conrad a écrit de Bonne-Espérance et...

La grille s'ouvrit toute grande devant eux, pétrifiant Simon. Une allée de briques impeccable conduisait à une énorme maison et sous la bruine d'un arroseur s'étendait un gazon d'un vert presque lumineux.

— Viens, dit Simon.

Il prit Thabo par la main, mais, alerté par un aboiement, il scruta le grand jardin à la recherche du chien qui l'avait émis.

— Attention! Quelqu'un vient! murmura-t-il à la vue d'une domestique noire qui s'avançait vers eux.

— Madame vous attend, dit Avril, la femme de chambre de Naomi, toisant Thabo d'un regard froid et tendant la main pour prendre la valise de Simon. Tu es son chauffeur? demanda-t-elle en tswana, regardant la Mercedes avec curiosité.

— Oui, dit Thabo en s'avançant pour suivre Simon.

— Attends ici, lui signifia la domestique en tournant les talons.

— Mais il est avec moi! lâcha Simon sans bouger d'un centimètre. Surprise, la femme se tourna vers Thabo.

— Il vient voir ma mère avec moi, répéta Simon. S'il vous plaît, ajouta-t-il vivement, comme elle le dévisageait sans rien dire.

— Tu vas entrer avec lui? reprit en tswana la jeune femme stupéfaite.

— C'est bien ce qu'il dit, répondit Thabo dans la même langue en suivant Simon.

Laissant retomber le fin rideau de la grande baie du salon, Estelle se tourna vers Naomi.

— Fais-le entrer!

Elle avait beau s'être exprimée avec autorité, toute courbée par le poids des ans et de l'amertume, elle gagna son siège avec difficulté. Le brusque retour de Simon éveillait en elle des souvenirs poignants.

— Débarrasse-nous de ce Noir avant qu'il entre, murmura-t-elle.

A la vue de la main de Simon dans celle de Thabo, elle s'agrippa aux accoudoirs de son fauteuil. Cette vision la projetait dans un passé haï. Au jour où Nombeko lui avait enlevé Simon; à celui où une Noire l'avait défiée d'aimer l'être difforme qui était son enfant.

— Qu'est-ce que tu attends, Naomi? dit-elle en se laissant aller dans son siège. A quoi t'attendais-tu? A voir entrer un être normal? poursuivit-elle, la voix chargée d'aigreur coupable. Lorsqu'ils me l'ont retiré, ils l'ont élevé avec des Noirs et il est devenu l'un d'eux!

Estelle essayait de se libérer des noires pensées qui l'obsédaient, mais elle ne pouvait chasser le souvenir de la naissance de Simon. Au lieu de l'enfant magnifique qu'elle avait espéré neuf mois, on lui avait posé dans les bras un déchet humain, et tout l'amour qu'elle avait ressenti pour le bébé à naître s'était d'un seul coup gâté.

— Fais-le entrer avant que ce Noir mette le pied ici! lança-t-elle avec colère.

— N'est-ce pas à toi de le recevoir ? répliqua Naomi, s'écartant de la fenêtre pour se tourner vers sa mère.

Elle avait remarqué la précautionneuse démarche de Simon, ses courtes jambes écartées pour bien maintenir son corps en équilibre. Il était tout rouge, les joues gonflées et le regard vide vissé sur la maison, tandis que sa langue battait l'air. Jamais Naomi n'avait imaginé son frère comme un homme et la réalité la désarçonna. Il avait le corps d'un adulte, mais c'était l'esprit d'un enfant qui le contrôlait et cette évidence la dégoûta.

— C'est toi qu'il vient voir, pas moi, dit-elle, tâchant de s'éclipser vers la salle à manger. Nous attendons des invités tout à l'heure, n'oublie pas. Et Dick ne veut pas de Simon dans nos jambes pour les mettre mal à l'aise.

— Tu l'as invité ici et tu vas le recevoir ! riposta Estelle. Oui ou non, veux-tu récupérer Bonne-Espérance ?

Hésitant à poser le pied sur le marbre de l'entrée, Simon se balançait d'une jambe sur l'autre, regardant nerveusement Thabo tandis que la femme de chambre les précédait.

— Bonjour, Simon !

Il pivota plein de frayeur au son de la voix de Naomi. Sa semelle de caoutchouc crissa sur le sol étincelant et il trébucha en avant.

— Houp là ! fit Naomi, tendant les bras comme pour l'y recevoir. Mais, tandis qu'il faisait effort pour se relever, elle s'écarta prestement.

— Comme tu as grandi ! Tu es un homme ! s'exclama-t-elle.

Elle lui tendit une joue pour qu'il l'embrasse. Mais, incommodé par son parfum, Simon battit en retraite.

— Naomi ? prononça-t-il enfin. C'est mon ami.

Il tenait Thabo par la main et considérait avec prudence cette sœur aînée qui ne correspondait en rien à ce à quoi il s'était attendu après la description de Rébecca, et il espérait fermement qu'elle ne lui tendrait pas de nouveau la joue. Elle n'avait rien de la douce créature dont il avait rêvé et il recula lorsqu'elle lui désigna le salon.

— Maman est là, viens ! lui lança-t-elle, décourageant du regard Thabo de le suivre et le congédiant sans avoir seulement fait mine de l'apercevoir.

— Thabo vient avec moi ! protesta Simon, retenant son ami d'un air de défi.

— Pardon ? fit-elle d'une voix remplie de stupeur.

Elle n'avait pas reconnu Thabo. A ses yeux, tous les Noirs étaient des boys et elle les confondait tous. Elle s'efforça de contrôler sa colère à se voir défier par un être difforme et lui tendit la main.

— Allez, Simon, viens ! dit-elle.

— Non ! Il vient aussi ! Il vient aussi voir ma mère ! lâcha Simon, terrorisé à l'idée de se trouver seul au milieu d'étrangers dans cette maison réfrigérante.

— Laisse partir le boy, Simon ! commanda Estelle du seuil du salon où elle se tenait très raide.

Il pivota d'un bloc et se décrocha la mâchoire de saisissement.

— Vous, ma mère ? lança-t-il, incrédule.

Il se balaya le menton de la langue pour en essuyer un filet de salive. La femme qui était devant lui n'était pas la mère qu'il était venu voir.

— C'est mon ami, reprit-il, se rapprochant de Thabo et s'accrochant au seul être en qui il eût confiance.

Le regard d'Estelle était passé sur lui comme celui d'une morte et il ne voulait plus que s'enfuir.

— Je t'ai dit de lâcher le boy, Simon, et de le laisser partir, répéta Estelle d'un ton sans réplique. Et fais-lui se laver les mains avant de me le ramener, Naomi ! conclut-elle en se détournant.

— Simon..., dit Thabo, tâchant de se dégager de sa prise.

Thabo essayait de lui faire comprendre du regard que sa présence allait causer des ennuis. Il savait que ni Estelle ni Naomi ne l'avaient reconnu, mais sa couleur les menaçait. Il dégagea sa main.

— Viens vite ! fit Naomi, attrapant Simon par le bras avant qu'il eût le temps de revenir à Thabo. Tu sais te laver, j'espère ! poursuivit-elle en le tirant vers une porte. Il y a du savon et une serviette à côté du lavabo et le robinet d'eau chaude est indiqué par une pastille rouge. Elle le poussa dans une petite salle de bains impeccable. Et n'oublie pas de lever le couvercle ! acheva-t-elle en refermant vivement la porte sur lui.

Naomi était furieuse. Tous ses efforts pour maintenir la façade de son mariage et vivre dans le luxe qu'il lui avait apporté étaient menacés par la seule présence de Simon.

— Tu aurais pu m'avertir ! lâcha-t-elle en se dirigeant vers sa mère. Il bave ! Jamais Dick ne l'acceptera ! Nous avons des invités. Il faut que tu fasses quelque chose ! Moi, je n'en veux pas !

La répugnance de Naomi s'infiltrait sous la porte close, résonnait dans la petite pièce où était enfermé Simon, et il en eut un haut-le-cœur. Il s'était imaginé un monde merveilleux de maternité et de fraternité et tout cette féerie s'écroulait.

— Je te l'ai dit : ils l'ont confié à des Noirs. Ils l'ont élevé comme un petit Cafre et il se comporte comme tel !

A leur tour les mots d'Estelle franchirent la porte de la salle de bains et cette fois il vomit le milk-shake que Thabo lui avait acheté. Une mare rose s'étendit sur le couvercle du cabinet dont la vue le fit trembler. Levant vivement le siège comme Naomi le lui avait recommandé, il se pencha avant qu'une nouvelle nausée lui retournât l'estomac. Des coulées de vomi dégoulinèrent de la cuvette. Terrifié, Simon les vit atterrir sur l'épais tapis blanc devant ses pieds.

— Thabo ! appela-t-il, tournant désespéré sur lui-même, pris au piège entre les murs carrelés. Je veux rentrer ! lança-t-il, la voix étranglée.

Levant les yeux vers le jour qui brillait à la fenêtre au-dessus du cabinet, il rabattit violemment le siège, monta dessus et se pétrifia : dehors, un grand chien, les crocs découverts, grondait sourdement en tirant sur sa chaîne.

— Sage, fit Simon, se demandant si le chien pourrait l'atteindre sur le rebord de la fenêtre où il s'était hissé. Gentil!

Le molosse ivre de rage tirait sur sa chaîne. Avisant un tuyau, Simon s'y agrippa, suspendu, singe terrifié, au-dessus des mâchoires claquantes.

— Assis! lança Simon, le menton couvert de milk-shake, en se projetant dans un strelitzia couvert de fleurs orange et bleues. Calme! cria-t-il à l'animal fou furieux qui s'étranglait pour l'atteindre, tandis qu'il se libérait de la plante piquante. Thabo! hurla-t-il, comme le chien bondissait, tout déjeté au bout de sa chaîne, dans un grotesque saut périlleux. Attends-moi! clama-t-il en courant vers la grille. Thabo!

Il avait repéré l'étincelante blancheur de la Mercedes de Rébecca qui s'éloignait du trottoir. Escaladant la grille, il se bascula à son sommet, malgré les pointes de métal qui déchiraient son pantalon.

— Reviens! brama-t-il, se jetant du haut de la grille en bloc informe sur le pavé.

Un reste de milk-shake lui souillait le menton de larmes roses.

— Ce n'est pas ma mère, dit-il en pleurant, sans voir que la Mercedes faisait marche arrière.

— Mon Dieu! lança Naomi, atterrée au spectacle de la salle de bains et asphyxiée d'un relent de vomi douceâtre. Regarde ce qu'il a fait! Mon tapis!

Elle pivota vers Estelle qui arrivait sur ses talons.

— C'est une bête! On ne devrait pas le laisser sortir!

— Je te l'ai bien dit, répondit Estelle. Il a été élevé par des Noirs!

Au volant de la Mercedes, dans les rues poussiéreuses de Soweto, Thabo surveillait Simon du coin de l'œil. Celui-ci n'avait pas dit un mot depuis qu'il l'avait ramassé devant la maison de Naomi, et Thabo se sentait responsable de ce qui s'était passé. Par sa présence, il avait provoqué la colère d'Estelle et privé Simon de la mère qu'il avait tant attendue. Il se disait aussi qu'emmener Simon à Soweto en période chaude n'était pas raisonnable, mais il n'avait pas le choix.

— Ça va mieux, Simon? demanda-t-il.

Il avait eu beaucoup de mal à le nettoyer. Il s'était arrêté dans un garage où il avait joué le rôle du chauffeur, mais sans pouvoir accéder avec Simon aux toilettes des Blancs.

— C'est Soweto, dit-il un peu plus tard, comme si le mot seul rendait compte des foules noires qui peuplaient les rues.

Le ghetto était aussi bruyant que la ville blanche silencieuse. Des éclats de rire coupaient sans cesse les conversations, rassurant Thabo qui scrutait les rangées de petites maisons de briques alignées le long des rues.

Des multitudes d'enfants jouaient à cœur perdu dans les tas de détritus, et sur leurs fils d'immenses lessives exhibaient dans la brise leur propreté. Bien que Thabo sût que c'était cette pauvreté qui engendrait la violence et qu'un Blanc comme Simon pouvait tout seul la déclencher, il ne percevait autour de la voiture qu'une avide curiosité.

— Nous allons habiter chez Samuel, dit Thabo en souriant. Si j'arrive à trouver sa maison..., acheva-t-il, considérant une adresse griffonnée sur un bout de papier et cherchant des yeux des panneaux indicateurs qui n'existaient pas.

— Excusez-moi, demanda-t-il enfin en tswana à une grande femme qui s'était retournée sur lui. Je suis perdu.

Sur le dos de la femme, un bébé le dévisageait, les yeux écarquillés. Un petit garçon se précipita vers la voiture.

— Par ici! fit-il.

Cramponné à la portière, il indiquait le chemin dans un zoulou précipité, à grand renfort de coups de menton.

— Merci, dit Thabo, caressant la tête de l'enfant et glissant une pièce de cinq cents dans ses doigts crispés.

— Allons-y! lança le garçon.

Il fit signe à Thabo de le suivre et se mit à courir à reculons devant la voiture, agitant les bras pour chasser les enfants qui s'étaient rassemblés autour de lui, à la joie de Thabo. Le cortège emprunta un dédale de rues étroites.

— Où allons-nous? demanda Simon, tendant le cou, hypnotisé par leurs éclaireurs.

— Chez Samuel. Ils savent où c'est.

Mais, au-delà d'un virage aveugle, Thabo freina net. Les enfants s'étaient arrêtés. Ils demeuraient pétrifiés, sans prononcer un mot. Devant eux s'étendait une sorte de place sablonneuse, pleine de monde. Un chant montait dans l'air calme et la terreur empoigna Thabo.

— Qu'est-ce qu'ils font? demanda Simon, scrutant la foule qui dansait autour d'un feu. Qu'est-ce qu'ils brûlent? poursuivit-il, passant la tête à la portière pour mieux voir.

— Baisse-toi! lui ordonna Thabo en le tirant en arrière.

Une odeur de caoutchouc brûlé remplissait la voiture et des hurlements d'épouvante vrillaient l'atmosphère étouffante.

— Baisse la tête! répéta Thabo, enclenchant la marche arrière et reculant la voiture dans une rue latérale.

Il avait entendu parler des assassinats affreux qui se perpétraient dans les ghettos et savait fort bien que la sagesse lui commandait de fuir, mais il s'en trouva incapable. Les cris d'agonie l'appelaient à l'aide.

— Reste ici! ordonna-t-il à Simon, sortant lui-même de la voiture, partagé entre la peur et le sens du devoir. Verrouille les portes et ne bouge pas!

Les enfants avaient disparu et Thabo était seul dans les rues désertes. Des colonnes de fumée noire montaient au-dessus de la foule chantante.

— Non, Thabo!

Simon avait relevé la tête. Il avait vu l'air menaçant de ces gens vers lesquels courait Thabo.

— Attends-moi! cria-t-il, sortant de la voiture pour prêter main-forte à son ami.

Mais Thabo ne l'avait pas entendu. Il fendait la foule hypnotisée par la cérémonie sauvage. Un homme brûlait vif. Des flammes orange, provenant des pneus en feu qui encerclaient son corps martyrisé, lui léchaient le visage.

— Laissez-le! hurlait Thabo, bousculant les danseurs extatiques. Au nom de Dieu, arrêtez!

Mais ses cris ne s'entendaient pas et l'odeur écœurante de la chair brûlée l'asphyxiait. Toutes les bouches hurlaient à la mort et la danse s'accélérait. Et soudain l'hystérie mua. La foule possédée explosa en cris de joie et se rua en avant. Alors seulement Thabo vit vers quelle proie.

— Simon! hurla-t-il, ayant vu un éclair de peau blanche au milieu de corps noirs. Laissez-le! reprit-il, avançant vers son protégé qui considérait sans comprendre ceux qui le tenaient. C'est l'enfant de Dieu! Vous n'avez pas le droit!

Il voulut se faufiler entre les corps, mais il tomba au milieu de la bousculade, les yeux bientôt remplis de sable par le piétinement de la masse ivre de haine qui appelait au meurtre. La foule en délire réclamait la mort du « sorcier blanc ». Incapable de penser, la tête sonnante de coups de pied, il priait. Des mots qu'il ne connaissait pas jaillissaient de ses lèvres dans une langue mystérieuse.

— Thabo! hurlait Simon, maintenu par plusieurs hommes. Thabo! hurlait-il, tandis qu'on lui passait un pneu sur la tête et qu'on l'arrosait d'essence. Au secours! hurlait-il, sans comprendre cette haine.

Les Noirs qui s'étaient rués sur lui n'avaient rien de la grâce de Thabo. Ils étaient hideux, déformés par le mal. Ils approchèrent un brandon, et il se raidit, toute sa chair révulsée, le cœur battant comme un tambour fou.

— Thabo! hurla-t-il encore comme le feu l'enveloppait.

Alors Simon le vit au milieu des flammes. Thabo avançait vers lui à travers le feu et des mots étranges lui tombaient des lèvres. Il avait les mains levées. La foule était silencieuse. On n'entendait plus que ses phrases mystérieuses, au-delà de toute compréhension humaine. Intercession surnaturelle face à la mort. La foule retenait son souffle.

Thabo avait retiré son chandail pour étouffer les flammes qui commençaient de lécher Simon. Le col blanc du pasteur tranchait parmi toutes les peaux noires. Il libéra Simon du pneu enflammé. Ses paroles apaisantes tombaient sur le corps de Simon comme des gouttes d'eau vive. Lorsqu'il l'écarta des flammes, la foule recula, saisie de crainte.

— Dieu, à qui appartient la vengeance, fera justice!

Tandis qu'il défaisait les ténèbres, Simon inconscient dans les bras, des larmes de rage lui sortaient des yeux.

— Celui-ci est vivant! clama-t-il en l'élevant plus haut devant la foule, qui de honte baissa la tête. Mais ce que vous avez fait vous vaudra de subir la justice de Dieu!

Se détournant vivement, Thabo courut à la voiture. Il savait que la foule ne mettrait pas longtemps à se ressaisir du choc de ses paroles, car son cœur était mort. Ouvrant la portière, il poussa Simon dedans, s'installa au volant et démarra. La voiture fit demi-tour dans un tourbillon de poussière et de pierres. Les enfants qui leur avaient servi de guides contemplèrent leur fuite en silence.

Frustrée du sang de Simon, la foule s'était réveillée et courait après la voiture avec des cris de vengeance qui résonnaient dans le cœur de Thabo, tandis que les pneus patinaient dans le sol meuble. Des mains noires se tendaient déjà vers la carrosserie, mais la Mercedes leur glissa entre les doigts.

— Simon ! criait Thabo, filant dans les rues étroites à un train d'enfer.

Simon ne bougeait pas. Il empestait l'essence et le tissu brûlé.

— Parle-moi ! reprit-il en le touchant.

Dans les rues de Soweto, les groupes s'écartaient devant la voiture lancée. Simon ne bougeait ni ne parlait. Thabo ne savait que faire. Simon avait besoin de soins, mais l'apartheid le paralysait. Lui, noir, ne pouvait pas conduire un Blanc à un hôpital blanc. Un sentiment d'impuissance désespérée l'envahit.

— Va voir qui sonne ! commanda Naomi à la femme de chambre, qui passait les canapés à ses invités autour de la piscine.

Le soleil bas brillait dans un ciel vide. Des formes colorées étaient plantées comme des arbres étranges autour du rectangle d'eau bleue et des haut-parleurs déversaient la voix sirupeuse de Frank Sinatra.

— Comment trouves-tu la viande, Dick ? Y en a-t-il assez ? demanda Naomi à son mari, qui surveillait le barbecue et ne l'entendit pas, tout occupé qu'il était à plaisanter avec un autre homme.

— J'y passerais bien la journée ! dit-il, les yeux rivés sur les seins nus d'une jeune femme dans la piscine.

— J'aime beaucoup ta coiffure, dit à Naomi une femme qui piquait une petite saucisse sur un plateau d'argent.

— Pardonne-moi, Patricia, répondit Naomi, agacée car la sonnette retentissait toujours. Va voir qui sonne ! lança-t-elle à Samson qui passait dans la foule.

Le mélange de cognac et de Coca-Cola lui brouillait déjà l'esprit et à ses tempes un battement annonçait le mal de tête, elle répondit cependant par un grand sourire au compliment répété de son amie Patricia.

— Qui t'a coiffée ? reprit celle-ci.

— Nathan. Il est merveilleux, chérie. Il a, bien sûr, commencé chez Vidal à Londres.

Naomi rejeta la tête en arrière de telle sorte qu'une mèche décolorée lui retomba sur l'œil avec une précision parfaite et s'interrompit. Il se passait quelque chose. Ses invités s'étaient tus. L'attention de Patricia s'était concentrée sur la maison derrière elle. Retirant lentement ses lunettes de soleil, elle se retourna.

— Oh, mon Dieu! fit-elle, consternée.

Thabo était dans le patio devant la maison, Simon inerte dans les bras, l'une de ses mains balayant le sol de marbre impeccable, les doigts dégouttant de cendre liquide.

— Simon est blessé, dit Thabo, faisant face à une multitude de visages hostiles.

On n'entendait plus que les susurrements de Sinatra.

— Il a été agressé. Il faut le soigner! reprit-il plus haut, le désespoir dans la voix. Il va mourir! lança-t-il enfin à l'assemblée hostile et muette.

Et soudain tout un groupe l'entoura pour voir Simon. Des mains blanches se hasardèrent à toucher ses vêtements brûlés et des regards circonspects évitèrent ceux de Thabo. Seul Dick Davidson le dévisagea sans un mot, lui prit Simon des bras et le porta dans la maison.

Les minutes qui passèrent alors furent des heures pour Thabo, demeuré seul dehors. Il entendit la sirène d'une ambulance. Il surprit des éclats de voix qui semblaient le mettre en cause et quelque chose lui conseilla de s'en aller. Mais il attendit sans bouger, refoulant ses craintes pour ne songer qu'à Simon.

— Qu'est-ce qui s'est passé?

Le ton de Dick Davidson, revenu devant Thabo, démentait sa question même.

Après avoir dévisagé froidement Thabo, il arrêta un instant le regard sur son col clérical.

— Qui a fait ça? Où l'as-tu emmené?

La menace à peine voilée poussa Thabo à regarder Davidson en face. Davidson le gifla à toute volée.

— On brûle les Blancs maintenant? C'est ça? Vous brûler entre vous ne vous suffit plus maintenant, vous tuez les Blancs! cracha Davidson, le giflant une seconde fois.

Thabo était incapable de parler. Il le voulait, mais en était incapable. Il reconnaissait dans ce visage blanc la violence qu'il avait vue chez ceux qui dansaient autour du brûlé vif.

— Venez, maintenant tout est réglé, dit Naomi d'une voix chantante en sortant de la maison pour rameuter ses invités.

Mais son mari ne l'entendait pas; toute son attention était concentrée sur le Noir silencieux qui lui faisait face. L'alcool alimentait sa rage. Naomi s'avança vers lui.

— Le boy n'a qu'à attendre derrière, Dick, dit-elle en portant la main à sa tempe. La police arrive.

Elle éprouvait une vive douleur derrière les yeux et désirait calmer le jeu pour que la fête continue.

— Ils ont emmené Simon à l'hôpital. Les infirmiers le disent hors de danger. Il a eu beaucoup de chance, disent-ils.

Sans s'apercevoir que son mari ne l'avait pas entendue, elle souriait à la petite foule qui s'était rassemblée autour d'elle.

— Samson, emmène le boy derrière, ordonna-t-elle au domestique noir qui, l'air nerveux, se tenait en retrait. Et la musique ? Qu'est-ce qui se passe ? feignit-elle de s'étonner, s'avançant pour relancer la fête.

— Pour commencer, j'enlèverais ça ! lâcha Dick Davidson, les yeux braqués sur le col de Thabo. Une bouffée de rage l'emporta et il arracha le col. Crois-tu que ça cache ce que tu es ? Sale sauvage assassin !

Puis il jeta Thabo par terre en le fauchant d'un coup de pied derrière les genoux.

— Dick, pour l'amour du ciel ! Laisse ça à la police et ne gâche pas la soirée ! lança Naomi.

Elle s'avança vers son mari pour tâcher de le calmer, mais elle s'arrêta : les amis de Dick l'avaient rejoint et, la mine gourmande, l'encourageaient au combat.

— Tu te crois aussi élégant que ce singe de Tutu, hein ? reprit Davidson, appuyant le pied sur la nuque de Thabo qui gisait face contre terre. Tu veux ce pays, le nègre ? Tu veux le détruire comme vous autres nègres avez détruit tout le reste dans le Nord ? C'est ça que tu veux ? Eh bien, viens ! Viens me le prendre ! Allez !

Thabo sentait l'herbe piquante contre son visage écrasé contre le sol. Du coin de l'œil, il voyait tout contre lui les pattes anguleuses d'une sauterelle. Son minuscule corps vert paraissait énorme et son œil noir et vitreux le scrutait. Puis elle bondit pour éviter une gigantesque botte. Des hommes riaient au-dessus de lui. La pointe d'un soulier lui fouillait les côtes et il haleta lorsqu'un talon s'enfonça dans son dos. Mais il s'accrochait aux mots de Naomi :

« Ils ont emmené Simon à l'hôpital et ils disent qu'il s'en sortira. »

— Debout, Cafre !

Un pied se glissa sous le ventre de Thabo et le retourna sur l'herbe.

— Tu as entendu ? Debout !

Des faces blanches hilares se penchaient sur lui par-dessus des bedaines roses.

— Debout !

Ils empestaient l'alcool. Un crachat s'écrasa sur sa joue.

— Qu'as-tu fait de ta machette, Zoulou ?

Un homme lui écrasait son pied nu sur la figure. Ses orteils lui entraient dans les yeux et la plante cornée lui râpait le nez.

— Je vais te l'aplatir comme il faut ! disait l'homme.

— Qu'il est sale, ce Cafre ! lança quelqu'un en riant.

Thabo sentit qu'on le tirait sur l'herbe, puis son dos rebondit contre une dure surface de brique et sa tête se trouva suspendue au-dessus d'une eau claire.

— Lave-toi, maintenant, le Cafre !

Une main le saisit à la gorge et lui plongea la tête dans l'eau. Au-delà de la surface brouillée, il distinguait des figures blanches penchées sur lui dans le ciel. L'eau lui remplit le nez, il ne pouvait plus respirer, mais il ne se débattit pas. Il entendait en dessous de lui un ronronnement lointain d'épurateur et des bulles défilaient devant ses yeux, tandis que flottaient dans son esprit les paroles consolantes de Naomi :

« Ils ont emmené Simon à l'hôpital et ils disent qu'il s'en sortira. »

— Merde !

Un grand bruit d'éclaboussure fut suivi d'un rire et Thabo fut plongé plus profond sous la surface bleue, tandis que les corps blancs évoluaient autour de lui et qu'il descendait toujours, les poumons douloureux, glissant dans l'oubli.

Soudain, il fut projeté en l'air. Tiré par les cheveux, il fut jeté comme une poupée de chiffon sur le sol de brique. Un flot de liquide lui sortit de la bouche et il sentit contre son crâne comme le choc d'une pierre. Un cercle de ciel dansait devant ses yeux au-delà des arbres. Il tenta de réagir. En vain. Il sombrait de nouveau dans un tunnel noir, mais les mots de Naomi le réconfortaient toujours :

« Ils ont emmené Simon à l'hôpital et ils disent qu'il s'en sortira. »

— Arrêtez ! jeta Naomi, écartant le cercle de corps blancs qui entourait Thabo.

On n'entendait qu'un bruit sourd de coups de pied et le craquement d'un crâne contre la brique.

— Vous allez le tuer ! s'exclama-t-elle.

Les cris obscènes des massacreurs absorbés dans leur besogne noyèrent ses paroles.

— Laissez-le ! cria-t-elle encore, martelant vainement de ses poings les dos charnus des héros qui accablaient d'une grêle de coups la forme noire prostrée à leurs pieds.

— Enfin, arrêtez-les ! cria-t-elle, désespérée, à ceux qui contemplaient la scène avec d'atroces expressions d'horreur satisfaite.

Passant au milieu d'eux, elle courut dans la maison. Décrocha un téléphone sous l'œil vide sa mère.

— Non, Simon est sauf, Luke. Ils l'ont emmené à l'hôpital et ils disent qu'il s'en sortira, mais c'est le Noir. Je crois qu'ils l'ont tué ! Il faut que tu fasses quelque chose, Luke ! Il est peut-être déjà mort !

Elle essayait de garder son calme, mais un vertige l'emportait et la peur lui nouait la gorge.

— Comment le saurais-je ? C'est un Noir, voilà tout ! Il faut que tu viennes, Luke ! Je t'en prie.

— Pourquoi ? fit Estelle d'un ton froid.

Très loin de là, à Bonne-Espérance, la sonnerie du téléphone traversa la cour et atteignit la cave. Sous l'œil de Rébecca, David se dirigea vers la porte voûtée.

— J'y vais, lâcha-t-il, souriant. Vous deux, vous faites de grandes choses.

David s'élança vers la maison. Il était enfin heureux. Grâce à

Rébecca, il avait trouvé la paix après la mort de Constance, et ils conjuguaient leurs énergies pour la rendre permanente.

— Qu'est-ce que vous en pensez ? demanda Rébecca au jeune homme avec qui elle travaillait.

Pour restaurer Bonne-Espérance, à qui elle voulait rendre toute sa gloire, ainsi que Prudence l'avait fait, elle avait embauché comme caviste Neil Sanderson, qui avait appris la vinification en Europe. Tout l'argent gagné avec Samuel Netherby y passait.

— Rébecca ! appela David de la maison.

Il y avait dans la voix de son père quelque chose de bizarre qui l'alerta.

— C'est la police, lui dit David, arrivant à sa rencontre au seuil de la cave.

Il était tout rouge et essoufflé et s'exprimait par saccades.

— La police de Johannesburg a mis la main sur ta voiture et voudrait te parler. Il est arrivé quelque chose.

— Ma voiture ? fit-elle, alarmée, songeant à Simon et à Thabo. Qu'est-ce qui a pu se passer ? poursuivit-elle, s'élançant vers la maison avec David, bien que ses jambes la portassent à peine. Comment vont-ils ?

Elle dépassa son père, se rua dans la maison, prit le téléphone et lança :

— Oui ! Rébecca Conrad à l'appareil !

Le policier s'exprimait en afrikaans. Elle tendit l'oreille ; les mots lui parvenaient mal, mais il expliquait soigneusement ce qui était arrivé à Simon. Il avait été agressé par des Noirs à Soweto, mais il était hors de danger. Les médecins de l'hôpital de Johannesburg où on l'avait transporté en répondaient, dit le policier sans s'appesantir, passant rapidement au sujet principal de son appel.

— Quant à la Mercedes, poursuivit-il avec circonspection, elle est enregistrée à votre nom, madame...

La voiture lui importait d'évidence plus que tout le reste.

— Où est Thabo ? l'interrompit Rébecca hors d'elle-même. Où est celui qui la conduisait ? Pourquoi ne me parlez-vous que de cette voiture ? Thabo la conduisait pour Simon. Où est-il ?

Tout en écoutant, Rébecca regardait son père. David s'approcha d'elle et lui passa un bras autour des épaules comme pour la protéger. Son visage n'exprimait qu'horreur et douleur. Dans son regard se reflétait le drame du pays dont elle se voulait citoyenne et il se demandait combien de temps elle tiendrait.

Arrivant chez Naomi sur les talons de la police, Luke avait vu charger dans une camionnette le corps ensanglanté d'un Noir.

— Qu'est-ce qui se passe ?

La fête avait repris et dans les arbres les haut-parleurs déversaient leur musique. Deux Noirs à quatre pattes frottaient le sol de brique, nettoyant sans un mot le sang de Thabo. On eût dit que rien n'avait eu lieu.

404

— Il va falloir vider la piscine, je ne m'y baignerai pas après un nègre, lança Dick Davidson en riant.

Luke s'approcha du policier le plus proche du véhicule et s'adressa à lui en afrikaans.

— Il est vivant ? dit-il, tourné vers l'homme étendu sur le ventre dans une mare de sang sur le plancher rouillé de la camionnette. Il faudrait faire quelque chose !

— C'est toi, Luke ! l'interrompit Naomi en courant vers lui. Je suis désolée de t'avoir dérangé et fait perdre ton temps ! Tout est réglé maintenant ! conclut-elle avec un grand sourire.

Naomi s'était changée. L'arrivée de la police avait dissipé ses craintes et son mal de tête avait disparu.

— D'après eux, il est vivant. Il n'y a pas à s'en faire, précisa-t-elle, passant son bras sous celui de Luke pour l'éloigner de la scène, mais il se dégagea.

— La police va l'emmener au commissariat pour dresser procès-verbal de tentative de meurtre. Simon va bien, il est à l'hôpital. Il n'y a pas de raison de se tourmenter.

Naomi venait de découvrir que la police n'ignorait rien de la pratique du « collier » par laquelle les Noirs brûlaient vifs les « sorciers ». Ces barbares assassinats s'étaient répandus des campagnes dans leurs ghettos. Le « collier » était devenu arme politique entre factions rivales, mais on s'était bien gardé d'en informer le public. Peu soucieuse d'alarmer les populations, la police avait gardé le silence.

— Viens prendre un verre, dit-elle à son frère de son air le plus engageant, tout heureuse de montrer Luke après l'effet désastreux de l'intrusion de Simon.

— Excuse-moi.

Comme s'il n'avait pas entendu un mot de ce que sa sœur avait dit, il retourna au fourgon, écarta le policier, surpris, et se pencha sur l'homme ensanglanté qui gisait sur le plancher. Luke ne savait pas qui il était ; il était uniquement soucieux de porter secours à l'une des victimes de la folie où se débattait son pays.

— Mais que fais-tu donc ? s'étonna Naomi.

Elle le suivit, mais dut battre en retraite, comme il sortait du fourgon portant le blessé sur les épaules. Thabo était méconnaissable et son sang coulait sur le dos de Luke.

— Mme Davidson, ici présente, vous donnera mon adresse, dit-il au policier. Et si vous voulez interroger cet homme, vous n'aurez qu'à venir chez moi !

— Vous ne pouvez pas l'emmener, monsieur, répondit l'homme en afrikaans. C'est à la police de s'en occuper.

— Alors, vous viendrez le chercher chez moi ! répliqua Luke en se détournant, les pieds de Thabo frôlant le visage du policier.

— Cet homme est accusé de tentative de meurtre et il relève de la police, reprit le policier.

Il suivit Luke, mais celui-ci pivota brusquement vers lui, les yeux brillants de colère.

— Oui! lança-t-il. Il y a eu tentative de meurtre! On a frappé cet homme dans l'intention de le tuer et c'est *moi* qui vais porter plainte! Contre ceux qui l'ont mis dans cet état et croient ne rien risquer parce qu'ils sont blancs et qu'il est noir!

— Je t'en prie, Luke! fit vivement Naomi en s'avançant vers lui. Qu'est-ce que tu racontes?

— Il y a eu tentative de meurtre, Naomi! répondit Luke, qui paraissait s'enhardir au contact de la victime. Que crois-tu donc? Qu'il s'agit d'un jeu, peut-être?

— Qu'est-ce qui se passe? intervint Dick Davidson, écartant sa femme pour s'arrêter devant Luke.

Rouge de fureur, il avança vers lui en titubant et lui saisit le bras.

— Ne t'avise pas de m'emmerder chez moi avec tes conneries gauchistes! Ta sœur suffit! Elle aime assez les bittes de nègres! Mais toi, du vent!

— Que veux-tu dire, Dick? répondit Luke, brûlant soudain d'une rage glacée. Voudrais-tu justifier ce qui s'est passé? Ou voudrais-tu insinuer que ce n'est pas un Afrikaner qui aurait mis cet homme dans cet état?

— Fous le camp! hurla Davidson.

Luke avait mis le doigt sur la vérité. Le gouvernement afrikaner, derrière la législation duquel il s'était abrité tout en le décriant, avait commencé à lâcher pied. Les Noirs secouaient leurs chaînes et, en frappant Thabo, Dick Davidson avait révélé ses sentiments.

— Ce type me pompe l'air! Faites quelque chose! lança Dick au policier en se détournant.

— Et pourquoi, toi, ne ferais-tu pas quelque chose? reprit Luke, le défiant, avec une autorité écrasante. Ou préfères-tu me retrouver devant un tribunal?

Puis, tournant les talons, il s'éloigna, le sang de Thabo trempant sa chemise. Il quittait sa famille pour la dernière fois, sachant depuis longtemps que cet instant devait venir s'il devait, pour de bon, s'intégrer à son pays.

— Vous ne faites rien? disait Dick Davidson, débordant de rage impuissante au policier impassible. Cet Afrikaner amoureux des Cafres se moque de vous! Faites quelque chose!

— Il n'a peut-être pas tort, monsieur, répondit le policier, méprisant ces injonctions et retournant à son fourgon. *Tot siens* – au revoir –, lança-t-il en afrikaans en s'installant derrière son volant. Mais ne vous inquiétez pas, monsieur. Nous n'oublierons pas ce qui s'est passé ici aujourd'hui.

Le fourgon franchit la grille et Dick Davidson revint à ses amis.

— Personne n'a soif? lança-t-il comme si de rien n'était.

Peggy Lee roucoulait dans les arbres une suave mélodie.

— Merde! reprit-il en riant. A quoi s'attendre d'autre d'un salaud d'Afrikaner?

A la fenêtre du salon, le rideau de dentelle retomba et Estelle se dirigea vers la porte. Elle éprouvait un sentiment de solitude absolue. Lorsque Thabo avait emmené Simon, elle s'était parfaitement contrôlée. Un instant, quelque chose en elle l'avait poussée vers son enfant, mais elle avait résisté.

Bloquée dans sa fierté blessée, elle avait refoulé les émotions qu'elle avait crues mortes depuis si longtemps. Elle avait observé le transport de Simon jusqu'à l'ambulance et n'avait pas bougé. Elle avait assisté au lynchage de Thabo. Elle avait vu son fils Luke accuser sa propre famille de crime contre l'humanité et elle s'était interdit de réagir.

Une fois encore, un Noir lui avait offert la chance de renouer avec la vie et une fois de plus elle l'avait rejetée. Rejetant la vie elle-même, elle avait laissé Luke lui tourner le dos pour prendre la défense d'un Noir. Elle serra très fort en la tournant l'étincelante poignée de cuivre de la porte. Elle n'aspirait qu'à se libérer de l'amertume qui avait empoigné toute sa vie. Elle n'avait qu'un pas à faire au-delà du mur qu'elle avait élevé autour d'elle, mais elle avait perdu jusqu'à la volonté de le faire.

Simon disparaissait sous les bandages, mais il souriait à Rébecca et David qui s'avançaient vers son lit. Ils étaient venus tout droit de l'aéroport à l'hôpital et leur seule vue dissipait la crainte que les flammes lui avaient laissée.

— Où est Thabo ? murmura-t-il.

La dernière image qu'il en conservait le lui montrait traversant les flammes qui commençaient à le lécher et prononçant d'étranges paroles.

— Nous le retrouverons bientôt, lui dit Rébecca, lui caressant le front, les yeux pleins de larmes.

Ainsi, l'innocente visite de Simon à sa mère avait tourné à la tragédie, comme si une malédiction s'attachait à tout ce qui pouvait la rapprocher de Luke.

Elle avait obtenu l'adresse où Thabo avait été transporté, mais ne savait pas que c'était celle de Luke. La police lui avait dit ne pas connaître l'homme qui s'en était chargé. Les policiers avaient évoqué avec mépris sa menace de porter plainte pour « tentative de meurtre » contre des Blancs, mais ils n'en avaient pas dit plus. Le statut religieux de Thabo et son amitié pour la famille Conrad les avaient surpris. Ils n'avaient même pas la ressource de le poursuivre pour vol de voiture. Aussi avaient-ils gardé le silence plutôt que d'admettre la vérité et s'étaient-ils bornés à lui donner cette adresse.

— Où est Thabo ? répéta Simon sans lâcher Rébecca des yeux. Le feu ! lâcha-t-il, les yeux pleins de terreur au souvenir de ce qu'il avait traversé. Thabo ! cria-t-il, cherchant son ami dans la salle.

David fit signe à Rébecca qu'il valait mieux qu'ils se retirent.

— Mais il faut que je sache ce qui s'est passé, chuchota-t-elle, s'avançant vers une infirmière noire qui venait d'entrer et s'apprêtait à faire un lit dans le coin le plus éloigné de la salle.

— Je vous demande pardon, dit-elle, suivant la femme dont les semelles grinçaient sur le linoléum étincelant du sol. Y avait-il quelqu'un avec Simon lorsqu'il est arrivé ici ?

— Non, répondit froidement la femme en repartant vers la porte.

— S'il vous plaît ! reprit Rébecca, se hâtant derrière elle et la rattrapant dans le couloir. Il faut bien que quelqu'un l'ait amené ici ! Sa mère, Mme Marsden ? Ou quelqu'un d'autre...

— Personne ne l'a accompagné ici, répondit l'infirmière noire d'un ton glacial. Les gens comme vous, dirait-on, n'aiment pas plus les gens comme lui que les gens comme nous, poursuivit-elle avec un ressentiment marqué.

Elle se tourna pour partir.

— Il faut que je vous parle, je vous en prie..., insista Rébecca.

— Qu'est-ce que vous me voulez, madame ? demanda l'infirmière, dont le regard trahissait et la peur et la colère. Votre police blanche ne vous a donc rien dit ?

— C'est la vérité que je cherche !

— Mais les Noirs sont des menteurs, n'est-ce pas ? répondit la femme, toujours sur ses gardes. Ce malheureux garçon a été agressé par des Noirs, voilà ce qui est arrivé, madame !

Elle défiait Rébecca d'un regard empreint de la même terreur qu'elle avait vue un jour dans les yeux de Lorraine Hendrickse.

— Ils ont brûlé un mongolien ! poursuivit-elle. Ils se brûlent entre eux et ils nous brûleront tous bientôt ! Mais qu'est-ce que ça vous fait ? Votre police blanche vous protège. Mais nous ? Viendrez-vous nous protéger quand d'autres Noirs voudront nous brûler, nous ?

L'infirmière la planta là. Rébecca demeura interdite, abasourdie par cette peur qui dressait tous les peuples de son pays les uns contre les autres.

— Rébecca ? fit David, surgissant de la salle derrière elle.

— Qu'est-ce qu'il y a, papa ? répondit-elle d'une voix lasse.

David la prit dans ses bras.

— Voilà ce que tu vas faire, Rébecca, répondit-il en la serrant très fort. Tu vas aller chercher Thabo à cette adresse que la police t'a donnée et je vais rester ici avec Simon.

Puis, lui passant un bras protecteur autour des épaules, comme si elle eût été un oiseau dont il fallait réparer l'aile, il la conduisit jusqu'à la porte.

— Quelle que ce soit la personne qui ait emmené Thabo, c'était pour le secourir. Tu n'es donc pas seule, Rébecca, dit-il enfin, lui prenant le visage dans les mains. Simon demande Thabo. Va le chercher et nous rentrerons tous ensemble à la maison.

Il avait mis dans ce mot de maison toute la paix dont il pouvait le charger.

S'avançant vers la maison délabrée, au fond d'un grand jardin abandonné, Rébecca vérifiait pour la dixième fois l'adresse que la police lui avait donnée. Elle s'inquiétait de se sentir si nerveuse et avançait avec méfiance dans le chemin, tandis qu'un taxi attendait dans la rue. La police ne lui avait rien dit de l'homme qui avait emmené Thabo et cette étrange discrétion la troublait. Leur dégoût ne lui avait pas échappé et elle se demandait ce qu'elle allait découvrir.

— Bonjour ? appela-t-elle en arrivant devant la porte ouverte.

Lui brossant la jambe de sa queue, un chat efflanqué lui adressa un miaulement de bienvenue.

— Il y a quelqu'un ? reprit-elle, jetant un regard à l'intérieur sans rien pouvoir distinguer.

Pénétrant dans la fraîche pénombre, elle sursauta au craquement d'une planche sous ses pieds. Des volets démantibulés masquaient des fenêtres brisées et de sveltes ombres bougeaient dans la profondeur de la pièce.

— Excusez-moi..., dit-elle, une fois ses yeux accoutumés à l'obscurité.

Elle distinguait plusieurs personnes debout dans le noir. C'étaient des Noirs qui la fixaient de regards impassibles.

— Je peux entrer ? fit-elle, avançant d'un pas. Je cherche quelqu'un.

— Si je peux vous être utile... Je m'appelle Annie Marais, prononça une voix qui la fit pivoter brusquement sur elle-même, tandis que s'ouvrait une porte qu'elle n'avait pas remarquée.

Éclairée par un rayon de lumière, une femme blonde se tenait sur le seuil, l'air sérieux.

— Vous cherchez quelqu'un ? demanda-t-elle avec un accent afrikaner.

Rébecca ne lui répondit pas sur-le-champ. Elle sentait une autre présence, toute proche, et ne quittait pas des yeux cette femme qui semblait la défier, tous les sens en alerte. Il y avait près d'elle quelqu'un qu'elle n'avait pas encore vu. Et qu'elle reconnaissait : une présence familière emplissait cette maison.

— Je cherche un Noir qui, d'après la police, aurait été amené ici, dit-elle enfin.

Décidée à ne pas se laisser arrêter par cette sensation étrange de reconnaissance et d'impatience mêlées qui la submergeait, elle s'approcha de la femme. Annie Marais s'écarta.

Dans le rayon de soleil qui traversait la pièce où elle entra, Rébecca vit Thabo. Il était étendu sans mouvement sur un matelas posé à même le plancher. Les yeux fermés, défiguré par des blessures à vif. S'avançant vivement, elle s'agenouilla, bouleversée, à côté de lui. Mais elle se raidit. La présence qu'elle avait devinée était plus proche. Elle sentit s'accélérer les battements de son cœur.

Il sortit de l'ombre dans la lumière déjà mourante qui éclairait Thabo. La toucha.

— Rébecca..., dit Luke, incrédule et émerveillé.

Le monde s'effaça. Ils étaient face à face. Tout ce qui les avait liés tant d'années se condensait soudain pour les unir et les confondre. Confondus et pourtant étrangers.

— Qu'est-ce que tu fais ici? reprit Luke d'une voix tendue.

Elle était plus belle encore que dans son souvenir et il sentit le souffle lui manquer.

— Tu ne sais pas? répondit-elle, les yeux dans les siens. C'est pour Thabo que je suis venue.

Elle tremblait d'impatience qu'il la prît dans ses bras et elle eut peur tout à coup. Luke était tout près d'elle, mais cette distance la défiait. Le temps recouvrait des années d'inconnu : qui Luke était-il devenu?

— Tu es celui dont la police m'a parlé et qui a emmené Thabo?

Il acquiesça, regarda Thabo gisant entre eux, inconscient. Mais, au-delà du visage gonflé et sanglant, Luke ne voyait que l'ami d'enfance, celui avec qui il avait partagé les rêves chatoyants de la jeunesse, loin de l'apartheid. Il entendait des enfants rire. Il retrouvait Bonne-Espérance. Se revoyait volant Simon avec eux. Lui, Thabo et Rébecca. Il la sentait dans ses bras. Fantôme d'un passé perdu.

— Pourquoi l'as-tu secouru? demanda Rébecca, en quête de celui qu'il était devenu.

Les années lui avaient donné une force qu'elle ne lui avait pas connue, mais elle ne se souciait que de l'homme intérieur; des croyances de celui qui se tenait devant elle.

— N'en avait-il pas besoin? répondit-il doucement, éludant l'explication qu'elle attendait de lui.

L'Angleterre, il le savait, avait appris à Rébecca la réalité du monde, comme sa vie à lui l'avait fait, mais il ne savait pas non plus ce qu'elle était devenue.

— Ce n'est qu'un Noir parmi tant d'autres..., hasarda Rébecca pour l'amener à se découvrir.

— Exactement. Parmi tant d'autres.

Il avança la main pour toucher Thabo. Au même instant, Rébecca tendit la sienne et le contact de leurs doigts les fit trembler.

— Pourquoi? reprit-elle dans un souffle.

Son contact avait déclenché une bouffée de désir aussitôt refoulée.

— Dis-moi? dit-elle, pressante.

— Tu m'interroges ou tu m'accuses, Rébecca?

Il ne voulait qu'aller à elle. La prendre dans ses bras. Libérer l'amour dont il débordait.

— Tu es venue m'accuser ou secourir Thabo?

Rébecca le fusilla du regard. Il ne baissa pas les yeux. La méfiance s'insinua entre eux, encore incapables d'échapper au malentendu.

— Parle-moi de toi, dit Luke.

Bien qu'aucun d'eux n'osât le reconnaître, l'amour effaçait le fossé qui les séparait.

— Moi? répondit Rébecca, la voix atone, mais les yeux brillants de sentiments qui la trahissaient. Je suis toujours pas-vraiment-blanche.

– Et moi, je t'aime toujours.

L'amour qu'ils prétendaient cacher éclatait enfin, pulvérisait les cuirasses dont ils s'étaient entouré le cœur. Luke l'attira dans ses bras et ils sombrèrent hors du monde.

– Qu'est-ce que vous regardez comme ça? lança Annie Marais aux enfants noirs qui se pressaient autour d'elle au seuil de la chambre. Filez! commanda-t-elle en tapant dans ses mains.

Prisonnière des bras de Luke, Rébecca s'abandonnait à l'amour retrouvé.

22.

Luke et Rébecca avaient été réunis par une tragédie, mais leur amour leur apportait une paix merveilleuse. Avant de regagner Bonne-Espérance, ils se rendirent ensemble au commissariat central de Johannesburg afin de porter plainte au nom de Thabo.

— C'est bien ça, monsieur? Vous ne voyez rien d'autre?

Il y avait de l'ironie derrière l'afrikaans de l'officier de police. Appuyé à son guichet avec indolence, il avait noté soigneusement tout ce que Luke lui avait dit, sans dissimuler qu'à ses yeux le cas de Thabo serait versé dans les poubelles de l'apartheid.

— Vous n'imaginez tout de même pas qu'ils vont traîner cet homme en justice? s'esclaffa Annie Marais lorsqu'ils lui racontèrent leur démarche. A leurs yeux, votre beau-frère est un héros! Vous ne vous en doutiez pas?

Annie Marais avait vu arrêter et emprisonner des Noirs sans autre motif qu'un regard insultant à l'adresse d'un Blanc, et elle n'avait jamais vu l'inverse. La justice n'obéissait qu'aux préjugés blancs s'abattant régulièrement sur les Noirs, et rien n'avait changé en dépit de prudentes réformes.

La violence paralysait toujours le pays, et dans les ghettos régnait la « justice du peuple ». Des tribunaux de fortune condamnaient des Noirs innocents au supplice du « collier » et laissaient à l'abandon leurs corps calcinés en guise d'avertissement aux récalcitrants.

— A quoi bon la liberté? demanda Fézilé, revenu à Bonne-Espérance, sitôt qu'il avait appris le retour de Thabo.

Ils étaient assis sous le chêne, dont l'ombre dansait à leurs pieds. C'était un combattant vaincu qui s'exprimait en Fézilé. Outre les bastonnades, les grenades lacrymogènes et les balles de la police, les nombreux assassinats dont il avait été témoin à Langa avaient lourdement entamé son optimisme.

— A quoi bon la liberté si les nôtres sont des sauvages? demandait Fézilé, dont les yeux obscurcis par la cataracte fixaient Thabo en aveugle, tout en se fouillant la bouche pour extirper le pépin de citron qui s'y était coincé.

— Il faut que tu retournes à ton église, Thabo!

Là-dessus, il tira le pépin de sa bouche et l'examina de près, tout étonné de pouvoir le voir.

— Là-bas, c'est l'agonie, insista-t-il, creusant du bout de sa chaussure un petit trou dans le sable où il enfouit le pépin. Dieu seul peut les conduire de la mort à la vie.

D'un mouvement de pied, il recouvrit le pépin, puis, se concentrant sur son doigt, il souffla dessus pour en chasser la poussière. Incapable de voir Thabo à contre-jour, il ne l'en défiait pas moins.

— Ton devoir est de ramener à notre peuple la vérité de la miséricorde divine! De leur rappeler que la vengeance n'appartient qu'à Dieu! s'exclama-t-il en clappant des gencives. Dieu dissipera les ténèbres, Thabo, conclut-il.

— Et quand te trouveras-tu une femme? reprit-il, changeant de sujet pour arracher Thabo au silence où il s'obstinait.

La joie résonnait à Bonne-Espérance. L'annonce d'un proche mariage entretenait la fièvre dans le vignoble et Fézilé aspirait à rendre à Thabo un peu d'espérance.

— Rébecca Olivia Conrad, acceptez-vous de prendre pour époux Luke Derek Marsden, pour le meilleur et pour le pire, jusqu'à ce que la mort vous sépare?

— Oui, chuchota Rébecca en réponse à la question du pasteur.

Ce seul mot acheva des années de vacuité.

— Pourquoi il pleure, oncle David? demanda tout bas Simon à Miriam, assise près de lui dans l'église sombre et fraîche.

Il se tourna vers Thabo, à côté de lui dans le banc. Thabo avait les yeux fixés sur la croix qui se détachait sur le mur blanc en face d'eux, et dans ses yeux à lui aussi il vit des larmes.

— Ne pleure pas, chuchota-t-il.

Thabo ne l'entendit pas, tout émerveillé qu'il était par l'amour qui rayonnait entre Luke et Rébecca. Mais il ne comprenait toujours pas la souffrance dont il était accompagné. Il voyait les flammes se réfléchir dans les yeux de Simon, et son propre lynchage l'avait anéanti de plus d'une façon. Le ressentiment couvait dans son cœur et le séparait de Dieu.

— Luke Derek Marsden, acceptez-vous de prendre pour épouse Rébecca Olivia Conrad, pour le meilleur et pour le pire, jusqu'à ce que la mort vous sépare?

— Oui, répondit Luke, regardant Rébecca dans les yeux, les mêmes lacs noirs qui l'avaient toujours attiré si inexplicablement à la découverte de ce qu'ils cachaient et dans lesquels tout le passé avait disparu.

— Chhh..., fit Simon pour Miriam, submergée par l'émotion.

Elle tremblait comme de la gelée dans sa belle robe neuve et son chapeau à plumes, basculé sur son nez, cachait mal les flots de larmes qui coulaient sur ses joues. Simon n'avait jamais vu tant de gens pleurer à la fois et, tirant son mouchoir, il le fourra dans la main de Miriam.

— Ne pleure pas trop! lui dit-il, ayant entendu les prémices d'une explosion nasale et se rappelant ce qu'elle avait fait de son mouchoir la dernière fois qu'il le lui avait prêté. Ça va?

Puis il jeta à Thabo un regard de biais, espérant qu'il n'était pas venu sans mouchoir.

— Simon? entendit-il chuchoter derrière lui.

Il se démancha le cou pour voir qui l'appelait ainsi.

— Bonjour! fit Tarcie.

De stupeur, Simon laissa tomber la mâchoire. Tarcie était assise entre sa mère Lydia et son frère Joe.

— Qu'est-ce qui t'est arrivé? prononça-t-il enfin, balayant son menton de sa langue, tant lui en imposait le sourire de la jolie blonde. Elle avait de grands yeux verts et il ne voyait plus trace de la sauterelle à nattes qui l'avait un jour pourchassé.

— Chhh..., fit Miriam en lui glissant son mouchoir trempé dans la main.

— Tu peux le garder! répliqua-t-il, tandis que Tarcie lui plantait son index dans le dos.

— Je vais attraper le bouquet de Rébecca, l'informa-t-elle, comme s'il eût dû savoir pourquoi.

Mais Simon n'en avait pas la moindre idée et il se sentit soudain menacé. Rébecca descendait la nef au bras de Luke; son regard se porta directement sur le bouquet qu'elle tenait à la main. Il avait l'air tout à fait innocent, mais il décida de le garder à l'œil. Au cas où.

— Tu es toujours là? chuchota Rébecca à Luke comme ils atteignaient le porche.

Il ne l'avait pas lâchée des yeux. Le contact de sa peau contre sa main, la fermeté de son corps contre le sien, le frottement de son costume sombre contre le satin fluide de sa robe, tout cela l'électrisait. Pour la première fois de sa vie, Rébecca éprouvait un sentiment de plénitude.

— Mais c'est le chasseur blanc! s'exclama-t-elle, abasourdie, comme Samuel Netherby s'avançait vers elle à la porte de l'église. Et qu'a-t-il fait de son fouet de rhinocéros et de sa tenue de safari?

La physionomie rayonnante et le crâne poli du vieux tailleur paraissaient complètement déplacés dans cet immense paysage d'Afrique. Il avait le teint d'une blancheur éclatante et son costume de pure laine fumait sur son dos dans la canicule de l'après-midi.

— Sammy! Dieu du ciel! Comment es-tu venu? reprit-elle, rouge de surprise.

Il haussa les épaules, portant un doigt à son oreille à la recherche d'un cheveu fou.

— Ils appellent ça un avion... Je ne suis pas sûr que c'en était un. Il vous en fallu un temps, mon gars! ajouta-t-il, se tournant vers Luke. Il s'en est fallu d'un cheveu qu'un Anglais ne l'embarque!

Rébecca lui jeta les bras autour du cou et il la serra dans les siens. Enfoui dans le blanc de sa robe, Samuel, une fois encore, effaçait le temps.

— Jette le bouquet, Rébecca! Vas-y! cria Tarcie.

Simon l'observait nerveusement qui se préparait à l'attraper. Il se balançait d'un pied sur l'autre, savourant déjà son succès.

— Pourquoi Rébecca va-t-elle jeter ses fleurs? demanda négligemment Simon à Miriam. Elles ne sont pas mortes.

Elle lui sourit pour toute réponse.

— La personne qui attrapera le bouquet sera la prochaine à se marier, murmura David, qui se tenait près de lui.

Simon revint à Tarcie, le regard plein d'alarme.

— Attrapez! cria Rébecca en lançant le bouquet.

Simon leva la main dans une détente désespérée, raflant les fleurs avant Tarcie, pour s'enfuir derrière l'église dans un galop terrorisé.

— Simon! criait Tarcie, le poursuivant parmi les tombes. Qui vas-tu épouser?

Elle feinta autour d'une grand croix grise et le coinça entre deux monticules de terre.

— Dis-moi? le défia-t-elle.

Il aurait voulu rentrer sous terre.

La nuit était calme et très noire. Seule une bougie vacillante l'éclairait, posée sur une table à côté d'un grand lit. Il pleuvait doucement dehors et quelque part quelqu'un riait, mais Luke n'avait d'yeux que pour Rébecca.

Elle était sortie de la salle de bains serrée dans un peignoir blanc, les cheveux relevés sur la tête, des mèches collées dans le cou, la figure nette de maquillage.

— A quelle heure est notre avion demain matin? demanda-t-elle.

Elle passa devant Luke et se dirigea vers le lit, lorgnant au passage l'enveloppe des billets posée sur la table.

— Combien de temps dure le vol de Durban à l'île Maurice?

Luke n'entendait pas ces questions oiseuses. Son peignoir s'était entrouvert et ce qu'il voyait l'absorbait. Il ne songeait qu'à la saisir, à la toucher, à replonger dans l'amour qu'ils avaient découvert il y avait si longtemps.

— Rébecca? dit-il, s'approchant du lit.

Rébecca se concentra sur le dessus-de-lit immaculé qu'elle avait sous les yeux. Elle sentait dans ses cheveux le souffle de Luke. Sentait sa main descendre le col de son peignoir, ses lèvres dans son cou et voulait que les choses avancent, mais elle s'éloigna et tira le dessus-de-lit.

Leur nuit de noces, ils n'avaient ni l'un ni l'autre jamais cru la vivre. Maintenant qu'ils y étaient, Rébecca biaisait. Elle aimait Luke depuis si longtemps qu'elle ne savait comment l'exprimer. Son corps de jeune fille s'était alourdi, se disait-elle, mal à l'aise.

— Je ne peux pas croire qu'il pleuve toujours, dit-elle, pliant soigneusement le dessus-de-lit, tandis que Luke la considérait avec un sourire perplexe.

— A ton avis, où rangent-ils l'aspirateur ? dit-il avec humour.

Rébecca attira à elle le couvre-lit, comme pour se protéger. L'impatience l'aurait fait crier, mais elle ne pouvait faire un geste.

— Tiens ton côté! dit Luke, saisissant l'une des extrémités du dessus-de-lit et s'éloignant jusqu'à le déployer entièrement. Ne va pas le froisser maintenant! ajouta-t-il en le secouant. D'accord ?

Le tenant déployé entre ses bras tendus, il s'avança vers elle et l'en enveloppa en un tournemain.

— Et avec ça, madame ?

Rébecca rit. Le sourire de Luke s'effaça, le couvre-lit tomba entre eux. Il retrouvait dans ses yeux l'appel qu'il n'avait jamais oublié et n'y résista plus. Portant la main à la ceinture de son peignoir, il la défit et le laissa tomber par terre. Il l'attira contre lui, son corps encore humide sentait le savon.

— Il n'y a pas de fantômes, Rébecca, dit-il doucement, faisant glisser le peignoir de ses épaules et des lèvres lui caressant le cou.

Sa bouche descendit vers ses seins et Rébecca se trouva ramenée à l'écurie de Bonne-Espérance. Elle avait dix-sept ans, le suppliait d'arrêter. Mais aujourd'hui Luke ne s'arrêtait pas. Il l'explorait tout entière, fondante et consentante. Luke la sentait vibrer. Ses seins gonflés l'appelaient ; elle le conjurait de venir ; cramponnée à lui, humide et chaude, elle sombra avec lui dans les plis du couvre-lit jeté à leurs pieds.

Rébecca ne voyait que le visage de Luke penché sur elle. Ne sentait que son poids sur elle ; son regard la rassurait, elle était bien la plus belle femme qu'il eût jamais vue. Ses mains descendirent le long de son ventre et elle cria. Elle n'était plus qu'attente, agrippée à son dos, plaquant ses hanches contre les siennes tandis qu'il lui couvrait le visage de baisers.

— Luke! lâcha-t-elle en s'ouvrant à lui.

Elle l'attira en elle, loin, toujours plus loin, qu'il comble le vide qui n'attendait que lui.

— Je t'aime, chuchota Luke, les lèvres contre les siennes.

Leurs corps ne faisaient plus qu'un.

— Je n'arrive pas à y croire! dit Rébecca, qui se sentait fondre sous le regard de Luke.

La mer autour de l'île Maurice était d'une pureté de cristal qui se reflétait dans les yeux de Luke; elle léchait leurs corps, autour desquels zigzaguait un poisson translucide. Le contact de l'eau était aussi doux que la caresse de l'air nocturne sur la peau nue. L'île tropicale exerçait toute sa magie.

416

— A quoi penses-tu ? demanda Luke, qui la maintenait à la surface de l'eau.

Allumée de mille gouttes d'eau, sa peau dorée rayonnait et ses cheveux noirs flottaient comme un écheveau de soie.

— Devine, répondit-elle avec un sourire.

Bronzé, buriné, Luke était large et fort. Tout en lui était naturel et le contact de ses mains l'incendiait.

— Huile de coco ? Perles ? Paréos ?

Un garçon jaillit soudain de l'eau à côté d'eux, traînant derrière lui des mètres de tissus bariolés qu'il brandissait le plus haut possible.

— Vous aimez ?

Il avait des dents éclatantes dans son visage brun.

— O.K. ?

— O.K., fit Luke, laissant basculer Rébecca dans l'eau et s'éloignant avec elle à la nage.

— Tant pis, dit le garçon, pataugeant derrière eux à la poursuite des deux silhouettes qui s'enfuyaient sous l'eau.

— Crois-tu que c'est le paradis ? dit Rébecca, appuyée contre Luke dans le bateau qui quittait la petite île aux Cerfs pour se diriger vers les courbes blanches de l'hôtel Le Tousserok. C'est peut-être que nous sommes morts...

Elle n'en revenait pas d'être sa femme.

— Pose-moi par terre ! dit-elle en riant lorsqu'il la hissa sur son épaule et l'emporta le long du sentier sinueux dans le lourd parfum des frangipaniers. Franchissant un délicat pont de bois qui se balança sous leur poids, il la déposa dans une chambre blanche et fraîche. De vastes fenêtres commandaient une immense étendue d'eau tranquille et bleue, au-delà de laquelle l'océan Indien lançait ses rouleaux crêtés d'écume contre la barrière de corail qui la délimitait. L'extraordinaire beauté de l'île Maurice exaltait leur amour et les rires des pêcheurs qui suivaient un passage vers les hauts-fonds extérieurs remplaçaient les railleries qui les avaient autrefois obsédés.

— T'a-t-on jamais dit que tu n'as jamais été aussi belle ? dit Luke en la dévorant des yeux.

Sa peau dorée, ses seins gonflant le bikini noir qui les soulignait, tout son être attisait son désir, mais il se contint. Pour profiter d'une autre beauté : celle de l'esprit de Rébecca.

— Coquillages, colliers de corail, dodo ? Vous voulez voir ?

Le garçon avait de nouveau jailli de la mer, sous leur fenêtre cette fois. Dans l'eau jusqu'à la taille, il souriait en maintenant ses marchandises au-dessus de sa tête.

— Lune de miel ? demanda-t-il avec un accent créole. C'est votre femme ?

Lorsque Luke s'avança jusqu'à la fenêtre, il s'illumina.

— Elle est belle ! dit-il à l'instant même où Luke lui fermait les rideaux au nez.

— Tant pis! lança-t-il derrière l'épais tissu qui l'avait exclu de leur compagnie, tandis que Rébecca se laissait tomber sur le lit en éclatant de rire.

Luke se pencha sur elle, commença de défaire les fines attaches du bikini. Son ventre palpitait doucement, ses seins se gonflaient, tout son être l'appelait. La caressant tout entière des lèvres, il s'attaqua au mince tissu qui lui couvrait le sexe, elle gémit.

— Luke! l'implora-t-elle lorsqu'il l'attira à lui.

Nue dans ses bras, elle se lova contre lui, enfonçant son visage dans son cou tandis qu'il la berçait.

— Je t'aime, dit-elle.

Il la serra plus fort. Elle s'agrippa à ses épaules, se pressa contre lui en arquant les reins tandis qu'il entrait en elle. Le temps s'était arrêté. L'océan Indien léchait les plages blanches. Leur rêve impossible n'était plus un rêve.

A travers l'objectif de son appareil, Joe Liebenberg cherchait un chemin dans l'enchevêtrement de sentiers qui sillonnaient le camp de Crossroads, tout proche du Cap. Le fils de Lydia frissonnait au milieu de toute la crasse et de la sordide misère de ce bidonville de cabanes en plastique noir qui semblaient surnager parmi les flaques d'eau. L'humidité glaciale d'un hiver pluvieux lui collait à la peau et l'on eût dit que les nuages qui masquaient la montagne de la Table étaient des nuages de honte.

Il braqua son appareil sur un soulier d'enfant, une minuscule sandale bleue dont la boucle ne tenait qu'à un fil, et se concentra dessus tandis que le tonnerre des bulldozers couvrait les cris de la foule. Tout autour de lui, des policiers dans leurs uniformes impeccables insultaient la pauvreté des lieux, expulsant les habitants de leurs cabanes misérables sous les jets de pierres des manifestants.

— Hé là!

Joe pivota sur lui-même tandis qu'une main s'abattait sur son épaule.

— Pas de photos! dit le policier blanc.

Il lui fit sauter son appareil des mains et lui enfonça son coude dans l'estomac.

— Salaud! lui lança Joe.

C'était la première fois qu'il mettait le pied à Crossroads et la curiosité avait bien vite laissé place à la consternation, à la honte et à la fureur.

— Ces gens ont besoin d'aide! reprit-il, tirant le policier par la manche. Ils crèvent de faim!

— Tu veux les aider?

Et soudain Joe se trouva par terre, étendu dans la boue puante, le pied d'André Bothma sur la poitrine. Ils ne s'étaient pas reconnus, la fureur seule les rapprochait.

— Si tu tiens tant à les aider, oublie ton appareil et laisse-nous faire notre travail!

— Quel travail ? s'exclama Joe à la face du pouvoir blanc. C'est ça, connard ! que tu appelles servir ton pays ? Déclencher la guerre ?

Une pierre lui frôla la tête.

— Si ce caillou t'avait touché, il t'aurait peut-être fait réfléchir !

André remit Joe sur ses pieds. Le jeune homme qu'il tenait par le col n'était qu'un traître à ses yeux. Les journalistes ne faisaient que prêter main-forte aux éléments subversifs qui ne rêvaient que bouleversement. Leurs photos ne présentaient jamais qu'une seule face de la vérité.

— Vous soutenez ceux qui paient ces enfants pour lancer des pierres. Les communistes ! Les Américains ! Dites-leur plutôt de s'occuper d'eux !

D'une poussée, il tourna Joe vers un groupe d'enfants noirs au visage convulsé de fureur, le bras tendu en arrière pour lancer leurs pierres.

— Ils voudraient que des bandes de ce genre gouvernent ce pays ! Tu sais pourquoi ? Parce qu'ils le leur ont déjà acheté ! Sinon, pourquoi paieraient-ils les terroristes ? On nous attaque ! Mets-toi ça dans la tête !

André écrasa du pied l'appareil de Joe dans un craquement de verre.

— Photographie plutôt le bébé blanc que ces salopards ont tué hier d'une pierre ! Apporte à ton journal la photo d'un enfant de deux mois la tête fracassée, tu verras bien s'ils l'imprimeront ! Tu réclames quartier libre pour ces vauriens ? Pourquoi ? Pour les laisser brûler vifs leurs parents ?

Partout éclataient des coups de feu et des cris, puis soudain Joe aperçut une toute petite fille noire qui avait un sourire radieux : elle venait de trouver la sandale qu'il avait photographiée et la joie l'illuminait, lorsqu'un projectile la frappa en pleine tête.

— Honnêtement, Joe, en toute honnêteté, je m'en fous ! dit avec le sourire le journaliste américain Martin Bradley avant de s'administrer une nouvelle gorgée de gin et de s'enfoncer dans son fauteuil.

— Si tu nous avais apporté une photo de la petite que tu as vue se faire tuer, ç'aurait été autre chose, reprit-il.

Martin Bradley était assis avec Joe à une table du bar de l'hôtel Mount Nelson. Il s'était efforcé de l'écouter avec bienveillance exposer ses idéaux juvéniles, mais l'ennui l'avait gagné.

— La culpabilité n'est pas l'information, mon garçon. Coupables, nous le sommes tous. Oublie ça !

— Nous pourrions peut-être être utiles, Martin. Il faut apprendre aux gens à se regarder en face ! répliqua Joe, tâchant d'ordonner ses pensées. Nous ferions sans doute mieux notre travail en touchant le cœur des gens plutôt qu'en excitant leur fureur.

Pendant son service militaire à la frontière angolaise, Joe avait vu des cadavres affreusement mutilés, mais la joie d'une enfant anéantie par un coup de feu, il ne l'avait vue qu'à Crossroads.

— Ce flic est persuadé de son droit. Ces enfants le sont aussi du leur. C'est clair ! Ils sont victimes de rêves qui ne sont pas les leurs ! Mais nous ? Où nous situons-nous ?

— En ce moment même, au bar de l'hôtel et sans appareil! plaisanta Martin, lassé.

A écouter Joe, il retrouvait au fond de lui-même l'idéalisme du jeune homme qu'il avait été et s'empressa de le noyer dans un autre gin.

— Notre travail, c'est de faire vendre du papier, Joe! reprit-il, passant un journal au jeune homme. Et c'est pour ça que je t'emploie!

En première page, une photo montrait un homme en train de brûler.

— Appelle ça pornographie. Appelle-ça assassinat. Ce n'en est pas moins ce que les gens veulent. Ou tu le fournis, ou tu dégages!

Lydia qui venait d'achever son travail à l'hôtel Kapps entra dans la grand-rue de Luderitz, une lettre de Joe à la main. Les yeux plissés contre le soleil, elle observait l'activité grouillante des trottoirs. Les équipages des langoustiers sortant de la conserverie envahissaient les boutiques restées ouvertes pour satisfaire aux convoitises terrestres des débarqués. Exhibant leurs salaires aux comptoirs, ils achetaient tout ce qu'ils pouvaient avant que les cars ne les emmènent loin de la petite ville qui s'endormirait dans le silence retrouvé du sable blanc et de la mer.

La lettre de Joe débordait des mêmes idéaux et des mêmes espoirs qui avaient autrefois animé son père, qui se noyait à présent dans l'alcool. Lydia était fière de son fils et s'effrayait des événements d'Afrique du Sud. Elle avait reconnu, sans le savoir, le policier blanc que son fils avait affronté à Crossroads. Les mêmes hommes étaient venus, des années auparavant, frapper à sa porte au Cap. Ils avaient laissé leur maison sens dessus dessous et bouleversé leur vie. Ils les avaient regardés quitter le pays, sans mot dire, mais leurs expressions étaient éloquentes : Stan était un traître et sa famille se composait de rebuts de la société. Les mêmes hommes hantaient encore les bars de Luderitz, à l'affût du moindre mot de l'ivrogne Stan qui pourrait les mener à une proie plus importante que lui.

Lydia comprenait le désespoir de Stan. Les mouvements qui avaient fleuri dans le monde entier sous la bannière de l'opposition à l'apartheid étaient pourris. Engendrés par les souffrances d'un peuple, ils avaient été récupérés par des opportunistes. Les États noirs du Nord pouvaient réclamer des sanctions économiques, leurs vertueuses intentions n'étaient pas plus pures. Ils avaient eux-mêmes anéanti les espérances de leurs peuples. Depuis leur indépendance, seule avait changé la couleur des oppresseurs. La corruption les ravageait et faisait le lit du communisme. Lorsque Stan avait compris que l'opposition en elle-même n'apportait réponse à rien, il s'était mis à boire. Lydia se demandait où la même constatation pourrait amener son fils.

Regardant au loin vers l'Atlantique glacial qui léchait le désert, sa vision se perdit dans la brume qui recouvrait les flots. Les cris perçants des goélands qui se disputaient les crustacés rejetés à la mer s'en échappaient, mais la jonction du sable et des eaux disparaissait sous les rouleaux de ce brouillard, et le rivage d'un continent qui autrefois n'avait fait qu'un avec l'Amérique s'en trouvait recouvert d'une chape de silence. Des millions d'années auparavant, le désert de Namibie avait formé des diamants de la poussière des siècles ; c'était pour ces pierres que des hommes aujourd'hui s'entre-tuaient, sous couleur de combattre pour la liberté.

Les godillots militaires et les pieds nus des éclaireurs indigènes piétinaient aveuglément les roses de sable. Détruisaient la beauté de ces parfaites fleurs minérales dans leur chasse à l'« ennemi ». Aveugles aux fleurs millénaires, ils s'entre-tuaient, et Lydia se demandait si son fils cherchait encore de ces roses de pierre.

Simon s'écarta vivement de la fenêtre de sa chambre et s'adossa, le souffle coupé, à la porte de son armoire. Il avait voulu voir Thabo, mais ce n'était pas Thabo qu'il avait vu s'avancer vers la maison. C'était Naomi et sa présence à Bonne-Espérance, si inattendue, le rejetait dans le passé. De grosses gouttes de sueur lui perlaient aux tempes et le chien Zanu le contemplait perplexe.

Dix-huit mois avaient passé depuis le mariage de Luke et de Rébecca. Si le pays souffrait du terrorisme et de sa répression officielle, leur amour avait apporté une paix étonnante à Bonne-Espérance. Avec Thabo, qui n'avait toujours pas regagné son église, Simon, Luke et Rébecca avaient reforgé l'amitié qui, enfants, les avait liés. David lui-même s'était intégré à leur bande et avait oublié la petite ville minière qui l'avait si longtemps obsédé ; avec Luke, il avait démarré une nouvelle vie. La terre rouge de Bonne-Espérance les avait tous ramenés à son mystère.

David n'allait plus sur la tombe de Constance pour y pleurer. S'asseyant à côté de la pierre tombale de sa femme, il lui disait sa joie d'attendre leur premier petit-enfant. Comme Ouma Malan, la famille s'était retranchée du monde. Insoucieux des sanctions internationales qui allaient peut-être les ruiner, ils allaient de l'avant.

Mais l'amertume éloignait toujours Thabo de Dieu, et à présent Simon lui-même en était atteint : les flammes rouges qui l'avaient mordu le hantaient. On ne lui avait pas dit que Naomi allait venir à Bonne-Espérance. Son nom n'avait été prononcé qu'à l'occasion de la mort de Paul Marsden, leur père à tous deux. Mais Simon l'avait ignorée et voilà qu'une vraie terreur le frappait. Les talons de Naomi claquaient sur les dalles. Zanu grondait instinctivement.

– Thabo ? appela-t-il d'une voix tremblante. Thabo ?

Des flammes le léchaient, de hideuses faces noires exigeaient sa mort, un cabinet était couvert de vomi. Il éclata en larmes et le seul être en qui il eût confiance apparut. Thabo le prit dans ses bras et le berça pour le réconforter.

– Ce n'est rien ! dit-il.

Ayant vu arriver le taxi de Naomi, Thabo était promptement rentré par l'arrière de la maison.

– Tout va bien ! insista-t-il, devinant ses terreurs.

— Naomi... Elle vient me chercher... Elle va m'emmener..., bredouillait Simon, terrifié, tandis que le chien gémissait à l'unisson.

— Mais non, Simon. Elle ne va pas t'emmener! Je vais t'emmener, moi, au Cap avec moi! Allez, viens!

La terreur de Simon plaçait Thabo face à lui-même. La haine qui avait gonflé en lui depuis l'agression de Dick Davidson l'avait jeté dans un enfer. Elle ne le laissait pas en repos et il avait conscience de l'avoir lui-même entretenue.

— Nous allons aller dans la voiture de Rébecca.

Simon aurait voulu s'écarter de Thabo, mais il en était incapable; il plongeait les yeux dans les siens pour chasser les flammes qui le menaçaient toujours.

— C'est fini, Simon! C'est bien fini et nous allons le prouver en allant dans la voiture, reprit Thabo en le conduisant hors de sa chambre, le chien, plein d'espoir, sur leurs talons.

— Enfin, Luke, c'est ridicule! entendirent-ils Naomi lancer en arrivant dans l'entrée. Qu'est-ce que Simon pourrait y redire? C'est un simple d'esprit!

Thabo passa rapidement avec Simon devant la porte du salon, le chien les suivant à pas de loup.

— Il est incapable de mener sa vie, sans parler d'une décision comme celle-là! Allons donc! Simon est un idiot et, si tu t'en sers contre moi, tu feras rire la cour!

Thabo se retourna brusquement, comme Rébecca sortait du salon et les rattrapait à la porte.

— Allez-y, chuchota-t-elle.

Elle avait deviné ce qui se passait et sourit.

— Prenez la voiture, ajouta-t-elle, leur tendant les clés.

Elle fut soudain pliée en deux par une douleur brutale.

— Allez! fit-elle, s'efforçant de cacher sa peur.

Enceinte de huit mois, elle sentait son enfant impatient de se libérer.

— Voulez-vous du thé? demanda Miriam, passant la tête à la porte de la cuisine. Dehors! cria-t-elle à la vue de Zanu, qui, l'échine basse, rejoignit Thabo et Simon. Thabo, appela-t-elle, où vas-tu? Simon! Thabo! Revenez!

— Laisse-les, Miriam, dit Rébecca, et fais-nous du thé, demanda-t-elle en souriant.

— Vous allez bien? demanda Miriam, la voyant souffrir pour la première fois, et bien plus soucieuse qu'elle ne l'aurait cru de l'être minuscule qui grandissait en Rébecca. Madame doit aller dans sa chambre. S'allonger. Je vous apporte le thé tout de suite!

— Apportes-en d'abord à Naomi, dit-elle en lui touchant gentiment le bras, avant de se diriger vers sa chambre.

— Luke, enfin, sois raisonnable! Bien sûr que c'est ce que mon père aurait voulu! C'est dans son testament, tu l'as lu toi-même! Mon père n'a rien fait d'autre que respecter les intentions originelles de Jacques Beauvilliers : faire en sorte que Bonne-Espérance reste dans la famille. Comme l'a fait la mère de Rébecca et il n'y a pas à discuter ! Je vends ma part, je te l'ai déjà dit.

Une douleur fulgurante plia Rébecca en deux, à l'instant où elle atteignait son lit. Elle en racla des ongles le montant de cuivre.

— Je ne veux pas de Bonne-Espérance. Je ne suis pas agricultrice. Bonne-Espérance ne m'intéresse pas et j'ai besoin d'argent.

Rébecca regarda à ses pieds : elle perdait les eaux. Une mare grandissait sur le tapis. Elle n'entendit pas Naomi davantage. Le destin de son bébé l'absorba tout entière.

— Madame ! s'exclama Miriam qui apportait le thé.

Elle lâcha le plateau dans un fracas de porcelaine pour se précipiter vers Rébecca.

— Ne me dis pas ce que je devrais faire ! reprenait Naomi. Tu as insulté mon mari ! Tu l'as traité comme si c'était lui qui était le nègre ! Grands dieux ! C'est à cause de toi s'il m'a quittée. Tout est de ta faute !

— Ferme la porte, haleta Rébecca, à la torture. Le bébé..., murmurat-elle une fois la porte massive fermée sur le discours de Naomi.

Elle voulut prendre une grande inspiration, mais la douleur la transperça.

— Mon bébé..., gémit-elle, et elle tomba sur le plancher.

Une certaine part de Miriam était déjà loin, volait vers David, vers Luke, vers un médecin, vers quiconque pourrait être utile. Mais une autre avait retrouvé une case d'argile dans le Transkei. Sa mère Sophie se tenait debout près d'elle et c'était elle, Miriam, qui gisait sur le sol. Hurlant de douleur tandis que Thabo forçait avant le temps son entrée dans le monde.

— Respirez, madame ! commanda Miriam, penchée sur Rébecca et lui soulevant la tête. Respirez à fond ! Aidez-moi ! Aidez le bébé ! ordonnat-elle, les yeux plongés dans le regard vide de la parturiente. Aidez le bébé ! Poussez !

Pour écarter sa terreur, elle répétait les mots que sa mère lui avait adressés en son temps. Elle savait tout ce que cet enfant dont la vie était entre ses mains représentait pour Rébecca. Comme Thabo, cet enfant arrivait avant terme, mais entravé par les paroles de Naomi.

Ignorant du drame qui se jouait derrière eux à Bonne-Espérance, Thabo roulait vers Le Cap en compagnie de Simon. Rébecca lui avait souvent proposé de conduire la Mercedes après le drame de Soweto, mais il avait toujours refusé, jusqu'à aujourd'hui. La nécessité de libérer Simon de son passé l'avait amené à s'en délivrer lui-même et la voiture que Simon astiquait avec un soin jaloux était le seul moyen d'y parvenir.

— Ça va ? lui demanda-t-il.

Une bande dessinée de science-fiction était posée sur ses genoux, mais à l'envers.

— De quoi ça parle ? reprit Thabo en la mettant à l'endroit. Elle est bien ?

Il importait de distraire Simon de l'arrivée de Naomi à Bonne-Espérance.

— Je ne sais pas, répondit Simon d'une voix sans timbre, considérant, le regard vide, l'astronaute de la couverture, suspendu au-dessus de la terre. Pourquoi ne me parles-tu plus de Dieu ? poursuivit-il, observant Thabo du coin de l'œil.

Il se demandait pourquoi Thabo ne portait plus son col ecclésiastique depuis le drame de Soweto et il croyait avoir trouvé la réponse.

— Dieu est mort ?

— Non. Il s'est seulement un peu éloigné, répondit Thabo, considérant ses mains sur le volant. Il sentait ses doigts crispés et les remua pour les détendre. Que veux-tu savoir ?

— C'est à propos de Jésus.

— Quoi à propos de Jésus ?

— Pourquoi ils l'ont tué ?

— Je te l'ai déjà dit.

— Redis-le.

Thabo replongea en lui-même à la recherche de la foi qu'il fuyait : cette croyance qui faisait apparaître une quatrième dimension, celle de l'éternité. Des années auparavant, il avait pu voir au-delà de la chair et éprouver la réalité du royaume de Dieu, mais aujourd'hui il était perdu. Comment redire aujourd'hui ce qu'il avait prêché jadis avec une conviction totale ? La miséricorde de Dieu qui se réconciliait avec les hommes à travers Son Fils. Il renâclait aujourd'hui à la reconnaître et voilà qu'elle défiait son ressentiment.

— Bon. Tu vois cet homme, dit-il en désignant la bande dessinée. Il porte une combinaison spatiale, hein ?

Simon acquiesça. Thabo s'éclaircit la gorge.

— Et si nos corps étaient des combinaisons spatiales ?

— Quoi ? fit Simon, soudain hilare. Mais je suis moi, je ne suis pas une combinaison ! dit-il en se tapant sur la jambe. Éclatant de rire, il montra l'astronaute. Voilà une combinaison spatiale !

— En es-tu si sûr ? Et si le monde entier était un vaisseau spatial ? Alors nos corps seraient des combinaisons. Comment appelle-t-on ça ? Un équipement de vie ?

— Alors pourquoi a-t-il une combinaison ? répliqua Simon, désignant le cosmonaute. Regarde ! dit-il, triomphant.

— Parce qu'il voyage vers une autre planète. Il a quitté notre monde et il a donc besoin d'une autre combinaison par-dessus la première qui est son corps !

Simon hurla de rire en se frappant les genoux de sa bande dessinée, Thabo, souriant, le surveillait du coin de l'œil.

— Alors faisons comme si nos corps étaient des combinaisons spatiales et considérons que la Bible est le livre qui nous en donne le mode d'emploi.

Simon s'étrangla une seconde fois de rire.

— Quoi? Mais c'est idiot. Moi je suis moi! Moi! répéta-t-il. Il tira sur sa chemise et agita les jambes. Ce n'est pas une combinaison spatiale, c'est moi!

— C'est ce qu'il pense aussi, reprit Thabo en désignant la bande dessinée. Il pense ne faire qu'un avc sa combinaison. Il la brique. Il la lave, il l'aime vraiment. Il y est si habitué qu'il a oublié que son corps est à l'intérieur et qu'il est persuadé de se confondre avec elle!

— Hein? lâcha Simon, complètement perdu.

Thabo n'était pas bien sûr dc se comprendre lui-même; il prêchait là le plus étrange sermon dans lequel il se fût jamais lancé, mais il était fasciné par ce qu'il inventait.

— C'est comme ça! Et voilà que l'astronaute jette son mode d'emploi. Ouste! Dehors! Il n'y comprend rien, tu vois? Le livre lui parle d'un corps qu'il a oublié parce qu'il ne peut pas le voir sous la combinaison spatiale!

Simon surveillait Thabo avec une attention extrême. Il savait son ami aussi ignorant de l'espace que de la composition d'une automobile et bientôt il se renfonça dans son siège et ferma les yeux en souriant.

— Puis il éteint la radio, poursuivait Thabo. La voix qui lui donne des ordres dans le poste ne signifie plus rien pour lui. Il se juge plus fort, tu vois? Il a une belle combinaison et il n'écoute plus personne de ceux qui s'adressent au corps qu'elle recouvre parce qu'il *sait* que ce corps n'existe pas.

— Et alors? fit Simon, ouvrant un œil.

— Sur la terre d'où est parti le cosmonaute, il y a un responsable. Ce responsable sait qu'il faut faire quelque chose, sinon le corps du cosmonaute mourra dans sa combinaison et il sera perdu. Mais que faire? Agir est dangereux! Ce n'est pas l'affaire de n'importe qui! Alors le responsable appelle son fils, lui fait revêtir une combinaison spatiale identique à celle du cosmonaute et l'envoie le retrouver, pour lui rappeler qui il est et d'où il vient, avant qu'il nc sc perde et ne meure.

— Et alors? fit Simon, ouvrant l'autre œil. Il y arrive? Le cosmonaute le croit-il?

L'histoire de Thabo semblait bizarre à Simon, mais tout de même il s'inquiétait pour le cosmonaute.

— *Hayi khona!* s'exclama Thabo en secouant la tête. Le cosmonaute ne croit pas le fils! Il lui dit: va-t'en! *Hamba!* Car il est persuadé de n'avoir besoin de personne et savoir ce qu'il fait!

— Il le sait? Il sait où il va?

— *Hayi khona!* Le fils s'évertue à lui rappeler son corps à l'intérieur de la combinaison. Il lui recommande de ne pas seulement nourrir la combinaison, mais aussi le corps qu'elle recouvre, faute de quoi il mourra. Il le conjure d'allumer la radio et d'écouter ce qu'on lui dira de faire, de suivre les directions qu'on lui indiquera avant de se perdre.

Simon se pencha en avant. Le sens nouveau que Thabo donnait à sa bande dessinée l'intéressait. Il attendait qu'il continuât.

— Et alors?

— L'astronaute dit non. Il se moque. Il sait bien qui il est, dit-il. Comme toi! Il sait que sa combinaison spatiale est son corps et que tout va bien. Elle est belle et étincelante. Bien briquée partout. Alors qu'est-ce qui pourrait aller mal?

— Alors est-ce que le fils du patron l'a tué? demanda Simon, très inquiet à l'idée que le cosmonaute puisse mourir.

Il sourit de soulagement lorsque Thabo secoua la tête.

— C'est le contraire. L'astronaute a tué le fils du patron. Il a mis en miettes sa combinaison spatiale, incapable de croire qu'il était le patron parce qu'il n'agissait pas comme un patron.

Simon, horrifié, ne lâchait pas Thabo des yeux.

— Mais, ajouta Thabo, le fils était *toujours* là! Il était toujours vivant, malgré la destruction de sa combinaison spatiale!

— Hein?

— Mais l'astronaute ne pouvait pas le voir! Souviens-toi, l'astronaute ne croyait plus au corps, il ne pouvait donc même pas le voir. Il ne pouvait rien voir d'autre que les combinaisons spatiales.

— Alors il l'a tué? Si le fils était vivant, est-ce qu'il l'a tué?

— Il l'a nourri. Il l'a guidé aussi. Il voulait vraiment l'aider, tu vois, bien que l'astronaute ait essayé de le tuer. Voilà pourquoi ils ont tué Jésus, conclut Thabo. Mais ils n'ont pu tuer que Son corps.

La conclusion tomba à plat. Simon se tordait de rire en se frappant le genou avec sa bande dessinée.

— Qu'est-ce tu as, Simon?

— Tu es stupide, Thabo! Jésus est le fils de Dieu et il n'a pas besoin de combinaison spatiale!

Thabo sourit, puis rit carrément, sentant rejaillir la foi en lui. Les mots de Simon n'avaient pu venir que de Dieu.

— Et moi, je suis moi! Ouille! cria-t-il en se pinçant. Mais pourquoi tu ris?

Thabo n'en savait rien. Le Saint-Esprit avait détruit son ressentiment et la réalité divine éclatait de nouveau à ses yeux.

— Le bébé! Il vient! cria Miriam, terrifiée.

Rébecca l'entendit malgré sa douleur. Son enfant luttait pour venir au monde et tout son être en était torturé. Il lui semblait que, sous elle, le dur plancher s'était décomposé en une espèce de gelée.

— Je le vois! *Thyala!* Poussez! cria Miriam à la vue des cheveux de l'enfant.

Puis, ne voyant plus rien bouger, elle fut prise de terreur et fondit en larmes. La vision ainsi brouillée, elle distingua la silhouette d'un homme à la porte de la chambre.

— Le bébé! Aidez-les! hurla-t-elle.

Mais David demeurait pétrifié sur le seuil. Il voyait bien bouger les lèvres de Miriam, mais n'entendait rien, hypnotisé par la vision de sa fille.

— Appelez le docteur, patron! Sinon elle va mourir!

Ébranlé enfin par ces derniers mots, David se rua dans l'entrée sur le téléphone. Ses doigts tremblaient devant le cadran.

— Quel est son numéro? bredouilla-t-il, affolé.

L'esprit vide, obsédé par la souffrance de sa fille, il saisit l'annuaire. Hurla lorsque son mauvais papier se déchira entre ses mains. Les caractères étaient si petits qu'il ne pouvait pas les lire, et il eut un haut-le-cœur lorsque le lourd volume tomba par terre.

— Docteur Trueman! hurlait-il, pour se remémorer son numéro, déclencher sa mémoire. Trueman!

Il composa un numéro qu'il ne connaissait pas, ne voyant toujours que Rébecca qui se tordait sur le plancher, Miriam entre les jambes, les mains couvertes de sang. Il connaissait ça. Il avait vu sa femme dans la situation de sa fille, et l'enfant était mort-né.

— Docteur Trueman! hurla-t-il lorsqu'on décrocha. C'est Rébecca. Le bébé! Il faut venir!

Il n'entendit pas la réponse du docteur. Il était en Zambie, près d'une fourmilière sur laquelle était sa petite fille. Elle avait un bébé volé dans les bras et criait qu'il était à elle, que c'était l'un des bébés que sa mère avait perdus et le monde entier le niait.

— Je ne me soucie pas de ce que Rébecca a investi dans Bonne-Espérance, Luke! Si tu y tiens à ce point, achète ma part! Tu n'auras qu'à t'aligner sur la meilleure offre que j'obtiendrai!

La voix nasale de Naomi retentissait à travers la porte du salon, mais David ne l'entendait pas. Il n'entendait que les cris de sa fille. Des cris entendus, il y avait bien longtemps, sans que retentissent ceux d'un nouveau-né.

— Il faut aider votre bébé, mademoiselle Rébecca! répétait Miriam, paniquée devant l'immobilité du crâne qu'elle apercevait. *Thyala!* reprit-elle pour briser ce silence insupportable.

Ses larmes se mélangeaient au sang de Rébecca. Elle tenait les mains ouvertes sous la tête de l'enfant.

— Oui! lâcha-t-elle, lorsque jaillit un petit corps visqueux. Voilà! cria-t-elle avec un accent de triomphe, comme le bébé lui tombait dans les mains.

Il griffait l'air de minuscules doigts roses, ses pieds tout froissés ruaient à l'aveuglette, et, lorsqu'il poussa son premier cri, Miriam fondit cette fois en larmes de bonheur.

— *Siyabulela,* prononça-t-elle pour remercier le ciel, comme le petit ventre rond s'élevait et s'abaissait, animé d'un souffle miraculeux. *Sikwamkefe!* lança-t-elle pour saluer son entrée dans le monde.

Rampant sur les coudes et les genoux, elle tendit à sa mère cette bribe d'humanité, encore reliée par le cordon.

— C'est une fille, madame!

La peau gluante du bébé toucha la joue de Rébecca et Miriam entonna un chant.

— *Tixo u siphe isipho!* Dieu nous a fait un présent, chantait-elle à la face du monde, toute panique oubliée devant le nouveau-né dont le souffle régulier caressait Rébecca.

— C'est un beau bébé, dit le Dr Trueman, dont la présence avait ramené dans la chambre un calme d'hôpital. Un peu prématuré, ajouta-t-il, tirant un drap blanc tout propre sous le menton de Rébecca, mais superbe. Comme sa mère.

Se tournant vers Miriam qui, assise dans un fauteuil près de la fenêtre, berçait le nouveau-né, il ajouta :

— Sans Miriam, je ne sais pas ce qui se serait passé.

Le cœur en fête aux paroles du docteur, Miriam pencha la tête sur l'enfant dans ses bras et pressa sa joue contre la sienne. C'était son enfant. Il le serait toujours. Il allait bien.

— Je vais vous emmener à l'hôpital, Rébecca, pour contrôler que tout va bien, dit encore le docteur.

Rassurée par cette compétence et cette sérénité, Rébecca tourna la tête vers Miriam.

— Je peux la voir ? demanda-t-elle timidement devant l'air possessif de la domestique.

Elle éprouvait la sensation que la vie de la petite fille était sortie de la sienne et aspirait à la tenir pour que leurs vies soient de nouveau mêlées.

— Où est mon père ? dit-elle encore, revoyant l'expression terrifiée de David. Et Luke ?

— Magnifique, votre bébé, madame, dit Miriam, les yeux brillants et le visage illuminé d'un vaste sourire, en le déposant dans ses bras. Je vais chercher M. Luke.

Arrivée à la porte, elle se retourna avec un fier sourire, mais Rébecca était absorbée dans la contemplation de la merveille qu'elle avait mise au monde. La petite fille la fixait de ses grands yeux clairs, pleins d'une sagesse mystérieuse, où Rébecca vit se réfléchir quelque chose de si beau qu'elle en resta sans voix.

— Bonjour..., finit-elle par chuchoter, comme les doigts minuscules se mêlaient à ses cheveux et qu'un souffle chaud lui caressait le cou.

— Rébecca ? dit Luke, très pâle, en entrant dans la pièce. Pourquoi ne m'a-t-on pas appelé ?

— Nous étions trop pressées, répondit Rébecca, souriante, en lui tendant l'enfant. Voici ta fille.

Luke ne manifestait guère de joie.

— Notre fille, Luke, reprit-elle.

Mais on eût dit qu'il se défiait. Dans le visage minuscule, il avait reconnu Anton. C'était le fils qui l'avait écarté de Rébecca dans la vie et dans la mort qu'elle tenait dans ses bras.

— A bas les fantômes! chuchota Rébecca.

Alors seulement prit-il leur fille de ses mains.

— Elle t'a dit son nom?

— Pas encore.

Comme elle l'avait attendu, cet instant : leur enfant dans les bras de Luke! Apercevant son père à la porte avec le Dr Trueman, elle se rappela son visage ravagé dans le cauchemar qu'elle avait traversé.

— Voilà ta petite-fille, papa, dit-elle tandis que Luke tendait l'enfant à David. Mon bébé.

— Thé? lança Miriam d'une voix claironnante, un plateau en équilibre sur sa fière poitrine. Vous voulez du thé?

N'obtenant pas de réponse, elle prit David par la main et le conduisit vers sa fille.

— Allez, patron! Allez prendre votre petite-fille!

Elle alla poser le plateau sur une commode et revint vers lui avec une moue désapprobatrice.

— C'est comme ça qu'il faut la prendre, dit-elle, lui montrant comment il devait placer les bras. Faites pareil! insista-t-elle. Pas si haut!

Elle lui abaissa les bras, puis alla prendre la petite fille que tenait Luke pour la déposer dans les bras de son grand-père.

— Voilà! dit-elle. Faites très attention!

— L'ambulance sera là dans dix minutes, annonça le docteur, rentrant dans la chambre.

— Moins de bruit! lui lança Miriam. Le vieux patron tient le bébé!

Les grands-parents, aux yeux de Miriam, méritaient le plus grand respect, mais elle n'en surveillait pas moins David de très près.

— Ne serrez pas! Il est tout petit! le gourmanda-t-elle. Voilà! approuva-t-elle enfin. Très bien! Tout doucement!

— Qu'est-ce qui s'est passé, Luke? demanda Rébecca à voix basse, lorsqu'il se pencha sur elle. Dis-moi, je t'en prie.

— Nous allons perdre Bonne-Espérance!

23.

Le bébé de Rébecca avait trois semaines. Simon étudiait son reflet dans le capot de la Mercedes ; il venait de repérer une nouvelle ride au coin de son œil. Son visage brillait autant que la carrosserie. Nulle tache de graisse ne déshonorait la perfection de la vieille voiture qui restait symbole d'espoir.

Mais des changements étaient intervenus à Bonne-Espérance que Simon ne comprenait pas. Il ne savait rien de la volonté de Naomi de vendre sa part quoi qu'il arrive, aussi avait-il décidé que c'était la naissance de la petite fille qui avait tout bouleversé.

— Dors, petite fille. Chut, Thalitha !

Lorsque la voix de David l'atteignit, Simon s'arracha à son reflet. Son oncle avait complètement changé depuis qu'il était grand-père. Le père de Rébecca était assis sous le vieux chêne dans un fauteuil à bascule que Luke lui avait fabriqué, et il poussait du pied un berceau d'osier en fredonnant une berceuse.

— Elle n'aime pas ça ! Elle ne dort pas, elle crie ! glapit Simon vers David.

Il n'avait jamais entendu pareils hurlements de fureur sortir d'un être aussi petit et il se demanda ce que serait Thalitha lorsqu'elle serait grande. Le vieux chien lui-même, blotti à l'ombre de la voiture, s'était couvert les oreilles de ses pattes et gémissait de désespoir.

— Vous voulez que j'aille chercher Rébecca ? demanda-t-il à David d'un air engageant.

David ne connaissait pas grand-chose aux bébés. Il l'avait entendu parler à Thalitha, comme si elle comprenait tout, puis répondre à ses propres questions de sa nouvelle voix de grand-père. Devenir grand-père, pour Simon, c'était le premier pas vers la folie, aussi avait-il décidé de ne jamais en arriver là.

— Je vais chercher Rébecca ! proclama-t-il.

Sachant qu'elle était la seule à pouvoir calmer sa fille, il courut vers la

430

maison avant que David pût lui répondre. Rébecca disparaîtrait avec elle dans sa chambre en défaisant le devant de ses vêtements et s'ensuivrait un merveilleux silence. Simon avait maintes fois songé à demander à Miriam ce que Rébecca cachait sous sa chemise, dans le but de passer le tuyau à David, mais il s'était contenu. Lorsqu'il lui avait demandé d'où sortait le bébé, elle l'avait mis à la porte avec des exclamations indignées, enterrant le sujet à jamais.

— Tu le verras bien quand tu en auras un !

Ainsi réduit au silence, il avait prié ardemment pour que les bébés ne fussent pas contagieux.

— Où est Rébecca ? lança-t-il, débouchant dans l'entrée avec Zanu.

Il bascula instinctivement sur les talons pour ne pas poser ses semelles de caoutchouc sur le plancher ciré de Miriam.

— Dehors ! lui jeta Miriam en levant son chiffon. Tu n'entends pas le bébé pleurer ? Tu es sourd ? Va dire à grand-père d'aller chercher Rébecca !

L'énorme chien le suivit, la queue entre les jambes. Simon s'avança vers la cave.

— Rébecca, tu veux ton bébé ? lança-t-il en entrant dans la fraîche pénombre du bâtiment.

Il se retint de respirer l'odeur du raisin en fermentation. Il détestait la cave. Les grands foudres de bois alignés le longs des murs, déclassés et négligés, le rendaient triste, et les énormes cuves métalliques qui le dominaient de si haut, menaçant à tout moment d'exploser, le remplissaient de crainte. Il n'avait pas compris pourquoi un endroit aussi sombre et rébarbatif fascinait Rébecca. C'était sans doute l'un de ces secrets qu'il valait mieux ignorer.

Rébecca était en grande conversation avec le caviste, Neil Sanderson ; une sorte de halo planait sur le groupe qu'ils formaient avec Luke. Simon se garda d'entrer.

— Ton bébé pleure, Rébecca ! lança-t-il du seuil d'une toute petite voix, car il se pinçait le nez. Va le prendre à oncle David !

Il gagna le seul endroit où il se sentît en sécurité, la voiture dans laquelle il grimpa avec un soupir de soulagement, tandis que le chien s'effondrait sur le siège à côté de lui.

— Mais je ne vois pas comment nous pourrions garder Bonne-Espérance, Luke. Nous ne pouvons pas concurrencer l'offre qu'a reçue Naomi et tu as entendu ce qu'a dit Neil à propos du vignoble. On ne peut pas faire plus.

Assise sur le lit, Rébecca berçait Thalitha en déboutonnant sa blouse. La minuscule bouche rose de la petite fille happa le mamelon et ses joues se creusèrent aussitôt pour aspirer avidement. Considérant la petite figure dont le nez s'écrasait contre son sein, Rébecca éprouvait une paix qui annulait la menace de Naomi. Comme le pays tout entier, Bonne-

431

Espérance était la cible de convoitises extérieures, que rien, jusqu'à présent, ne semblait pouvoir mettre en échec.

— Reste avec moi, dit Rébecca à Luke qui s'apprêtait à partir. Elle lui désigna une place à côté d'elle sur le lit. Tu aimes sa coiffure ? demanda-t-elle, lui dressant les cheveux sur la tête à la manière indienne. On peut toujours aller en Angleterre, dit-elle gaiement pour masquer sa crainte de quitter l'Afrique pour toujours. Je suis sûre que nous y réussirions. Nous pourrions lancer une nouvelle boutique et Samuel...

— Quand t'ai-je dit pour la dernière fois que tu étais ravissante ? l'interrompit Luke.

Posant le menton sur son épaule, il la regarda dans les yeux ; il refusait de se laisser entraîner dans un avenir qu'il rejetait. Rébecca était tiède et douce et tout son être s'était épanoui depuis la naissance de Thalitha. La maternité l'avait rendue plus vulnérable encore et Luke se savait incapable de la protéger de ce qu'elle redoutait le plus. Suivant du doigt la courbe de son sein, tandis que leur fille buvait, il murmura :

— J'ai envie de toi.

— Tout de suite ? répondit-elle en riant, comme il les enveloppait toutes les deux de ses bras.

La perte de Bonne-Espérance était une éventualité que ni lui ni elle n'avaient osé regarder en face, de même qu'ils ne voulaient pas voir l'anarchie où s'enfonçait lentement le pays.

Le nouveau parlement tricaméral, qui, une fois de plus, avait refusé le droit de vote aux Noirs, s'avérait impuissant à juguler la violence dans les ghettos. Bien que le président Botha eût commencé le démantèlement de l'apartheid par la suppression de ses règles les plus dérisoires, les réformes qu'il avait promises étaient au point mort. Sermonnant le monde, il revendiquait de gouverner sans interférences. Mais l'économie était au bord de l'effondrement. L'état d'urgence avait confié à la police des pouvoirs considérables et les cadavres s'empilaient dans les morgues. L'archevêque Tutu sauvait un homme du « collier » au péril de sa vie, et dénonçait les tueries aveugles qui bloquaient chez les siens tout espoir de progrès, mais personne ne l'écoutait. Un sentiment désastreux d'impuissance accablait le pays. Thabo n'en persistait pas moins à annoncer la victoire de la Croix.

« ... Il a été transpercé à cause de nos crimes, écrasé à cause de nos fautes. Le châtiment qui nous rend la paix est sur lui et dans ses blessures nous trouvons la guérison. »

Les paroles d'Isaïe retentissaient dans son église de tôle, à Langa, mais les oreilles qui les écoutaient étaient sourdes à la parole de Dieu.

Luke ne comprenait pas comment son ami noir pouvait garder la foi alors que tout niait l'existence de Dieu, mais il enviait Thabo.

— Nous trouverons une solution ici même, Rébecca, dit-il, couvrant de baisers son épaule nue.

— Mais peut-être ferions-nous mieux de partir, Luke. Peut-être est-il temps..., répondit-elle, affichant un espoir qu'elle n'éprouvait pas. Quoi qu'il en soit, je vais écrire à Sammy pour l'informer. Il aura peut-être une idée, dit-elle, retirant le bébé de son sein.

Rébecca répugnait à envisager de quitter l'Afrique pour retrouver les ciels bas de Londres, mais elle essayait d'y préparer Luke.

— Je te ferai découvrir mes repaires anglais. Je te présenterai Guy, le gorille du zoo de Londres!

Le bébé rota, Luke engloutit dans la sienne sa main minuscule.

— Bonjour? fit-il, attendri.

— J'aurais juré que Guy savait que je venais d'Afrique! répondit Rébecca, se rappelant les heures qu'elle avait, un jour, passées près de la cage du gorille, au zoo de Regent's Park.

L'énorme singe noir, aurait-on dit, comprenait sa nostalgie et dans ses pensifs yeux bruns elle avait cru voir l'immensité africaine. Les rochers énormes éparpillés par des géants inconnus et les arbres plats qui craquent dans la chaleur sèche, répandant des ombres trouées sur les longues herbes fauves.

— Quand j'étais là, il restait assis sans bouger contre les barreaux de sa cage, à me regarder.

— Y avait-il une Mme Guy? demanda Luke, tournant vers lui le visage de Rébecca et avançant les lèvres vers les siennes.

— Il était très difficile, dit-elle, ouvrant les lèvres.

Si l'amour n'avait jamais perdu sa magie, elle n'en perdait pas de vue son obsession: faire admettre à Luke la vérité.

— Nous ne pourrons pas garder Bonne-Espérance, il faut le reconnaître, ajouta-t-elle.

Luke s'écarta et gagna la fenêtre ouverte. Une douce brise agitait le rideau. Au-delà filaient des kilomètres de vignes. Il se rappela le jour où sa mère l'avait arraché de là. Une fois de plus, il n'en doutait pas, Estelle poussait Naomi à ruiner leur vie, mais il ne savait pas comment s'y opposer.

— Cette clé a-t-elle toujours un sens? demanda-t-il en regardant la vieille clé de cuivre suspendue, étincelante, au-dessus du lit.

Il s'en approcha, la décrocha, la contempla dans sa paume ouverte.

— Tu te souviens ce que tu en disais? Qu'elle nous relierait à jamais à Bonne-Espérance.

— Bien sûr. Mais nous étions des enfants.

— Quand tu l'as jetée, Macaroni l'a rapportée, n'est-ce pas?

— Oui. Mais...

— Macaroni avait raison, n'est-ce pas?

Baissant les yeux sur le bébé endormi dans ses bras, Rébecca eut envie de pleurer. Faire quitter l'Afrique à Luke, ce serait ôter son sel à la mer, mais que faire d'autre? La clé n'était qu'une relique déclassée. Un vieux morceau de cuivre sans aucun pouvoir.

— Je ne me joindrai pas aux rats! dit-il, s'agenouillant devant elle, les yeux brillants de détermination.

L'imperceptible flux des premiers Européens à quitter l'Afrique du Sud pour des rivages plus sûrs était devenu fleuve. Des graffitis rappelaient partout au dernier partant d'« éteindre les lumières ».

— Les gens comme Naomi ne quittent pas le pays à cause de l'apartheid, reprit-il. Ils s'en vont parce que l'apartheid pourrait finir, parce que nous pourrions nous trouver obligés de ne constituer qu'un seul peuple. Allons-nous nous laisser contaminer ?

Rébecca secoua la tête. Une larme lui roula sur la joue et s'écrasa sur la figure du bébé.

— Alors qu'allons-nous faire ? Quand nous quitterons Bonne-Espérance, où irons-nous ?

Luke la regarda longtemps sans rien dire, puis, s'éloignant, il raccrocha la clé à sa place.

Samuel Netherby scrutait l'obscurité de sa boutique. On eût dit qu'il cherchait un élément perdu de son passé. Le bâtiment de King's Road avait retrouvé sa vocation initiale de magasin poussiéreux de tailleur sur mesure et le mannequin à l'allure d'ivrogne, vêtu d'un costume de pure laine, l'appui de son mur.

Samuel avait une lettre de Rébecca à la main, qui le troublait profondément, sans qu'il comprît pourquoi. Elle y parlait de son bébé, Thalitha, de Simon, de Zanu et de la vieillissante Mercedes. La joie éclatait dans chacun de ses mots, bien qu'elle l'informât aussi qu'ils allaient perdre Bonne-Espérance, faute de pouvoir racheter la part de Naomi. Mais Samuel ne pouvait pas croire à cette joie. La lettre disait aussi qu'ils songeaient à venir à Londres, ce qu'il avait souvent souhaité; mais à tort, il le savait. Le temps de Londres était passé, comme Guy le gorille était mort. La violence avait beau embraser les ghettos noirs d'Afrique du Sud et ses flammes envahir chaque soir les écrans de télévision, le vieux tailleur demeurait persuadé que Rébecca et Luke ne devaient pas quitter leur pays.

Les appels à la libération du chef noir Nelson Mandela se faisaient bien plus intenses qu'ils ne l'avaient jamais été pour celle du fils de Dieu. Samuel Netherby avait étudié consciencieusement l'histoire du pays. Il avait lu le discours de Mandela à l'occasion de sa condamnation à la détention à vie dans l'île Roben et l'avait jugé courageux. Mais il avait aussi trouvé courageux de nombreux Blancs d'Afrique du Sud. Il avait découvert des héros inconnus qui s'étaient battus pour les opprimés. Des hommes d'Église, comme Beyers Naude et Nico Smith. Wendy Orr, jeune doctoresse qui avait tout risqué pour dénoncer les excès de la police. Ivan Thomas, autre jeune médecin, qui avait préféré la prison au port de l'uniforme et ainsi compromis son travail dans les ghettos noirs.

Le vieux tailleur avait aussi appris le rôle de l'Angleterre dans l'introduction de l'apartheid. Les horreurs de 1906, où les espoirs de liberté des Noirs avaient été noyés dans le sang par les troupes coloniales. Les Noirs emmenés par le chef Bambatha s'étaient révoltés contre la loi britannique.

Trois mille Noirs et trente Blancs avaient péri, et la tête de Bambatha avait été promenée en triomphe par les soldats anglais.

A près de quatre-vingt-dix ans, le vieux tailleur continuait de résister aux pressions du « miracle » économique et, bien que chaque pied carré de sa vieille boutique vaille de l'or, il s'accrochait à son indépendance et refusait de vendre. Toutes les offres, si fastueuses fussent-elles, le laissaient froid. Au terme d'une vie de liberté, Samuel Netherby n'y renoncerait pas.

— C'est une ferme en Afrique que je voudrais acheter.

— Un parc à gibier, voulez-vous dire ?

— Non, camarade, je sais ce que je dis : une ferme, répliqua Samuel, observant le jeune juriste, qui s'appelait James Morgan.

Ce jeune homme avait repris la firme de conseillers financiers à qui Rébecca et Samuel s'étaient adressés à l'époque de « Chiffons chics ».

— C'est en Afrique du Sud, reprit Samuel, desserrant d'un doigt son nœud de cravate. Y voyez-vous quelque objection ?

— Je ne conseillerais pas d'investir en Afrique du Sud, répondit James Morgan, se renfonçant dans son fauteuil.

— Pourquoi ? Vous connaissez ? lâcha Samuel Netherby, contenant sa colère sous une surprise apparente.

— Je n'y mettrais pas les pieds ! s'anima James Morgan, piqué dans sa conscience professionnelle.

— Alors comment pourrez-vous rendre leurs biens aux Noirs, camarade ? Il en faudra des voyages pour y déménager tout l'Albert Hall !

Samuel Netherby n'avait acquis du pays de Rébecca qu'une connaissance superficielle, mais il comprenait fort bien l'hypocrisie du sien. C'est avec un paraphe fleuri qu'il apposa sa signature au contrat qui le rendait possesseur de la part de Naomi dans Bonne-Espérance, et il sourit à la pensée d'ouvrir la voie aux hommes d'affaires qu'il avait toujours fuis. Il compléta sa calligraphie par un époustouflant paraphe et l'acheva d'un point.

Ainsi Samuel Netherby abandonna-t-il sa vieille indépendance pour rendre Bonne-Espérance à Luke et à Rébecca.

Un barrage de police avait arrêté Joe Liebenberg, le fils de Lydia, à l'entrée de Crossroads au Cap, et lui avait fait faire demi-tour. La guerre civile ravageait le ghetto. Les Noirs adultes avaient formé des groupes armés de « pères » qui parcouraient les rues, coutelas et gourdin à la main, à la recherche des jeunes militants qui se baptisaient « camarades ». La paix était aussi incertaine à Crossroads que les tentatives du gouvernement pour en déloger les squatters.

Le renforcement de la censure avait banni les médias du secteur, mais Joe Liebenberg s'était juré d'y entrer. Il avait entendu dire que la colère des aînés, dont les lucratifs trafics étaient court-circuités par les jeunes extrémistes, était alimentée de l'extérieur. Les Blancs, disait-on, n'y étaient pas étrangers, mais personne n'en avait encore apporté la preuve. C'était cette preuve que Joe recherchait.

Les « Amaqabane », adolescents fanatisés par les appels de l'A.N.C. à brûler les écoles plutôt qu'à les fréquenter, avaient pris le contrôle de Crossroads. Le seul soupçon d'informer la police valait un « collier », supplice souvent appliqué par les jeunes à leurs aînés. Le fils de Walter Sisulu, l'un des responsables incarcérés de l'A.N.C., s'était bien opposé aux camarades et à la justice expéditive des tribunaux « kangourous », mais il n'avait pas été entendu et la violence se déchaînait.

Joe rampait dans les buissons qui entouraient Crossroads. Il semblait que l'air même était chargé de mort. Une nappe de fumée flottait sur des alignements de cabanes calcinées et, dans l'ombre épaisse qui les séparait, il lui sembla voir une silhouette courir vers un abri. Les aboiements obstinés d'un chien rompaient seuls le silence, jusqu'à un sifflement strident.

Joe se retourna d'un bloc, sans rien percevoir de neuf qu'une volute de fumée s'élevant d'un tas de cendres.

— Sors d'ici et avance!

On eût dit qu'un fantôme avait parlé. Tirant son appareil d'une poche de sa veste, Joe s'efforça de garder son calme malgré la tension de ses nerfs. Se sachant entouré de présences invisibles, il regarda à travers l'objectif, sans rien voir que les bandeaux blancs qui révélaient l'appartenance aux « pères » de ceux qui l'encerclaient. Les « camarades » débordants de haine, qui chantaient : « Un fermier, une balle », étaient ailleurs.

— Je voudrais aider! lança Joe aux silhouettes qui se fondaient dans un rideau de fumée bleue. Je voudrais comprendre ce qui se passe. Dites-moi ce qui se passe!

Une grêle de pierres tomba sur lui, lancées de derrière une cabane en feu. Il s'obstina.

— Si on ne sait pas ce qui se passe ici, on ne pourra rien faire pour vous! Vous ne voulez pas parler?

— Va-t'en, l'homme blanc. Nous ne voulons pas de Blancs ici!

La voix qui s'étaient exprimée en xhosa était européenne. Joe se tourna dans sa direction.

— Qui êtes-vous? Montrez-vous et parlez! répliqua-t-il d'un ton plein de défi, mais glacé de peur.

Ses jambes le portaient à peine et tout son corps tremblait. Il sentait se refermer un cercle hostile autour de lui et il était incapable de faire un pas. Surmontant enfin sa terreur, il éleva son appareil devant ses yeux. Le flash illumina les buissons. Un Noir s'avançait vers lui. Il brandissait un coutelas sanglant et courait droit sur Joe, poussant en xhosa des cris à glacer le sang. Joe, immobile, maintint le doigt sur le déclencheur de son appareil.

Il ne vit pas la lueur de la lame qui s'abattait sur sa tête. N'entendit pas les insultes que vomissait son assaillant. En s'effondrant, Joe ne vit rien d'autre qu'une tache de peinture noire lui salir la peau, tandis qu'une main noire le plaquait au sol et qu'une autre lui tranchait la gorge.

André Bothma vomit dans la boîte de conserve rouillée posée à ses pieds. Il revoyait le regard de Joe. Joe, stupéfait, le regardait tandis que la lame s'abattait sur son cou et, dans ce regard d'agonisant, André s'était reconnu.

La peinture noire collait à sa figure. Il se frottait les yeux pour en chasser l'image qui le poursuivait. Il avait très vite vidé les lieux de son crime et regagné la chambre qu'il se réservait dans l'un des foyers de célibataires de Langa. Là, il s'efforçait de se nettoyer, sans savoir qu'un enfant noir l'observait à travers une fente de la porte.

Sidéré au spectacle de ce qu'il avait si souvent rêvé lui-même d'accomplir – effacer le noir et devenir blanc –, les yeux de l'enfant s'écarquillaient à mesure que la peinture s'effaçait du visage d'André Bothma. Il avait couru chez ses parents, raconter le prodige auquel il avait assisté et la participation de Cop Bothma à l'assassinat d'un journaliste blanc, très vite confirmée par ses camarades.

André n'avait fait que ce qu'il croyait juste et se moquait d'avoir été reconnu. C'était la guerre, il avait tué un ennemi de son pays.

André Bothma avait vu mourir des dizaines de Noirs entre deux âges, tués par leurs propres enfants, et c'était cela qu'il combattait.

André Bothma était convaincu que les Noirs avaient besoin d'un encadrement blanc pour les protéger d'eux-mêmes. A ses yeux, c'étaient des enfants et jamais il ne s'était demandé si cette conviction ne lui venait pas d'un séculaire lavage de cerveau. Comme la mère de Thys Bothma, cent cinquante ans plus tôt, André se croyait dur comme fer responsable des Noirs devant Dieu. Joe, dans cette optique, était un ennemi. Comme ceux qui avaient tué plusieurs de ses amis à la frontière de l'Angola, lors des combats contre l'envahisseur cubain. De ces gens qui imploraient la protection de la police au premier signe de troubles et la maudissait l'instant suivant. C'étaient les « étrangers » qui ne comprenaient rien à l'Afrique ni aux nègres, créés noirs par Dieu en signe de servitude. Il les méprisait.

Depuis l'inexplicable disparition de Constance, Simon avait acquis une meilleure compréhension de la mort. Zanu, le grand danois, était mort aussi, ses doux yeux bruns fixés sur lui, tandis que son souffle baissait. Aujourd'hui que l'on enterrait Joe, il se rappelait ce que Thabo lui avait dit : Constance et Zanu étaient près de Dieu, qui était tout proche, et à qui l'on accédait par la croix du Christ, la mort libérant l'homme des ombres de ce monde pour l'introduire à la réalité de l'éternité.

Mais la mort de Joe avait bouleversé la famille entière et Simon ne faisait pas exception. La douleur de Lydia, de Stan et de Tarcie immobiles dans le petit cimetière de Luderitz flottait sur un océan de sable et de silence. L'exil ne leur avait pas épargné le malheur et Simon aurait aimé expliquer à Tarcie ce que Thabo lui avait dit, mais Tarcie était si belle que, même en larmes, elle était la plus belle créature qu'il eût jamais vue. Éperdu d'admiration, il ne pouvait que la contempler en silence devant la tombe de son frère.

Le service était célébré en allemand. Simon ne comprenait pas un mot de ce que disait le ministre luthérien, mais il était sûr que Joe l'entendait. Voilà ce qu'il aurait voulu dire à Tarcie, comme Thabo aurait pu le lui dire. Mais il avait peur. Devant elle, il avait soudain pris conscience de son propre corps. D'étranges sensations, qu'il n'aimait pas, l'avaient parcouru. Il aurait voulu toucher Tarcie. Ses mains frémissaient et, contre sa volonté, palpaient Tarcie en pensée tandis qu'il éprouvait comme des bouffées de chaleur.

Simon avait parlé à Thabo de ces choses. De ces sensations qui s'emparaient de lui par surprise, à la seule vue d'une photo de femme dans un magazine, et qui le terrifiaient. Thabo lui-même s'était montré gêné lorsqu'il lui en avait parlé. Aussi s'était-il efforcé de les refouler. Mais, face à Tarcie maintenant, elles étaient mêlées de compassion, et étaient plus violentes que jamais. Il aurait voulu réconforter Tarcie, mais la honte le paralysait.

Luke tenait Rébecca par le bras, d'une main ferme et rassurante, comme s'il savait qu'elle se revoyait dans la maison du Cap avec le petit garçon de Lydia. Le meurtre de Joe révoltait Rébecca et le calme apparent de Lydia, que l'on eût dite étrangère à la mort de son fils, la désarçonnait. L'observant devant la tombe avec sa fille et son mari, elle éprouvait un sentiment inconnu d'étrangeté. On aurait dit que la mort de Joe avait achevé d'épuiser la vie en Lydia, qu'enfin cette dernière épreuve après tant d'autres l'avait tuée.

— Si nous partions ? avait-elle chuchoté à Luke.

S'écartant de la tombe, ils s'étaient tournés vers les tourelles grises de Luderitz. Un vent froid fouettait les dunes qui les entouraient, soulevant des spirales de sable qui dansaient sur l'horizon.

— Essaie de ne pas penser, dit Luke, lui passant un bras sur les épaules et l'attirant plus près de lui.

— Lydia n'a pas versé une larme.

A ces mots, Luke se retourna, pour constater cette froideur que relevait Rébecca. Debout à côté de son mari, cet homme dont toute la substance avait été sucée comme la moelle d'un os, il avait vu Lydia aussi morte que son fils.

— Justice sera faite, Lydia, lui dit-il, revenant vers elle avec Rébecca.

— Vraiment ? répondit-elle, d'un ton aussi neutre que son regard. Je voudrais voir cet homme mort...

André Bothma, ce cousin qu'elle avait jadis défendu contre Rébecca, et que son fils Joe avait tenté, petit garçon, d'impressionner à la table d'un déjeuner de famille, l'obsédait. Il avait tué son fils et passait pour un héros. Redressant la tête, Lydia sortit du cimetière sans un mot de plus, son mari et sa fille la suivant comme des ombres.

Les choses n'avaient pas changé à Bonne-Espérance depuis l'enterrement de Joe. Luke avait consacré tout son temps à réclamer pour Lydia la justice qu'il lui avait promise. En vain. Rébecca avait accouché d'un fils et se consacrait à sa famille. Elle savait le sens du meurtre de Joe : l'hérédité Beauvilliers s'était manifestée une fois de plus, symbole de toutes les divisions d'une famille et d'un pays.

« Cette clé que nos ancêtres ont apportée avec eux, lorsqu'ils ont fui la répression catholique en France, est la clé de la maison des Beauvilliers à Nîmes. Cette maison, nous la revendiquerons un jour. »

Rébecca lisait à sa fille le journal d'Emily. Elles étaient assises à l'ombre du chêne. Le bébé dormait dans son berceau à côté d'elles et la vibration permanente d'innombrables criquets se répercutait à grand bruit contre les montagnes. Les cahiers d'Emily étaient fragiles, ils se désagrégeaient de vieillesse et leur contenu n'avait plus d'autre intérêt qu'historique, mais Rébecca tenait à ce que ses enfants connaissent l'histoire de leur famille.

« Nous avons juré aujourd'hui de laver la tache du fils de notre père, le métis Jean-Jacques ! »

Le serment de Clara, prêté sur la Bible de famille devant ses jeunes sœurs, cent cinquante ans auparavant, faisait toujours planer sur Bonne-Espérance une confuse menace.

– Quelle clé ?

La petite voix de Thalitha, tirant la jupe de sa mère, couvrit le chœur des criquets. Elle ne comprenait pas pourquoi Clara voulait tuer son frère Jean-Jacques, qui n'avait rien fait de mal.

– Qu'est-ce qu'il a fait ? Pourquoi le tuer ? poursuivit-elle, considérant suspicieusement son frère avant de se fourrer un doigt dans le nez. Raconte, la clé !

– Rébecca ! appela Simon de la porte de la maison.

Thalitha tira de nouveau sur la jupe de sa mère pour avoir des explications.

– Il y a un homme, Rébecca ! Un homme des journaux qui veut te voir ! reprit Simon, agitant les bras vers elle comme pour donner de l'impulsion à ses mots et la faire venir plus vite.

Commis à la garde des enfants pendant que Rébecca recevait le visiteur, David et Fézilé prirent place côte à côte dans la balancelle sous le chêne. Tenant à ce que la famille sache que ce n'était pas un Noir qui était coupable de la mort de Joe, mais le Cop Bothma, Fézilé avait révélé la vérité à Bonne-Espérance.

Fézilé était arrivé à Bonne-Espérance, épuisé et terrifié. « Vigilants », policiers et « camarades » étant tous aussi hostiles à ce que la vérité fût connue, Luke avait insisté pour le garder auprès d'eux et une étonnante amitié était née entre les deux hommes.

Regardant distraitement Thalitha verser du sable sur la figure de son frère endormi pour voir quand il s'arrêterait de respirer, ils se demandaient pourquoi ce jeune journaliste voulait parler à Rébecca. Diversion bienvenue à la monotonie de leurs journées.

— Tu as une idée ? demanda David, balançant le siège d'avant en arrière, ce qui les faisait naviguer entre ombre et soleil.

Fézilé fit une moue d'ignorance.

— Il a bien dit qu'il était journaliste, n'est-ce pas ? reprit David, incertain d'avoir bien entendu et se fourrant un doigt dans l'oreille pour améliorer son ouïe.

— Hmmm..., lâcha Fézilé, qui n'avait pas l'habitude de partager une balancelle avec un Blanc, non plus que de s'entendre demander son avis. Et vous, qu'en pensez-vous ? reprit-il, souriant, avec un petit hochement de tête pour signifier qu'un homme blanc en savait certainement plus long que lui-même.

Puis, ouvrant grande la bouche comme David, il se mit à étudier ses dents. Il regrettait d'avoir abandonné celles que Thabo lui avait achetées, mais il les avait rangées dans une boîte et léguées à Thabo dans son testament, décidé à ce qu'elles n'échouent pas dans la poubelle des croquemorts.

— Il est sans doute venu reparler de cet André Bothma, dit David machinalement.

Ils avaient tous deux depuis longtemps abandonné tout espoir de voir aboutir les efforts de Luke pour faire inculper André du meurtre de Joe.

— Regarde, grand-père ! s'exclama Thalitha.

Les deux hommes, penchés sur le bébé, demeurèrent sans voix : un tas de sable lui recouvrait le nez, d'où s'échappaient des bulles.

— Là... là... là..., dit David, le bébé couché sur l'épaule et lui tapotant le dos, tandis que Fézilé, plein de sang-froid, lui nettoyait le nez du sable qui s'y était collé.

— Pourquoi as-tu fait ça ? demanda David.

— Clara l'a fait ! répondit Thalitha en haussant les épaules, tandis que David replaçait dans son berceau le bébé maintenant hurlant et que Fézilé s'essuyait les doigts sur une manche de sa veste.

— Il ne peut rien y avoir de neuf, reprit David, se rasseyant auprès de son ami. Qu'en penses-tu ? cria-t-il, pour couvrir les cris du bébé.

— Je pense comme vous, dit Fézilé, acquiesçant de la tête.

— André Bothma a été inculpé du meurtre de Joe Liebenberg, madame Marsden !

Rébecca garda le silence. La surprise était complète et le jeune journaliste la considérait, rayonnant de fierté.

— Vous avez entendu ? Votre mari a enfin obtenu gain de cause. André Bothma va passer en justice !

— J'ai bien entendu, répondit Rébecca.

Puis elle se détourna, se demandant pourquoi elle se sentait si vide.

— Maintenant, ça les arrange, reprit-elle. Ils vont faire d'André un bouc émissaire, n'est-ce pas ? Est-ce vraiment ça la justice ?

Revenant au jeune journaliste qui aurait pu être Joe et dont la confiance en la loi n'avait pas encore été entamée par la réalité, elle reprit :

– Le reconnaîtra-t-on coupable ? Quelle sera la réaction d'un tribunal entièrement blanc ? Voilà la question.

Par la fenêtre, elle voyait sa fille pousser la balancelle avec des cris d'enthousiasme, tandis que les deux compères gloussaient de bonheur et que son fils, Michael, dormait comme un ange. Vision merveilleuse de paix. Pourtant une crainte vague tourmentait Rébecca.

– La libération de Mandela est à l'ordre du jour. Vous le saviez ?

– A quelles conditions ? répondit-elle froidement.

Elle aurait aimé réagir à l'espoir qui vibrait dans la voix du jeune homme, mais elle s'en trouvait incapable. La libération de Mandela avait été évoquée d'innombrables fois. Le plus célèbre prisonnier du monde s'était vu offrir la liberté contre sa renonciation à la violence, mais il avait toujours refusé ce marché. Le gouvernement s'obstinait dans son exigence, le vieux prisonnier tenait bon et chaque jour qui passait en faisait un peu plus un martyr.

– Ne serait-il pas temps, de part et d'autre, d'abandonner l'idée de condition ? Chez les Noirs comme chez les Blancs ? ajouta-t-elle, sachant bien le coup qu'elle portait aux espérances du jeune homme. Peut-être n'est-ce pas seulement pour André Bothma qu'il est trop tard.

Pour elle, il était trop tard. En lisant à Thalitha l'histoire de sa famille, elle avait compris que rien n'était fini et qu'ils demeuraient prisonniers de Bonne-Espérance.

Lydia observait la femme assise devant elle dans le salon de Bonne-Espérance. La mère d'André Bothma avait une soixantaine d'années. Elle portait des vêtements fatigués et, en parlant avec un fort accent afrikaner qui ajoutait à la tension de sa voix, elle ne cessait de tricoter des doigts. Elle avait les traits tirés et ses lèvres sèches s'entrouvraient quand elle respirait.

– Je vous en supplie. Aidez mon fils.

Lynette Bothma avait les mains si moites qu'elle les pressa pour les sécher contre sa jupe. Elle tremblait. Tremblait de la plante des pieds au cuir chevelu, tandis qu'elle plaidait pour son fils auprès de la seule personne qui pût encore lui éviter le gibet. Des années avaient passé depuis qu'André avait tué Joe et le pays avait changé.

– Je sais ce que je demande.

Sa voix avait baissé jusqu'au murmure.

– Je vous en prie. Sauvez André ! reprit-elle, baissant la tête. Ne les laissez pas pendre mon fils !

Les larmes qu'elle s'était efforcée de retenir ruisselèrent sur son visage.

Personne ne s'était attendu à ce qu'il fût reconnu coupable, pourtant il avait été condamné à être pendu et tous les appels à la clémence avaient été rejetés.

– Mon fils n'a fait que ce qu'on lui a dit ! Ce qu'on lui a demandé ! Vous seule pouvez le sauver ! Je vous en supplie !

— Ils lui ont dit de tuer Joe ? dit enfin Lydia d'une voix glaciale, avec une expression de mépris écrasant. Avez-vous pleuré quand mon fils est mort, madame Bothma ? Assassiné par le vôtre. Lorsqu'il l'a égorgé avec un coutelas ?

S'arrachant à son fauteuil, elle s'éloigna de cette femme qui lui rappelait tout cela, pour se poster devant la fenêtre, le regard aveugle. Elle ne voyait pas Rébecca dehors avec les enfants ni David et Fézilé arrêtés à la lisière des vignes à contempler les montagnes.

— Seriez-vous venue ici implorer mon pardon si votre fils avait échappé aux conséquences de son acte ? A son meurtre du mien ? S'il n'avait pas été accusé, reconnu coupable et condamné à mort ? reprit Lydia d'un ton hystérique, tournant autour de la suppliante. Où étiez-vous quand Joe a été enterré ? Lorsque André était proclamé héros et que ses amis fascistes l'acclamaient ? M'avez-vous offert vos larmes, alors ? Songiez-vous alors à me demander pardon, madame Bothma ? Non ! Je ne peux pas pardonner ! Ni à vous ni à votre fils ! Jamais !

La douleur qu'elle avait si longtemps contenue avait explosé.

— Mon fils est mort et vous osez me demander de sauver le vôtre ? Vous me demandez la vie d'André, tandis que Joe est dans la tombe ? Sortez ! Sortez d'ici !

Au son de ces cris qui sortaient de la maison, Rébecca frissonna. Elle les reconnaissait. Ils résonnaient dans le journal d'Emily et leurs vibrations imprégnaient encore l'air qu'ils respiraient. André Bothma devait être pendu le lendemain matin, mais sa mort n'apaiserait pas la douleur qui explosait dans la maison.

— La vie de mon fils est entre vos mains ! Je vous en supplie..., recommença Lynette Bothma. Je vous supplie de le sauver !

— Je le veux mort ! lança Lydia, dont l'amertume glaça Rébecca qui serra plus fort son fils dans ses bras.

— La mort de mon fils vous rendra-t-elle le vôtre ? s'écria Lynette.

— Viens, Thalitha, dit Rébecca à sa fille qui jouait assise par terre.

— Je suis occupée ! répondit la petite fille, hypnotisée par une fourmi.

— J'ai dit : viens ici ! reprit Rébecca, au diapason de la fureur. Thalitha la regarda, stupéfaite. Viens ici tout de suite, Thalitha !

— Non ! hurla-t-elle.

Rébecca la gifla.

— Je te déteste ! Je te déteste ! explosa la petite fille, mortellement vexée.

Contaminée par la tension ambiante, elle écrasa la fourmi qui l'avait fascinée. Elle n'avait qu'un désir : être seule avec Simon. Quelle que soit l'humeur du jour ou de sa mère, Simon serait heureux. Il la prendrait par la main et l'entraînerait dans des lieux où une petite fille pouvait étudier les araignées, les caméléons et les fourmis. Simon lui ouvrirait un monde étranger aux colères des adultes, aux journaux pleins de choses horribles.

— Ce qui s'est passé, madame Bothma, n'a pas été accidentel !

Lydia hurlait toujours et ses hurlements poursuivaient Thalitha dans sa fuite. Son désir de vengeance s'exprimait enfin et elle le clamait à Mme Bothma.

— André a assassiné Joe! Il s'est peint en noir! Il s'est déguisé en Noir et il a tué mon fils! hurla Lydia, incapable de se contrôler devant cette femme qui lui avait imposé sa présence. Croyez-vous que j'aie voulu tout ça? La mort de mon fils? La condamnation du vôtre? Mais maintenant cette condamnation, je la veux!

— Non! Je vous en prie! Vous pouvez l'arrêter! Je vous en supplie!

Le silence s'abattit. Lydia regardait Lynette Bothma bien en face. Aveuglée par les larmes qu'elle avait retenues depuis la mort de Joe. Des années avaient passé, mais non pas son ressentiment, et Lynette Bothma n'était rien que le rappel scintillant de son deuil.

— Vous m'avez dit que votre fils voulait la paix! reprit Lynette, emportée par l'émotion et s'efforçant encore de toucher le cœur de Lydia. Votre fils défendait la justice. Il était du côté de ceux qui souffraient! Vous l'avez dit!

— Oui.

— Le mien aussi!

L'incompréhension avait atteint son paroxysme. Miriam arrivait à cet instant avec le plateau du thé. Représentant toutes les mères noires qui avaient perdu des fils, elle s'immobilisa à la porte du salon, suffoquée par ce qu'elle venait d'entendre.

— Laisse, Miriam, chuchota Rébecca, entrant dans la maison et lui posant la main sur l'épaule pour l'apaiser.

— C'est pas bien, madame, dit-elle, hochant la tête et repartant vers la cuisine, dans un tintement de cuillères d'argent, avec son plateau parfaitement disposé. Elle doit pardonner, madame. Elle doit.

Le dos charnu de Miriam disparut dans la cuisine et Rébecca se remémora cette citation d'Emily :

« La miséricorde est le plus grand don de Dieu. »

Mais la miséricorde avait déserté Bonne-Espérance ce jour-là. Le cœur de Lydia s'était endurci à un degré que Rébecca ne pouvait imaginer. Elle passa sans bruit devant la porte du salon, souhaitant être seule pour réfléchir à son rôle dans cette famille déchirée depuis toujours, mais elle s'arrêta. La porte du salon s'était ouverte et Lynette Bothma se précipita hors de la maison.

— Ne partez pas!

Rébecca lui courut après et la retint par le bras. Lynette se retourna, expression même du désespoir et de l'impuissance qu'elle-même ressentait.

— Il ne faut pas désespérer, madame Bothma, mentit Rébecca.

— Pour André, il n'y a plus d'espoir, répondit Lynette Bothma sans passion, fixant la main de Rébecca posée sur son bras. Si ç'avait été son fils, poursuivit-elle, levant la tête et regardant Rébecca dans les yeux, qui avait tué le mien, moi aussi j'aurais voulu sa mort.

Rébecca seule avait vu Lydia s'encadrer dans la porte du salon. Lorsque la mère d'André franchit celle de la maison, Lydia s'élança.

— Revenez, s'il vous plaît! cria-t-elle en la rattrapant. Revenez!

Une cagoule noire tomba sur les yeux d'André. Autour de lui on chuchotait... L'image d'un jeune homme la gorge ouverte dansait dans l'obscurité qui l'ensevelissait et des mots dansaient dans sa tête.

« La mère de Joe Liebenberg a demandé votre grâce, Bothma. »

Mais le lendemain le gouverneur de la prison en avait prononcé d'autres :

« La demande a été rejetée. »

— Avez-vous quelque chose à dire?

André avait la tête vide. Il respirait, un point c'est tout. Mais il aurait voulu crier. Crier son incompréhension. Le bourreau lui passa la corde au cou. La terreur l'empoigna. L'épouvante de la chute fatale. Du choc qui allait lui rompre le cou et le faire comparaître devant un Dieu qu'il ne connaissait plus. Puis la trappe s'ouvrit sur l'éternité.

24.

David et Fézilé dormaient côte à côte sur la balancelle accrochée sous le chêne. A leurs pieds une radio était allumée, mais leurs ronflements couvraient la voix du nouveau président, F.W. De Klerk. C'était le 2 février 1990, et le président promettait des réformes qui allaient transformer le pays, mais le silence régnait sur les murs blancs de Bonne-Espérance assoupie derrière ses volets tirés.

Seuls étaient éveillés les deux enfants de Rébecca et Simon. Assis en plein soleil, négligeant l'ombre où il leur avait été demandé de rester avec leur grand-père et Fézilé, les deux enfants contemplaient un caméléon qui mangeait une sauterelle.

— Ouh! fit Michael, le petit garçon de Rébecca, voyant disparaître une dernière patte verte dans la gueule souriante du dégustateur. Maman! Simon! cria-t-il, soudain épouvanté par le roulement des yeux de la bestiole qui marquait de la sorte sa satisfaction, toute la fierté de ses deux ans et demi anéantie par le petit monstre dévoreur de sauterelles.

— Il faut bien qu'il mange, idiot! l'admonesta Thalitha, le retenant par son fond de culotte, ses courtes jambes battant l'air en vain. Tu manges bien du poulet! Tu crois que les poulets sont contents? poursuivit-elle tandis que Simon, mécontent d'avoir manqué l'événement, jaillissait de la voiture et se ruait vers eux.

— Explique-lui, Simon! Dis-lui! fit Thalitha.

Et Simon commença son cours sur les habitudes alimentaires du caméléon, tandis que le président De Klerk évoquait l'avenir radieux d'une nation où chacun, quelle que soit sa race, aurait enfin sa place au soleil. Le président appelait de ses vœux la fin de l'apartheid — britannique et afrikaner —, mais son discours fut ignoré de Bonne-Espérance où dormaient les adultes, où les enfants n'écoutaient que Simon.

— Une tribu perdait la guerre, vous voyez? racontait Simon, la voix vibrante de la tragédie qu'il imaginait. Eh bien, son chef, celui qui perdait,

445

il a fait porter par le caméléon un message à celui qui gagnait : « Dis-lui que je me rends ! Que j'abandonne ! Qu'il a gagné ! »

Et Simon leva les mains en l'air et baissa la tête avec un air lamentable de vaincu.

— Mais, reprit-il, braquant un doigt accusateur sur le caméléon qui roulait toujours ses yeux saillants en quête d'une autre sauterelle, insouciant de la légende que lui forgeait Simon, il est trop lent ! Il marche comme ça !

Les deux enfants hurlèrent de rire lorsqu'il imita la démarche de l'animal, laissant un pied en l'air un temps interminable avant de décoller l'autre du sol.

— Le caméléon, il va tellement lentement ! L'ennemi a tué le chef avant qu'il arrive ! Et ! Quand le chef est mort... Simon fusilla les petits d'un regard tragique. Il maudit le caméléon *pour toujours* !

Enchanté de sa performance, Simon croisa fièrement les bras et conclut :

— Voilà pourquoi le caméléon mange maintenant les sauterelles !

— C'est idiot ! grommela Thalitha, irritée par cette conclusion. Il mange les sauterelles parce qu'elles ont de jolies pattes craquantes !

— Non ! hurla Michael.

— Qu'est-ce qui se passe ? fit David, réveillé en sursaut et se demandant ce qu'il faisait là auprès de Fézilé.

Il se serait rendormi si, sortant du poste, une voix afrikaner ne l'avait pour de bon arraché au sommeil.

— Pourquoi avons-nous apporté cette radio ici ? dit-il en poussant Fézilé du coude.

— Hein, lâcha Fézilé, sursautant, qu'est-ce que vous dites ?

Il se demandait pourquoi David considérait la radio avec tant d'attention. Le monde entier était suspendu aux lèvres du président De Klerk et ils avaient tous les deux dormi.

— Qu'est-ce qu'il a dit, Simon ? fit David.

Simon haussa les épaules. Plusieurs personnes discutaient en afrikaans du discours du président. Vexé de ne rien comprendre, David se tourna vers Fézilé.

— Qu'est-ce qu'ils disent ? Tu comprends quelque chose ?

— Mandela lui libre ! s'exclama Fézilé, stupéfait, traduisant les mots qui les accueillaient dans un pays tout différent de celui dans lequel ils s'étaient endormis. C'est une nouvelle Afrique du Sud ! lança-t-il encore, incertain de ce qu'il fallait en penser.

La voix posée du président avait prononcé les premiers mots de l'espérance. Il s'était appuyé sur son christianisme pour sortir le pays de l'impasse.

Une nouvelle nation naissait dans les acclamations des multitudes qui saluaient la libération de Nelson Mandela. Tandis que les Noirs lui confiaient la réalisation de leurs rêves, les Blancs se lamentaient. Bien qu'il ait parlé sans amertume, les menaces voilées du chef de l'A.N.C., qui n'excluait pas de reprendre le combat, ne tardèrent pas à refroidir l'euphorie qu'avait provoquée sa libération.

– Pourquoi ?

Les yeux de Thabo brillaient de larmes. Il faisait face à ses paroissiens dans son église de tôle. Bien que Noirs et Blancs eussent commencé de chercher à s'entendre, l'anarchie régnait toujours dans les ghettos.

– Qu'est devenu notre peuple ?

Thabo reprenait le cri que Fézilé avait lancé, des années auparavant, face au combat fratricide des siens pour le pouvoir et l'argent. Les anathèmes de la troisième force retentissaient dans le pays. Sachant que la puissance blanche écraserait les Noirs, l'extrême droite afrikaner se renforçait et poussait à la guerre civile. Prétendant ne vouloir discuter avec l'A.N.C. que les armes à la main, ses membres attisaient chez les Blancs la crainte d'une domination noire. A leurs yeux, le président De Klerk vendait son peuple aux païens et aux communistes ; il trahissait le peuple afrikaner et ne méritait que la mort.

– Ce n'est pas vers Buthelezi, Mandela ni De Klerk qu'il nous faut nous tourner. C'est vers Dieu ! Nous devons nous humilier, nous prosterner devant Lui en signe de repentir, reconnaître notre péché et nous en remettre à la miséricorde de Notre-Seigneur Jésus-Christ !

La voix de Thabo se faisait plus âpre à mesure qu'il prononçait les seules paroles de vérité, constamment attaquées par les forces du mal. Les opprimés qui aspiraient à une vie nouvelle périssaient dans les ghettos abandonnés au crime. Aussi divisée que le reste du pays, la police, où les André Bothma étaient minoritaires, était impuissante.

Zola, qui l'avait aidé jadis à bâtir Portia's Khaya au Transkei, venait d'être assassiné dans ses rangs au Natal. L'homme qui avait secouru tant d'enfants abandonnés avait été liquidé pour avoir voulu prévenir un massacre d'innocents fomenté par des politiciens noirs avides de guerres tribales. Il avait été criblé de balles par ceux-là mêmes qui se prétendaient partisans de la liberté. Comme des centaines d'autres, il avait été sacrifié à l'appétit de pouvoir de quelques-uns.

– Mais il a le même nom que Thabo ! s'exclama Thalitha devant la télévision, lorsque Thabo Mbeki apparut à l'écran.

La famille suivait tous les soirs la difficile naissance de la nouvelle nation et Rébecca imposa silence à sa fille.

– Il a le même nom que Thabo ! répéta Thalitha en quittant la pièce.

Lors de la première réunion des responsables blancs et noirs, le dirigeant charismatique de l'A.N.C., Thabo Mbeki, s'entretint avec Pik Botha. Les deux hommes parlèrent de miracle, dirent leur surprise à se découvrir humains. Les exilés reçurent l'autorisation de rentrer, les partis furent tous autorisés ; une ère nouvelle commençait, celle de la négociation.

Mais bientôt l'euphorie tourna au désespoir, et Thalitha eut de gros soucis. Elle n'entendait plus parler que d'avenir incertain et d'éventuel départ. Toute joie avait disparu de Bonne-Espérance et dans son cœur elle en rendait responsable la vieille clé dont sa mère lui avait parlé. Elle avait appris que Rébecca l'avait déterrée de dessous la pierre tombale de Clara, pour s'attacher Luke et Bonne-Espérance lorsqu'elle était enfant, mais, à son avis, cette clé n'apportait que le désastre. N'étaient-ils pas menacés de perdre Bonne-Espérance ? Se rappelant certains passages du journal d'Emily, elle se persuada que la clé était la source de tous leurs maux.

Grimpant sur le lit de ses parents, elle en piétina les oreillers pour décrocher la clé du mur, mais elle était hors de portée. Il s'en fallait de quelques centimètres pour que ses doigts se referment sur le métal brillant de l'objet fatal.

— Qu'est-ce que tu fais ? fit Simon, passant la tête à la porte et observant la petite fille parsemer de traces de doigts le mur tout blanc.

— Rien, répondit Thalitha, qui n'était pas très sûre de la discrétion de Simon.

Saisissant près du lit une tapette à mouches, elle dit : Une mouche ! Et, balançant sa tapette sur la clé, elle la fit sauter de son crochet, puis s'exclama : Manqué ! en haussant les épaules.

— La clé, Thalitha !

N'ayant jamais oublié la punition qui lui avait été infligée l'unique fois qu'il avait joué avec, Simon s'esquiva.

— Raccroche-la ! conseilla-t-il avant de disparaître. Sinon ta mère sera furieuse.

Restée seule dans la chambre, la clé dans la main, Thalitha fut très surprise de son poids. C'était une clé bien plus grosse que toutes celles qu'elle avait vues et elle rêva à la taille de la porte qu'elle fermait jadis en France. Enfin, la glissant dans sa poche, elle quitta la pièce tout doucement. Rien n'arracherait ses parents au journal télévisé, mais elle était moins sûre de Simon, aussi prit-elle mille précautions pour sortir de la maison.

La clé serrée dans sa main moite, Thalitha s'avançait sur la pointe des pieds vers le cimetière silencieux et noir, qui semblait lui chuchoter quelque chose. Ayant repéré la tombe de Clara Marsden sur laquelle l'inscription avait presque disparu, elle se pencha pour en tâter la base, mais ses doigts ne rencontrèrent que des éclats de pierre. Thalitha frissonnait, mais elle était décidée à respecter son plan. La clé sortie de sa cachette n'avait fait qu'apporter le mal à Bonne-Espérance.

Les branches retombantes des saules craquaient dans le vent. Thalitha creusait avec ses doigts, tandis que des feuilles lui frôlaient le cou ; elle en avait la chair de poule et se demandait si la main de Clara devenue squelette n'allait pas tout à coup saisir la clé. Elle respirait fort et fermait les yeux pour chasser les démons de son imagination. La crise redoutable où se débattait la nation l'influençait inconsciemment. Si jeune qu'elle fût, elle devinait la douleur que pourrait lui causer un départ de Bonne-Espérance. Bonne-Espérance était sa vie, et rien ne la freinerait dans son entreprise de conjuration, pas même l'horreur qu'elle éprouvait à fouiller parmi les morts.

Lorsqu'elle poussa la clé sous la dalle pour la remettre dans sa cachette, un hibou lança des cris perçants dans l'obscurité environnante. Retirant les mains de la cavité, elle les examina pour vérifier si elles portaient trace de son contact avec les morts, puis elle les essuya sur sa robe et courut vers la maison.

— Qu'est-ce que tu fais? demanda Simon, émergeant d'un rhododendron.

Puéril fantôme à cheveux gris, il s'approchait en chancelant. Sa langue, dans sa terreur, lui balayait le menton, tandis qu'il lui faisait signe de se taire.

— Que faites-vous dehors à cette heure?

Une torche électrique fouilla la nuit. Miriam jaillit de la cuisine comme une sentinelle et se planta dans le sentier, les éclairant tour à tour dans l'attente d'une réponse.

— La vieille clé! Thalitha l'a enterrée dans la tombe!

— Ce n'est pas vrai! Simon ment!

Miriam sourit de leur misérable défense. Elle avait remarqué les mains pleines de terre de Thalitha, mais regagna sa cuisine comme si de rien n'était.

— Allez vous coucher, dit-elle simplement.

Elle éteignit sa lampe, secrètement satisfaite que la clé eût retrouvé la place que lui avaient assignée ses ancêtres.

Malgré la présence de Luke, endormi près d'elle, Rebecca ne parvenait pas à calmer sa peur.

Toutes les tendances politiques du pays s'étaient rencontrées pour travailler à la rédaction d'une nouvelle constitution. Les représentants de factions noires se réunissaient pour s'entendre. Pourtant, la perspective de la liberté exaspérait les pires défauts de l'Afrique.

On ne parlait que de paix, mais le pays était au bord de la guerre civile et personne ne savait de quoi demain serait fait. Rebecca était perdue. Samuel Netherby était mort dans une maison de retraite en Angleterre et le sacrifice qu'il lui avait fait de son indépendance apparaissait tout à coup inutile. Même la vieille clé avait disparu, semblant annoncer la fin d'un rêve.

— Luke, tu dors? chuchota Rebecca, se lovant contre lui qui l'attirait instinctivement.

Sa seule présence arrangeait tout, mais jusque dans ses bras elle restait inerte. Très loin au fond de son cœur, une fourmilière en Zambie restait pour elle le havre où elle trouverait la paix. Quarante ans avaient passé depuis que la montagne de la Table l'avait déclassée, mais son souvenir, toujours vivant, se faisait pressant. Là-bas seulement elle retrouverait la paix.

— Je veux rentrer à la maison, murmura-t-elle, insensible aux caresses de Luke.

— Où ça ? dit Luke, plongeant le regard dans les yeux qui le scrutaient, pleins de craintes de petite fille.

— A la maison, répondit-elle d'une voix sans timbre, assoiffée de la même paix à laquelle aspirait le pays entier, et berçant l'espoir ténu que quelque part en Afrique la liberté mènerait à la vie.

Simon soupira de soulagement lorsque la vieille Mercedes franchit le portail de Bonne-Espérance, plusieurs mois plus tard, avec Luke, Rébecca et les enfants tassés à l'arrière. La taille de la voiture l'avait sauvé d'un voyage déprimant jusqu'à la petite ville minière, aussi l'avait-il astiquée avec une reconnaissance particulière. Il avait d'abord été convenu qu'il tiendrait compagnie à David, mais il avait très vite arrangé les choses à sa façon. C'est Fézilé qui tiendrait compagnie à David, tandis que lui-même accompagnerait Thabo.

Thabo parcourait le pays en prêchant la paix, le pardon et le repentir, et Simon était certain que Dieu en personne l'inspirait. Les discours de son ami étaient si simples et si beaux dans la douceur du parler africain que leur vérité s'imposait d'emblée. Simon s'était ouvert comme un enfant à l'idée d'éternité et savait maintenant que les miroirs lui mentaient. Le regard de Dieu n'était pas celui des hommes et Il l'avait fait, lui Simon, parfait.

« Prince, tu l'es, du jour de ta naissance,
Comme la rosée dès l'aurore je t'ai engendré. »

Simon, bizarre aux yeux du monde, savait ne pas l'être à ceux de Dieu.

Plus la voiture se rapprochait de la petite ville minière, après des milliers de kilomètres de route solitaire, plus vite battait le cœur de Rébecca. Elle remontait le temps à sa propre rencontre et déjà elle avait vu le « grand arbre ». Le plus grand de tous les arbres, qui croissait le long de la route de Ndola et émergeait autrefois de la brousse pour signaler que la « maison » était proche ; mais aujourd'hui une forêt de pins le rapetissait.

Comme la voiture passait sous l'arche rouillée qui souhaitait la bienvenue au visiteur, Thalitha se tassa au fond de son siège, décidée à ignorer le lieu de naissance de sa mère. Large et nue, la route était semée de nids-de-poule. Luke tourna à gauche et s'engagea entre les boutiques qu'avait autrefois dominées l'épicerie de Mme Bernstein, à présent délabrées et vides. L'arrogance bariolée de Mme Bernstein avait disparu avec les senteurs de l'eau de Cologne 4711. Le soleil n'éclairait plus qu'une pauvreté abjecte.

La voiture atteignit enfin l'avenue Z. Luke se tourna vers Rébecca et stoppa. Alignement de maisons carrées en briques brunes d'importation britannique du temps de la colonie, coiffées de tôles rouillées. Rébecca ne disait rien.

— On y est? demanda Thalitha, maussade, se demandant encore comment l'influence de la vieille clé avait pu sortir de sa tombe pour les entraîner si loin de Bonne-Espérance.

— C'est ta maison, maman? C'est là que tu es née? intervint Michael, inquiet et curieux à la fois, s'écrasant le nez contre la vitre.

Pillée, abandonnée, la ville était anéantie par des années de corruption.

Devant le 123 Z, Rébecca éprouva une peine immense. La fourmilière avait disparu. L'ouvrage séculaire de millions de fourmis avait été effacé de la surface de la terre avec les arbres qui l'ombrageaient. Tout son passé avait été englouti dans un sol stérile.

— Où est-elle?

— Où est la fourmilière?

Ses enfants retournaient le couteau dans la plaie.

— Et l'arbre dessus? Où est-il parti? insistait Thalitha, considérant l'étendue plate où sa mère lui avait annoncé que s'élevait une majestueuse montagne de terre.

— Vous cherchez quelqu'un? dit une jeune femme noire qui sortait de la maison au moment où Rébecca descendait de voiture.

Surprise par cette famille blanche, la jeune Zambienne était d'évidence dévorée de curiosité.

— La personne que je cherche a dû partir, répondit Rébecca à l'étrangère qui l'avait remplacée au 123 Z.

Avec un grand sourire, la Zambienne effaça le passé.

— Rien d'autre? fit-elle.

— Chut, dit Luke à ses enfants. J'aimerais entendre...

Thalitha se renfonça dans son siège. Le bavardage de la radio les avait poursuivis jusqu'ici pendant des milliers de kilomètres et son père n'en était pas encore rassasié!

— Rébecca! cria-t-il, surexcité.

On annonçait les résultats du référendum en Afrique du Sud. Le président De Klerk avait pris une décision courageuse. Il avait demandé à la population blanche de voter « oui » ou « non » à sa proposition de négociations avec les Noirs sur l'avenir du pays. Le « oui » remportait une victoire écrasante. L'Afrique du Sud blanche s'était décidée : l'apartheid était mort, l'avenir était ouvert. Le peuple avait enfin fait taire la voix de Clara Beauvilliers, et la haine qui avait tenu le pays en otage de la peur, enterrée.

— Vous êtes d'Afrique du Sud? demanda la jeune femme noire.

Rébecca ne savait que répondre. Enfin elle se résolut à reconnaître la vérité.

— Oui. Nous venons d'un vignoble appelé Bonne-Espérance.

— Vraiment! fit la jeune femme avec un grand sourire. Eh bien, peut-être que maintenant nos deux pays auront un avenir!

Elle évoquait la récente élection de Frederick Chiluba à la présidence de la Zambie, l'homme dont Thabo avait fait l'éloge avant leur départ.

Prenant les rênes d'une nation ruinée par des années de corruption, le nouveau président allait devoir faire face à une situation impossible. Mais rien n'était impossible à Dieu, avait déclaré Chiluba à la face d'un monde sceptique. Tout pouvoir, avait-il proclamé, procédait de Notre-Seigneur et c'était en Son nom qu'il avait pris les premières mesures nécessaires pour restaurer un pays ravagé par l'avidité.

L'espoir illuminait le visage de la femme noire du 123 Z et Rébecca, une fois de plus, fut frappée par la beauté des Noirs. Comme en rêve, elle entendit un son étrange : dans tous les bâtiments délabrés de la petite ville, on chantait. Du fond de sa misère, le peuple zambien louait le Seigneur et mettait en Lui toute son espérance. Dans ce chœur magnifique, Rébecca crut distinguer la voix de Thabo. Il évoquait les dirigeants qui émergeaient du sein des peuples noirs – visionnaires susceptibles d'entraîner les communautés d'Afrique du Sud à leur reconnaissance mutuelle, pour parvenir, envers et contre tout, à la paix et à la prospérité.

« Le figuier peut ne pas fleurir, la vigne ne pas porter de fruit, je ne m'en réjouirais pas moins dans le sein du Seigneur. »

Le nuage qui assombrissait toutes les pensées de Rébecca se dissipa d'un seul coup. Un espoir inexplicable la souleva. Luke descendait de voiture, elle courut vers lui. Il la prit dans ses bras, la faisant tourner comme une enfant sur ce terrain si plat où s'était élevée la fourmilière, et ils rirent. La femme à qui appartenait maintenant cette terre rit avec eux.

— De quoi rient-ils ? Qu'est-ce qu'ils disent ? lança Thalitha, enfonçant son coude dans les côtes de son frère.

— Nous rentrons à la maison, répondit Michael, sans bien savoir où se trouvait désormais cette maison.

— Oh ! cria Thalitha, se redressant sur son siège, incapable de cacher sa joie.

— Pourquoi souris-tu ? s'inquiéta Michael, tourmenté de voir tout le monde se réjouir sauf lui.

— Je ne souris pas ! protesta Thalitha, se donnant un air sévère.

Le pouvoir de la clé était enfin brisé, mais elle voulait toujours le nier, de peur qu'elle ne soit encore capable d'empêcher leur retour à Bonne-Espérance.

— Tu souris ! Je t'ai vue !

— Non ! Je ne souris pas !

— Si !

Rébecca revenait vers la voiture avec Luke, saluant la Zambienne avec qui elle venait de partager le plus rare des instants.

— J'ai été très heureuse de vous rencontrer. Bonne chance !

— Merci ! Bonne chance à vous aussi ! répondit la femme, à travers la moustiquaire qui protégeait la véranda du 123 Z.

Une seconde, Rébecca crut voir Granny Cat à sa place. Sa grand-mère souriait, elle en était sûre.

REMERCIEMENTS

Sans les nombreux Sud-Africains de toutes races, capables de tant de courage, d'espoir et de pardon, même dans l'œil du cyclone, ce livre n'aurait pu être écrit. A ceux-là et à beaucoup d'autres qui m'ont aidée de mille façons, merci.

A mon merveilleux mari, John, pour son amour fidèle et sa patience tandis qu'il tapait mon manuscrit parfois illisible, et à nos enfants Ben et Suzanne, qui étaient toujours là quand il le fallait.

A Mewe Oiliphant, Peter et Elizabeth Maname, Themba et Mildred Nyati, Samuel Oiliphant, Elizabeth et Basil Harris, Xoliswa Makaka, le révérend Peter Fox, Joy Daniels, John Alwood et Lydia Steinke pour leurs conseils avisés à propos des coutumes, des mœurs et des faits historiques.

A mes sœurs, Wendy Bennet et Robyn Davies, pour leur encouragement inépuisable.

A Portia *, une petite fille dont la courte vie a touché la mienne et aidé tant d'autres.

A la famille Gibbons et à beaucoup d'autres qui m'ont aidée dans mes recherches sur place en Zambie, surtout Kalolo Mulenga, à travers qui j'ai découvert bien plus de choses que je ne pouvais l'imaginer.

Pour bien comprendre l'histoire et la vie politique de l'époque qui servent de toile de fond à mon roman, les livres suivants m'ont été d'un grand secours : *A Newspaper History of South Africa,* de Vic Alhadeff (Don Nelson), *The Rise and Fall of Apartheid,* de Peter Joyce (Struik), et *The Reader's Digest Illustrated History of South Africa.*

A Isabelle Laffont, des éditions Robert Laffont, pour sa patience et son total dévouement. A ceux de chez Orion Books pour leurs efforts dans la publication du livre, et surtout à mon éditrice Yvette Gouden qui est une vraie âme sœur. A mon agent, Felicity Bryan, qui a tout orchestré avec compétence.

Et, enfin, aux Monday Girls pour leur soutien solide et sans relâche.
Merci à tous.

---

* Portia's Khaya est une maison d'enfants qui a été créée après la mort de la petite fille. Ce foyer accueille une soixantaine d'enfants et est dirigé par les peuples africains de la région.

imprimerie gagné ltée

IMPRIMÉ AU CANADA